燕霓南

著

满园书香润桃李

上册

MANYUANSHUXIANG
RUNTAOLI

北方联合出版传媒(集团)股份有限公司

万卷出版有限责任公司

图书在版编目（CIP）数据

满园书香润桃李 / 燕霓南著 . -- 沈阳：万卷出版
有限责任公司，2023.1
ISBN 978-7-5470-6058-2

Ⅰ.①满… Ⅱ.①燕… Ⅲ.①长篇小说—中国—当代
Ⅳ.① I247.5

中国版本图书馆 CIP 数据核字（2022）第 134248 号

出版发行：北方联合出版传媒（集团）股份有限公司
　　　　　万卷出版有限责任公司
　　　　　（地址：沈阳市和平区十一纬路 29 号 邮编 110003）
印　刷　者：北京长宁印刷有限公司天津分公司
经　销　者：全国新华书店
幅面尺寸：145mm×210mm
字　　数：480 千字
印　张：14
出版时间：2023 年 1 月第 1 版
印刷时间：2023 年 1 月第 1 版印刷
责任编辑：张冬梅
责任校对：刘　洋
封面设计：琥珀视觉
版式设计：一诺设计
ISBN 978-7-5470-6058-2
定　　价：79.80 元（全两册）
联系电话：024-23284090
传　　真：024-23284448

目 录

第一章　初见梅园

向好怎么也没想到，当她再次回到自己的出生地梅园镇，这中间已经隔了二十一年。

二十一年，足以冲淡一个人所有原本深刻的记忆。但，她本就对梅园镇没有任何记忆。因为，她离开的那年，只有三岁。

一个三岁的孩子，刚刚开始跑得利索，语言表达尚不清晰。她自然不会记得，当初父亲李增贤和母亲林越到底因为什么事吵得不可开交而最终分开；也不会理解母亲离开梅园镇时是怎样的心情；更不会知道尚不懂事的妹妹李晓檬如何趴在门框边儿睁大眼睛看着她们一大一小，背影越来越小，渐渐模糊……

向好随着林越到了阳城不久，林越就结识了继父向卫华，一年后二人结婚。从此，他便跟随继父姓向并改名"向好"。她虽和向卫华并没有血缘关系，但向卫华却将她视若己出，给予她父爱的同时也为她提供了较好的物质条件。

此刻，她看着小镇上熙熙攘攘的人群，试图从这人地生疏之处寻找一些似曾相识的感觉。

他们衣着朴素，用她不太听得懂的方言互相打招呼、交流着，笑容中满是真诚；路的两边，是各种小摊儿，水果、蔬菜，以及各种禽类，叫卖声此起彼伏……

这里的一切，都和阳城有着太大的不同，但却充满烟火气息。

向好正准备朝着不远处的那条小巷子走，突然听到有人叫她，声音里带着几分试探："小柠……"

向好转头间，便见到一个瘦高个子的男人站在巷子口处，穿着一件深灰色的呢子大衣，两鬓有些泛白，头发却梳理得一丝不乱，明显刻意整理过。

此刻，他正睁大眼睛打量着她，见她转过头来，眼中略带惊喜，随即又问道："是小柠吗？我没认错吧？"

"爸，您没认错。没认错，是我，向……"她意识到自己说错话，连忙改口，"我是晓柠，李晓柠。"

向好原名叫李晓柠，但这么多年来，没有人这么叫过她。现在乍一听，还真有些不习惯。

站在眼前的不是别人，正是向好的生父李增贤。

在向好来梅园镇之前，就已经和他联系过，二人还在微信上交换了照片。当时向好还忍不住调侃：虽然是亲父女，见个面却弄得跟见网友似的。

李增贤虽只有五十出头，但看起来却比实际年龄要苍老，一笑起来眼角有几条很深的皱纹："是就好，我还怕我认错了闹笑话儿呢！"

"自己的亲生女儿，怎么能认错？"向好一边说着，一边朝前走。

等李增贤迈开步子一瘸一拐地走路，向好才突然想起他前不久摔了一跤，把腿给摔坏了，于是连忙上前去搀扶住："爸，您腿不方便，怎么也不买个拐杖？"

李增贤笑了笑："没多大关系，这不有你吗？"

李增贤这么一说，向好突然有些愧疚。

二十一年了，她这是第一次回这个家。如果不是事先看了照片，她都不知道父亲什么模样。虽然她一口一个"爸"地叫着，但自己都不太习惯。

大概是见向好不说话，李增贤又开口了："这次你回来，听说你妈妈和亲爸都不太高兴。我觉得啊，你能回来看看就好了，早点儿回去……"

李增贤特意将"继父"说成"亲爸"。

前几天在网上和向好交流的时候他就特地强调，向卫华是向好的继父，也是她的恩人，正是因为有了向卫华，向好才能拥有今天的一切。所以，向卫华这个继父是个比他这个生父还要亲的"亲爸"。

"爸，我这才刚回，您就想赶我走呀？"向好故意沉着脸，实际上心情很是复杂。

"你妈把你带大不容易，你不该跟她治气的。"

李增贤话音未落，向好便说道："她不应该隐瞒情况！您并没有不要我们，你们当初离婚也不是因为……"

向好话还没说完，突然看到一个孩子骑着自行车突然冲了过来，向好还没反应过来，就被李增贤猛地一搡，她一个没站稳，跟跄倒地。

李增贤本来腿就受伤，重心不稳，也跟着向好倒了下去。

就在向好挣扎着想要从地上爬起来的时候，只见自行车上的女孩受了惊吓，急呼呼地想要从车子上往下跳……

"小心！"向好刚喊出声，对方已经连人带车摔倒在地。

……

待三个人都从地上站起来之后，向好才知道，这个骑自行车的小女孩名叫江朵朵，是梅园小学四年级的学生。

江朵朵站在自行车旁，满脸通红，一脸歉疚地看着向好和李增贤，语无伦次地解释道："不好意思李校长，我刚才太紧张了，我……"

她话还没说完，李增贤便说道："没事的，下次长点儿心，万一把自己给摔坏了，谁来照顾你？"

虽是责备，可语气中又偏偏带着几分关切。

向好不免有些好奇，不明白李增贤话中的意思。

"嗯。"江朵朵依旧红着脸，怯生生的，一双大眼睛开始打量向好。

"行了，你先回去吧。"李增贤说罢，江朵朵才收回目光，骑上自行车本想朝着家的方向走的，结果刚没走多远又突然掉过头，朝着巷子外的市场赶去。

江朵朵走远了，向好才忍不住问："爸，您刚才说她摔了，谁来照顾，是什么意思？她爸爸妈妈呢？"

李增贤没做正面回答，叹了口气才说道："这孩子也是命苦……"

话刚说到一半，李增贤便转头朝着左边位置指了指："小柠你看，这就是梅园小学。"

向好顺着李增贤手指的方向看去，教学楼的正面有十几个红色的大字："文明、勤奋、求实、创新"，"好好学习、天天向上"。向好的思绪被拉回到多年以前。

她依稀记得，当年在阳城读小学时，每天也会见到这十几个大字。只是，教学楼的整体面貌和这里有着很大的不同。

那是阳城的重点小学，也是阳城最好的小学，有着阳城最好的教学楼、实验室以及师资力量。记得母亲林越和继父向卫华从那个时候就告诉她：从幼儿园开始就要读名校，这样才能接受更好的教育，将来才能考上更好的大学。

向好也很争气，没有辜负继父和母亲的期望，最终考上了"双一流"名校。但毕业之后，却不知道该干什么。

曾经，她认为读书的目的是为了更好地服务于社会，更好地为社会发展做贡献。或者说，是按照自己喜欢且有意义的方式，安然平和且无怨无憾地度过此生。

但毕业之后，无论是继父还是母亲，总是不断地告诉她：应该在阳城找份稳定的工作，有份不错的收入，别太辛苦，就好了。再过几年，找个如意郎君嫁了，再生一双儿女，人生也就圆满了。

她听罢，什么也没说，但内心却开始不断问自己：她多年苦读的目的和意义，难道就是这些吗？

当下的大部分人，仿佛都在巧妙地避开内心最真实的需求和渴望，假装和大众一样，一样的认知、一样的追求，甚至是一样的痛苦或欢乐。似乎只有这样，才能拥有更多的安全感和归属感。李增贤见向好一直盯着梅园小学看，笑了笑解释道："镇上的学校就是这样，不如城里的。我在这里当几十年校长了，这一路走来，很想改变现状，但能力有限，能改变的实在是太少了。"

李增贤说罢，低低地叹了一口气。

向好收回目光："已经很好了，真的，比我想象中的好。"

李增贤有些意外："你想象中的是什么样的？"

向好想了一会儿，回答道："之前在电视上看到农村的学校都是破破烂烂的，杂草高过校门。但梅园小学不一样，虽然简单了些，可也算干净整洁。而且，这学校比我想象中的要大……"

向好话还没说完，李增贤便忍不住哈哈大笑起来，眼中带有几分欣慰："杂草高过校门？你说的是荒废了的学校吧？还有啊，一所学校，光看设备设施是看不出什么的，关键看师资力量。梅园镇是个小地方，又不算富裕，这里的年轻老师都想着往城里去，没几个想一辈子留在这个小地方。不过这也没什么，人往高处走嘛……"

李增贤说到这里，突然停了下来，神色略显复杂。

到底是亲生父女，即便他不明说，向好心里也清楚。她顿了顿，便开口问道："爸，当初我妈妈离开梅园小学的时候，你们是不是闹矛盾了？我听说上级有意想调您去城里，您拒绝了？"

李增贤沉默片刻，才回答道："确实是这样。你妈妈年轻时长得漂亮，人也要强，不甘心一辈子待在这个小镇上。人各有志，我理解她。我没啥大出息，能一辈子待在生我养我的地方安安稳稳的，就很满足了。再说了，那个时候你奶奶身体有病，我总不能放下她不管不顾就那么离开。我从小家境不好，是在梅园小学前任校长周玉昆资助下才完成学业的，我念完师范之后，答应过他会一直留在梅园小学，为这里的教育尽一份力。虽然现在周校长已经过世了，但我不能食言啊！"

向好听到这里，转头看向李增贤。

第二章　孪生姐妹

李增贤一边往前走，一边继续说着："有时候我就想，我们辛辛苦苦地培养这些孩子，希望他们将来有出息。他们学有所成了，考上了大学，却很少回来家乡了。我知道外面的世界很精彩，但生养自己的这片土地，怎么能说抛弃就抛弃了呢？我也知道，无论是农村，还是镇上，生活条件都不好。但归根结底，不还是吃了没有文化的亏？没有文化，不懂得将新知识、新科技、新思维和农业生产结合起来，农村还谈什么发展？我想方设法地想要改善教学质量，想要好好培养他们，就是希望他们有朝一日能反哺家乡。可是，又有几个人能回来？"

向好的目光一直落在李增贤的脸上，她感觉父亲和她想象中的有些不太一样，但又说不清到底哪儿不一样。

想了好半天，才说出一句劝慰的话："爸，您刚才也说了，人各有志。再说了，不管他们现在人在哪儿，只要是在回报社会，总归是好的。"

李增贤听了，脸上终于露出了些许笑意，但眼中的惆怅却未退去半分："你说得对，只要别学坏，只要在做贡献，在哪儿都是好的。小柠，我不如你。我一辈子都待在梅园镇，目光短浅，有些想法可能有些狭隘，你可别笑话我呀。"

向好连忙说道："我怎么会笑话您？"

都说父亲像一座山。而李增贤却瘦得如同麻秆儿，仿佛风一吹就会倒，怎么看，都不像是一座山。

但此刻，在向好的眼中，他仍然是一座山。

或许，年轻时的父亲，也向往过外面的世界。但在"仕途"与"尽孝"之间，他最终还是选择了后者。

她不知道，在这个过程中，父亲心中是否经历过无奈和挣扎，但从目前来看，他是一心一意想把梅园小学的教育质量抓起来。

虽说向好是李增贤的亲生女儿，但对他的了解始终太有限。

而且，这么多年以来，向好因为某些原因，一直都活在对李增贤的误会之中，对自己的父亲颇有成见。也正是因为这样，当一切误会解开之后，她心中的愧疚驱使着她回到生父身边，回到梅园镇。

李增贤带着向好在学校后面的一座小平房前停下了，指了指，说道："我平时就和小檬两个人住这里，也不知道你能习惯不？我让小檬帮你把床铺好了，蚊帐也都换了新的，你先凑合几天，如果实在不习惯，就到镇上的宾馆住去，都是新的，刚开张……"

李增贤话刚说到一半儿，向好便见一个年龄和她相仿的姑娘从房间里走了出来，穿着一身粉色连衣裙，头发披散着，五官姣好，眼中却带着一股子不屑和倔强。

虽然很少见面，虽然二人的气质相差甚远，但对方眼中的那股子倔强劲儿像极了自己。

向好正打算跟她打招呼，李增贤便开口了："小檬，这是你姐，怎么也不知道叫人？"

李晓檬听罢，神色里的排斥感更强了，动了动嘴唇，最后突然一转身便进了屋。

向好不免有些尴尬，想跟上去主动打个招呼，但脚步始终未能迈开。

李增贤随即便跟了进去，走到左边的卧室，看到床上凌乱不堪，新买的蚊帐也被扔在了地上，一时间有些来气："小檬，我让你把床铺好，你怎么也不动？你姐这么多年才回来一次，你就不能准备准备？"

说话间，俯下身将地上的蚊帐捡了起来，递给李晓檬。

李小檬没伸手，站在原地，脸上的那股子倔劲儿愈加浓烈，低声道："你也知道她这么多年才回来一次？这个穷地方，她怎么看得上？就算铺了床，她愿不愿意睡，还不一定呢……"

李小檬话还没说完，向好已经从外面进来了。

李增贤立刻打断了李晓檬的话，转头对向好笑着说道："小柠，刚买的蚊帐，还没挂上去。来，咱们一起挂。还有小檬，你也搭把手。姐妹两个一起……"

李增贤本想趁机拉近姐妹二人的距离，却不想他话还没说完，李晓檬已经低着头出去了。

"小檬……"

李增贤腿本就不方便，追出去的时候，已不见了李晓檬的身影，心中不免气恼。

但今天是向好刚回到家，总不能让她尴尬，只好放下负面情绪转身回去。回到房间后，见向好已经踩在凳子上开始挂蚊帐……

本以为向好会不高兴的，毕竟李晓檬的不高兴全挂在脸上，他想要帮着掩饰都掩饰不了。

现在见向好什么都没往心里去，他那悬着的一颗心也算是放下了："小柠，小檬她就这倔脾气，你别跟她一般见识。这孩子整天在外面玩儿疯了心，好吃懒做的，你这次回来，也好好跟她讲讲道理，知道吗？"

向好正在绑蚊帐的手突然停住了，目光投向李增贤，问道："爸，小檬她现在做什么工作？"

"什么都没做，整天在家里玩儿手机，说也不听，我都拿她没办法。"李增贤说罢，叹了口气，拾起蚊帐的一角，打算往床头挂。

向好一直站着没动，接着又问："爸，听说小檬没上大学？"

"高二就没上了。"李增贤说罢，再一次无奈地摇头。

"为什么不上？"

"还能为什么？"李增贤沉着脸，"学不进去了，就不上了。说起来，我也有责任，这些年我光忙着学校里的事，没管教好自己的孩子。"

李增贤话音未落，便听到门口传来敲门声，向好转过头，便见到江朵朵站在门口，手里还提着个红色的塑料袋。

"李校长，我买了些桃子给你们。"江朵朵的声音脆生生的，但仍带着几分怯意，说罢就将那个红色的塑料袋往桌子上放。

原来，江朵朵此次特地来送桃子，就是因为刚刚不小心撞了向好，用这种方式表达歉意。

向好意外之余，还有些感动。

江朵朵虽然年纪不大，但很懂事，人也有礼貌。更有趣的是，和向好有话缘，多说几句话之后，也便不觉得生分了。

……

李晓檬很晚才回来，身上带着酒气。进门之后谁也不搭理，直接回房间睡觉了。

向好本想借着这个机会和李晓檬好好聊聊的，却被李增贤给拦住了，理由是担心李晓檬喝了酒乱说话。

向好明白，父亲只是不希望看到她们姐妹二人话不投机闹了别扭。

毕竟，她们是孪生姐妹。按理说，应该是亲密无间的。

从今天她到来之后，李晓檬的种种表现可以看出：李晓檬对她心有芥蒂，而且芥蒂很深。

但转念一想，来日方长，以后交流和沟通的机会还很多。关系近了，矛盾自然会化解。

第二天早上她才发现，短期内想要和李晓檬拉近距离似乎没那么容易，因为李晓檬已经离开家了。

向好意外之余，倍感诧异，于是便开始向李增贤了解情况。

李增贤反而少了昨天的那种怒意，只是淡淡地解释道："她早想走了，自从我摔坏了腿，她就不想在家里待着了。一来，我们俩脾气不和；二来她受不得这个累……算了，她想走就让她走吧，我也没想拦着她。"

李增贤的反应，有些出乎向好的意料，她始终觉得不太对劲儿，于是又问："那她去哪里？"

"去城里。"李增贤的语气依旧淡淡的，似乎并不太在意。

"是去找工作？"向好问。

"嗯。"李增贤接着说道，"她也一样，一直不想待在镇子里，向往外面的世界。但是她没学历，没能力，又缺乏文化素养，就算去了城里，也找不到像样的工作。"

李增贤的语气一直淡淡的，像是说着一件无所谓的芝麻大小的事。但向好依旧从他的眼里看出些许无奈和怜惜。

但向好心想，李增贤应该只是在用这种惯有的淡然刻意掩饰着什么。就算李晓檬再怎么不是，也是他的亲生女儿，是这二十一年来陪在他身边最亲的亲人。

父女二人相依为命，即便是有些磕磕绊绊，但血浓于水的亲情并不会因此而改变。

"对了，小柠你什么时候回去？"李增贤突然转了话题，与此同时抬起头来看着向好。

本来，向好是打算回来陪李增贤一段时间的，虽然没有具体定时间，但并未想逗留太久。毕竟，这次她突然提出来梅园镇纯属偶然，无论是林越，还是向卫华，都不是很赞同。

向好想了想，回答道："等你腿好全了，我再考虑回去。"

"那怎么行？你突然离开家里这么久，你妈妈能放心吗？"李增贤说话间笑了笑，"我这腿现在也好得差不多了，你过几天就回去吧？"

不管李增贤话说得多么轻松，向好依旧能感觉到他的不舍。

就跟她前不久突然联系到他一样，不管他笑得如何开心，眼中依旧藏着泪花。

……

第三章　生命的意义

接下来的日子，向好留下来陪着李增贤。虽然有些枯燥，但向好爱读书，闲暇时与书为伴，感觉也很不错。一晃半个月过去了。李增贤的腿伤是好了，可伤刚好些，风湿性关节炎又发作了，疼起来连路都走不了。

李增贤本是梅园小学的前任校长，但退休后仍然心系梅园小学的教育工作。即便是现在生病了，还时不时地朝学校跑，总想着能做些力所能及的事。按照李增贤的话来说，他平时都是一个人在家，闲着也是闲着，闲得慌了回学校看看，心里就踏实了。

可是，后来他患了腿疾，往学校跑也变得有些困难了。好在现在向好回来了，有些烦琐事务便由向好代劳了。起初只是跑跑腿，后来接触得多了，其他工作也能帮得上忙了。在这个过程中，向好接触到了梅园小学的领导和师生，也了解了梅园小学的基本情况。目前，梅园小学有三百多名学生，却只有十二名教师，其中三名为代课老师。而小学，是学生开始打基础的起步阶段，师资力量、教学质量都至关重要。如果这个阶段的基础没打好，很有可能会影响孩子的一生。

起初，向好也只是出于关切询问了一些相关情况。直到有一天在电视上看到关于大学生支教的相关新闻，看到那些青春洋溢的脸庞以及满怀的热情，她突然灵机一动：既然都来了梅园，为什么不加入支教的行列？

当她跟李增贤提出这个想法的时候，李增贤吓了一跳。

毕竟，在他看来，向好名校毕业，而且从小到大都是被捧在掌心里长大的，娇贵得很。这次能回来陪陪他，已经很不错了。他从没想过，让她在梅园久留。

李增贤想了好久，才对向好说道："小柠，虽然你在这里出生，但却没有农村生活经验。现在你能适应，可能也只是因为刚刚开始，还有新鲜劲儿在。如果长年累月地在这个地方，你能不能真的适应，还真说不准。"

李增贤的质疑，也在向好的意料之中。毕竟，这么多年，她都没在父亲身边生活。这么短短一段时间的相处，父女二人并未真正了解对方。

向好虽然对未知的一切也会有不确定心理，但她还是想试一试，于是便对李增贤说出了自己的真实想法："爸，我确实缺乏农村生活经验，也没吃过苦。有时候我就想，如果经过一番磨砺是人生的必修课的话，那么我想借这个机会把这一课给补回来。"

李增贤笑了笑，眼中有些许欣慰，只是这欣慰转瞬即逝："年轻人能有这样的想法，自然是好的。但很多事情，尤其是没有经历过的事情，都是说起来简单做起来难。我昨天闲着没事的时候还特地算了算，这二十年来，从城里调到梅园小学当老师的人数不下一百，要么来了不长时间就走了，要么待了很长时间都是身在曹营心在汉，最后想方设法往城里调。小柠，你毕业于双一流名校，在任何地方找份工作都不难，为什么要浪费时间在这个小镇子上？"

李增贤说得如此认真，这说明他认真地思考过这个问题，也希望能了解向好的真实想法。

向好的回答也很认真："爸，我现在只是在跟您探讨，用一种非常认真的态度在和您探讨。其实一直以来，我都在思考一个问题，上了这么多年的学，用去了这么多的时间和精力，最后的目的是什么呢？难道不是为了更好地回报社会吗？或者说，是做自己认为有意义的事。这往小了说是丰满自己的人生履历，往大了说是实现人生价值。如果说我之前付出的所有努力，只是为了简简单单地找一份稳定的工作，这不是我想要的。从小到大，我虽然一直很听话，从没做过叛逆的事，但一直以来，我也很有主见和自己的想法，我不希望用我有限的生命，来重复别人的人生。我更不希望自己，只是活在父母的期待里，活在他们认为正确的决定、他们认为好的生活里。"

向好的这一番话说罢，李增贤不由得怔了怔。这么多年，都是他在给人家讲各种"人生哲理"。今天，他第一次听自己的女儿谈人生哲理。

这感觉，很特别。

但，向好留在梅园支教不是一件小事，仍然要慎重，他略做思考之后，继续劝道："你说得很有道理，但这个事情需要慎重考虑后再做决定。还有啊，你……是不是因为愧疚，才执意要留下？"

向好没有马上作答。

平心而论，当初她从阳城到梅园镇，确实是因为愧疚。她因自己从小就和母亲离开了出生地，离开生父，和同胞妹妹……虽然那时候她还太小，什么都不懂，但事实上却已是如此。

现在她打算留下来支教，多少也和最初的愧疚感有关。但，又不全是。

记得当初她第一次听说自己是因为父亲重男轻女而不被待见的时候，心里就开始痛恨父亲，痛恨李家。当一切误会解开，片刻的轻松过后，心头涌来的便是深深的愧疚。

"如果真是因为愧疚，大可不必。"李增贤像是看出了向好的心思，"我是你的父亲，这么多年风风雨雨都过来了，该见识的都见识了，该经历的也都经历了。所以，我没什么看不开的，也没什么放不下的。不管是当初你和你妈妈离开，还是这么多年我们之间的误会，我都可以用平常心去对待。所以，你不用委屈自己来补偿什么。你是我的亲闺女，不管在不在我身边，我都认。"

向好摇了摇头："爸您别这么想，我留下来支教，就是因为想多一份人生体验。"

"真没别的？"

"没别的。"

"我只是担心你因为这个选择，今后会后悔。"

向好笑了笑："任何一种选择，都不是绝对正确的。人生不就是这样吗？不断往前走的过程，就是不断纠错的过程。更何况，我相信自己的这个选择并不是错误的。"

"好。我不拦着你，不过你得和你妈妈、继父商量之后再做决定。"

……

得知向好要留在梅园支教的想法，林越是一百个不赞同。向卫华虽然反应不像林越那么激烈，没有直言不讳地说"不支持"，但持久的沉默已经说明了一切。

在他们看来，他们花了那么大的精力将向好培养成才，为的就是让她留在阳城，留在他们身边，有一份稳定又体面的工作，升职加薪，好好生活，而不是让她去一个小镇子上待着。尤其是林越，甚至会认为向好去到梅园镇，相当于一种退步，是在重复她多年之前心不甘情不愿的工作和生活。

但向好最终还是通过向卫华说服了林越，与其说是说服，不如说是林越拿向好没办法。

就在向好决定支教的当天晚上，她躺在床上不断地问自己：面对未知且无法掌控的未来，焦虑吗？当自己的选择无人结伴而行时，孤独吗？答案几乎都是肯定的。

但如何解决呢？想来想去，似乎没有完美的选择方案。

她能做的，唯有心存美好，专注当下。让焦虑焦虑，让孤独孤独，让意义延续，让自由自由。

……

向好很快办好了支教的相关手续，走完了相关流程后，便到梅园小学报到了。

虽然向好早就和梅园小学的师生有所接触，但当她完成报到手续之后，还是引起了不少人的议论。原因很简单：此前也有人来过梅园小学支教，但没过多久就因为各种不适应离开了。因此，对于向好这种从小就生活优越的"大小姐"来支教，他们始终是带着质疑的。

包括梅园小学的副校长房磊在签字之后，还特地跟向好说道："你既然办好了手续，就要发挥应有的作用。当然了，对于支教老师，我也会相对宽容，不做太多的勉强。"

房磊的话很平实，但向好很聪明，自然能明白话里深层次的含义。

向好有不服输的性子，那一刻她在心里暗暗告诉自己：我会改变你们对支教老师的看法的！

……

周一下午，向好又遇到了江朵朵。

就在她刚刚打算从学校离开的时候，突然看到江朵朵从不远处走过，贴着墙，低着头，看起来有心事的样子。

"江朵朵……"向好朝着她喊了一声。

江朵朵朝着这边扭了一下头，然后又忽地扭了回去，像是没听到一样，加快步子继续往前走。

向好觉得蹊跷，于是就朝着江朵朵的方向走了过去。

江朵朵越走越快，就在向好要追上她的时候，她却突然小跑起来，进了卫生间。

向好这才停了下来，在外面等着。

大概等了十多分钟，江朵朵才从卫生间出来，刚刚穿在外面的蓝色校服外套脱了下来，两条袖子缠在了腰上……

向好不由得有些纳闷儿，正准备上前去和她打招呼，她已经主动走了过来，主动叫道："向老师好。"

声音怯怯的，脸还有些红。

向好上下打量了她一下，问道："朵朵，你怎么把外套脱下来了？现在是上课时间，穿戴整齐才好啊。"

江朵朵动了动嘴唇，没有说话，脸比刚才更红了。

向好意识到江朵朵有难言之隐，于是俯下身，轻声问道："朵朵，怎么回事？"

江朵朵还没来得及回答，便听到后面有几个女生在低声议论着：

"没人管教的女孩子都这样，我妈都告诉我平时别跟她一起玩儿了。"

"真丢人，还在咱们班……真是的！"

"好奇怪，她好端端的怎么会突然流血呢？"

"嘘……"

向好听到这里，瞬间明白了。

与此同时，多年前相似的经历也瞬间在脑海浮现……

第四章　初次碰壁

向好正准备回头和那几个女生讲讲道理，那几个女生已经跑开了，一边跑还一边继续交头接耳地议论着。

向好将江朵朵拉到一边，低声问道："朵朵，你是不是哪儿不太舒服？"

江朵朵微微怔了怔，随即咬唇摇了摇头。

向好想着该怎么打开话题，但想了好久，还是觉得直接问最合适。

"你是不是来例假了？"她问。

江朵朵依旧红着脸："例假？什么是例假？"

向好想了想，又问："朵朵，你今年几岁？"

"十二。"

"噢……"向好又想了想，继续说道，"女孩子到了一定年纪，也就是在十二三岁的时候，就会来月经，这个你知道的吧？"

江朵朵睁着大眼睛，点了点头。但刚点了几下，又开始摇头。

江朵朵的反应让向好有些意外，但转念一想，又觉得正常：毕竟，这个年龄段的女孩子面对这类事很敏感，若是不懂得相关的生理卫生知识，一时半会儿很难坦然地去面对这个问题。

向好迅速地组织了一下语言，继续解释道："朵朵，是这样的，每个女孩子到了一定年龄都会来月经……"

向好说到这里，明显发现江朵朵低了一下头。从江朵朵的这一反应来看，几乎能肯定她是来例假了，于是继续说道："这并不是什么羞耻的事，是很正常的，每个女孩子都会经历。只是有人稍微早一些，有人稍微晚一些。如果你现在正在经历这些，也不要慌张，学会处理就好了。"

向好说完这番话，江朵朵缓缓抬起头，眼中的担忧之色明显少了几分。

紧接着，向好带着江朵朵买了她人生中的第一包卫生巾。

也正是因为江朵朵，向好特地了解了学校的生理卫生课是怎么上的。经过一番了解才知道，梅园小学根本没有设生理卫生课程，即便是新课标上有安排，有些老师也是一带而过，不做具体讲解。

向好特地找到了房磊，提出了这个问题。

房磊四十出头，方脸，细长眼睛，皮肤偏黑，看上去憨憨的。

房磊听罢，有些难为情地笑了笑："向老师，你的建议很中肯。不过我一个大男人，真的不好意思去掺和这些事情。要不你找个女老师商量商量。就找郭静吧，她年纪大些，脾气也好，相信你们能很好地解决这件事。"

对于郭静，向好是有些印象的。郭静快五十了，但穿着倒是挺讲究，看起来也比实际年龄要年轻许多。

午饭过后，向好便找到了郭静，当时郭静正一边喝茶，一边吃着花生糖。

见向好过来，郭静没站起来，但却笑脸相迎："向老师啊，来，吃糖！很好吃，我自己做的。"

向好本不爱吃糖，接过来之后拿在手里看了看。无论是糖果，还是包装，看上去都很精美。若不是郭静强调是自己做的，她会认为这很可能是某个网红店新出的热销产品。

向好和她寒暄一阵之后，便开口问道："郭姐，是这样的，我想了解一下，咱们学校有没有给女生上生理卫生课？"

向好说罢，郭静立刻笑着说道："我还以为什么事呢，原来就这个？"

"对。"向好很认真地点了一下头，期待郭静的答案。

郭姐笑着说道："这个事情，提一下就行了。毕竟一个班级男生女生都有，有些问题也不好当着男孩子的面明说。都是半大不小的孩子，人小鬼大的。"

"但是很多女生并不太懂，需要有人引导。再加上她们这个年纪本来就腼腆害羞，对一些事也是一知半解，如果没有人认真引导，她们不一定能处理好……"

向好话还没说完，郭静就打断了她："能处理，她们家里都有父母教。"

郭静这么一说，向好都开始怀疑自己是不是有些小题大做了。

就在她刚准备站起来的时候，脑子里突然闪过一群孩子对江朵朵嘲讽的表情，还有江朵朵一脸的羞怯和无助……

于是，她重又坐了下来："郭姐，我有个不太成熟的建议，您看看咱们要不要组织几个女老师专门给女生上几节生理卫生课，可以利用课余时间，着重讲一下生理期的知识和需要注意的事项？"

向好话音未落，郭静就连忙摇头否定："不是我怕麻烦，我觉得真是没必要。而且这种事家长帮忙解决最好，老师出面还让人觉得特别别扭。"

"可是，我听说很多孩子的家长都在外地务工，很难照顾得到。"紧接着，向好便将江朵朵的情况跟郭静详细说了一遍。

郭静听罢，犹豫了好一阵子，才勉强点了点头："行，我和其他几个女老师也说说，让她们和班里的女生讲一讲。就定在晚上放学后吧，具体日期咱们商量过后再说。你看行不行？"

"行。"向好马上应道，随即站起身来道谢。

向好本以为事情就这么定下来了，毕竟这在她看来并不是一件大事。

但情况却并不像她想象的那么简单，第二天一早，郭静就主动找到了她，看起来面有难色："向老师，要不然那个事情就这么算了吧？"

"什么事？"向好有些纳闷。

"就你昨天跟我说的那个事啊。"

"噢……"向好一边回忆一边问道，"郭姐您说的是生理卫生课？"

"对，要不然还能有啥事？"郭姐叹了口气，语重心长道，"向好啊，你年纪小，又刚来，也没啥工作经验，有些话我不知道当讲不当讲。"

向好一听，连忙说道："郭姐，您有什么话就直接说，不用太照顾我的情绪，我都能接受。"

"那就好……"郭静像是突然松了一口气，紧接着，便开始像倒豆子似的把心里话都说了出来，"向老师，是这样的。咱们学校老师本来就少，教学任务重，平时的休息时间本来就少。再加上工资收入不高，如果还要在课下增加教学任务，估计有些人会有意见。"

向好一听，觉得有道理，但转念一想，又觉得哪儿不太对劲儿，愣了好几秒，才问道："郭姐，其实这是很小一件事，很好处理啊。"

郭静听了，连忙摇头："说起来这个事确实不是什么大事，但也得组织学生学习是不是？而且都是四五年级的学生，下课了回去还得帮家里干活儿，不能按时回家。学生不能按时回家，老师也不能。向老师啊，在农村可不比你们城里，家里有保姆照顾，这里的人，尤其是女人，家里事那可多着呢。"

向好愣了好半天，才说出一句令她自己都有些无奈的话："可……我也是为了她们好啊。"

"我知道你是为了她们好。"郭静伸出手拍了拍她的肩膀，"但是好心帮倒忙的事也不是没有，对不？"

向好纵然有一肚子的话想说，但这一刻竟一个字都讲不出来。

她再一次告诉自己：这是一件很小的事，一定能有办法解决的。

……

晚上回到家，刚进门，就闻到一股香味儿，像是鸡汤的味道。

或许是因为小镇上相对空旷，又或许是因为厨艺太好，光是闻着这香味儿，向好都快流出口水了。

刚思索着是谁在炖鸡汤，李增贤就从厨房里走了出来，见到向好，面露喜色："是小柠回来了？家里的鸡汤刚炖好，我正想着你什么时候回来呢……"

李增贤话还没说完，向好连忙问："爸，是您炖的鸡汤？"

李增贤还没来得及回答，便见到李晓檬从厨房里走出来，一边走一边开始解身上的围裙，头扭到一边，仿佛故意不看向好。

"小檬……"向好叫了她的名字，刚想说点儿什么，李晓檬已经迅速地绕过了走廊，朝着右边的卧室走去。

向好回来这么久以来，一直没能和李晓檬好好谈谈。

本来是亲姐妹，但却比外人还生疏。如果说她心里没点儿想法，是不可能的。

向好的心思，李增贤都看在眼里，他没有解释，而是像什么事都没发生一样，接着回答刚才向好提出的那个问题："今天的鸡汤是小檬炖的，她知道你今晚回家吃饭，就特地炖了鸡汤。怎么样？老远就闻到香了吧？走，爸给你盛一碗，你先尝尝味道？"

向好自然知道这鸡汤不是李晓檬特地为她炖的，就算真的是为她，也是心不甘情不愿的。

但为了不让李增贤难堪，她还是点了点头："好。"

但很快，却又意识到这样不合适，收住了脚："既然都炖好了，大家一起尝吧？”

"你先尝尝，看看合不合口味啊？"李增贤说话间已经拉着向好朝着厨房走去。

向好很不希望这样，但却又不能贸然拒绝李增贤的一番好意，只得跟着他进了厨房。

进了厨房之后，向好见煤气炉上放着一个棕色的瓦罐，盖子上的小孔不断冒着热气，诱人的香味儿在空气中弥漫开来……

李增贤关掉火之后，便小心翼翼地为向好盛了一碗汤，然后递到她面前："来，尝尝看。"

这一次，向好没有拒绝，伸手接过汤碗，吹了吹，很快就尝了一口。

有些烫，她还未来得及品出味道，汤水已经下了肚。

此刻，只觉得胸前一道热辣辣的，差点儿把她烫出眼泪。

向好放下碗，问道："小檬怎么突然回来了？"

第五章　女生的专属课

李增贤停顿了几秒，突然叹了口气："她回来很正常，我就知道她在外面待不了多长时间。就她这个条件，想去城里找工作，哪有那么容易？回来也好吧，免得在外面上当受骗……"

"那她回来做什么？"向好马上又问。

李增贤愣了一下，脸色渐渐变得有些为难，看着向好，低声道："小柠，小檬的脾气就这样，你得迁就着点儿。我也知道你不想和她相处，但是……"

李增贤说到这里，向好才明白自己刚才那句话让他误会了，连忙解释道："爸，我没别的意思，我只是担心小檬一直这样下去对她不好。她总不能一直待在家里洗衣做饭啊，她应该有自己的工作，应该为自己的未来着想。"

向好一番话说完，李增贤脸上的难色散去了一些。但他仍旧有些犹豫，毕竟他也无法判断向好此刻所说的是否是真心话。

他走到厨房左边，在餐桌旁的那张凳子上坐了下来，从烟盒里抽出一支烟，点燃了，猛地吸了一口，缓缓吐出烟圈儿："我知道你是为她好，但她就这样，不争气，我也没办法。当初，我是希望她能好好读书，考上大学的。结果她小学五六年级就开始和镇上的孩子到处玩儿，到了初中成绩跟不上，她自己也读得吃力，一旦掉了队，就很难再跟得上。那个时候我也忙，你奶奶也走了，家里就我一个人，能照顾她的地方很有限。慢慢地，她就这样荒废了……"

李增贤说到这里，脸已被烟雾笼罩。

那张本就沧桑的脸，在烟雾之下，看上去无奈又惆怅。

向好帮李增贤倒了一杯茶，放在了桌子上，随即在李增贤的旁边坐下，问道："爸，这里的很多孩子，是不是也都和小檬一样？"

李增贤点了点头："是啊，都这样。尤其是女孩子，家里不那么重视，都希望她们能早点儿走上社会赚钱，为家里减轻负担。结果呢，钱不一定能挣得到，人是真的荒废了。有的孩子，早早地帮着家里做家务，洗衣做饭，什么手艺没有，倒是有了一手好厨艺。"

向好听着李增贤的话，看着眼前的一切，脑子里竟开始想象着李晓檬站在灶台前炖汤的模样。

李晓檬才刚刚二十三岁，这是一个女孩子最好最关键的年纪。

在向好的印象里，这个年纪的女孩子，要么大学毕业刚刚走上工作岗位，要么是继续在校读研，要么是正和男朋友恋爱，享受花前月下的幸福时光……

这些，李晓檬都没有。

她只能站在灶台前炖汤，虽然这炖汤的手艺确实是好，可向好却品出了一股子辛酸味儿。

向好连忙接了话："小檬的厨艺确实不错，她能把汤炖这么好，做别的事也差不了，关键看她肯不肯用心。"

李增贤笑了："其实她自己也知道自己不如你，在你面前，她有些自卑。毕竟，你们是孪生姐妹，你们从在娘胎里'安家'那一刻开始，'生长环境'都是一样的。按理说，你们不应该有这么大的差别的。"

向好当然知道李增贤说的是玩笑话。

她和李晓檬确实是孪生姐妹，但是两个人从三岁的时候就分开了，从此人生少有交集。

其实，自从她来到梅园镇见到李晓檬的那一刻就忍不住在想：如果当初跟随母亲离开的是李晓檬，而不是她，那么，她还能是今天的向好吗？而李晓檬呢？还会是今天的李晓檬吗？

向好正思索着，李增贤又开口了："不过话说回来，小檬也没那么糟糕。这么多年，她在家里没功劳也有苦劳，你妈不在，家务活儿她也没少干。她除了性子直，脾气不好，喜欢顶嘴，其他也过得去。所以小柠啊，你千万不要小瞧了她，她这孩子敏感，生怕你瞧不上她，才用这种态度对你，知道吗？"

向好将头缓缓转向李增贤："爸，我不可能瞧不上她，她是我妹妹。不管我们在不在一起，她都是我妹妹。小时候我就在想，为什么家里只有我一个孩子？您不知道我多羡慕那些有兄弟姐妹的！现在我好不容易有机会见到小檬，我是真的想和她好好相处。"

或许是向好的这番话说得太动情了，李增贤脸上残留的难色这才终于彻底散去了，眼中的惆怅也随之散去了几分："小柠，你能这样想就好。小檬她性子不坏，就是脾气太倔。我倒也不想你让着她，就希望啊，如果遇到什么事，你别和她一般见识，知道吗？"

向好点了点头。

李增贤的心思，她明白。

他这大半辈子，为人父，为人师，自尊心强，又好面子。当初无论是离婚，还是林越带着向好离开了家，都对他造成了伤害。有很长一段时间，他甚至认为自己在学校、在这小镇子上抬不起头来。

如今，向好和李晓檬两姐妹好不容易重逢，他可不希望她们闹出矛盾，被同事或者被左邻右舍笑话。

为了让李增贤放心，向好又跟他说了一些心里话。

后来，话题便回到了学校的事情上，向好突然想起关于生理卫生课的问题，打算就这个问题和李增贤做一些简单的探讨。

但她刚说了一半儿，李增贤就已经明白了，立刻说道："明天，我去学校找房校长一趟。"

……

李增贤第二天便去了学校，他到底跟房磊说了什么，向好也不知道。

但很快就有了向好想要的结果，当天下午放学，学校三年级以上的女生就被聚集到了学校礼堂。

事出突然，而且事前无人通知她，尽管她一早就在心里想着如何讲，但到了关键点，还是乱了头绪。

不过好在她随机应变的能力一直不错，加上又是自己熟悉的内容，上台"讲课"的时候，虽不算特别出彩，但关键点也都提到了。

这大概是梅园小学的女生第一次上正规的生理卫生课，大部分孩子都表现得羞羞答答，在上课期间红着脸交头接耳的，像是在交换着彼此的小秘密。

江朵朵就坐在第三排正中间的位置，她全程一直盯着向好，听得极其认真。

直到向好讲完了，江朵朵仍旧坐在座位上。

向好有些诧异，她走到江朵朵的座位旁，俯身低声问道："朵朵，你是不是还有什么地方不懂的？"

江朵朵这才站了起来，眼睛依旧一眨不眨地盯着向好，摇了摇头："没有……"

"没有？"向好更好奇了，"没有你为什么一直坐在这儿？"

江朵朵动了动唇角，像是有话要说，但最终还是收住了。

向好见状，连忙说道："朵朵，是不是有人又欺负你了？"

江朵朵连忙摇了摇头："没有……"

随即又很快补充了一句："向老师，谢谢你。"

"谢我？"向好问，"为什么？"

江朵朵头低了下去，脸色泛着微微的红，长长的睫毛覆盖着下眼睑，这样看上去很美。她咬了咬下唇："向老师，你今天讲了这堂课，以后她们应该就不会再笑话我了吧？"

最后一句话，她声音很低，但向好还是听到了。

她这才明白，当初江朵朵被嘲笑，受到了很大的伤害。十二三岁的孩子，是自尊心最强的时候，自然是经不住其他人的冷眼和嘲讽。

向好本想趁机好好给江朵朵讲讲道理的，让她忘记那些事。

但这个念头在脑子里转了几圈之后，她还是用最轻松最无所谓的语气说道："嗨！我还以为什么事呢，就因为这个你在这儿坐了这么久？"

江朵朵显然没意识到向好会是这样的反应，她抬起头睁大眼睛看着向好，深棕色的眸子亮晶晶的，带着几分疑惑，几分意外。

向好继续说道："那件事过去就过去了，都是小孩子，大家都不太懂事。那些笑话你的孩子以后也会经历你之前经历过的事，到那个时候，她们内疚还来不及呢！"

"真的？"江朵朵半信半疑。

向好想了想，抿唇一笑："不过……我还真拿不准……"

江朵朵脸上刚刚浮现的欣慰之色突然黯淡了几分。

向好紧接着说完了下半句："因为，你们这个年龄段的孩子最健忘了，我现在怀疑啊，她们很可能已经将那件事给忘了。"

说罢，将目光投向江朵朵。

江朵朵仍旧睁大眼睛，虽然眸子里的欣喜一闪而过，但还是被向好准确地捕捉到了。

向好也是从这个年龄段走过来的，而且这样的"花季"她刚过不久，她们的心思她都能读懂。

有时候，在成年人看起来很普通很微小的事，对她们而言，就是比天还大的事，处理不好，甚至会在心里留下阴影。

从江朵朵的种种表现来看，她非常在意这件事。毕竟，谁也不希望自己的"丑态"被人记住。

所以，索性用无所谓的态度来告诉她，这一切都过去了，这一切都不重要，也会很快被人遗忘。

对她而言，这便是最好的结果。

……

第六章　隐藏的秘密

向好处理好手头工作准备回家的时候，天色已晚。

好在学校离家的距离并不算太远，十分钟能走到。

就在她快要走到家的时候，突然看到一个熟悉的身影。虽然对方一见到她马上避开了，但她还是能认出那人是李晓檬。

跟在李晓檬身边的还有一个高个子男人，没看清脸，但手臂上墨青色的"龙"形文身在灯光下格外刺眼。

虽然向好并不觉得文身有什么大问题，但文身的男孩子总给人不太好的印象。

就在李晓檬头也不回地往前跑的时候，向好意识到李晓檬可能有什么秘密瞒着她。

刚想追上去看个究竟，两个人已经不见了踪影。

就在向好犹豫不决的时候，突然听到李增贤的声音："小柠，你在这里干什么呢？"

向好吓了一跳，转过身，才发现李增贤站在她的身后，正皱着眉头看她。

向好一时间有些为难，不知道该不该将刚刚看到的一切告诉李增贤。

就在向好正准备说点儿什么的时候，李增贤突然问道："小柠，你看到小檬没有？"

向好愣了一下："小檬？"

"对，她刚刚出来，一转身的工夫就不见人了，不知道去了哪儿。"李增贤一边说着，一边朝前走，眼睛四处张望搜索。

李增贤的腿才刚刚好些，虽然不像最初那样一瘸一拐的，但是走路还是不太灵便，比普通人要缓慢很多。

考虑到李增贤腿脚不方便，向好连忙上去搀扶着他，问道："爸，小檬这大晚上的，能去哪儿啊？"

李增贤的脸上露出几分不悦，没好气地低声嘀咕了一句："谁知道她？这丫头从小就不听话……"

就在向好打算听听李增贤接下来要说什么的时候，李增贤突然又问了一句："你刚才看到她了？"

说罢，一脸狐疑地看向向好，目光中带着几分警惕和期待。

向好几乎没多做思考，就鬼使神差地点了一下头。

但点过头之后却又觉得不太妥，连忙摇头："没有，我……"

"她去了哪里？"李增贤紧接着问道，语速很快。

向好愣了一下，吞吞吐吐道："我也没看清……不确定是不是她……"

"她在哪儿？你带我过去。"李增贤已经断定向好是见到李晓檬了，不给她丝毫改口的余地，"朝哪个方向去的？"

向好没回答，但目光却不自觉地朝着李晓檬刚刚跑的方向瞟了一眼。

就在她还没反应过来的时候，李增贤已经朝着她刚刚瞟了一眼的方向走去。

向好三步并作两步跟了上去："爸，您别激动啊，我真不确定那到底是不是小檬……"

向好话还没说完，李增贤就冲着她说了一句："你先回去。"

像是命令，这是李增贤第一次用这种口吻对她说话。

越是这样，她越是觉得情况不太对。于是停顿了片刻之后，便默默地跟在了李增贤的后面……

李增贤走到胡同尽头，绕过一个便利店朝着另一个小巷子走去，仿佛他早就知道李晓檬会去那里一样。

向好有些好奇，但依旧悄无声息地跟在后面。

李增贤一直走到一个民宅前，宅子是一座灰色的平房，看上去有些年头了。大门上贴着的"福"字被雨水冲刷，掉了半边。两边的对联也被撕得破破烂烂，所剩无几的红色纸张挂在墙上，带着凌乱又破败的感觉……

屋里时不时传来一阵阵吵闹声，由于隔得有点儿远，向好听不清他们在说什么，但语气中的兴奋劲儿却显而易见。

向好正在观察着外面的一切，李增贤已经开了门。

门开的瞬间，里面的吵闹声瞬间清晰，但片刻之后，便归于沉默。正是李增贤的出现，让原本的喧哗戛然而止。

几秒钟过后，向好便听到桌椅倒地的声音……

她正准备上前去看个究竟，便见到三四个青年从里面迅速地蹿了出来。

她一眼就看到了刚才手臂上有龙形文身的那个人，那人也看到了她，见到向好的那一刻他先是一怔，随即眼中便满是不屑。

此人长相不俗，皮肤很白，眉眼可算得上清隽，可神色里的张狂却将他原本不错的长相给蒙上了一层灰……

当她经过向好身边的时候，眼中的不屑似乎又增加了几分，即便没发出任何声音，向好也感觉到他的鼻息间似乎正在发出一声冷哼。

就在那几个人走开之后，向好听到屋里传来了责骂声："……我跟你说过多少次？不要和这些人在一起鬼混，你硬是不听……"

紧接着，便听到"啪"的一声，像是巴掌落在脸上的声音。

向好意识到情况不妙，连忙朝着房间跑去。

刚跑到门口的时候，便见到一张深色木桌被打翻在地，麻将乱七八糟地散落在地上，房间里一片狼藉。

李晓檬低着头站在屋子正中央，脸上满是泪水，但带着巴掌印的脸上却写满倔强和不屑，和方才的文身青年脸上的表情如出一辙……

向好不用想也知道李增贤为什么生气，李晓檬和刚刚那几个男青年一起赌钱了。

"整天不学好，从小到大没做过一件正经事！不是我瞧不起你，是你自己瞧不起你自己。你有今天，完全是你自己的无知和任性造成的，你谁也怪不着！"李增贤的训斥声还在继续，"别整天动不动把责任推给父母，推给家庭，你也应该从你自己身上找找原因！"

由于李晓檬低着头，加上李增贤的训斥声，她根本没发现向好站在门口。

而李增贤背对着她，自然也没发现她的存在。

此时的向好，即便是只看着李增贤的背影，也能看到他眼中的不甘和愤怒。

但向好的注意力全都在李晓檬脸上，李增贤不间断的训斥声仿佛是从很遥远的地方传来一般，一字一句落在耳边，却又模糊不清……

直到李增贤说到激动处，再次忍不住抬起手臂的时候，向好才意识到他又想给李晓檬一巴掌。

于是，她连忙上前去，拽住了他的那只手……

瞬间，两双眼睛看向向好，眼中蕴满强烈的诧异，仿佛藏了很久的秘密突然被人给看到了似的，这让向好一时间有些无所适从。

这一刻，向好竟突然感觉自己像个"外人"。

她开始结结巴巴地解释道："我刚才……见您一个人……怕您不方便，就……"

他本以为李增贤会生气的，却不想话还没说完，李增贤脸上的怒意很快消散了，取而代之的是一脸惯有的笑："小柠，你来了怎么也不说一声？"

向好微微一怔，目光下意识地朝着李晓檬看去，二人目光就此对上。

这是她们第一次对视，也是她第一次直视李晓檬眼中的恨意。

那恨意，她看得到，却是读不懂的。

虽然她不知道这份恨意来自何处，但却仍然让她的心头突然一颤，目光也随之避开了，将头转向李增贤，解释的语气有些弱："我只是担心你路上不方便，就跟着一起来了。"

"没事，没事。"李增贤话语中竟出现了类似客气的成分，"现在我们回去，这不是什么好地方，别在这儿待着。"

说罢，拉起向好的手就准备往外走。

向好刚打算走，但转头间，目光又一次和李晓檬撞上。

这一次，她没有回避，而是停下了脚步："小檬，我们一起回去吧？"

李增贤也停住了脚步，但并没有转头看李晓檬。

很显然，他心里是期待李晓檬和他们一起走的。

谁知，李晓檬说出的话却像刚出枪膛的枪子儿似的："现在你都回来了，还要我回去做什么？"

这是李晓檬第一次和向好正面交流，或许是已经有了刚才那个带着恨意的眼神打底，这一刻向好并没有感到意外，而是很平静地开口道："我们都是爸爸的亲女儿，都是一家人，一起回去，不是应该的吗？"

本是无心的话，可李晓檬偏偏听出了其他的意思，不屑地冷笑了一下："他只有一个女儿，有你没我，有我没你。"

这话还真够绝的！

向好还没想好怎么回应，李增贤已经来气了，瞪着眼睛看向李晓檬，用恨铁不成钢的语气训斥道："你说的都是什么话？一点儿素质都没有！小时候我都白教育你了，你只知道往家里人脸上抹黑！"

刚刚，面对李增贤的训斥李晓檬一言不发。但此刻，李增贤的话却突然将她激怒："既然我给你抹黑了，那你为什么还要来找我？"

说罢，一双眼睛瞪着李增贤，父女二人对峙间，周遭的空气似乎都凝结了。

向好担心李增贤和李晓檬又闹起来，下意识地握紧了他的手。

李增贤并未像刚才那样激动，而是站在原地没动，语气也柔和了不少："小檬，刚才打你是我不对，但我好歹也是你爸，一把屎一把尿地把你给拉扯大。我虽然方式方法不对，但也是为你好。你都这么大人了，什么事该做，什么事不该做，是非观念你肯定也是有的。你之所以不断犯错，不就是因为管不住自己吗？你自己管不住，我来帮你管着，还惹你怨恨？我都这么大年纪的人了，但是你不一样，你才二十出头，正是关键的时候，不能总是纵容自己啊！"

李增贤一番话说完，李晓檬的情绪似乎有所缓和，但眼中的恨意并未完全退去，而是将眼帘垂下，不再看他们。

"你再好好想想，如果你真想和我对着干，我也不阻止你。但是，你这么大人了，总要学会权衡利弊，不要总是让自己被负面情绪绑架了。"李增贤说罢，转过身看了向好一眼，示意离开。

向好犹豫了几秒，最终还是一声不响地跟着李增贤离开了。

……

第七章　云泥之别

路上，向好虽然心里有很多疑问，但始终没有开口问。

毕竟，在她看来目前是相对敏感的时期，无论是李增贤还是李晓檬，心里都还压着火气呢。万一她有什么话说得不好，都可能随时将正压制着的怒火点燃。

最后，还是李增贤先开了口："小柠，你一定对小檬感到很失望吧？"

向好连忙摇了摇头："不，任何人都有缺点，人只要活着就会犯错，知错就改就行。"

"可她知错不改啊！"李增贤说罢，又叹了口气，"她是你亲妹妹，和你却有这么大的不同。"

"我倒觉得没什么不同，我也犯过错。就算是一棵树，也不是任其生长就能长得又高又直的，都是要经过修剪的。"

"成材的树木不需要过多修剪。"李增贤说罢，又很快陷入了自责，"不过这说起来，都怪我，是我没管教好她……"

向好一听，连忙补充道："爸您别这么说，这件事大家都有责任，您不用把责任都往自己身上揽。"

这个"大家"是谁，向好虽没有明说，但李增贤心里也清楚。

当初他和林越离婚，对家庭和孩子都有影响，这个责任并非李增贤一人造成的。

　　只是，从后来的生活和成长环境来看，对向好的影响是正面积极的，而对李晓檬的影响则是负面消极的。

　　本是孪生姐妹，如今看来却是一个在天，一个在地。

　　这样的云泥之别，确实令人唏嘘不已。

　　但一个孩子的成长，无论是家庭的引导，还是学校教育或者是成长环境的影响都至关重要，无论是任何一个环节出了问题，都可能走歪走偏。

　　有些是后期可以改变的，有些却终身难以改变。

　　但现在李晓檬也只有二十出头，若想改变，这是一个关键期，正面的引导至关重要。

　　考虑到这些，向好便问道："爸，小檬她有没有什么爱好？"

　　"爱好？"李增贤突然皱起了眉头，想了好半天也没想到什么，"我也不知道她有什么爱好，农村不像城里，可以学钢琴、学绘画什么的，这里的孩子除了基本的学习，就是帮家里干家务。很多东西没机会接触，也不知道他们到底有什么爱好。"

　　向好听到这里，第一次对李晓檬有了同情之心。

　　她本能地认为：她们本是孪生姐妹，李晓檬不应该如此。

　　向好正想着，李增贤又接着说道："要说她的爱好，还真是有，都是些乱七八糟的。小时候喜欢缝布娃娃，做各种小玩意儿，还有学着老人家绣花儿……总之都不值一提。现在大了，就喜欢打扮自己，你看看她的指甲涂得五颜六色的，不像个人样。"

　　向好对李晓檬还不算太了解，听李增贤说的这些，她也想不到该怎么给李晓檬以正确的引导，她也仅仅是个刚毕业的大学生，对很多事，心有余而力不足。

　　"但是爸，我觉得小檬应该找份工作，不管做什么，让她有个寄托才好。要不然，她很难真正和那些人划清界限。"

　　"你说得有道理，但是她能做什么？脏活儿累活儿干不了，像样的工作她也找不到，她能干啥？前阵子倒是在镇上一家什么美甲店打过工，后来我就没让她去了……"

　　李增贤话还没说完，向好就连忙问道："为什么不让她去？"

　　向好话音未落，李增贤就冷嗤一声："那也算是工作？"

向好问："为什么不算工作？工作也分贵贱吗？而且，我觉得做美甲没任何问题。"

"我就觉得有问题，我不喜欢她干这行。"李增贤斩钉截铁道。

从李增贤的态度能够看出，他应该曾经因为这个问题和李晓檬发生过意见分歧。

向好突然想到了自己，向卫华和林越也曾对她的升学和就业给出很多建议，看上去像是为自己铺好了路。事实上，他们只是希望孩子按照他们自己的想法在这世界生存。

那些建议，是他们经过实践后，发现有用的，可行的。

可他们忘了，这世界不断在变化，社会不断在发展，知识不断在更迭，就连工作方式都在不断发生变化，有了更多元化的选择。

想到这里，向好对李增贤说道："爸，其实我继父也曾经生过我的气，就因为我说错一句话，惹怒了他……"

向好话还没说完，李增贤就连忙问道："你说了什么？"

向好顿了顿："我说，我们这一代人，犯的最大的错误，是在最好的年纪，听从了他人的安排。"

李增贤听罢，明显愣了一下。

过了好几秒，他才有些尴尬地笑了笑，说道："如果小檬能像你这样，也就不需要我来操心了。再说了，我也安排不了啥。"

"既然不能安排，为什么不让她自己安排？"向好这么一问，倒把李增贤给问住了。

他动了动嘴唇，想要回答，但却一直没有找到合适的答案。

向好明白，李增贤之所以会干涉李晓檬，其原因就是，他始终认为自己比她年纪长，比她见识多，也比她有学问，他的想法、选择和决定也一定比她更正确。

经过和李增贤这一段时间的相处，向好发现，李增贤性格有些固执，想要真正说服他，其实是很困难的。

李增贤目前之所以看起来对她什么都顺从，一是因为她从小就离开家，他想将那份缺失的父爱补偿；二是因为她能考上名校，这是他不曾有过的经历，也是优于他的地方。

……

李晓檬晚上还是回家了，但回到家的时候已经是十一点多了。

向好还没睡，这次她见到李晓檬特地留意了她的指甲，修长的手指涂着指甲油，肉粉色的，指甲顶端覆盖了一层白色，看上去柔和又雅致。

虽然生活并不算如意，但她并没有放弃对美的追求，很难得。

就在李晓檬低头进了卧室时，向好也跟了进去。

李晓檬有些诧异，看了她一眼，又将眼帘垂下。

"小檬，我们谈谈吧？"向好问。

李晓檬没作声，拿了一条毛巾拽在手里，像是准备去洗漱。

向好自然明白她是故意想要避开自己，紧接着又说了一句："小檬，你会做指甲？"

李晓檬显然没意识到向好会问这个问题，愣了一下，但并没作答。

但，她也收住了步子。

向好见状，连忙又说："我觉得你的指甲做得很好看，看上去有点儿法式的感觉。我也想做个指甲，你能帮我也弄一个吗？"

李晓檬又愣了一下，过了好几秒才问道："你怎么会看得上这些乡下玩意儿？"

李晓檬的回答，都在向好的意料之中，她笑了笑："你这个指甲我倒觉得挺时尚的，是我喜欢的类型。"

向好并没有做指甲的习惯，只是当她得知李增贤对李晓檬从事的职业带有抵触情绪时，便希望通过正面的方式去引导李晓檬，支持她、肯定她、鼓励她，让她内心得到一些力量。

李晓檬听罢突然抬起头看向向好，神色中有些异样，像是意外，又像是质疑。

向好连忙补充道："之前我偶尔也做指甲的，只是现在来了这里不知道哪儿有美甲店。现在有你，我就想让你帮帮我，好不好？"

李晓檬没回答，但脸上的疑忌之色明显少了几分。

向好见李晓檬迟迟没有应答，便说道："今天时间不早了，看看明天我下课后有没有时间，咱们一起做个指甲吧？"

向好说罢，朝着李晓檬笑了笑，便回到了自己的房间。

她不需要答案，她只希望能慢慢改变李晓檬对她的看法，然后才能有机会深入交流。

……

向好到梅园小学办的第一件事，就是提出开设生理卫生课，其他都是些零碎的工作。

本以为既然开了个好头，接下来一切都会顺利进行的。却没想到，还是招来了风言风语。

其原因是大家觉得向好处事过于武断，自己认为对的，就坚持到底，而她到底会在梅园小学留多久，则是个未知数。她所决定的一切，将来虎头蛇尾的可能性也很大。

向好了解这些之后，心里多少有些沮丧。但她仍相信有些事情一旦有了好的开端，后期就会朝着好的方向发展的。

……

第八章　陋习误终身

这件事对向好多少有些影响，而且她的心思又总是会被李增贤看出来。

李增贤询问的时候，她没有回避，而是将事情的缘由说了出来。其目的是希望能得到李增贤的指教，毕竟他当过校长，并且长期在梅园生活，对这里的情况有足够的了解。

本以为这件事会让李增贤为难的，却不想他只是哈哈一笑，问道："我记得你刚来的时候，就跟我说过，人活着就是不断向前走，不断纠错的过程，不断化弊为利。没有人能保证自己迈出的任何一步都是对的，是吧？"

这话向好确实说过，她一向很擅长讲道理。但一旦遇到具体的事，却不一定能得心应手。

李增贤又问："你认为你自己当初提出的这个建议是正确的吗？"

"当然是对的。"向好不假思索。

"那就行了，既然是对的，就要执行下去。"李增贤道，"任何一个决定，都可能会引起非议。这么多人，怎么可能大家的思想都一样，任何事都想到一个点儿上？"

李增贤简单几句话，就将向好给点醒了。

父女二人正在说话，向好便见李晓檬从外面回来，手里还提着一个小袋了。

向好想到昨天晚上和李晓檬约定的事，连忙跟了上去："小檬，回来了。"

"嗯。"李晓檬低低地应了一声，然后将那个白色的小袋子放在了桌子上，从里面拿出两瓶指甲油，"你昨天不是说要做指甲吗？"

向好有些意外，没想到李晓檬这次竟如此主动。

几分钟之后，两个人隔着一张桌子坐下，向好将手放在小圆桌中间，李晓檬开始帮她做指甲。

这是向好第一次看到李晓檬小心翼翼又专心致志的样子，仿佛是在做一件艺术品。

向好此前本不喜欢做指甲的，但现在看着李晓檬，突然对"美甲师"这一职业有了一种前所未有的尊重。

等指甲做好之后，向好看了看，无论是颜色和光泽度都不错，简简单单，倒是很符合她的气质。

"很不错！"向好一边左看右看，一边说道，"还真是巧，我没有和你说要求，你做出来的竟和我想要的差不多。"

李晓檬没作声，挑了挑唇角，像是在笑，又不像是真的笑。

"对了……"向好开始将话题切入正题，"小檬，我听说你之前在美甲店工作过？"

李晓檬抬眸看了她一眼，问："你怎么知道？"

"咱爸说的。"向好答道。

"噢……"

"其实我觉得你在美甲店工作也不错。"向好说道，"我听说咱爸之前反对过你从事美甲行业，你也别太在意。他年纪大了，没办法理解年轻人的喜好。反正我觉得挺好，如果可以，我去和咱爸好好说说，你继续去美甲店工作，好不好？"

李晓檬想了想，摇了摇头："不了。"

"为什么？"向好不解。

李晓檬道："我打算去阳城了。"

"去阳城？"向好更纳闷儿了。毕竟，李晓檬这才刚从阳城回来。

"嗯。"

"为什么？去阳城找工作？"向好转念一想，"也行，如果你真的是做美甲，去阳城有更大的市场和更大的发展空间。"

"不。"李晓檬很快否定了，"我和我男朋友一起，看看做点儿什么生意。"

"你男朋友？"

"嗯。"

"你有男朋友了？"向好从未听李晓檬提过自己的男朋友。

"嗯。"

"咱爸知道吗？"

"知道。"

"那他见过你男朋友没？"向好问完了，自己都觉得自己问得有点儿多。但却又不得不问，毕竟现在李晓檬和李增贤的关系仍处于敏感期。

"见过。"李晓檬的声音淡淡的，像是心里早有具体打算。

"你男朋友是谁？"

"宋嘉。"

不知怎的，向好听完这个名字之后，脑子里突然出现了那天晚上在那间小平房门口出现的身上带有龙形文身的青年。

于是问道："是不是上次我见到的那位？"

李晓檬犹豫了几秒，才点了一下头："嗯。"

果然是他！

虽然李增贤从未提起过宋嘉，但也能看出他很排斥这个人。

同时她也意识到，如果李晓檬真的和这个叫宋嘉的青年走了，和李增贤的关系又将跌入冰点。

可她现在应该怎么阻止呢？

正思索着，李晓檬突然开口了："爸可能不会同意，你能帮我跟他说说吗？"

向好突然一愣，好半天才发出一声惊讶："……啊？"

这个"重任"竟然就这样落到了她的头上！可她还没想好应该怎么回应。

李晓檬像是看出了向好的不情愿，紧接着说道："你不愿意算了，我和他说！"

"不不不……"向好连忙摇头，"我不是不愿意，我是在想怎么样才能让他接受。"

李晓檬半信半疑地看向向好，像是在辨别她此话的真伪。

"小檬，我不希望你和咱爸闹不愉快，但是你也知道他的脾气，如果……"

"反正不管我在哪儿，都会和他闹不愉快，都闹了小半辈子了。"李晓檬打断了向好的话，"如果他瞧不上我这个女儿，还不如我早点儿离开，他眼不见为净。还有，我打算和宋嘉结婚了。"

向好一听，瞬间蒙了！

好半天才问道："我没听错吧？你刚才说的是结婚？"

"嗯。"李晓檬声音很轻，却带着几分毅然决然的味道。

向好在脑子里迅速组织了一下语言，才好生劝道："小檬，你现在年纪还很小。像你这么大的姑娘才刚刚大学毕业……"

"符合法定结婚年龄要求。"李晓檬再一次打断了向好。

"如果你以后遇到更好的呢？"向好问道。

这一次，竟将李晓檬给问住了。

但此时的向好却并不知道，在不久的将来，李晓檬真的遇到了更好的。只是，她无可救药地爱上了这个"更好的人"，而那个人却始终与她无关。

"不会的，我只爱宋嘉。"李晓檬想了想，继续说道，"我以后都不可能遇到比他更爱我的人了。"

向好愣了愣："他有多爱你？"

李晓檬想了一会儿，说了一些生活中的小细节，比如对方为她买药送饭，为她撑伞穿衣等小事。

听起来，确实带着满满的爱意。

由此可以判断：李晓檬在成长的过程中，是缺爱的。

所以，她追求真爱，认定来自他人的"嘘寒问暖"就是爱，可以暖化她的心，可以从中找到存在感和幸福感，并在这些感觉中不断沉溺。有些事，她也知道是错的，比如抽烟喝酒，比如赌博。但人一旦融入那个圈子，接触到那个环境，久而久之，言行举止都会受到影响。甚至，会因为对方的"爱"忽略了对方的缺点和错误。

但赌博并非一般性错误。一旦染上，足以误了终身。

在感情这件事上，向好多少有些了解。作为同胞姐姐，在这个时候她有必要跟妹妹讲讲道理。

"小檬，我觉得其实你挺好的，样貌不错，有个性有想法，我相信你可以遇到更好的男生。当然，我并不是说宋嘉不好，他很好，但他也可以变得更好。你如果真要嫁，应该是嫁给未来那个变得更好的宋嘉，而不是现在的。"

向好的这番话，说得稍微有点儿绕，但李晓檬还是听懂了。

她稍稍思索了一下，回答道："我可以和他一起变好。"

这话乍一听没毛病，但向好明白，这种可能性太低了。就目前的情况来看，他们一起堕落的概率更大。

"小檬，你听我说，我觉得你还是……"向好话还没说完，就听到门外有几个人在说话，听声音有些熟悉。

当向好听出了对方声音的时候，眉头不由得皱了起来，随即就出了卧室，朝着外面跑去。

刚跑到客厅门口，便见到林越和向卫华站在大门口，手里还提着几个只箱子。

李增贤则站在向卫华的旁边，隔着一个人的距离，一脸的客套和谦逊："你看看你们过来我这里也不提前说一声，我都没来得及收拾，家里乱糟糟的……"

他话还没说完，向卫华就迈开步子朝着向好这边走来："小好儿，怎么看起来瘦这么多？"

向好还没回答，李增贤就连忙客气解释道："在这小镇子上，伙食肯定不如城里。再说了，我这家里就这么个条件，比不得向先生家……"

按理说，李增贤只不过是说几句客套话，但向好偏偏听出了几分低声下气不如人的味道来。她很快就打断了李增贤："我哪儿瘦了？昨天上了秤，还胖了两斤。如果瘦了倒好，你不知道我多希望自己瘦一点儿。"

说罢，特地朝着向卫华和林越看了看。

向卫华保持着惯有的微笑，而林越看起来神情略显复杂。目光时不时地看向李增贤，像是在观察他的变化。但眼神之中的愧疚，显而易见。

几个人又寒暄了几句，李晓檬就出现在了门口处。

当林越的目光看向李晓檬的时候，整个人都愣住了。

李晓檬也一样，一双眼睛一瞬不瞬地看着林越，那眼神儿太复杂了，有讶异、有怨恨、有不甘……

"小檬。"林越叫出了她的名字，就在她正准备朝着李晓檬走去的时候，李晓檬突然转身，跑开了。

随即，便听到"砰"的一声关门声。

李晓檬的这番举动，让向卫华和林越都有些尴尬。

李增贤见状，连忙解释道："她就这样，脾气冲，一言不合就翻脸。向先生你可千万不要误会，你们这次来，我们全家都很欢迎。"

说罢，朝着向卫华看了一眼。

向卫华连忙笑道："没事没事，孩子还小，我们这么大人了，不会去计较这些。"

向好发现，每次当林越的目光和李增贤相撞时，李增贤都避开了。

"小好儿，这些东西都是带给你的，给你买了几套新衣服，还有一些零食和奶粉，你先放着。"向卫华说罢，将那几个箱子放在了客厅的角落里。

第九章　关系微妙

向好连忙说道："谢谢爸，以后不用总是给我带东西了。"

"那不行。"向卫华一边说着，眼睛一边四处看，"你在城里住惯了，这里的条件跟不上，你不能委屈了自己。"

向好的眼睛下意识地朝着李增贤看了看，随即对向卫华说道："现在网购很方便，这里有收货点，我想买什么自己网购就行了。再说了，我觉得这里挺好，山清水秀空气好，人也淳朴善良，有种突然找到家的感觉……"

向好本来怕李增贤多想才说这番话，但话刚说到一半儿却发现向卫华脸上略显尴尬，于是连忙改了口："一个是生我的家，一个是养我的家，两个家确实有很大的不同，但各有千秋。我一直在城里的家里长大，现在来到这个家，感觉也很新鲜。所以爸，您不用担心我不习惯，我这是在体验生活。"

说罢，走到向卫华身边，拉了拉他的手，向卫华的神色这才开始好转。

这天晚上，李增贤准备了很多菜，林越也在一旁帮忙。

曾是无话不谈的夫妻，时隔多年再次相聚，哪怕一句再寻常不过的话，都说得小心翼翼。

比如林越，一边对着水龙头洗菜，一边观察李增贤的脸色，确认他没有任何负面情绪，才开口道："增贤，这些年你一个人带小檬，真的辛苦了。"

这语气，客套得像个外人。

李增贤心中的芥蒂似乎也早就散去了，笑了笑，但目光却始终没有看林越："没事，两个孩子，咱们一人带一个。你把小柠带得这么好，我应该感激。倒是我，没能把小檬培养好。"

提起李晓檬，李增贤语气中的惋惜之情溢于言表。

"这不怪你，你一个大男人带孩子，确实不容易，我都理解。小檬这脾气随我，有性格，不好管教。估计你是太宠她，一直由着她的性子，她现在才这么任性的。而且这里条件有限，小檬能长大成人，我已经感到很欣慰了……"林越话刚说一半儿，便发现李增贤脸上的表情明显僵了那么一瞬，于是便转了话题，"增贤，当初我和你离婚真不是因为家里条件不好，是我……"

"都过去了。"李增贤打断了她，但语气平静，"只是，你不应该和小柠说是因为家里重男轻女导致的矛盾。"

李增贤说罢，这才将目光投向林越。

林越愣了一下，过了几秒之后，才低声开始解释："增贤，我也不想这样。但是你知道吗，小柠长大后，知道老向不是她生父，非要问我，谁才是他父亲，我们为什么要离婚。那个时候，我担心她和老向关系紧张，这才跟她说……"

林越说到这里，停了下来，在观察李增贤的反应。

李增贤正一瞬不瞬地看着她，神色复杂。

林越没有继续说下去，而是想将话题转移："增贤，不管怎么样，我都希望咱们彼此的新家庭都能好好的，大家都能好好相处，我的初衷是好的。"

李增贤笑了笑，可笑容里却带着类似不屑的味道："你有新家庭，我没有。我的家，还是从前的家。"

林越听罢，脸上明显出现波澜。

李增贤继续补充道："只是从前的家里，少了两个人而已。"

"增贤……"

林越正想说什么，却被李增贤抬手给拦住了："你不用解释了，你那么做我都理解。而且小柠是个懂事的孩子，修养也好。如果她在我身边生活，不一定能像今天这么出色。所以，即便是你真做了对不住我的事，说了对不住我的话，我也不会放心上。"

李增贤的话，乍一听像是表明态度，不会和林越计较。但那一字一句都如同刀子一样，落在了林越的心头。要说此时此刻，她没有一丝内疚，是不可能的。

接下来，两个人一句话都没再说，只是默默配合着烧菜做饭。

就在李增贤和林越做饭期间，向卫华则在向好的卧室里谈她的未来发展规划。

向卫华先询问了她支教的情况，便开始旁敲侧击："向好，你虽然才刚刚毕业，还算年轻，但女孩子的青春期很短暂，你可千万别把这宝贵时间给浪费了啊！"

向好起初并没听出向卫华话里的意思，于是说道："当然不会浪费，我这段时间在这里工作，感觉挺充实的。而且，业余时间我可以看看书，准备考研。"

"考研当然是好事，但你也要为未来好好规划一下。"向卫华说到这里轻咳了一声，"我的意思是……如果能回阳城，就尽快回去。回去考个公务员或者进个事业单位，安安稳稳的多好。女孩子别整天想着理想啊人生的意义啊这些没用的东西，人生能有什么意义？没有意义！这些无聊的问题想多了费脑子，容易变傻。"

向好这才明白向卫华此次来的意图，一瞬不瞬地看着他，没作声。

向卫华继续说道："你更不能以身试险，什么都可以浪费，唯独青春时光不能浪费……"

"爸，为什么您就觉得我现在是在浪费时光呢？"向好忍不住问道。

"说浪费确实严重了一些。"向卫华又轻咳了一声，"但是小好儿你想想哈，你现在二十三四岁，正是谈男朋友的时候，你现在把自己闷在这个小镇子上，到哪儿遇到优质男青年？优质男青年不可能来这里的！对，你说这里山清水秀空气好，这一点我承认。但是你不能光看风景，也得看人呀！一个地方，就算是风景再好，聚集了一堆歪瓜裂枣，也是一片沼泽之地！”

“爸，你怎么能说人家是歪瓜裂枣呢？”向好不满了。

“我这不是打个比方嘛！”向卫华笑了笑，“我的意思是，你得往优质男多的地方去，这样才能找到条件更好的，更合适你的。是不是？”

“我现在也不着急找男朋友。”

“看看，看看……”向卫华眉头皱了起来，“还不知道着急？现在是你的关键期，过了这个关键期可能会影响一生。等你年纪大了回去，人家都结婚生子了，你到哪儿找去？”

向好被向卫华给逗笑了：“爸，难道过几年全世界的男生都结婚生子了？这个不是看缘分吗？”

向卫华没再争辩，但脸上的失望之色显而易见。

“爸，您之前不是已经同意了吗？现在怎么突然又来劝我？”向好问。

向好话音未落，门口处便响起了李增贤的声音：“是我让他们来劝你的。”

向好一愣，转过头，便见到李增贤站在门口，腰上还扎着一个紫色的碎花围裙。乍一看，有些傻，有些憨，还有些滑稽。

向好站起身的时候，李增贤已经走到她身边：“小柠，我和你亲爸的看法是一样的，你不能一直在这里。”

向好怔怔地看着李增贤，没有说话。

但，心中的若干个问号在不断闪现：李增贤说的话是真的吗？为什么会如此突然？是因为他刚好听到向卫华的话言不由衷地帮着劝？还是林越在背后做了他的思想工作？

就在向好思索间，李增贤解下了围裙，一边往一旁的挂钩上挂，一边说道：“你不用想太多，我们都是为你好。”

向好愣了好久，才问了一句：“就为了让我提前找到合适的结婚对象，然后结婚生子吗？”

“这有什么错吗？”李增贤问。

这时，林越已经端着一个盘子从外面朝着客厅走来，目光一直没朝着她这边看，仿佛根本不想了解他们在探讨什么问题一般。

“可我根本没想这么早结婚，这根本不在我现阶段的计划之内。”向好回答。

向卫华一听，连忙说道："可是有些事就是要提前做打算呀……"

他话还没说完，就被向好给打断了："可是，我也不想让目前的计划半途而废。小时候您就让我学会坚持，不能轻易放弃，所以，不管任何事，我都没有中途放弃的习惯。如果因为这件事开了先例，以后就还会有第二次、第三次、第 N 次。爸，您真希望我这样吗？"

一番话，竟将向卫华驳得哑口无言。

……

用餐时，李晓檬一直没出来，一个人窝在房间里，房门紧锁，没人知道她在干什么。

其间向好去敲过她的门，但房门一直没开。

李增贤说，既然她想在里面待着，就让她待着吧。待够了，自然就出来了。

李增贤这些话听起来像是气话，但语气却比平日里温柔许多。

大概大家都觉得李晓檬是在赌气，席间也没谈起她，而是七嘴八舌地继续说着向好，还是希望她能改变主意。

但最终没能将向好说服，林越和向卫华只得放弃，开始关注向好在梅园镇的饮食起居。

在他们看来，向好从小就衣来伸手饭来张口，一切都被人照顾得好好的。现在突然来到了一个小镇子上，一时间是不可能适应的。

他们说，向好就点头应着。

总之，只要他们别让她回阳城，一切都好说。

第十章　意见分歧

向卫华和林越走后，一切如常。

周一，向好因临时有事，回到学校稍微晚了一些。

在路过一年级一班教室门口的时候，向好发现一个小男生跪在教室门口，眼睛透过门玻璃朝着里面看，红着脸，看起来羞愧又窘迫。

教室里面，正在上数学课，讲课的是秦莉老师。秦莉很专心地给学生讲课，似乎早就忘了教室外面还跪着一个人。

经过一番了解才知道，是因为杨迪迟到了，所以才被罚跪。

　　向好听罢，突然来气了，一把将他从地上拽了起来："别跪着。"

　　秦莉显然不高兴了，快步走到向好面前，问道："向老师，你这是在做什么？我现在是在教育我的学生，教他好好做人，教他守规矩，又不是要害他。"

　　秦莉话音刚落，向好便开口了："秦老师，如果要教育他守规矩，不一定非要罚跪。可以跟他好好讲讲道理……"

　　"如果讲道理可行，我也不会用这种方式。"秦莉收住了笑容，"向老师，在管教孩子方面，我比你有经验。"

　　向好顿了顿："经验也是可以改变和优化的，或许您所采取的方式，并不是最好的。"

　　秦莉明显目光闪了闪，她显然没意识到向好竟会和她"争辩"到底。

　　但，她也没有就此罢休的意思，继续说道："没有什么方式是最好的，我只知道，什么方式是最有用的。"

　　向好在大学期间，就参加过多场辩论赛，并获过奖。

　　所以，秦莉再怎么巧舌如簧，都不可能轻易将她"制服"。

　　她笑了笑："可你没试过别的方式，怎么会知道别的方式就是不可行的呢？"

　　"你想说服我？"

　　"不，我只是想和您探讨如何管教学生。"向好看起来仍然沉着冷静，脸上带着淡淡的笑容，"您刚才说得对，您比我有经验。我作为后来者，确实应该向前辈学习。但学习的过程中，有了质疑，是不是也应该及时提出？"

　　"你……"

　　"好了，别吵了。"房磊不知道什么时候出现在了她们的身后。

　　此刻，见她们回过头，目光迅速地抽离，落在了杨迪身上："杨迪，你先进教室去。"

　　杨迪怯怯地抬起头，看了看秦莉，又看了看向好，一时间不知道该怎么办。

　　向好见状，连忙说道："你先进去吧。"

　　杨迪这才低着头，从秦莉身前走过，进了教室。

　　秦莉脸上明显挂不住了，但面对房磊，她也没别的话说。

房磊对秦莉说了一句:"秦老师,下课之后,到我办公室来一趟。"

秦莉正想说点儿什么,房磊已经走开了。

向好也很自然地走开,她不用回头看也知道,此刻秦莉正在用什么样的眼神看她。

但这不重要,秦莉是想要做好本职工作,她也是。

只不过,二人在某些问题上的看法不一致而已。

秦莉再次回到课堂上,心情似乎很不好。

下课之后,她去了房磊办公室。

当时房磊正对着电脑处理文件,见她进来,指了指办公桌前的座位,低声道:"坐。"

秦莉犹豫了一下,走过去坐下。

房磊还没来得及开口,秦莉就开口了:"房校长,今天杨迪无故迟到,我教训他一下,也是应该的。他迟到不是一次两次了,如果每次都纵容,以后还怎么管教孩子?迟到这种事是会传染的,今天一个孩子迟到我不管,明天就两三个,后天可能就四五个……慢慢地,估计全班没几个孩子能按时上课了。咱们这么大一个学校,总得有点儿规矩吧?"

秦莉说完这番话之后,房磊仍然在看文件。

秦莉有些不耐烦了,打算再次开口时,房磊把手里的笔放下,抬起头来,对秦莉说道:"秦老师,我找你来,并没有想要批评你的意思。只是,体罚学生得有个度,我想借这个机会提醒一下你。迟到了,得问问原因,学生保证下次不犯就行了,没必要非得罚跪。"

"不跪下次肯定会再犯!"秦莉斩钉截铁,"要不然,我也不想当这个恶人!"

"这个和恶不恶人没关系,说到底就是一个方式方法的问题。我倒不是觉得你管教学生的初衷有错,而是想和你探讨探讨,能不能换种方式?"

房磊话音未落,秦莉就立刻接上了话儿:"今天杨迪迟到,我问他原因了啊,可他不说,非要和我对着干!我是老师,当着那么多学生的面儿,他这样做不是让我下不来台吗?一个老师要是想获得学生的尊重,就要保持自己的威严。现在他让我威严扫地,这不是妨碍我今后的教学工作吗?房校长,我不管说什么、做什么,不都是为了做好自己的本职工作?我有错吗?"

"你没错没错！"房磊听得有些不耐烦了，而且秦莉这样强词夺理，已经不是一次两次了，每次说她都不听，还能给他讲一大堆道理，"我刚才说了，咱们能不能换种方式？教学方法也可以优化的对吗？不能斯文一些，文明一些吗？对不对？"

秦莉听罢，愣了愣，难以置信地盯着房磊，好半天才问道："房校长，您这说话的口吻怎么就和来支教的向老师一模一样？"

秦莉话音未落，房磊不由得愣了愣："一样吗？"

"嗯，这样的话，她也说过。"秦莉说到这里笑了一下，但脸上却没有丝毫的悦色，"您是校长，自己的管理和教学思路，总不能被一个小小的支教老师带偏了吧？"

"不是……这……"房磊突然有些语无伦次，"这怎么叫带偏了呢？对于这个问题，我就是这么想的，也是这么看的！"

秦莉意味深长地笑了笑："房校长，您之前可没因为这个问题说过我。您也知道，农村的孩子和城里的孩子不同，不打不骂他们能听？这些孩子，一个比一个皮实，小时候都被家里打骂惯了，现在来给他们搞得过于斯文，过于文明，反而起不到效果！城里的那一套，不适合农村教育。咱总不能因为一个来短期支教的老师，就坏了学校原来的好风气！更何况，这还是一年级的学生，万一没规矩惯了，以后都废了！"

听了秦莉的话，房磊再一次感觉，和她永远讲不清道理。

房磊叹了口气，又说道："秦老师，不管怎么着，我现在总归是这个学校的校长，这个学校的教学工作还是由我来管理的。你作为老师，对于我的话，你总得听吧？"

秦莉又笑了笑："我没有不听，但我作为老师，对教学工作有什么看法，也总得跟房校长汇报吧？"

"你刚才像是在汇报工作吗？"

"当然是汇报工作。"秦莉又笑了笑，看起来倒是比刚才心平气和许多，"只是我这个人说话就这语气，人有点儿较真儿。房校长可以说我汇报工作的方式方法不太好，可千万别认为我是故意顶撞你，我完全没这个意思。"

房磊皱着眉头看着秦莉，由于皱得过于用力，眉间皱出一个坑，但仍然言不由衷地说道："算了算了，这件事就这样吧！"

秦莉似乎早就意料到房磊会就此放弃，站起来就走，连犹豫一下都没有。

谁知，转头间，却见到向好站在校长办公室门口处，手里还拿着一叠试卷。

她愣了一下，正想着向好刚刚是不是听到他们的对话了，向好已经开口了："秦老师，我还是觉得体罚学生不太好，尤其是罚跪。这会伤害他们的自尊心，一旦自尊被伤，只能让他们越来越叛逆……"

"向老师，有问题大家放台面一起探讨就行，干吗非要站后面偷偷摸摸地偷听呀？"秦莉脸上虽然依旧带着笑，可眼中的挑衅意味却很是明显。

向好有些无奈："我没有偷听，只是正好要把这批卷子送给房校长，走到门口不小心听到了。"

向好说罢，都觉得这个解释有些无聊。毕竟，她就算再怎么傻，也能看出秦莉是故意用这种方式先发制人。

"一声不吭地站在后面，还说没有偷听？！"秦莉说话间已经走到了向好的身边，看似大度地伸出手拍了拍她的肩膀，"算了算了，我这么大年纪的人了，怎么会跟你这种小姑娘计较？听了就听了呗，又不是见不得人的话！"

向好哭笑不得。

秦莉从她身边走过的时候，又补了一句："你给我和房校长提建议也没什么不对，不管怎么说，你爸之前也是这里的校长，虽然现在身体不好在家里待着，但大家不都得碍着他的面子吗？"

秦莉一番话说完，意味深长地朝着向好笑了笑。

向好瞠目结舌，一时间，站在那里无所适从！

本来很好的初衷，被秦莉刚才那么一说，一切都变味儿了，好像向好所作所为都是为自己的父亲争取更多的主动权似的。

而且，还带着点儿故意压制房磊的意思。仿佛秦莉大笔一挥，就在向好和房磊之间画下了一条警戒线。

当向好将不太自然的目光投向房磊的时候，房磊也正在看她。

完了，肯定是误会了！

她连忙解释道："房校长，我刚才没偷听。而且，我无论是今早，还是刚刚和秦老师说的那些，只是我个人看法，仅仅是我个人看法，和我爸……和李增贤校长毫无关系！"

"我知道，我也没这么想。"房磊看上去很大度，似乎根本没往心里去。

即便是这样，向好心里还是有些忐忑。

但若是继续解释，非但解释不清楚，还会显得她因过于在意而心虚。

于是，她将手里的试卷放到了房磊办公桌上，说道："您交代我的工作我都做好了。"

"可以，我先看看。"房磊说罢，低下头开始看试卷，"你没什么事可以先去休息，中午休息好，下午才有更多的精力投入工作。"

向好停顿了几秒："好。"

第十一章　矛盾升级

经过这件事，向好发现在这里工作，难的并不是工作本身的问题，而是人际关系的问题。

在这方面，她还有些欠缺。

但她似乎并不想将过多的精力放在这方面，觉得这些东西很无聊，琢磨多了就是浪费时间，浪费生命。

向好自从来到梅园镇，生活基本上是两点一线。要么在学校，要么在家里，就连到周围逛逛的机会都很少。

现在她来的时间并不算太长，无论是家里，还是学校，对她而言，都是一个全新的环境。

在全新的环境里，都会有不断探索的欲望。

这和她所追求的东西基本吻合：在不同阶段到不同的环境生活，体验不同的生活方式。人生的过程，就是不断探索、追求和体验的过程。

城里人的工作和生活模式她都太了解了，她不想日复一日地重复着父母的生活。如果现在她离开了梅园镇，回到阳城，工作一旦稳定下来，她就再也不会有机会来了。

这，便是她坚持要留下的全部意义。

刚回到家门口，便见客厅门关着。

她不由得有些纳闷，毕竟这段时间李增贤和李晓檬都在家，一般情况下，客厅的门都是开着的。

她带着几分好奇，走到了客厅门口，刚准备敲门，突然听到里面传来脚步声。

这脚步声很熟悉，是李晓檬的。

她正打算抬手敲门，门就开了，李晓檬站在门口，一副兴冲冲的样子。

见到向好的那一刻，整个人都愣住了，脸迅速地红到了耳根。

当然，此时此刻，愣住的不只李晓檬，还有向好。

因为，李晓檬身上穿着的是向好的新裙子，是前几天林越和向卫华送来的，黑底碎花连衣裙，带点儿赫本风，复古又优雅。

李晓檬未经她同意直接穿她的衣服，无论是试穿还是偷穿，在她看来都是不太好的举动。

刚想说几句，但看到李晓檬那一脸的窘迫，她还是笑了笑："小檬，你穿这件裙子很好看，而且也很合身，腰围都正好……"

她话还没说完，李晓檬突然一个转身回到房间，看起来很气愤。

向好也不知道她到底在气什么，难道就是因为被她发现了吗？

不到两分钟，李晓檬就从房间出来，已经换上了自己的衣服，将向好那条连衣裙扔到了沙发上，没好气地说道："还给你，我才不稀罕！"

果然，她刚刚的猜测没有错！

向好突然有些生气，毕竟她什么都没做错。

受某种情绪的驱使，她几乎是脱口而出："我还没说你什么呢，你就这样？"

但话一出口，她就后悔了，似乎说话之前都没经过大脑。

刚想着怎么弥补，李晓檬就愣了一下，继而转过脸看她，眼睛里竟闪着泪花儿。

向好有些慌了，连忙解释："小檬，我没别的意思。我的意思是……"

"你就是看不起我！"李晓檬打断了她的话，唇角微颤着，"是的，我样样都不如你，我从小就受穷，我没见过什么好东西。你的父母来，给你带来了最好的衣服，最好的化妆品，我确实不应该羡慕，都是我的错……"

"小檬，你怎么能这么想呢？"向好怎么也没想到，她那样简单的一句话竟然已经伤到了李晓檬的自尊，"我没有这个意思，虽然你穿我的衣服确实不太好，但我也不会因为这个故意和你治气。"

向好话音未落，门口突然传来一个低沉的男声："小檬，咱们走。"

向好猛地转头，便见到上次那个有文身但眉清目朗的青年。

今天他穿着长袖黑色衬衫，将原来的文身盖住了，看上去比上次见的时候斯文很多，但脸上的不屑仍显而易见。

向好还没反应过来，李晓檬已经走到了门框边，和那个青年站在了一起。

青年一直没看向好，对李晓檬说道："你喜欢什么衣服，我去城里给你买就行，不用穿人家的。"

很寻常的一句话，可此刻从他嘴里说出来就如同是在泄愤。

见李晓檬没作声，那青年又问："你东西都收拾好了没？"

向好不由得一惊：上次听李晓檬说要去城里结婚什么的，她一直想和李增贤好好商量的。但这几天各种忙，她竟将这件事给忙忘了。

"你不会还没准备好吧？"青年显然有些不耐烦了。

"宋嘉，我……"李晓檬似乎有些犹豫，眼睛迅速地看向向好，剩下的半句话还没说出口。

向好这才想起这男青年名叫宋嘉。

"这是咱俩的私事，你不能总是看别人脸色啊！"宋嘉显然有些不高兴了，"你现在在这个家有什么好处？谁会重视你？"

这些话，向好听在耳里，觉得有些不太对劲儿。

不管怎么着，李晓檬是她的妹妹，从还是受精卵的那一刻开始，她们就待在一起。或许，孪生姐妹的感情是天生的，带着别样的微妙。

所以，即便是李晓檬和她杠，她也可以将矛盾和不甘很快在心里化解。

她抬眸看向宋嘉，一字一顿道："我们都很重视小檬，我和我爸都是。这是她的家，她在这里不会受委屈。"

宋嘉终于将目光投向向好，轻笑了一声："你重不重视她，你以为我不知道？现在你回来了，你爸眼里只有你，哪里还有小檬的位置？"

向好听罢，眼睛下意识地看向李晓檬，希望她能澄清一下。

但李晓檬就站在那里，仿佛是在对宋嘉的话深表赞同。

向好正准备跟宋嘉讲讲道理，便见到李增贤从外面回来，手里还提着一包药。

当他看到宋嘉的时候，脸色马上阴沉了下来："你怎么又来了？"

可见，对于宋嘉的到来，他是极不欢迎的。

看着李增贤越走越近，她是有些担心的。

她害怕他们一言不合就动手，毕竟男人的脾气，男人之间的事，都很难讲。

但接下来的一切，证明她的担心是多余的。

宋嘉面对李增贤，气场明显有些弱，低低地叫了一声："李校长……"

由此可以推测，宋嘉也曾是梅园小学的学生。

"我问你怎么来了？"李增贤依旧沉着脸。

宋嘉犹豫了一下，声音依旧很低："我来找小檬……"

"你来找她干什么？"李增贤很快打断了宋嘉的话，"我上次不是跟你说了，以后你们不要一块儿混？"

宋嘉没有作声，目光看向李晓檬。

李晓檬会意，很快说道："是我让他来的。"

"你让他来干什么？"李增贤问。

李晓檬顿了顿，然后回答道："我想和他一起去阳城。"

李增贤一听，眼睛都瞪圆了，脸上的怒意愈加浓重，紧接着提出一连串的问题："你们不是刚从阳城回来吗？怎么又要去？要去做什么？去赌博吗？"

李增贤的态度，宋嘉没反应，李晓檬倒是反应挺大，声音瞬间提高了一个八度："爸，你能别这样跟宋嘉说话吗？"

"那你要我怎样跟他说话？"李增贤反问。

李晓檬红着脸吵着："他是要和我结婚的人，我和他……"

"你说什么？"李增贤打住了李晓檬的话。

李晓檬这才意识到李增贤这次是真生气了，看了宋嘉一眼，不知道该不该把接下来的话说完。

李增贤能感觉到刚刚李晓檬说的不是气话，于是伸手指着宋嘉："你说，到底怎么回事？"

宋嘉没有犹豫："我确实想和小檬结婚，然后一起去城里找工作……"

"找什么工作？"李增贤红着脸问。

宋嘉顿了顿，语气依旧温和："总会有适合我们做的工作，只要我们聪明肯干，干什么都能行。李校长，我知道我小时候成绩不好，您不看好我。但我也一直在努力，我并不是一个混混。是，我确实和一些人赌博，但我们也只是一起玩玩，小赌怡情，并没有赌大的……"

"你是没钱赌大的！"李增贤再一次打断了宋嘉，"结婚？结什么婚？你现在连个稳定工作都没有就想结婚的事，死了这条心！"

"李校长，都说男子汉先成家后立业，我现在就想和小檬先成家。我和小檬，是真心相爱的。"宋嘉刚刚说罢，很快就低下了头。

很明显，对于和李晓檬结婚这件事，他的底气始终不足。

李增贤盯着宋嘉看了一会儿，一字一顿道："这不可能。"

宋嘉抿了抿唇，想要继续说点儿什么，却又停住了。

李晓檬皱着眉头问："为什么？"

"为什么？"李增贤反问，语气中满是不屑，"你们拿什么结婚？"

"我们相爱。"

"相爱？"李增贤只觉得可笑，"结婚了你们住哪里？生了孩子拿什么抚养？谁负责教育？怎么教育？"

李晓檬哭了，抽噎着道："你不就是嫌宋嘉穷吗？"

"我从没嫌他穷，但你不能忽略现实的问题。我刚才说的，都是摆在眼前的事实。"李增贤叹了口气，"你们两个现在连个像样的工作都没有，没有稳定收入，就谈结婚是不是太幼稚了？"

"不幼稚……"

"反正我不会同意！"李增贤说罢，直接进了客厅，仿佛一句话都不想再听。

宋嘉明显受了点儿打击，挪了挪步子，像是打算离开。

就在他转身的时候，李晓檬也跟了上去，想要跟宋嘉一起走。

李增贤似乎早就意识到会发生这一切，看着李晓檬，冷冷说道："你可以走，走了永远别回来！"

李晓檬哭了，眼泪哗哗地往下淌。

向好见了，突然也很难过。

这感觉，很微妙，仿佛她能对李晓檬此刻的感觉感同身受。

她伸手拉住了李晓檬："小檬，别冲动，我会帮你跟爸说说的……"

李晓檬没有看向好，依旧低着头，眼泪依旧哗哗地往下流，晶莹的泪滴落在水泥地板上，瞬间被灰尘淹没……

就在向好担心宋嘉要继续坚持带李晓檬离开的时候，宋嘉突然开了口，声音低哑："小檬，我先回去。你再和家里好好商量商量，结婚是大事，得家里人同意才行。李校长是你爸，你不听他的，他也难过。"

宋嘉的这句话，倒是让向好倍感意外。

毕竟，在她的印象里宋嘉就是个不良社会青年，看到他手臂上的文身，她会自动将他和打架、斗殴、抽烟、喝酒、赌博……各种不良行为联系起来。

今天发现，这么一个"不良青年"也有同理心，也会顾及他人的感受。

当她再次将目光投向宋嘉的时候，宋嘉已经松开了李晓檬的手，转身走了。

他那一转身的动作，明显带着几分失落。

本来，对于宋嘉，向好是一百个否定的。

但这一刻，她对这个看似张狂的年轻人，突然有了很大的改观。

第十二章　未来规划

"怎么不走啊？"李增贤看着李晓檬，依旧是一脸不悦，"怎么不跟他走啊？看看你这样子，这么大的人，对未来一点儿规划都没有！"

李增贤说罢，就打算朝外走。

就在他经过李晓檬身边的时候，李晓檬突然开口了："我们谈谈。"

李增贤愣了一下。

在他看来，李晓檬只不过是被他说服了，却不想现在她竟还会坚持。

"你打算谈什么？"李增贤问，"还有什么好谈的？"

"谈谈我未来的规划。"李晓檬答道。

李增贤再一次愣了一下，随即笑了起来，只是这笑中带着几分不屑："你对未来能有什么规划？"

没等李晓檬开口，向好就马上说道："爸，我觉得您可以听听。人无远虑必有近忧，每个人对未来都有规划。您不听听，怎么知道小檬是怎么想的呢？"

"我不听也知道她怎么想的。"李增贤语气笃定。

"这不一定。"向好反问，"比如小檬想结婚，这件事您之前就不知道，对吧？"

李增贤难以置信地看着向好，好半天才说出一句话："小柠，你现在怎么突然不懂怎么站队了？"

看着李增贤那一脸的失落，向好半开玩笑半认真道："爸，我怎么就站错队了呢？我不一直习惯站在占理儿的那一方吗？"

李增贤怔了好久，才吞吞吐吐说道："你……这件事，他们怎么能占理儿呢？"

"他们当然有理。"向好看了看李晓檬，李晓檬的神色里明显带着几分诧异。

向好继续说道："他们俩本就相爱，两个相爱的人想要在一起，这再正常不过了。您之所以阻止，无非是因为他们现在还没有经济基础。但是，不管你的看法是对还是错，也得听听他们的想法吧？他们也都是成年人了，总不能事事都听您的吧？"

李增贤无端被"怼"了，心里还有些不服气，但却又不能否认向好说得有理。

向好一向擅长讲道理，所以将李增贤说服，并不是难事。

也正是因为这次向好帮了李晓檬一把，李晓檬心存感激，也将自己的心里话跟向好讲了。

原来，一直以来，李晓檬对向好都很羡慕。或者说，她认为当初是因为向好，她才像今天这样失意。

正如李晓檬所问的那样："你现在确实样样比我好，但如果当初跟着咱妈走的是我，不是你，很可能你今天的一切，都是我的。我今天的现状，也是你的现状。"

对于这个问题，向好也曾经思考过。

只是李晓檬将话说得太绝对了。

如果当初跟着林越的是李晓檬，李晓檬将会成长成什么样，仍旧是个未知数。向好之所以能成为今天的这个样子，虽然和林越、向卫华为她提供了优越的物质基础有关，但不可否认，她本人也付出了巨大的努力。这一路走来的艰辛，她深有体会。

但有一点是可以肯定的，如果当初是李晓檬跟着林越，那么无论如何，李晓檬也会优于今天的自己。

向好很想将有些道理讲给李晓檬听，却又担心引起不必要的误会，于是说道："我明白，如果当初是我留下，我一定不会是今天的自己。但是小檬，你现在还很年轻，现在开始也不晚。我给你举个例子吧，瑞典有一位非常了不起的化学家、发明家和工程师叫诺贝尔，就是我们经常听到的以诺贝尔命名奖项的那个'诺贝尔'。他因为身体问题小时候不能进学校读书，大部分靠的是自学。但他最后取得了别人永远无法取得的成绩，达到了绝大多数人都无法超越的高度。所以，大家往往都会注重正统教育，却忽略了自我成长。其实，学习是一生的事。假设当初你没有放弃学业，读了大学，但你就此停步，慢慢地也会落后，会跟不上时代的步伐。小檬，我觉得你很好，也不必因为自己没有读过大学而遗憾，现在你完全可以靠自我学习不断成长，让自己优于过去的那个你。你不用纠结于自己的学历，你完全可以为自己打造一份独特的'学历'。真正让一个人能在这个社会立足和安身立命的本事，可能并不是学校能教出来的，而是取决于自己选择的方向，还有自己的坚持和努力。"

李晓檬似乎完全没料到向好会跟她讲这些，她默默听着，一言不发。

"再举一个例子。"向好继续说道，"中国晚清时期有个著名的军事家叫左宗棠，他四十岁之前一事无成，到了四十八岁才开始做官，一路高升，到了宰相的位置。你现在二十三岁，人生真的才刚刚开始，你还有很多时间来提升自己。"

向好说完，李晓檬沉默了一会儿，才幽幽开口道："你说的，是很有道理。但我不认识诺贝尔，我也不认识左宗棠。他们最后到底怎么成功的，我也不知道，也不想知道。我只知道，现在我什么事都做不了，连找一份像样的工作都不行，咱爸就是因为这个瞧不上我的。我也想上进，但我怎么上进呢？难道我现在拿着书本在家里读书？那样咱爸看了更加烦我。"

"小檬，我并不是说一定要你整天捧着书本在家里读书，而是要你养成爱读书的习惯。你多读书，多学习，慢慢地，眼界就开阔了，知识也丰富了，就连思维方式都改变了……"

向好话还没说完，李晓檬就打断了她："我现在如果离开了家，找不到合适的工作，连饭都吃不饱，我哪儿还有心思读书？"

李晓檬这一次，倒是把向好给问住了。

当一个人眼前的窘迫还没得以解决的时候，就只想着迈过眼前这道坎儿，目光自然会变得短浅。

就在向好思索间，李晓檬又开口了："你读了大学，家里也有钱，你当然不需要为将来发愁。如果你是我呢？你还有心思静下心去读书吗？如果那样，你也会和我一样，没心思读书，也没办法去听这些道理。"

李晓檬的话，带着几分负面情绪。

若李晓檬是个普通朋友，向好或许会有些生气。但她是自己的孪生妹妹，而且是在这样的状态和情境之下，她就算想生气，也生不起来。

……

自从"罚跪事件"发生之后，向好的处境就有些尴尬。

一些言论，时不时传到她的耳朵里。

就好比这天中午她打算去食堂打饭，刚走到食堂拐角处时，就听到有人提她的名字。

于是，她没有继续向前走，而是站在原地静静地听。

紧接着，就听到了秦莉的声音："你知道吗，她这样一闹，我以后还怎么管学生？这不，昨天迟到一个，今天迟到三个。不罚，就是没有威慑力，没人把老师的话放在心上，都当耳旁风了。"

秦莉话音未落，就开始有其她老师附和。

"还真是这个理儿，现在的孩子一个比一个调皮。再说了，很多学生家长都在外地打工，平时家里也没人管教，个个都恨不得上房揭瓦。"

"除了会告状，她还能干什么？教育经验一点儿没有，完全凭着自己的感觉在这里指指点点。"

"我看她呀，还不如之前那些过来混日子镀金的，人家来了至少安安分分的，不指手画脚，不妨碍我们。现在倒好，她什么都想插一脚，什么都能说上两句，好像我们哪儿哪儿都不对了似的。"

"可不是，之前她不在，咱们学校好好的，学生听话，老师负责。

她一来，全都乱了套了。"

"我看啊，她就是仗着自己有个当校长的爹！说不定啊，是李校长让她插手学校管理的事呢！自己干不动了，让自己女儿来，生怕被房校长给夺了权……"

秦莉一听，马上说道："可不是，我上次就这么说的，我就是想故意给房磊提个醒儿。"

秦莉话音未落，其他几个老师就连忙问道："那房校长什么反应？"

"没反应！"秦莉突然一摊手，"反正面无表情，我也不知道他是没听懂还是咋的，反正该说的我都说了，就看他悟性了！还有，那个小妮子还爱听墙根儿，上次我和房磊汇报工作，她就站后面听着，你们说她咋就这么……"

话刚说到一半儿，秦莉冷不丁地扭了一下头。

当她突然看到正站在拐角处的向好时，像是不太相信自己的眼睛，眨巴眨巴眼睛确认是向好之后，难以置信地问道："怎么又是你？"

向好很自然地笑了笑："秦老师，我也只不过是打算去打饭，正好路过。"

"你们看看，你们看看……"秦莉并不觉得她背后议论别人有问题，反而像是再一次抓住了向好的把柄似的，"我刚才说得没错吧？爱听墙根儿，什么都躲不过她的耳朵。"

其他几位老师都没说话，但脸上的表情明显带着不悦和排斥。

秦莉的"功力"，向好已有领教。

现在面对她的"攻击"，向好也不以为意，笑了笑："秦老师，我只不过是路过而已，恰好听到你们在讨论问题。其实你们到底在讨论什么，我根本没听到。我没有继续向前走，只是因为怕打扰到你们。"

向好此言一出，其他几个老师都忍不住想笑，秦莉却听着很来气："你们看看你们看看，这小妮子这转变能力……你明明就是听到了，还非说没听到。"

"我确实没听到。"向好依旧面带微笑，"也不想听到。你们是在讨论教学问题吗？如果不是，我可能根本没兴趣。"

"你……"秦莉气得脸通红。

向好根本不想和她继续争辩什么，迈开步子向前走："既然你们现在讨论完了，那我也可以走了。麻烦借过。"

向好有个特点，不喜欢让自己卷入是非之中。

向好刚走，这几个人又议论开了："看看，这得有多大的底气，才敢目中无人啊。"

"就因为她爸是校长啊？是不是城里还有别的关系？要不然敢这样跟前辈说话？"

"别怕，说到城里有关系的，谁能比得过秦老师？秦老师那才是真正有用的关系。"

第十三章　闲言碎语

当天下午，向好正在帮忙批改试卷，秦莉突然进来。

向好本以为她又来找碴儿的，却不想秦莉一进门就笑着说道："向老师，能不能帮一年级上个课？"

向好愣了一下。

毕竟，她不知道"上个课"到底是什么意思，听起来略显随意。

但向好还是站了起来，笑着问道："秦老师，上什么课？"

秦莉说道："是这样的，本来现在一年级这会儿是要上语文课的，但是语文老师赵娅突然有事来不了，我就想看看你能不能帮忙顶一下？"

"什么时候？"

秦莉一听，连忙说道："现在，就现在。你有空对吧？那好，那就这样安排……"

向好看了看时间，现在已经两点半了，按理说，早就过了上课时间了，于是问："是第几节课？"

"第一节啊！"秦莉收住了步子，"就这节课。"

"现在不是过了时间了吗？"向好更纳闷了。

秦莉笑了一下："向老师，你明知道过了时间，还磨蹭？"

"不，我不是这个意思。"向好连忙解释，"我的意思是，既然要我上课，为什么不提前告诉我？而且，我也要备课啊。"

向好话音未落，秦莉就没忍住笑，笑中的不屑之色显而易见："向老师啊向老师，如果我早知道能不早告诉你吗？刚才都说了，是赵老师临时有事来不了，她自己都不知道她自己今天来不了，我怎么能提前预知呢？"

秦莉的态度让向好有些哭笑不得，于是问："秦老师怎么想到找我呢？"

"你有空啊。"

"可我事先也没备课，讲课是需要备课的。"

秦莉一听，笑了："向老师，你可是双一流名校毕业的，给一年级小学生上课还用备课啊？上来直接就可以讲，就跟你上次给那些女孩子上生理卫生课一样啊。"

向好顿了顿："秦老师，不是我不愿意去讲课，而是在我看来，无论上任何课都要提前准备，这是对这堂课尊重，也是对学生负责。"

"我觉得你现在马上去上课，就是对学生负责。"秦莉和向好一样，都很擅长讲道理。

只是，一个是有理说理，一个是强词夺理。

就在向好正准备继续反驳的时候，房磊进来了，看了看向好，又看了看秦莉，问道："怎么了？你们两个怎么又吵起来了？"

看来，在房磊的印象里，她们两个是一言不合就会吵起来的人。

秦莉先发制人："房校长，这可不是我想和向老师吵……"

"那是怎么回事？"房磊问。

秦莉马上回答："是这样的，赵老师临时有事不能来上课，我就让向老师帮忙上一下，结果她不肯。"

房磊听罢，皱了皱眉，看向向好："是这样吗？"

向好将实际情况讲了一遍，并说明了自己对这件事的看法。

谁知，她刚说完，房磊还没来得及"评判"，秦莉就说道："向老师，有你讲这么多道理的时间，那堂课早就上完了。你觉悟那么高，为什么偏偏在这件事上觉悟就不高了呢？"

向好再一次哭笑不得，但又不得不佩服秦莉强词夺理的能力。

房磊听罢，对秦莉说道："秦老师，以后这种事还是得提前反映，提前安排，临时做决定总归是不好的，不管什么原因。"

秦莉正想继续解释，房磊又说道："而且，目前向老师还没有讲课经验，我不建议她直接去讲课。她虽然是来支教，但目前的主要工作是配合做好学校管理工作，或者处理一些其他的杂务。等以后有经验了，我再另做安排。"

"这……"秦莉有些吃瘪。

她话还没说出口，房磊便说道："秦老师，您是一年级的班主任，这堂语文课您先代着，让学生先预习新课文。等赵老师回来，再把这节课给补上。先就这样定，您先回吧。"

秦莉没办法，只得走开了。

秦莉刚走，向好便问道："房校长，咱们学校有没有教师考核制度？比如说月度考核、季度考核？"

"有。"房磊说罢，将一份考核表递给了向好。

向好双手接过来看了看，考核表比较简单，只有备课情况、课时量、排课、打卡等基本项。

向好看了一会儿，便问道："房校长，教师的出勤情况、课堂纪律、教育满意度、和家长沟通的情况，这里都没有吗？"

房磊顿了顿，道："我觉得这个没必要分得这么细，本来这里的老师就少，如果考核太严格，更加留不住人。"

对于房磊的回答，向好是有些意外的。

毕竟，在她看来，既然是要考核，就是要细化，这样的考核才有意义。如果仅仅是走个过场，又何必要考核呢？

房磊似乎看出了她的想法，于是说道："向老师，你刚来梅园小学，对于很多情况可能还不了解。梅园小学的老师本来就少，如果考核力度这么大，一时半会儿他们也很难接受。久而久之，就容易产生逆反情绪，这对咱们学校长期发展不利啊。"

房磊说罢，呵呵笑了两声，仿佛早已将一切看透，尽在掌握之中。

向好想了想，说道："房校长，咱们学校目前并没有尝试严格考核，怎么就知道教职工一定会产生逆反情绪呢？我倒觉得，我们可以试试，说不定能够产生正面积极的影响……"

向好话还没说完，房磊就问道："你想怎么试？"

向好愣了一下："可以尝试先细化考核细则，将考核结果和工资收入挂钩，这样的话，能很大程度地调动他们的工作积极性。就比如今天的赵老师，她如果有事应该提前请假，而不是上课时间都过了一半，才告知情况。"

向好话音未落，房磊就笑了笑，说道："向老师，这梅园小学啊，说白了就是一个乡镇小学，和城里的小学是不能比的。就好比赵老师这种情况，在这里也很常见。谁家里没点儿事啊？总不能因为工作整个家都不要了吧？当然，我也知道要分清孰轻孰重，但每个人都有不得已的时候，特殊情况要酌情考虑，不能一刀切，这一刀切下去，把人情都给切没了。"

向好依旧坚持自己的看法："可是学校不是讲人情的地方啊，是要讲管理、讲教育，为的是培养好这些孩子们。"

"人情、管理、教育，都要结合起来，总不能说一个学校都是冷冰冰的规定吧？"房磊已经有些不耐烦了，他没想到向好竟然因为这个问题在这儿耗了这么多时间。

向好思索了片刻，又说道："房校长，要不我们试试吧？如果经过试验确实不可行，咱们再优化。如果不去尝试，我们永远找不到最佳的管理模式，您说是不是？"

房磊抬起头，一瞬不瞬地盯着向好看了一会儿，不知道心里在想些什么。

向好也不怯，很平静地和他对视，像是在期待答案。

大概过了半分钟，房磊突然笑了一下："行，你来制定考核方案。"

向好几乎想都没想，直接答道："好。"

……

这段时间李晓檬一直郁郁寡欢，原因就是她一心想和宋嘉离开梅园镇，去城里找工作。

但这件事，李增贤无论如何都不会同意的。

宋嘉并未强求，而是希望得到李增贤的应允。

向好看着李晓檬一天比一天憔悴，于是找到了李增贤，决定和他谈谈。

没等向好坐下，李增贤就先开口了："你不会又是来帮他们说话的吧？"

向好摇了摇头："不，我是想说说对这件事的看法。"

李增贤没好气地笑了笑，眼睛直直地盯着灶台的方向，声音很低，像是在自言自语："还能有什么看法？虽然小檬的确不出色，可我李增贤在这梅园镇还是多少有些地位的。如果让我的女儿跟着一个啥也不是的流氓地痞，我怎么能接受？"

向好听了李增贤的话，不由得愣了愣。

李增贤今天说话的方式和往日不同，仿佛没有了以往的那种书卷气。

但向好明白，他刚刚说的是真心话，不带任何掩饰。

向好想了想，说道："其实我倒不觉得宋嘉有那么糟糕，他其实还是懂得尊重您的想法的。如果他真是地痞流氓，就直接带着小檬远走高飞了。"

"呵呵。"李增贤冷笑一声，"他敢！看我不打断他的腿！"

"所以嘛，他不是地痞流氓。他和小檬或许是真心相爱的，所以才会想要急着因为结婚。"

"什么是真心相爱？真心相爱能当饭吃啊？"李增贤说到这里，用力地抽了一口烟，"当初我和你妈也是真心相爱，后来呢？留得住吗？说白了不还是因为缺钱？"

李增贤说着说着，就显得有些激动，连声音都控制不住地颤抖。

向好明白，无论如何，林越当初带着她离开这件事，都对李增贤造成了很大的伤害。

虽然时隔多年，虽然李增贤不断强调一切早就过去了，他不在意。

但事实上，有些伤害一旦形成，伤疤就永远长在心口，是不可能真正消除的。

李增贤或许是意识到了自己的失态，又补充道："我刚才的话，你也不要往深处想，我也只是打个比方。小檬现在还不成熟，说结婚也只是一时冲动。如果这个时候我不管着点儿，以后她会后悔一辈子。不管我怎么不满意她，她好歹也是我的女儿。这么多年，也就我们父女俩相依为命这么走过来的。我说什么，也不能眼睁睁地看着她往火坑里跳啊。"

"爸，我知道，我理解您。"向好附和道，"其实我和您的想法是一样的，但对于这个问题，咱们不能态度过于坚决强硬，这样会适得其反。我前阵子和小檬聊过，发现她也不是不明事理的人。我们如果想要阻止一些事可以，但要采取合适的方法，比如慢慢劝说、开解。让她明白我们是真心为了她好。还有，男女之间的感情一旦产生，越是遇到阻碍，他们就会越是坚决，他们就会更加坚持自己的想法……最后到底会闹出什么事来，谁也预料不了，您觉得是不？"

李增贤听罢，神色明显有了变化，眉头紧紧皱起，手里夹着的烟蒂都快烧到手指头了，他都没发现。

向好将烟灰缸递到他面前，他才想起，将手里的烟蒂丢进了烟灰缸里。

"那我应该怎么办？"李增贤扭过头，问道。

向好想了想，回答道："我倒觉得，我们可以尊重他们的想法。"

"尊重？怎么个尊重法儿？"李增贤有些意外，"你说说看。"

向好道："既然他们想去城里找工作，就让他们去……"

第十四章　交换生活

向好话还没说完，李增贤就问道："这不是放虎归山吗？这不行，这无论如何都不行……"

"爸，同意他们去阳城找工作，并不等同于答应让他们先结婚。"向好继续分析道，"只要您把户口本藏好，她没办法登记结婚的。其实，我还有一个想法，一直想和您说，又不知道合不合适。"

"你说。"

向好顿了顿："小檬一直很渴望母爱，但她从小就和您一起生活，虽然也有奶奶照顾，但到底还是和母爱有些不同。所以，我希望她能到我妈妈身边生活一阵子，您觉得如何？"

向好的这个提议，着实让李增贤感到意外。

但他却没有立刻反驳，而是又点燃了一支烟，皱着眉头抽了起来，像是在权衡这其中的利弊。

向好之所以会提出这个建议，倒不完全是因为李晓檬缺乏母爱，而是想给李晓檬提供一种补偿。自她从阳城来到梅园镇这么久以来，感触最深的，便是李晓檬对林越离开的不满，对自己生活现状的不满，以及对她所得到的一切的羡慕和妒忌。

那么，解决这一问题最好的办法，无疑是将这种生活进行"交换"。向好已经从城里到了小镇，那么再让李晓檬从小镇到城里，这样一来，她应该会平衡了吧？

李增贤抽完半支烟，才回答向好的这个问题："她能适应吗？"

"我觉得能。"向好不假思索道，"而且她去和我妈妈共同生活一阵子，也是理所应当的。虽然我妈妈这些年很少和小檬在一起，但心里还是非常记挂她的。在我妈妈的床头柜上，还摆着小檬的照片呢。每当我们生日那天，我妈妈都会告诉我，小檬今天也过生日，吃蛋糕的时候记得想想她。"

"噢……"李增贤若有所思，似乎心中仍有顾忌。

向好继续道出自己的想法："既然我们没办法真正说服小檬，那么就给她'自由'。等她到了城里，和我妈妈一起生活，也可以圆了我妈妈想要补偿母爱的心愿。或许，小檬有了缺失的母爱之后，性格也会变得比之前更好。"

李增贤思索了片刻，然后点了点头，继续无声地抽着烟，吐着烟圈儿。

可以看出，李增贤对李晓檬其实也有亏欠心理，他会觉得李晓檬跟他在一起受苦了，没能给她好的教育和优越的物质条件。

尽管李增贤嘴上不承认，将李晓檬今天的一切不足都归咎到她自己身上。但从他此刻的表现却能看出，他心里并非真是这样想的。

事情很快就定了下来，当向好将这个消息告诉李晓檬的时候，李晓檬有多么惊讶是连她自己都想不到的。她眼中的欣喜之色，更是藏都藏不住。

毕竟，她怎么也没想到，李增贤竟会答应她离开。更想不到，还有意外收获。

向好说道："我已经和咱妈妈说了，她非常欢迎你。"

李晓檬听了之后，停顿了片刻，眼中浮现出一丝担忧："那……你后爸呢？"

后爸，这是向好第一次听到这个称呼。

她感觉有些奇怪和不适，但也跟什么事都没发生一样，很平静地笑了笑："他也很欢迎。我把这件事告诉他的时候，他特别开心。其实上次他见到你的时候，就觉得你是一个很好的姑娘，只是苦于一直生活在这个小镇。而且，他一向很尊重咱妈妈的看法，也了解咱妈妈这么多年思女心切。所以，你这次去阳城和他们一起住，是两全其美的好事。"

李晓檬听了这些，才慢慢放下心来，又问："那咱爸同意我和宋嘉结婚了？"

向好摇了摇头："结婚的事还是等等再看，毕竟这是人生大事，而你们提出来得又特别突然，他一时半会儿接受不了也很正常。"

李晓檬没作声，若有所思。

向好继续说道："我觉得，只要你和宋嘉相爱，并且时常能见面，已经是再好不过的事了。结婚，也仅仅是一个仪式，一张纸的约束罢了。如果两颗心在一起，不需要任何约束。在一起，就是最好的证明。"

向好的这番话，对李晓檬是非常有用的。

她虽然没有附和，但听完之后眼睛明显亮了起来。

……

当李晓檬将这一切告诉宋嘉的时候，宋嘉也很开心，有种终于啃下了一块"硬骨头"的感觉。

但当他一听说李晓檬去了阳城要和林越一起居住时，又开始黯然神伤起来。

李晓檬不解，于是问道："宋嘉，你不高兴？"

宋嘉摇了摇头："……没有。"

"还说没有？你有没有不高兴，难道我看不出来吗？"李晓檬一边说着，一边伸手拍了拍他的肩膀，"你别担心，到时候你就把房子租在我妈妈家附近，这样一来，咱们见面方便，还可以互相照应。"

可宋嘉还是高兴不起来，一副忧心忡忡的样子。

"怎么了？"李晓檬收住了笑，拽了拽宋嘉的衣袖。

宋嘉做了个深呼吸，才说道："小檬，你会不会觉得我配不上你？"

李晓檬突然愣了一下，她无论如何也没想到宋嘉竟会突然问了这么个问题。

好半天才回道："你这个傻瓜，怎么问出这样的话呢？我们从小到大就在一起，我怎么会觉得你配不上我呢？"

李晓檬说话间，眼睛一直盯着宋嘉看。

平心而论，宋嘉长得很好看，脸庞略显清瘦，棱角很是分明，眉眼带着几分英气。再加上个子高，皮肤白，堪称完美。

总之，李晓檬觉得，宋嘉是她见过的最好看的男生，就连城里的那些男生都比不上。

"反正，在我眼里，你就是最好的，最最最最最好的！"李晓檬说话间，伸手搂住了宋嘉的腰，"宋嘉你放心，不管别人怎么反对，我都不可能放弃你的。我要和你结婚，要和你生一儿一女，然后咱们一家人快快乐乐的，永远在一起。"

宋嘉听后，有些感动，他默默点了点头。

情浓之时，所有的誓言都是美好的。但再美的誓言，都敌不过现实的摧残。

此刻的李晓檬怎么也没想到，在不久的将来，她会因为这一刻说出的誓言而羞愧不已。

……

宋嘉最终被李晓檬说服，到了阳城之后，在林越家附近租了房子。

说是在她家附近，其实是隔了好几百米的一个小巷子里，楼梯入口处又窄又小，地上落了厚厚的灰尘，也没人打扫。

去到阳城的当天，李晓檬帮宋嘉将生活用品搬上楼时，还在进楼梯口时碰了头。

那楼梯口，实在是太低了，李晓檬一米六多的身高，都得低下头。

但李晓檬也不嫌弃，反正早就习惯了。之前他们在阳城找工作，也是在外面租房子，就算入楼梯间不会碰头，但整体条件也好不到哪儿去。

宋嘉一边扛着被子上楼一边对李晓檬说道："小檬，等我挣到了钱，一定给你买个大房子，就跟别墅那么大的，两层的那种，写你名字。"

"好啊，最好是带大露台的，等咱们有了孩子，孩子可以在大露台上玩儿，打羽毛球。"李晓檬开始畅想未来，眼睛里不断冒着粉红泡泡。

"对，到时候把你爸也接来，他都鞠躬尽瘁大半辈子了，也该享享福了，享受那个什么来着……"宋嘉想了好久，都没想起那个词儿。

"天伦之乐。"李晓檬补充道，"宋嘉，我相信我们很快就会过上好日子的，你这么聪明，人又勤快，不愁挣不到钱。"

"我也觉得。小檬，只要咱们心往一块儿想，该有的都会有的。等我有了钱，再去跟你爸提亲，他就不会瞧不上我了。"说话间，两个人已经到了三楼。

宋嘉拿出钥匙，便开始开门。

李晓檬放下手里的行李，还不忘纠正宋嘉的话："宋嘉，我爸其实也没看不起你。他只是老顽固、老思想，你不要跟他一般见识。"

宋嘉正在开门的手僵了那么一瞬，没再说什么。

门打开之后，房间有点儿乱，还带着一股子发霉的味道，宋嘉连忙去开窗："如果你也住的话，我说什么也要租个好点儿的，现在我一个糙爷们儿住，怎样都无所谓。"

说话间，他扭过头冲着李晓檬一笑。

李晓檬看到宋嘉的笑，心都快融化了，她再一次觉得，宋嘉真好，什么都为她着想。

与此同时，她也捕捉到了宋嘉眼中的那一丝尴尬，于是说道："没事的，现在回南天，哪儿都潮湿。"

话音未落，李晓檬的电话就响了，拿起来一看，是个陌生的座机号码。

她皱了皱眉头按下了接听键，电话一接通，手机听筒里就传来林越的声音："小檬，怎么这么久还没到呢？我饭都做好了。"

李晓檬听是林越，犹豫了一下："我刚下车，一会儿就到。"

直到现在，她都不习惯开口称林越为"妈妈"。

林越似乎也不强求，继续用很平静的语气问道："地址还记得吗？"

"记得。"

"那行，你快点儿哈。你爸今天挺忙，可能来不及去接你了，你自己过来。来了之后给我打电话，我到楼下去接你，好吗？"

"好。"李晓檬放下电话之后，便站起了身。

宋嘉见状，连忙问道："是你妈妈的电话？"

李晓檬点了点头："嗯。"

她的眼睛一直看着宋嘉，好像很不舍。

"哦，那你快些去吧，你这是第一次回家，别让他们等着。"宋嘉微笑着，但眼神却有些复杂，那是一种近似失落的情感，但又不全是。

人的感情，有时候就是这么微妙。

"也不是回家啦。"李晓檬纠正道，"我都没去过，其实……"

"没事，回去住着住着就习惯了，你妈妈的家，就是你的家。"宋嘉说道。

李晓檬笑了笑，然后点了点头："嗯。"

……

第十五章　早已模糊的记忆

李晓檬本以为知道地址，就很容易找到。

却不想，为了找到正门，她花了很长的时间。

她先是跑到了南门，没有见到林越，于是打电话给她，林越发了定位到她微信，她兜兜转转，还是走错了。

最后，误打误撞终于撞到了正门，走到林越身边时，她腿都走疼了。

林越见她提着一个大袋子，于是问道："怎么还提这么多行李呢？你要穿的要用的，我都帮你准备好了。"

李晓檬回答道："这是梅园的茶叶，我爸让我带给您的。他说您喜欢梅园的绿茶，上次您回去他就准备好了，但您走得急，他没来得及让您带上。"

李晓檬特地用了"您"字，是跟向好学的。她觉得自己是从小镇到了城里，应该按照向好的习惯说话和办事。

但说完这番话，连她自己都感到别扭。

李晓檬的不自然，林越完全没有感觉到，她从李晓檬手里接过那袋子，拎了拎："这么多啊？你爸还真是有心了。得，我们现在快点儿回去，要不然饭菜都凉了。"

林越很快带着李晓檬进了正门，进门时，李晓檬特地抬头看了一眼，上面有四个金色的大字："江南名郡"。

进了正门之后，她才发现，里面的绿化实在是太好了，那些叫不上名字的树木，被修剪得整整齐齐。

风一吹，便能闻到四季桂的香味，那淡淡的清香，沁人心脾。

"这边走。"林越朝着一个大的喷泉后面指了指，"这里就是二十一栋，以后别走错了。"

"好，我记得了。"李晓檬显得很乖。

林越觉得今天的李晓檬是她喜欢的样子，和上次见到的时候完全不一样。

但她想了想，还是善意提醒道："小檬，一会儿你见到你爸，可一定要叫爸爸，知道吗？"

林越说得小心翼翼，像是生怕李晓檬多想了。

但李晓檬还真是多想了，在她看来，这个男人从未抚养过她一天，为什么要叫"爸爸"？

林越似乎看出了她的心思，拉着她的手，继续说道："小檬，你不叫我妈妈无所谓，但对于你爸爸，一定要叫爸爸，知道吗？"

李晓檬犹豫了一下，才低声应道："……哦。"

林越这才松了一口气，伸手拍了拍李晓檬的肩膀："这就对了。反正你爸他人很好，脾气也好，不难相处。你呢，在这边住，关键是嘴巴得甜一点儿，人勤快一点儿。对了，今天中午你记得帮忙洗碗，知道吗？"

李晓檬愣了一下。

她怎么也没想到，她第一次来这个"家"，林越就一下子提了这么多要求。

虽然，无论是嘴巴甜一点儿，还是收拾碗筷，对她来说，都并非难事。

但这些要求从林越嘴里说出来，她还是有点儿难以接受。

"小檬，你都记住没？"林越不放心，又问了一遍。

"记住了。"小檬抿了抿唇。

说话间，两个人就到了二十一栋的楼梯间，这楼梯间可真够大的，比刚刚宋嘉租来的那个大好多倍，而且宽敞明亮。路过楼梯口的落地镜的时候，她瞟了自己一眼，发现头发有些乱，脸也红红的，于是抬手理了理头发。

就在她理头发的瞬间，林越按下了电梯按钮，顺带说道："你的头发该剪剪了，要不然不好打理。"

如果说刚才林越的那些"要求"只是让她感觉有些不适，那么这一次林越提出的要求，是让她心里有些难过了。

毕竟，她的头发是她留了好久才长这么长的。而且，宋嘉最爱她的长发。

不过，好在林越说罢好像也就忘了，小檬没应答，她也没留意。

电梯门打开的那一刻，两个人一前一后进了电梯。

电梯在九楼停下，李晓檬下了电梯之后，发现靠左边的那户门开着。

林越带着她走到门口的时候，向卫华已经站在门口处了，见到李晓檬便笑呵呵地开口道："哟，小檬来了，欢迎欢迎！快……快进屋来。"

李晓檬也赔着笑脸儿，打算进屋。

就在她刚刚迈开步子的那一瞬间，林越拽了拽她的衣袖，低声问道："怎么也不叫爸爸？"

刚才林越的"叮嘱"她全都记得，但这一刻，她还是叫不出口，仿佛舌头打了结似的，转不动。

向卫华见李晓檬面红耳赤地愣在那里有些尴尬，连忙说道："没事，如果实在叫不惯，就叫我叔叔也行。我倒觉得叔叔听着更亲切，更顺耳。"

林越还没来得及提醒，李晓檬已经怯生生地叫了一句："向叔叔好。"

"好好好……快进来，别一直在外面站着呀。"向卫华很热情。

但他的热情依旧让李晓檬感觉有些不适，她总觉得这份热情不太真实，让人拘谨。

李晓檬进了门之后，便被入户花园那幅油画给吸引住了，画上是一座山，但画法却很抽象，山顶是金色的，格外鲜亮……

"小檬，换鞋。"林越拿了一双新的拖鞋放在了李晓檬的脚边。

李晓檬低头的瞬间，才发现她原先的白色球鞋上还带着泥，是今天早上从家里出门的时候沾上的……

她换了鞋之后，林越直接将她的鞋子提到了阳台的洗手池边，然后回来说道："好了，吃饭吧！"

……

菜式很丰富，豉油鸡、糖醋排骨、白灼虾、蒸水蛋、炭烧猪颈肉……

这些菜李晓檬都曾见过，但却没品尝过。

两年前，她在一家餐馆做服务员，对各种菜式都了如指掌。

"吃吧。"林越夹了一块鸡腿给她，"这个豉油鸡，是妈妈最拿手的。之前向好儿在家时最爱吃这个，你也尝尝。"

林越提到"向好"的名字，带着儿化音，听起来特别好听。

总之，在李晓檬看来，跟叫她的名字感觉完全不同。

林越的手艺确实很不错，不但摆盘讲究，味道也出奇地好。

长这么大，她很少吃林越做的饭菜。

她记得九岁那年，和林越见过一面，也是在阳城。

那是因为她被其他孩子欺负，说她是没妈妈的孩子，她哭着回家找李增贤要妈妈。

李增贤无奈，只得给林越打电话，让她回梅园镇一趟。

不知怎的，两个人说着说着，就突然吵了起来，林越到底还是没回梅园。

李增贤只得连哄带骗把李晓檬带到了阳城，三个人在阳城的一家小饭店里见了面……

由于时间太久，而且那个时候年纪又太小，李晓檬也记不清当时见到林越是什么心情了。

她只记得，那个时候她觉得林越好漂亮，穿着一身蓝色碎花连衣裙，一走路裙摆就随风飘起来。

在分别的路上，她一直盯着林越的连衣裙看，越看越好看。

所以，后来一提起林越，她的脑子里就会自动飘过那蓝色碎花的裙摆……

"怎么不吃呢？"向卫华的声音将李晓檬的思绪从记忆中拉了回来。

"噢……我在吃呢。"李晓檬说话间，感觉腮边有冰凉的液体滑落，沁入唇边，带着几分咸涩。

她这才明白，原来尘封了许久的记忆，一旦被唤醒，还是会令人心酸流泪。哪怕，那记忆早已模糊。

林越扭头间，看到她脸庞的泪痕，不由得愣了一下："小檬，你怎么哭了？"

向卫华也瞬间转过头来看她。

此刻，李晓檬只觉得尴尬，仿佛自己心里的秘密被人瞧去了似的。

李晓檬抹了一把眼泪，回答道："没有，我有点儿沙眼，风一吹就流眼泪……"

向卫华一听，连忙去窗边把窗户给关上了。

李晓檬好不容易才止住泪，虽然这餐饭味道极好，可她却吃得很不是滋味儿。

整个过程，都有些无所适从，她突然有点儿想念梅园镇，想念自己在灶台上做的农家菜，想念她无所顾忌想说什么就说什么的日子……

按理说，在林越的这个家里生活，是她原本羡慕和渴望的。

然而，当她真正开始体验这种生活的时候，却发现一切和她想象的完全不同。

……

向好将《梅园小学教师月度考核方案》做好之后，交到了房磊的手里。

本想和房磊好好探讨一下关于这个方案的部分细节的，却不想她刚坐下，房磊就开口了："向老师，我有个问题，想提醒你一下。"

向好愣了一下，但很快就笑着问道："房校长，您有什么问题，请直接讲。"

房磊顿了顿，说道："向老师，你来这么一段时间，有不少老师向我反映你的问题……"

向好听到这里，心想：大概是因为前阵子她的一些举动触犯了部分人的利益，或者她说的一些话，惹得一些人不高兴了。

就在向好思索间，房磊继续说道："我们这里只是乡镇，这里的人都不追赶时髦，也不刻意去打扮自己。而且，这里是学校，学生年纪小，还没形成良好的价值观，如果有老师穿得太靓丽，打扮得太出彩，总是会让他们想要模仿和攀比。久而久之，就会造成很不好的影响。"

向好听到这里，已经明白了大半儿。

房磊笑了笑："向老师是个聪明人，我相信我即使不明说，你也会懂的。你是从城里来的，物质条件比我们这里的老师要好很多，你的吃穿用度肯定也会比我们要讲究很多。但凡事总得有个度啊，如果过了头就不好了，你说是不是？"

向好有些生硬地点了点头。

事实上，她这段时间在这里并没有刻意打扮自己，至于穿的衣服，也都是以往常穿的便装。但不可否认，确实是比这小镇上的审美显得要超前一些。

但房磊特地因为这件事说了她，还是让她心里有些不太好受。

向好没有再多问，而是对房磊说道："房校长，这份考核方案，您先看看。如果有需要调整的地方，我再好好调整调整，争取做到更适合梅园小学的情况。"

"行。"房磊说话间，将手里的方案放在了桌子上，"我现在正好有点儿别的事要处理，这方案等我有时间再细看。"

向好有些失望，但也不能强求，只得说道："那好，等房校长看完，有什么问题，可以随时找我。"

"嗯。"

向好刚走出门，便见到了郭静。

也正是因为受到了房磊的"批评"，向好心里有些堵得慌，于是便和郭静聊了起来。

从郭静的口中，她也了解到因为自己的穿着招来的一些非议。

也正是因为那些闲言碎语，导致向好心情不太好。

自她来到梅园镇，来到梅园小学，为的只不过是照顾好父亲，协助校方做好相关工作，并没有其他心思，为什么还是会有负面的言论呢？

这个困惑很快就被解开了，就在下午放学后。

第十六章　父女过招

向好下午放学回到家时，李增贤正在晾衣服，由于李增贤身体不好，有些动作完成得比较吃力。

向好连忙上前去将衣服从他手里接了过来："爸，让我来吧。"

李增贤这才发现向好回来了，也没推辞，直接将装衣服的盆子递给了她。

向好正想跟李增贤说说学校里的事，就听到李增贤突然问道："小柠，今天房校长跟我说了你的事……"

向好一愣，随即转过头，问道："什么事？"

李增贤咳嗽了一声："倒也没说什么特别的，就说了你最近在学校里的表现。"

"是不是我表现不太好？"向好马上问道。

李增贤顿了顿："倒也不是不好。但是麻雀虽小五脏俱全，有些问题，我得提醒你一下。"

"爸，您说。"向好放下了手里的洗衣盆，拉了一把木椅给李增贤，自己就站在他的跟前，希望将这个话题继续下去。

李增贤坐下之后，继续说道："小柠，你是从城里来这镇上支教没错，而且你是一个很有想法的人，对很多问题，都有自己的看法，而且很有思想，这都没错。在我看来，这甚至是一种优势。但是，有些优势放到工作中，放到人际关系中，它就未必还是优势了。你来支教，要先弄明白一个问题，支教老师缺乏教学经验，而且和其他教职工都有一定距离，所以在学校要摆正自己的心态，摆正自己的位置。就算你真对学校的管理或者教学工作有什么意见或建议，也不要总是挂在嘴边。"

李增贤一番话说完，向好突然明白了什么。

"爸，是不是我新制定的教师月度考核方案不合适？"她问。

李增贤笑了，点燃一支烟："这和你制定的方案合不合适、好不好，其实并没多大关系。"

"那和什么有关系？"向好不解，"既然有问题，就要解决问题，很简单的道理啊。"

"道理是简单，但事件复杂，人际关系复杂。"李增贤继续解释道，"有些事，自己看明白了就行，不能要求别人也和你一样看法。如果要求所有人都保持一致高度，这是不可能的。"

向好想了想，说道："可现在有些地方确实存在不足啊，为什么不抓紧解决呢？"

"我也知道有不足，但如果调整了方案，问题就真的能消失？这真是一个未知数。"李增贤说罢，抽了一口烟。

"可如果不试一试，怎么知道结果如何呢？"向好反问道。

李增贤笑了笑："小柠啊，我知道你很会讲道理，可能如果咱俩一直讲下去，我还真讲不过你。但我教学经验比你丰富，我刚才说的那些话，不管你觉得对不对，都应该好好斟酌斟酌。"

"说白了，还是人际关系的问题嘛。"向好道，"如果事事都要考虑人际关系，那只会阻碍发展。"

向好说罢，李增贤没作声，只顾抽着烟。

向好见状，又低声补充了一句："而且，我觉得人际关系真没那么重要，至少不像爸您说的那么重要。"

李增贤看了向好一眼，然后意味深长地笑了笑："小柠，你可别小看人际关系，人际关系可是一门大学问！你搞不懂这门学问，就很难真正立足。不要小看任何人任何事。就好比，有时候你不在意的事，或者你根本没留意的人，都有可能成为你人生路上的挡路石。"

这话听起来似乎很有道理！

但向好仍然有自己的看法："我把挡路石搬掉就行了！"

李增贤愣了一下，完了又忍不住笑了起来："这是你想搬掉就能搬掉的？你哪儿来那么大的能耐？说不定没等你搬掉人家，人家就搬掉你了。"

"爸……"

"行了，你别说了。你学历比我高，读书比我多，见识也比我多，我也不指望自己能说得你心服口服。"李增贤抬了抬手，示意向好停下，"还是那句话，我刚才说的，你再好好斟酌斟酌。另外，这段时间，你不要再给学校的管理提任何意见。接下来你要做的，就是学校领导安排的工作。他们安排什么，你按质按量完成就行，千万不要乱提意见，知道吗？"

向好心里确实有些不服气，但也只得点了点头："嗯。"

李增贤看着向好离开的背影，笑了笑："呵呵，小妮子。"

他只觉得向好妥协了，但他不知道，向好骨子里有股子蛮劲儿，一旦认定的事，就算暂时完成不了，将来也会找机会完成。

只是，她会暂时缓一缓，等待合适的机会罢了。

……

向好吃过饭之后，觉得有点儿闷得慌，于是便打算出去走走。

刚走没多远，便看到一户人家院子里亮着灯，于是便朝着里面看了一眼。

这一看，就看到一个熟悉的身影——江朵朵。

江朵朵正蹲在地上，拿一支笔在画着什么……

向好觉得好奇，于是就走到了门口，叫了一声："朵朵……"

江朵朵由于过于专注，根本没听到有人在叫她，嘴里念念有词："……红色加绿色等于黄色……黑色加白色等于灰色……黄色加青色等于绿色……"

"江朵朵。"向好提高音量又叫了一声。

这次江朵朵听到了，猛地抬起头。

她抬起头的那一刻，向好差点儿没忍住笑出声来。

江朵朵的小脸上，都是五颜六色的颜料，连嘴唇上都是。

但她完全没有意识到，见到向好先是一愣，随即眼睛便突然亮了起来："向老师？"

"你在画画儿呢？"向好说话间，已经走到了江朵朵身边，"这画的是什么呀？"

江朵朵连忙将铺在地上的牛皮纸给收了起来，脸也瞬间红了，好像生怕向好见了会笑话她一般。

"你是在画油画？"向好问。

江朵朵没有回答，抿着嘴唇笑。

"让我看看，我也喜欢油画。"向好笑着说道，"其实，我之前也学过油画。只是，很久没画了。"

江朵朵抬起头来，眸子亮晶晶的。那感觉，像是突然遇到知音了。

"看你画画，我突然也想画了。"向好说道。

"那好，我可以拿一些纸给你。"江朵朵说罢，就忙着朝房间里跑去，连手里的画掉了都没发现。

灯光下，向好铺开那牛皮纸，看到上面画了一只小壁虎，只是壁虎五颜六色的，红黄蓝橙绿紫全都汇集在一起。乍一看，有些搞笑。但仔细看看，却又觉得俏皮可爱，充满想象力。

"这是牛皮纸，这是颜料。"江朵朵已经从屋里拿出了牛皮纸和颜料，放在了地上，"不过蹲着画不方便，要不然咱们进屋里把桌子搬出来，这样就可以坐着画了。"

在向好的经历中，画油画是件极具仪式感的事情，需要有专业的画架、画板、颜料和画具箱。

但江朵朵这里，除了牛皮纸、画笔和颜料，其他什么都没有。

条件确实有些简陋。但江朵朵生活在这样一个小镇子上竟然有机会接触到油画，依然让向好感到意外，于是问道："朵朵，你为什么要在地上画，不是明明有桌子的吗？"

江朵朵一边将新的牛皮纸铺开，一边说道："我奶奶在屋里，她不喜欢闻松节油的味道。还有就是……画油画容易把地板弄脏，我就不想在屋里画，水泥地板，清理起来太麻烦。"

"那可以把桌子搬出来啊。"向好说。

"我一个人也搬不动啊。"江朵朵说完就笑了，仿佛不知人间苦愁味似的。

"这样啊。"向好朝着屋里看了一眼，"那我帮你搬。"

"好。"

两个人就这样一前一后进了屋，向好进屋的那一刻，便见到一个七十多岁的老人躺在一张旧的藤椅上，眯着眼睛摇着蒲扇。

老人穿着一身灰色的布衫，头发理得很短，而且不太整齐，光是看着就知道给她理发的理发师很不专业。她的脸庞略瘦，两颊深深凹陷，看起来不太精神。

听到有人进来，老人也没睁眼，但用本地方言问了一句："谁呀？"

江朵朵马上回答："是我老师。"

老人愣了一下，随即睁开眼。

这一次，向好看清了那双眼，浑浊不清，眼珠上像是蒙了一层厚厚的雾。

"是哪个老师呀？"老奶奶问道。

"向老师。"江朵朵回答道，"是从阳城过来支教的向老师。"

"噢……向老师。"老奶奶正朝着向好站着的地方看，向好也不确定她到底有没有看清自己，只听到她嘴里继续说着，"朵朵，你也不给向老师倒杯茶？"

向好一听，连忙说道："不用了，谢谢奶奶。"

"就我们两个不中用的，家里乱糟糟的。向老师，你找个地方坐。"老奶奶继续说道。

向好四下看了看，房子很小，家具也少，但很是整洁，水泥地板上没有一丝污迹。

在靠着左边墙的位置，有一张书桌，但桌子上除了一些课本，并没有其他书籍。

"向老师，就这张桌子，我们搬出去吧？"江朵朵走到那张书桌前说道。

向好本想说"好"，但看了看周围，并没其他桌子，于是问道："你家里就这一张桌子？"

"不，还有饭桌。"江朵朵朝着里面一间小房子指了指，"反正咱们搬出去，一会儿画完了再搬进来就行。"

向好本想着帮江朵朵将桌子搬出去，以后江朵朵可以在院子里坐着画画的。

现在才明白，江朵朵之所以要搬桌子，只不过是因为她突然来了，想给她创造一个"良好的绘画条件"。

意识到这一点，向好摇了摇头："朵朵，不用了，我们出去在院子里蹲着画更好。"

江朵朵有些诧异，张着嘴巴不知道该说什么。

"我没别的意思，就是觉得搬来搬去的太麻烦了。"向好说道。

"噢……"

"走吧，咱们出去。"向好说罢，拉着江朵朵的手朝着外面走去。

第十七章　牛皮纸上的《星空》

向好一边走一边问："朵朵，你怎么知道油画的？我的意思是……咱们梅园镇，是不是有人会画油画？"

江朵朵摇了摇头："我也不知道梅园镇有没有人会画油画，我今年暑假跟我奶奶去姑姑家的时候才知道油画的。我表妹在学油画，我就也跟着画。"

两个人说话间，已经走到了院子里，江朵朵指着地上的那堆旧颜料说道："你看，这些颜料都是我表妹给我的。"

"噢，你表妹也用牛皮纸画画？"

"不，她用画布。"江朵朵笑着说道，"她家里好多画布呢。但是我就不行了，我没她家条件那么好，就买牛皮纸，牛皮纸很便宜的，好大一卷才几十块钱。"

江朵朵说到这里笑了起来，仿佛捡了个便宜似的。

牛皮纸确实可以画油画，但比起画布，效果还是有很大差距的。

"向老师，你也画一幅吧？"江朵朵在地上铺好牛皮纸之后，问道。

向好一边想一边自言自语道："画什么好呢？画一幅《星空》吧！"

"好。"江朵朵抬头看了看天，神情里带着些许失望，"不过向老师，今天天上没有星星，月亮也没有……今天是阴天。"

向好愣了一下，问道："朵朵，你知道梵高吗？"

江朵朵摇了摇头，问道："梵高是谁？"

向好回答道："梵高是荷兰后印象派画家，全名叫文森特·威廉·梵高。梵高的作品很具创造力，而且带有强烈的悲悯情怀。这幅《星空》，就是很具有代表性的一幅作品。"

"哦……"江朵朵听罢，竟有些脸红，似乎不知道梵高这么伟大的画家是件惭愧的事一般。

江朵朵眼中那一闪而过的异样神色，向好还是准确地捕捉到了。为避免尴尬，她很快便说道："朵朵，其实你不知道也没关系，我当初学画的时候，老师也没有特地讲这些，更何况你是自学的呢。所以，我觉得你很了不起。不过，到时候我可以给你带几本书，你可以看一看，顺便了解一些关于油画的基本知识。"

"谢谢向老师。"

向好打开手机，找到了《星空》的网图，对江朵朵说道："今天我先临摹这幅画，我一边画，一边跟你说说。其实每次画一幅画，都会有新的发现的，无论是技法处理，还是审美方面。"

向好说话间，已经拿起笔在牛皮纸上画了。

按理说，这是她第一次在牛皮纸上作画，多少都会有些不习惯。但由于太久没画了，没了对比，这种"不习惯"便被弱化了。

所以，整个过程，她甚至都没有感觉到牛皮纸和画布的差别。

她一边画，一边跟江朵朵讲解。

江朵朵听得很认真，毕竟她从未上过油画课。即便向好不是专业的油画老师，但对于江朵朵而言，这堂课，也是她人生中的第一堂油画课，仍然有着非同一般的意义。

等一幅画画好，两个钟头已经过去了。

江朵朵看着牛皮纸上璀璨却又夸张得有些诡异的星空，眼睛里满是疑惑和好奇。

"这幅画是梵高在精神病医院时画的，所以他眼中和心中的世界可能和绝大多数人是不同的。但是，即便是在梵高最颓废最压抑的时候，心中仍然充满对生命的热情和希望，这从他的画里是可以看出一些端倪的。你看，他笔下的星星像是在燃烧的火焰，就连这些看似扭曲的柏树都富有生命力。从表面上来看，这幅《星空》很大程度地脱离了现实，但也呈现了一个极其丰富的内心世界……"

江朵朵听得似懂非懂，但却很感兴趣。

"对了朵朵，咱们学校有没有绘画课？"向好突然想到了什么。

"有。"江朵朵回答，"但是没有油画课。"

"绘画课都是怎么上的？你们平时都画什么呀？"向好又问。

"就用铅笔画啊，还有蜡笔，有时候也有水彩笔。"江朵朵说到绘画课，心情似乎很好，"有时候是老师在黑板上画，让我们跟着学。有时候是让我们自己画，自己想画什么就画什么。我们美术老师也觉得我画画很不错，我还是美术课代表呢。"

向好听罢，也基本明白了：梅园小学目前并没有正规的美术课。

但她还是不忘夸江朵朵一句："怪不得你画画这么好，原来是美术课代表啊！"

……

第二天一早，向好刚到学校就遇到了房磊。

房磊似乎心情不错，主动跟她打了招呼。

向好本想问问关于教师月度考核方案的事，但想到李增贤昨天提醒过她的那些话，还是打住了。

房磊说道："我刚才在路上见到江朵朵了，她说昨天晚上你教她画画了。"

向好一听，连忙笑着说道："是的，我出去散步，正好遇到她。我还真没想到，江朵朵竟然画画这么好。"

"是的，这孩子还真是有些艺术天赋。"房磊附和着。

向好看了看房磊，说道："房校长这么关心学生，连学生的课余生活您也能注意到，我还真挺意外的。"

"我之前不关心学生吗？"房磊朝着向好笑了一下，"不过，江朵朵这孩子比较特殊……"

他说到这里，突然停了下来。

向好正想问点儿什么，房磊突然又说："既然你会画画，就多教她画一画。她家里也没别的人，平时一个人挺孤独，你能陪她画画也挺好。"

向好应道："行。对了房校长，咱们学校是不是没有专业的美术老师？其实，我觉得在咱们学校开设油画课，也是可行的。"

房磊正在开门的手，突然停了下来，然后回头看了向好一眼："油画课？"

"对啊。"

房磊笑了笑："油画不是不好，但是洋玩意儿，而且颜料和画布都太贵，太烧钱了，一般家庭也根本承担不起啊。"

"噢……"向好本想在一些观点上纠正房磊，但刚打算开口，李增贤的话又在耳畔响起，她动了动嘴唇，还是收住了。

房磊一边思索着，一边推开门："要不就改国画吧，成本低，而且国画是中国传统文化的一部分，怎么都比油画好。"

向好心里明白：艺术无国界，更不存在哪个比哪个好的说法。

但也不得不承认，房磊说得有一定道理，而且比较符合梅园镇学生的情况和需求。

于是笑着点了点头："好的，我觉得房校长您说得很有道理。"

房磊笑了："是啊，你虽然学过艺术，但有些艺术不是人人都能学的，条件达不到，没办法开设。"

"可是……"向好又陷入了沉思，"我们学校有会画国画的老师吗？"

房磊一听，眉头随即便皱了起来。

目前，梅园小学虽然也有美术课，但都是让学生用铅笔在作业本上画，然后再用蜡笔或水彩笔涂上颜色，仅此而已。

"噢对了，如果说懂画画的老师，我还真认识一个。"房磊突然想到了什么，"不过他年纪大了，早退休了。之前喜欢写写画画的，好像还得到过省级奖项。但是，总不能让他来教吧？他早退休了，快七十的人了。"

向好想了想："房校长，我倒觉得没什么不能的，教师退休，可以返聘啊。"

"返聘？"房磊先是一愣，随即朝着向好摆了摆手，"人家这么大年纪的人了，都是在家里养老，怎么可能会重新工作？"

向好倒不这么认为，在她看来，得去了解具体情况，才能得到相对准确的答案。

只是房磊平时工作量大，工作更是千头万绪，不可能事事都照顾得到。

第十八章　不曾起舞的日子

李晓檬到了阳城之后，和林越和向卫华同吃同住了一段时间，也慢慢开始适应了。

但适应的只是生活习惯，她的心一直没有真正适应。

比如，林越喜欢在家里熏香，虽然李晓檬觉得也的确很有情调，但很奇怪的是，只要林越熏香，她就开始有些紧张，会觉得自己和这里的一切格格不入。

她闻着那独特的香味儿，就紧张地坐在沙发上一动也不动，好像生怕自己冷不丁地动了一下，就把什么东西给破坏掉了似的。

而向卫华同样也是一个很注重生活品位的人，每天下班之后，都会在书房里读书，读尼采，读黑格尔，读苏格拉底……

比如这天，向卫华坐在客厅的沙发上看书，看着看着就问了李晓檬一句："每一个不曾起舞的日子，都是对生命的辜负……小檬，你怎么看待这句话？"

李晓檬想了半天，也不知道该怎么回答。

其实，这句话的意思她是理解的，但她的生命从来不曾起舞。因此，她听到这句话的时候，第一时间就有了一种类似于愧疚和自卑的负面情绪。

向卫华见状，连忙说道："这句话是尼采说的，尼采虽然是哲学家，也是艺术家。从字面上来解读，这句话传达的意思是一个人应该有目标，然后再朝着自己的目标不断迈进。只有这样，才能让自己的生命更鲜活，让自己的人生更有意义。但一个哲学家的一生都在寻找生命的价值和意义，一生都走在追求真理的路上；而一个艺术家，一生都在追求美，都在追求艺术的最高境界。可无论是'真理'还是'艺术'，都是动态的，是不断变化的，是没有尽头的。所以，他用不断追问不断探索的方式赋予生命独特的意义。而我们普通人，就是追求身体健康，过得幸福快乐就够了。所以，只要我们过得问心无愧，努力地工作，用心地生活，我们普通人的生命，也都是有意义的。"

向卫华一番话说完，李晓檬听得有些迷糊。

她甚至感觉，向卫华的这番话，比尼采的那句"每一个不曾起舞的日子，都是对生命的辜负"更难理解。

但，她也没问。倒不是害怕暴露自己的无知，是纯粹没兴趣问。

与此同时，她还非常强烈地感觉到：向好说话的感觉，和向卫华特别相似。或者也正是因为有向卫华这样一位父亲，向好才成长为今天这个样子。

可她又突发奇想：有向卫华这样一位父亲，会不会让人觉得很累？

跟着向卫华一起生活，还真不比跟李增贤一起生活轻松多少。

李晓檬想了想，对向卫华说道："向叔叔，我想出去找工作。"

向卫华拿着书本的手突然停顿了一下，问道："为什么？"

李晓檬想了想，回答道："您刚才不是说了吗？普通人就应该努力地工作，用心地生活。我是个普通人，我总不能整天待在家里什么都不干啊。"

李晓檬话音未落，向卫华就忍不住"哈哈"大笑了起来："原来你要出去找工作，就是因为我刚才那句话啊？"

"不……也不全是。"李晓檬连忙摇头否认。

确实，她想要出去找工作，当然不是完全因为那句话。

而是她在这里，虽然生活得很好，但却始终有些压抑和不自在。

这种压抑和不自在让她想要离开这里，但离开总得有个理由，目前最好的理由就是出去找工作。

"你打算去哪儿找工作？"向卫华放下了手里的书本，问道。

"就在阳城。"李晓檬回答。

"打算找什么工作？"向卫华又问。

李晓檬想了想："我想先看看，到处看看，如果有合适的，就行……"

说起找工作，李晓檬开始有些不自信，毕竟她没学历，没特长，想要找到好工作自然不容易。

面对李增贤的时候，她说起找工作的事一向理直气壮，但面对向卫华的时候，这种怯懦便会暴露无遗。

"这怎么能到处看看？"向卫华笑着问道，"找工作你可以先上网看看啊，现在不是有个什么同城，你把自己的简历、要求发上去，人家看上了就会自动给你回复，还用到处跑吗？"

李晓檬有些蒙，她从未自己投过简历。

"对了，你之前都做过什么工作？"向卫华又问。

李晓檬有些不知所措，脸也跟着红了。

向卫华正准备继续说点儿什么，林越就从卧室里出来，穿着一身淡紫色的丝质睡衣，头发随意地在脑后梳了个发髻，虽然带着几分慵懒，却又不失优雅和端庄。

李晓檬感觉，林越真的好漂亮。这一刻她似乎也明白了，为什么她带着个孩子，还能嫁得这么好。

"说什么呢？"林越一边用手不断按摩着眼角的眼霜，一边问道。

李晓檬还没来得及回答，向卫华就说道："跟你汇报个事儿，小檬想找工作。我打算让她投个简历……"

向卫华话还没说完，林越就转头看了李晓檬一眼，问道："小檬，你才来一周时间对吧？"

"嗯，差不多一周。"

林越说道："这事不用太着急，我有几个朋友是开公司的，到时候看看能不能帮你找个好的岗位。女孩子家，做个文员也行。"

"做文员？"在李晓檬的印象里，做文员就相当于是坐办公室，她从没做过办公室工作。所以乍一听，并不是惊喜，而是担心自己不能胜任。

"对，做文员挺好啊，你不愿意啊？"林越问。

李晓檬没回答。

向卫华也在一旁说道："我也觉得做文员挺好，女孩子不要总是在外面跑，太累。这样，你把你的简历跟我说说，我帮你写一份简历，虽然是托关系找的工作，也总得有份像样的简历吧？"

向卫华这些话本是无心，但在李晓檬看来，却如同嘲讽。

之前她来阳城不是端盘子就是洗碗，哪有什么像样的简历？

林越像是看出了李晓檬的担忧，很快便打了圆场："算了，她的简历我帮着弄就行，毕竟我对她更了解。"

……

自从向好到江朵朵家画画之后，就开始时常抽空去画画了。

虽然和江朵朵年纪相差十几岁，但因为有共同的兴趣和爱好，就有共同的话题。

久而久之，二人便成了无话不谈的"好朋友"。

这天，向好吃过晚餐之后，又来找江朵朵，并且带了三本油画基本知识的书，一本是《油画技法入门》，另一本是《油画风景写生创作》，还有一本是关于世界著名油画欣赏的书籍。

当她把这几本书交到江朵朵手里的时候，江朵朵很是感激，神色里带着惊喜："向老师，你给我拿了这么多书？"

"其实也不多，有两本是关于技法讲解的，你看着学习学习，可以了解油画相关技法的处理。那本《世界名画欣赏》你也可以看看，一来开阔眼界，二来提升审美。"向好解释道。

江朵朵翻开其中一本看了看，忍不住感叹："向老师，你真的太好了。"

向好忍不住笑了："那是因为你也好啊，因为有了你，我可以在工作之余找个地方安心画画啊。"

江朵朵仰起头看着向好："才不是呢，李校长家那么大，你想要找个地方画画简直太容易了！"

"所以嘛，我是喜欢和朵朵一起画画，有人陪着，我也不觉得闷呀。"

江朵朵这才笑了起来："那就好，要不然我总是收你的好处，自己都不好意思。"

有时候，人与人之间就是这样，需求是相互的。将自己这种"需求"告诉对方，而不是一味地强调自己的奉献和付出，反而会让对方更安心。

紧接着，江朵朵从房里拿出好几张裁剪好的牛皮纸，对向好说道："向老师，你看，我用剪刀把这些牛皮纸给剪成了好多形状……"

江朵朵一边说着，一边将牛皮纸一张张在地上铺开。

果然，有圆形的，有心形的，有长方形的，还有三角形的……

向好看着顿时觉得很有趣，于是问道："朵朵，你这是打算画什么？"

灯光下，江朵朵眨了眨眼睛，说道："我前几天在我叔叔的手机上看到有一个人很厉害，画国画的，他也和我一样，小时候没条件，都是靠自学的。后来越画越厉害，前不久的《中国诗词大会》的背景图，都有他的画儿呢……"

　　江朵朵说到这里，向好不由得一怔，随即便问道："那位作者是不是叫小林？"

　　江朵朵一听，马上点头："对对对，就是小林老师！向老师，你也知道他？"

　　向好当然知道他，记得在小林刚刚开微信公众号的时候，她就被他的画风给吸引了。

　　可以说，向好是最早成为小林老师粉丝的那一批人，后来经常在朋友圈转发他的文章或漫画作品。

　　再后来，她的朋友圈时不时有人开始转发小林老师的作品。

　　那个时候，向好还以为是她最初的转发让朋友圈的人都开始关注小林老师了，却不知，是人家十年如一日地坚持创作，从未放弃，画着画着，就很意外地把自己给画火了！

　　所以，小林老师是向好一直都很欣赏和钦佩的一位创作者。

　　"其实，小林老师的摄影作品也很不错，文章写得也好，有哲理有韵味，等你长大了，可以读一读。所以啊，一个人找准方向，就不要轻易放弃，坚持下去，就能有所收获。当然，这个过程会有许多困难和阻碍，但每一次迈过去，就一定会有新的收获。"向好说完这番话，脑子里竟浮现出李晓檬的那张脸来。

　　在她的印象中，类似这样的话，她也对李晓檬讲过。

　　"向老师，你是想让我向小林老师学习啊？"江朵朵的提问打断了向好的沉思。

　　向好思索了几秒："也不全是。不过……当我们看到一个人身上的优秀品质，或者闪光点，适当地学习和借鉴一下，也是应该的，毕竟有益无害嘛。"

　　向好说罢，将那张被剪成圆形的牛皮纸拿了过来，问道："你想在这上面画什么？"

　　江朵朵想了想，回答道："画四季的风景啊，我想把油画画得像国画一样。"

　　向好笑了："油画就是油画，为什么一定要画得像国画啊？"

　　"好玩儿呗。"

　　"其实我懂，你是想画出国画的韵味。"

　　"对对对。"江朵朵将头点得如同小鸡啄米状，"就是那种韵味，有些画很简单，好像随便几笔，但就是很有感觉啊。"

江朵朵说话间，眼睛扑闪扑闪的，像是眼眸里散落了无数的星子。

向好补充道："寥寥数笔，形神兼备。"

第十九章　环境造就人

就在和江朵朵一起画画的时候，向好意外发现江朵朵手臂上有瘀青。

本来她也没留意，以为是她不小心撞到了。

然而，接下来她却发现她的脖子上和脚腕处都有瘀青，大大小小，深深浅浅。无论怎么看，都不像是不小心碰撞到的。

向好觉得蹊跷，连忙问道："朵朵，你身上怎么这么多瘀青？"

江朵朵愣了一下，下意识地低头看了一眼，随即伸手拽了拽袖子，想要遮掩什么。

正是江朵朵这个下意识的动作，让向好更加觉得情况不妙，于是放下手中的画笔，继续问道："朵朵，你告诉我，这到底是怎么回事？是不是有人欺负你了？"

江朵朵低下头，没作声。

向好又问了几句，但仍然没有答案。

向好无奈，只得蹲了下来，换了一种语气："朵朵，如果真有同学欺负你了，你也别害怕，老师一定会有办法解决这个问题的。如果老师解决不了，校长也可以解决……总之你什么都不需要担心，有什么情况一定要及时反映，知道吗？"

江朵朵似乎有些犹豫，微微抬起头，看了向好一眼。但嘴唇动了动，还是什么都不肯说。

向好本想继续劝导和询问，但转念一想：如果江朵朵不肯说，她再怎么努力都无济于事。

于是，便想着先不问了，接下来慢慢观察。

小孩子的事情，说简单也简单，说复杂也复杂，都是半大不小的孩子。但，如果真有什么问题，他们也不可能藏得严严实实，总会有一些蛛丝马迹。

接下来，向好就跟什么事都没发生一样，和江朵朵一起画画，一边画一边讲，江朵朵似乎也没受任何影响一般，安安静静地站在旁边听，一边听一边模仿。

……

向好回家之后，李增贤正坐在门口抽烟，看到她回来，连忙将烟蒂给摁灭，站了起来，皱着眉头问道："去哪儿了，这么晚才回来？"

经过这一段时间的相处，李增贤跟向好说话已经不像最初那样客客气气了。

李增贤的这种转变，倒是让向好很开心。

在她看来，他至少不再将她这个女儿当外人看了。

向好走到李增贤的身边，才答道："去江朵朵家了。"

"你最近好像总是往她家跑，怎么了？和她成为好朋友了？"李增贤说罢笑了笑。

在他看来，向好是肯定不可能和江朵朵成为好朋友的。一方面江朵朵年纪太小，二人很难有共同话题；另一方面江朵朵的成长环境和向好有着很大不同，二人很难真正投机。

却不知，他话音未落，向好立刻附和道："对啊，我就是和她成为朋友了，志同道合的朋友！"

"哈哈哈……"李增贤仍然当向好是在开玩笑，接着说道，"小柠，你这是童心未泯啊！"

向好抿着嘴笑了，随即点了点头。

在她看来，她的那颗"童心"一直都在，那份童真也从未消失过。

她表面上看起来有着良好的修养，无论说话办事都有条不紊，彬彬有礼。

但骨子里，她天真得近似于执拗，思想超前，注重事物的本质，追求所谓的真理。

只是这一面，她隐藏得很好，从不轻易去谈，导致别人看她，总觉得她只是个天真又任性的孩子。

"对了爸，朵朵她爸妈呢？"向好突然问道。

李增贤突然收住了笑，随即叹了口气，问道："我之前是不是跟你提过关于她父母的事？"

向好想了想，又摇了摇头："好像……并没有。但我记得你说过，朵朵是个苦命的孩子。"

"嗯。"李增贤重重地点了一下头，"她的确是个苦命的孩子！"

向好想到江朵朵身上的瘀青，心里突然很不是滋味儿，于是问道："爸，她爸爸妈妈到底在哪里？"

李增贤又沉默了一阵，才缓缓开口道："他爸妈五年前去阳城打工，爸爸是做建筑工人的，妈也是在工地上做小工。后来不知道怎的，她爸爸出了事故，人没了……"

李增贤说到这里，神情难掩悲伤。

向好也一样，只觉得鼻子突然一酸，江朵朵那双亮晶晶的眸子在她的脑海中浮现。

她停顿了一下，问道："那她妈妈呢？还好吗？"

李增贤伸手准备从烟盒里抽出一支烟，但最终又将烟给塞了回去："她妈妈还好，听说改嫁了。"

"改嫁？"

"嗯，改嫁了。"

"那她没把江朵朵给一起带过去？"向好问。

李增贤摇了摇头："没带。听说一开始她是准备带的，但是后来那男的不同意，就没带了。"

李增贤的回答，让向好着实有些吃惊。

当初林越也是改嫁，却一直将她带在身边。

即便是没有带李晓檬，那也是因为有李增贤在，而且是因为李增贤和林越之间的矛盾，她才不得不舍下李晓檬的。

"她怎么忍心放弃自己的女儿呢？"向好怎么也想不明白，母亲怎么可以放弃自己的孩子。她一边思索着一边问道，"她们是亲母女，江朵朵是她身上掉下来的一块肉啊。"

李增贤无奈地笑了笑："没办法，人都有自己的难处。在最艰难最关键的时候，很多人第一个想到的还是自己，想到自己将来的生活。而且，她现在都有自己的孩子了。"

"可手背手心都是肉，不是吗？"向好又问。

李增贤抬眸看了向好一眼："你啊，不要太较真儿了。既然她当初做了这个决定，那今后就很难再改变。"

向好倒不觉得是自己较真儿，而是她认为江朵朵需要母爱。

她再一次不由自主地将江朵朵和李晓檬联系在一起，李晓檬天资并不差，但由于从小缺乏母爱，缺乏有效引导，才一步步变成今天这个样子的。

而江朵朵也一样，聪明、好学、热爱艺术，并有一定天赋。但如果她一直跟着年迈的奶奶生活，还时常被同学欺负，久而久之，势必会对她的成长产生负面的影响。

向好看了看李增贤，又问："对了，江朵朵的奶奶是怎么回事？看起来和正常人有些不太一样……"

"你看出来了？"李增贤问罢，又自顾说了起来，"她是老年白内障，之前还能看清人，现在年纪大了，估计连人都看不清了。之前是她照顾江朵朵，现在是江朵朵照顾她。不过这样也好，小小年纪知恩图报，懂得反哺，这也未尝不是一件好事。"

"那江奶奶没去治疗吗？"向好问。

"听说去治过几次，效果不大。"李增贤随即又解释道，"她都这么大年纪了，治不治关系都不大了。就算是眼睛好了，身体素质也不行，照样干不了什么。"

李增贤的这些话，乍一听有些道理。

但向好仔细一琢磨，却又觉得不太对劲儿，于是又说道："这怎么能一样呢？她的眼睛明显影响她的生活质量啊。哪怕她什么都不能干，多一天光明就能多一天看这个世界不是吗？"

李增贤一听，忍不住笑了："还多一天光明！呵呵，你说得太诗意了。可这里是农村，是小镇子，这里人的生活都是实实在在的，没那么多诗意的向往。"

向好哭笑不得："这……这和诗意的向往有什么关系？"

"这不是诗意的向往是什么？"李增贤扶了扶架在鼻梁上的老花镜问道，"在这个小镇上，老年人到了一定年纪也不图别的，能吃能喝能睡身体没有大病大痛就不错了，还追求什么？"

向好本以为她和李增贤算是有共同话题的，这一刻她突然发现，他们似乎根本不在同一频道。

"行了。"李增贤站了起来，"你先不要总是想太多和自己无关的事，做好你的工作。我听房校长说你最近表现比之前好，呵呵，我的女儿就是聪明，一点就透。总之啊，你记住了，不该说的话别说，不该管的事别管，做好自己的本职工作，就是对学校最大的贡献。"

李增贤说罢，没等向好应答，就转身朝着屋内走去。

向好立在原地，看着李增贤的背影，心中不免有些感慨。

曾经，她认为李增贤是校长，是知识分子，他的思想和觉悟会和这里的其他人不一样。但现在发现，他除了擅长讲一些道理，其他方面和这里的普通农民并无两样。因为一辈子都生活在这个地方，思想观念自然会受到这个环境的影响。所谓"环境造就人"，就是这个道理。

……

正如李增贤所说的那样，最近房磊对向好的满意度大幅提高。

此前，房磊每次见到向好，脸上的表情总是意味不明，仿佛还没想好到底应该用什么样的态度来对待她一样。

但是最近，房磊见到向好的时候，会面露微笑，有时候还会主动打招呼。

正是因为房磊的改变，向好才想将江朵朵的一些事告诉房磊的，和他一起商量商量，调查一下到底发生了什么。

于是，她再次走到了房磊的办公室，将自己所见的一切告诉了房磊。

房磊一听，立刻皱起眉头："有这样的事？"

"对。"向好点头，"我亲眼看到的。"

"噢……"房磊拿起一支笔，一边用笔头蹭着自己的鼻尖儿，一边问道，"会不会真是不小心撞到？这里的孩子都这样，总是冒冒失失的，磕磕碰碰也是常有的事……"

"不是，她身上有多处瘀青，根本不像是撞到的。"向好说道。

"噢……"房磊再一次陷入沉思状态，然后说出了一句令向好也很吃惊的话，"总不可能是江奶奶虐待她吧？"

向好一听，整个人都愣在了那里："这不可能啊，江奶奶白内障，眼睛都看不到了。而且都是江朵朵在伺候她，她怎么可能虐待自己的孙女？"

房磊想了一会儿，喝了一口茶，慢慢分析道："这个还真不好说。虽然江朵朵一直在照顾江奶奶，但是她年纪这么小，能不能照顾得好，这个真是说不好啊。"

向好很是诧异，于是问道："房校长，她能不能照顾得好，也都是她在照顾啊。对于这一点，江奶奶除了感激还是感激，怎么可能因此虐待她呢？如果没有江朵朵，她怎么生活啊？"

房磊听罢，无奈地叹了一口气。

向好发现，房磊叹气的样子，竟和李增贤有那么几分相似。

她一瞬不瞬地看着房磊，等待他的答案。

第二十章　偶遇知心人

房磊或许是见向好对这个问题比较执着，便问道："向老师，你之前不在梅园镇生活，对一些情况可能不太了解。你知道江朵朵的家庭情况吧？"

"知道一些。"

"你知道，江朵朵还有一个叔叔吧？"房磊又问。

向好想了想，摇了摇头。

"她的叔叔叫江建民，就在梅园镇。"

"噢……"向好仍然不知道房磊想要表达什么，但她很有兴趣继续了解情况。

紧接着，房磊便道出了其中的缘由："因为江朵朵的父亲是家里的长子，江爷爷去世之后，江奶奶就跟他们家生活。但是后来，江朵朵的父亲出事了，母亲也改嫁了，家里就剩下江朵朵和江奶奶了。按理说，江奶奶这个时候跟江朵朵的叔叔生活是最合适的。但他叔叔家不同意，觉得父母亲从始至终都是跟着长子生活的，现在突然改变，他们接受不了……"

向好听到这里，就已经觉得这一切有些无厘头了。在她看来，江朵朵的父亲去世，母亲改嫁，江奶奶理应跟着江建民生活的，他也有赡养的义务。

但她没作声，睁大眼睛等着房磊继续说。

"而且，她叔叔家觉得，江朵朵年纪小，一个人在家里没人做伴也不行，让她和江奶奶一起生活，两个人互相照应。而且，如果江奶奶真从江朵朵这里离开了，江朵朵一个人生活也不合适。那个时候，她叔叔还得操心起江朵朵的生活。你说是不是？"

向好听得一头雾水："好像……是的。"

房磊似乎看出了向好的所思所想，又问："你是不是觉得，即便是这样，江奶奶也没理由伤害江朵朵？"

"对啊。"向好点头。

房磊继续分析道："让江朵朵和江奶奶一起生活，在江建民家看来是两全其美的，但在江奶奶看来却未必如此啊。她年纪大了，眼睛也不好使，如果跟着自己的儿子儿媳生活，会比跟江朵朵一起好。所以，老人家这么多年来，心里一直有怨气。而且江朵朵是女孩儿，而江建民有两个儿子。在这里，老人家重男轻女是很常见的事。就算是很优秀的女孩，都比不上一个半吊子男孩。更何况，人家江建民的两个儿子成绩都还不错呢？"

听到这里，向好终于明白了一些。

"其实，自从江朵朵父亲出事后，江奶奶一直想跟江建民一起生活的。后来跟江朵朵，她是很不情愿的。"房磊道。

向好听罢，脑子里突然浮现出江朵朵那张稚嫩的脸，那双亮晶晶的、满是天真的眼睛；同时，也想到江奶奶那瘦骨嶙峋的样子，以及那双像是蒙了厚厚一层灰的眼眸……

此刻，她只觉得后背一阵冷汗，思索了好久，才问道："可无论如何，江朵朵也是她的孙女啊，她怎么下得去手？"

"这不好说，这个事谁也说不准。"房磊又叹了一口气，"向老师也是受过高等教育的人，我想你应该明白：有时候，人的执念和期望，会驱使她去做一些连自己都吃惊的事。"

向好没作声，但却对房磊的这句话深信不疑。

任何人，受欲望的驱使，都可能出现极不理智的状态。

良久，向好才低声问道："房校长，这件事，我们要不要去江朵朵家了解具体情况？"

房磊犹豫了片刻，说道："其实，我们之前去过江朵朵家。但是有些事，没办法过多地干涉。你知道江朵朵现在的生活费是谁在支付？"

在向好看来，江朵朵的父亲去世，理应由她母亲负责江朵朵的生活费。

但，现在的情况确实有些复杂。

"是谁？"向好问。

"是江建民。"房磊说道，"所以，有些事如果我们干涉太多，反而对江朵朵不利，知道吗？"

"知道。"向好点头的时候，只觉得有些心疼。

是的，她心疼江朵朵。

这样一个纯真的孩子，十二三岁，本应是无忧无虑的。

但她面对的一切，却是复杂的，无情且无能为力的。

"向老师，我能看出你是真的关心江朵朵，这很难得。"房磊说道，"其实，我之前也一直想帮助这个孩子，只是我除了工作之外，也有自己的家庭，我能为她做的，少之又少。现在你来了，而且愿意关心她，我觉得很好。我也希望你多和她接触，只要她身边有人在，欺负她的人就会少一些，也不敢那么过分了。"

"我知道，我知道。"向好点了点头。

抬起头时，才觉得自己鼻子突然一酸。

向好来了梅园镇这么久，处理了那么多琐碎的事，只有这一次，她有一种强烈的"被需要"的感觉。

只是，这种感觉，会让她感受到心痛，心痛到想要流泪。

就为江朵朵，这个和她没有任何血缘关系的孩子。

……

从房磊的办公室走出来之后，向好的心情久久不能平静。

她走着走着，竟走到了江朵朵教室的门口。

当时，还没下课，孩子们正跟着语文老师周小敏朗读："……山重水复疑无路，柳暗花明又一村。箫鼓追随春社近，衣冠简朴古风存。从今若许闲乘月，拄杖无时夜叩门。"

在这一群孩子中，向好第一眼就认出了江朵朵。

她坐在第三排，认真地看着讲台，神情极其专注，那双眸子依旧亮晶晶的，似乎很难和房磊刚刚所说的一切联系起来。

直到下课，江朵朵都没发现向好一直在窗外看着她。

下课铃声响起之后，周小敏从教室里出来。见到向好的那一刻，她愣了一下，随即连忙笑道："哟，是向老师啊？你怎么在这儿？"

周小敏是江朵朵的语文老师，也是她的班主任。刚刚大学毕业，皮肤白净，五官端正，就连气质都比这里其他老师好上几分。

同是年轻人，向好面对周小敏，没有那么多的压力，半开玩笑半认真道："来听周老师讲课啊。"

周小敏一听，忍不住笑了，唇角处出现两个小小的小梨涡儿，看上去很是娇俏："谁不知道向老师是名校毕业，什么名师教授的课没听过，还用得着来听我这个半瓢水教课吗？"

周小敏的声音很好听，软软糯糯的，很温柔，即便是女生，也会对她心生好感。

向好问道："周老师，你们班的江朵朵，成绩怎么样？"

周小敏愣了一下，但脸上的笑容仍在，过了一会儿才问道："向老师怎么突然关心起江朵朵来了？是不是我这个做班主任的有什么照顾不到的地方？"

"没有没有……"向好连忙摆手，"我不是这个意思。"

"没事，班里学生多，我不可能照顾得非常周全。如果向老师有什么建议，可以直接跟我提。"周小敏脸上仍然带着微笑，看不出任何情绪，"毕竟我是新老师，教育经验不足。而且，一直以来，我都挺希望别人给我提提建议的，这样才对我的教学工作有帮助。人嘛，总会有不足的地方，这很正常。"

听了周小敏这一番话，向好才突然放下心来。与此同时，她确认：周小敏和梅园镇大多数老师是不同的。

"周老师，其实我只是想了解一下江朵朵的学习成绩，我挺喜欢这个孩子的。"向好说道。

"噢，是这样啊。"周小敏脸上的笑渐渐消散，但眼眸中的温柔依旧在，"其实，我也挺喜欢江朵朵的，她是个很善良很有灵气的小姑娘，而且很有艺术天分。会画画，会唱歌，但学习成绩就……"

看着周小敏脸上的表情，向好大概明白了，于是说道："没事，现在还小，学习成绩不好，只要努力，还能赶上去。"

周小敏想了想，说道："她的成绩也不算很糟糕，但也算不上出色。只是，她的成绩，比起她的特长，就逊色多了。所以，我一直在想，对于江朵朵这种孩子，到底应该鼓励她好好学习文化课，还是鼓励她专注特长。"

向好突然一怔。

不得不说，周小敏的这个问题，问到她心里去了。

这个问题，她不止一次地思考过，但一直没有得到答案。

向好正打算继续说点儿什么，江朵朵就从教室里面跑了出来，看到向好之后，笑得很开心："向老师，你怎么在这儿？"

向好还没来得及回答，周小敏就打趣道："你看看，我和这孩子是不是心有灵犀？见到向老师，问的第一个问题，都是一样的。"

江朵朵抬头看了看周小敏，笑着跟向好介绍道："向老师，这是我的语文老师周老师，她是一位很好的老师。"

"我也知道她很好。"向好说罢，笑着看向周小敏。

周小敏对向好说道："哟，我怎么发现江朵朵一见到向老师，就变得开朗了不少？"

"有吗？"向好看了看周小敏，又将目光投向了江朵朵。

江朵朵笑了笑，没作声。

"真的，她平时很少笑得这么开心的。但是她一见到你，就特别开心。"周小敏一边说着，一边观察向好的表情，问道，"向老师是不是有什么法宝？让孩子都喜欢你的法宝？"

周小敏很会夸人，能把赞美的话，说得极其自然。乍一看，还真像是在请教问题。

向好都被她夸得有些不好意思了，红着脸说道："我哪有什么法宝，我充其量不过一个孩子头儿而已，小时候爱和小孩子玩儿，长大后也喜欢和小孩子玩儿。我虽然老大不小了，可骨子里还是个孩子。所以，和他们有共同话题，也是正常的。"

"噢，我还以为向老师是为了和孩子搞好关系才和他们走得特别近呢。原来这一切都是发自内心的啊。"周小敏说着说着又笑了，"看来，向老师确实很适合从事教育工作。教育这么大的孩子，就是要从心里喜欢他们，这很难得。"

第二十一章　她的喜爱　她的怜悯

向好和周小敏就这样有一句没一句地聊着，这一聊，竟聊到了下一堂课上课。

两个人分开的时候，还有些依依不舍。

毕竟，在向好来梅园小学这么久以来，还没有遇到能聊得如此投机的人。

在江朵朵朝着教室跑去的时候，向好发现她腿上的瘀青已经消去了大半儿，只剩下隐隐约约的痕迹。

但，向好明白：有些事，有第一次，就会有第二次、第三次……第N次，如果不及时制止，后果不堪设想。

当天晚上，向好再一次到了江朵朵家。

她将网购的画布和油画颜料带了过去。

由于向好最近这段时间经常去，当向好出现在江朵朵家小院门口的时候，她没有丝毫意外，眼神中似乎还带着点儿期待，连忙迎了上来："向老师，你来了？"

"对。"向好将手里的东西放在了小院的墙角，说道，"朵朵，我网购了画布，还有一些新的颜料，咱们最近可以慢慢画……"

向好话还没说完，江朵朵就连忙说道："向老师，你买颜料也就算了，为什么还要买画布啊？"

说罢，从地上拿起一块画布，一边看一边问道："江老师，这一块画布得好几十块吧？这是纯亚麻的呢！"

说罢，用手摸了摸那洁白的布面。

向好看着江朵朵这样子，觉得可爱，同时也会有些心酸，于是问道："朵朵，你还能分出这是亚麻的？"

"对啊，当然能分出来。"江朵朵的视线一直落在那画布上，"还有一种是含棉的，颜色白一些。但是我听说亚麻的最好，棉布时间长了容易松弛……是这样吗？"

"嗯，有一定道理吧！"

向好话音未落，江朵朵又将那块画布翻过来看了看，继续问道："这还是带木框的？"

向好不禁有些诧异："油画画布不都得带木框的吗？要不然怎么可能绷得平整？"

"不是。"江朵朵马上摇头，继而抬起头看了向好一眼，语气笃定，"有那种练习板，没有木条的，是一张布直接粘在硬纸板上的。"

向好愣了一下。

听江朵朵的陈述，应该算是简易的油画布，但从小到大，她以及她的同班同学都是用现在买的这种画布，至于练习板，她完全没有印象。

她依稀记得，她当初学习油画的培训班是阳城最好的，学费也是最高的，去那里学习油画的学生，家境大多都很不错，哪怕是平时练习，家里也恨不得给他们买最好的画布。

但此刻看着江朵朵那一脸诧异，向好的思绪从回忆中抽离，说道："朵朵，我觉得你说的那种画布也挺不错。"

"是啊，那种更实惠，反正咱们又不是去参加画展，干吗这么破费啊？"江朵朵皱着眉头，"而且你还一下子买这么多！"

此刻，向好只觉得江朵朵的神情和语气都像极了老师，而她则像是一个做错事的孩子。

这种感觉，很微妙。

这种微妙，像一块吸满水的海绵似的压在她的心头，让她呼吸都不顺畅了。

她对江朵朵，有喜爱，有怜悯，也有心疼。

江朵朵看着向好愣在那儿一句话也不说，才突然意识到了什么，连忙道歉："不好意思江老师，我只是觉得我们可以节约一些。虽然我知道你很有钱，但是有钱也要节约啊，这样才能有更多钱，可以干更多的事，不是吗？"

"我知道。"向好这才笑了笑，"我只是想让你体验一下用画布画画的感觉，用真正的画布。"

"向老师，就为了我，你这么破费？"江朵朵似乎有些内疚。

向好见状，连忙解释道："不是，我自己也很久没用画布画画了，我自己也想体验一下。对，主要是我自己想体验。"

向好明白，这个时候，如果说自己是为了江朵朵，对方反而很难接受。

并不是江朵朵不愿接受她的好，而是这么久以来她发现，江朵朵是一个知恩图报的人，如果自己不能回馈对方，她反而心中有愧。

"噢……"江朵朵半信半疑，"那这样，今天向老师用画布，我用牛皮纸。你看，我的牛皮纸都剪好了，我打算在上面画梅花，棕色的枝丫，红色的花儿，在牛皮纸上会很有感觉的。"

不知道江朵朵是担心浪费了画布，还是真的想用牛皮纸画画，她似乎早就将一切都构思好了。

这种情况下，向好也不好强求，于是说道："好吧，今天我们继续用牛皮纸，以后等我们有了新的构思，新的想法，而且觉得自己的构思和想法都很不错时，再用画布。"

"对对对……"江朵朵将头点得如同小鸡啄米，"向老师，我也是这么想的，如果要用画布画，就一定要画出最好的，这样才不至于浪费啊，你说是不是？"

"是。"向好话音未落，突然听到屋里传来咳嗽声。

随即，她便听到那个苍老的声音响了起来："朵朵，给我倒水……"

江朵朵一听，就快速朝着屋子里跑去。

向好本没想进去的，继续蹲在地上用淡淡的褚褐色开始在牛皮纸上勾勒梅花的形状，梅花的枝丫还没成形，便听到里面传来"啪"的一声响，像是水杯打破的声音。

向好也没太在意，毕竟，不小心打碎杯子本就是一件小事。

但紧接着，她就听到了责骂声。

声音依旧苍老，但却带着气愤。像是江朵朵犯了不可饶恕的错误一般。

而且骂声越来越大，声音也越来越尖，就连声音里原本的苍老感都被那份尖厉取而代之。

但，她却始终没有听到江朵朵发出任何声音。

越是这样，向好越是不安，于是便迈开步子，朝着房屋的方向走去。

当她走到窗户边，便见到江朵朵站在江奶奶的床前，低着头，抿着嘴，脸上没有表情，仿佛早就习惯了这一切。

江奶奶仍然在不断地指责江朵朵，由于她说的是本地方言，向好听得不大习惯，但也能从某些词中听得出来：江奶奶反对她画画，认为画画将来没有用。

向好正准备往里面走，江朵朵抬头间已经看到她了，连忙从屋里跑到门口，低声道："向老师，你还是先别进来了，地上乱糟糟的……"

说话间，就拿着扫把和垃圾斗跑进屋里，迅速地扫着地上的碎片。

江朵朵动作很麻利，很快就将地面打扫干净，江奶奶听到响声，似乎意识到了什么，随即用方言问道："谁来了？"

江朵朵犹豫了一下，回答道："是向老师。"

"噢……"江奶奶没再说话，但脸上的怒意明显消去了一些，将头靠在了床头的枕头上，闭上了眼睛。

向好由此想道，或许江奶奶是不太欢迎她的到来。毕竟，她不支持江朵朵画画，而她每次过来，都是和江朵朵一起画画。

与此同时，房磊说过的一些话，也开始在她的耳际回旋："如果跟着自己的儿子儿媳生活，会比跟江朵朵一起好。所以，老人家这么多年来，心里一直有怨气……"

此刻，向好看着屋内那个瘦骨嶙峋的老人，仍旧无法将她和出现在江朵朵身上的那些伤痕联系起来。

但不可否认的是，她多少受到了一些影响。上一次见到江奶奶还觉得她面容慈祥，这一次再见越看越觉得她面目可憎。

江朵朵将垃圾斗拿出来之后，还没来得及倒掉，就低声对向好说道："向老师，我们先到院子里去吧？"

向好朝着江朵朵走近了一步，低声问道："你奶奶不喜欢你画画？"

江朵朵没有马上回答，而是朝着江奶奶的方向看了看，才转过头来，拉着向好的手朝外走，一边走一边低声道："她是不喜欢我画画，说画画浪费时间，浪费钱。但是我就是喜欢画画啊，而且我每次都是作业做完之后才画的，又没有影响学习，你说是不？"

从江朵朵的言语中能够看出来，她担心向好会受到江奶奶的影响，也不支持她画画了。

向好想了想，说道："朵朵你放心，我是支持你画画的。但你千万不要因为画画影响了学业，还是要先把书读好，知道吗？"

"嗯。"江朵朵点了一下头，然后突然问了一句，"向老师，你的梦想是什么？"

她这一问，突然把向好给问住了。

这个问题，她太久没有问过自己了。

虽然，"梦想"这个词一直存在于她的脑海中，从未消失过。但，她真的不知道自己现在的梦想是什么。

甚至，她都不好意思将"梦想"二字挂在嘴边，生怕被人听到了笑话。

记得很小很小的时候，别人问她梦想是什么，她会回答她的梦想是当科学家，当歌唱家，当表演艺术家，当作家……

总之，后面都带着个"家"字，而且听起来都很高大上，有些职业或身份本就自带光环。

后来长大一些，长到像江朵朵这么大的时候，就没人问她的梦想是什么了，但她心里依旧清晰，她想当一名职业画手，可以发挥自己的想象力和创造力的那一种。

但是后来，由于家人的关系，她放弃了考美术学院，而是按照家人意愿考了普通大学，选择了企业管理专业。

当时，向卫华是这么打算的：等她大学毕业之后，先让她考公务员，好好工作，升职加薪，结婚生子。等到他退休之后，就直接让向好接自己的班，把自己家的小公司打理好，能保住现有业绩就很不错，如果能发扬光大，那更是好事一桩，何乐而不为呢？

这打算，堪称多全齐美。

那一刻向好才明白，向卫华虽然是知识分子，虽然博览群书，虽然他什么道理都懂，但如果遇到具体的事，落到具体的点儿上，他的第一反应仍然是反复权衡利弊，做他认为最稳妥的选择，走他认为最保险的那条路。

然而，这一切，并没向卫华想象得那么简单。

向好自从进入大学开始，就一直不太开心。

当初，努力学习，是为了考上好大学。考上好的大学，算是她的阶段性目标。

但，考上大学之后，好像突然失去了目标。

尤其是了解了向卫华为她铺好的那条路之后，她突然很迷茫。

是的，那条路越是清晰，她就越是迷茫。

她对向卫华规划的那一切，毫无兴趣。

她时常会问自己：这就是我的人生吗？这一切是我想要的吗？

可是，无论亲戚朋友，还是林越，都会觉得向卫华安排的这一切合情合理，而且是当下最好的选择。

向好不明白什么是最好的选择，她只知道，这一切并不是自己想要的，如果按照向卫华安排的方向去走，连她的快乐都是伪装的。

第二十二章　梦想并不缥缈

记得在向好来梅园镇之前，她非常认真地和向卫华谈过，比如人生的意义之类的话题。

直到今天，她都非常清楚地记得，当时和向卫华的谈话内容，以及向卫华的每一个反应。

当时，她问向卫华，人生的意义到底是什么？

向卫华当时笑了，对向好说道："向好啊，什么人生的意义，那是哲学问题！当然啦，虽然我也经常看哲学书，但我不得不告诉你，那只是我闲来没事随便翻一翻，因为到了我这个岁数，别的书我看不进去，这完全是不得已的选择。还有，我必须告诉你，哲学就是一门很空的学问，虚得没边儿，咱们是活生生的人，不能按照哲学家的意思去生活，对吧？而且我发现啊，那些哲学家之所以写这些东西，并不一定是因为他们真的活明白了，而是他们脑子里想太多问题，时常纠结，之所以会选择将所思所想写出来，就是为了给自己一个答案，让自己内心平衡。他们所有的言论，只不过是在试图追求内心的平衡点而已。向好啊，你可别太相信哲学家，哲学家其实都是骗子！"

"可是，我活在这世界上，总得知道自己的价值和意义吧？"向好问道。

向卫华想了好久，才说道："人生有什么意义？人生没有意义！"

"我只是想尝试让自己的人生多一些可能。"向好解释道，"我想更多地去体验生活。"

"特地牺牲时间去体验生活，目的是什么？"向卫华否定了向好的想法，抬手不断地搓眉毛，"向好，我明白你在想什么。爸爸是过来人，爸爸跟你说，你现在想的那些啊，都太幼稚，根本不是人生的必选项。"

向好对向卫华很了解，当他开始认真地讲道理，开始搓眉毛的时候，就是他有些动摇的时候。

所以，她必须尽快趁机说服他。

向好认真地思考了一下向卫华的话，然后迅速地在脑海中组织了一下语言，说道："我觉得啊，这个世界，没有任何东西是必选项。如果从生命本身就是没有意义的这个角度出发，连健康都不是必选项。但，既然来到这个世界，既然选择继续活着，那么就应当活得更有质量一些，做更多力所能及的事，惠及身边更多的人，赋予原本没有意义的生命以意义，就是活着的最大意义。"

向卫华被她说的话给镇住了。

向好见向卫华眉头紧锁，做深思状，又补充了一句："我们匆匆来到这个世界，百年之后又匆匆离开。这是我们第一次来这个世界，也是最后一次。所以，按照自己的想法去生活，不好吗？你总觉得你们想到的一切，就是最好的。可是，如果不去实践，怎么会知道哪个是最好的呢？"

前一秒还滔滔不绝的向卫华，突然沉默了。

他一瞬不瞬地看着向好，像是在思索她心里到底在想什么，他应该怎么引导她。又像是被向好此刻表现和印象的反差所震惊。

"爸，其实我也有我的梦想。"向好说道。

"你还有梦想吗？"向卫华问，眼中明显带着几分讶异。

"嗯。"

向卫华沉默了很久，问道："你的梦想是什么？"

向好没有回答。

她想当一名画手，她想从事具有创造性的工作。

她明白，人都会慢慢变老，最终离开这个世界，但自己所经历的、创造的、留下的……将永远年轻。

她明白，人生很短暂，这一生能做的事并不多。能把一件事做好，就可能已耗尽所有力气。

她没有太多奢求，她只希望多年以后，自己回首人生时，对自己的付出是肯定的。希望到了七老八十什么都干不了了，也没力气活动了，仍能认为自己路过人间，不虚此行。

她什么都懂。

但，面对向卫华的提问，她竟没有勇气回答。

她害怕向卫华和林越会伤心难过。

……

"向老师，你怎么不说话啊？"江朵朵的话，将向好的思绪从回忆中拉了回来。

向好这才意识到，自己刚刚走神儿了。

连忙低下头："我只是突然想到一些事。"

"向老师，你想到什么？能告诉我吗？"江朵朵问道。

向好看着江朵朵那亮晶晶的眸子，问道："朵朵，你刚才是不是问，我的梦想是什么？"

"嗯。"江朵朵点头，"向老师刚才是在想你的梦想到底是什么，对不对？"

向好抿唇笑了笑："是的。"

"那向老师的梦想到底是什么呢？"江朵朵又问。

向好顿了顿，回答道："其实我也和朵朵一样，想好好画画。朵朵想当画家，我只想当一名画手。"

向好说出来之后，心里突然轻松了许多。

以前，她总觉得这么大人了，提"梦想"太缥缈。

但现在她面对的是江朵朵，是一个可以谈梦想，并且不会觉得她幼稚，也不会觉得她不切实际的人。

虽然江朵朵还很小，虽然她现在的生活有些窘迫，甚至算得上糟糕，但她对未来仍然充满憧憬。

她，仍然有自己的梦想，并且敢于大胆地说出来。

江朵朵还不明白"画家"和"画手"到底有什么区别，似懂非懂地点了点头："原来是这样，看来我和向老师的梦想是一样的。"

"是的，所以咱们继续画画吧。"

"好。"

……

自从李晓檬打算找工作开始，林越就开始手把手地帮她"打造"履历。

李晓檬这才发现，自己实在是没什么可往简历上写的。

没有拿得出手的文凭，也没有拿得出手的工作经历，更没有获得过什么奖项，以及任何部门的认可。

但林越要求却很高，高到让李晓檬尴尬。

林越这些年养尊处优，忘记了自己曾经在梅园镇的生活，也忘记了此前李晓檬一直生活在贫困之中，她虽然嘴上不说，但心里却时常拿李晓檬和向好做比较。

当她看到李晓檬的工作经历的时候，"洗碗工""餐厅服务员""酒店服务员"等字眼，让她整个人都不好了。

她甚至觉得，这些字很刺眼。

林越看完李晓檬的简历之后，咬了咬牙，说道："算了，之前的工作经历还是不要写了。"

李晓檬就算再傻，也明白林越的意思，也能看出她眼里恨铁不成钢的意味，她瞬间红了脸，低低地"嗯"了一声。

"这样吧，你有什么特长？"林越想了想，又问。

李晓檬拿着笔，一笔一笔将"洗碗工""餐厅服务员""酒店服务员"等字眼划去。

林越见她不作声，继续提醒道："特长的意思就是你擅长什么。比如唱歌啊，跳舞啊，画画啊……比如说，向好就会画油画，咱们入户花园那幅画，有山的那幅，就是她画的。"

"噢。"李晓檬低声应了一声。

与此同时，心里很不是滋味儿。

那幅画，她第一次进门的时候就看到了，当时还盯着看了好一阵子，觉得很特别，很美。

今天才知道，那竟然是向好画的。

她没办法用语言去形容这一刻的滋味儿，她只觉得心头不受控制地涌上一阵酸楚，紧接着，连鼻尖儿都开始发酸……

但，她的反应，林越完全没看出来，仍然问道："小檬，我说的话你听到没有？我问你特长……"

"我没特长。"李晓檬声音不高，语气却很生硬，明显夹杂着负面情绪。

林越终于意识到了什么，暗暗叹了口气，对李晓檬说道："算了，简历不用投了，我去找我朋友说说，看看行不行。"

"不了，我自己出去找工作。"李晓檬态度坚决。

林越愣了一下，转头看了看李晓檬，心里似乎也压着怒意，但语气中还是带着勉强的温柔："小檬，你这样出去怎么找工作啊？你找什么工作？难道还出去当洗碗工、服务员？"

李晓檬转过头，迎着林越的目光："洗碗工、服务员怎么了？不也是为人民服务吗？我们小时候，老师不是经常跟我们讲职业不分贵贱吗？你也是老师，为什么会有职业歧视？"

林越听罢，整个人都愣在了那里，一双眼睛直直地看着李晓檬，似乎不敢相信这番话是从她的嘴里说出来的一样。

林越的反应，李晓檬一点儿也不意外，她继续说道："我知道你瞧不上我，我也知道我比不上向好。就连我爸也这么看，我从小到大就被他瞧不上。但是，有什么办法？我也努力过，我也在勤勤恳恳地工作，好好地过日子，我错了吗？"

林越已经气得脸都红了，但还是忍住怒火，说道："你从小到大被人瞧不上不怪别人，怪你自己，是你自己没好好读书，什么都没有。"

"我怎么什么都没有了？"李晓檬反问，"我有健康的身体，有端正的心态，有一颗上进的心。你对我的了解有多少，就说我什么都没有？"

"你……"

"是，我的确没办法往你脸上贴金，我确实不能成为你的骄傲，我让你丢脸了！"李晓檬越说越气，嘴唇都止不住地发抖，"如果你真觉得是这样，那好，我可以不让你丢脸！"

李晓檬说罢，就"呼"的一下子站了起来。

林越本来正在气头上，也想发火的，但看到李晓檬这样，也跟着站了起来，诚惶诚恐地问道："小檬，你要干什么？"

"我走。"李晓檬身体站得笔直，"我不在这里给你丢脸，不行吗？"

"你走？"林越有些慌了，"你走到哪儿去？"

第二十三章　希望重生

虽然林越眼光高，极要面子，可李晓檬也是她的亲生女儿，她对这个从小就不在她身边的女儿终究是有亏欠心理的。

而且，经过这么一小段时间的相处，她对李晓檬也有了一些感情。

如果现在李晓檬离开，她是有些不舍的。

"我去找工作，你瞧不上的工作，我不会瞧不上。而且，我要做好，因为这是我的收入来源。"李晓檬仰着头，看起来似乎带着几分骄傲。

只是，在林越看来，她的这份骄傲，幼稚、无知又可笑。

但她仍然努力控制着自己的情绪，好生劝道："小檬，不是我说你，你现在在这里住着，我既不收你房租，又不收你伙食费，你先不用考虑收入来源问题，工作也不着急，我们慢慢找……"

"我决定了。"李晓檬说罢，就转身打算开门。

就在她拧开房门把手的那一刻，林越一把拽住了李晓檬的胳膊："小檬，你这是要干什么？"

"找工作去。"李晓檬眼中的倔强无以复加。

"小檬，你听我说……"林越低声说道，"你就算真要走，也要等你爸爸回来，现在他还在上班，你突然走了，招呼也不打一个，这是对他的不尊重，知道吗？"

李晓檬愣了愣，平心而论，林越说得有道理。

虽然她一直生活在小镇上，但李增贤对礼节这一块儿的教育一向非常严格，这些基本礼仪她还是懂的。

然而，她此刻的逆反心理没办法真正消除。

就在李晓檬刚刚走出门口的时候，突然听到大门锁头晃动的声音，她站在原地怔了怔，没再往前走。

林越见状，连忙拉着她的手朝着大门方向走去，还没走到大门处，向卫华已经换好鞋子走了进来。

看到李晓檬脸色不大好看，皱了皱眉头，问道："怎么回事？你们母女俩这是……闹别扭了？"

李晓檬抬了抬唇角，想给个笑脸，但始终没笑出来。

林越见状，马上说道："怎么会是闹别扭？是小檬她想要走……"

"走？"向卫华马上问道，"走哪儿去？"

"这孩子总觉得住在家里打扰我们，她想出去找工作。我就觉得她没必要这么着急，你说呢老向？"林越脸上带着笑，依旧平心静气的。

向卫华马上接话："这有什么打扰不打扰的？都是一家人了，还说这些多见外啊！"

向卫华是个生意人，平时形形色色的人都见惯了，自然很会说话，有一眼能看透对方心思的能力。

眼前这种情况，即便是林越不说，他也能猜出其中的缘由。

他走到李晓檬身边，继续说道："小檬，你先不要考虑工作问题，你妈妈这段时间一直在努力，你给她一点儿时间，再过上一阵子，这工作就有着落了。先别着急，好不好？"

李晓檬依旧没作声。

向卫华似乎很有耐心："小檬，自从你来到咱们家，我觉得这个家里的欢声笑语比之前多多了。我前几天还在想呢，自从向好儿走，家里就冷冷清清的。你来了之后，好多了，正好弥补了我心里的遗憾。"

说罢，一瞬不瞬地看着李晓檬，脸上带着笑。

李晓檬被向卫华看得有些不好意思了，红着脸低下了头。

曾经，她认为向卫华对她的到来是不会太欢迎的。原因有三：一是她和向卫华没有任何血缘关系。二是她从小就在梅园镇，和向卫华没有任何感情。三是有向好这么一个优秀的女儿在，向卫华是不可能认可她李晓檬的。

但，从刚刚向卫华的言辞中，她却没有感受到丝毫的虚情假意。

所以，她也无法判断向卫华到底是不是真的希望她留下。

这天，李晓檬留下和他们一起吃午饭，整个过程，向卫华都在找话题说说笑笑，但李晓檬却始终笑不出来。

下午，李晓檬还是走了，无论林越如何挽留，她都没有回心转意。

……

李晓檬离开后，第一时间就是去找宋嘉。

宋嘉见到李晓檬立刻抱起她转了一圈儿："哇，又胖了，看来你妈妈把你照顾得不错。"

不知怎的，李晓檬脚一着地就突然开始掉眼泪。

宋嘉不解，于是问道："小檬，你怎么了？怎么突然哭了？"

李晓檬摇了摇头："……没事。"

"怎么会没事？你眼睛都哭红了。"宋嘉很是心疼，沉着脸问道，"告诉我，到底发生了什么事？是不是谁欺负你了？"

李晓檬仍然摇了摇头："谁敢欺负我，他们家那么好。"

宋嘉愣了一下。

他虽然对李晓檬口中的这个"家"尚不了解，但也能听出她语气中的不满。

更何况，在不久之前，李晓檬就因为向好的到来跟他哭诉过。

所以，有些事，不需要明说，他也心知肚明。

宋嘉再次将李晓檬揽入怀中，轻声安慰道："小檬，没事的，该有的将来咱们都会有。现在的确艰苦了一些，但是只要咱们肯努力，以后肯定差不了。到那个时候，看看谁还敢小瞧咱们。"

宋嘉话音未落，李晓檬就反问道："我说有人小瞧我了吗？"

宋嘉又是一愣，一时间不知道该怎么接。

有时候，人的反应就是这么奇怪，闷在心里的不快自己说出来没问题，但别人一说她反而会有意见。

"宋嘉，你现在在做什么工作？"李晓檬擦了擦眼泪，问道。

宋嘉笑了起来："猜猜。"

"猜不着。"

"哎，让你猜你就猜嘛！"宋嘉说道，"你随便猜。"

"跑工地？"

"不对。"

"饭店？"

"聪明。"宋嘉马上笑了起来，"猜对了，不愧是我未来媳妇！"

李晓檬一脸不屑："还以为你搞到什么好工作呢？原来还是去饭店打工。"

宋嘉一听，脸马上沉下来了，语气中却是满满的骄傲："谁说是打工？难道就不能干点儿别的？告诉你吧，我这次是当老板！"

宋嘉话音未落，李晓檬就愣住了，好半天才反应过来，用难以置信的口吻问道："宋嘉你不是在开玩笑吧？当老板？就你？"

"我怎么了？你这是瞧不上我啊？"宋嘉不高兴了。

"那倒不是……"李晓檬说道，"我只是觉得你突然当了饭店老板有些奇怪，是什么饭店？"

"一家家常菜馆。"

"你怎么就成了老板了呢？"李晓檬有些不放心。

在她的印象里，宋嘉虽然有点儿小聪明，但毕竟太年轻，而且对饭店管理毫无经验。

再说了，他也没钱啊！

"宋嘉，你别瞒着我。你是不是……"李晓檬脸上的担忧越来越重，"你是不是干啥不好的事了？"

"没有，我能干啥不好的事？也就十几万，正好有个老乡，他想去外地发展，就把饭店盘给我了。"

"你又赌博了？"李晓檬又问。

"没有。"宋嘉很镇定地摇了摇头。

"那你哪儿来的钱？"李晓檬问。

宋嘉停顿了一下："我自己的钱。"

"你自己哪儿有这么多钱？"

"你怎么知道我就没这么多？"宋嘉反问。

"我……"李晓檬想想也对，虽然在她的印象中宋嘉不是有钱人，但也算不上很穷，十几万应该是有的。

但她还是不放心，总觉得这件事背后隐藏着什么不可告人的秘密。

但是，不管她怎么问，宋嘉都一口咬定那饭店是他花钱盘下来的，她也就没再追问下去了。

"这样吧，以后我就在你饭店里打工？"李晓檬突然说道。

宋嘉犹豫了一下，说道："这样不好吧？你爸妈如果知道了，肯定不同意。"

"这有什么不同意的？我之前就干这些的。"李晓檬说道。

"这不一样，而且我也不希望你这么辛苦。洗碗刷盘子，这多累啊。"

"谁说我要洗碗刷盘子了？"李晓檬问。

宋嘉又愣了愣："那你要做什么？"

"我要当老！板！娘！"说到"老板娘"三个字，李晓檬一脸的期待和骄傲，仿佛曾经不断破灭的希望缓缓重生……

第二十四章　忆起往昔

李增贤由于关节有毛病，一到阴雨天就开始关节痛。

加上不久前摔了一跤，又加重了病情，一到阴天走路都不方便。

向好只得跟学校请了假，在家照顾李增贤的饮食起居。

李增贤看着向好在灶台前忙忙碌碌，心里很是感激，于是问道："小柠，你之前在阳城做过饭吗？"

向好笑了笑："爸，你是不是觉得我笨手笨脚的，做不好饭？"

"你做得挺好，我就是好奇，你怎么会做饭呢？"李增贤一边抽着烟一边说道，"我记得你妈妈最会做饭，不管什么菜，都能做得色香味俱全。我还记得之前她在梅园镇的时候，吃不惯学校饭堂里的饭菜，中午学生一放学就回来做饭做菜。她生活讲究，有要求，我也跟着享福。记得那个时候我不爱吃通菜，她就把通菜切得细细的，放了姜丝、蒜蓉、红辣椒一起炒，一个素菜，炒出来比外面饭店里的还好。还有四季豆也是，人家都随便切成段，她倒是细心，斜斜地切成细细的豆角丝，再把花腩切成薄片爆出香味儿，哎哟，她那个手艺可真是了不得……"

向好听到这里，缓缓转过头去看李增贤。

李增贤正眯着眼睛看向窗外，视线落在那棵香樟树上。那棵树大概是种了许多年的，树干粗壮，枝叶葱茏。在迷迷蒙蒙的雨天，远远看上去，像是一朵绿色的大蘑菇……

向好即便是对李增贤和林越之前的事并不了解，她也能看出，李增贤心里始终放不下林越。

可林越心高气傲，永远不肯低头。以至于和李增贤产生矛盾之后，连梅园镇都很少回。

这对李增贤的打击，可想而知。

大概是为了将李增贤从伤感的记忆中引出来，向好轻声问了一句："爸，皮蛋瘦肉粥里要不要放姜丝？"

李增贤这才收回目光，说道："放一些吧。"

"好。"向好一边切姜丝一边说道，"爸，我听我妈说小檬出去找工作了，你知道吗？"

李增贤一听，立刻皱起了眉头："她出去找工作？自己一个人？"

李增贤当初之所以同意李晓檬去阳城，其原因就是觉得有林越看着她，可现在她一个人出去找工作，他还真不放心。

"是的。"向好回答道，"其实我继父和我妈都想帮他找的，但小檬有自己的想法，想自己先出去看看。不过爸，你也别太担心，小檬早就是成年人了，总不能事事都管着她啊。"

"道理是这么个道理，可是……"李增贤叹了口气，"并不是成年人就可以真的放心的！你看看社会上那些乱七八糟的坏事情，可不都是成年人干出来的？别以为成年人什么都靠谱儿，有些人就是越大越不靠谱儿！"

向好问："爸，这几天你和小檬联系了没？"

"没有，我不想给她打电话。"一说起李晓檬，李增贤的语气中就带着几分倔强，"她不给我打，我也不给她打！她是晚辈，我是长辈，长幼有序，她小时候我就教过她。"

可不管李增贤怎么装作无所谓和不屑，向好还是能看出他对李晓檬的牵挂和担忧。

正准备继续劝一劝，李增贤突然说道："小柠，你现在跟我说话比之前好。"

"啊……"向好一时间有些蒙，"爸，我现在说话比之前好？这话是什么意思？"

"你之前跟我说话，总是'您'来'您'去的，礼貌是礼貌，可是听着生疏，一生疏就显得别扭。"李增贤解释道，"咱们是父女，说话还用敬语，怎么听都别扭。"

向好听罢，不由得愣了一下。

她这才发现，不知道从什么时候开始，她和李增贤说话时，将"您"变成了"你"。

"爸，如果你不说，我还真没注意……"向好话还没说完，突然听到电话响了，她迅速擦干手去拿手机。

电话是房磊打来的，语气有些急促："向老师，你有江朵朵的联系方式没？"

"没有。"向好连忙问道，"房校长，怎么了？江朵朵她不在学校？"

"对，我刚才听她班主任说，她今天没来。我没她家的联系方式，不知道她去了哪儿。"房磊语气焦躁，说完又问，"你昨晚见到她没有？"

"没有……"向好也有些慌。

这几天李增贤风湿病发作，她没时间再去找江朵朵一起画画。没想到，她这才几天没去，江朵朵就……

向好看着窗外的雨越下越大，犹如瓢泼一般，她心中越发焦灼。

放下电话之后，李增贤皱着眉头问："怎么回事？朵朵她怎么了？"

向好一边解围裙一边说道："她今天没去学校，不知道怎么回事。我现在去她家看看，看看这孩子是不是生病了……"

李增贤一听，立刻站了起来："这样吧，你去她上学路上找找，就顺着镇上最中间的那条路向前走，她平常就走那条路。我去她家，看看她在不在，这样节约时间。"

向好一边将围裙往墙上挂，一边开始朝外走："不了，你腿脚不方便，我出去顺路到她家看一眼就知道了。如果不在家，我就直接去她上学那条路找……"

李增贤正想说点儿什么，向好已经撑了把伞出去了。

李增贤看着向好的背影渐渐消失在大雨中，心有些沉。

一方面，他担心江朵朵。

另一方面，他越发感觉向好和他想象中的不一样。

当初，向好刚到梅园镇的时候，他和其他人一样，认为她只是贪图一时新鲜，心血来潮才走上支教这条路，不会久留。

但经过近大半年的时间，向好在这里似乎生活得很好。一个原本被捧在手心里的"千金"，在这物质生活匮乏的梅园镇，竟没有喊一声累，说一声苦，更没有任何的不适应。

这正如她自己所说，每一种磨难，都是成长的契机。所以，在梅园镇所遇到的一切，是她人生中别样的经历。

……

向好撑着伞，冒着雨跑到江朵朵家院子里的时候，朝着里面叫了几声："江朵朵，江朵朵在吗？"

但耳边除了呼呼的风声和噼里啪啦的落雨声，什么都没有。

她只得又朝着屋里走去，走到窗户边，就见到江奶奶躺在那张很旧的藤椅上，半眯着眼睛，半睡不睡的样子。

向好犹豫了片刻，就走了进去，轻声叫了一声："江奶奶……"

江奶奶顿了一下，随即缓缓睁开迷蒙的双眼，朝着向好这边看了看。

向好不确定她有没有认出自己，于是问道："江奶奶，朵朵呢？"

江奶奶那像是蒙了一层雾的眼珠动了动，含糊不清地问道："朵朵？"

"对啊，朵朵今天早上去上学没有？"向好问话间，又朝着江奶奶迈近了一步。

"朵朵没去上学？"江奶奶问，仍旧是含糊不清的。

"不是，我是想问问江朵朵今天有没有去上学？"向好提高了音量又问了一遍。

江奶奶的眼睛转了转，又问："朵朵没去学校？"

向好无奈。

她心想，如果一直这样问下去，估计也问不出个所以然来。

但从江奶奶的回答中不难发现，江朵朵今天早上应该有去学校。

考虑到这些，向好很快跟江奶奶道别，然后又撑着雨伞冲了出去。

向好顺着江朵朵平时上学的那条路一直往前走，一边走一边四处看。

然而，走了很长一段，都没有看到江朵朵的身影。

她一边继续搜寻一边思索着：她到底会去哪儿？会不会是去叔叔家了？

但仔细想想，又觉得不太可能。

毕竟，自从她接触到江朵朵以来，她都很少提及叔叔。

当向好走到祠堂附近的时候，衣服都快湿透了，但雨势却丝毫未减……

由于已经是秋季，天已转凉，被雨水浸透的衣服贴在身上，让她止不住地打冷战。

而脚下，由于是黄泥路，又混了雨水，走起来的时候不断打滑。

就在她正想要喊"江朵朵"的名字的时候，突然一阵雷声传来，吓得她一哆嗦……

她轻声哭了起来，就在这大雨滂沱的秋日。

如果说来到梅园镇，她还未曾深刻感知乡村生活的艰难和苦楚的话，那么这一刻，她将之前未曾体会的心酸都体会了。

就在向好又惊又怕又无助的时候，脚下突然一滑，整个人都啪的一下倒在了地上，她甚至都还没来得及反应。

当她回过神儿来，整个人已经躺在一片泥泞中了，浑身是黄泥浆，狼狈不堪。

她终于忍不住"哇"的大声哭了出来……

就在她正想要挣扎着站起来的时候，突然听到有人在喊。

由于雨太大，她听不清对方在喊些什么，但能听出声音有些嘶哑。

向好好不容易才从一片泥泞中站了起来，刚站起来，那个嘶哑的声音又响了起来。

这一次，她听清楚了。

那个声音，是在叫她，而且还带着哭腔："向老师……"

向好突然一个激灵：江朵朵？

于是一边喊着江朵朵的名字，一边四处张望，但却始终没有发现江朵朵的身影。

由于雨声不断，她都无法判断江朵朵的声音到底是从哪儿传来的。

雨伞也不知道被风刮哪儿去了，她只得湿淋淋地走在雨水中，四处搜寻。

就在她快要接近祠堂的时候，再一次听到江朵朵的声音，比刚才近了很多："向老师，向老师……我在这里……"

这一次，向好已经能判断出声音是从哪儿传来的。

她顺着声音望去，便见到了江朵朵的小脑瓜，满头满脸都是泥水，头发也被冲刷得一缕一缕的，黏在脸颊的两边……

第二十五章　心生芥蒂

"朵朵，你怎么回事？"向好一路小跑跑到了江朵朵的旁边。

她这才发现，江朵朵是掉进了一个泥坑里，里面的泥水已经将她半个身子淹没。

向好即便不问也明白，这条路满是泥泞，一不小心就会滑进坑里。

而且，江朵朵年纪小，个子也小，想要从这么大的泥坑里爬出来，属实不容易。

"朵朵，你拽住我的手。"向好说罢朝着江朵朵伸出手。

江朵朵都快在泥坑里冻僵了，现在好不容易盼来救星，也顾不得多想，直接将手扣在了向好的胳膊上，然后用力地想要往上爬……

然而，她没想到的是：向好并没有那么强壮，更不是什么救星！

她刚一用力，向好整个人就开始往下面滑……

"向老师，你……"江朵朵话还没说完，向好人已经滑到坑里了。

向好本来一身的泥，倒也不介意又弄脏一次。

但仍会觉得尴尬和无奈！

本打算救人的，结果现在自己也下来了，让她情何以堪？

但，好在有了江朵朵做伴，同是天涯沦落人，虽然现在比刚才的处境更尴尬，但心里却没那么害怕了。

她佯装镇定，对江朵朵说道："朵朵，你别担心。现在我滑下来了更好，这样吧，我把你推上去。"

江朵朵半信半疑，犹豫着问："向老师，这样……真的行吗？"

向好想了想："你放心，可以的。这样，你的手拽住上面的草，我在下面推你。"

江朵朵也想了想，觉得可行，于是就按照设想开始"执行任务"。

虽然向好觉得将江朵朵从泥坑里推出去很简单，但事实上比她想的难度要大很多。

江朵朵虽然看起来很瘦小，但推起来还是要花很大力气的。加上向好本就筋疲力尽，难度又被加大。

好不容易将江朵朵推了上去，向好终于松了一口气。

可马上烦恼又来了：她该怎么上去？

很显然，江朵朵也考虑到了这个问题，睁大眼睛看着向好，问道："向老师，我把你拉上来？"

向好一边用脚探索着，一边说道："好，这里面好像有石头，我踩在石头上，你用点儿力，我就上去了。"

一大一小就这样，终于先后从泥坑里出来了。

等她们各自回到家，已经是中午时分了。

向好第一时间跟房磊汇报了情况，房磊心中的大石头也落地了。

由于向好感冒，加上"救人有功"，房磊特地给她放了假。

就在向好正打算洗澡的时候，突然见到李晓檬从外面走进来。

在李晓檬进门的那一刻，向好和李增贤都惊呆了！

因为，李晓檬也和向好一样，浑身是泥。

她此刻的样子，几乎和向好一模一样。

向好愣了好一阵子，才问道："小檬，你这是……怎么回事？"

李晓檬看都没看向好一眼，声音很低，透着疲惫："我怎么回事，你真不知道吗？"

李晓檬此言一出，向好和李增贤都愣住了。

李增贤冷声问道："小檬，你这是在跟谁说话呢？你自己把自己弄一身泥，还能怪到小柠了？"

李晓檬走到向好身边，看了她一眼，冷哼了一声，朝着屋里走去，脸上的不屑和嘲讽无以复加。

向好不知道她的这份嘲讽和不屑来自何处，但还是问道："小檬，你要不要先洗澡，水刚烧热……"

向好话还没说完，就被李增贤打断了："小柠，你先洗。"

李增贤家只有一个洗澡间，李晓檬或许本来就没打算先洗。但当她亲耳听到这句话从李增贤口里说出来的时候，心里还是凉了半截。

她没回答向好的话，眼睛谁也不看，就坐在客厅的沙发上。

李增贤看着她坐在那里生闷气，心里自然不高兴，于是问道："小檬，你这个样子，也不知道先换换衣服？就这样坐着成什么样子？"

李增贤这么一问，李晓檬更生气了，仰着头看向他："你是嫌我把你的沙发弄脏了？"

李增贤正憋着气呢，听李晓檬这么一问，他便回答道："是。"

"那好，我不该回来。"李晓檬说罢，就站起身打算朝外走。

她刚迈开步子，李增贤就火了："你站住！"

或许是惯性使然，或许是感知到李增贤的怒气，李晓檬竟真的乖乖地站在那里，一动也不动。

只是，她眼中的泪水，开始哗哗地往下流，无声无息。

她这样子，像是受了莫大的委屈。

可是，无论是李增贤，还是向好，此刻都不知道她的委屈到底来自哪里。

最后，在李增贤的催促之下，还是向好先去洗了澡。

等向好洗完了出来，李晓檬才沉着脸走进洗澡间。

……

向好洗完澡之后开始不断地打喷嚏，李增贤想着她大概是感冒了，于是让她先去休息。

等李晓檬洗漱完毕，李增贤就跟李晓檬说道："小柠感冒了，你帮忙熬点儿姜茶给她喝，我去买感冒药……"

李增贤说罢，就走了出去。

李晓檬正在气头儿上，自然是不可能帮向好熬姜茶的。

不过，向好也不介意，她见李晓檬回卧室，于是便主动找她打听情况。

她在李晓檬身边坐下，好生问道："小檬，你今天不开心？"

李晓檬没作声，开始翻箱倒柜地找着什么。

"你找什么呢？"向好有些好奇。

李晓檬没好气地回答："身份证。"

向好一听，顿时有些慌了。

毕竟，前阵子李晓檬提到要和宋嘉结婚，现在她突然跑回来找身份证，向好担心她打算擅自去登记结婚。

于是连忙劝道："小檬，上次我和咱爸都跟你说过的，结婚不用那么早。登记领证那只是个形式，一张纸而已。如果你和宋嘉真心相爱，也不差那张纸啊，你说是不？"

李晓檬听罢，突然停止了动作，转头看着向好，一言不发。

向好以为被自己说中了，正想继续说点儿什么，李晓檬就开口了："你怎么就知道我是想要结婚呢？"

向好愣了一下："……我也只是猜测。"

"猜测？"李晓檬冷哼了一声，"那你猜错了，你以后别瞎猜测。"

虽然李晓檬态度很不好，向好仍然问道："那好，你告诉我，你找身份证到底做什么？"

"我找工作，不需要身份证吗？"李晓檬反问，说罢转过头，继续开始翻箱倒柜。

"你找什么工作？"向好问道。

"你不用管。"李晓檬仍然是不冷不热的语气，"我不偷不抢，不能靠出卖脑力赚钱，但我出卖体力总可以吧？"

向好还是不放心，她不明白"出卖体力"指的到底是什么。

毕竟，像这个年龄段的女孩子，缺乏社会经验，一不小心走歪路的可能性还蛮大的。

考虑到这些，向好说道："小檬，你是我的亲妹妹，从我们的生命诞生那一刻开始，我们都在妈妈的肚子里一起长大的。所以，我是真心为你好的……"

向好话还没说完，就被李晓檬打断了："是啊，你不管说什么做什么，都是为我好！你是天上的神，最无私最高尚，行了吧？我就是最差的，不管是妈还是爸，都瞧不起我，认为我样样不如你。呵呵，李晓柠，你别把自己看得那么高尚行吗？你整天装得那么大公无私，其实心里怎么想的你以为我真不知道？你为什么来这小镇？还不是为了做样子给自己镀金？作为名校毕业生，又有了支教经历，应该能为你以后的发展带来好处吧？"

李晓檬这一番话，令向好无比吃惊！

她怎么也没想到，她在李晓檬的眼中，竟然是这样的。

而且她也明显感觉到，李晓檬这次从阳城回来之后，态度比之前更差了。

这中间，到底发生了什么，她很想了解。

"李晓柠，其实你并不那么希望我好，对吧？"李晓檬已经找到了身份证，再次转过身来，一瞬不瞬地看着向好，"你瞧不起我，甚至都不希望自己有这个妹妹吧？"

"李晓檬，你怎么可以这样想？"向好有些生气了，但仍然强压着怒火。

李晓檬看着向好这副样子，突然笑了笑："李晓柠，你这样子和咱妈还真像。明明气得要死，非要假装不生气，也不怕把自己给憋出内伤。"

正是李晓檬的这番冷嘲热讽，让向好突然想到了什么，于是问道："小檬，是不是在阳城，妈妈说你什么了？如果她真说了什么，你别在意，她也是希望你好。你是她的亲生女儿，她无论如何都……"

"你放心，她不会说我什么的。"李晓檬的语气中仍带着几分冷嘲热讽，"她那么能忍，那么能装，怎么可能明着说我什么？她只会关心我，让我知道自己的不足，让我知道自己不如你。"

向好无奈！

此刻，她仍然认为李晓檬此次的情绪变化和林越有关。

却不知道，李晓檬之所以这样，是因为另一件事。

她更加不知道，今天上午在她将江朵朵从泥坑里救出来的同时，李晓檬正在经历和遭遇着什么。

有时候就是这样，自己对一些事一无所知的时候，误会已经形成了，芥蒂已经变得根深蒂固了。

第二十六章　深情与无奈

李增贤从外面回来之后，马上将手里的药给了向好，并叮嘱道："这个感冒冲剂，一天喝三次。我怕你喝不惯，还给你买了几片干柠檬片，放一起冲，酸酸甜甜的，就跟饮料似的，好入口。"

"谢谢爸。"向好接过药，说道："小檬也有点儿感冒，让她也喝点儿。"

"行，反正我买的够。"李增贤说罢，突然想起了什么，朝着李晓檬房间看了一眼，提高音量问道："小檬，我刚才让你熬姜茶，你熬了没有？"

"没有。"李晓檬没好气地回答道。

"为什么不熬？"李增贤也生气了。

"要熬你自己熬去！"李晓檬嚷嚷道。

"你这孩子怎么说话的？"李增贤更加生气了，"你姐她生病了，让你熬个姜茶怎么了？还这副态度！"

"我也生病了，没见她给我熬姜茶呢！"李晓檬说话间，使劲儿地将一摞衣服朝床上砸去。

"你干什么？"李增贤问，"你砸衣服干什么？"

"我自己的衣服，关你什么事？"李晓檬泄愤似的说道，"既然这个家不容我，我走！我走还不行吗？"

"你走哪儿去？"李增贤着急了。

李增贤和林越一样，不管对李晓檬这个女儿如何不满，那也是自己的亲生女儿，不疼爱是不可能的。更何况，李晓檬从小就跟着他长大，父女二人相依为命。

向好正打算上前去劝劝李增贤，突然听到门外响起了熟悉的声音："小檬，在家吗？"

向好转过头，便见到宋嘉站在客厅门口处，手里还提着一个大果篮。

果篮被包装得很精美，乍一看很是隆重。

"宋嘉……"向好主动跟他打了招呼。

宋嘉笑了笑："噢，你也在家啊？"

宋嘉这一次和以往有很大不同，穿着西装裤和蓝色条纹衬衣，看上去干净利落。

再加上原本样貌不错，又彬彬有礼，乍一看倒有几分公子哥儿的味道。

"小檬呢？"宋嘉问话间，朝着屋里看了看。

李晓檬听到声音，立刻迎了出来，看到宋嘉的那一刻，她眼睛突然一亮，随即笑了笑，没说话。

李增贤也紧跟着走了出来，看到是宋嘉，皱着眉毛问道："你……又来干什么？"

宋嘉将手里的果篮双手送到李增贤面前："李校长，听说你风湿病又犯了，我就想着来看看。这些水果是我专门为你买的，你收下吧。"

李增贤愣了一下，说道："我风湿病不能吃水果，湿气重，加重病情。"

宋嘉也不生气，将果篮放在了桌子上，说道："李校长，我知道你一直不太喜欢我。但是，我也一直在努力改变。"

"哦，你改变了这么久，变成什么样了？"李增贤问道。

向好听着李增贤的话，觉得有些不太对劲儿，总感觉他说得太直，容易伤人。

此刻，她很想提醒一下他，但却始终没找到机会开口。

宋嘉开始说起他的变化："李校长，是这样的。我之前在阳城，一直打小工，做点儿力气活儿，也挣不到什么钱。但是现在不一样了，我盘下来一个饭店，现在我已经是饭店老板了。"

李增贤听到这里，依旧是皱着眉头看着宋嘉，仿佛是在听一个极不靠谱的故事。

向好也有些吃惊，但也没说什么。

唯有李晓檬，脸上挂着笑，看向宋嘉的眼神中带着几分满足和崇拜。

宋嘉继续说道："这个饭店，主要是做家常菜的，有两个厨师，四个服务员，经营得很不错。一个月下来，至少能有几万块的纯利润。小檬这么多年，一直没正式工作，就算出去打工，也都是干些又脏又累还受人气的活儿，所以啊，以后她跟着我，不用吃苦了，我当老板，她就当老板娘……"

宋嘉话还没说完，李增贤就说道："我看不用了。"

宋嘉有些诧异："李校长，你的意思是……"

李增贤解释道："我没别的意思。我也不想知道你的饭店从哪儿盘来的，也不想知道你这个饭店老板打算怎么当。我就是想让你明白，你当你的老板，小檬不是什么老板娘。她是我的女儿，如果我不同意，你就算有十个饭店，也没用。"

李增贤话音未落，向好就连忙劝道："爸，你说话能不能委婉点儿？"

"我怎么就不委婉了？"李增贤反问。

向好说道："小檬是成年人了，她有选择自己幸福的能力，你不用事事都要为她做主。"

向好之所以这么说，并不是被宋嘉给说得动心了，而是她认为李增贤过于强硬的态度，只会让一切适得其反。

虽然向好并不太了解宋嘉，更谈不上欣赏，但目前而言，他对李晓檬的这一片"真心实意"倒是客观存在的。

"这件事，由不得她做主！"李增贤态度依旧强硬。

宋嘉依旧没生气，站起来帮李增贤倒了一杯茶，然后恭恭敬敬地端到他面前。

向好这才发现，他胳膊上的文身不见了，虽然洗得还不够干净，依稀能看到淡蓝色的痕迹，但他"洗心革面"的决心却显而易见。

"李校长，您喝茶。"宋嘉继续说道，"我也只是表明态度，没别的意思。不管我和小檬多么相爱，多想结为夫妻，但如果你不点头同意，我也不敢造次。我今天来，就是表明我的心意，也没想马上就和小檬领证。李校长，你相信我，就算我再想领这个证，也会尊重你的意见的。"

或许是宋嘉这番话说得太真诚，李增贤这才伸手将茶杯接了过来，语气也比方才柔和了不少："行了，我都知道了。你们如果现在要结婚，我是不会同意的。别的话，我也不想多说，你先回吧。"

宋嘉愣了一下，随后站起了身，说道："好，那我先回去。"

宋嘉走后，李晓檬的目光一直紧随他。

李增贤则陷入沉思之中，不知道到底在想些什么。

向好本想继续和李增贤好好谈谈这件事，但仔细想了想，还是默默地开始冲感冒灵。

但她能看出来，经过这一次，李增贤似乎有些动摇了。

而宋嘉，也并非一无是处，从言谈举止中能看出，他很想改变现状。

也正是因为宋嘉，向好竟突然想到了一个人——一个她原本以为这一生都不可能再遇见的人。

但那人的影子只在脑海中停留了片刻，转瞬即逝。

……

等向好感冒好了之后，再次回到学校，刚走到学校大门口处，便遇见了秦莉。

她正打算打招呼，秦莉就笑着说道："向老师，你男朋友来找你了。"

向好突然一怔。

秦莉见状，又笑道："怎么？是不是男朋友太多，不知道到底是哪个来了？"

向好立刻红了脸："怎么可能？我没有男朋友……"

她话还没说完，便听到有人叫她名字。

当她听到那个声音的时候，只觉得心头猛地一顿。

这声音，太熟悉了，哪怕时隔多年，她仍然瞬间就能辨认出来。

与此同时，这声音又像是在另外一个时空，从很遥远很遥远的地方传来的一般……

她缓缓转过头，便见到那张俊朗又熟悉的脸。

向好愣了好久，才叫出他的名字："凯南？"

站在向好眼前的人，是她的大学学长蒋凯南，同时也是她的初恋。

曾经，二人形影不离。

向好曾一度认为，蒋凯南会是她的终身伴侣。

在向好的眼中，蒋凯南是一个像太阳一样的人。和他在一起的每一个瞬间，似乎周围都是阳光弥漫，让她感觉无比温暖。

却不想，在向好大二那年，蒋凯南突然人间蒸发了……

没说分手，也没说再见。

这个人，这个熟悉得不能再熟悉的人，就这样从她的生活中消失了！

那时，正处于爱情最美好的时刻。

这件事，对向好的打击可想而知。

几度崩溃痛哭过之后，她认为自己再也不会爱了。

她发誓，她要忘记，忘记关于蒋凯南的一切。

所以，那些曾经美好的记忆，她从不主动去回想和触碰。

哪怕是有些甜蜜片段突然从脑海中冒出来，她都会立刻掐灭，果决又迅速。

她甚至感觉，自己身上有一个自动装置，只要一想起关于蒋凯南的点滴，这个自动装置就会立刻将一切掐断。

但没想到，这个平白无故地消失了三年的人，现在突然站在她的面前。

而且，还是在梅园镇。

第二十七章　久别重逢

蒋凯南似乎已经觉察到了向好神色中的变化，径直走到她面前，轻声问道："怎么了？是不是很意外？"

向好这才从回忆中回过神来，她定了定神，说道："还好。"

此刻，无论是向好的神色，还是语气，都平静得不能再平静。

但只有她自己知道，她的心正"怦怦"跳个不停，像是一头惊慌失措的小鹿。

她自己都无法解释自己的这种反应到底因何而起，如果不是蒋凯南突然出现，她都以为自己已经将他遗忘了。

"我听说你来这里支教，找了好久才找到。"蒋凯南主动解释他此刻来的缘由。

向好"嗯"了一声，没再说什么。

"哎呀，向老师，你看看这位蒋先生人多好，你也不对人家热情点儿？"秦莉的声音突然响起，向好这才意识到，刚才她的注意力都在蒋凯南身上，竟忘记了秦莉的存在。

于是转过头，笑着对秦莉说道："秦老师，我有点儿私事想和他说，您能不能……"

"回避。"秦莉反应倒是很快，"我知道的，你们情侣这么久没见了，肯定有很多心里话要说，我当然懂。"

秦莉说罢，就踩着高跟鞋"嗒嗒嗒"走远了。

"你们学校的老师还蛮有趣的。"蒋凯南牵了牵唇角，笑了笑，笑起来的时候唇角边有两道极为好看的弧度。

曾经，向好最喜欢看蒋凯南笑。

可如今再看，心里却很不是滋味儿。

毕竟，她心中的芥蒂，还未真正散去。

但此刻，她却又并不想主动去问当初蒋凯南离开的真正原因。

她甚至不想让蒋凯南看出，她还在意他。

向好这人有个特点：表面上看起来人畜无害，可心里偏偏住着一只刺猬。

"你现在方便吗？要不我们去附近找个小店坐一会儿？"蒋凯南说道，"我刚才从小镇上路过，看到这里好像有很多好吃的，我还没吃早餐呢，要不你陪我一起？"

向好一时间有些为难，毕竟今天是工作日，而且马上到上课时间了。

就在她正左右为难的时候，房磊从台阶走上来，他看了看向好，又看了看蒋凯南，似乎马上明白了什么："哟，向老师，这是……有客人来？"

向好连忙互相介绍了一下，但她将蒋凯南"初恋"的身份变成了"大学学长"。

房磊倒是很客气，连忙说道："好呀，都是高才生。向老师，你要不带蒋先生去接待室坐坐？那儿正好有好茶，也让蒋先生品尝品尝。"

蒋凯南听罢，微笑着看向向好，像是很乐意去品茶。

向好被他看得有些难为情，连忙对房磊说道："谢谢房校长，我们正打算去镇上吃点儿东西，您看看我能不能请一个钟头的假？"

"有朋自远方来，一个钟头怎么行？至少得一天！"房磊打趣道。

有了房磊的应允，向好便和蒋凯南打算去小镇上吃早点。

路上，向好有些好奇地问道："现在都快八点了，怎么你还没吃早餐？"

蒋凯南还没来得及回答，向好又问："你怎么这么早就来了？是今天早上到的，还是昨天晚上？"

"今早。"蒋凯南顿了顿,"我昨晚刚回阳城,所以今天一早就来了。"

"噢。"向好本想继续问:你是专程来找我吗?

但话刚到嘴边,又咽了回去。

大概是由于向好话少,蒋凯南也没有一直找话题,两个人肩并着肩继续朝前走。

曾经,向好很喜欢蒋凯南陪在她身边时的感觉,也喜欢他和她说话时的感觉。

或者,他们都不说话,也都挺开心的。

有些东西,似乎没有缘由。或者是因为这个缘由藏得太深,她自己都找不见。又或者,她和他本就气味相投,磁场接近。

……

如果说之前气味相投,是因为他们处在热恋期。

可奇怪的是,此时此刻,他们即便什么都不说,也不觉得尴尬。甚至,那种"默契"仍然还在。

比如,走到小镇的一个早餐店的时候,蒋凯南突然说道:"我记得你喜欢吃水煎包,这一家看起来不错,要不要尝尝?"

向好竟很顺从地点了点头:"好。"

她仍然很习惯他帮自己"安排"好一切。

包子铺老板娘是个白白胖胖的中年妇女,大概是看出蒋凯南和向好不是本地人,于是笑着问道:"你们俩是从哪儿来的?"

"阳城。"蒋凯南回答。

"阳城啊?"老板娘笑了起来,"从阳城到这里得两个多钟头呢,你们早上六点就出发?"

蒋凯南没马上回答,向好本能地抬头看向蒋凯南。

此刻,她也有些好奇,蒋凯南这么早来,到底为什么?

蒋凯南顿了顿:"五点多就出发了,我不熟悉路,找了好久才找到这里。"

"是的,没有直达车。"老板娘见他们大老早地跑过来,便开始兴致勃勃地介绍梅园镇周边的情况,"你们小两口儿这么早就起来了?不过你们来梅园也挺好,现在这里和以前不一样了,梅园村那边有一个水果采摘点,有好多水果呢,你们可以去看看。还有梅园村的西边,有一个大瀑布，现在也成了有名的景点了，你们也可以去看看。瀑布再往前走一百米，有一个绿茶基地……"

老板娘一下子将梅园镇周边的景点都说了一遍，向好这才发现，自己来了这么久，其实对梅园的情况了解甚少。

蒋凯南听罢，倒是很感兴趣，问道："现在农村发展这么好？"

"那可不！"老板娘脸上的笑容始终未散去，"之前梅园镇是个穷地方，人家来了都会说，鸟都不肯在这里拉屎。现在可不同了，你们看看这天上飞的鸟儿，多可爱！"

说罢，她自顾笑了起来，继续说道："主要是现在国家政策好，扶贫工作抓得到位，我们这里也富起来了。虽然说比不上你们城里，但比之前可是好多了。再说了，我们这里空气好，风景好。吃的用的，都是我们自己生产的，也放心啊。"

老板娘话音未落，便见到一个老爷爷背着一个六七岁的男孩，朝着这边走。

向好一看老人背上的孩子，不由得愣住了：这不是上次那个因迟到被罚的小杨迪吗？

向好上前一打听才知道，杨迪生病了，发烧四十多摄氏度，这会儿还烧得迷迷糊糊的……

向好一听，连忙劝说老爷爷将杨迪送到医院治疗。

老爷爷听罢，却很镇定地摇了摇头："不了，我刚找郭神医给他看过了，郭神医说了，他这个没事，给我开了中药，回去熬汤子给他洗洗擦擦，下午就能好。"

向好不知道郭神医是谁，本能地将目光投向蒋凯南。

蒋凯南是学医的，又是医学硕士，在这方面他最有发言权。

蒋凯南摇了摇头，说道："不行，得去医院。打退烧针，重点消炎。我刚听他说话喉咙沙哑，应该是扁桃体发炎引起的高烧。虽然不一定是大问题，但一直这样烧下去对身体损伤很大。"

向好听罢，继续对老爷爷说道："爷爷，现在不能耽误了，赶紧送杨迪去医院吧？"

老爷爷收住了笑，朝着向好看了一眼："我刚才都说了，郭神医看过了，说他没事。郭神医都多少年的老医生了，医术高明得很。杨迪小时候生病，命都差点儿没了，也都是他给看好的。"

向好半信半疑，却又不知道该如何劝说杨迪的爷爷。

正好老板娘走进来，向好便问道："老板娘，郭神医是什么人？"

老板娘本来笑盈盈的，一听向好问这个问题，朝着杨迪爷爷那边看了看，然后将向好拽到一边，突然压低声音说道："我也不知道郭神医到底怎么样，所以呢，我也不好随便说人家坏话。只是呢，我们这一代人都不找他看病了，只有老年人才喜欢找他。他是个七十多岁的老头，会算命。人家去找他看病，他总是顺带给人算一卦，比如最近的运势怎么样啊，身体啥时候能好啊，就这些东西。有时候算得挺准，有时候也不准。关键是他年纪大了，眼神儿不好，有时候还拿错药，我们很少去……"

虽然老板娘说得隐晦，但向好还是听明白了。

她心想，估计就是一个没有执照的赤脚医生。

这种情况，她早就在电视上听说过，而且现在相关部门正在打击这种行为。

至于他算命，估计也纯属瞎蒙，有时候蒙得准，也只是运气罢了。

向好一听，执意要带杨迪去医院，杨迪爷爷拗不过她，只得同意。

一路上，向好便开始打听起杨迪家里的情况。

原来，杨迪家条件不太好，父亲因肺病常年卧床，母亲在外地当保姆，很少回来。杨迪爷爷虽然身体尚可，但无奈年岁已高，干不了什么活儿。所以，一家人的生活重担全都压在杨迪母亲身上。杨迪母亲为了在外地多挣一些钱养家糊口，逢年过节都很少回家。

而上次杨迪迟到，也是因为杨迪爸爸病情发作，急着送医院，才耽误了正常上课。

向好听着，又是一阵心酸。

她来到梅园镇，本以为江朵朵的生活状况已经够糟糕的了，却没想到杨迪也是如此。

第二十八章　青春悸动

杨迪爷爷见向好似乎不太好受，摇了摇头叹息道："向老师，你也别太难过，这里的孩子都这样。虽然说现在梅园比之前是富了一些，但总比不上城里啊，也没城里挣钱多。所以，这里的青壮年，还是更愿意去城里打工，人往高处走嘛……"

几个人一路上断断续续地聊着，很快就到了乡医院。

杨迪打上了点滴，就开始慢慢退烧，整个人精神状况也开始好转。

医生看了郭神医给杨迪开的药，发现药已经过期，而且开的方子也没什么用处，建议杨迪爷爷不要给杨迪服用。

在回去的路上，向好趁机跟杨迪爷爷做思想工作："杨爷爷，以后杨迪要是再生病，还是得去正规医院。这不是省钱的问题，而是万一那个郭神医开错了药，是可能要命的啊。"

可杨迪爷爷似乎特别迷信郭神医，有些不以为然。

可向好知道：这个事，往小了说是家务事；往大了说，却是性命攸关。

安顿好杨迪之后，蒋凯南有些纳闷儿："为什么现在还会有人相信神医？光是'神医'这个称呼，一听就知道不靠谱啊？！"

蒋凯南和向好一样，完全没有农村生活经验。

但，向好至少在这里待了几个月，多少有些了解。而蒋凯南和她初来乍到时一样，对农村生活一无所知。

面对这样的蒋凯南，向好觉得自己有"引导"他的义务："这里是农村，本来农村人口受教育程度就不高，缺乏基本的医疗常识，轻信他人也是常有的事。而且，杨迪的爷爷年纪又这么大，更容易上当受骗。"

"说得有理。"蒋凯南一边思索着一边说道，"不过这件事说明相关的教育和引导不到位。"

"明天我和房校长谈谈。"向好说道。

"可以让房校长跟乡镇干部聊一聊，或者这里的扶贫干部，他们出面，才能更好地解决问题。"

向好和蒋凯南聊着聊着，就已经快走到李增贤家了。

向好准备转身进入那条熟悉的小巷子时，停住了脚步："我快到家了，你……是不是也应该回家？"

蒋凯南眼中明显写着不舍，问道："我回哪个家？"

"当然是回你自己家啊！"向好说道。

蒋凯南停顿了一下，说道："向好，其实我挺想看看，你来了梅园镇住在什么地方的。"

关于向好的身世，蒋凯南了解得并不多。

向好以前没跟蒋凯南提及，是因为她对李增贤心有芥蒂，后来芥蒂散去了，蒋凯南也消失了。

这一刻，蒋凯南突然问起，她却觉得没有再讲的必要了。

毕竟，她和蒋凯南已经不是最初那种关系。

在她看来，一个杯子突然被摔碎了，不管如何修修补补，都不可能回到最初。

人与人之间更是如此，一旦双方有了裂痕，是回不到最初的。除非那道裂痕是假象。或者，那道裂痕纯粹是由于外力造成的。

"向好，其实那个时候咱们都还小，有些事没有处理好，也是很正常的。"蒋凯南冷不丁地说了一句。

向好抬起头看他，在他的眸子里看到了些许类似歉意的东西。

只是，在向好看来，蒋凯南就算是真的道歉，也于事无补。

如果一个女孩子，对一个人全心投入地爱过，那么就很难原谅对方的过错。

越是深爱，越是爱得纯粹，就越会在这段关系中较真儿。

有些沙子，落在夫妻的眼里尚能容得下，但落入深爱的人眼中，很可能就容不下了。

"有些事，我现在不想谈。"向好说道。

蒋凯南微微怔了一下，又开口道："当年是我太幼稚，不懂得为自己争取幸福。"

这句话，向好听在耳里，觉得有些别扭。

当初是蒋凯南主动离开她的，为什么现在听起来，却像他是被迫的？

她正想问点儿什么，蒋凯南突然又问："向好，我们能重新开始吗？"

向好没有马上回答。

对于一个已经伤害过自己一次的人，如果重新开始，会不会意味着将来还要遭遇一次新的伤害。

所以，向好很镇定地摇了摇头："凯南，你还是先回吧！我有些累了，想早点儿回去休息。"

向好的语气中，不带丝毫留恋。

蒋凯南即便再怎么不舍，也不好再强求，于是说道："好。不过今天见到你我很开心。"

......

当向好转身时，突然觉得心头传来一阵钝痛。

这痛，清晰又持久。

她也不知道自己怎么会有这样的反应，她在心里默默地问自己：这么久了，难道还没有放下他？她是不是只是在心疼曾经那个失去恋人的自己，才会有这样的反应？

然而，紧接着，她只觉得鼻尖儿突然一酸，眼泪就下来了，毫无征兆一般地，连控制都没法控制。

与此同时，她和蒋凯南有过的美好点滴往事，开始不断在脑海里浮现。

那个时候，蒋凯南是 J 大的校草，也是校刊文学版块的责编。几乎所有的女生都喜欢他，向好也不例外。

但对于这样一个品学兼优长得又帅的男生，并不是每个女生都有机会接触的，包括向好也是如此，只能远远地看着，心中偷偷地暗恋。

虽然暗恋的感觉也很美好，但向好却仍然非常大胆地给 J 大的校刊投了稿。

发表过那首小诗的报刊，至今她仍留着。

纸张虽已旧，字迹却清晰：

就这样擦肩而过
你回头的目光将我背影抚摸
忘掉尘世的喧嚣
不再挣扎不再闪躲
就这样擦肩而过
将你的气味藏进我的心窝
思念在心底发酵
眼在凝望在闪烁
就这样擦肩而过
彼此的呼吸停留在此刻
两颗心紧紧相拥

偶然相遇半世寻索。

诗歌的题目是《擦肩而过》。

十几岁年纪写出的东西，如今看起来有些青涩和幼稚，但对于当时的自己而言，那悸动和感触都是极真实的。

她还记得，当时这首小诗投过去半个月，都未见刊登。

就在她心灰意冷的时候，突然听到同宿舍的同学问道："向好，快看——这首诗是不是你写的？"

向好接过杂志一看，可不是嘛！正是她半个月前投过去的那一篇。

当向好确认那首诗是她写的那首的时候，手都在发抖。

她反复看了校刊文学版块的责编，确认那是蒋凯南的名字，才终于放下心来。

她感觉，自己第一次离蒋凯南这么近，这么近。

因为有了第一次，就有了第二次、第三次……第 N 次。

对于向好这样一个样貌端庄大方，又才华横溢的女孩子，蒋凯南想不注意她都难。

终于，在一个风和日丽的下午，向好在篮球场和蒋凯南偶遇。

只是这一次，他们没有像从前那样"擦肩而过"。

蒋凯南托着篮球，跑到她面前，问道："你是向好吗？"

向好只觉得胸口的那头小鹿在不停地撞啊撞，撞啊撞……

她都不记得自己到底是怎样抬起头来看他的，她只记得当时的她，激动得都快要说不出话来。

她至今仍记得那时蒋凯南的样子，青春、阳光，仿佛连额头细细密密的小汗珠都散发着荷尔蒙的气息。

如果说，之前向好对蒋凯南只是爱慕，那么这一刻曾经的爱慕瞬间变得真实和鲜活了。

两个人很快就开始交往，到底是谁先戳破那层纸，他们自己都说不清。

他们只知道，当他们靠近彼此的那一刻，仿佛就有一股力量让他们深情相拥。

那熟悉的感觉，像是遇到了久别重逢的故人。

仿佛这一切，都是冥冥之中早已注定的……

可是啊，相恋时有多美好，分开时就会有多痛苦。

向好永远都无法忘记，在蒋凯南离开的那段时间，她是何等痛苦。

记得有一天晚上，走在大学的人工湖旁，她看着那黑漆漆的湖水，突然理解了那些为情自杀的人。

她一向是个乐观积极的人，而且人生中还有那么多重要的事要做，自然是不会轻生的。

但，是真的理解了。那种痛苦，足以让人失去理智。

后来，她遇到很多追求者，其中不乏条件优秀者，但总是感觉不合适。到底缺了什么，她自己也说不上。别人都说她太挑剔了，挑着挑着就挑花了眼。

但她明白：之所以还在寻寻觅觅不断选择，就是因为没有遇到真心喜欢的。如果有了真心喜欢的，心自然会定。心若定了，便无须选择。

第二十九章　这里的山不高

"小柠，你站这里做什么？"李增贤诧异的问话，将向好的思绪从回忆中拉回。

向好转过头，见李增贤站在不远处，此刻正皱着眉头，一脸疑惑地看着他。

而站在他旁边的是李晓檬，李晓檬也看着她，那眼神有些复杂，和平日里看她的眼神完全不一样。

"爸，你这是……要去哪儿？"向好话问出口的时候，才发现声音竟有些颤抖。

她这才意识到，自己还没能从悲伤的情绪中脱离出来。

"你怎么……怎么哭了？"李增贤在李晓檬的搀扶下，走到了向好的面前。

向好愣了一下，抬手抹了一把脸，这才发现脸上有冰凉的液体。

"没事……"她笑了一下，那笑假得连她自己都怀疑，"风大，眯了眼睛……爸，你和小檬打算去哪儿？"

"去医院开点儿药。"李增贤说道，"这不是老毛病嘛！"

"我和你们一起去吧？"

"不了，小檬陪着我就行。"李增贤看向向好的眼神仍带着几分疑惑，"也不是什么大问题，我们去了就回。"

见李增贤这么说，向好也没强求。

现在自己情绪并不好，还是避免影响到其他人。

……

自从蒋凯南离开的那一刻开始，向好就陷入悲伤情绪之中，甚至她自己都说不清这悲伤情绪来自何处，但却又是真实存在的，让她的心情和整个人的状态都迅速跌入谷底。

哪怕她强装笑颜，都无法掩饰那一脸的失落。

秦莉似乎对她和蒋凯南的事很感兴趣，见她到学校吃早餐，秦莉破天荒地主动坐到了她的旁边："哟，向老师啊，你今天也到校吃早餐？"

向好礼貌性地笑了笑："我不每天都在学校吃早餐吗？"

"才不是呢！"秦莉一边用勺子搅拌着碗里的白粥，一边问道，"昨天早上你就不在啊，好像去镇上吃的？"

"噢……"向好有些无所适从。

"对了，昨天那个姓蒋的小伙子长得可真帅。"秦莉一边说着，一边观察向好的表情，"怎么认识的啊？"

"她是我大学学长，高我两届的。"向好佯装镇定地回答道。

"噢，只是学长啊？"秦莉显然对向好的答案不太满意。

"嗯。"

"我看着不像。"秦莉喝了一口粥，一边往喉咙里咽，一边继续说道，"他那么早来学校等你，饭都没来得及吃。还有啊，他自从见到你，那眼睛一直盯着你看，怎么看都是受了相思之苦的……"

秦莉一边说，一边笑。

而向好听着，心里却很不是滋味儿。

可秦莉既然把话说开了，怎么会轻易就结束？

她似乎察觉到了向好的情绪，继续说道："向老师啊，你条件这么好，在这穷乡僻壤真是浪费了。而且啊，好男人如果出现了，一定要及时抓住，别让他给跑了。有时候就是这样，机会只有一次，要是错过了，再想找回来，就太难了。你说呢？"

向好这才转过头，看了秦莉一眼。

虽然她不知道秦莉说这番话的动机到底是什么，但不可否认她说得有些道理。

向好虽然年纪不大，但对道理却看得极其通透。

我们每一个人都是独立的个体，生命中的某些人、某些事，可以很重要，也可以无关紧要。但不可否认，有的人，本就珍贵；有些遇见，不可多得。一旦错过，将不再有。可是，若真是对的那一个，又怎会轻易错过？

秦莉刚走，周小敏便来了。向好想到秦莉在学校的表现之后，便随口问了一句："周老师，秦老师是不是有关系和背景？"

周小敏很自然地点了点头："你应该也听说了一些吧？"

"嗯。"

"她老公在阳城有点儿关系，到底什么关系我也不清楚。总之，是能帮她办些事的。要不然，她在这里也不可能活得这么肆意。"周小敏说起秦莉，脸上没有任何表情，看不出她内心的任何波澜。

向好顿了顿，问道："活得肆意，是什么意思？"

周小敏倒也不避讳，轻声反问道："你不觉得秦老师口无遮拦、我行我素吗？或者具体点儿说，你看她有没有很尊重学校领导？"

向好细细回想了一下，想到了她曾经面对房磊时的各种表情和动作。虽说不上不尊重，但也绝对和尊重沾不上边儿。

想到这些，向好又问："这就是因为她老公在阳城有些权力？"

周小敏放下筷子，认真地想了想，才回答道："大家确实都这么说。我个人倒不觉得一定和她老公有关系，或者是她本人性格原来就如此。但是，正是因为她背后有'靠山'，让人不得不往那方面想。再加上她的言行举止从来都不注意，导致很多人都有些看不惯她，但又不敢得罪。"

向好想了想，默默道："有道理。"

"怎么？她刚才和你说什么？不会是找你碴儿了吧？"周小敏问。

向好连忙摇头："那倒没有，只是随便聊了几句。"

"向老师，你刚来，有些人适当地保持距离，不是坏事。"周小敏提醒道。

"确实。"

周小敏心领神会地笑了笑："道不同不相为谋，再加上有人本就爱挑事儿，而且得理不饶人。就算无伤大雅，但多一事不如少一事。"

说者无意，听者有心，向好停顿了一下，问道："周老师，你是不是听说什么了？"

周小敏看了向好好一阵子，才缓缓开口道："确实听说了一些，具体什么事我也不方便多说。但是我明白，向老师是很想改善学校的一些管理制度的。虽然有些事看起来是小事，但却很难一步到位。怎么说呢，这和环境是分不开的。比如说，在大城市里，那里的人本就素质高，有相当一部分人会有自己的理想和追求。但是在这乡村里，在这小镇子上，就不一样了。再加上有些人本身年纪就大了，不求上进的思想是不会消失的。一旦有人触犯了他们的利益，他们就会反抗。你觉得是在帮助他们进步，在他们看来却未必如此。"

周小敏一番话说完，向好感慨不已。

或者有些人本就心灵相通，她第一次见到周小敏，就觉得和她特别投机。

而现在，她觉得周小敏简直说到她心坎儿上去了。

"一个人的见识、眼界决定了他的思想高度，但是在这小镇子上，能有什么见识和眼界？"周小敏说话间，将目光投向窗外。

不远处，是连绵起伏的山，在清晨的阳光下，山峰逆着光，呈黑青色，像是一匹匹停歇着小憩的骏马。

这里的山不高，却足以遮挡人们的视线。

向好将目光投在了周小敏的脸上，在她那张极为秀美的脸庞上，捕捉到了一丝落寞的无奈和感伤。

……

向好从饭堂走出去之后，就被房磊给叫到了办公室。

向好刚坐下，房磊就突然问了一句："向老师，听说你准备走了？"

向好不由得一惊，好半天反应过来："房校长，我没说我要走啊！"

房磊似乎不太相信，半信半疑地看着她，继续说道："向老师，其实你要离开也很正常，没什么不好意思说的。你当初刚来的时候，我就没想着你在这里久留。现在也来了大半年了，也帮学校做了不少贡献，如果这个时候想要离开，我是理解的。只是，如果你真要走，可一定要告诉我，我好提前做相关的计划和安排。"

见房磊说得如此认真，向好更纳闷了，于是问道："房校长，您是不是听说什么了？"

房磊沉默了几秒，点了点头："确实听说了一些。而且，我昨天也看到了，你男朋友来找你了，他也是希望你回阳城吧？毕竟，恋人分开两地始终对发展不利。"

原来是这样！

向好连忙解释道："房校长，昨天那个不是我男朋友，只是我大学学长。我没打算走，真的没打算走！"

大概是见向好语气坚决，房磊似乎有所动摇："那就好。但是向老师，如果有一天你真要走，一定要提前告诉我，提前一个月吧。"

"我知道。"向好说到这里，突然想到了什么，于是说道，"房校长，我正好有事想要找您。"

"什么事？你说。"房磊放下手里的笔，一瞬不瞬地看着向好。

向好将昨天关于杨迪生病的事情告诉了房磊，详细讲述了事情经过。然后说道："房校长，虽然这件事并不是在学校发生的，但是杨迪也是我们学校的学生，他这种情况，我们应当负起责任，您觉得呢？"

房磊想了想，点了点头："这种事确实时有发生，每个孩子的家庭情况不一样，家长的觉悟和见识也不一样，所以什么事都有。有些事，咱们可以提醒提醒，但又不能干涉。否则，事情解决不了，还会引起学生家长的反感。学校的工作，尤其是小学学校的工作，难就难在这里。"

"确实。"向好一边思索着，一边说道，"房校长，您是校长，应该认识乡镇干部吧？或者扶贫干部。"

房磊皱起了眉头，问道："这有什么关系吗？"

"是这样的，有些事我们学校不好直接出面，可以让乡镇干部出面。比如郭神医这种行为，本来就应该整治的啊。要不然，以后还指不定会发生什么事呢。"向好开始"出言献策"。

第三十章 不甘和无奈

房磊正准备答应，但仔细一想，还是摇了摇头："你的这个建议确实很好。但是，我们只是一个小学校，我也只是一个副校长。如果我们贸然去找乡镇干部提意见，这不是在明摆着质疑人家工作做得不到位吗？"

房磊说得确实有些道理，"官大一级压死人"这种话，向好早就听过。

但向好的特点就是，一旦认定是对的事，她就算排除万难也要坚持到底。

她稍稍思考了一下，说道："房校长，虽然他们是干部，但是群众也有提建议和监督的权利啊！"

房磊笑了笑："话是这么说，但事情不一定能这么做。或者说，有些事情的处理本来就需要一些智慧，不能想当然。"

向好愣了一下。

在她看来，虽然房磊的话也有一定道理，但说她的提议是"想当然"显然不合适。或者说，很多事之所以能达成，"想"是迈出的第一步。

她正想继续说点儿什么，突然想到了李增贤曾经跟她说的话，让她不要总是提意见，更不要轻易去插手学校的管理工作，她只是个代课老师。

"这件事，我会考虑考虑的，看看有什么解决办法。"房磊突然又补充了一句。

"好。"向好说罢，便站了起来。

……

向好由于近期心情有些低落，闲暇时，又开始去找江朵朵画画。

这一次，刚走到院子里，便听到里面传来的责骂声。

向好愣了愣，随即收住了脚步。

责骂声是从屋里传出来的，依旧是那个苍老的声音，带着愠怒。

向好正准备走过去看看究竟，江朵朵已经从屋子里出来了，低着头，时不时抬手抹眼泪。

江朵朵突然抬头间，看到了不远处的向好，身体突然一顿，随即迅速擦干脸上的泪，朝着向好这边走来。

"向老师，你来了？"江朵朵笑着说道，"是找我画画吗？"

向好暗暗想道：刚才江朵朵被骂，会不会又是因为江奶奶不希望她画画呢？

想到这些，向好摇了摇头："没事，我就路过，顺道看看你在不在。"

"噢……"江朵朵笑了笑，"其实我也有一阵子没画画了。"

"为什么？"向好问。

江朵朵低下头，没作声。

向好大概明白了，于是说道："朵朵，如果你真想继续画画，就跟奶奶好好讲讲道理。但是一定要记住，是在做好作业的前提下。"

"嗯。"江朵朵点了点头，继续说道，"我叔叔说我学习成绩不好，还整天画画，还说画画浪费钱……"

"可牛皮纸也不贵啊。"向好说完这句话之后就后悔了。

在这个地方，衡量贵不贵的标准，和她认知中的有很大不同。

"牛皮纸也得花钱买啊。"江朵朵声音很低，"而且我不能挣钱，如果我能挣钱就好了。"

她话音未落，向好便问道："朵朵，如果真是因为钱的问题你停止画画，会不会遗憾？"

江朵朵点了点头，抿着嘴唇："嗯。"

"这样吧，你现在练习的时候，只是用牛皮纸，老师帮你买，好不好？"向好问。

江朵朵抬起头看着她，一脸诧异。

"你不用不好意思，我之所以买，只不过是因为牛皮纸便宜，我负担得起。"向好说罢，歪着头朝着江朵朵笑了笑。

在向好看来，她自己已经错过一次追求梦想的机会了，不希望江朵朵也就此错过。

有些事，放下了就放下了，来日想重新捡起来，难之又难。

此刻，她看着江朵朵，像是看到了曾经的自己，看到了一直以来自己心中那个不甘心却又无能为力的小孩。

"可是，我怎么能一直让老师帮我出钱呢？"江朵朵仍有些忧虑。

"你放心，一卷牛皮纸不算什么，对我来说，少买一件衣服就够了。但对你来说，却可以继续坚持画画，甚至可以继续追梦。朵朵，对于这件事，你不能有任何心理负担。"

江朵朵没有点头，也没有拒绝。

向好就当她是默认了，紧接着问道："最近，你奶奶怎么样？"

向好之所以这样问，只是希望了解她为什么被奶奶骂。

提到江奶奶，江朵朵脸上的笑容就消失了："奶奶眼病又比之前严重了，连我都认不出来了……"

"这样啊？"向好有些意外。

本以为江奶奶是故意找江朵朵的碴儿呢，现在看来未必如此。

老人家在身体不好的时候，特别容易脾气暴躁。加上江奶奶生活本就不如意，病情加重会让她更加敏感。

"是的，我也没办法，我奶奶这病好多年了。"江朵朵说，"昨天我给我叔叔打电话了，我叔叔说她只能这样了，他也没办法。其实，我很想奶奶的眼睛能好起来。"

江朵朵说着说着，就有些伤感。

一个十二岁的小女孩，强忍着泪的样子，光是看着都觉得心疼。

"对了朵朵，你想妈妈吗？"向好问。

江朵朵听到"妈妈"两个字的时候，明显怔了怔，随即摇了摇头。

"你知道她在哪儿吗？"向好又问。

江朵朵想了想，回答道："在阳城。"

"阳城哪里？"

江朵朵没有再回答，而是转头朝着屋里跑去。

向好感到有些奇怪，但转念一想，又觉得很可能是因为突然提起她的妈妈，惹她伤心了。

正准备跟上去，江朵朵已经从屋里跑出来了，手里还攥着一张什么东西。

她跑到向好面前，将手里的东西递给向好："这个，你看看。"

向好接了过来，是一张名片，上面印着"富兴宾馆"的字样。

向好更加诧异了："朵朵，这个是……"

"我妈妈就在这里打工，当服务员。"江朵朵说道，"她的名字叫吴咏梅。"

"噢。"向好将名片还给了江朵朵，"我知道了。"

向好回到家之后，闲来无事打开电脑，开始浏览网页，顺便登录了微信。

微信刚刚登录，就有一个好友添加请求，备注是"蒋凯南"。

向好看到这个名字的时候，心跳竟瞬间加快。

有时候人的反应就是这么奇怪，对于一个深爱过的人，哪怕只是看到名字，也无法做到真正平静。

尽管，她真的很想平静。

向好犹豫了好久，还是添加了他。

过了几秒之后，蒋凯南发过来一个笑脸加一句话：有没有打扰到你。

向好想了想，回复道：还好。

向好觉得蒋凯南有复合的意愿，现在是打算先探探路，了解她的心思。

却不想，蒋凯南很快发来一段话：向好，关于杨迪爷爷找郭神医看病的问题，我已经联系了扶贫干部，他打算近期组织附近的村民普及相关医疗常识。

向好看到这条消息之后，不由得愣了愣。

随即便问道：你认识梅园镇的扶贫干部？

蒋凯南：对，是我高中同学，叫张晖，是梅园村的第一书记。我了解过，杨迪的爷爷就是梅园村的村民。

向好想了想：这挺好。我明天跟房校长汇报一下，让学生家长也尽量参加。

蒋凯南：我正有此意，知我者莫过你也。

向好看到蒋凯南这句话的时候，突然停止了打字，然后将刚刚打好的那部分也都删除了，发过去一个淡淡的表情。

二人对话，就此结束。

第三十一章　阳光的味道

次日一早，向好就找到了房磊，将昨天蒋凯南所说的那些话，跟他汇报了一遍。

房磊听罢喜出望外："向好，你还真行，这事儿你都能搞定？"

"房校长，这可不是我的功劳啊，这是……"向好话还没说完，门口突然响起一个浑厚有力的男声："是他的功劳！"

向好愣了一下，随即回过头。

当她看到站在门口的蒋凯南时，整个人都呆住了。

在蒋凯南的旁边，还站着一个中等个子、浓眉大眼的陌生年轻人。

就在向好还没反应过来的时候，房磊已经站了起来，满脸带笑地走到了门口，客客气气地朝着那个年轻人伸出了手："张晖书记，您怎么有空到我们学校来啊？"

向好听到他的名字，突然想起昨晚蒋凯南跟她提过的第一书记张晖。

于是开始细细地打量起他来，虽然其貌不扬，但目光很是有神，身体站得笔直，像是部队里出来的，英姿飒爽，一身正气。

几个人互相介绍认识之后，便在房磊办公室的茶几旁各自坐下。

蒋凯南除了礼貌地打招呼，很少说话，甚至视线都没有落在向好身上，一副公事公办的表情。

张晖说道："房校长，关于杨迪被爷爷带去请郭神医看病的事我听说了，这都是我的失误，是村'两委'相关工作没做到位。所以，我今天来特地跟您说声对不起。"

房磊一听，有点儿受宠若惊："哪里哪里，您平时工作那么忙，不可能事事都照顾得到。而且杨迪爷爷年纪也大，缺乏常识，要不然也不会闹出这种事。"

张晖继续说道："我也了解过了，郭神医无证营业很多年了，而且他年纪也大了，又没别的谋生手段，只能靠帮人看病算命维持生计。虽然他有他的难处，但该整治的我们还是要整治到位。所以，我特地从阳城请来了这方面的专家蒋凯南，他是 J 大的高才生，后来又出国深造，在医疗知识普及方面，他是非常有发言权的。"

房磊看了看蒋凯南，又看了看向好，然后意味深长地说道："这位蒋先生我前几天刚见过，一看就器宇不凡啊，是不可多得的精英人才！"

"过奖过奖，我只是扶贫志愿者。"蒋凯南道。

他话音未落，向好便将诧异的目光投向了他。

几天没见，他怎么突然变成扶贫志愿者了？

向好正满心好奇，张晖便说道："凯南知道我在梅园村任第一书记，就有了想来做扶贫志愿者的想法，他打算抽出一些时间，做一些力所能及的事。比如，普及医疗知识，义务诊治，了解村民的健康状况等。总之他这一来，可真的帮了我大忙了。"

……

几个人商议过后往外走，向好也跟了出去，趁着张晖和房磊交流的间隙，向好便低声问道："你真成扶贫志愿者了？"

"这还有假？"蒋凯南语气平静，从他的神色中能看出他并不是在开玩笑。

向好不由得愣了愣。

在她看来，蒋凯南突然做出这样一个决定，似乎和她有关。

但转念一想，又觉得不一定。

在她的印象中，蒋凯南很注重个人的发展前程，是不可能为了她区区一个小女子，做出任何不理智的决定的。

向好定了定神，继续说道："其实我挺意外的，我想知道，你是怎么想的？毕竟，这里并不发达，生活条件艰苦，对你今后的发展也未必会有什么帮助。"

向好说完这番话之后，才突然发现，曾经无论是林越、向卫华，还是李增贤都跟她说过类似的话。

而如今，她将这番话说给蒋凯南听，竟觉得理所当然。

"你呢？"蒋凯南反问道，见向好突然愣了一下，又解释道，"我的意思是，其实得知你来梅园镇支教，我也挺意外的。我也挺想知道，你是怎么想的。"

"我？"向好突然笑了，"我是纯属一时心血来潮。"

"和我一样，我也是心血来潮。"蒋凯南也跟着笑了起来，"而且，千万不要觉得心血来潮不好，很多杰出的伟人干出大事业，也有一部分动机来自一时的心血来潮。"

"这么说，你是打算在这里干大事业？"

"那当然不是，我哪儿有这能耐？"蒋凯南说到这里，突然收住了笑，"你是不是在想，我来这里会不会是因为你？"

突然被人猜中心思，向好一时间有些不知所措，连忙摇了摇头："没有没有，我怎么会这么想？"

"你这么想很正常，如果我在这里，然后你来了，我也会这么想的，一定会。"蒋凯南说话间没有笑，那张原本帅气的脸孔，认真得有些严肃。

向好这才发现，他眉宇间的少年气不知在什么时候已然退去，多了几分成熟稳重。

蒋凯南继续说道："向好，我知道你没有忘记我。"

不知怎的，向好突然听到这句话，第一反应竟不是欣慰，而是一种莫名的逆反心理。

她甚至觉得，蒋凯南高估了自己在她心中的位置。

"你这么肯定？"向好也收住了笑。

蒋凯南没有回答，一瞬不瞬地看着她，目光极其镇定，仿佛早已将她的心思都看透了一般。

向好收回了视线："我倒觉得，有时候人不应该那么盲目自信。"

向好话音未落，蒋凯南便说道："我倒觉得，人不应该总是嘴硬。遵从自己内心所想，就等同于善待自己。"

向好很想反击，但又找不到反击的理由，只是装作无所谓的样子摇了摇头："好吧，如果你这样认为，我也无可奈何。不过，我自己的心思，只有我自己最清楚。别人嘛，只不过是猜测。"

"对了，你现在住哪儿？"蒋凯南突然又问。

"住在我该住的地方。"向好心情突然变得不太好。

"好吧，你不说算了，我也就随口一问，并没有想怎样，你别多想哈。"蒋凯南解释，说罢将一只手插进了裤兜。

他在做这个动作的时候，向好竟看得出神。

太熟悉了！那一抬手一挑眉，看似不经意的动作，真的太熟悉了！

有时候，熟悉的感觉会瞬间勾起许多记忆，正如这一刻，向好的脑子里竟莫名其妙地出现她曾经和蒋凯南在一起的画面。

但，很快被她给掐断了，果断又迅速。

"如果没别的事，我先走了，我这里还有一些工作要处理。"向好说话间，抬手看了看表。

"行，你先忙。"蒋凯南说罢，未作片刻停留，迈开步子朝着张晖那边走去。

向好也转身往回走，刚往前走几步，突然听到四年级在上音乐课，里面传来了孩子们不太整齐的歌声："让我们荡起双桨，小船儿推开波浪。海面倒映着美丽的白塔，四周环绕着绿树红墙……"

向好听着听着，思绪便回到了自己上小学时的情景。

那个时候，音乐老师也教过这首歌，一边弹钢琴，一边唱，那天的天气似乎也正如今天这样，阳光明媚，小鸟翩飞，白云在天空中像棉花糖一样，渐渐被风撕扯成淡淡的丝丝缕缕，最终如同烟雾，慢慢散去，神奇又梦幻……

低头间，能看到地上斑驳的树影。耳边，是风吹着树叶的沙沙声。

那种感觉，仿佛连空气都是甜的，美好得想让时间就此定格。

那一刻，会觉得人生有无数种可能。

那一刻，会觉得未来美好得无法想象。

那一刻，会觉得生命有无限的热情和力量。

那一刻，会觉得美好会永远延续，永不会再有失意和悲伤。

……

第三十二章　琴键上的舞蹈

那个时候，向好的音乐老师是全省最出色的音乐老师。

她至今仍记得那位老师名叫杨采采，长得很美，而且气质优雅，钢琴弹得很棒。听说她很小的时候，就在全国的钢琴演奏大赛中获奖。

杨采采坐在钢琴前弹琴的时候，向好总是看得入迷。

是的，是看得入迷。

她觉得眼前的情景太美了！

杨采采个子高挑，体型偏瘦，五官精致姣好，穿着一身黑色的法式丝绒长裙，黑色的长发在头顶盘成一个简单的髻子。乍一看，像极了从画儿中走出来的女子。那白皙修长的手指更像是被施了魔法一般，在琴键上跳着最美的舞蹈。还有她修长的脖颈，好看到极致。与此同时，"天鹅颈"一词也在她的印象中变得具体起来。

……

杨采采虽然看起来很和蔼温善，但话不多，也很少和学生们近距离交流。但若是学生提出具体的问题，她则会耐心讲解。

她很美，但美中却带着几分清冷和疏离，看上去不太好接近的样子。

即便是这样，向好仍然很喜欢她。

看着杨采采，她觉得自己的梦想突然清晰了。

只是，她的梦想和钢琴无关，而是绘画。

杨采采可以通过钢琴音符去表达自己的欢喜悲伤，传递美和力量。

而这一切，她也可以用画笔去完成。

本质上，这二者并无任何区别。

可以说，杨采采是向好青春梦想的奠基人。

只是，由于种种原因，她始终不能像杨采采那样幸运。

归根结底，还是她不够勇敢，不够自信。

如果一个人有足够的能力与自信，就会在梦想的道路上不断尝试。尝试多了，便会摸索出一套规律，一套适用于自身发展的规律。

当自己通过努力，将一些想法验证之后，便会逐步建立自信，也会有具体的目标。

有了目标和自信，一切困难都将不再是困难。

或者说，在克服困难的过程中，已经成就了更好的自己。在克服困难之后，便会遇见那个更好的自己。

对于一个真正有才华有自信的人而言，选择一条属于自己的路，是必然，而非偶然。

她在大学时曾吐槽：我们这一代人，最大的悲哀就是，在最好的年纪，听从了他人的安排。

但后来她也明白了一个道理：当一个人内心有足够的力量，是无须听从他人安排的！内心的那股力量，会主动将她朝着正确的方向牵引。

找到自己热爱的事并持之以恒，释放内在能量的过程，便是发光发热的过程。

热爱，也是需要时间培养的，当一件事和自己的喜怒哀乐、个人成长紧密相连了，热爱也便产生了。热爱，除了兴趣、习惯，还有情感。

……

向好已经错过了一次选择的机会，那么今后呢？她是否能正视自己内心的想法和需求？这恐怕连她自己都不知道。

但她一直在不断地问自己：如果说花季是一个女生最好的年纪，那么现在、当下、此刻，难道就不是吗？

在接下来的很长一段时间里，蒋凯南都没有再找过向好，仿佛他根本不存在一样。

向好虽然有些好奇，但心里也终于找到答案了：蒋凯南来梅园镇，和她无关。

但找到答案的同时，心里得到的并不是踏实的感觉，而是莫名其妙的失落。

虽然她自己都说不清这种失落来自何处，但确实莫名其妙地存在着。

这种感觉驱使着她很想主动去打听关于蒋凯南的消息。

有时候，人的反应就是这么奇怪。

当那个人离你很远的时候，你可以不去想、不去问，可以装作一切没发生、不存在。

但当对方来到你身边之后，你就会控制不住地想要知道关于他的消息。

是的，此刻的向好就是这样，她特别想知道蒋凯南在干什么，想听到他的消息，哪怕是他的计划和工作进展，她都想知道。

可，每次她想要做出不理智的行为的时候，都打住了。

她会告诉自己：一切早就过去了，他们现在是没有任何关系的两个人。

但不管她如何说服自己，脑子里还是会不断地去想念他的好。

她想起当他们热恋的时候，晚上休息前会在网上聊天。

虽然向好在父母面前一直很乖很听话，但面对蒋凯南却完全是另一种状态，她很任性，而且会将这种任性发挥到极致。

但蒋凯南的包容，让她敢于去面对这个任性又真实的自己。

他会告诉向好：我就喜欢这样的你——这样真实的你。

这些年，向好渐渐变得成熟，类似那样任性的表现，已经很久没再出现了。

大概正是因为她很早便发现了自己的家庭和其他家庭有不一样的地方，所以，她一直循规蹈矩，生怕惹父母不高兴。尽管林越和向卫华都对她很好，但她却早就知道：他们是半路夫妻，他们和其他孩子的父母不太一样。这种不一样，让向好必须小心翼翼，顺从乖巧。只有这样，她才不至于成为他们婚姻中的绊脚石或者矛盾导火索。

向好看起来积极乐观，但内心却一直丰富又敏感。

父母的任何一点情绪起伏，她都能非常准确地捕捉到，并且会不由自主地去想引起他们情绪变化的原因，想着这一切会不会和自己有关。

她曾一度觉得，自己小小年纪，但却活得挺累的。

直到后来遇到蒋凯南，她突然找到了自己，开始变得快乐和轻松起来。

所以，蒋凯南在她的生命中，有着非同一般的意义。

但也正是因为如此，当初他离开的时候，她承受的痛苦也是非同一般的。

……

向好就这样一路思索着，竟然不知不觉回到家门口。

刚走到铁门处，就听到里面传来的笑声，笑声很轻，听不出欢乐的感觉，倒像是互相寒暄时的恭维和应付。

向好不禁觉得有些好奇，毕竟自从她回到这个家，家里就很少有客人。

当她带着几分好奇进入大门的时候，只见李增贤突然站了起来，笑着介绍道："这就是我的大女儿李晓柠，大名叫向好儿。"

向好这才发现，在李增贤的旁边，坐着一位年龄比李增贤还要大一些的老年人，满头银发，但精神矍铄。

不知怎的，向好一见到这位长者，便觉得有些眼熟，但一时间却又想不起到底在哪儿见过。

"这位是黄老师，哎呀，黄老师可是个了不得的人物，现在是中国美协会员呢。那可是国家级的会员，不要说在咱梅园镇，就算是阳城市，那也是不多见的啊。"李增贤介绍完黄老师之后，向好便愣住了。她越看这位黄老师，越觉得眼熟，尤其是他那双细长的眼睛，真的太……

"向好儿？"黄老师也缓缓站起了身，皱起眉头开始打量起向好来，"哎呀，这孩子……这孩子我之前是不是见过？"

"黄老师，您之前是不是在阳城实验一小工作的？"向好突然问道。

黄老师愣了好几秒，才开口问道："你之前是不是就在阳城实验一小上的学？"

"是啊。您是黄帧？"向好由于一时激动，竟直呼其名，话刚出口才意识到太不礼貌，连忙又补充道，"您是黄帧老师，对不对？"

向好此言一出，李增贤便愣了又愣。

他显然没有想到黄帧和向好竟然原来就认识。

"对！"黄帧突然一点头，随即便感叹道，"哎呀，这世界还真是太小啊！"

"不是世界小，是我们有缘。"向好也忍不住感叹，"我也没想到，能在这里见到您。我记得之前您在实验一小的时候，头发一根没白，挺拔又帅气，而且还发量惊人。"

向好的话让黄帧忍不住笑了起来："还发量惊人呢！现在都是老头子了，是个老不中用的。"

"哎呀，你们……"李增贤好不容易才插上话，"你们还真是认识？"

黄帧转头看了李增贤一眼，打趣道："何止是认识？我跟向好，可比跟你还要熟呢！她刚到阳城实验一小，我就看出她是个好苗子，很富想象力，绘画水平大大超越同龄的孩子。那个时候，我就建议她好好去学习绘画，以后说不定能成画家呢。"

黄帧说的话不假，向好至今仍然记得，她第一次在黄帧的课堂上，画的是一只猫，一只浑身雪白的金吉拉猫。但她画蛇添足地在猫的额头上加了个"王"字。

黄帧看过之后，便问她："你这画的是老虎还是猫啊？"

向好不假思索地回答："当然是猫啊，只有猫的眼睛才这么可爱，而且是蓝色的，亮晶晶的。"

黄帧又问："那它的头上怎么还有个'王'字呢？"

向好仍旧是不假思索："因为它是一只想成为老虎的猫。"

第三十三章　幼稚行为

想到小时候的趣事，向好现在仍忍不住笑。

但看着黄帧的满头白发，她又不得不感叹，光阴如梭，时光易逝，岁月催人老。

向好和黄帧聊了一会儿之后，才知道，黄帧退休之后，便回到了自己的出生地梅园镇。

图的就是家乡有亲人，有朋友，有能说得上话的人。

而且，这里空气好，适合养老。

而最不能适应的，就是整天无所事事的生活。

之前上班的时候，总是盼着快点儿退休，能颐养天年。却不想真到了退休那一天，却是各种不适应。曾经的老朋友们要么已经离开人世，要么由于曾经生活环境和阅历的不同，很少有共同语言。而子女们，也是各忙各的。虽然物质上他什么都不缺，但始终缺乏心灵上的关怀。

向好听罢，顿觉唏嘘不已。

曾经黄帧是多么意气风发，小时候在学校经常听到的是他的哪幅作品入了大型画展，哪幅作品获了省部级奖项，哪幅作品又被画商看上，欲重金购买……

却不想，这样一个曾被人艳羡和仰慕的人，现在却满心落寞。

而他现在来找李增贤聊天，也是为了打发时间罢了。毕竟，二人都曾从事教育工作，还是有一些共同感悟和话题的。

向好和黄帧聊了一会儿之后，便进屋去忙着倒茶。

当她端着茶壶从客厅出来的时候，站在台阶上，看着黄帧和李增贤的侧影，心生感慨。

此刻，黄帧正用家乡话和李增贤轻声说着什么。

一边说着，一边抽着烟，烟圈儿在两张苍老的脸上不断弥漫、弥漫又消散……

从他们的神色之中，她看到了两个不再鲜活的灵魂。

这一刻，向好竟突然害怕老去。

是的，虽然她只有二十出头，可她却突然开始担心，人生就这样匆匆而过，然后不知在什么时候，突然就白了头。

她更怕，等她到了黄帧和李增贤这个年纪的时候，回首人生时，发现自己什么都没有做，什么都没有留下。

……

最近，向好晚上有空时，仍然会去找江朵朵画画。

但奇怪的是，好几次江朵朵都不在家，问江奶奶，江奶奶也说不清楚。

向好觉得有些奇怪，毕竟江朵朵的生活一直都很规律，也没有什么特别要好的朋友，更没和任何人走得特别近。包括亲戚，她也很少来往。

因此，向好对江朵朵的去向纳闷儿不已。

直到有一天晚上，她看到江朵朵和一个年龄相仿的男生走在一起，一边走一边吃雪糕，笑得眉眼弯弯，她才明白，原来江朵朵有了新朋友。

她的这个新朋友，向好并不陌生。

他叫梁宇飞，是五年级的学生，个子很高，人长得清秀帅气，学习也好，是三好学生，又是大队长，在梅园小学算是风云人物。

江朵朵看到向好的那一刻，明显有些不自在，甚至有些想要躲闪。

而梁宇飞就冷静多了，主动走到向好身边，礼貌大方地跟她打招呼："向老师好。"

"你好。"向好也没表现出任何意外，很自然地问道，"我记得你叫梁宇飞，是吧？"

"是的，我是叫梁宇飞。"梁宇飞自我介绍道，"是五年级一班的。"

"我知道，你可是学霸呢，老师和学校领导经常提起你。"向好笑着说，说话间用余光观察江朵朵的神色。

江朵朵的脸有些微微泛红，看梁宇飞的时候，眼中带着些许崇拜。

向好继续说道："你和朵朵很熟啊？"

虽然向好这句话问得有些直白，梁宇飞也仍然很镇定："是的，我之前也住这边。后来我爸去城里做生意了，我妈又要打理超市，我们家就搬到镇子东边去了。"

向好这才想起，在镇子东边确实有一家超市。她刚到的时候，缺的生活用品，就是去那里买的。

对于超市的老板娘她仍有印象，修养很好，说话的声音柔柔糯糯的，看上去还很年轻。

"这样啊。"向好又问，"你们刚才去哪儿了？"

"我今天来帮朵朵补习功课，她的数学成绩老跟不上。"梁宇飞回答。

向好也没多想，毕竟他们年龄都还很小，就算她担心会有早恋现象发生，但此刻看着一脸正气的梁宇飞，她的担心也就散去了。

"你还能帮助朵朵补习功课呢，那挺好。"向好心想，江朵朵如果用课余时间补习功课，倒是比跟着她画画更好。毕竟，再过两年，她也要面临小升初了，抓紧学习文化课，才是重中之重的事。

向好又和他们聊了一会儿，便回家去了。

……

本以为江朵朵有了梁宇飞这个新朋友是好事，向好却怎么也没想到，江朵朵的不幸遭遇因此而开始。

大概是一周后，向好下班回家的路上，突然听到小巷子里传来骂骂咧咧的声音。

声音虽然带着几分稚气，但骂出来的话却很难听，口不择言，不顾后果。

而且，听着这些声音，她竟听出几分熟悉的感觉。

于是，向好蹑手蹑脚地朝着小巷子里走去。

不进也就罢了，这一进去，便把向好给惊出一身冷汗。

一个小女生被几个年龄相仿的女生摁在地上打，有人扇巴掌，有人用手指掐她的腿和脖子……

而被摁在地上的女生不是别人，正是她熟悉得不能再熟悉的江朵朵。

"住手！"向好叫出来的同时，都感觉自己的声音在发抖。

她并不是害怕，只是觉得眼前的一切令她大吃一惊。

随着她声音响起的那一刻，那几个正在作恶的女生突然一惊，随即转过头来。

说她们是作恶似乎不太恰当，都是十二三岁的孩子，半大不小的，都不一定能真正分得清什么是善，什么是恶。

可，她们此刻的行为，却已经恶到了极致。

向好走了过去，将江朵朵从地上拉了起来。

江朵朵身上已经遍布了纵横交错的伤痕，有些地方甚至还渗着血。

但她咬着唇，硬撑着不肯流泪。

直到向好将她拉起来之后，那强忍了很久的泪水才突然间流了出来，完全都来不及准备，甚至都没发出任何一丝声音。

向好看着眼前的江朵朵，再看看身边这几个仰着脸不可一世的女生，瞬间明白了，前不久江朵朵身上的伤是怎么来的。

她沉着脸质问那几个女生："你们到底在做什么？为什么要欺负她？"

本以为那几个女生多少会有些害怕的，毕竟向好也是老师。

却不想，她话音未落，其中一个高个子女生就理直气壮地脱口而出："是她！她抢我们校草！"

眼前的这个女生向好是认识的，名叫秦薇。

当初江朵朵生理期不懂怎么处理闹出尴尬，嘲笑江朵朵的人中也有她。

向好也曾经打听过她，成绩不好，全年级倒数，但每次挑事闹事都少不了她。

此刻，向好听了她这句话，只觉得幼稚到了极点！

但还是很镇定地问道："你刚才说的是什么话？什么叫她抢你们校草？"

"就是她！她勾引了校草！"站在秦薇旁边的一个穿着黑衣黑裤的女生说道，"她每天晚上都去校草家找他，和他一起轧马路！我们都有看到，你们说是不是？"

另外几个女生几乎异口同声："是。"

不得不说，这些小女生的所作所为，既幼稚又可笑，同时又不可理喻。

向好很想好好跟她们讲讲道理，但话到嘴边，又觉得按照她们目前的认知层次，就算把道理讲出花儿来也无济于事。

她们年纪还小，所以还不懂得掩饰人性中的恶，甚至不懂得掩饰自己的妒忌心。当感觉到别人触犯自己利益的时候，任由心中的恶念肆意生长。所以，适当引导真的太重要了！

她们痛恨江朵朵，只是因为她们仰慕的男生和江朵朵走得近。

因此，她们认为是江朵朵动了她们的"蛋糕"。

这个年纪的女生，都不一定明白什么是爱情，心中却对某个对象有了爱意。

一切都是懵懵懂懂的，这本是美好的感觉。但也正是因为这懵懵懂懂的感觉，让她们心生恶念。

想到这些，向好只得继续问道："你们所说的校草，是不是……梁宇飞。"

听到梁宇飞的名字，那几个女生没作声。

但从她们的表情来看，她们仰慕的校草正是梁宇飞无疑。

"好吧，我先不和你们评论对错，我只想告诉你们，以后不许欺负江朵朵。"向好语气严厉，"还有，以后不许再说'江朵朵抢校草'这种话，真的很幼稚，明白吗？"

向好话音未落，秦薇便冲着她嚷嚷道："可她就是抢了我们校草！"

"我知道我没办法跟你们讲道理，但你们也不能这样乱说话乱传谣言，这对别人很不公平，明白吗？"向好讲完这番话，自己都觉得有些无力感。

"行，让她把梁宇飞还给我们。"秦薇语气似乎软了一些。

向好觉得有些哭笑不得："怎么才算还给你们？"

"江朵朵别再纠缠他，就算是把他还给我们了。他本来不属于江朵朵，是属于我们的。"秦薇突然开始"讲道理"了。

向好愣了愣，她实在是想不明白，为什么这么大的孩子却说出如此幼稚的话。

但转念一想，现在那些追星族无底线地追星，其实也和秦薇一样。

只是追星族追的是离自己很遥远的对象，而秦薇以及这些女生追的是在生活圈子之内的对象。

本质上，并没有太大不同。

唯一的不同，就是追星族的"星"更遥远，更虚幻，更不真实。

而秦薇她们追的"星"就在身边，近得触手可及。

所以，她们会更加执着地认为：梁宇飞是她们的！

第三十四章　救星来了

向好看着怒意未消的秦薇，以及她的那些姐妹们，决定以老师的身份教训一下她们："不管如何，我也是你们的老师，这件事我既然看到了，就应该管一管……"

谁知，她话还没说完，秦薇就突然笑了，仰着头对向好说道："你管我们？我们也是管江朵朵，知道吗？她从小就没有爹娘管教，无法无天。现在我们替她爹娘管管她，你还说我们是欺负她？"

向好再一次被这种"歪理邪说"给驳得哑口无言！

她终于明白，什么是秀才见了兵，有理说不清。

向好再一次决定放弃跟她们讲道理的想法，无奈地叹了口气："行，这样吧，这件事我会跟学校领导反映，如果你们再不听话，是要受到惩罚的。"

"拿学校领导压制我们是吧？你以为我们会饶了江朵朵吗？"秦薇气焰依旧嚣张。

"你说什么？"向好简直不敢相信自己的耳朵。

"我说我可以让江朵朵在梅园镇混不下去！"秦薇朝着向好迈近了一步。

秦薇虽然年纪不大，但个子高，站直了身体，几乎有向好这么高了。

这样的情景，向好还真的从未遇到过，在秦薇的步步紧逼之下，她竟不由自主地后退了几步。

"你还敢不敢跟校领导说？"秦薇明显是有些怕校领导知道，越是怕她就越是显得不可一世。

她身后的几个女生也开始跟着秦薇步步紧逼。

由此可见，她们还是非常害怕向好将这件事跟学校领导反映的。

向好见状，只得改口："行，如果你们答应不再欺负江朵朵，我可以先不跟校领导说这件事。"

秦薇显然不满意："如果她把梁宇飞还给我们，我们就可以放过她。"这个条件有些无厘头！

"不行是吧？不行就别怪我们不客气。"秦薇大概是看向好有点儿服软的意思，竟当着她的面伸手想要拽江朵朵的头发。

向好这下真的被她激怒了，几乎是本能地猛推了她一把："你干什么？你怎么又开始了？"

她话音未落，秦薇就摔倒在地。

秦薇气急败坏，迅速地从地上爬起来就朝着向好扑去。包括她身后的几个女生，也紧跟着秦薇。

"向老师，快跑……"江朵朵话还没说完，秦薇已经朝着向好扑了过来。

向好还没来得及反应，整个人已经被撞倒在地上。

就在她想要从地上爬起来的时候，不知道从哪儿来的小石子已经朝着她砸了过来。

"你们别砸，你们快别砸了……"江朵朵几乎是带着哭腔在哀求。

在她看来，向好是因为她，才被这样报复的。

但那些被激怒了的，失去理智的孩子怎么会就此罢手，一边继续朝着向好扔石子一边说道："看你还敢不敢跟领导说？看你还敢不敢多管闲事……"

那些石子虽然不大，砸在身上不致命，但却疼得让人想流泪。

向好怎么也想不到，她竟然会有这样的遭遇，而且还是面对一群学生……

就在她想着应该怎样摆脱时，突然听到一个熟悉的声音响起："住手！"

听到这个声音，向好突然一愣。

而随着这个声音响起，那几个正在朝着她扔石子的女生瞬间停止了动作。

"你们在干什么？"那个声音再次响了起来。

向好转过身，便见到蒋凯南站在巷子口，昏暗的灯光之下，看不清他脸上的表情，但仍觉得眼中的愤怒清晰可见。

在蒋凯南的旁边，还站着一个人，那人正是不久前见过的第一书记张晖。

张晖朝着向好那边看了一眼，带着几分疑惑："怎么回事？打群架呢这是？"

由于里面太暗，彼此都看不清对方的脸，张晖突然打开手电筒，一束光迅速亮起。

刚才那几个还挺嚣张的女生担心被看清脸，拔腿就跑。

等向好狼狈地从地上爬起来之后，那几个女生已经跑远了。

这时，蒋凯南和张晖已经走了进来。

当蒋凯南看清向好的脸时，诧异不已，瞪着眼睛看了她好久，才问道："怎么……是你？"

张晖虽然上次见过向好一次，但并没有太多印象，加上这里灯光又暗，他一时间没认出来，转头看向蒋凯南，问道："你们认识？"

蒋凯南顿了顿："嗯，是向好。"

张晖愣了一下，然后心领神会地"哦"了一声。

很显然，蒋凯南跟他提过向好。

向好理了理凌乱的头发，又看了看江朵朵，问道："朵朵，你没事吧？"

江朵朵仰着头看着向好，撇着嘴，眼里噙着泪："向老师，对不起……"

话还没说完，眼泪便夺眶而出。

"我没事。"向好说话间，拍了拍江朵朵的肩膀，"你放心，我不会让她们以后再欺负你的。"

"到底发生了什么事？"蒋凯南说话间，伸出手拉住了向好的手，然后朝着巷子外走去。

几个人走到光亮处，向好才将刚才发生的一切跟蒋凯南说了一遍。

蒋凯南听罢，显然有些气愤："这种事不能容忍，有了第一次就会有第二次。她们虽然年纪小，但越是年纪小越是要严厉对待，要不长大后还得了？"

张晖也跟着说道："如果向好不方便出面，我可以出面跟房校长讲一下。这种事不能纵容，要不然坏了学校的风气。现在有些四五年级的孩子就是这样，不学好，整天流里流气的。"

向好想了想，说道："我也是这么想的，但现在唯一担心的就是她们如果受到惩罚会怪罪到江朵朵头上。江朵朵被她们欺负已经不是第一次了，之前问她她也不敢说，估计是怕被报复。"

"她的家人呢？"张晖问。

向好本想将江朵朵的实际情况告诉张晖的，但想了想，还是简明扼要地说道："朵朵家庭情况特殊，现在家里只有她和一个七十多岁的老奶奶。奶奶白内障看不清东西，所以家里也比较困难。"

"这样啊……"张晖瞬间皱起了眉头。

蒋凯南沉默了一会儿，突然问道："白内障？多长时间了？"

向好也不清楚，随即低头问江朵朵："朵朵，你奶奶的白内障多久了？"

江朵朵想了想："有七八年了。"

蒋凯南顿了顿："我知道阳城有开展'助老复明工程'，可以帮老年人做白内障义务诊治，我打算到时候联系一下。如果江奶奶愿意的话，可以带她去治疗。"

向好喜出望外。

她虽然知道蒋凯南是学医的，但这么久以来，竟没有将江奶奶这件事告诉他。

紧接着，几个人到了江朵朵家。

蒋凯南看了看江奶奶的眼睛，决定抽时间带她去治疗。

这无论是对江朵朵，还是对江奶奶，都是一件莫大的喜事。

第三十五章　开门见"山"

从江朵朵家出来之后，向好便打算回家，刚走了几步，却发现蒋凯南一直站在原地。

她转过头，灯光下，蒋凯南正一瞬不瞬地看着她。

张晖似乎看出了什么，很识趣地走开了，走的时候笑着伸出手朝着向好挥了挥。

向好停住了脚步，看着蒋凯南，提醒道："张晖书记都走了，你不和他一起？"

蒋凯南笑了笑，低头看了一下自己的脚尖儿，又抬起了头，一瞬不瞬地看着向好："我又不是不认识路。"

"噢……"向好突然感觉有些别扭，她太久没有被人这样注视了。

更何况，他们之间还有那样的过往。

"我送你回去吧。"蒋凯南大概是发现了向好的不自在，迈开步子朝着她走了过来。

向好来不及反应，他人已经走到她跟前了。

"我自己回也行，反正就这么点儿路。"向好说话间，朝着回家的方向看了看。

"我来了这么久，还不知道你住哪儿呢。今天正好，给我个机会找找门儿。"蒋凯南半开玩笑半认真。

但在向好看来，他就是认真的。

而且，蒋凯南提出要到她住处看一看，已经不是第一次了。

向好稍稍犹豫了一下，说道："好吧。"

蒋凯南笑了，继续打趣道："今天我不护送你回家不合适，毕竟你刚刚被人给欺负了。万一我一走，那些熊孩子又冒出来了呢？"

向好无奈地笑了笑："今天遇到这种事，还真是我没想到的。"

"在这个地方，发生任何事都不奇怪。"蒋凯南说话间，四处看了看，"这周围好黑，连个路灯都没有。对了，你住在哪里？"

这个问题，向好没有马上回答。

毕竟，她此前并未跟蒋凯南谈过她生父的事。

"你租的房子？"蒋凯南又问。

向好沉默了片刻，摇了摇头："不，是我家的房子，我住在我自己家。"

蒋凯南不由得一愣："你自己家？"

"嗯。"

"我还真不知道，你在梅园镇也有家。"蒋凯南的诧异无以复加。

向好笑了笑："可见，我曾经也并没那么爱你。你看，我连家里的情况都没如实跟你讲。"

蒋凯南听罢，脸上的诧异之色竟突然消去了几分，随即蹙了蹙眉，说道："你爱不爱我，我心里有答案。"

向好转过头看他："那你觉得，我到底爱不爱你，有多爱你？"

蒋凯南像是在思考，片刻之后一字一顿地回答道："爱。很爱。非常。"

向好听罢，不置可否地笑了笑："或许，你真的高估了自己在我心目中的位置。"

蒋凯南也不置可否地笑了笑，没有和向好争辩，而是问道："说说吧，为什么你在梅园镇也会有家？"

向好将事情的前因后果跟蒋凯南讲述了一遍，蒋凯南并不觉得吃惊，毕竟他早就知道向好的父母是半路夫妻。但却没想到，向好此次来梅园小学支教，竟和自己的生父有关。

也正是因为这样，他对向好竟生出几分钦佩感。

以往，在蒋凯南的眼里，向好聪明、漂亮、任性，又远离世俗，执着地不肯接近人间烟火。

而他爱的，也正是她这些特质。

在他最初接触向好的时候，他感觉向好在他的面前是透明的，什么都不掩饰。但越是这样，他却越是有兴趣去探索。他很想知道，一个成年女子，为什么可以简简单单纯到这个地步。

随着时间的推移，他才发现，向好虽然简单，却很有思想，对人对事都有着非常独到且深刻的见解。

而且，她敢于去追求自己想要的东西。只是，她不会将时间浪费在自己认为没有意义的事情上。

……

两个人一路走，一路有一句没一句地说着，很快就到了向好家门口。

蒋凯南停住了脚步："今天太晚了，我就不去打扰了。如果以后有时间，我会来拜访伯父的。"

向好笑道："好，你先回吧。"

蒋凯南并未多作停留，看了看向好，转身走了。

向好看着蒋凯南离去的背影，脑子里突然闪现大学时的过往情景来。

她和蒋凯南恋爱期间，两个人喜欢在大学人工湖旁散步，人工湖很大，慢悠悠地走一圈下来，得大半个钟头。

但那个时候，他们都很黏对方，通常会走上好几圈儿。哪怕是脚都走疼了，心里也是暖暖的。

所以，每天晚上她都九点以后才回到宿舍，蒋凯南每天都会送她到宿舍楼下，然后看着她一步步上台阶……

他的眼神，有些像这一刻的自己。

这一刻，她又开始在心里问自己：是不是还没将他放下？是不是仍然爱着他？心中的芥蒂已经散去了吗？

她刚刚还在想，蒋凯南高估了自己在她心中的位置。

但这一刻她才发现，是她高估了自己。

但凡在生命中留下痕迹的，都不可轻易抹去。

更何况，他在她心中留下的，是那样浓墨重彩的一笔。

回到家门口，正好撞上李增贤。

李增贤大概是听说向好的"男朋友"来了，便神秘兮兮地问了几句，但都被向好给否定了。

她洗漱完毕，刚准备上床休息，就接到了林越的电话。

林越就是希望她回去一趟，并告诉向好她和向卫华都挺想念她的。

向好想想也是，来梅园镇这么久了，她竟也没回去一趟。更奇怪的是，她竟然没想念自己那个温馨的小窝儿。

当她意识到这一点，不由有些纳闷儿：梅园镇的生活条件大不如阳城，而李增贤家的生活条件更是没法和向卫华家相提并论。

可她为什么没有对阳城的家过多眷恋？

仔细思索一番，得到的答案是：一直以来，她都不喜欢"被安排"

的生活，而现在离开了阳城，似乎突然间逃离了原有的生活轨迹。所以，在心灵和精神层面，她得到了短暂的自由……

向好想着想着，就这样迷迷糊糊地睡去了。

第二天一早跟房磊请了假，回阳城。

当她拿出钥匙打开那熟悉的大门时，目光立刻被眼前的那幅巨幅油画给吸引了，怔怔地看了好半天，哭笑不得。

"向好儿，回来也不进来，在这儿站着干啥呢？"林越不知什么时候已经出来了。

向卫华听到声音也从书房走了出来，手里还拿着一本米兰·昆德拉的《生命中不能承受之轻》，他看着向好此刻的样子，忍不住笑了："人家向好是在欣赏自己的油画作品呢！怎么？是不是被惊艳到了？"

向好顿时觉得又好气又好笑，转过头问向卫华："爸，这油画是你裱上又挂上的？"

"嗯。"向卫华很骄傲地点了点头，"当然是我，难不成我还找个工人上门装？"

向好脸上的表情无奈又尴尬："这幅画还没画好，你就这样挂上了？而且还挂大门口，也不怕人家笑话？"

向卫华左看右看，没看出任何毛病："这……这不挺好吗？你这画的是大山，咱们开门见'山'，怕谁笑话？"

向好很想解释，但又觉得解释不清，没好气地说道："算了算了，我懒得跟你们解释。反正这幅画没画完，我需要调整和精修。"

"那我拿下来，你再给润润色？"向卫华问。

向好想了想："算了吧，先就这样，等我有时间再说。"

毕竟，画一幅油画的时间还是蛮久的，她这次回来没有这个计划。

"那就是嘛，我觉得其实这样也挺好的，反正我看着是挺好，山是山水是水的。就算没画完也没关系，不是流行残缺美吗？"向卫华说罢，就帮向好拿拖鞋，"换个鞋子，这拖鞋是我听说你要回来，新买的。"

向好转头看了看，向卫华手里拿着一双拖鞋，是一双毛茸茸的小鸭子，嫩黄嫩黄的，看着确实挺可爱，可她始终觉得和自己气质不搭。

但她也没说什么，毕竟无论向卫华还是林越，一直觉得她是小孩子，走"可爱风"永远不会错。

就在向好正在换拖鞋的时候，林越突然插了一句："上次小檬好像说过，这幅画看着少了点儿什么。"

向好不由得一愣："她真这么说了？"

"对啊，她说好看是好看，但是好像还没画完。"林越说道，"当时我就想着她也不懂油画，凭着感觉乱说的。"

"她的感觉还真没错。"向好一边思索着一边说道，"我觉得啊，她和我一样，其实是有艺术天分的，甚至她也具备一定的审美水准。虽然她没机会接受这方面的教育，但感觉没错。"

午餐很丰盛，美中不足的是向卫华精心熬制的番茄牛肉汤忘了放盐。

可林越却吃得津津有味，就在向好正想提醒时，林越突然压低声说道："你爸为了做这个汤一大早跑去菜市场买新鲜牛肉，回来又是切又是腌的，忙活了大半天，咱们不要扫他的兴。"

向好想想也对，她也是这么想的，但还是没忍住补了一句："如果放了盐，那不是更美味？锦上添花不好吗？"

"让他心情不好了就是锦上添花啊？"林越再一次反问，"而且，你都这么久没回家。这一刚回家，就挑人毛病，合适吗？"

向好没再说什么，并不是找不到理由，而是感觉没必要找理由。

这也是为什么她在这个家，物质生活很丰富，却始终觉得少点儿什么的原因所在。

一切，都是被安排好的，都是为了她好，为了大家好。

一切，都维持着表面的"完美"，足以令人艳羡。

第三十六章　偶遇挑衅者

餐后，向好没有休息，主动提出到楼下小区转一转。

她走到楼下之后，很快便走出了小区，然后打了辆车，朝着手中那张名片上的地址奔去。

到了目的地之后，她便进了富兴酒店。

酒店店面不大，说是酒店都算是言过其实了，也就一普通餐馆的规模。

刚推开门，一位年轻漂亮的服务员就连忙迎了上来，笑得让人如沐春风："靓女，请问您几位？"

"一位。"向好回答。

"请问订位了吗？大厅还是包厢？"

"我来找人。"

年轻漂亮的服务员脸上的笑容仍在，但已没有之前那么甜美了："哦，请问您找谁？"

"在这里工作的一名工作人员……"向好话还没说完，便听到不远处传来"啪"的一声响。

虽然在一片喧哗之中，但这突然的一声盘子碎裂的声音仍显得极不和谐。

向好的目光立刻朝着声音传来的方向看去，看到一个个子不高、身材偏瘦、穿着一身蓝色工作服的服务员正在道歉："对不起……对不起……我不是故意的……"

她话还没说完，一个满身肥膘的黑衣汉子就突然站了起来，指着她质问道："对不起就完了？啊？对不起就完了？"

"我不是故意的……这菜我赔，马上让厨房给您重做……"服务员背对着她，向好看不清她的脸，但却看到她一身的无奈和卑微。

"你赔钱就行了啊？你觉得哥我差这几个钱吗？"黑衣汉子继续问道，怒气冲冲的。

"那我能怎么办啊？"正在捡碎片的服务员声音很轻，生怕惹恼了客人，"我真不是故意的，刚才我走得急，碰到椅子靠背了……"

"你碰到哪儿了关我什么事，啊？"黑衣汉子一脸不屑，"你当服务员的，自己的事都做不好？怎么着了，我还得为你的错误行为买单啊？"

"不不不……"服务员连忙说道，"我买单，我刚才已经说了，这钱我出。我现在马上让厨房给您重新做，马上上，行不？"

"不行。我现在就差这一口儿，等不及了！"黑衣汉子不知道哪根筋搭错了，不但不讲道理，还特别横。

"大哥，您就行行好，我已经认错了，我……"她蹲了下来，用手将盘子碎片和菜一起往托盘上装。

"小姐，请问您找谁，我带您去见她。"站在向好身边的服务员似乎有些不耐烦了，连脸上的笑都显得有些不太自然了。而且，她完全没有被眼前发生的一切吸引，仿佛早已司空见惯。

"噢，我找这个人……"向好说罢，就将手里的名片递给了年轻漂亮的服务员，"她的名字叫吴咏梅。"

年轻漂亮的服务员看了名片后，愣了愣，随即笑着说道："她也真有意思，竟然在酒店的名片上用圆珠笔写上自己的名字。搞不明白的，还以为这酒店是她开的呢。"

向好问："她在哪儿？麻烦您带我去见她好不好？"

年轻漂亮的服务员收住了笑，朝着正蹲在地上收拾残局的那位服务员看了看："你们还真是有缘了，喏——她就在那儿，蹲地上那位就是。"

"噢……"向好愣了愣，心里暗暗想道：还真是有缘。

当向好走到吴咏梅身边的时候，她仍然蹲在地上捡着盘子碎片，而那黑衣汉子仍然一边不断强调着"我就差这口儿"，一边对她骂骂咧咧。

向好将吴咏梅从地上拉了起来，才看清她的脸。

江朵朵长得和吴咏梅有几分相似，都有一双大眼睛，但吴咏梅由于太瘦，而且皮肤蜡黄，导致那双大眼睛多了几分憔悴感。

对向好的到来，以及她的举动，吴咏梅是有些诧异的，她睁大眼睛看着向好，好半天才问道："请问您是……"

刚才那黑衣人也不知道到底发生了什么，虽然依旧骂骂咧咧的，但嚣张气焰瞬间弱了几分。

"我是江朵朵的老师，我叫向好。"向好自我介绍道。

吴咏梅愣了愣，然后在脸上挤出一个尴尬又短促的笑："是朵朵的老师啊？你怎么……"

她话还没说完，黑衣汉子已经走了过来，看着向好问道："怎么？来帮忙的？"

向好目光平静地看了看黑衣汉子，问道："刚才打坏了您的菜对吗？这件事我相信这里的负责人一定会给您处理好的。"

"就这破馆子，能处理好吗？"黑衣大汉再一次横了起来。

向好淡淡地笑了笑："哟，您这么高品位的人都来这儿吃饭了，这儿怎么能是破馆子呢？要相信自己的选择和眼光。"

黑衣汉子显然没想到向好会这么说话，不由自主地愣了一下。

"所以，像您这么有品位的人，怎么能跟一个服务员计较呢？不就是一条鲈鱼吗？行，我赔您行吗？"向好笑着问道。

黑衣汉子又开始要赖了："赔我当然可以，但我得要石斑！"

"行！"向好想都没想，便答应了。

她话音未落，背后突然响起一个低沉男声："怎么了？遇到什么事了？"

向好听到这个声音，不由怔了怔：这声音……怎么听着这么熟悉？

当她转过头看清对方的时候，不由得愣住了。

此人不是别人，竟然是宋嘉。

宋嘉也一样，见是向好，眼睛顿时瞪得老大。很显然，他怎么也想不到，向好此刻竟会出现在这里。

还是向好先反应过来，她笑着叫了宋嘉的名字，然后说道："还真巧，我竟然来你的饭店里了？"

宋嘉已经从惊讶中回过神儿来，笑着说道："我也没想到，你会来这里。"

"对了，现在遇到这种事情，你们一般怎么处理的？"向好说话间，朝着吴咏梅看了一眼。

此刻，吴咏梅正拿着毛巾擦地板，不大一会儿工夫，地板已被擦洗得干干净净，不留一丝油渍。

宋嘉似乎已经明白刚才发生了什么，看了看向好，又看了看黑衣大汉："不好意思，刚才我外出了，这件事没能及时处理。这样吧，我们马上将服务员打翻的菜补给您，然后再送你们一个菜。送的这个菜，您可以随便挑。您看这样行吗？"

"行。"黑衣大汉一点儿也不含糊，看了向好一眼，"刚才她说了，送石斑。"

宋嘉愣了一下，随即将目光投向向好。

向好怎么也没想到，这样的小店里是没有石斑的。

这可难倒了宋嘉，他千方百计地让小工跑了老远的路，才好不容易把那位闹事大哥要的石斑给找来……

向好得知后有些愧疚，特地找到宋嘉说道："宋嘉，这条鱼是我说要送的，算我的。而且今天是我来找吴姐的，你看能不能给她放两个钟头的假，我找她有点儿事。”

"行。"宋嘉想都没想就答应了。

向好和吴咏梅走出饭店大门的时候，吴咏梅就问道："向老师，你找我有什么事呢？是不是朵朵有啥问题？她是不是不好好学习？"

向好摇了摇头："朵朵学习成绩还不错，而且画画也不错，挺好的一个孩子。"

"哦……"吴咏梅像是突然松了口气，"那向老师你找我有什么事呢？"

向好顿了顿，问道："吴姐，你多长时间没回去看过朵朵了？"

吴咏梅愣了一下，随即有些尴尬地笑了笑："向老师，不是我不想回去看她。我现在的情况你可能不知道，朵朵她爸走了之后，我又结婚了。婚后又生了一个，是个儿子，今年四岁。我现在一个人在家里忙东忙西的，一点儿时间都没有啊。"

"那你现在的爱人呢？"向好问，与此同时，她又隐隐感觉吴咏梅是在找借口。

在向好看来，如果吴咏梅真的想去看江朵朵，是肯定能抽出时间的。只有不想去看她，才会找出若干借口。

"我爱人啊……"吴咏梅突然叹了口气，"我都不想提他，他这些年都没挣到钱。后来又闹出那样的事情，你和宋嘉熟，应该也知道的。"

向好一听，顿觉诧异："宋嘉，这事和宋嘉有什么关系？"

吴咏梅一听，不由得皱起了眉头："你不知道？"

向好摇了摇头："不知道，具体什么事？能说说吗？"

"这……"吴咏梅想了想，又问，"宋嘉和李晓檬还没结婚吧？"

"嗯，没呢。"向好点头。

吴咏梅又想了一会儿，突然笑了："那算了，反正也不是什么大事。"

向好还想继续问下去的，但她也明白，如果吴咏梅愿意说，不用问，她自己也会说出来的；如果她不想说，问了也白问。

第三十七章　人才OR全才

向好停顿了几秒，想给吴咏梅思索的时间，但吴咏梅一直没再提宋嘉。

她只得继续方才未完的话题："吴姐，你的意思是……你爱人现在不挣钱？"

"是啊，一家子人都得我养。"吴咏梅又叹了口气，"真不是我不想管朵朵，她是我的女儿，我就算再怎么狠心，那也是从我身上掉下来的一块肉啊。我也不想她受苦受累的，你说是不？"

"我知道，都说母女连心嘛。"向好说道，"不过有一件事，我还是想跟你说一说。"

"什么事？"吴咏梅问，与此同时脸上显现出几分忧虑。

向好紧接着，就将江朵朵被人欺负的事情告诉了吴咏梅，并且说道："那些孩子之所以会欺负她，就是因为她没有父母在身边，奶奶年纪也大了，其他的亲戚更是靠不上。所以，我希望您能抽空回去看看她，一个月回一次就行。实在不行，两个月回去一次也行。倒不是一定要为她做什么，而是您能回去看看，别人就不敢这么欺负她，不敢再说她是没爹没娘的孩子了。"

平心而论，向好的这个要求不算过分。

但令她没想到的是，吴咏梅想都没想，就直接拒绝了："向老师，还真不是我不想回去看她。我是真有我的难处，我和我现在的老公结婚的时候就答应他了，要和之前的家划清界限。我也知道他这样不对，但他这个人就这样，心眼儿小得很。"

吴咏梅的回答，让向好意外又震惊！

但她还是说道："吴姐，既然你知道这是无理要求，为什么还要答应呢？还有，你刚才也说了，现在你一家人的生活都需要你来维持。既然这样，你还需要受制于你现在的爱人吗？"

向好的一番话，将吴咏梅反驳得哑口无言。

吴咏梅兜兜转转好一阵子，才再次将话题绕到点子上："……真不是我不关心朵朵，是我真的不容易。你想想看，如果我一回去，她叔家以后肯定也不管她了，会把这个责任推我头上。你说是不？"

这一点，向好确实没想过。

但她仔细一想，却又觉得不对劲儿，于是问道："朵朵是你的女儿，抚养的责任本来就在你这里啊。"

"是在我这里，但我的情况你也看到了是不？向老师。"吴咏梅继续解释道，"我一回去，她叔家就甩包袱，这包袱一甩我能捡得起来吗？我捡不起来，他叔家也不肯再接了，那朵朵怎么办？最后受伤害的还是她！如果我有能力，我会直接把朵朵接来的。"

向好怎么也没想到，吴咏梅看起来老实巴交的，工作起来也是勤勤恳恳，然而在抚养女儿这个问题上却不断讨价还价。

见吴咏梅完全没有想要回去探望江朵朵的意思，向好也就没打算继续劝下去，而是退一步说道："吴姐，我知道你有困难。但是朵朵这么多年都没见到妈妈了，她也很想你。要不这样吧，等我有空，就带她来阳城见见你，这样行吗？"

吴咏梅想了想，然后点了点头："这个可以。但是这事可别让我老公知道……"

向好以为她又想找借口，很快打断了她："我根本不认识你老公啊。"

吴咏梅仿佛没听到向好的话，又补充了一句："也别让宋嘉知道。"

向好心想：这事和宋嘉有什么关系？但也没多问，见吴咏梅有见江朵朵的意思，就说道："那好，这件事就这么定吧。对了，你的电话号码能给我一下吗，也方便到时候我们约时间。"

"好。"吴咏梅说罢，将自己的手机号码给了向好。

告别吴咏梅之后，向好感慨万千。

或者说，吴咏梅的做法刷新了她对"母亲"一词的看法。

在她的印象中，母亲对孩子是充满爱意的，愿意永远呵护和疼爱自己的孩子。

但她在吴咏梅身上看到的，除了自私，还是自私。

……

晚上回到家之后，林越和向卫华照样做了一大桌子菜，弄得像是招待客人一样。

向好看着满满当当的一桌子冷热荤素，忍不住说道："爸、妈，我又不是外人，你们干吗弄这么多菜啊？我看着都觉得浪费。"

"这怎么能是浪费呢？我女儿这么长时间没回来，回来就得好好地伺候着。"向卫华一边往向好碗里夹鸡腿一边说道，"而且，在梅园那个地方，吃不到什么好东西。回到咱们家，就得好好补补，你说是不是？"

向好想都没想，就直接说道："不是。梅园虽然不算富裕，也没你想象得那么落后。再说了，那里空气好风景好，吃的是农家绿色蔬菜，美味又健康。"

向好一番话说完，向卫华沉默了。

林越看出了端倪，立刻说道："向好儿，你去了趟梅园镇，这一回来怎么连家里的饭菜都瞧不上了？"

"哪里有？我只是想说明梅园也不比咱家差多少。"向好说话间，朝着向卫华看了一眼，"而且，我去了梅园，也学会洗碗做饭了。之前我在家里，可是什么都不会的。"

"这不是家里人疼你嘛！"向卫华说道，"那个时候，我们就想着你学习好，多给你一些时间读书学习，而不是围着灶台转。还有啊，我觉得女孩子就不应该总是围着个灶台，把自己的一双手都给弄得油腻腻的。女孩子的手是用来干吗的？写字、画画、翻书……就得干这些高雅的事情，这样的女孩子，才有大家闺秀的气质和风范！至于什么洗菜做饭刷锅的活儿，就应该让保姆来干！"

向卫华话音未落，林越就故意板着脸做出不高兴的样子："你这话什么意思？说我是保姆呢？"

向卫华一愣，随即将另一只鸡腿夹到了林越碗里："我老婆怎么能是保姆呢？"

林越没好气地白了他一眼，随即又垂下眼帘，笑了。

向卫华继续说道："你还别说，之前我们家不是请了保姆的？人家在这儿干得好好的，你非得把人给辞了，非要自己来。现在受苦受累了，还怪上我了？"

"我这不是不想一直闲着嘛！"林越说道，"再说了，你不是也喜欢吃我做的菜吗？"

"那倒是。"向卫华笑了笑，开始吃饭。

林越继续说道："不过老向，我觉得你刚才跟向好儿说的有些地方不太对。女孩子是不应该整天围着灶台转，但并不是说女孩子不会干家务就是好的！我觉得啊，女孩子必须什么家务都得干，但不要天天干，有必要的时候自己也要有拿得出手的手艺。"

向卫华一想，连连点头："还真是！还是老婆大人有智慧。"

"所以，向好儿这次去梅园镇锻炼锻炼，学着干点儿家务也不是坏事。"林越说道，"这次她回来，确实比之前强多了。中午还帮着我洗碗，而且洗得干干净净。"

林越说着说着，脸上露出自豪满足的神色。

向好自己都觉得不好意思："妈，你刚才那些话可千万别在外人面前说，我怕人笑话！我都这么大人了，洗个碗有什么值得骄傲的？又不是没手没脚。"

"我就要说！"林越继续保持一脸自豪满足的神色，"我林越的女儿，人长得漂亮，又有才艺，毕业于双一流名校不说，就连家务都做得不比任何人差。这是什么？这是德智体美劳全面发展！"

林越话音未落，向卫华就立刻附和道："对！人才多得是，但全才却很少。我们家女儿，是全才！"

向卫华说罢，爽爽朗朗地笑了起来，连眼角绽放的皱纹都透着几分骄傲。

而向好，却并未感受到半点儿开心和骄傲。

她突然想到了今天下午吴咏梅说的那些话，脑子毫无征兆地闪出江朵朵的那张脸……

同是母亲改嫁的孩子，命运却千差万别。

无论是她，还是江朵朵，抑或是李晓檬，互相都有相似的地方，但生活轨迹和人生轨迹却大相径庭。

而她，无疑是最幸运的那一个。

无论是林越，还是向卫华，都给了她足够的爱。向卫华虽和她没半点儿血缘关系，但却尽到了一个父亲应尽的责任。或者说，他做得比许许多多亲生父亲都要好。这缘于他的教养、学识、眼界，以及他强大的包容心。

想到这些，向好突然放下了筷子，说道："爸、妈，真的非常感谢你们。"

她突然冒出了这么一句，把向卫华和林越都给吓了一跳。两个人也随即放下了筷子，一瞬不瞬地看向她，不约而同地问道："怎么突然说起这个？"

向好本想将今天遇到的事跟他们说的，但想了想，还是打住了："没什么，我就是觉得你们为我做了很多，我很感激。如果没有你们，就没有我的今天。而且，我好像也不是特别听话，有些事没有按照你们的意思去办。比如说我去梅园镇……"

向好说到这里，突然停住了，眼泪没忍住掉了下来。

向卫华连忙抽出一张纸巾递给了向好："你看看你看看，怎么说着说着眼泪就下来了？是不是看今天的饭菜太丰盛，把你给感动了？"

向好破涕为笑："说得跟我这辈子就没吃过什么似的。"

"那要不你哭什么？"向卫华说着，又给向好递过来一张纸巾，"你去梅园镇这事我确实不看好，但你都决定了，我也没办法。后来我想了想，你的选择也不是百弊无一利，现在也学会刷盘子洗碗了不是？"

"何止是这些？"向好立刻反驳。

向卫华说道："我当然知道不止这些！向好，你不要总是觉得爸妈不懂你心思，你妈到底能不能懂我不知道，反正我是懂的，我全懂！你其实就是不想一直按照我们的安排过这一生，总觉得这样没有自由选择的余地，对吧？"

向好听到这里，着实有些诧异。

向卫华继续说道："你之所以选择去支教，也并非是经过深思熟虑的。你只是不想按照父母的安排选择自己的职业，也不想按照父母的方式去规划自己的职业生涯。你之所以选择支教，其实只不过是为了更好地度过这段迷茫期，没错吧？"

向好已经惊讶得不知道该说什么了！

一直以来，她都以为向卫华不懂她。现在看来，向卫华何止是懂她？简直是把她都给看穿看透了！

林越看着向好的表情，只觉得有些想笑。

但更多的，还是欣慰。

毕竟，在林越当初选择嫁给向卫华的时候，最担心的就是他不能接受向好。

现在看来，他对向好，简直比对亲生女儿还要亲。

第三十八章　不甘平庸的平庸者

听了向卫华的话，向好好半天才问了一句："爸，你不会是暗地里学了读心术吧？"

向卫华见向好睁大眼睛看着他，佯装风轻云淡地笑了笑："你不用太崇拜我，我更不会什么读心术！我跟你说吧，你现在的心态啊，其实老爸我早就有过！我是过来人，什么不知道？你爸我当初也是有一番理想和抱负的，不想平庸地过这一生。我现在回头看看，感觉我人生的高光时刻还停留在收到大学录取通知书的那一刻，后来……好像都是为了生活，为了挣生活费。哪怕是现在，也只是通过自己的努力让一家人能有更好的物质生活，我这一生啊，也没干别的有意义的事。有时候我回想起来，也会有失落感。所以，我什么都懂，真的，什么都懂！向好儿，就你那点儿小心思，呵呵，在你爸我看来，那都是小儿科！"

向好笑了，故作一脸不屑状。

向卫华继续说道："不过呢，后来我也想通了。既然你现在都定了，我也不想让你半途而废，就用心把支教这项工作做好。既然我年轻时没能按照自己的想法去选择职业，现在你替我把没机会尝试的都尝试尝试，也未必不是一件好事。"

向好一听，立刻提起了兴致："爸，你年轻时想干吗？"

向好这么一问，刚刚还滔滔不绝的向卫华，这会儿突然沉默了。

向卫华越是不说，向好就越是想知道答案："爸，你就说说嘛。自己的理想，有什么不好意思的？"

"吃菜吃菜。"向卫华突然拿起了放下很久的筷子，开始往自己碗里夹菜。

"真是的，话说一半儿，把人家胃口都吊起来，又不说……"向好不高兴了。

"胃口吊起来就多吃菜。"向卫华夹了一筷子凉拌牛肉给向好。

向好不肯罢休："还有什么理想是不能见人的？是不是很见不得人的理想啊？"

她说完，自己都忍不住笑了。

林越终于忍不住了："你爸的理想怎么可能见不得人？他的理想很高大上！他想当作家，当哲学家。"

向好差点儿没笑出眼泪："这不挺好的理想吗，为啥非得掖着藏着？"

向卫华竟被向好给笑得红了脸，责怪林越道："你看看，我让你别说吧，现在都让女儿笑掉大牙了！"

向好好不容易收住笑："才不是。我觉得爸您现在就是哲学家，说出的话特别有哲理，比哲学家还要哲学家！"

"真的？"向卫华心情大好。

"当然是真的。"向好说道，"如果不是从小你就开始给我'洗脑'，我现在怎么能这么有主见有思想，对吧？"

"还'洗脑'呢，你这到底是在夸我还是损我？"

"当然是夸啦！"

向卫华想了想，最后给了自己一个中肯的评价：不甘平庸的平庸者。

……

一餐饭下来，一家人笑个不停。

向好突然发觉，不知道从什么时候开始，家里的氛围似乎比之前更融洽了。

或者说，这种感觉，只不过是一念之间，全看自己用什么样的心态去看待而已。

当天晚上，林越提出要到向好房间和她一起睡。

向好不肯，觉得别扭。毕竟她都这么大人了，而且这么多年她都没有和林越一起睡过。

可林越也不管，抱着被子就过来了。

向好无奈，只得任由她躺在自己身边，然后闭上眼睛，假装睡着了。

林越躺了一会儿，突然说道："向好儿，我问你件事……"

向好早就知道林越今天之所以兴师动众非要和她"同眠"目的不单纯，假装没听到。

林越像是知道向好在装睡，继续问道："我听说他回来了。"

向好一听，只觉得心头突然一顿，问道："谁？"

黑暗中，林越突然笑了一声："你不是睡着了吗？"

向好这才发现，自己竟然这样就上当了，没再作声。

林越朝着向好那边移了移身体，重又说道："我听说，蒋凯南回来了，是真的吗？"

向好沉默了一会儿，反问道："我怎么知道？"

"你怎么会不知道？"林越没好气地问道，"他不是都去梅园镇找你了吗？"

向好一听，立刻翻过身来解释道："他去梅园镇不是为了找我，他是去当扶贫志愿者！"

"看看，刚才还说不知道他回来了！"林越说话间，伸出手拧了一下向好的耳朵，"这么大的事，也不告诉妈妈？"

向好道："他回不回来都和我无关，所以我知不知道都无所谓。"

话刚说完，又突然想到了什么："我记得当初蒋凯南人间蒸发的时候，你多次劝我，说他不值得，让我放弃。现在怎么突然开始关心起他了？"

向好清楚地记得，刚开始的时候，林越见到蒋凯南还蛮喜欢的，说这小伙子长得帅，精气神足，看着以后就能有作为。

可后来不知道怎么回事，林越突然开始反对她和蒋凯南来往，旁敲侧击地让她和他分开。

那个时候向好深爱着蒋凯南，林越越是反对，她就越是坚决。

然而却没想到，她没想放弃蒋凯南，蒋凯南却放弃她了，离开的时候，连一句话都没留下。

林越得知情况后，看着默默流泪的向好，反而像突然松了一口气。

她对向好说："男人都这样，深情的不够长情，长情的又不够深情。而且，还有很多'情'是他们伪装出来的。像蒋凯南这种男人，对你好的时候能把你捧上天；不好的时候，也是真的不好。既然他要走，就让他走吧，不属于自己的东西，早点儿放手，对自己也是一种解脱。"

当时向好沉浸在悲伤之中，自然没有去细想林越说这番话背后的动机。

所以，林越的这些话，对她而言没有半点儿用。

然而，一个月之后，她突然听到一个消息：蒋凯南是和大学时一直暗恋他的师妹方梓妍一起出国的……

向好是从那一刻开始，才真正将蒋凯南给放下的，从此都不再触碰关于他的一切。

……

"我刚才说的话你没听见啊，也不应一声儿？"林越的声音将向好的思绪从回忆中拉了回来。

向好这才发现，自己刚才竟走了神儿，完全没听到林越到底说了什么。

"你刚说什么，我没听清。"向好低声道。

林越突然叹了口气："我说，如果你还喜欢他，他也没放下你，那你们就在一起吧。"

向好低低地笑了一声，没有应答。

曾经，她是真的以为她已经将蒋凯南放下了。曾经的记忆落了厚厚一层灰，她看不清那些过往的点滴，误以为是真的忘了。

但现在才知道，她从未真的放下，只是将那段情给尘封了。

也正是因为如此，那原本已经散去的芥蒂，也重又生了出来。

有时候，人的反应就是这么有趣。当你越是爱一个人的时候，眼睛里就越是容不下沙子。

林越似乎有些不高兴了，"蒋凯南是个很不错的男孩子，如果你们分开这么多年他都没有把你放下，说明他是真的喜欢你，你在他心里是有分量的。"

"如果真的喜欢，当初就不会分开。"这句话，向好几乎是脱口而出。

林越轻轻笑了笑："恋人不就是这样，分分合合，合合分分，这就是恋爱过程中上天对你们的考验，要是经历了这些考验你们还能在一起，那么你们的爱情就会更牢固。如果经不起，那可能就真的要分开了。"

当向好听到最后那个"分开"时，只觉得心头又是一顿，随即便传来一丝锐利的痛，像是利刃划过心口，一闪而过，却又无比清晰。

这段时间，她是有想过这个问题的：如果蒋凯南提出和她复合，她该怎么办？拒绝？还是接受？

如果拒绝，似乎很违心，她自己都怕自己今后会后悔。毕竟，她也明白，人这一生不可能爱很多人，也没有多少遇见真爱的机会。而蒋凯南，无疑是她真爱的那一个。

如果接受，她又实在是迈不过自己心里的那道坎儿。她担心他们在一起后，那道坎儿会成为他们之间永远无法跨越的障碍。

第三十九章　尽善尽美

也正是因为和林越谈了蒋凯南，这几天向好的脑子里竟不断出现蒋凯南的影子。

只要她一闲下来，那张脸就在她的眼前不断浮现。

就在她正准备回梅园镇的时候，突然接到了蒋凯南的电话。

当她看到那串熟悉的数字，一度怀疑自己是不是出现了幻觉。

直到那熟悉的声音在她的脑海中响起，她才渐渐定了神。

蒋凯南告诉她，已经帮江奶奶联系好了免费治疗白内障的医院，今天就送她到阳城，想让向好一起帮忙照顾。

向好听罢，想都没想，就直接答应了。

几个人约在了一家宾馆见面，蒋凯南先将江奶奶和江朵朵安顿在那里，然后就和向好一起去采购她们接下来所需的生活必需品。

当两个人走进电梯，电梯门关上的那一刻，向好便觉得周遭的空气变得有些尴尬了。

她无意中从电梯的镜子里看到了蒋凯南的脸，他的眼睛里带着几分意味不明的光，像是在用余光观察她，又像是在思索着什么问题。

当蒋凯南的目光闪动间，和她对视的时候，向好竟像是正在做坏事被抓了个正着似的，慌忙收回视线。

蒋凯南假装什么都没发现，语气平静地开口道："江奶奶还真挺不容易的，像她这种情况，我还真是第一次见。"

"我也是。"向好若无其事地搭上了话，"她眼睛不好，又只有朵朵一个人照顾，一老一小，确实很不容易。"

"对了，上次那群孩子欺负你，就是因为江朵朵吧？"蒋凯南问。

向好点了点头："确实和她有关。但是我总觉得，还是和梅园小学的教育不到位有关。虽然说校园欺凌事件在很多地方都有，但如果学校引导好，有相应的惩罚机制，就会大大减少这类事件的发生。"

"我上次和张晖也说过了，他打算和房校长好好谈谈。"

向好本想附和，但想了想，又觉得不妥："要不，这种事就不要总是麻烦张晖了。毕竟他是第一书记，是扶贫干部，而这种事是学校内部的事情，应该由学校内部来解决。张晖的好意，我能明白。但是怕就怕，会引起不必要的误会。"

蒋凯南皱了皱眉头："这还能有什么不必要的误会？协助解决问题，不是很正常的吗？"

向好看了看蒋凯南，发现他也有如此天真的时候。

但转念一想，又觉得很正常，这一路蒋凯南都在不断读书，考研，出国留学。加上国外的环境和国内不一样，他对一些人情世故了解不足是很正常的。

如果不是李增贤反复引导，她也是和蒋凯南一样。

向好笑了笑，便开始解释道："房校长这个人对工作很认真，每一件事都尽力做到尽善尽美。对于这样一个人，如果老跟他提意见或者建议，会不会让他觉得自己工作没做到位呢？他倒不会怪别人多事，但他会反思自己，甚至自责啊。"

向好所说的，是蒋凯南未曾想过的。

但经过向好这么一提，蒋凯南突然发觉，曾经对他有些依赖的向好，已经"长大成人"了，瞬间对她刮目相看："没想到，你考虑得这么细致，连一个人心理微妙的变化都考虑到了。"

向好又笑了笑："倒不是我考虑细致，而是我更了解房校长。这样吧，这件事我会跟他汇报的，我相信他也会尽快处理。"

向好一番话刚说完，电梯门已经开了，蒋凯南按着电梯按钮，想要向好先出去。

但奇怪的是，电梯门刚开，又很快合上。

当时向好就站在电梯门中间，正迈开步子打算往外走，完全没有发现眼前的危险。

"小心。"当向好被蒋凯南拽回来的时候，她仍未发现危险就在眼前，更没发现她已经躲过一劫。

她只发现，自己竟毫无征兆地撞到了蒋凯南的怀里，听着他剧烈的心跳，向好一时间心慌意乱，脸红心跳……

她已经不记得怎么从蒋凯南怀里挣脱的，她只记得，当自己站稳身体，蒋凯南竟脸色如常，就像什么事都没发生一般。

然后，轻描淡写地问了一句："你没事吧？"

向好完全不知道刚才到底发生了什么事，在她看来，蒋凯南就是故意的，故意……制造暧昧！

蒋凯南好像猜到了向好的心思，于是解释道："刚才你差点儿被电梯门夹到。"

说罢，重又按下了电梯按钮，门打开的那一刻，说道："现在没事了，你先出去。"

向好这才明白，自己误会了。

但人从电梯里走出去之后，心脏仍旧"怦怦"跳个不停。

而蒋凯南，仍旧是一脸波澜不惊，仍旧好像什么都没发生一样和她聊天。

这感觉，有些……奇妙！

……

江奶奶去到阳城一大型医院之后，经过一系列检查，医生决定采用白内障超声乳化手术为她进行治疗。白内障超声乳化手术手术时间短，伤口小，恢复也快，手术之后并发症也相对较少，是一种较为先进的手术方式。

江奶奶的手术很顺利，但由于年龄比较大，稳妥起见，医生还是建议她住院一段时间。

向好考虑到此次江朵朵也有来阳城，而她的妈妈吴咏梅也在阳城，决定找个时间让她们母女见上一面。

当向好跟吴咏梅通了电话之后，吴咏梅很快答应了，让她直接带江朵朵去她现在的家。

吴咏梅答应之后，向好便将这个消息告诉了江朵朵。

江朵朵有些意外，仰头看着向好："向老师，我去我妈妈家，会不会不太方便？"

向好愣了一下，她没想到江朵朵会问出这个问题。

毕竟，吴咏梅是她的妈妈，女儿见自己的妈妈无论在任何地方都天经地义。

但仔细一想，又觉得江朵朵的担心有理。她们虽是母女，却也这么多年没见了，彼此的生活发生了什么样的变化双方都不清楚。

考虑到这些，向好说道："没事的，既然你妈妈说去她家，那咱们就去她家吧。"

江朵朵又想了一会儿，才点了点头。

两个人走到半路，江朵朵突然有些遗憾地说道："向老师，如果我能把我画的画儿带给我妈妈看就好了，她还没有看过我画画儿呢。"

向好听着江朵朵的话，不由得有些心酸，但还是劝道："没事的，这次没带，还有下次，来日方长，总会有机会的。再说了，你不是经常练习画画儿嘛，以后会越画越好，你妈妈看了会更加高兴。"

"嗯。"江朵朵点了点头。

……

吴咏梅住在阳城郊区的一个小胡同里，房子看起来有些破旧。

向好从未来过这样的地方，以往就算是路过，也会绕道走。

不知为什么，她的脑子总会自动将这些过于偏僻的小胡同和赌博、吸毒、斗殴等字眼联系起来。

尽管她也明白，事实上并非如此。

但每次看到那潮湿的地面，以及坐在路边穿着破洞牛仔裤抽烟的青年，总觉得他们非善类。

两个人走到吴咏梅家楼下的时候，江朵朵突然折了回去。

向好连忙跟了上去，问道："朵朵，你要干什么去？"

江朵朵一边继续朝前走，一边说道："我得给小弟弟买个玩具，我从来没见过他，这是第一次见，总不能空手去啊。"

经过江朵朵这么一提醒，向好才意识到她们是两手空空来的。

但与此同时，她也被江朵朵说得眼眶湿湿的。

江朵朵的弟弟是吴咏梅和她的现任老公所生，也正是因为这个弟弟，江朵朵才备受冷落。

但江朵朵的心里，仍然有他。

江朵朵在不远处的一个小商店里挑了一架玩具小飞机，左看看右看看觉得不错，便买下了。

当向好带着江朵朵来到吴咏梅的家门口，敲了好久的门，吴咏梅才慢悠悠地出来开门，手里还抱着个孩子。

"快进来，你看我家里乱七八糟的也来不及收拾。"吴咏梅笑着招呼她们，其间看了一眼江朵朵，只是匆匆一眼，目光并未多作停留。

向好进门之后，发现门口处摆着个香炉，炉子里满是香灰。

在香炉的不远处，凌乱不堪地摆着几双鞋子。

"哎呀，家里也没多余的拖鞋，要不你们就穿着现在的鞋子，不用换了。"吴咏梅说道，"我抱着个孩子，也没来得及收拾。"

吴咏梅怀里的孩子已经三四岁了，但她一直抱在怀里，仿佛那孩子还没学会走路一般。

向好拉着江朵朵，走到吴咏梅面前，说道："吴姐，这是朵朵，你好久没见她了吧？"

吴咏梅这才重又将目光落到江朵朵身上，笑了笑："都长这么高了？上几年级了？"

无论语气，还是问话，都生疏得像个陌生人。

这感觉，仿佛江朵朵是向好的孩子，而吴咏梅只是礼貌性地问候一样。

"妈，我上四年级了。"江朵朵说罢，将手里的小飞机双手递到吴咏梅面前，"这是我买给弟弟的礼物，不知道他喜欢不喜欢。"

吴咏梅双手抱着孩子也没腾出手来接，那孩子倒是机灵，见到小飞机就嘿嘿笑了起来，然后伸手去抓。

第四十章　关注弱势群体

江朵朵见弟弟笑了，也跟着笑，问道："小飞机哦，喜欢吗？"

"喜欢……"小男孩从江朵朵手里抓过小飞机，使劲儿地摇了摇，仿佛很开心。

"他是什么玩具都喜欢。"吴咏梅笑着附和，仍旧是礼貌性的。

向好很希望吴咏梅能和江朵朵多说几句话的，但吴咏梅始终没有过多地去关注江朵朵。

向好不免有些失望，为了避免尴尬，她在不断地找话题。

趁着江朵朵去洗手间的空隙，向好对吴咏梅说道："吴姐，其实朵朵一直很想你，她特别希望能和你在一起多聊聊。"

向好话音未落，吴咏梅便说道："我知道我知道，我是她妈，这个我还能不知道吗？不过我也有我的难处，要是她真和我住一起，我以后的日子就没法儿过了……"

向好听到这里，不由得一愣。

过了好几秒，她才开口说道："吴姐你放心，朵朵她不会一直在这里的，她今天来，只是想来看看你，没别的意思。"

吴咏梅有些为难地笑了笑："我知道我对不起朵朵，但是没办法。我也不是不喜欢她，只是我如果对她太好了，她就离不开我这个妈了。"

吴咏梅说到这里，眼角竟有些潮湿。

这一切，都在向好的意料之外。

从刚进门的那一刻起，向好就觉得吴咏梅很冷漠，冷漠得不像个母亲。

却不想，她的冷漠也带着几分心酸。

江朵朵从卫生间出来之后，眼眶有些红红的，但仍然笑着和小弟弟玩，并且将小弟弟从吴咏梅怀里接了过来。

几个人就这样在房间里闲聊了一会儿，向好便带着江朵朵离开了。

在回去的路上，江朵朵眼中的失落无以复加。

向好自然明白她这份失落来自哪里，于是说道："朵朵，其实你妈妈她也不容易，她是爱你的。但是你们分开太久了，她也找不到爱你的具体方式，所以就会稍稍有一些……"

"嗯，我知道。"江朵朵点头道，"其实我也一样，我来之前还在想我要给我妈妈一个拥抱，问问她辛不辛苦，累不累，有没有想我，有没有想梅园镇的家……这些，我早就想好了的，但是我也没说出来。"

向好有些意外，于是问："你这一路上都低着头，是在为这个遗憾吗？"

"是的，我也不明白，为什么我在我妈妈面前就是说不出来，我本来都想好了的……"江朵朵说到这里，突然开始哽咽，紧接着大颗大颗的眼泪就顺着脸颊往下淌。

向好看得心都软了，握紧了江朵朵的手："没事的，不管你说不说，你妈妈她都知道，她对你的爱也是一直都不会变的。"

江朵朵抬手抹了把眼泪，抽噎着道："我只是……我只是觉得我妈妈挺不容易的，一个人带孩子，还得上班和做饭，我觉得她太辛苦了。"

向好听了心里很不是滋味儿。

虽然她明白吴咏梅不至于不爱江朵朵，但如果她足够爱，是不会对江朵朵冷漠的，不管出于什么原因。

归根结底，吴咏梅不够爱江朵朵。或者说，她心中的那个天平早就开始朝着自己的儿子倾斜。

尽管向好什么都明白，但此刻仍要装作什么都不知道，继续劝着江朵朵："没事的朵朵，你现在别想这么多，只管好好读书，把你的学习成绩搞上去。你成绩好，将来就能考到好的大学，找到好的工作。到那个时候，你就可以帮助你妈妈分担一些苦累，你觉得是不是？"

江朵朵这才点了点头，然后又问："那如果我好好画画呢？我把画画好了，以后也能找到好的工作啊，我也可以有谋生的本领。"

向好这才意识到，她刚刚跟江朵朵说的那番话，像极了曾经林越和向卫华跟她说的。

人总是会按照常规思维去劝导别人，但心里却又不断想要为自己争取更多的自由。

她想了想，才回答道："也对，但如果要靠画画谋生，就要把画画得很好才行。如果你有条件，可以争取考美院，这样将来才能有更多的机会。"

向好话音未落，江朵朵就立刻说道："好，我一定要努力，将来争取考美院！"

江朵朵说罢，脸上的泪痕虽然还未干，但一双眼睛却亮晶晶的，满是喜悦和期待。

看着江朵朵状态突然好转，向好的心情也瞬间好了起来。

或许，这就是梦想的力量！

……

江奶奶的眼睛恢复得很不错，当她双眼复明的那一刻，她激动地抓着主治医生的手："金教授，谢谢你啊。如果不是你，我这睁眼瞎都不知道要熬到什么时候呢。"

向好这才发现，原来江奶奶是会讲普通话的。虽然讲得不太好，但可以听得懂。

金教授笑着说道："不用谢我，要谢就谢党的政策好，让您重见光明！"

"对对对，是党的政策好，党的政策好！"江奶奶说话间，忍不住咧开嘴笑。

这是向好第一次见到江奶奶笑，笑得如此开心，连眼角的皱纹都舒展开了。

"还有，您还得谢谢这位蒋凯南先生，是他联系到了我们，然后又带您来治疗。"金教授说话间，伸手拍了拍蒋凯南的肩膀，"这前前后后，他可是花费了不少心思。他啊，也算是您老的恩人。"

蒋凯南被夸得有些不好意思了，笑着说道："恩人算不上。关键是有党的好政策支持，有金教授的精湛医术支持，我顶多也就算个中介。"

金教授听罢哈哈一笑："都一样，大家都是为人民服务，为弱势群体服务，应该的。"

……

在回去的路上，江奶奶看着向好，感叹道："这个向老师，我见了很多次，每次都是看到个黑蒙蒙的影子。现在我才能看清楚，长得还真是漂亮啊。"

"谢江奶奶夸奖。"向好说道，"我之前还以为您不会说普通话呢，原来您会说呀？"

"会一点点，说得不好。"江奶奶竟有些不好意思，"我没什么文化，小时候没上过学，也不懂什么普通话不普通话的。后来条件好一些了，看电视新闻联播，听多了就会一些了。"

"那您之前怎么从来不讲呢？"向好问。

江奶奶又一次笑了："梅园的人都讲家乡话，听习惯了，也说习惯了。现在到了阳城，大家都讲普通话，如果我不讲普通话，那不是像个怪物？"

"像怪物倒不至于，只是讲普通话更方便交流。"向好说罢，看向江朵朵，江朵朵的眼睛一直看着窗外，像是在思索着什么。

向好问道："朵朵，梅园小学好像很多学生也不讲普通话。"

江朵朵这才回过头来："嗯，大家都习惯讲家乡话了，有时候讲普通话还被人笑话呢。"

"怎么会这样？"向好忍不住皱起了眉头，"讲普通话还能被人笑话？"

"嗯，有些老师也不讲普通话啊。"

"噢……"向好没再说什么。

几个人回到梅园镇之后，安顿好了江奶奶，向好便回家了。

向好刚走到门口，便见到李增贤坐在门口洗菜，绿油油的菠菜在自来水的冲刷下透着水灵灵的新鲜劲儿。

"爸，我回来了。"向好主动跟李增贤打招呼。

李增贤回过头，问道："这次回阳城的家里，过得挺开心吧？"

"你怎么知道？"向好歪着头问。

李增贤笑了笑："我就看你这眼睛都笑得像月牙儿，就知道你心里高兴。"

"这菠菜不错，你自己种的啊？"向好说话间，便撸起袖子打算帮忙。

李增贤点头道："是自己种的。如果是在市场上买的菠菜，一棵棵的都长得老高，哪会像自己种的这样矮胖矮胖的，光是看着就知道很美味。"

"我这么久没回来，你就拿这个招待我？"向好故意逗着李增贤。

李增贤说道："我就知道你回去阳城少不了山珍海味的！现在回来，就换一换口味儿，尝尝农家小菠菜解解腻。"

李增贤说话间，向好竟见到李晓檬正在厨房里忙活着，于是问道："小檬又在做饭？"

"嗯，炖鸡汤，农家土鸡汤。"李增贤说道，"上次你不是觉得她炖的鸡汤味道好，所以今天又来了，也免得你老说我就拿这小菠菜来打发你。现在，满意了吗？"

向好被李增贤这样子给逗笑了："爸，你还真当真呢？我刚才不是跟你开玩笑的吗？"

李增贤"呵呵"笑了两声："我当然知道你是开玩笑的，我这不也是开玩笑的吗？"

向好这才放下心来，朝着厨房看的瞬间，脑子里突然想起宋嘉来，于是跟李增贤说道："爸，你猜我这次去阳城见到谁了？"

"谁啊？"

"你猜猜嘛。"

李增贤没有继续向好的话题，想了想后问道："我听说你们带着江奶奶去看她的白内障了，现在怎么样啊？"

"做了手术，很顺利，现在都能看见人了。"向好答道。

"这么快？"

"对啊，现在这医疗水平可比之前发达多了，别说你了，我都觉得好神奇。一个什么都看不见的人，没几天的时间就能重见光明，我估计现在江奶奶都觉得自己是在做梦一样。"向好感叹道。

"还真是了不得。"李增贤也跟着感叹，"我之前看江奶奶那样子，还以为她这辈子就这样了呢。毕竟她这眼睛也坏了这么多年了，没想到七八十岁的人了，现在说好就真的好了。你说这医学科技不断发展，最后能发展成什么样？"

向好打趣道："以后啊，估计人人都能长生不老。"

李增贤被她给逗笑了："你还真敢想！"

"长生不老是我的终极梦想。"向好继续半开玩笑半认真地说道，然后又问，"你刚才还没猜我这次去阳城见到谁了呢？"

"我猜不着，你就说吧，见着谁了？"李增贤说话间，将洗好的菠菜用菜篮子装了起来。

"宋嘉。"向好说话间，还朝着李晓檬的方向看了看。

李晓檬正背对着她，不知道听到没。

第四十一章　转变态度

李增贤一脸不屑："见到他有什么稀奇的？对了，你怎么见到他了？"

紧接着，向好将事情的来龙去脉说了一遍，然后补充道："其实我觉得宋嘉这个人还不错，能看出他是在用心经营那家饭店。"

李增贤仍旧是不屑地笑了笑："有些时候啊，不是一个人用心了就能把事情做成的。"

向好听得有些迷糊，于是问道："什么意思？"

李增贤解释道："有心，只是说明有做事的意愿。至于能不能做好，那得看这个人的能力和机遇。"

"你怎么就知道宋嘉一定没能力没机遇呢？"向好反问，"你总不能因为他曾经犯过错，因为他的某一个缺点把他整个人，把他的一生都给否定了吧？"

在她看来，李增贤是不看好宋嘉的，一开始不看好，就一辈子不看好。

李增贤沉思了片刻，继续说道："一个人底子没打好，基础不牢固，就算一时成功了，那以后栽跟头的可能性也很大。我倒不是对宋嘉这个人有什么偏见，我只是一直不喜欢投机取巧的人。宋嘉聪明是聪明，但始终是太浮躁了。"

李增贤说罢，就提着菜篮子到了厨房里。向好对着水龙头将手上的残碎菜叶冲洗干净，也跟着他进了厨房。

向好进厨房后，特地观察了一下李晓檬的神色。

但李晓檬的脸上没有任何特别的神色，只是机械又熟练地忙活着。

向好本想着过去帮个忙的，但刚走几步，就被李增贤叫住了："你跟我来。"

向好诧异，但也跟着李增贤走。

到了客厅之后，李增贤从柜子里拿出了几包点心和一小箱营养品："这个你送给江奶奶，她做了手术，也算是我的一点小心意。"

向好愣了愣："现在送过去？"

"对，就现在送过去，送完了正好回来吃饭。"李增贤吩咐道，"在梅园镇有个习俗，亲戚做了手术，就得去看看。"

向好不禁诧异："爸，咱们家和江奶奶还是亲戚呢？你之前怎么没说过？"

李增贤笑了笑："大家都在一个镇子上，如果硬要攀亲戚，个个都能攀得上。如果不想来往的，再近的血缘都会慢慢疏远。我们和江奶奶没有血缘关系，但也是熟人，是邻居。我就寻思着江奶奶这次做完手术，不一定有人去探望，所以就让你代我去探望，让她老人家知道这梅园镇是有人惦记着她的。"

李增贤说罢，已经将准备好的礼品装进了一个红色的袋子里。

向好听罢，这才明白李增贤的意思，于是提着袋子就朝着江奶奶家走去。

当向好到江奶奶家的时候，江朵朵不在家。

向好走到窗户前，朝着里面看，正想叫一声江奶奶，却见到她正目光呆滞地看着有些发灰的墙壁，不知道在想些什么，但有种莫名的凄凉感。

向好本以为江奶奶做完这次手术，除了开心还是开心的。

但目前看来，也并非如此。

她的眼睛的确是比之前要明亮许多，但眼中的落寞也比之前明显了许多。

联系刚才李增贤的那一番话，向好也就什么都明白了。

她轻轻叫了一声："江奶奶……"

江奶奶缓缓转过头，看到是向好，很快就笑了起来："是向老师啊？"

"对，是我。"向好说罢，便迈开步子朝着里面走去。

向好刚走到门口处，江奶奶就说道："朵朵刚才出去了，说是去街上买水煎包……"

她话还没说完，便见到向好手里提着的袋子，缓缓从竹椅上坐起了身："向老师，你来怎么还带这么多东西？"

向好双手将礼品送到了江奶奶的面前："我爸说江奶奶您刚做完手术，需要进补，就让我把这些东西送来……"

向好话还没说完，江奶奶就一副受宠若惊的样子："哎呀，李校长怎么这么客气？惦记着我这个老婆子就行了，怎么还送礼来？还送了这么多？我怎么好意思收呢？"

向好连忙解释道："江奶奶，又不是什么贵重的东西，您就别客气了。我爸说了，这是他的一点儿小心意，您可一定要收下。要不然，我都不知道回去后怎么跟他交代。"

"哎呀，客气了客气了，替我谢谢李校长啊。"江奶奶说话间，眼中的落寞散去了大半。

……

向好再次回到梅园小学的时候，房磊一见她便问道："听说江奶奶的眼睛治好了，真的吗？"

"这还能有假？"向好笑着问道，"您都听谁说的？"

"听李校长说的，我开始还以为他开玩笑呢，毕竟都这么大年纪了，还会去治？"房磊说道，"后来我才知道，是你和蒋先生带她去的。"

"是蒋凯南带她去的，这中间的各种手续也都是他帮忙办理的，我也就打个下手。"向好解释道。

"嗨，早晚都是一家人，谁的功劳都是你们的功劳。"房磊打趣道，说话时一双眼睛不动声色地观察向好的反应。

向好立刻收住了笑："房校长，这个玩笑可不能乱开啊。我和他只是校友，没别的关系。"

房磊笑了笑，没再继续说什么，转过身朝着办公室的方向走去。

向好突然想起了什么，随口说道："现在江奶奶眼睛好了，人也精神多了。我前几天才发现，她竟然会说普通话。"

"真的？"房磊似乎也不太相信。

"对啊。"向好跟上了房磊的步伐，"当时我也觉得意外，后来听她说是因为经常看《新闻联播》，跟着《新闻联播》学的，我想想觉得也正常。《新闻联播》的播音员个个字正腔圆，听多了多少会有些影响。"

"原来是这样。"房磊顿了一下，"我还以为她自己有意识地学的呢。"

向好想了想，又问："房校长，咱们学校有没有推广普通话？"

"有。"房磊说话间，已经推开了办公室的门，一边往里走一边说道，"只是推广是推广了，效果一般。一个地方也有一个地方的语言习惯和文化习惯，家里人都讲方言，突然冒出来一个讲普通话的倒像个异类。"

"确实是这样。"向好说话间，脚已经跟着房磊进了办公室，"但是上课的时候可以讲普通话啊，要不然到时候这里的孩子连普通话都不会讲，这不是个好现象。"

房磊想了想，很快便点头道："这个问题我倒是可以在会议上强调一下，给老师们提个醒。推广普通话是有必要的，只是很多老师意识不到位，执行也不到位。"

"但是……"向好犹豫了一下，继续说道，"我发现咱们学校很多老师也不会讲普通话。"

房磊有些无奈地笑了笑："没办法，有些老师年纪大了，让他们突然把口音改过来，突然换个方式说话，他们这辈子估计都做不到。"

房磊说得有一定道理，但向好却觉得，这一切都和年龄无关，纯属意识不到位，或者没端正态度。如果将用普通话讲课纳入考核，和工资收入挂钩，相信不管年纪多大的老师，都会想方设法攻克这一难关。

向好很想趁机提一下关于优化考核的事，但话刚到嘴边，又想到李增贤的教诲，又咽了下去。

然而，就在下一秒，房磊竟突然主动问了一句："向好，你最近怎么没有再提考核方案的事了？"

向好一惊，有种自己此刻的心思被房磊看透的错觉。

"忘了？"房磊见向好愣着不说话，又问了一句。

向好不知道房磊出于什么目的才突然这么问，迅速地思索了一下，才问道："房校长，您怎么突然问起这个？"

房磊笑了笑："没事，我只是好奇。你前阵子一直在追这个事，后来突然不追了，我就有些纳闷儿了，随口一问，你别往心里去。"

"噢……"向好没往心里去，既然现在房磊都主动提了，她就此错过这个话题就不太合适了，于是问道，"房校长，其实我也挺好奇的。您是校长，对那份考核方案什么意见，我倒是很想知道。一来，我可以通过这件事了解房校长您的教育管理思路，以后可以更好地配合您做好相关工作。二来，我仍然觉得尝试改良考核方案，对学校的教学管理工作是有促进作用的。"

向好话音未落，房磊就说道："所以，我最近也在考虑这件事。"

向好突然一愣，没想到房磊这么快就动摇了。

房磊继续说道："其实这个问题后来我认真地想过，你的那份考核方案我也看了。我觉得，找个合适的时间试行，看看效果，也未尝不可。"

面对房磊的突然转变，向好有点喜出望外。

曾经，她为了说服房磊看那份考核方案都大费周章。没想到，现在她什么都不再说了，房磊竟主动提出愿意试行该方案。

"谢谢您，房校长。"此刻，向好除了感谢，已经不知道该说些什么了。

"这有什么好谢的，这本来就是我工作的一部分。"

向好刚准备起身离开，转头间突然见到秦薇从窗外经过，头上扎着个醒目的黄色蝴蝶结，穿着破洞牛仔裤，和一群女生一边说一边笑，像个孩子王。

向好不由得收住了脚步。

第四十二章　被带歪的孩子王

房磊看出了向好神情中的异样，不由问道："怎么了？看到什么了？"

房磊说话间，也站了起来，朝着向好目光所向的方向看去，当他看到秦薇的时候，不由得摇了摇头："这个秦薇学习成绩不好，整天还闹出各种事。我多次强调上学期间穿校服，她硬是不听。这个秦薇啊，还真是让人头疼！"

房磊话音未落，向好便转过身来："房校长，有件事我一直想跟您汇报。"

房磊微微一怔，随即问道："什么事？"

向好顿了顿："房校长，您知道的，我一直和江朵朵来往比较多。江朵朵的家庭情况我相信您也了解，她父亲不在了，母亲不在身边。也正是因为这样，她经常被人欺负。我前不久晚上就遇到她被几个女生欺负，把她给弄得一身伤……"

向好说到这里，感觉到心都疼了。

房磊更是眉头紧皱，脸色凝重，目光一瞬不瞬地看着向好："是谁？都有哪些人？"

向好随即便说出了那几个女生的名字，然后说道："房校长，我知道类似的事件，很多学校都有，尤其是家长不在身边，或者缺乏管教的学生，更容易惹是生非。学校是教书育人的地方，不但要教会他们知识，开阔他们的视野，更应该教会他们怎么做人。要不然，这些孩子长大成人，走上社会，总会受到教训。如果到了那个时候，他们或许会想起梅园小学，他们人生中的第一所学校。"

向好一番话说完，房磊沉默了许久，然后不断点头："我知道，我知道……这件事，一定要严厉处理。"

向好想了想，又说道："房校长，我突然想到一个问题。"

"什么问题，你直接说。"

向好一边思索着一边说道："我觉得这些孩子确实应该处理，但能不能……不要太严厉？"

向好话音未落，房磊便问道："你心软了？对于这么恶劣的行为，就应该严厉处理，要不然她们记不住，下次又犯！"

向好摇了摇头："我倒不是心软，我是亲眼目睹了那一幕，那个时候我甚至觉得这些孩子怎么严肃处理都不为过。我现在只是担心，担心她们被处理之后会反过来报复江朵朵。她们说大不大，说小不小，越是这个年龄段的孩子，越是容易闹出我们意想不到又不可控制的事情来。"

房磊听了向好的话，犹豫了一会儿后，说道："我知道了，我再认真想想，再认真想想。"

向好从房磊办公室走出来之后，忍不住想：为什么房磊对她的态度突然改变？包括她曾经提出的问题，他都开始考虑了。曾经，他是多么不赞同她重新修订教师考核方案，她是非常清楚的。但是现在，好像突然间什么都变了。

……

对于江朵朵被欺负这件事，房磊并没有考虑太久，三天之后，向好便看到了相关处罚决定。

对以秦薇为首的几个闹事学生进行通报批评，并罚她们打扫教室卫生一周。

这个处理并不算重，但也能起到相关效果。

然而，没想到的是，通报刚出不久，秦莉便气冲冲地找到了向好，当面质问："那个通报，是你让房磊出的？"

秦莉对房磊直呼其名的方式，让向好有些吃惊。

但她还是很镇定地说道："秦老师，对于这样的事情，房校长怎么处理他心中早就有数，还用得着我来给什么意见或建议吗？"

秦莉冷笑了一声："是你背后告的状吧？"

向好淡淡地笑了笑："我背着谁告状？那几个闹事的学生吗？"

秦莉冷不丁地被噎了一下："向好，你……"

"这件事这么恶劣，本就应该处理，不是吗？"向好反问，"而且，现在的处罚已经非常非常轻了，为的就是保全这几个孩子的面子，免得她们受了刺激今后再惹是生非、寻衅滋事。"

秦莉朝着向好跟前迈进了一步，突然压低了声音问道："向好，你是故意的对吧？"

向好听得不太明白，皱着眉头问："秦老师，什么故意的？"

　　秦莉没好气地笑了笑："你本来就看不惯我，然后就故意把气撒到秦薇头上，是不是？"

　　向好一听，顿觉无厘头："秦老师，我就算看不惯你，也没必要把气撒学生头上啊？你和秦薇……"

　　直到再一次说到秦薇的名字，向好才突然意识到什么："秦老师，请问秦薇……她和您是什么关系？"

　　"呵，还在装傻呢？"秦莉问。

　　向好愣了愣："还真是亲戚？"

　　也难怪，性格有点儿相似。

　　"不瞒你说，秦薇是我侄女儿，亲侄女儿！"秦莉说道，"我们秦家就这么一个孩子，虽然是个女孩儿，但一家子都宝贝得不得了，从不敢让她受半点儿委屈。现在倒好，对她通报批评，还罚她打扫卫生，她的手都磨出血泡了。你知不知道我妈多心疼多难过？昨天晚上一夜没睡着，一想到秦薇手上的血泡就气得直哭……"

　　秦莉说着说着，还真开始掉眼泪了。

　　此刻，向好只觉得她的三观被秦莉那掉下来的眼泪给砸碎了。

　　如果说秦莉刚才那番话只是为了找她"报仇"而说的气话，她倒没这么震惊。可偏偏，秦莉并不是。她是真的伤心了，真的认为处理秦薇是不对的！

　　向好咽了一口口水，问了一句："秦老师，您是真不觉得秦薇有错？"

　　秦莉又抹了一把眼泪："有错当然有错，这么大的孩子哪个不犯错？哪个身上没点儿坏毛病？私底下找来引导引导也就算了，非要摆到台面上伤害她们自尊吗？非要罚她们搞体力劳动吗？向老师，你之前说我让迟到孩子罚跪不对，那现在你这样罚孩子就对了？你这是什么来着？只许州官放火，不许百姓点灯！"

　　向好听着秦莉的话，着实觉得有些可笑。

　　但她还是捋了捋思路，心平气和地说道："秦老师，你让迟到孩子罚跪，和咱们学校出这个通报能是一回事吗？还有，学生迟到和故意欺负同学能相提并论吗？而且情节严重，并且已经不是第一次了，您是真的觉得这样处理严重了？"

　　秦莉一向擅长"讲道理"，她听了向好的反驳，突然擦了一把眼泪：

"不管是不是一回事，也不管能不能相提并论，对孩子造成的伤害都是一样的，明白吗？你现在对我家秦薇造成伤害了，这种伤害是一辈子的！"

向好发现，秦莉不但擅长"讲道理"，还擅长先发制人。

面对这样的秦莉，向好感觉有些无奈，但还是忍不住将心里想说的话说出来："我知道你们家很疼爱秦薇，但是您是老师，年纪也比我大，教育经验也比我足，我相信，在很多问题上，您的看法是比我更全面更通透的。"

秦莉听到这里，没有再反驳，但一双眼睛仍旧紧盯着向好，好像仍旧认为向好不过是为了说服她强词夺理。

向好继续说道："现在，秦薇犯了错是事实，而且是故意为之。既然有错，就应当接受相应的批评或者惩罚。我们之所以这么做，并不是为了让她难堪，让她受伤，而是在帮助她，引导她，让她知错就改，让她明白有些恶不可以轻易触碰。现在秦薇是在梅园镇，是在这么一个小地方，她的身边都是爱她的人，保护她，纵容她。那么等她长大以后，是要走上社会的，要去站到更高更远的地方的，曾经的亲人长辈是不可能一直站在她身边保护她的。如果那个时候她再犯错，是要接受惩罚的，更疼更重的惩罚。如果我们现在不分对错一味地去维护她，到了那个时候，她会不会回过头来痛恨我们呢？"

"你……"秦莉似乎找不到合适的理由来反驳向好，但仍旧继续质问道，"你这是在教训我？"

"不存在教训，我只是说出自己想要说的话。如果秦老师觉得对可以听一听，如果觉得不对，可以纠正我，或者直接忘掉。虽然说一个人的人生观、价值观不是恒定不变的，是一个不断被塑造不断被改变的动态过程，也谈不上某种人生观价值观是绝对正确的，但如果在这个过程中没有出现相对正面的指引，那么一切偏离轨迹的可能性就会大大增加。"向好说罢，停顿了片刻。

见秦莉一直没有想要纠正她的意思，她笑了笑打算离开。

谁知，她刚刚迈开步子，秦莉又开口了："向好，你别总是因为和江朵朵关系好就偏袒她。我跟你说，她这么小的年纪就开始谈恋爱，是很可怕的事。你不但不制止，还帮着她说话，你觉得这是一个当老师的该做的事吗？"

向好不由得怔了怔，随即转过头："秦老师，江朵朵还小，这种事可不能乱说。"

向好话音未落，秦莉便反问道："你怎么知道我乱说？"

"秦老师，讲话要有证据。"向好说道。

秦莉轻笑了一声："如果没证据我敢说出来？他们两个每天晚上轧马路，明目张胆地十指紧扣，你不觉得过分吗？这不是早恋是什么？这还是在大家伙儿都看着的时候，如果看不见的时候，还不知道他们两个做出什么事来！"

秦莉说罢，脸上露出鄙夷之色。

向好本想继续和她理论几句的，但想了想，还是算了。

在她看来，这个话题，有些无聊。

向好走出去之后，觉得心情有些压抑。

在她看来，秦莉作为老师，也算是知识分子，对一些道理也算是通透的。

但现在发现，她好像一直都在强词夺理，为了"赢"不惜将事实或道理歪曲。

这样的老师，在带学生的过程中，会不会也将学生带歪呢？

第四十三章　田园生活

向好正思索着，突然听到有人叫她："向老师……"

向好转过头，便见到一个熟悉的少年站在不远处，穿着一身蓝色的校服，干净整洁。

向好想了好久，才想起他的名字："梁宇飞？"

"是我，我是梁宇飞。"梁宇飞有些腼腆地笑了一下，然后朝着向好身边走来。

"你找我有事吗？"向好问。

梁宇飞稍稍犹豫了一下，才说道："向老师，我看到那个通报了。"

"哪个通报？"向好刚问完，又突然想到了什么，"噢，是关于处罚秦薇的那个吗？"

向好说罢，心中不免有些蹊跷：这件事和梁宇飞有什么关系？他来找我做什么？

"是的。"梁宇飞点了一下头，"我听说向老师也因为这件事被那些女生攻击，所以才想到要来跟您说一声对不起。如果不是因为我，江朵朵也不会被欺负。如果江朵朵不被欺负，也不会连累向老师。所以，真的很对不起。"

梁宇飞说话间，脸上带着满满的愧疚。

梁宇飞突如其来的致歉，让向好颇感意外。

她笑了笑，说道："梁宇飞，这件事和你没关系，你不必自责。我知道你和江朵朵在一起，只不过是在帮她补习功课。"

梁宇飞依旧红着脸："但是我没想到会惹上这样的事。"

向好想了想，说道："没有错就不必自责和道歉，不要让自己有任何思想包袱和心理负担。就好比，一个人走在路上突然被小偷偷走了东西，那个人错在哪儿呢？有些错误和损失，是纯粹由外力造成的，我们只能防范。"

"可我该怎么防范呢？"梁宇飞突然抬起头问。

这一问，还真把向好给问住了。

难道她要告诉梁宇飞，以后不要和江朵朵来往了？这显然不合适，也不是解决问题的办法。

向好想了想，说道："现在那几个女生已经受到了应有的惩罚，以后总会知道收敛的吧？所以不用担心什么，你该帮朵朵补课还是帮她补课。只是……"

向好说到这里，突然停了下来，不知道是否应该继续说下去。

梁宇飞一瞬不瞬地看着她，问道："向老师，只是什么？"

向好仍旧有些犹豫，虽然她坚信梁宇飞和江朵朵不像秦莉刚刚所说的那样，但不可否认，秦莉的一些话已经对她产生了影响。

向好在脑海里迅速地组织了一下语言，才缓缓开口道："梁宇飞，你的成绩很好，而且人也很精神，可能会有不少女生喜欢你……"

在向好说话时，梁宇飞一直看着她的眼睛，眼中有好奇，也有意外，以至于向好接下来的话说得有些艰难："但是……你还很小，现在这个阶段只能想着学习，可千万不能动别的心思。十二三岁的年纪，其实还不太懂事，对很多事会有好奇之心，但终究是不够了解啊。万一走错一步，就可能导致严重的后果。"

向好说罢，感觉自己的脸都开始发烫了，她自己都在心里问自己：这严重的后果到底是什么样的后果。

好在梁宇飞反应快，他听罢，立刻表态："向老师您放心，我和江朵朵就是同学关系，我们没有早恋。"

"噢……"向好这才突然松了一口气，"那就好那就好。宇飞，其实我知道你和朵朵没谈恋爱，我刚才之所以这么说，只是提醒一下，你可千万别误会哈。"

"我不误会。"梁宇飞说道，"我就是想帮她补习功课，她就像我妹妹一样。"

"噢，那就好。"向好开始有点儿后悔自己刚刚说了那番话了。

梁宇飞笑了："向老师，如果没别的事，我先回班里了。"

"好，你先回吧。"

……

今天向好心情不太好，处理好手头工作就下班了。

为了散散心，特地绕到梅园镇外的村庄散步，也就是传说中的梅园村。

向好到了梅园镇这么久，还是第一次到这个小村庄。

此刻正值黄昏，夕阳的余晖在起起伏伏的群山之间显得格外柔美温和。

乍一看，像是为这山峦镀上了一层细碎的金色。

而在村庄的东边，糕点加工厂正在投入建设，虽然已近黄昏，但工人们仍在马不停蹄地辛勤劳作。

在糕点加工厂的不远处有一些村民正在菜地里忙活着，向好虽然每天吃着新鲜的蔬菜，却从未近距离地接触过菜园子，于是便朝着那边走去。

就在她刚要走到一块菜园子时，突然听到有人叫她的名字："向好——是向好吗？"

向好顺着声音望去，便见到一个穿着一套灰色运动服的老人，头戴一顶棒球帽，正站在那儿打量着她……

向好看了好半天，才终于认出来，那个老人是黄帧。

向好连忙跑了过去，看到黄帧脸上还沾着泥巴，顿时忍不住笑："黄老师，您这是在种菜呢，还是在打球呢，怎么下地还穿得跟个运动员似的？弄不明白的，还以为您要去打棒球呢？"

黄帧站直了腰身，笑着回应："你这么说也没错。我现在年纪大了，下地种种菜就跟年轻人去球场打球一样，都能锻炼身体。"

"还真看不出来，您还会种菜呢？"向好说话间，人已经进了黄帧的菜园子。

进去之后才发现，黄帧将自己的菜园子打理得很美，外围用竹子围成一个小栅栏，栅栏上缠绕着喇叭花藤子，紫色的喇叭花稀稀疏疏地盛开了几朵，为这宁静的菜园子平添几分生机和诗意。

向好看着看着，不禁感叹道："会画画的人果然不一样，菜园子都能给打扮得如此有诗情画意。"

黄帧一边看着被自己打理得像模像样的菜园子，一边说道："对我来说，种菜也是一种行为艺术。我看这些小葱小蒜小青菜从一棵棵小苗慢慢长高长大，又变成我餐桌上的一道道菜，我觉得这比画画还有意思呢。我这辈子都在教书育人，一直没机会下地种菜，享受田园生活。现在年纪大了，倒是可以趁着这个机会体验体验。"

不知为什么，虽然黄帧看上去很欣慰，但向好仍旧从他眼神中看出了些许落寞。

于是向好随口便问了一句："黄老师，您现在还画画吗？"

"画呀，当然画。"黄帧说道，"老伴儿走了，现在就我一个人住这儿，我不画画干啥呢，是吧？"

向好正想继续问点儿什么，黄帧又接着说道："只是啊，在这个地方没有多少人懂画儿。我画了也只能自己看，俗称'孤芳自赏'，哈哈……"

正是因为看出来黄帧的自嘲和失落，于是向好佯装不经意地劝道："自己的画自己看懂就好了，至于别人，能欣赏就够了。只要是和美有关的，无论谁看了都会觉得赏心悦目的。"

"这倒是。"黄帧说话间弯腰提起了菜篮子，"向好，今天在我家吃饭吧，我都摘了这么多菜呢。"

向好想了想："也好，我正好有个展示厨艺的机会。"

黄帧的家不大，但装饰得很美，院子里种了很多叫不上名字的花花草草，虽不惊艳，但别有一番美感和韵味。

而黄帧的客厅，更像是一个小型的画展中心，墙壁上挂着他最近画的各种画，大大小小，内容各异，每一幅都独具美感。

"黄老师，这是您的客厅啊？"向好忍不住笑了，"为什么我感觉像是进了画展中心？"

黄帧有些不太好意思地笑了："都是信手涂鸦，涂完了又没地方放，只能挂这儿了。"

"今晚我们就在这儿吃饭吗？"向好问。

黄帧点了点头："我每天都在这儿吃饭。如果你觉得碍眼，我就先把这些画给拿下来。"

黄帧话音未落，向好就连忙说道："那可不行！这么好的画挂在这儿，吃饭才能有滋味儿，有美感。"

黄帧笑得眼睛眯成一条线："吃个饭还要什么美感？"

"当然要。寻常人家吃饭不要美感就罢了。可现在是在画家家里，美感应该放在第一位。"

"哈哈哈……"黄帧被向好逗得哈哈大笑，"这小丫头，你小时候我只觉得你画画得好，却不知道你竟这么贫嘴！"

……

向好和黄帧一起做饭的时候，回忆了小学时的事情。

在你一言我一语中，向好感觉自己像是瞬间回到了小时候。

小时候，她特别希望长大，以为长大了什么都好，会成为自己理想中的样子。

然而，随着年纪渐渐增长才发现，人生中最美好最纯真的时期，就是小时候。

人总是这样，走着走着，总会想要回到那个再也回不去的曾经。不管时间过了多久，曾经的快乐，曾经的懵懂，曾经的不可一世，永远都印在脑海里，永远都是那么生动鲜活。

从黄帧家离开之后，向好便回家。

那时天已经黑了，由于没有路灯，向好觉得有些害怕。就连手里的手电筒发出的光，都透着几分诡异的感觉。

她加快了步伐，好不容易走到镇子上。

直到和那些小店的距离越来越近，看到店里的灯光，一颗心才稍稍平静下来。

就在她走到镇子东边的时候，突然在超市前看到一个熟悉的身影。

是江朵朵。

江朵朵和梁宇飞在一起，两个人并肩坐在超市的一张小桌子上看书。

本来两个学生坐在一起读书写字，是最寻常不过的事。

但，向好仍旧看出了一些不寻常的端倪来。

这不寻常体现在江朵朵看梁宇飞的眼神上，就在梁宇飞低头看书的时候，江朵朵会偷偷侧过脸盯着梁宇飞看，眼睛一眨也不眨的……

第四十四章　优化方案

向好也经历过这样的阶段，江朵朵眼神中隐藏的秘密她一看就能明白。

向好并没去打扰他们，而是径直回到了家。

刚走到家门口，便见到李增贤坐在门口处抽烟，一见到向好就问道："今天怎么想着去黄老师家吃饭？"

向好答道："我也只是路上见到他，很偶然的。"

"这样啊。"李增贤顿了顿，说道，"他虽然从城里回到了乡下，本来是想过清闲宁静的日子的，但这日子太清静了，又会觉得孤独寂寞。加上他的儿女都离得远，老伴儿也走了，他一个人就更加……"

李增贤说到这里，没再继续说下去。

向好突然想到了什么，犹豫了片刻便开口问道："爸，你觉得让黄老师去梅园小学如何？"

李增贤突然一惊："去梅园小学？去那儿做什么？"

向好紧接着便说出了自己的想法："当然是去教书啊，教美术。据我了解，现在梅园小学并没有专业的美术老师，如果黄老师去了，正好可以弥补这个缺憾。而且，对黄老师来说，也找到了用武之地，一举两得啊。"

李增贤显然没想到向好竟会突然提起这个，他几乎是本能地摇了摇头："这个不太合适，黄老师年纪大了，再去教学不合适。再说了，他自己也未必就愿意去，忙活了大半辈子，退休了，就应该享享清闲。"

李增贤话音未落，向好便说道："爸，你刚才不是说清闲久了，就难免孤独寂寞吗？我看黄老师现在就孤独寂寞得很，就需要找点儿事来做，调和调和。"

李增贤想了想，说道："他年纪还是太大了。"

"他虽然年纪大，但身体还很好，脑子也很活跃。"向好说道，"而且我感觉啊，人不能老闲着，日子久就闲出毛病来了。"

李增贤沉默了一会儿，才说道："这件事，我好好想想。"

"好吧。"向好说罢，便迈开步子打算朝着屋子里走。

她没走几步，就被李增贤给叫住了："向好儿……"

向好站定回头："爸，怎么了？"

李增贤轻咳了一声，说道："这件事你可先别跟房校长提，等我再琢磨琢磨。等琢磨好了，我跟他提去。"

向好虽不明白李增贤这么做的原因，但还是点了点头："好。"

……

向好进屋之后，见李晓檬房间已经关了灯。

本以为李晓檬已经睡了，于是轻手轻脚地朝着自己的卧室走去。

就在她正要推开卧室门的时候，突然听到李晓檬的房间传来压抑的抽噎声。

起初，她还以为自己听错了。停下脚步仔细听，才确定李晓檬是真的在哭……

向好收住了脚步，转过身走到李晓檬的房门边，伸手敲了敲门。

就在敲门声响起的时候，李晓檬的抽噎声戛然而止，明显带着几分警惕。

向好更纳闷儿了，心想着李增贤是不是又和李晓檬闹别扭了，导致李晓檬受了委屈，一个人躲在房间偷偷哭鼻子抹眼泪。

接下来，李晓檬的房间一直很安静，像是在刻意逃避着什么。

向好又敲了一下门，轻声问了一句："小檬，你在吗？"

李晓檬没有应声。

向好又停留了一阵，然后转过头朝着自己的房间走去。

虽然心中颇多疑问，但还是决定不再打扰。

……

一周后，《梅园小学教师职工考核方案》正式发文，当向好看到那份熟悉的方案时，不由得一怔。

她一直心心念念努力去完成的事，就在她突然放弃跟进的时候落定了。

就在她刚想要去找房磊了解相关情况的时候，房磊已经来到了她的办公室。

她还没开口，房磊就问道："那个考核方案你看了吗？"

向好愣了愣："还没来得及看……"

"有几条你提得挺好的，比如把课时量、课堂纪律都纳入考核。"房磊说话间，便坐了下来，"还有，教师和学生家长的沟通这一点，你也提得很好。"

"谢谢房校长。"

房磊笑了笑，继续说道："不过，有些地方我又做了调整。"

"噢，我刚刚还没来得及细看，不过我相信房校长一定是将原有的方案优化得更完美。"向好说道。

房磊笑着点了点头："更完美说不上，但更适合梅园小学的实际情况。"

向好顿了顿，终于问出了她一直都想问的那句话："房校长，其实我最近一直有个问题想请教您。记得在我刚来的时候，您并不是那么看好我。当然，这里面的原因我自己也清楚。现在，怎么突然转变了对我的看法了呢？"

这个问题，向好问得比较直接。

没想到的是，房磊只是会心一笑，随即便说出了其中的缘由："既然你都问了，那我也就直接回答你吧。平心而论，你刚来的时候，我确实不太看好你。一方面是曾经看到一些支教老师在乡镇小学支教并没有做出任何贡献，以为你也会步他们的后尘。另一方面是觉得你刚一来，什么贡献都没有，就开始指手画脚的。这些，确实导致我对你有一些不太好的看法。"

向好并不会因为房磊的这些话而生气，相反，房磊的坦诚，令她很满意。

房磊继续说道："你和我说话直接，我就也跟你说话直接。但是后来我一想，觉得你最初一来就指手画脚也未必不对。你是一个很有思想的人，对很多事有独到的见解，看清了方向就会认真去钻研，而且会积极地去沟通，想要尽快解决。这本身就是很积极的状态，只是我开始误解了而已。"

"原来是这样。"向好语气平静，但心里很开心。

无论被接受还是被理解，都是一件值得庆幸的事。

她顿了顿，问道："房校长，你是突然就加深了对我的了解？"

房磊怔了怔，随即蹙起了眉头："也是，也不是。实话说吧，主要是江朵朵和江奶奶的事对我触动很大。你是城里来的，一开始我觉得你整天打扮得漂漂亮亮的，可能会比较傲娇，不会对乡下的孩子上心。但后来看你和江朵朵两个人走得那么近，还主动帮助她，就改变了对你的看法。后来，你又带着江奶奶去做了白内障手术，我就对你更加刮目相看了……"

向好听到这里，连忙纠正道："房校长，江奶奶的白内障手术可不是我促成的，是蒋凯南。"

房磊笑了笑，继续说道："我当然知道是他。但这个牵线人是你，所以你也有功劳。而且在江奶奶做手术的过程中，你也有照顾，这很难得。"

"所以，你就改变了对我的看法了？"向好问。

房磊点了点头："对，确实是这样。"

向好听罢，觉得有些无厘头，她没想到一个人对另一个人看法的改变竟不是通过工作本身，而是通过一些细枝末节的观察。

但仔细一想，却又觉得不无道理。

大家萍水相逢，谁也不可能真的去探索对方的内心世界。就算真的探索了，也不可能真的读懂对方。所以，就是通过一些具体的事来做初步的判断。

但无论是房磊改变了对她的看法，还是将修订后的教师考核方案发文，向好都是非常欣慰的。

与此同时，她也对梅园小学今后的发展有了更大的信心。

第四十五章　旧疾复发

李晓檬突然离开家了，当向好得知这个消息的时候，她人已经不知去向。

李增贤为此急得快发疯了，但无论他怎么拨打电话，李晓檬都没有接听。

向好自然担心，但更多的是觉得蹊跷。

她本想将最近李晓檬躲在家里偷偷哭的事情跟李增贤说的，但又怕他想多，只得佯装平静地劝道："爸，小檬或许又想出去找工作了，她一直闷在家里也不行，毕竟这么大的人了。而且，她只有走出去，才能接触到更广阔的世界，才能接触到更多的人。"

李增贤摇了摇头："她一声不吭地走了，肯定有事瞒着我。现在还不接电话，指定是没啥好事！"

对于李增贤的猜测，向好是赞同的。但还是劝道："那也不一定，事情没有定论之前，不要擅自妄下结论嘛。"

李增贤仍旧愁眉不展，想了想就突然说道："不行！我得去找她去……"

"你去哪儿找呢？"向好有些担心了。

李增贤的脾气她了解，李晓檬的脾气她也了解。虽然他们是关系最亲的父女，但两个都倔强得要命。万一他们因为什么事闹起来了，神仙都救不了。

考虑到这些，向好便说道："这样吧，我去找小檬。"

"你去哪儿找？"李增贤有些担忧。

向好想了想，说道："小檬这次出去，要么是去我妈妈那儿，要么就是……去找宋嘉了。如果去我妈妈那里，我找起来很方便。如果她是去宋嘉那里，我找起来也比你要容易得多。再说了，你现在身体也不太好，始终是不方便。"

向好紧接着将她上次在富兴酒店见到宋嘉的事跟李增贤说了一遍，并且让李增贤放心。

向好说罢，简单地收拾了一些行李，就出发了。

她先是回到了家里，林越开门一见是她，不免有些意外，愣了好半天才忍不住笑了起来："你怎么又回来了？是不是又馋嘴了，想吃爸妈做的饭菜？"

"你还真聪明，我藏得这么深都能被你发现。"向好一边说着，眼睛一边朝着客厅里看，但却一直没有看到李晓檬的影子，于是问道，"妈，最近小檬联系你没？"

"没啊。"林越问道,"怎么了?"

向好连忙摇了摇头:"没事,我就随口一问。她上次不是回来过吗,我以为她闲下来的时候会回来住上一段时间呢。"

林越一听,很快就皱起了眉头:"她不在梅园镇的家里吗?"

向好愣了一下,这才发现自己刚才问话之前没考虑妥当,连忙改了口:"她今天说要到阳城逛街,我以为她会顺便回来吃个饭的。"

"噢,这样。"林越像是突然松了一口气,"要不你打个电话问问她?我打也行,我叫她……"

"别,我来打。"向好了解李晓檬,既然她突然离家出走,这会儿是肯定不可能接林越的电话的,为了不让林越疑心,向好一边慢悠悠地换着拖鞋,一边佯装轻松地说道,"我和她比较熟悉。"

林越被向好的话给逗乐了:"你跟她熟,我就跟她不熟了?你可别忘了,她也是我的亲女儿。"

"我最近不是一直跟她住一起嘛!"向好说罢,便拿起手机朝着卧室走去。

进了卧室之后悄悄关上门,开始拨打李晓檬的电话。但电话响了好几声,李晓檬一直没接。

这些,虽然都在向好的意料之中,但她仍然有些担忧:李晓檬到底去了哪儿?现在和谁在一起?她遇上什么事情了?如果仅仅是想逃避李增贤的管教倒也好,最怕她是遇到什么事了!

过了几分钟之后,向好又用家里的座机拨打了李晓檬的电话。

电话响了几声之后,仍旧没人接听。

就在向好打算放下电话的时候,电话突然接通了。

"喂……"是李晓檬的声音,"谁啊?"

向好明白,李晓檬之所以接听这个电话,是因为并不知道打电话的是谁。

但向好此刻也顾不上多想,连忙问道:"小檬,你现在在哪儿呢?我和咱爸都在找你……"

向好话还没说完,电话就突然挂断了。

向好再打过去,已经没人接听了。

就在向好左右为难的时候,林越突然问道:"向好,今天中午想吃什么?"

"都行，你做什么都好吃。"向好敷衍道。

"那小檬呢，她回不回？"林越紧接着又问。

"她正在试衣服，而且是和闺密一起来的。我刚问了，她中午不回。"向好说罢，都有点儿佩服自己的应变能力了。

林越也没多想，"哦"了一声就去了厨房。

中午吃过饭之后，向好就出去了，打算去富兴酒店找宋嘉。

然而，当她到了富兴酒店，才发现富兴酒店不但关了门，连牌子都被摘了。

她不禁纳闷儿，前阵子还经营得红红火火的，这才没多久的时间，怎么突然就关停了？

她找到富兴酒店隔壁的一个士多店阿叔一问，才明白其中的缘由。

阿叔告诉向好："听说这饭店老板欠了钱，跑了。他跑的时候谁都没说，说是出去帮忙买点儿东西就回来。结果这里的员工等了好久，都不见他回来，倒是等来了一群不三不四的小青年儿！那群小青年儿一边砸店子一边骂骂咧咧的。当时我听到声音还跑过去看了一眼，结果一看，吓坏了……"

阿叔说到这里，停下来喝了一口水，一副心有余悸的样子。

向好听到这里，心中也免不了忐忑，于是问道："那后来呢？"

阿叔放下手里的矿泉水瓶，继续说道："后来我也没敢看，就听到翻桌子砸椅子的声音。"

"他们砸的时候没说什么吗？"向好心想着一定是宋嘉得罪了什么人，要不然人家怎么会找上门又是打又是砸的。

"他们说什么……"阿叔想了又想，突然想到了什么，"有！我听他们说他赌博输了不给钱，也不知道真假……"

向好听到这里，只觉得心头一震。

她本以为宋嘉上次找李增贤保证之后是真的不再赌博了，却不想，竟又"旧疾复发"！

这一刻，她突然觉得，李增贤分析得有道理。当一个人染上一个毛病，就很难真的改掉，尤其是赌博这种事。

或许宋嘉也有过改邪归正的决心，但决心并不代表就真的能做到。

"……我看那个姓宋的小伙子长得白白净净的，说话也挺礼貌，还真没想到他能和那些不三不四的小青年儿混到一起。赌博这玩意儿可不能沾，沾上了一辈子都还不清。我之前在老家有个年轻人也赌博，后来怎么着？老婆带着孩子直接跟人跑了，他家房子也被人拆了，他被逼无奈，后来直接跳楼了。他死了倒无所谓，反正是自己寻的短见。可怜了他的爹娘，一把屎一把尿地把他拉扯大，啥都没指望上，最后落了个这样的下场，谁能不寒心呢？"

阿叔说着说着，就气得直摇头。

向好又和阿叔寒暄了几句，便离开了。

刚走没多远，她突然想到了什么，随即便拨通了吴咏梅的电话。

吴咏梅很快接了，还没等向好说话，她就开口了："向老师，我正想着要不要给你打电话呢，没想到你主动打电话过来了。"

吴咏梅说话的速度有些快，情绪似乎有些焦躁。

"吴姐，宋嘉到底是怎么回事？"向好问道，"您是不是也打算跟我说这个？"

"对。"吴咏梅说道，"宋嘉可把我们一家子给害惨了！当初他把我们酒店盘走的时候，可是说得好好的，每个月给我们四千块，保证我们一家大小生活费有着落。现在好了，酒店被砸了，没办法营业，他人也跑了。我们现在一家子人都快喝西北风了，找人都找不到！向老师，你是李晓檬的亲姐姐，宋嘉去了哪儿，李晓檬最清楚。你无论如何都得帮我们找到宋嘉，要不然我这一家子人怎么活啊？"

吴咏梅说着说着，就开始抽噎了起来："现在我老公也不知道去了哪儿，家里就剩下我和一个四岁的小儿子。儿子每天都要吃奶粉，我现在没了工作，手里还没钱。你说我们娘儿俩的日子，以后可怎么过呀……"

吴咏梅说着说着，就突然哭了起来。

哭声凄凉又绝望，仿佛真的走投无路了一般。

向好是个容易心软的人，此刻听着吴咏梅的哭声，心中顿生怜悯，于是劝道："吴姐，您先别哭。您能不能跟我说说，到底发生了什么事？"

吴咏梅还没来得及回答，向好又突然想起前不久吴咏梅跟她提过宋嘉，大概意思是知道宋嘉的一些秘密。但当时吴咏梅欲言又止，向好就没再追问。现在看来，这背后确实藏有秘密。

"吴姐，宋嘉和您老公之间到底是什么关系？"向好紧接着又提出一个问题。

吴咏梅突然止住了哭，原有的悲伤情绪立刻被愤怒所掩盖："向老师你听我说，我们一家子就是被宋嘉给害惨了！当初宋嘉搞了一大帮子人来聚众赌博，把我老公也给叫过去。结果，那帮子人是宋嘉早就串通好的，他看中的就是我们两口子手里的饭店。后来我老公赌输了，输得一毛不剩还欠了一屁股的赌债。为了还赌债，我老公只得把饭店盘给他，我还得在饭店里打工……他这就是抢啊！是强盗！宋嘉就是个强盗啊……"

吴咏梅说到这里，又哭了起来，号啕大哭！

第四十六章　变相勒索

向好听罢吴咏梅的这些话，心里本就乱成一团。现在又听到吴咏梅号啕大哭的声音，只觉得周身没一个地方是清静的，似乎每个细胞都开始变得不安和狂躁起来。

她脑子里不停地在想：如果这件事让李增贤知道了，会怎么样？李晓檬现在是不是和宋嘉在一起？如果他们现在真在一起，又会在做什么？她接下来是继续找李晓檬和宋嘉，还是将这件事告诉林越和向卫华，从而寻求帮助？

向好正思索着，吴咏梅突然问道："向老师，我现在实在是没办法了，没钱买菜我可以吃白饭，但孩子的口粮不能断啊，我现在手里连奶粉钱都没了……向老师，你能不能借我点儿钱，帮我渡过这个难关？"

向好几乎想都没想，就问道："你需要多少？"

吴咏梅似乎没想到向好竟会这么干脆，停顿了一下，才说道："四千？四千行不？"

向好没有马上回答。

她从小就衣食无忧，零花钱不缺，四千块钱在她看来不算什么。

她只是担心自己一旦给了第一次，接下来对方会没完没了。

更何况，她对吴咏梅的人品并不算很了解。还有就是，吴咏梅不肯对江朵朵负责，这在向好的心里始终是有一个结的。不管她有多少理由，有多少不得已，但江朵朵是她的亲生女儿，她不应该不管不问！

见向好半天没回答，吴咏梅又说道："向老师，我真没要多。我上个月在宋嘉饭店里端了整整一个月的盘子，工资他都没给我结。宋嘉是李晓檬的未婚夫，李晓檬又是你的亲妹妹，现在宋嘉跑了，工资也没结，你作为他的姐姐帮他把这份工资给结了，也是应该的啊。你说是不向老师？"

向好发现，吴咏梅倒是挺懂得帮她攀亲戚的。刚刚宋嘉还是个强盗，这会儿就成了她妹夫了！

向好想了想，说道："吴姐，你和宋嘉之间到底是怎么样的关系我并不关心，他没有给你发工资，你应该去找他，而不是找我……"

向好话还没说完，吴咏梅就又抽噎了起来："向老师，你这是见死不救呀！"

向好接着说道："我只是帮你理清这之间的关系！你刚才说要四千块，我可以给。但是我给你这四千块，和宋嘉无关，我是看在江朵朵的面上给你的！吴姐，不管你对江朵朵有多少关心，我都想告诉你，江朵朵是你的女儿，她是一个很好的女孩儿，她需要妈妈的爱。"

向好一番话说完，电话那头一片沉寂，连抽噎声都没有了。

向好说道："我有你的微信，我现在就转账给你。但，这是第一次，也是最后一次。"

"谢谢向老师。"吴咏梅立刻说道。

"如果你有你老公的下落，记得告诉我，行吗？"向好问。

吴咏梅沉默了。

向好紧接着又问："你老公是不是也参与到后来的聚众赌博中去了？他现在是不是也在躲债？"

吴咏梅又沉默了好一阵子，才支支吾吾地回答道："我也不知道……反正他这次走了，肯定和宋嘉有关。"

吴咏梅还是想把所有的罪过都安在宋嘉身上，其原因就是向好是李晓檬的姐姐，其目的则是要钱！

不过，也正是这样，向好也基本明白了，吴咏梅的丈夫并未和赌博划清界限，更未和宋嘉划清界限。

她再次补充道："这样吧吴姐，你帮我找找你老公的下落，我就帮你出奶粉钱。还有，我现在手里不宽裕，四千块我可以给，但现在实在是拿不出。"

向好话音未落，吴咏梅就马上说道："向老师，你刚才还说给的，怎么突然就……"

"我刚才看了看余额，没这么多，只有几百块。"向好说道，"不过你放心，这几百块足够孩子这个月的奶粉钱。等我有了钱，再考虑余下的那部分。"

吴咏梅倒是挺聪明，向好突然变了卦，她是明白其中的原因的，她想了想，说道："向老师，这次宋嘉确实是和我老公一起跑的，但我也不知道下落，我真的不知道。"

向好听罢，依旧心平气和，问道："吴姐，你能接受你老公不停地赌博吗？你真以为他可以通过赌博致富吗？"

"不，这个我知道，但我也是没办法啊。"

"那就行了，既然你不希望，那么就得想办法制止。"向好语气平静地分析道，"当然了，这种行为仅仅凭着我们的力量去制止是肯定不可能的……"

"你想报警？"吴咏梅打断了向好的话，明显有些慌，"你是希望警察把他们都抓起来？这以后我们怎么有脸见人啊？"

向好顿了顿，反问道："现在就有脸见人吗？如果有脸见人还用得着东躲西藏吗？"

向好一句话，把吴咏梅给噎住了。

她继续说道："总之你要明白，长痛不如短痛！如果你不想一辈子活在不安当中，就要想办法彻底断了他赌博的念想。"

向好说罢，电话那头一片沉寂。

向好初步判断：吴咏梅应该是在思考她的话，在权衡利弊。这说明，吴咏梅有些动摇了。

"吴姐，你不用立刻给我答复，也不用立刻做出答复。毕竟这不是一件小事，你慢慢思考。如果有时间，也和你的家人联系联系，听听他们的意见和建议，大家一起来做出这个决策，或许会更好。"

向好说罢，便挂断了电话。

她心里很明白：对于聚众赌博这种事，但凡是个明白人，都是不能忍的！吴咏梅如果有父母，他们也决不会允许自己的女婿和赌博扯上关系的。

……

向好回到家时，已经是下午五六点的时间了，正好赶上下班高峰期，路上看着街上来来往往的人和拥挤的车辆，顿觉心里烦闷难熬。

刚一开门，林越就迎了上来，低声说道："向好，你爸来了……"

向好看着林越那一脸诚惶诚恐的样子，不免有些好奇："我爸不每天都回来吗？"

林越愣了一下，又压低声音说道："是你亲爸，梅园镇的……"

林越话还没说完，就见李增贤从客厅里走了出来，见到向好后，就问道："小柠，你这是从哪儿回来的？"

向好不由愣了一下：李增贤怎么来了？

但即便不用问也知道，他这次来，肯定和李晓檬有关。

与此同时，她也意识到李增贤接下来肯定会问她关于李晓檬的问题。为了给自己思考的时间，她故意问道："爸，您怎么来了？"

李增贤有些尴尬地笑了笑："好像我不该来似的……我这是第一次来，把你给吓到了？"

向好连忙摇头："不是吓到，是把我给惊到了。"

说完后又立刻补充道："是惊喜的惊！"

李增贤脸上的尴尬之色这才慢慢退去，目光向四周看了看，说道："小柠啊，还是你亲爸和你妈妈有本事，你看看这家里多好，又宽敞又明亮，还豪华……这么好的家，你非要跑农村去待着，这是何苦呢？"

向好换了拖鞋，便拉着李增贤进了客厅，说道："我就是住惯了这个家，才想要到农村去体验体验，给自己找点儿新鲜感的。"

父女俩聊了好多，但双方都没提及李晓檬。

就连向好都有种错觉：李增贤这次不是为李晓檬而来的，而是为了她。

两个人正聊得投机，向卫华就从外面进来了。

大概是林越早就告诉过他李增贤来了，他见到李增贤的那一刻丝毫没有表现出吃惊，而是客客气气地笑着说道："李校长，我们在这儿都住了这么久，请了您多少回您都不肯来，今天终于来了。看来，还是向好儿的面子大啊，她这前脚一进门，您后脚就跟上来了！哈哈哈哈……"

向卫华笑声爽朗，能看出他是真高兴！

李增贤站了起来，说道："向先生，我这乡下人进城，还真是开了眼界。刚才我还在和向好说呢，你们这家是金窝儿，她还非得往乡下的草窝儿里钻。这丫头啊，就是任性！"

"哈哈哈……"向卫华听罢笑了起来，"李校长，自从我听了向好的人生规划，就特别支持她去梅园支教。"

李增贤有些意外，转头看向向好："你的人生规划？什么人生规划？我怎么没听说过？"

向好没好气地看了一眼向卫华，问道："我什么时候跟你说过我的人生规划？"

向卫华仍旧笑着，半开玩笑半认真地说道："你说不说我都知道，你想要与众不同的人生，想要按自己的希望过完这一生，想创造出更多更有意义更有价值的东西……虽然不算具体，但整体上仍然是积极向上的。"

向好没说什么，向卫华虽然说得略有些夸张，但不可否认，那确实是她心中的希冀。

第四十七章　寻找李晓檬

向卫华走进客厅后，站在了李增贤的旁边："李校长，你不要太操向好的心。这孩子是我看着长大的，小时候底子就打得好，她一直都是个好苗子！既然是好苗子，就不要怕她突然长歪了。我现在对她是无条件地信任，总结起来有两大条：第一条是无条件地相信她做出的任何一个决定都是有益于成长的！第二条是无条件地相信她迈出的每一步都是对的。如果错了，就参考第一条。"

一向严肃的李增贤竟被向卫华给逗笑了："还是向先生见识多，说出的话都有学识有哲理，还幽默。我虽然是校长，但在向先生面前，也只能算是半个文盲！"

向卫华一听，连忙说道："李校长可千万别这么谦虚，您这一谦虚，我就容易瞎骄傲！李校长这么多年教书育人鞠躬尽瘁，现在都是桃李遍天下了。我只不过是个生意人，虽然平时也喜欢读书写字，但跟李校长比起来，还真是要逊色不少。"

接下来，向卫华和李增贤又互相吹捧了一番，向好听着只觉得有些别扭无聊，但又不好避开，只得故意岔开话题："爸，你这么久才来一次，晚上吃过饭我带你到周边转转？"

李增贤听罢转过头，犹豫了片刻才应道："好。"

今天这餐饭吃得倒是挺热闹，整个过程向卫华都在侃侃而谈，其余三个人偶尔附和。

一餐饭下来，向卫华还意犹未尽，颇有种一场演讲刚到高潮处突然被打断的失落。

向好帮林越收拾好碗筷之后，便带着李增贤到楼下散步。

说是散步，实则是想和他聊一聊李晓檬。她很清楚，李增贤突然来阳城，无非是想来找李晓檬。

"爸，你的腿还没好，怎么一个人就跑来了？"向好问，"来之前也没给我打个电话？"

李增贤叹了口气："我给你打电话，你肯定是让我别来。"

"怎么来我妈这儿了呢？"向好又问，"只是想来看一眼吗？"

李增贤顿了顿，回答道："也算是吧，我的两个女儿都来过了，我还从来没来过，应该来一趟。"

向好正想继续问点儿什么，李增贤又开口了："你看到小檬没？"

果然，他此次来的主要目的就是找到李晓檬。

向好早就意识到李增贤会问这个，也早就想好了理由，于是不紧不慢地开口道："我和小檬联系过，你不用太担心。"

"她现在和谁在一起？"李增贤立刻问道，"是不是又和宋嘉混到一起了？"

她到底是不是和宋嘉在一起，向好也不知道。但，大概率是。

"其实就算小檬和宋嘉在一起，也很正常，你真不用这么担心。"向好说道，"小檬都这么大人了，就算你信不过宋嘉，还信不过她吗？我相信她遇到任何事，都有自己的判断能力。"

"我就是信不过她！"李增贤叹了口气，"如果不是这样，我能大老远地跑来？我今天给她打了好多电话，她一个都没接。之前她也有离家出走过，也没有像这次这样。我看啊，指定是发生什么事了。"

向好越来越觉得情况不妙，但她又不能在李增贤面前表现出丝毫异样。

李增贤紧接着问："小柠，你不是说知道宋嘉的饭店在哪儿，带我去看看，估计小檬这会儿就在那儿！"

向好一听，连忙说道："爸，咱们突然跑去人家饭店不合适……"

"这有什么不合适的？我找我自己女儿还找错了？"路灯灯光下，李增贤横眉怒目。

他是真的着急了，也是真的生气了！

毕竟，这次李晓檬的举动太反常了！

向好想了想，继续劝道："爸，我觉得要管住一个人，先要赢得她的信任，管住她的心。如果只是强制性地去管束她的言行，并没太大作用。就算现在我们把小檬带回家，让他和宋嘉分开，只要她的心在宋嘉身上，迟早也会跟着他走的。你觉得是不是？"

李增贤听罢，终于沉默了，但脸上的怒意却丝毫未消。

向好见状，连忙继续说道："不过如果你真想留下来找她，我也不拦着。只是，如果你见到她，可千万不要跟她发火，也不用讲太多道理，能好好和她聊聊天就好。"

李增贤仍旧沉默，像是在思索着什么。

"对了爸，你今晚就在家里住吧！我现在打电话让我妈收拾房间。"向好说话间，就已经拿出手机，打算给林越打电话。

向好刚打算拨电话，就被李增贤给拦住了："不用了，我在这里住不合适。今天来的时候，我就到附近订了旅馆，我今晚就住旅馆里。"

向好一听，连忙问："什么旅馆？"

"旅馆就是旅馆，和宾馆一样。"李增贤说话间，就迈开步子朝前走。

向好当然知道李增贤所说的旅馆是什么，那是比三星级宾馆的条件还要差好几个级别的地方，条件简陋，环境也相对嘈杂。更让向好无法接受的是，住的人也相对较杂。

尤其是最后一点，向好无法接受。

她对李增贤说道："爸，你好不容易来一趟阳城，我怎么能让你住那种地方？"

"是我自己要住的，不是你让的！"李增贤说着说着，倔强脾气就上来了，"住旅馆有什么不好的？我之前都住旅馆。难道你还非得让我住个五星级酒店？那我才是真住不惯呢！"

李增贤说罢，轻笑了一声。

向好这才发现，不知从什么时候开始，李增贤对她说话不像之前那样小心客气了，也不会刻意去掩藏自己的负面情绪了。

李增贤现在和她说话的态度，跟他和李晓檬说话的态度，差别越来越小了。

不过，向好觉得这样挺好。一个人愿意在另一个人面前做更真实的自己，一是因为熟悉，二是因为信任。

由于李增贤怎么都不肯去酒店，向好只好跟着他去提前预订的那家旅馆。

但令她没想到的是，"奇迹"竟会在那家小旅馆里发生。

……

旅馆规模不大，三层小楼，处于一个十字路口处，不偏僻，但嘈杂。淡绿色的外墙上能看到岁月斑驳的痕迹。

李增贤和向好一前一后进了旅馆，在上楼梯的时候，李增贤说道："你还担心这地方破旧，你看这不好好的？"

向好没作声，在她看来，这样的地方就是破旧，倒不是嫌弃，纯粹是希望李增贤能住得略好一些。

李增贤订的房间在三楼，向好将他送到房间，看他在沙发上坐下抽烟，才离开。

下楼的时候，才发现楼梯上有些许水迹，稍不留神，就容易摔跤。所以，她走得很慢。

就在下到二楼的时候，突然看到一个熟悉的身影，穿着黑色T恤和牛仔裤。

尽管他头发理得很短，手臂上的文身也不见了，但向好还是能认出这人是宋嘉。

她本想喊出他的名字叫住他的，但转念一想，又觉得不合适，于是迅速地下了楼梯，然后一路小跑追上了他……

"宋嘉。"向好走到宋嘉的右手边，才叫出他的名字。

宋嘉的身体明显一震，随即转过头。

见是向好，愣了一下，然后扭过头，像是什么都没发生一样继续朝前走，但步子明显比之前快了许多。

向好三步并作两步跟上了他："宋嘉，李晓檬在哪儿？"

宋嘉不理她，迅速地朝前走，几乎是跑起来的速度。

"宋嘉，我知道是你，你别躲着我……"向好加快速度，想要追上他。

但她怎么可能跑得过一个身高一米八多的年轻小伙子？

宋嘉跑到一个拐角处的时候，突然拐进一个楼梯间。

向好追过去之后，他人已经消失得无影无踪。

向好无奈，只得跑到前台。

前台是一个二十出头的小姑娘，扎着个马尾，一身黑色的西装，见到向好，也没问好，直接问道："有事吗？"

向好问："麻烦帮我查一查一个叫宋嘉的客人，他住哪个房间？"

小姑娘愣了愣，然后在电脑里翻找了一阵，摇了摇头："没这个人。"

向好不禁有些纳闷儿：明明看到他，怎么可能没有？

于是又问："会不会是看漏了？能帮我再找找吗？"

小姑娘有些不耐烦，但还是重又看了一遍，仍然是摇了摇头："没这个人，就是没有。"

说罢，索性放下鼠标，像是担心向好又要麻烦她。

向好无奈，从旅馆走出去之后，心里七上八下的。

她很想找个熟悉且信任的人来倾诉或商量，但是想了半天都没想到合适的人。

按理说，告诉林越或者向卫华是最好的，但又怕他们会担心，毕竟这件事和李晓檬有关。

她拿出手机，在通讯录里不断地翻着，翻着……

当看到"蒋凯南"三个字的时候，她的手莫名其妙地停下了，手指像是被一股神秘的力量给禁锢住了似的。

她盯着那串熟悉的数字看了好一阵子，突然按了下去。

电话响了两声就接通了，紧接着，听筒里传来蒋凯南熟悉又富有磁性的声音："喂，向好……"

"是我。"向好感觉自己的心跳莫名地加快，但仍然试图让语气平静，"有件事，我想和你商量一下，有空吗？"

"什么事？"蒋凯南的声音低低的，似乎对向好的突然来电没有丝毫意外。

向好顿了顿，紧接着，将宋嘉和李晓檬的关系、宋嘉如何盘下饭店，她又是如何发现宋嘉赌博欠债的前因后果一股脑儿地都告诉了蒋凯南。

蒋凯南听罢，仍旧很平静："你现在希望得到什么样的帮助？"

第四十八章　奇迹出现

向好突然不知道该怎么回答，她想了半天，才说道："我也不知道，我或许只是想找个人说说这件事。"

"你想过报警吗？"蒋凯南的语气仍旧平静，仿佛该怎么决定他心中早就有了答案一般。

向好愣了一下，没有马上回答。

她当然想过，甚至她有这样劝过吴咏梅，但不确定一旦报警将会面对什么样的后果。

蒋凯南似乎看出了向好的担忧，开始帮着分析："我相信你是想过报警的，至于为什么不选择报警，一定也有自己的考虑。但是，如果你不报警，仅凭着自己去解决，效果未必会好。还有，宋嘉是你妹妹的男朋友，不管今后他们是否结为夫妻，都不能看着他就此堕落下去，你觉得呢？"

蒋凯南的话，向好心里是认可的。

但与此同时她也明白，李晓檬和她虽然是亲姐妹，但二人关系却并不算亲密。如果报警，宋嘉得到应有的惩罚和教训，当然是好事。可李晓檬呢？以后将会用什么的眼光来看她？

她想了想，对蒋凯南说道："如果不是要考虑小檬的感受，我肯定会第一时间报警的。"

"我觉得处理事情更重要，至于其他的感情或者情绪，都处理完重要事情之后再考虑。"蒋凯南态度果决，"相信我，旁观者清。凭着我对你的了解，对于这种事的处理你心里肯定早就想好了，你之所以打电话给我，只是为了找个支持者，对吧？"

向好没有马上回答。

她自己也说不清为什么突然打给蒋凯南，或者在潜意识里，她确实有想为自己找支持者的想法，但更多的则是信任。

这种信任，从她和他交往之后就产生了，只是没想到一直延续到了现在。在遇到困难的时候，她的脑海里还是自然而然地闪过他的影子。

"当然，还有一个办法，可以解决你的担忧。"蒋凯南想了想，又说。

向好问："什么办法？"

蒋凯南回答道："既然你父亲已经来了，说明他很想尽快解决这个事情。你此前一直瞒着他，是不知道李晓檬和宋嘉的下落。现在已经有了些眉目，不如你直接将处理这件事的主动权交给你父亲。"

蒋凯南的这个提议，向好从未想过。

蒋凯南继续说道："如果这样处理的话，你就不需要考虑今后和李晓檬如何相处这个问题。至于李晓檬和你父亲……我觉得你倒不必担心他们会因此闹僵。他们是父女，一直生活在一起，不管他们怎么吵闹，彼此都是对方生命中最亲的人。"

不得不说，蒋凯南的这番话，倒是将向好给点醒了。

一直以来，她都认为李增贤和李晓檬关系不好，甚至认为李增贤对李晓檬各种不满意。但，李增贤骨子里是非常疼爱李晓檬的，这一点永远不会改变。

正如这次李晓檬突然离家出走，他就算腿脚不方便，也仍然要长途跋涉赶到阳城，无论怎样都要找到她。

意识到这一点，向好说道："我知道该怎么处理了，谢谢你。"

挂断电话之后，向好直接转头回到了李增贤所在的旅馆。

当她敲响李增贤的房门时，李增贤很快就将门给打开了。

当他看清来人是向好时，眉头不禁皱了起来："小柠，你怎么……又回来了？"

"我有件事想和你商量。"向好说话间，已经进了房间，顺带反手关门。

坐下之后，向好便说道："我见到宋嘉了……"

她话还没说完，李增贤就立刻问道："在哪儿？"

"就在这旅馆里。"向好说。

李增贤"呼"的一下站了起来，由于他腿部有疾，动作过于迅猛，差点儿没站稳……

向好连忙扶住了他："爸，你别激动啊，听我慢慢说。"

"他在哪儿，你告诉我。"李增贤似乎非常确定李晓檬现在就和宋嘉在一起，"你是刚才下去的时候见到他的？"

"对。"

"小檬呢？"李增贤说话间已经走到了门口，"小檬是不是也和他在一起。"

"没有，我没看到小檬。"向好紧跟着李增贤，问道，"爸，你这是要去哪儿？"

李增贤的手正在拉门把手："我要去找他，他在哪个房间？"

"爸，你冷静点儿，听我说完咱们再做决定好吗？"向好问。

李增贤虽然无法真正冷静，但也就此停住了脚步，站在原地未动。

向好说道："我刚才本来想和宋嘉好好聊聊的，但他不配合。我也去前台查了宋嘉的入住资料，但没有他的名字。所以我想，他很可能是用了别人的身份证办理的入住手续。这里是小旅馆，管理还不够规范，蒙混过关的可能性还是很大的。"

李增贤听到这里，眉头皱起，一向很有主见的他显得有些失望和六神无主："那……这可怎么办啊？"

向好顿了顿，随即缓缓开口道："现在我们不能擅自行动，以免打草惊蛇。"

"那……我们能怎么办？"李增贤再次浮现出急躁的情绪，"我寻思着宋嘉肯定是出什么事了，要不然小檬不至于这样，一声不吭地就走了，电话也不接。还有，他那个饭店指定是有问题的，他一个乡下小子怎么可能摇身一变就成了饭店老板？他在阳城一没资源，二没人脉，无才无德无存款，哪儿有这么好的事被他赶上？"

如果是之前，向好听到李增贤说类似的话，肯定会想办法说服他，并试图改变他的观点的。

但现在她不会了！

虽然李增贤的话有些糙，但有些时候事实还真是这样。尽管也有一无所有的人突然飞黄腾达，但天知道他们经历过什么样的磨难和挣扎！更何况，这样的概率向来低得出奇。

"爸，现在咱们要冷静。"向好说道，"你也知道宋嘉有赌博的习惯，所以我猜想他这一次肯定是和赌博有关……"

向好话还没说完，李增贤就立刻打断了她："我就知道！这浑蛋肯定是又输了钱！他现在是还不上开始躲债了是不是？那他把小檬叫上做什么？"

就在向好正在思索李增贤提出的问题时，李增贤又突然眉头一皱，一副大事不妙的样子："他不会是真想带着小檬远走高飞吧？"

向好听罢，心头不由一震。

这个问题，此前向好从未想过。但现在听李增贤突然这么一说，顿觉这种可能性未必不存在！

"他现在东躲西藏的，肯定是有问题了。"李增贤继续分析，声音都有些颤抖，"不行，我们得尽快找到小檬，不能让她受牵连……"

"爸，你想过报警吗？"向好突然问道。

李增贤突然一怔，片刻之后抬手重重地拍了一下脑袋："对啊，我怎么就没想到这个呢？"

但话音未落，他突然又有了新的担忧："如果报警，会不会对小檬有影响？她二十出头的女孩子，要是被拘留了，说出去名声不好，影响她以后发展不说，找婆家也困难啊。"

向好说道："爸，你分析得有道理。但不管做任何决定都不可能十全十美，总是有利有弊。我们要做的，不就是要抓大放小吗，抓住关键点，然后再解决最主要最紧迫的问题吗？"

李增贤沉默了，大概过了半分钟，他就拿起手机，拨打了报警电话。

第四十九章　永不甘心的林越

向好回到家的时候，已经是晚上十点了。

林越一直没睡，坐在客厅等她，见她回来，连忙迎了上来："向好儿，怎么这么晚？"

向好佯装镇定地回答道："送我爸去住处，路上随便聊了聊，他少来阳城，我就带着他到处转转……"

"打你电话也不接，吓死我了。"林越打断了向好的话。

向好拿起手机看了一眼，这才发现手机没电了，于是说道："外面太吵，没听到。后来手机没电了……"

"向好儿，我跟你说件事。"林越走到向好身边，低声说道。

由于林越的声音诚惶诚恐、小心翼翼的，导致向好一时间有些忐忑，于是问道："妈，什么事？"

"你到我房间来。"林越的声音依旧很低，说话间还朝着向卫华所在的书房瞟了一眼。

向好换好鞋子站起了身，然后跟着林越朝着她房间走去，路过书房时，向卫华问了一句："向好儿回来了？"

"回来了，爸。"向好应道。

"你爸呢？"向卫华又问，眼睛仍旧没离开书页。

向好答道："他住外面，外面方便。"

"怎么住外面呢？住家里多好。"向卫华说话时仍在看书。

"他喜欢住外面就住外面呗。"向好说罢，便进了房间，随手关上门，见林越表情一直有些紧张，于是问道，"妈，是不是发生什么事了？"

林越叹了口气，拉着向好的手走到飘窗边坐下："向好儿，我问你个事，你可得跟妈说实话。"

向好点了点头。

林越随即问道："小檬到底去哪儿了？"

向好突然一怔，刚想着该怎么回答林越的问题，林越再次开口道："向好儿，你知道什么可一定要告诉妈妈。你爸这次从梅园过来，是不是为了找小檬？我再婚这长时间，他从没来过家里，今天突然来了我就觉得纳闷儿。还有……小檬的电话怎么关机了？就算是没电，这么长的时间也该充上电了啊，现在到处都有充电宝……你今天和你爸出去这么久，是不是也在找小檬呢？啊？"

林越一下子说了好多，从始至终，神色慌张，仿佛已经看到了事情最糟糕的一面。

向好明白，现在还瞒着林越，肯定是瞒不过的。而且，也不应该选择继续隐瞒！

她顿了顿，转头看向林越，问道："妈，你是不是听说什么了？"

林越这才道出了缘由："就刚才，小檬给我打电话了，用一个陌生号码打来的，让我给她转十万块钱，说是急用。我也不知道到底发生了什么事，后来想问问她，发现那个号码是空号。她原来的电话也打不通了……"

"你给她转账了没有？"向好问。

林越有些为难："我现在就是想找你商量商量，你说我到底该不该转给她？你也知道，虽然咱家是有点儿钱，但那大头儿都是你爸挣的，我哪儿敢随便乱动啊？”

向好突然舒了一口气："那就好，没转就好。"

林越明显有些诧异："你的意思是……我不应该转？"

"对，不能转。"向好紧接着跟林越说了李晓檬和宋嘉的关系，以及最近宋嘉遇到的那些事，并且将李增贤打算报警这件事也告诉了林越。

但没想到的是，林越的反应超乎向好的预测。

林越立刻脸色发白，嘴唇都在抖："向好儿，怎么能这样？这不是害了小檬吗？小檬是有不好，但是也不能让警方来抓她啊！这孩子从小就不在我身边，我虽然少和她有接触，那也只是顾及你爸的感受，我心里对她是有愧的呀……"

林越说到这里，已经泣不成声，眼泪顺着脸颊不停地往下流。

"妈，你冷静点儿，现在不是哭鼻子的时候。"向好劝道，"现在就算报警，也未必会对小檬造成太大的影响。毕竟，前段时间小檬一直在家里，和宋嘉基本没什么接触。所以我推断，这次宋嘉出事，小檬是没有参与的。至于为什么现在小檬突然和宋嘉一起玩儿失踪，很可能宋嘉有了别的想法。"

"别的想法？什么别的想法？"林越神色慌张。

向好顿了顿："现在也只是猜测，并不一定是事实。既然事情已经发生了，我们就要做最坏的猜测。"

"什么别的想法？"林越继续追问。

向好道："我感觉宋嘉有想跑路的意思，他不想一个人跑，也不想将小檬就此舍下，所以才把小檬也带上。"

"这样？"林越闭上眼睛无奈地摇了摇头，一副失望透顶的样子，随即又问道，"那小檬怎么问我拿钱？"

"我现在也不太清楚，可能她想帮宋嘉把赌债还了，好好留下来。也可能是想到如果离开，也需要钱，毕竟两个人的生活费得有啊。"

"报警吧！报警是对的。"林越突然显得很果断，"我不能让我的女儿跟着这么一个什么都不是的赖小子！"

"嗯，我爸已经在处理了。"

"我去打个电话问问他。"林越说着，就拿着手机朝着外面走去。

……

这一晚上，向好都没合眼，并不是担心接下来会发生什么不测，毕竟有了警方的介入，她放心多了。

她想的更多是李晓檬接下来的生活将会发生什么样的变化。

宋嘉参与赌博，这样的事件一再发生，不管接下来他如何保证，如何痛哭流涕，李增贤都不可能再信任他，会直接将他打入"死牢"。

更何况，现在还有林越。林越虽然有时候也会优柔寡断，但在关键问题的处理上却从不手软！这就好比她当初和李增贤离婚，尽管她也有诸多不舍，有诸多心理包袱，但该离还是果断地离了，她太知道自己想要的是什么了，并且敢于去追求！

如果一切顺利的话，那么接下来，宋嘉将会受到应有的惩罚。按照李晓檬的性格，她不会因此而放弃宋嘉的。那么，李增贤、李晓檬、林越之间的关系就更加复杂了。

只是，向好想归想，却没有解决办法。而所有看似合理的解决办法，只不过是在常规理性思考下得出的初步论断。一切的一切，都是在不知不觉中不断变化着的，根本不以人的意志为转移。

人总是会被自己的"聪明才智"误导，以为通过思考、实践就能将事情办得完美无缺。事实上，有时候一个不经意的微小转变，就能将全盘打乱。

接下来发生的一切，是向好怎么都不可能想到的！

第二天中午，向好就得到了宋嘉被抓的消息，原因是聚众赌博，斗殴。

和他一起被抓的，还有上次去富兴饭店闹事的几个小青年儿，以及吴咏梅的老公赵军。

宋嘉被抓之后，李增贤在林越家附近的一家中档餐厅订了午餐，向好、李晓檬、林越都到了。

之所以没有叫向卫华，是因为李增贤始终认为这是他的"家事"，而且是"丑事"，家丑不可外扬，更不想让向卫华为此事操心。

李晓檬很伤心，低着头，不停地流泪，一言不发。

李增贤也没有像之前那样批评她教导她，而是变得异常平静，像是心头的一颗石头就此落了地。

林越眼睛哭得通红，这是向好第一次见到林越哭，像是一个受了委屈的孩子一样。

向好在一旁劝她："妈，现在小檬不是回来了吗，安然无恙，你还哭什么呢？你这一哭，小檬见了也伤心啊。"

林越好不容易才止住抽噎，看了看坐在自己对面的李晓檬，说道："我不是因为害怕什么才哭，我是为我的女儿感到不值得！小檬样貌出众，就因为少读了书，接触不到优秀的男孩子，才会和宋嘉混到一起的。我就是不甘心啊，我不甘心看到自己的女儿为了那样一个男人，浪费了自己的青春！"

林越话音未落，一直低着头流泪的李晓檬突然抬起头来，一瞬不瞬地看着林越："宋嘉怎么了？宋嘉是什么样的男人我还不知道吗？为什么你们一个个都瞧不起他？"

林越愣了一下，她显然没有想到，现在宋嘉都因赌博被抓了，她还会执迷不悟。

林越过了好几秒，才再次开口，语气比方才稍微软和了些，但话的内容却更直接："小檬，现在都这样了，你不至于还看不清吧？宋嘉是什么人，他就是一个赌徒，和我们那个年代的地痞流氓没区别！我不知道你到底看上他什么了，还是他给你吃了什么迷魂药，让你现在都认不清他的本质……"

林越话还没说完，李晓檬就立刻反驳："他的本质不坏，他只是没办法！他想要挣钱，他只有挣钱了你们才可能看得起他，你们才可能同意我跟他在一起！我错了吗？他做的一切都是为了我好，都是为了我们的将来着想。为什么你们不把他当人看，非要说他是地痞流氓呢？"

李晓檬振振有词，让林越都开始怀疑自己的耳朵了。她抬手拿起杯子，喝了一口茶，茶太烫，她又连忙拿起纸巾吐了出来，眼睛都红了，但还是忍不住跟李晓檬讲道理："小檬，你是不是觉得他很爱你？我跟你说，如果他真的爱你，就会走正道儿，就会给你最多的安全感，而不是想方设法搞歪门邪道，然后做梦要想一夜暴富。你见过通过赌博致富的吗？就算一时投机取巧赚了点儿钱，那后来呢？那些人是什么下场？是不是都被关起来了？"

第五十章　阳关道　独木桥

李晓檬流着泪，继续说道："宋嘉赌博是不对，但你以为他想赌博吗？他是没办法，被逼得没办法了才这样。你总是说谁谁谁高素质有修养，可我一点儿也不这么认为。那些赚了大钱的人，第一桶金都怎么来的？有多少人真的是干净的？就没几个手上是沾着血的吗？"

李晓檬的这一番话，将林越驳得哑口无言。

包括向好和李增贤也都被震住了，他们没想到李晓檬竟会说出这样的话。

但向好明显发现，李增贤想要发火。

就在李增贤发火之前，向好开口了："小檬，你肯定也听说过一句谚语：'条条大路通罗马。'我们每个人活在这个世界，不断向前走，都有自己的目的地，但有些人选择了阳关大道，一路畅通无阻；有些人选择了满是荆棘的羊肠小道，一路上暗藏凶险。如果是你，你会选择走那条路呢？"

李晓檬没有回答，她当然知道应该选择阳关大道。但她也明白，如果这么回答，向好接下来将会说什么。

所以，她选择沉默。

向好也能看出李晓檬的心思，于是继续说道："或许你会认为，不管选择哪条路，目的地都是一样的。但，如果选择暗藏凶险的羊肠小道走，不知道什么时候就丢了性命，这辈子都不可能到达目的地。你还会选择那条路吗？"

李晓檬依旧沉默。

向好继续说道："小檬，其实我非常理解你，你爱宋嘉，就会想一切办法替他开脱。这说明你是有情有义的。但是，你也要为自己想想，为自己的未来想想。还有，我发现你很会讲道理，其实道理这个东西很奇妙的，不管你朝着哪个方向走，好像都能畅通无阻，都能讲得通。甚至，我们不能够说某一种道理是绝对正确的，哪一种又是绝对错误的。但，道理仅仅是道理，我们在这个世界上，还是要不断做出选择，做当下相对正确的选择，走相对正确的那条路，只有这样，才能确保我们安全，才能过得更好。你现在把爱情看得很重要，这是正常的，但你要爱正确的人，爱能够配得上你、真心爱你的人，知道吗？"

向好说罢这番话，已经等着迎接李晓檬的反驳了。

但李晓檬始终没说话，眼睛虽然依旧流着泪，但那份倔强和执着已经弱了几分。

李增贤叹了口气，说道："小柠说得对，找对象，就是要找配得上自己的人。什么情啊爱啊，慢慢都会变淡。最后不变的，是人品，是责任和担当！我们不拦着你找对象，也不拦着你谈恋爱，但是你要找个合适的对象。虽然我之前老说你这不好那不好，总是在挑你毛病，但是我心里明白，我李增贤的女儿没那么差！我之所以说那么多，不是为了打击你，是希望你变得更好，知道吗？"

李增贤说到这里，抬眼看了看李晓檬，李晓檬的头不知在什么时候又低了下去。

李增贤继续说道："我倒也不是说一定强逼着你和宋嘉分开，我也知道这种事硬来起不了作用。但是如果你真想看清一个人，就要先和这个人保持一定的距离。整天黏在一起，反而会有糊涂的时候。等宋嘉出来了，你先别急着去找他，也少相处。也许过个一年半载，你对他会有新的认识，对自己也会有新的认识。"

在李增贤看来，宋嘉虽然帅气、聪明，也算勤劳肯干，他身上确实有许多的优点，但单就赌博这一个缺点，就足以掩盖他的所有优点！

向好发现，李增贤昨晚还出现过六神无主的状况，但现在李晓檬回到自己的身边，他的智商突然上线，说话又恢复了原有的状态。

"好了，吃饭吧，菜都上齐了。"林越见李晓檬没有再说什么，便开始帮大家盛饭，"二十多年了，咱们四个还是第一次凑到一起吃顿饭。心情不好的，这会儿也该好起来了。其他的都不说了，说点儿开心的吧！"

林越说完最后一个字的时候，就开始帮李晓檬盛饭，当她将饭碗端到李晓檬面前的时候，说道："小檬，我记得在你小的时候，我、你，还有你爸三个人也在饭店里一起吃过饭，你还记得吗？"

"记得。"沉默了好久的李晓檬终于开口了，"那次是我非要见你，你不肯回梅园，我爸就带我来了阳城，是吗？"

林越脸上的表情僵了那么一瞬，随即笑了一下："是的，你记性还真是好。"

李晓檬也跟着笑了一下，笑容和林越脸上的一样短促："我还记得，那次你穿了一条很漂亮的裙子，我吃饭的时候一直都在看你的裙子。这么多年过去了，你没有变，看起来还是那么年轻漂亮。我也没变，除了年纪增长了，还是那么幼稚无知。但是，我没有瞧不上你，你却瞧不上我了。"

李晓檬一番话说完，整个房间的气氛都变得凝重起来。

尤其是李增贤，像是瞬间陷入了回忆和沉思。

林越的脸色越来越难看，动了动嘴唇，像是想要反驳李晓檬，但却始终没有开口。

向好愣了一会儿，还是打算帮林越解围："小檬，妈妈没有看不起谁。你是她的亲生女儿，是她身上掉下来的一块肉，也是她生命的延续。如果她看不起你，那不等于看不起她自己吗？妈妈和爸一样，虽然有时候说的话会重一些，但出发点是好的，是希望你好，希望我们好。"

李晓檬不置可否地笑了笑，然后端起了饭碗。

向好明白，想要彻底改变李晓檬的一些偏见是不可能的。但缓解眼前的尴尬，是有必要的。

接下来，她岔开了话题，聊娱乐聊八卦，气氛才慢慢变得活跃起来。

……

李晓檬无论对宋嘉如何不舍，最终还是跟着李增贤回梅园镇了，向好也跟他们一同回去。

在向好离开的时候，林越拉着她的手，低声道："向好儿，虽然小檬脾气不好，但你得想办法儿带一带她。这么多年，她都不在我身边，她今天变成这个样子，我也有责任。在对她的教育中，我一直都是缺席的。你现在每天都能见到她，有空的时候多和她聊聊天，两个人关系近了，她才可能听你的，知道吗？"

"知道。"向好劝着林越，"一直以来我都想和小檬拉近关系，这个你不用操心，我会尽我最大的努力去帮助她。"

向好说罢，又觉得某些地方似有不妥，于是补充道："当然啦，其实也不一定完全是帮助她，她有很多地方是优于我的，我也有需要向她学习的地方。"

林越笑了笑："我知道。对了，有空你记得常回来，和小檬一起回来，知道吗？"

"嗯，我知道。"

……

回到梅园镇之后，李晓檬就变得很沉默很沉默。无论是跟向好，还是跟李增贤都很少说话，甚至连眼神交流都少。

李增贤也一样，像是在担心什么。

他在担心什么，向好心里明白，但也没办法劝。

因为他担心的，也正是向好所担心的。

在他们看来，宋嘉就像一个"定时炸弹"，只要出来，就肯定会再找李晓檬的。

但无论是向好，还是李增贤，却又都希望宋嘉能早点儿出来。一方面是因为他曾是晓檬的男朋友，二是因为他们对宋嘉多少带点儿同情的成分。宋嘉本性并不坏，甚至有一颗要求上进的心。但他的选择余地太小了，加上现在又走错了路，以后的选择余地就更小了。

现在，家里三个人都不说话，显得特别冷清。

向好决定出去走走，顺便买点儿水果回来。

路过江朵朵家的时候，特地朝着里面看了一眼，院子里空空的，她也没多想，继续朝前走。

走到巷子的拐角处，突然听到低低的哭声。

而且，这声音有些熟悉。

她继续朝前走，然后朝着哭声传来的方向看了一眼。

当她看到眼前的一幕时，只觉得心头一震。

在那个狭小的角落里，站着一男一女。女孩是江朵朵，男孩是梁宇飞。

此刻，江朵朵正将头埋在梁宇飞的胸口，不停地抽噎。

而梁宇飞则有些无所适从，像是不知道该怎么劝江朵朵一般。

就在向好想着该叫江朵朵一声，还是迅速离开避免尴尬时，梁宇飞已经看到她了，清脆地叫了一声："向老师……"

江朵朵听到声音，立刻将头抬了起来，人也迅速地退后了一步，一双眼睛惊诧地看着向好，脸色泛红……

向好本想说"我什么都没看见"的，但见江朵朵脸上泛起的那抹红晕，她突然改口了："江朵朵，你在这里做什么？"

语气严厉得不像她自己。

江朵朵动了动嘴唇，支支吾吾半天没说出话来。

向好又将目光投向梁宇飞："梁宇飞，你呢？躲在这里干什么呢？"

梁宇飞看了江朵朵一眼，又迅速地将目光移开："向老师，我要离开这里了。所以……"

梁宇飞说到这里突然停了下来。

向好皱了皱眉头，问道："你要离开了？去哪儿？"

"阳城市区。我爸现在在阳城安定下来了，让我和我妈妈都过去，我要转学了。"梁宇飞说话间，便朝着向好这边走来，走的时候还特地拉了一下江朵朵衣袖，示意她也出来。

"噢……原来是这样。"向好看着江朵朵眼角的泪痕，突然什么都明白了。

燕霓南

著

满园书香润桃李

下册

MANYUANSHUXIANG
RUNTAOLI

北方联合出版传媒(集团)股份有限公司

万卷出版有限责任公司

第五十一章　懵懂早恋

梁宇飞像是怕向好误会，继续解释道："我一直都是江朵朵的好朋友，而且她就我这一个好朋友。现在我要走了，她有些难过。"

"噢，我知道。"向好说道，"好朋友突然要分开，确实会有些难过。"

说罢，她看了江朵朵一眼，江朵朵脸上的那抹尴尬渐渐散去。

梁宇飞看了看向好，说道："向老师，我先回去了。"

"好。"向好没有想要和他多聊的意思，回答得非常果断。

梁宇飞走的时候，看了江朵朵一眼。

江朵朵却低下了头，一直没敢看梁宇飞。

梁宇飞走后，向好问江朵朵："还在难过吗？"

江朵朵沉默了几秒，才摇了摇头："不难过了……"

向好顿了顿，直接问出了那句她一直想问的话："江朵朵，你是不是恋爱了？"

江朵朵一愣，随即脸唰的一下红到了耳根处。

向好沉默了几秒，想看看江朵朵接下来的反应。

但江朵朵一直没有反应，像是默认了一般。

向好这才继续说道："朵朵，我并不是有意为难你，但你现在还太小了，这个时候就应该专心读书，不要分散自己的精力和注意力，明白吗？"

江朵朵点了点头："嗯。"

虽然江朵朵表现得很顺从，但向好心里却有些难过。

她想看到的是江朵朵否认，告诉她自己并没有早恋，她误会了。

但，从始至终江朵朵没有丝毫想要否认和解释的意思，这让向好很失望。

"梁宇飞什么时候走？"向好问。

江朵朵听到这个问题，似乎突然变得有些难过，低声回答道："明天……"

"噢，你要去送他吗？"向好问，"如果你要去送，我们俩一起。"

江朵朵似乎没有考虑过这个问题，一脸诧异地抬起头看向向好，问道："要送吗？"

向好本想着江朵朵应该是有去送梁宇飞的打算的，担心到时候发生什么，她才想要陪同。

现在见江朵朵这般反应，她倒是松了口气："看你吧，不送也行。"

"噢……"

"不管你去不去送他，有些话我必须跟你讲清楚。"向好说道，"梁宇飞去了阳城之后尽量少联系，如果作业方面有不懂的问题，你可以问我，或者请教其他同学。知道吗？"

向好虽不知道江朵朵对梁宇飞的"感情"发展到什么程度，但她觉得十二三岁的孩子仍旧是非常懵懂的。只要隔一段时间不联系，一切就慢慢淡忘了。

江朵朵犹豫了一下，低声道："知道了。"

"既然答应了，就一定要做到。其实我了解你，没有父母在身边，总想找一个可以依赖的人，慢慢地，就开始产生依恋。但是你要明白，这种依恋出现得太早，对你的影响会很不好。"向好拉着江朵朵的手，朝着镇子上走，"跟我一起去镇上买点儿水果吧？"

"嗯。"江朵朵依旧是不否认，默默跟着向好朝着镇子上走。

在这个过程中，向好又跟江朵朵讲了许多。江朵朵的态度也开始慢慢改变，从最开始的沉默，变得承认了自己的"错误"。

对于江朵朵的坦诚，向好挺欣慰的。这至少说明，江朵朵信任她，愿意跟她分享心事。

……

向好再次回到梅园小学，正好是个下雨天。

当她撑着伞上台阶的时候，突然有人从背后叫她的名字："向好……"

这个苍老又熟悉的声音，令向好不由得一怔。

她缓缓转过身，便见到黄帧在她身后不远处，此刻正撑着一把黑色的木柄雨伞，一步一步上台阶。

虽然上了年纪，但步伐依旧稳健，脸上带着笑容，看起来比平时都要精神许多。

"黄老师，您怎么来了？"向好问。

黄帧笑了笑，走到向好跟前，才问道："不是你让我来的吗？"

向好没忍住笑出声儿来："黄老师你开什么玩笑呢？我一个支教老师，怎么可能……"

向好话还没说完，黄帧就笑道："这跟是不是支教老师有关系吗？这和身份地位有关系吗？只要提议合情合理并且有利于教学工作，那就是好的提议，就应该采纳。"

黄帧的一番话，让向好有些糊涂。

但片刻之后，她似乎又突然明白了什么，有些难以置信地问道："黄老师，您这是……被返聘了？"

黄帧哈哈笑了两声，笑声爽朗："不是返聘，是支教。"

向好一愣，随即问道："黄老师，您又是在跟我开玩笑吧？"

黄帧收住了笑，一本正经地问道："我怎么就开玩笑了？谁说支教非得是年轻人？老年人就不行了？啊？你这个小丫头片子，是歧视我们老年人啊？"

向好当然知道黄帧是在开玩笑的，但她依旧忍不住问："黄老师，这到底是怎么一回事？能不能告诉我啊？"

黄帧一边上台阶，一边说道："我都听说了，你之前跟房校长提过，在梅园小学开设美术课程，但苦于没有专业的美术老师。这件事你也跟你爸提了，你爸考虑再三之后，就找到了我，让我毛遂自荐。这不，我就毛遂自荐来了。没想到房校长还真有眼光，直接录用我了。"

向好愣了半天，才问道："那这手续都办好了吗？"

"你放心，该办的手续一样也不少。"黄帧说道，"当时你爸一跟我提这件事，我就寻思着这个想法是你提出来的。呵呵，你爸这人我了解，他是肯定不会往这方面想的。他觉得我年纪大了，该好好养老了。也只有你，觉得我应该继续发光发热。"

"那可不，有能力的人，不管到了多大年纪都能发光发热。"向好附和道。

黄帧调侃道："说是发光发热我自己都汗颜，说是发挥余热更贴切些。"

"您没老，还很年轻。一个人心不老，就永远不会老。"向好说话间，脑子里想着不久前跟李增贤提出让黄帧到梅园小学任教的问题，一开始李增贤是持反对意见的。

但是后来慢慢开始动摇，只是不同意由向好亲自出面。

现在看来，是李增贤主动找到了黄帧，让他自己主动提出。

不得不说，李增贤的这个做法，确实比较成熟，避免了许多不必要的误会，也让黄帧多了更多的选择权和主动权。

向好和黄帧一边上台阶，一边说道："黄老师，您还记得之前我们在阳城实验小学的时候吗？每次去学校，也要上好一阵子的台阶。当时觉得麻烦，每天都得走那么多步。现在感觉，每天能趁着上下班活动一下，也算是锻炼身体了。"

黄帧说道："还真是，尤其是现在的年轻人，要么对着手机，要么对着电脑，上下楼都是电梯，一天下来都没能走几步路。有个台阶好，每天早上都能体验步步高升的感觉。"

"黄老师，您还是这么幽默。"向好说话间，在观察黄帧上台阶时的状况。

黄帧虽说上了年纪，但是上台阶几乎没有喘气声，身体素质极佳。

看着黄帧精神矍铄的样子，向好心中最后的一丝担忧终于慢慢散去。

……

向好和黄帧一起去了房磊的办公室，由于黄帧幽默健谈，大家聊得很开心。

可见，房磊对黄帧的到来是非常满意的。

中午的时候，向好正打算和黄帧一起去饭堂用餐，突然接到李增贤的电话。

电话接通的那一刻向好还在想：肯定是李增贤又和李晓檬闹矛盾了，要不然不至于这个点儿给她打电话。

就在向好思索间，手机听筒里传来了李增贤的声音，听起来似乎心情很不错："小柠，中午回来吃饭不？"

向好一怔："爸，我每天中午不都在学校饭堂吃饭的吗？今天你怎么叫我回去吃饭？"

李增贤呵呵笑了两声："今天家里来了重要的客人？"

"什么重要的客人？"向好不禁纳闷儿。

李增贤又呵呵笑了两声："小柠，你怎么什么都瞒着爸爸呢？凯南这么好的小伙子，你非要掖着藏着不承认你们的关系……"

向好听到这里，脑子瞬间乱了：蒋凯南？怎么突然扯到蒋凯南了？

李增贤的声音还在继续："要不是今天凯南和第一书记到江奶奶家探望她，我还真不知道你们是男女朋友。小柠，凯南这小伙子是真不错，我第一次见他就觉得我的女婿就应该是这样的。人长得好，又有责任心，还有能力，听说还留过学呢……呵呵，中午你回来吧，他们现在就在咱家，我给他们做饭，你可得快点儿哈，别让大家伙儿都等你。"

向好正打算说点儿什么，李增贤已经挂断了电话。

向好虽然心中有一百个问号外加一百个不情愿，但还是得乖乖回家去，看个所以然。

当她走到江朵朵家附近的时候，恰巧见到江奶奶出来散步，手里拿着个拐杖，虽不像黄帧那样精神矍铄，但无论是身体还是精神状态，都比之前要好很多。

向好多少有些惊讶，毕竟这么久以来，江奶奶都是一个人闷在小房间里，很少出来活动。

今天，还真是第一次见。

向好还没来得及打招呼，江奶奶就叫了她："小向老师，你中午也回来啊？"

"对啊，江奶奶今天出来散步了？"向好走到了江奶奶跟前，目光不由自主地落在她的那双眼睛上。

那双苍老的眼睛，在太阳下眯成一条线，使得眼眸看起来比原来更加深邃，像是厚厚的墙壁之下透出的一丝光亮，充满希望。

江奶奶一边打量着向好，一边问道："小向老师，你最近也不来找朵朵画画儿了？"

向好解释道："因为我最近去阳城办了点儿事，一直不在梅园。"

与此同时，她也在琢磨着江奶奶的想法，毕竟她之前听江朵朵说过，江奶奶是不太赞同她画画的，觉得画画浪费钱又影响学习。

考虑到这些，向好说道："江奶奶，朵朵是很有绘画天赋的，课余时间画一画，对她有好处。"

第五十二章　执念和偏见

江奶奶听罢，连忙说道："我很支持朵朵画画，所以我才问呢，小向老师最近怎么不找她画画儿了？你不来找她，那个姓梁的孩子就老来找她，我还真怕朵朵变坏了……"

江奶奶说到这里，突然停了下来，似乎有些担忧。

"那个姓梁的孩子"向好当然知道是谁，但此刻看着江奶奶这一脸担忧的神色，便连忙劝道："江奶奶，梁宇飞这孩子挺不错，成绩好，作风正派，他来找江朵朵是为了给她补习功课，您可千万别多想啊。"

江奶奶摇了摇头："他是不是来找她补习功课我还不知道？我那天就看到他们两个手拉着手，这么小的孩子，怎么就能这样？补习功课还非得拉个手吗？"

江奶奶说罢，脸上的笑容都散去了，眉头紧锁。

向好本来还觉得自己曾经的怀疑是多余的，现在看来并非如此。

但想到梁宇飞已经要搬走了，她又顿觉轻松了不少，于是对江奶奶说道："江奶奶您放心吧，不管他们之前关系如何，接下来就不会有过多的接触了。梁宇飞要搬走了，搬去阳城了……"

向好话还没说完，江奶奶就问道："搬走了？真的搬走了？"

"是的。"向好点了点头，"听说今天就走。"

江奶奶这才终于松了口气："走了好，走了好！一个女孩子家，整天和男孩子混一起算个什么事！"

"江奶奶您放心，朵朵是个好孩子，不会长歪的。"向好安慰了几句之后，便回到了家。

当她走到家门口的时候，见到李增贤和蒋凯南就站在门口处聊着什么。

李增贤心情不错，脸上的阴霾早就一扫而空，取而代之的是一脸的笑容。

见到向好回来，李增贤连忙对蒋凯南说道："哟，看，她回来了。"

蒋凯南顺着李增贤手指的方向看去，然后将目光落在向好身上，没有说话，但眼中带着几分笑意。

向好走近蒋凯南之后，本想问一句"你怎么来了"的，但还是觉得不合适，于是改口道："说真的，在这儿见到你，我挺意外的。"

蒋凯南笑了笑："不用太意外，反正早晚会见到的。"

向好没好气地笑了笑："张晖书记呢？我听说他也来了。"

向好话音未落，蒋凯南便转身朝着客厅的方向看去。

向好也顺着他的目光看去，只见张晖正和李晓檬站在一起，张晖手里拿着一本书，嘴里在不停地说着什么。而李晓檬站在一旁静静地看……

乍一看，还真有默契。

这种默契，让向好一时间有种错觉：他们才是真的一对，契合度最高的那一对。

向好一边默默地观察着他们，一边不由自主地朝着里面走去。

当她走到客厅门口的时候，李晓檬突然转过头来，见到是向好，便不动声色地转过身，朝着卧室的方向走去。

"张晖书记。"向好主动跟张晖问好。

张晖听到声音，这才回过头，但手里的书还没来得及放下："向好回来了？真的很不好意思，冒昧到你家里来蹭饭。"

"不用这么客气。"向好说道，"你来了，我不知道多高兴。我回梅园镇这么久，都没见有客人来吃过饭。对了，你看什么书呢？"

"哦，是《红楼梦》。"张晖说话间，将手里的书合上，露出书的封皮，"我刚才见李晓檬在看这本书，就过来凑个热闹。"

向好不禁有些意外：没想到李晓檬竟是文学爱好者，这倒是个不错的爱好。

……

在吃饭的时候，大家互相聊着天，都笑容满面。

向好突然发觉：自从回到这个家以来，这是家庭气氛最好的一天。

以往，就算她和李增贤、李晓檬聚在一起吃饭，不是李晓檬对她不满，就是李增贤正在和李晓檬闹别扭。就算向好和李增贤聊天，都要顾及李晓檬的感受，生怕她又曲解或者误会了什么。

但今天完全变了，无论是蒋凯南还是张晖，都很健谈，谈他们在扶贫工作中的乐事糗事，时不时逗得大家哈哈笑。

然而，向好只顾着感受饭桌上的融洽气氛，却忽略了李晓檬的眼神。

整个过程，李晓檬的目光都聚焦在蒋凯南那张脸上。

李晓檬第一次发现，一个男人竟可以长得如此帅气，这种帅气是她不曾见过的，儒雅、低调，带有几分书卷气。就连他笑起来的时候，唇角的弧度都那么好看，仿佛是从书里走出来的美男子。

那一刻，她因宋嘉被拘留而产生的伤痛骤然减轻了几分。

这种感觉很奇妙，连她自己都说不清。

但她知道，小说上描述的"一见钟情""怦然心动"应该就是这种感觉。

直到蒋凯南离开的时候，李晓檬都在背后默默地观察着他的背影，带着莫名的留恋和不舍。

李增贤进了客厅，见李晓檬正坐在卧室那个简陋的梳妆台前，目光一瞬不瞬地盯着镜子里的自己，不知道究竟在想些什么。

李增贤最不喜欢李晓檬总是照镜子，此刻心里正窝着火气，但考虑到近期李晓檬心情不好，还是将火气压了下去。

他走到李晓檬身边，调整了一下情绪，尽量让语气柔和一些："小檬，我知道你心情不好，但有些事你也不能老想着，帮不上忙，还伤自己的身体，心情也弄得很不好，何必呢？"

李晓檬像是没听到一样，依旧一瞬不瞬地看着镜子里的自己。

平心而论，李晓檬长得挺漂亮的，不管是在这个小镇子上，还是在阳城，论长相都算是非常出挑的。是那种明艳大气的长相，是在人群中一眼就能看得到的美。

向好和李晓檬是孪生姐妹，长相很相似。只是，向好多了几分书卷气，使得原有的那份明艳的美多了几分低调、内敛和涵养。

李增贤见李晓檬一直盯着镜子看，还一言不发的，索性将她面前的镜子拿开了，继续说道："你不要总是照镜子，再怎么照，你还是你，还能照出花儿来？"

李晓檬这才转过头看他，目光中的不满无以复加。

李增贤被她看得有些发毛，于是说道："你不用这样盯着我看，我过来是想跟你好好谈谈。你刚才也看到了吧？那个姓蒋的小伙子是小柠的男朋友，你看看人家……"

李增贤话还没说完，李晓檬就皱着眉头问道："他是她男朋友？"

李增贤愣了一下："是啊，他就是小柠的男朋友。名校毕业，年轻有为，现在就是因为小柠，他才从阳城到梅园村支援扶贫工作的。我没有特意拿你和她比较的意思，我只是想告诉你，人要努力改变自己，让自己变得更好，才能融入更好的圈子，才能接触到更优秀的人。一个优秀的伴侣，决定了今后能不能幸福……"

李增贤后面的话，李晓檬听得不太清楚了。

此刻，她才真正对向好有了羡慕的感觉。当然，妒忌也随之而来。

她知道李增贤说得没错，当一个人自己优秀了，才能遇到优秀的另一半。

她也知道，虽然她很爱宋嘉，但在蒋凯南面前，宋嘉的那点儿优势不值一提。

人与人，只要一比较就能立刻见高低。

李增贤的话仍然响在她的耳边："……我跟你说了这么多，都是为你好，你也别多想，更别钻牛角尖儿。我也知道你和小柠的成长环境不同，也没希望你按照她的标准来找对象。但是你也不能总是找那些配不上自己的人，对吧？不要有太高的要求，但也不能完全没要求啊。"

正是李增贤的这番话，让李晓檬心里很不舒服。

虽然一直以来李晓檬就对向好有些偏见，但更多的却是不服！

是的，不服！

她从没认为自己有任何地方比向好差，之所以过得不如向好，仅仅是因为命运的捉弄，是现实的阴差阳错。她现在之所以落到这般境地，不是她不够好，而是她的命不够好！

李增贤见李晓檬一直不言不语，终于有些不耐烦了，但还是控制住了胸口腾起的火气："小檬，我跟你说这么多，你到底听进去没有？你不要总是左耳进右耳出行吗？你马上二十四了，有些事你得上点儿心了。"

"你这是在催婚吗？"李晓檬终于开口了，质问李增贤。

李增贤愣了一下："就算是，也是应该的。"

"宋嘉好好的时候，没见你催。现在他被拘留了你就开始催婚了？"李晓檬继续质问，"爸，你这是安的什么心啊？"

李增贤有些无奈，摊了摊手："我这不是随口一提吗？你怎么就上纲上线了？"

"我不理你，你不高兴，嫌我不理你。我现在理你了，你又说我上纲上线？"李晓檬依旧是振振有词，"你到底希望我怎样啊？我感觉我在你面前，不管做什么都是错，连呼吸都是错，对不对？"

李增贤被她驳得哑口无言："你……"

第五十三章　忙可解千愁

李增贤的无可奈何，李晓檬都看在眼里。不知怎的，看着李增贤此刻的表情，她竟有了种报复的快感，她继续问道："你不是看好蒋凯南吗？正好，我也看好他！你不是催婚吗？要不你想办法撮合撮合我和他，怎么样？"

李增贤听罢，气不打一处来，抬手就想打李晓檬。

就在他的手刚刚抬起的时候，向好刚好见到，连忙叫道："爸，您这是干什么呢？"

李增贤吓了一跳，连忙转身，见向好就站在客厅里，神色不由得有些慌张，他担心向好听到了刚刚李晓檬所说的话，连忙问道："小柠，你什么时候来的？"

向好觉得李增贤的问话有些滑稽，笑了笑："我刚来啊，怎么了？"

"噢……"李增贤松了口气，"没事，我就随便问问。"

"你是不是又骂小檬了？"向好问，随即又劝道，"她又没做错什么，你不要总是说她的不是。"

李增贤叹了口气："她胡说八道！整天胡说八道！"

说罢，摇了摇头走了出去。

他之所以选择在宋嘉被拘留的时候催婚，并不是落井下石。

只是他很明白，如果宋嘉此次被拘留李晓檬还不离开的话，那么今后就真的很难再离开了。

如果她一直留在宋嘉身边，迟早会出大事，那是他最不愿看到的后果。

而李晓檬刚才拿蒋凯南来反驳他，他并未多想，只觉得李晓檬说的是气话。

却不知道，所有的气话，都是有缘由的。

李增贤出去之后，就坐在门口，开始抽闷烟。

向好见李晓檬一直沉着脸，于是问道："小檬，刚刚你和爸都说什么了？"

李晓檬笑了笑，没好气地反问道："你刚才不都听到了吗？都是胡说八道。"

向好见李晓檬不配合，也没有继续追问。换了身衣服，就准备去学校了。

……

蒋凯南自从去过李增贤家之后，和向好的联系就多了起来。

先是通过手机和微信，后来则是隔三岔五地到她家，送水果或者日常用品。

对于蒋凯南，李增贤无论怎么看都觉得喜欢，恨不得他立刻能成为自己的女婿。

但向好却不紧不慢，完全没有想要和蒋凯南复合的意思，更没有将她和蒋凯南的那些前尘往事告诉李增贤。

归根结底，她心中的那个结，始终没有解开。

而且，蒋凯南曾经带给过她伤害。这种伤害，她不希望再面对第二次。

但令她困惑的是，自从见到蒋凯南之后，曾经的记忆就被唤醒了，而且不停在自己的脑海里浮现……

她原以为，有些东西，过一阵子就会散了的，希望这一切随着时间的推移慢慢淡去。

却不想，记忆是个很奇妙的东西，你越是拒绝，它就越是不断地从心头涌来，而且越来越清晰。

与此同时，她也明白：心若静了，即便面临大风大浪，也能泰然处之；心若不静，哪怕眼前风平浪静，心里也能排山倒海。

归根结底，还是她自己的问题，是她自己没有真的将某人某事放下。

对于这些"不良症状"向好都通过"忙碌"的方式来对抗。

与此同时她也发现：忙，真的可以治愈一切。

当一个人全身心地投入到工作中的时候，真的可以将回忆屏蔽，可以忘掉一切痛苦。

但令她没想到的是，一切都是不断变化着的，一切却都不是以她的意志为转移的。

这天，她刚走到校门口处，一个久违的声音就在她的耳边响了起来："师姐，好久不见啊。"

向好怔了怔，紧接着猛地回过头，便见到一个穿着一袭米色长裙的女孩站在身后不远处，一头黑色的长发被风吹起，带着几分青春气息。

向好愣了好久，才带着几分疑惑叫出了她的名字："方梓妍？"

女孩抿嘴笑了："你还记得我啊？"

向好这才转过身来："当然记得啊。"

她怎么会不记得呢？当初方梓妍一直喜欢蒋凯南，追了他两年多。哪怕是后来蒋凯南和向好走到了一起，方梓妍也没有放弃过对蒋凯南的追求。

但蒋凯南一直不为所动，这让向好很是感动。

那时的向好以为，蒋凯南对自己用情专一，如此专一的男人，以后变心的概率也会低很多。

但令她没想到的是，两年后，他离自己而去，和方梓妍走到了一起。

那一刻，向好是崩溃的。

不甘、愤怒将她的整个心灵占据。还有，那强烈的失落感，让她一度认为自己再也无法从失恋的痛苦中走出来了……

直到这一刻，她看到方梓妍，心依旧会痛。

"你好像瘦了一点儿。"方梓妍一边打量着向好，一边说道，"好像还黑了一点儿，是不是在这边生活还没有完全适应？"

向好摇了摇头："没有，我一来就适应了。"

"噢，这么好？一来就能适应？"方梓妍仍旧在继续打量着向好，"不过你还是那么漂亮，和之前上大学的时候差不多。不对，是比上大学的时候还要漂亮，更有气质了，真的。"

"谢谢。"向好依旧礼貌地笑着，说出的字能少则少。

对于这样一个曾经夺她所爱的人，她没办法做到揣着明白装糊涂。

"凯南也来了？"方梓妍继续问道。

向好顿了顿：方梓妍是真的不知道蒋凯南来了梅园，还是假装不知道？她初步判断，方梓妍此次来就是为了蒋凯南。

"嗯，他确实来了梅园。"向好很坦诚。

"噢……"方梓妍一副若有所思的样子，"我本来是想去找他的，但后来想想还是算了，免得打扰他工作。"

"你不是为了找他才来的吗？"向好还没想好，就脱口而出。

方梓妍摇了摇头："我只是路过，就过来看看。"

刚说罢，又补充道："听说你在梅园小学支教，就过来看看。"

向好不解：这么听起来，倒像是来看她的。

见向好一直没有说话，方梓妍又开口问道："你过来梅园多久了？"

"有半年多了吧。"

"噢……"方梓妍说道，"蒋凯南是最近才来的。"

向好笑了笑，仍然没有搭话。

"他联系你了吗？"方梓妍又问。

问话间，一双杏仁似的眼睛一眨不眨地看着向好，像是生怕错过了什么重要信息似的。

向好本想说"联系了"，但想了想，还是改成了："我见过他。"

"噢……"

"毕竟都在一个镇子上，抬头不见低头见的。"向好又补充道。

"确实也是。"方梓妍抬手看了看表，"我还有点儿事，得回去阳城。本来想约你一起吃个饭的，现在看来……还是下次吧。"

向好笑了笑："好的，慢走。"

方梓妍转身的时候，向好也转过身去，然后一步一步地开始上台阶。

但她的心却始终无法平静。

方梓妍为什么突然找来？虽然她说是路过，但这是不可能的。

方梓妍此次来肯定是和蒋凯南有关的，至于她为什么不直接找蒋凯南，而是来找了她，这就有些蹊跷了……

向好一路思索着，人已经走了上去。

刚打算去办公室，突然听到有人叫他："向老师……"

是杨迪，穿着一身校服，但裤子明显有些脏了。

杨迪此刻正仰着笑脸看向好，看起来心情不错："向老师，你今天也这么早啊？"

由于杨迪说的是方言，向好一时间没听得太清楚，她问道："杨迪，你刚才说什么？"

"我说向老师今天也这么早？"杨迪又重复了一遍。

但向好还是没听得太明白，为了避免尴尬，向好笑着回应道："杨迪，早啊。"

杨迪愣了愣，然后有些羞涩地笑了一下，转过身朝着教室跑去。

也正是因为杨迪，向好突然想到了曾经跟房磊提过的推广普通话的事。

正想着要不要找房磊再提一次，就见到房磊拿着一个茶杯从办公室里走出来。

向好犹豫了一阵，还是走到了房磊的面前，恭恭敬敬地叫了一声："房校长。"

房磊转过头，见是向好，笑了笑："怎么，找我有事？"

向好道："确实有件事，想要跟房校长汇报，您现在有空吗？"

"当然有空。"房磊说道，"你先到我办公室，我很快回来。"

房磊说罢，便端着杯子去装开水了。

向好并没有擅自去房磊办公室坐下，而是站在他的办公室门口，恭恭敬敬地等着。

等房磊回来之后，向好才跟着房磊进办公室。

房磊坐下之后，问道："你有什么事？直接说吧。"

向好在脑海里迅速地组织了一下语言，缓缓开口道："房校长，记得我之前一时心血来潮跟您提过推广普通话的事，本来想制定一份方案的，但最近东忙西忙的，竟把这件事给忙忘了。"

向好说到这里，脸上略带愧疚，仿佛自己没有完成领导交办的任务一样。

房磊愣了一下，随即点了点头："好像……还真有这么一回事。如果你不提，我也差点儿忘了。"

向好笑了起来："如果不是见到您，我也差点儿忘了。"

向好说罢，见房磊没什么反应，又补充道："刚才在一年级教室门口见到杨迪，他用方言跟我打招呼，说了好几遍，我竟然没听懂。"

房磊抿了一口茶，笑了笑，说道："要听懂方言，还得慢慢习惯。至于推广普通话，你可以先做一个东西，做出来我看看。我觉得推广普通话这个事就是要融入到日常生活的点滴中，要不然一张嘴就忘了，习惯形成不了，普通话也不可能说得好，对吧？"

"对啊。"向好立刻接话，"我觉得如果要推广普通话，不管在学校还是在家里，都坚持讲普通话，不到两个月时间肯定会有很大的改善。江奶奶都那么大的年纪了，还能学会讲普通话呢，更何况是这么小的孩子呢。"

房磊听罢，不断地点着头："确实是这个道理。到时候我们可以尝试组织一次演讲比赛，规范普通话发音，将能否讲好普通话放在评比的首要位置。通过演讲比赛，推广普通话，让教师学生都有这方面的意识。"

"好。"向好听得很认真，也记得很认真。

在她的印象中，这是房磊第一次如此顺利地接受了她对一件事的看法，并且主动提出了自己的想法。

房磊继续说道："咱们学校的宣传栏里，也加上推广普通话的漫画或者标语，放在显眼的位置，实时提醒，加强意识。将教师教课时讲普通话作为硬性规定，学生回答问题也必须用普通话。该严格的地方必须严格，语言这个东西就是这样，只要习惯形成了，接下来就好办了。"

从房磊办公室出来之后，向好便开始写推广普通话的相关方案。写好之后改了又改，才发给房磊。

房磊看了之后，告诉她打算和学校的中层管理人员再商量商量，如果没有问题就直接发文。

第五十四章　让教育回归本质

三天后，学校的演讲比赛正式开始，向好担任本次比赛的主持人。

在比赛开始前，她讲了推广普通话的必要性和意义所在。

"各位领导、老师、同学们，你们好。中国是一个多民族国家，是一个有五十六个民族、十四亿人口的大国。中国的语言也丰富多样，每一个民族都有自己的语言。在新中国成立之后，将汉民族共同语言定名为'普通话'。1956 年 2 月 6 日，国务院发布《关于推广普通话的指示》，对普通话的含义作了增补和完善，所谓普通话，就是'以北京语音为标准音，以北方话为基础方言，以典范的现代白话文著作作为语法规范的现代汉民族共同语'。虽然只是语言，但它是人与人之间沟通的桥梁。从小的方面来讲，它方便人与人之间的沟通，方便大家了解和交流。从大的方面来讲，它有助于各民族人民之间的交流，是维护国家统一，增强民族凝聚力的重要纽带……"

向好在讲话的时候，坐在台下的黄帧一直看着她，面带微笑。

向好竟有那么一瞬间的恍惚。

记得小时候，在阳城实验小学读书的时候，学校也组织推广普通话活动，也组织过演讲比赛。那时候，她第一个上台演讲。她清楚地记得，黄帧是那次演讲比赛的评委之一。

一转眼，这么多年过去了。

今天，她又站上了学校的主席台，但身份却不是演讲者，而是主持人。

黄帧也不再是评委，而是观众。

往昔今日，有诸多的相同之处，也有诸多的不同之处。无论是相同，还是不同，都能勾起诸多的回忆，和颇多的感慨。

演讲比赛很成功，虽然有些参赛者在演讲的过程中嘴里时不时蹦出方言，引得大家哄堂大笑，但意识上的转变很大。

在比赛结束之后，黄帧特地找到了向好，问道："向好，在梅园小学推广普通话，是你跟房校长提的吧？"

向好犹豫了一下，问道："黄老师，您怎么就猜到我了？"

黄帧笑了笑："除了你，还能有谁？"

"那可不一定，说不定很多人都有这个意识。"向好歪着头看向黄帧，还像小时候那般。

黄帧顿了顿："意识归意识，关键是行动力。普通话早该推广了，你看看当年阳城实验小学推广普通话是什么时候？差不多二十年了！虽然梅园小学是乡镇小学，但也不至于晚这么多。我相信无论是学校的领导，还是教师，都有想过这个问题，也有尝试去改变现状，但就是因为没有这个语言环境，大家说着说着就说回自己的方言了，最后一切就不了了之。有些东西，说难也难，说容易也容易，关键就看有没有这个信心和执行力。信心和执行力到位了，什么都不是问题。"

黄帧话音未落，向好突然听到不远处传来一个熟悉的男声："说得好。"

向好吓了一跳，猛地回头，才发现房磊不知道什么时候站在自己的身后。

向好见是房磊，目光不由自主地看向黄帧，黄帧脸色略有尴尬。

黄帧的尴尬来自哪里，她很清楚。不管他刚才说的那番话多么有道理，但在这个点儿上还是容易引起误会。

就在向好正想着该怎么缓解眼前尴尬的时候，房磊就再次开口了："黄老师，您刚才说得很对。不管什么事，关键是信心和执行力。只要信心和执行力到位了，什么问题都不是问题。"

黄帧附和着笑了笑，没有说什么。

向好也不确定房磊说的是否是真心话，她仍然在担心黄帧会否因为方才那一番话，引起他和房磊之间的隔阂和误会。

但房磊接下来的话，彻底将向好心中的疑虑消除。

房磊说："以前，我们只关心学生的学习成绩，关注他们有没有好好听讲，有没有好好做作业，有没有考出好成绩。但现在我发现，一些看似和分数无关的事，却能提升学生的整体素质。从今天的这场演讲比赛中能看出，他们自己都想让自己变得更好，想要接触更丰富更多元的世界。当一个孩子对未来有渴求、有期待、有希望，才会不断努力向上。所以，无论是学习艺术，还是推广普通话，都是将他们向着更好的方向去引导。如果整天只关注考试成绩，他们自己都会觉得枯燥乏味，不明白学习的意义到底是什么，久而久之，也就失去了兴趣。现在一些高校流行的'空心病'，大多是这样形成的，不是吗？所以说，让教育回归本质，改变'唯分数论英雄'的观念，才是我们接下来应该要探讨和重视的事。"

听完房磊的这一番话，向好着实有些惊诧。

过了好几秒，她用感叹的语气说道："房校长，我还真没想到……"

房磊见向好话才说了一半，就没了下文，没忍住问道："没想到什么？"

向好一时间竟没想出该用什么样的话来描述，继续感叹道："没想到房校长竟会是这样的房校长！"

房磊被她给逗笑了："说的都是些什么话呢？要不然我是啥样的房校长？奇形怪状的吗？"

向好还没来得及回答，黄帧就说道："房校长无论对教学还是管理工作，都很有见地。向好对房校长的了解还是不够多啊，他是学校的领头羊，也是一座宝藏。以后你多接触接触，会有更多感慨的。虽然乡镇小学硬件条件确实有许多不足，但软件上却是可以不断改善的。"

……

向好回到自己办公室之后，在浏览网页的时候，突然看到关于阳城市举行中小学生油画比赛活动的通知。

起初并未太在意，但关掉网页之后，她突发奇想：是不是应该让江朵朵也来参加这个活动？

这个念头一出现，她就立刻去江朵朵班级找她。

然而去到她班门口才发现，江朵朵根本不在教室里。

向好找到了她的班主任周小敏，周小敏告诉她，江朵朵去阳城找她妈妈去了。

向好一听，顿觉情况不妙。

毕竟，现在吴咏梅的老公赵军正被拘留，而吴咏梅更是处于情绪崩溃阶段，这个时候如果江朵朵去了，将会发生什么？

周小敏见向好脸色不对，连忙问道："向老师，你怎么了？是不是发生了什么不好的事？"

确实发生了不好的事，但不能到处说。

向好摇了摇头："没有，我只是担心江朵朵突然去阳城不方便。对了，她有没有说跟谁一起去的？"

周小敏想了想，回答道："听说是跟她叔叔一起……"

"她叔叔？"向好皱起了眉头。

江朵朵的叔叔名叫江建民，是梅园村的村民，有一对双胞胎儿子。虽然算是江朵朵名义上的监护人，但却很少主动看望江朵朵。包括江奶奶也一样，十天半个月都不一定能见自己儿子一次。

向好想到这里，便问道："江建民怎么会突然带江朵朵去阳城呢？"

周小敏说道："我也不太清楚，但听江朵朵说是她自己要去的。所以就等到江建民去城里办事的时候直接跟了过去……"

"这样啊？"

"嗯。"周小敏说道，"我这里正好有江建民的电话，你看看要不要联系他？"

周小敏说罢，迅速地写下了江建民的电话号码。

向好从周小敏手里接过了那个字条，说道："好的，谢谢你。"

向好从周小敏这里离开之后，迅速地拨打了江建民的电话。

电话接通之后，她便说明了缘由，并问了江朵朵的情况。

江建民告诉她，当初他确实把江朵朵带到了吴咏梅那里，但是后来他办完事就回来了。至于现在江朵朵在哪儿，他也不清楚。

江建民说罢声称自己很忙，有事急着要处理就挂了电话。

向好也不好继续追问，只得打了吴咏梅的电话，但吴咏梅的电话一直无人接听。

向好不由得有些紧张，立刻向房磊说明了情况，并请了假。

房磊也有些担心，同意她立刻去阳城找江朵朵，有什么问题随时沟通。

向好一路颠簸去到吴咏梅家门口的时候，听到里面有孩子的哭声。

听到哭声，她悬着的一颗心突然放下来了：她在家就好。

于是便敲了门，就在敲门声落下之后，孩子的哭声突然停了下来，但却迟迟不见人来开门。

她只得又敲了几次门，仍旧没人开门。

她无奈，只得拨打吴咏梅的电话，电话才响了一声就立刻被掐断了。

甚至，房间内电话铃声响起的时候，她都能清晰地听到声音……

"吴姐——"向好叫了一声，"你在家对吗？"

里面无人应答。

向好没办法，继续拨打电话，电话却处于关机状态。

向好只得继续敲门，但敲了很久，都没见人来开。

就在她不知道如何是好的时候，对面的门却开了，有一个白发老太太探出头来问道："找人呢？"

向好点了点头："对，找人。"

然后朝着吴咏梅家门口指了指，问道："请问您知道这家人怎么回事吗？一直不见人来开门啊！"

"你说的是吴咏梅啊？"老太太问道。

"对，就是吴咏梅。"向好又问，"这几天您见到一个女孩来过没？十二三岁的样子，皮肤白，大眼睛……大概有这么高。"

向好说话间，伸出手朝着自己胸口的位置比画了一下。

"见过见过……"那老太太说话间已经推开了门，朝着向好这边走，

"那孩子是叫江朵朵是吧？我听说是吴咏梅的亲女儿来着，但她也没好好对她，估计是嫌弃她是个女孩儿，又是前夫的孩子，怕影响她现在的生活。哎呀，你说这人怎么就这么自私呢？为了自己连孩子都不要了。还有，我还听说啊，现在她老公赌博被抓了，拘留来着，现在都还没放出来呢，是不是真的？"

老太太一下子说了这么多，向好听罢本想点头，但又觉得似有不妥，于是摇了摇头："他们家的情况我不太了解，但是江朵朵是我的学生，我听说她来过了，不知道现在还在不在，我找她有点儿事。"

"这样啊，你是那孩子老师啊？"老太太立刻笑了，"还真是个负责任的老师，你是她班主任？"

向好摇了摇头："不是，我只是支教老师，和江朵朵关系比较好。"

"噢……原来是这样。"老太太开始打量起向好来，"那也是个不错的老师，那孩子家里人不管，有老师管着，也算是她的福气。"

就在向好正准备说点儿什么的时候，老太太已经开始用手拍吴咏梅家的门："吴咏梅？吴咏梅在吗？你女儿的老师来找她了，找她有事，你让她出来，行不？"

里面一片安静，无人应答。

就在老太太正准备再次拍门的时候，向好说道："老奶奶，她如果不想开门，咱们一直拍也不是个事儿啊。"

第五十五章　缺爱的孩子

老太太也不理会向好，一边继续拍门一边说道："……我就是看不惯她不善待自己女儿，我就要拍。她不管不是有人管吗？吴咏梅，你出来，再不出来我就报警了！"

就在向好正准备继续劝的时候，门突然开了。

吴咏梅抱着四岁的儿子站在门口，眼圈红红的。

老太太愣了一下，随即扭过头看了一眼向好："你看，这不是开门了？你敲门太小声，人家耳朵背听不见！"

吴咏梅没看老太太，将目光投向向好，问道："你真是来找朵朵的？"

向好点了点头："当然啊，要不然我还能干什么？"

吴咏梅似乎还不太相信，但也没说什么。

老太太朝着屋里看了看，见没有江朵朵的影子，于是对向好说道："这位老师，要不然你进去看看？"

随即又将目光投向吴咏梅："孩子老师来了，你就让人家在外面站着？"

老太太声音不轻不重，但也能看出，她对吴咏梅有诸多不满。

吴咏梅这才招呼向好："向老师，你进来说话吧。"

向好告别了老太太，才进了门。

进门之后，向好发现屋内依旧是乱糟糟的，玩具零食散落一地，连个下脚的地方都难找。

"家里就是这么乱……"吴咏梅一边说一边开始收拾。

向好说道："吴姐，你不用收拾了，我和你说几句话就走。"

"哦……"吴咏梅站起了身，看着向好，问道，"你是不是来要债的？我现在没钱，真没钱，我老公现在还被关着呢，我和儿子都得花钱，如果你现在要钱，我真的是一分都拿不出来……"

向好听到这里，不由得愣了一下。

过了好几秒，她才突然想到前不久她给吴咏梅转了几千块钱，原来吴咏梅是担心她是来要钱的。

与此同时，她也明白为什么吴咏梅刚才一直躲着不肯开门了。

向好笑了笑，说道："吴姐，我这次来不是为了要钱的。我给你转账的时候不是说了，那份钱是我替江朵朵给你的。我这次来，就是为了找江朵朵，我听说她前几天来过，是不是？她人呢？现在在哪儿？"

吴咏梅这才松了口气，紧接着便回答道："我也不知道，江朵朵来我这里住了一夜，第二天就走了。说是跟同学一起回去，后来就没联系了。"

"跟同学？"向好顿时又觉得事情不妙，"哪个同学，她说了没？"

吴咏梅想了想，摇了摇头："我也不知道，我问了，她没说。要不你打个电话给江建民，问问他？"

向好听罢，不由得有些失望。

直到现在，关于江朵朵的任何事，吴咏梅都想往江建民那儿推。

而江建民有自己的孩子，不可能真的对江朵朵上心。

一个孩子，被这样推来推去，让向好感觉很不好。

但，她仍旧没有表露出对吴咏梅的负面情绪，只是说道："吴姐，江朵朵走的时候你就没有送送她？她还这么小，你就放心她一个人出去？她一个女孩子万一遇上不好的事怎么办？"

吴咏梅愣了一下，脸上露出了尴尬的笑："你看看我还得抱着个孩子，怎么送？朵朵虽然年纪不大，但也有十二三岁了。我像她那么大的时候，都出来打工挣钱了。再说了，现在文明社会，哪儿有那么多的坏人？"

向好无奈，她再一次感觉和吴咏梅这种人讲道理是讲不通的。

与此同时，她心中一直期待吴咏梅能回去看看江朵朵的愿望，也在慢慢消失。

向好从吴咏梅家里出来的时候才发现，刚才的那个银发老太太一直站在门口处，见到向好出来就立刻问道："怎么样？孩子找到没有？"

向好顿了顿，回答道："还没找到，但我相信是可以找到的。"

"哎呀，孩子不在家里头？"老太太似乎很担忧，"那会去哪儿？她在阳城有其他的亲戚朋友不？"

"我正在找，谢谢关心。"向好并未和老太太多说什么，说了声再见之后，便下了楼。

向好下楼之后，第一时间打电话给周小敏，跟她说明了情况。

在向好打电话的时候，看到楼下有几个年轻人蹲在路边抽烟，时不时地在看她。

向好不由得开始担心，江朵朵这么小的孩子，一个人从这小巷子里经过会不会害怕？会不会遇到什么坏人？

与此同时，她也真的希望自己的担忧是多余的。

周小敏听了向好的陈述之后，也很担心，准备到阳城和向好一起找江朵朵。

向好想了想，问周小敏要了梁宇飞家里的电话。

起初周小敏很好奇，于是问道："向好，要梁宇飞家里的电话做什么呢？江朵朵还能去他家？"

向好也没多解释，只是说道："现在我也不清楚，是我自己想要找梁宇飞，有点儿事。"

向好拿到梁宇飞家的电话号码之后便打了过去，是梁宇飞的妈妈接的。

向好做了自我介绍，然后问梁宇飞在不在家。

梁宇飞妈妈一听，顿觉诧异："向老师，现在正是上课时间，他怎么可能在家呢？"

向好这才想起，今天是礼拜三，按理说梁宇飞这个时候正在学校。

向好只得又问："宇飞妈妈，那梁宇飞现在在哪所学校读书呢？"

梁宇飞妈妈仍旧是有些诧异："向老师，是不是我们宇飞做了什么错事？"

"没有没有……"向好本想将实际情况告诉梁宇飞妈妈的，但又担心说多了她反而担心，于是说道，"我只是随口一问。"

"噢……"梁宇飞语气中的担忧并未散去，"他在阳城实验一小。"

向好一听，突然一怔，随即便说道："好的，谢谢宇飞妈妈。"

阳城实验一小，她真的太熟悉了。

只是没想到，梁宇飞竟然也去了这所学校。

向好收起手机，便一路小跑跑到了路边，打了辆车，便朝着阳城实验一小赶去。

当她再次站在熟悉的校门前，站在那棵至少需要五个人才能合抱的大榕树下，感受微风拂过脸颊……恍惚间，有种真的回到小时候的错觉。

她很快找到了五年级一班的班主任，是个她不认识的年轻女孩子，姓杨，叫杨敬。

向好感觉杨敬的长相有几分似曾相识的感觉，但却又想不起到底在哪儿见过。

迅速地搜索了一遍记忆，确定她和杨敬此前未曾谋面，才慢慢恢复平静。

听说她要找梁宇飞，杨敬犹豫了一下，皱着眉头问道："您是……梁宇飞的家长？"

"不，我是之前他所在的梅园小学的支教老师，现在找他有点儿事，能让他出来和我说几句话吗？"向好问。

杨敬仍旧皱着眉头："他这几天请假了，说是身体不太舒服。"

向好一听，心头不由得一顿：如果梁宇飞真的生病，刚才他妈妈为什么没说？她没必要在这件事上隐瞒啊！

向好只得问杨敬要了梁宇飞家的地址，然后一路直奔梁宇飞家。

当她出现在梁宇飞家门口的时候，梁宇飞妈妈很是诧异："向老师，你怎么来了？"

向好只得将事情的原委告诉了梁宇飞妈妈，梁宇飞妈妈一听有些慌了："宇飞这孩子从来不撒谎的啊！他怎么能撒谎说自己病了然后不去上学呢？这可怎么办好？"

向好连忙劝道："宇飞妈妈您先别慌，宇飞刚来阳城不久，对阳城也并不是太熟悉。你想想看，他平时最常去的是哪些地方，咱们就锁定那几个地方找，好不好？"

梁宇飞妈妈一听，突然灵机一动："有了，我知道了。向老师，你跟我一起去。"

……

梁宇飞妈妈带向好去的是一个废弃的类似厂房的老房子，据梁宇飞妈妈介绍，那里之前是梁宇飞爸爸租来做建材生意的，后来生意做大了，这个地方就暂时空了出来。

梁宇飞有时候会过来，到他爸爸之前的那间办公室玩儿。

向好一边听着，一边用目光四处搜寻着。

她们朝着那间旧办公室走去，果然见到房间的灯开着……

向好心头一紧：他们真的在这里？

与此同时，也有了不好的预感：两个正处于懵懂期的少男少女共居一室，会做什么？

然而，当他们推开办公室门的时候，却发现里面空无一人。

向好不由得纳闷儿："宇飞妈妈，会不会之前一直忘了关灯？一直开到现在？"

梁宇飞妈妈一边关掉灯，一边思索着："不可能，宇飞爸爸不可能不关灯。而且我前不久还来过，走的时候确认所有灯都关掉才走的……"

"那这是怎么回事？"向好一边问，一边继续四处看。

窗外除了被废弃的建材和一个铁皮桶，就是半人高的杂草。

无论怎么看，这里都不是适合孩子玩耍的地方。

就在向好正准备往外走的时候，突然看到那个原本一动不动的铁皮桶竟然动了一下……

起初她以为自己看错了，然而接下来，铁皮桶里传来一声低低的咳嗽声。

咳嗽声很是短促，几乎是发出的瞬间就被人为中止了一般。

向好没有说话，拧开后门的门把手，然后朝着铁皮桶的方向走去。

她本来想直接打开的，但还是选择轻轻敲了敲，然后叫出了梁宇飞的名字："梁宇飞……"

铁皮桶里一片安静。

只是，梁宇飞妈妈听到向好的声音之后，跑了过来，直接打开了桶盖。

然后，朝着里面看了一眼，就大声叫道："出来！"

紧接着，向好最期待也最不愿意看到的一幕发生了！

梁宇飞从桶里钻了出来，脸上还带着黑色的污渍。

紧接着，江朵朵也从里面出来了，和梁宇飞一样，身上脏兮兮的……

第五十六章　被忽视的小美好

梁宇飞妈妈揪住梁宇飞的耳朵就往死里拧："你到底干什么了？怎么跑这里来了？你还把人家朵朵弄过来？你到底是想干什么？啊？"

梁宇飞疼得直咧嘴，但始终没有反抗，也没有叫一声疼，一双眼睛始终一眨不眨地看着江朵朵。

向好将江朵朵朝着自己身边拉了拉，然后对梁宇飞妈妈说道："宇飞妈妈，您别再拧宇飞耳朵了，放开他吧。现在还不知道发生了什么，你放开他咱们慢慢了解情况。"

向好话音刚落，梁宇飞妈妈便松开了手，但一双眼睛仍旧瞪着梁宇飞，训斥道："你今天必须跟我说清楚！你怎么就逃学跑这里来了？还带上朵朵一起？"

紧接着，梁宇飞说明了情况。

原来，在梁宇飞走的时候，留下了他家里的电话号码。江朵朵此次来找妈妈，妈妈催她回家，她一时失望就找了梁宇飞。

梁宇飞没地方安顿江朵朵，就将她带到了这里。

为了陪同江朵朵，他就请了假……

事情的经过听起来很简单，一切也完全在向好的预料之中。

只是，在这个过程中到底发生了什么，仍旧是向好此刻的心病。

梁宇飞妈妈像是看出了向好的担忧，恰到时机地跟她说道："向老师，宇飞刚才说了，他是为了给朵朵找个地儿住下来，才带她来这里的。你放心，我家孩子老实，不会做什么过分的事的。"

说罢，还特地推了梁宇飞一把："你这臭小子有没有欺负人家朵朵？"

梁宇飞似乎并没有听出自己妈妈话里的意思，低着头没好气地反问道："我怎么可能欺负她？我把她带到这里来就是为了保护她。"

向好低头看了一眼江朵朵，发现她的脸已经红到了耳边，于是问道："朵朵，你从妈妈那里出来之后，为什么不回家？"

江朵朵犹豫了一会儿，才低声回答道："我没钱买回去的车票……"

向好愣了一下，但随即便猜到江朵朵说的并不是实话。

只是现在这么多人，逼着她说实话也不太合适。

想到这些，向好便对梁宇飞妈妈说道："宇飞妈妈，您带我来这里也辛苦了。要不晚上一起吃个饭？"

梁宇飞妈妈犹豫了一下，说道："好，向老师这么远来，我请你。"

"我请你吧，毕竟您帮了我大忙。"

……

几个人吃过饭之后，梁宇飞妈妈因为有事先回去了。

向好便将江朵朵和梁宇飞带到了他家楼下不远处的小公园里，三个人坐在长凳上。

向好问江朵朵："朵朵，你实话告诉老师，你这次从梅园来到阳城，主要是想找梁宇飞，对不对？"

江朵朵还没来得及开口，梁宇飞就抢着说道："朵朵在学校里老被人欺负，她才到阳城的！"

向好突然一愣，转头看向她："是这样吗？又有人欺负你了？又是秦薇吗？"

江朵朵点了点头："嗯。"

"她们又打你了？"向好一边问，一边朝着江朵朵小腿处看，却没有在她身上发现任何伤痕。

梁宇飞也一脸担忧地看向江朵朵，像是在找什么蛛丝马迹。

江朵朵摇了摇头："没有。她们只是骂我，说我找人打压她们。"

"噢……"向好松了口气，"她们说你找的人，是不是我？"

江朵朵回答道："他们说除了你，还有房校长，他们还说现在房校长不知道吃了什么迷魂药，什么都听向老师的。"

向好听了江朵朵的话，只觉得无厘头到了极点！

那些话刻薄离谱得完全不像十几岁的小孩子说的。

不知道为什么，此刻她的脑子里竟闪现出秦莉的脸孔。

向好说道："以后他们再欺负你，你一定要第一时间告诉我，知道吗？不要担心她们还会为难你，要相信邪不压正。"

"嗯。"江朵朵又点了点头。

向好这才将话题切入正轨："宇飞，我知道你很关心朵朵，但是朋友之间，尤其是异性朋友之间的交往一定要注重分寸，知道吗？"

"知道。"梁宇飞回答道，"向老师，这次确实是我不对，我听说朵朵来了，就直接撒谎请了假来找她，也没跟家里人说，是我的错，以后我再也不犯了。"

向好没说话，在她看来，承诺很容易，但真的做到却很难。

所以，她不会绝对不信任梁宇飞，也不会绝对信任梁宇飞。

梁宇飞见向好不说话，继续说道："向老师，我让朵朵来，也是因为我自己在这里没什么朋友。我刚从梅园小学转到阳城实验一小，谁也不认识。而且，他们好像也不太爱跟我玩儿……"

梁宇飞在梅园小学成绩很好，长得又帅气，在向好的印象里，他一直是个非常自信乐观的孩子。

但是今天，她第一次在梁宇飞的脸上看到了类似不自信的神色。

"我也需要好朋友的陪伴，我也需要友谊，我不希望您和妈妈误会我们，我和朵朵就是很好的朋友。"梁宇飞继续解释道。

向好终于点了点头："好，我知道，我相信你。"

和向好聊了一会儿之后，梁宇飞便回了家。

而江朵朵则被向好带回了自己家，当林越看到江朵朵的时候，不由得一愣："向好儿，这是……"

"我的学生，本来刚才打算告诉你的，你电话挂得太急。"向好说罢，对江朵朵说道，"这是我妈妈，之前也是梅园小学的老师，你叫她林老师也行，叫林阿姨也行。"

江朵朵犹豫了一会儿，才怯生生地开口道："林老师好。"

"你好，今晚你就跟向老师一起住吧，我这就去收拾床铺。"林越说完，带着几分疑惑去收拾床铺了。

趁着江朵朵洗漱的间隙，向好跟林越和向卫华说出了事情的前因后果。

向卫华一听，立刻笑着称赞道："我们家向好儿就是行！有责任心有爱心，还能和学生打成一片，都亲得跟小姐妹似的。挺好挺好，我们向好儿心中有大爱，以后肯定大有前途。"

林越笑了笑，没作声。

……

当天晚上，向好和江朵朵睡在向好的卧室里。

江朵朵进入卧室之后，愣了好半天，视线一直落在那淡蓝色的碎花窗纱上，许久许久。

向好被她弄得有点儿蒙，于是问道："朵朵，你在看什么呢？"

江朵朵这才收回目光，有些不好意思地说道："向老师，你的窗户好美……"

向好怔了怔。

美吗？

向好朝着窗户边看去，看了好久，也没有看出美感来。但，却看出了熟悉感。

这房间装修的时候，向好才十五岁。一转眼若干年过去了，从没改变过。

正是因为从未改变，向好早已习惯了。在日复一日的习惯之中，是很难发现美感的。

但，眼前的蓝色窗纱和白色飘窗，以及那飘窗上的紫色小花儿，又何尝不像是一幅美景呢？

"确实挺美的。"向好说道，"如果你不提醒，我还真没注意。"

向好的话，把江朵朵给逗笑了："向老师，你是在开玩笑吧？自己的家，怎么会没注意呢？"

向好收回视线，淡淡笑了笑："正是因为是自己的家，所以才没注意啊。就像你整天在梅园镇来来回回，也不一定会注意路边的哪朵小花儿开得好，哪棵小树长得高一样。"

向好本是发表一下感慨的，却不想她话音未落，江朵朵就立刻说道："不，我有注意！我每天去学校的时候，都有看到那棵香樟树，是所有的树木中最高的。还有离学校最近的那棵三叶梅，花儿开得最好……"

向好愣了一下，随即转头看向江朵朵。

江朵朵仍旧在不断地说着去学校路上的那些小花小草，都是极其常见的植物，但她说起来的时候两只眼睛都在闪闪发光，像是看到了这世界上最好的美景一般。

曾经，向好只觉得江朵朵孝顺，有爱心，有艺术天赋。

现在她却发现，江朵朵除了具备以上那些特质，还热爱生活，善于观察，是个有心的孩子。

她生活条件很不好，却还能像现在这样热爱身边的一切，真的很难得。

她甚至觉得，江朵朵美好得像一个坠入凡间的天使。

想到这里，她伸手将江朵朵拉到了身边，感慨道："朵朵，你真的是一个特别特别好的孩子。"

江朵朵没有意识到向好会突然说出这么一句话来，不由得愣了一下。

向好继续说道："真的，你比我见过的很多小女孩都要好，要出色，知道吗？"

江朵朵听得有些蒙，睁着一双大眼睛一眨不眨地看着向好，像是在揣摩她话里的意思。

向好抿了抿唇："你这么好，就一定要懂得好好培养自己，打造自己，千万不要因为一时开了小差影响了自己的前程。其实我知道，你有些喜欢梁宇飞……"

第五十七章　她的无助　她的依恋

向好说到这里，很自然地移开了视线："但是你也要知道，梁宇飞现在到了阳城，你如果真喜欢他，也要把这份喜欢给藏起来，然后好好学习，好好画画，等你考上了大学，或者有了一技之长，就会慢慢变得优秀起来。到那个时候，你才可以去找你真正喜欢的男孩子，别人也才会珍惜你。当然，今后你喜欢的那个男孩子，也可能是梁宇飞，也可能不是。但这都没有关系，关键是那个男孩子一定会很优秀，很值得你去喜欢。"

向好一番话说完，江朵朵已经低下了头，好半天才低声说道："向老师，我错了……"

"朵朵，其实老师特别理解你。现在梅园镇没有特别关心你的亲人和朋友，梁宇飞对你照顾，又很细心，所以你会对他有依赖感。有了依赖感，慢慢地就开始喜欢他。这些我都懂，之前我也跟你说过。我并不是反对你交朋友，但要正确交朋友。对了，你们今天为什么会藏在铁皮桶里？"向好绕了半天，终于把话题绕到了"正点儿"上。

江朵朵沉默了一阵，然后说出了事情的经过："本来梁宇飞是想让我在阳城住几天的，他打算带我去打游戏，还有看电影……但是又找不到地方住，就带我去了那里。他为了陪我，就请了假。我们只是在里面看书，说说话，没干别的……后来听到你们说话的声音，我们不想让你们觉得我们是不听话的孩子，就躲起来了。后来就……"

虽然江朵朵说得语无伦次且断断续续，但向好还是听明白了："我们去找你们，是担心你们，并不是想要证明你们是不好的孩子。这种事情，以后再也不能发生了，明白吗？"

"嗯。"江朵朵点了点头。

"好了，我该说的都说了，相信你也都能懂。时间不早了，早点儿休息吧。明天一早，咱们就回梅园镇。"向好说。

"嗯。"江朵朵再一次点头，乖巧得像个急于"改邪归正"的孩子。

……

江朵朵回到梅园小学之后，房磊和周小敏先后和她谈了话。

由于此前向好已经给她做了思想工作了，江朵朵也并没有太大的心理负担，只是很顺从乖巧地表示今后要好好学习，不再擅自离开。

江朵朵回到家之后，本想跟奶奶认个错的。

而当她推开房门，却发现奶奶不在家，急得她到处找。

找了好久都没有见到江奶奶的影踪，江朵朵急得哭了，跑去了李增贤家。

李增贤见江朵朵眼睛红红的，就问道："朵朵，你这是怎么了？是不是哭了？"

江朵朵哽咽着道出了实情，李增贤还没来得及回答，向好就从房间里出来了："朵朵，你奶奶是不是出去散步了？"

"我不知道……"江朵朵依旧没止住抽噎，"她眼睛才刚好，一般都不会出去的。"

江朵朵话音未落，隔壁邻居张阿姨就走了过来，见几个人正在说着江奶奶，于是问道："你们是在找江奶奶吗？"

"嗯。"江朵朵点头。

张阿姨放下了手里的菜篮，说道："江奶奶被你叔叔接走了，接去他家里了，你叔叔没跟你说吗？"

江朵朵摇了摇头："没有……"

"哦，没有啊？估计是前几天你走了，你奶奶一个人在家里闷得慌，你叔叔就把她老人家接走了。"张阿姨说罢又问，"要不你去看看？"

张阿姨说罢，提着菜篮子就走了。

张阿姨走后，向好顿觉好奇：江建民这么久都没怎么管过江奶奶，现在怎么突然把她接走了？难道是江奶奶要求的？

向好正准备开口问，李增贤就跟向好说道："小柠，要不你跟朵朵去她叔叔家里看看，看看江奶奶是不是真的在那里。"

向好说道："如果真在那里也不错，说明朵朵叔叔还是很有孝心的。"

李增贤没有说话，一副若有所思的样子。

向好将头转向江朵朵："朵朵，你说咱们要不要去你叔叔家看一看，确认一下奶奶是不是在那儿？"

江朵朵犹豫了几秒，然后点了一下头："好。"

……

向好带着江朵朵到了江建民家，刚走到大门处，便见到江奶奶正拿着抹布擦冰箱。

向好瞬间怔住了：江奶奶竟然还能干家务？之前还真没见她干过。

不过转念一想，这也挺好，说明江奶奶身体硬朗。

江奶奶还没发现江朵朵和向好的到来，江建民就走了出来，见到江朵朵不由得愣了一下："哟，朵朵怎么来了？还有这位……就是向老师吧？"

向好连忙笑着说道："我是朵朵的老师，您叫我向好就行了。"

"那怎么行？你是老师，我怎么能直呼你的名字？"江建民说话间，江奶奶听到声音也走了出来，手里还拿着一块抹布，但仍然笑着跟向好打招呼。

就在向好刚准备进屋的时候，两个男孩子突然从楼梯间里冲了出来，一前一后，跑得很快，看上去像是在争抢一个什么玩具。

向好后来才知道，那两个小男孩是江建民的儿子江源和江洋。江源和江洋正追赶得起劲儿，不大一会儿工夫，两个人已经跑得不见人影。

江朵朵的目光一直落在江奶奶身上，见江奶奶正在洗抹布，连忙上去接了过来："奶奶，让我来……"

江奶奶似乎早就习惯江朵朵做家务了，很自然地将手里的抹布给了她，顺带吩咐道："厨房的桌子也得擦擦，你端着盆过去，一起擦了。"

江朵朵很听话，立刻端着盆子朝着厨房走去，江奶奶也跟在她后面过去了。

向好见状，问江建民："江叔叔，是您把江奶奶接过来的？"

江建民笑了笑，随即点头："对，是我。我就觉得她年纪大了，一直和朵朵一起住也不是个办法。我们这里之前就有一个老人家，八十多岁了，孩子在外地打工，结果他走了都没人发现。要不是邻居后来去他家，估计都……算了算了，不吉利的事我就不说了！所以，我才想着把我妈接过来住，一来方便照顾，二来也以防出现什么意外。"

向好听罢江建民的话，顿觉他还是有些孝心的。

可转念一想，又不免有些担忧："可是朵朵怎么办啊？江奶奶这一走，朵朵只能一个人在家里住……"

向好话还没说完，江建民就说道："这个事情怎么说呢？朵朵也有十二三岁了，一个人能照顾好自己。再说了，她不是还有妈妈吗？也就是我大嫂。我大嫂这些年一直在外面，虽然又生了个儿子，但朵朵怎么说都是她女儿啊，她应该回来看看的。"

平心而论，江建民说得有些道理。

但在这个时候突然提起这个，明显是在有意转移什么。

直到江朵朵的姊姊黄家英回来之后，向好才明白：一个家庭，尤其是一个经济条件并不好的家庭，需要面对的问题真的太多了，绝非她想象得那么简单。

江朵朵离开的时候，有些依依不舍，回头看了江奶奶好几眼。

由于江奶奶半低着头，向好也没看清她脸上的表情。

江朵朵跟着向好走出去不久，眼圈儿就变得红红的。

向好心想着，江朵朵可能是因为不能和奶奶一起生活了，有些沮丧，于是劝道："朵朵，你别太难过。你奶奶如果有空，肯定会回去看你的。再说了，就算你奶奶不在家，不还有我吗？咱们两家这么近，我随时可以过去看你啊。"

向好话音刚落，江朵朵就摇了摇头："不是的，我只是有些担心我奶奶……"

"你担心她什么？"向好不解。

江朵朵想了想，说："我奶奶和我住一起的时候，都不怎么做家务的，因为她年纪太大了。家里的家务都是我来做，我会做馒头，会蒸米饭，还会炒菜，都是我奶奶教我的……现在她到了二叔家，二叔家很忙，她都不知道能不能做好。"

向好想都没想，便脱口而出："你奶奶既然能教会你做这些，自己肯定也能做好，你不用担心。再说了，你二叔是她的亲儿子，一定会对她好的。"

向好话音未落，江朵朵便立刻解释道："我不是担心二叔对她不好，我只是担心她会不会太累。我担心她年纪大了，整天操劳，会不会病倒。我希望奶奶能一直活着，活很久很久，我永远都可以看到她。"

江朵朵的一番话，彻底颠覆了向好的认知。

她怎么也没想到，现在都这个时候了，江朵朵竟还是在为了江奶奶着想。

她甚至觉得，江朵朵有着和她年龄极不相符的"早熟"。

与此同时，向好也想到了不久前江朵朵从吴咏梅那里出来，出来之后江朵朵也哭了。她当时告诉向好，是觉得妈妈太辛苦，要照顾弟弟还要照顾家，担心她一个人累坏了……

向好当时也是觉得很蹊跷，甚至有些难以理解。

江朵朵即便是再怎么单纯，也不至于没发现无论是吴咏梅还是江奶奶对她的关心和照顾都少之又少。既然这样，她为什么还会事事都为别人着想呢？难道仅仅是由于血缘关系的缘故？或者说，她从小就缺爱，对这仅有的血缘带有绝对的依恋？

第五十八章　春天里的雪人

　　向好思索了好一阵子，得出了初步的结果：江朵朵从小到大都没有得到过足够的关心和呵护，她都是靠自己付出的方式去博取他人的好感。当这种习惯形成之后，她会觉得自己付出是理所当然的，甚至不需要以此获取他人的回报。

　　此刻，向好看着泪流满面的江朵朵，很想跟她讲明白某些道理，但一张口却又不知道该从何说起。

　　向好和江朵朵快走到梅园镇东头的时候，竟见到了黄帧。

　　黄帧手里拿着一大卷宣纸，神色有些沮丧。

　　听到向好叫他，他才突然停下了脚步。

　　向好正准备问点儿什么，他已经先开口了："向好，你还记得之前阳城实验一小的杨采采吗？"

　　向好突然一怔。

　　杨采采，那个美丽中带着几分疏离，看似不食人间烟火的女子，她当然记得。

　　"怎么可能不记得？"向好笑着说道，"我小的时候，音乐课都是她上的。那个时候，我觉得她很了不起，算是我的梦想奠基人。"

　　说罢之后，她又忍不住问了一句："黄老师，怎么突然问起这个了？"

　　黄帧脸上浮现些许哀伤的神色："她出事了……"

　　向好只觉得心里突然"咯噔"了一下，过了好几秒才问道："杨采采老师……她怎么了？"

　　黄帧突然叹了口气，眼中的哀伤愈加浓重："听说是在台上演出，演出结束从台阶上下来不知道被什么东西给绊倒了，整个人都从台阶上跌了下来，一条腿，粉碎性骨折……"

　　"粉碎性骨折？那还还能治好吗？"向好只觉得心头一震。与此同时，脑子里闪现出杨采采的那双腿来。那是怎样一双好看的腿啊，修长笔直，仿佛每一寸肌肤都散发着独特的气质，用再美的词语去形容都不为过。在向好的印象里，杨采采的那双美腿是造物主的偏爱。

江朵朵虽然不知道杨采采是谁，但听到这个消息情绪也有些波动。

她仰着头看向向好，眼中露出了和她一样的哀伤。

黄帧不断地摩挲着手里的宣纸，一副焦躁不安的样子："我也不知道，已经接受手术了。到时候能不能站起来，关键看后期的恢复程度。她多优秀啊，真是可惜了……"

黄帧说罢，除了叹息还是叹息。

向好沉思了一阵，问道："她现在在哪儿？"

黄帧道："或许在家里休养吧！"

"那我们去看看她吧？"向好问，"您觉得怎样？毕竟大家曾经那么熟悉……"

她的话还没说完，就被黄帧给否定了："不去了不去了，就算真要去探望，也不是现在这个时候。"

"为什么？"向好不解。

黄帧紧接着道出了其中的缘由："我对杨采采是有些了解的，她很优秀，但也是一个追求完美的人。这样一个追求完美的人，是不希望别人看到她的创伤的。尤其是现在，一切才刚刚发生，可能是她对这一切接受能力最弱的时候。如果我们现在去看她，很可能会引起她的逆反心理。所以我寻思着，过段时间再去。"

"过多久？"向好问。

黄帧想了想："等她调整到最佳状态的时候。"

向好想了想，觉得确实有些道理。

但细细琢磨了一下，却又觉得一切未必像黄帧所说的那样。

如果杨采采一直都调整不到最佳状态呢？那该怎么办？

一个人在最脆弱的时候，也是最需要他人的帮助和鼓励的时候，是最需要力量的时候。这场意外的发生，对杨采采而言，更像是人生的一道坎儿。在迈过这道坎儿的时候，总需要有人扶她一把。

"黄老师，我们如果去，可以提前告诉她，问问她的意见。如果她欢迎，我们就去。如果她有什么顾虑，我们就再另作打算，您看怎么样？"向好问。

黄帧皱起了眉头，将手里卷成卷的宣纸转了又转，然后点了点头："行，也行。"

和黄帧告别之后，江朵朵问："向老师，你刚才说的杨采采是谁？"

向好回答："她是我的老师，是我的音乐老师……她是一个很美很有才华的人，我像你这么大的时候，最喜欢坐在教室里看她弹钢琴了。那个时候我看着她，感觉音乐的旋律都变得不重要了，她才是最美的。我很想变成她的样子，因为她，我开始有了自己的梦想。"

向好说罢，江朵朵沉默了。

向好看着江朵朵若有所思的样子，不禁有些好奇，于是问道："朵朵，你在想什么呢？"

江朵朵又沉思了一阵，才回答道："向老师，其实我第一次看见你坐在画架前画画，也很想变成你的样子。我觉得，因为你，我才开始有了梦想。"

向好听罢，不由得一怔。

她还记得，她第一次和江朵朵画画，画的是梵高的《星空》，是蹲在地上用牛皮纸画的。至于后来又画了什么，她已经忘了。而江朵朵所说的第一次见她坐在画架前画画，她更是印象模糊……

有时候，人与人之间就是这么奇妙，自己想方设法想给对方留下深刻印象，对方未必会记得。

自己不经意的某个瞬间，却可以变成对方心里最清晰最鲜活的记忆，甚至产生深远的影响。

……

这段时间，向好一直在打听关于杨采采的消息。

得到的消息不太一样，有人说她受伤之后心灵受挫严重，以后可能永远都没办法站起来，整个人萎靡不振。还有人说杨采采和从前一样，虽然腿受了伤，但依旧坚强如昔，身边还有男友照顾，相信很快会好起来的。

就在向好纠结着具体什么时候去探望杨采采的时候，再一次看到关于阳城中小学生油画比赛的通知。

她立刻找到了江朵朵，说明了情况，并鼓励江朵朵参加。

江朵朵开始有种跃跃欲试的感觉，但很快，她就陷入了沉思。

向好问："朵朵，你是不是有什么思想顾虑？"

江朵朵没有马上回答，而是低声问道："向老师，这一次参加比赛的，是不是都是城里的孩子？"

向好不由得一愣。

她也不知道参加比赛的到底是什么人，但肯定是城里的孩子居多。乡镇的孩子，一般都很少接触油画，江朵朵算是个特例。

她想了想，回答道："这个比赛是面对阳城所有辖区的，和城镇还是乡村没什么关系。"

江朵朵又问："城里的孩子学习油画，是不是都是跟老师学的？"

向好点了点头："嗯，一般都是去上兴趣班。"

向好话音未落，江朵朵就低下了头，看着自己的脚尖儿："我没有跟过老师，我都是自己随便乱画的……"

"我不就是你的老师吗？"向好打断了江朵朵的话，"虽然我没有考相关的资格证书，但学油画也很久了。而且后来看过不少书，也学习到不少。"

"我当然知道向老师很厉害，但你厉害，并不代表我也厉害啊。"江朵朵明显在打退堂鼓。

向好笑了笑，纠正道："朵朵，这只是一个比赛而已，你不用看得太重要，认真对待就行了。还有，如果你报名参加这次比赛，就是你人生中的第一次比赛。我觉得这个第一次，早一些到总比晚一些到好。"

"可是……"江朵朵仍有些犹豫，"可是我真的没准备好，我对自己没什么信心。"

"重在参与。如果你这一次错过了，下一次就不知道要等到什么时候。这一次没信心，下一次可能还是没信心。人不是必须将自己修炼到最佳状态才能参加比赛的，对吧？你不用给自己太大的压力，按照平时的水平画就行了。至于好不好，评委自然会给出答案的。你参加这次比赛，也算是有了一次检验自己绘画水平的机会，为什么要错过呢？就算输了也没关系，我第一次参加比赛也输了，这没什么丢人的。"向好说到这里，脑子里不由自主地想起了她第一次参加油画比赛的情景来。

那一次，她没有输，而是获得了第一名的好成绩。

人生第一次参加比赛，就获得第一名，这是意外，也是对她莫大的鼓舞。

她清楚地记得，那时候，正是春意盎然的季节。油画的主题是"春天"。别人都画了绿色的树林，山间的小花儿，或者穿红戴绿的春姑娘……而她却画了一个雪人，一个留恋春天久久不肯离去已经快要融化的雪人。

她还记得，那次比赛是向卫华鼓励她去参加的，在参赛前向卫华也告诉她，重在参与，按照自己的想象随心所欲地画就行，至于结果不必在意。

她根本就没想会不会获奖，当她看到主题是"春天"的时候，脑子里想到的竟然是刚刚过去的冬天，想到了冬天的雪人，以及在堆雪人时所享受的快乐。

那时候她就想，如果雪人出现在春天多好，于是就有了"春天里的雪人"这个想法。在完成之后，她才将名字定为"雪人的春天"。

当她在报纸上看到《雪人的春天》获奖的消息，有些不敢相信自己的眼睛，她拿着报纸跑到向卫华面前："爸，雪人获奖了！"

向卫华一看，也是高兴得合不拢嘴："不是雪人获奖了，是我的宝贝女儿向好获奖了。"

"爸，我根本就没有太用心地去画，竟然可以获奖！"向好的一颗心仍旧激动得怦怦跳个不停。

向卫华的目光没有离开报纸，笑得眼睛眯成一条线，问道："什么叫没有太用心地去画？难道你随便乱画的？"

"我就是随手画的，根本没想能不能获奖。"向好解释道。

向卫华放下报纸，但脸上的笑容仍未散去："这就对了，有时候越是紧张，就越是影响发挥。不管是考试还是参赛，都是对平时学习积累的检验。你平时的练习到位了，水平到位了，考试或者比赛的时候正常发挥就行了。"

第五十九章 《脚下的路》

向好第一次参加油画比赛，已经是十多年前的事了。但现在想起来，依旧历历在目。哪怕是一个小细节，她都记忆犹新。

也正是那次比赛和获奖经历，让她更加热爱油画，练习得更刻苦了，并立志长大后要成为一名画家。

但这个梦想，在高考前被彻底打破了。

不管林越和向卫华平时多么支持她画画，但到了选择专业的节点上，他们对她报考美院都是一百个不赞同。

　　她无奈，只得按照父母的意思重新选择大学和专业，并且顺利地考上了。

　　但无论是到了大学还是毕业之后，她好像都失去了目标感和意义感。

　　按照父母的意愿按部就班地工作、生活，显然也不是她所追求的。

　　可偏偏，她无论做什么选择，都想在心底问几遍：我做这一切的意义是什么？问得多了，自然也就想得多了。到最后，必须给自己的所作所为找出一个意义，或者，必须去做更有意义更有价值的选择或决定。

　　……

　　最后，在向好的鼓励下，江朵朵还是决定参加这次油画比赛。

　　但马上就要参赛了，画什么呢？

　　江朵朵想了很久，都没有想到。

　　直到某天早上，她看到黄帧老师正走在学校门口的那段长长的台阶上，一步一步向上走，阳光打在他的身上，为他那原本苍老的身体镀上一层金色，将一个老人身上沉沉的暮气一扫而空，身姿挺拔、步伐轻快，仿佛瞬间年轻活力了不少……

　　江朵朵决定画下这一幕，初步将作品的名字定为"脚下的路"。

　　为了保证作品的原创性，在江朵朵跟向好说出她的想法的时候，向好没有提丝毫的意见，而是鼓励她按照自己的想法去完成这幅作品。

　　方梓妍突然给向好打电话，当向好得知是方梓妍的电话，她是有些意外的。

　　毕竟，方梓妍此前从未给她打过电话。

　　方梓妍想要约向好吃饭，理由是她过来度假，人生地不熟的，考虑到她们俩是校友，所以便找向好做个伴儿。

　　向好本想拒绝的，但转念一想：人家第一次提出请求她就拒绝似乎不太好，于是就稀里糊涂地点头答应了。

　　地点是方梓妍定的，是在梅园村瀑布旁一个名叫"爱家"的农家乐，并且告诉向好，她早就踩过点儿了，风景优美，环境和菜品也都很不错，好得出乎她的想象。

　　"爱家"向好早就听说过，但却从未去过。现在突然听方梓妍这么一说，她倒是有兴趣去看个究竟。

　　然而，当向好到达目的地时才发现，蒋凯南竟然也在，不由有些尴尬。

蒋凯南穿着随意，一件简单的灰色暗条纹衬衣，一条深蓝色牛仔裤，一双帆布鞋，看上去清新帅气。

乍一看，还有种大学生的感觉。

加上他又和方梓妍坐在一张桌子上，这种感觉就更强烈了。

向好细细品味了一下自己此刻的心情，说不上好坏，但有些复杂和感慨。

蒋凯南似乎早知道向好要来，主动站了起来打招呼："向好，愣着做什么？怎么也不过来坐？"

向好目光迅速地在方梓妍脸上扫过，然后又落在了蒋凯南的脸上，问道："你……怎么也在？"

蒋凯南愣了一下，将目光投向方梓妍："梓妍，你没跟她说？"

方梓妍这才站了起来，风轻云淡地笑了笑："我说了，可能她忘了。没事没事，反正大家都是校友，聚一起吃个饭也很正常嘛。"

虽然很寻常的一番话，但向好听着却觉得有些别扭。

她记得清清楚楚，方梓妍在她来之前并没有告诉她蒋凯南今天要来。

而她为什么要撒这个无聊的谎？向好一无所知。

几个人落座之后，蒋凯南便将菜单给了向好："这间农家乐是梅园村的扶贫项目之一，这里面的菜都是梅园村地地道道的农家菜，也算是梅园村的特色。你看一看，有什么喜欢的？"

向好看了看，菜名很普通，比如梅园小鱼仔、香蒸荷叶鸡、小葱农家蛋等。

"这菜名挺好，一看就知道食材原料是什么，甚至知道做法，不像有些馆子，看菜名感觉像是在读诗歌，读完了不知道该点什么菜。"向好感叹道。

蒋凯南听罢，笑了笑附和道："这就是农家菜的好处，不弄花里胡哨的东西。张晖当初全程参与了这家农家乐营销方案的制定，首先就强调了你刚才提到的那一点，要让游客一看菜名就了解这是什么菜，价格也要公平合理，绝不能有隐形消费……"

向好点了几个菜，将菜单递到了蒋凯南的手里。

在蒋凯南看菜单的时候，她的目光才开始投到不远处的山山水水间。

"爱家"正对面的位置，是一个小瀑布，瀑布并不算太大，但胜在位置好。周围都是翠绿的常青松，枝叶极其茂密，就这样远远地看去，看不到一丝的泥土。偶见不知名的花儿在松树上攀爬，在这些粉紫橙红的映衬之下，那抹青翠也不至于那么单调和落寞了。

那瀑布，倒像是直接从苍翠的松树间倾泻而下，此情此景，倒是配得上王维的那句诗——闲花满岩谷，瀑水映杉松。

用餐的时候，蒋凯南主动帮向好和方梓妍布菜，很自然地和她们交谈，谁也不亲近，谁也不冷落。

这让向好不由得有些纳闷儿：蒋凯南和方梓妍到底在没在一起？她们还是男女朋友关系吗？

如果是，蒋凯南的表现不应该是现在这样的。

如果不是，那方梓妍叫她来的目的又是什么呢？

本来是有些尴尬的关系，但因为蒋凯南的态度，整个过程向好没感受到半点儿尴尬和不适。相反，倒是更像三个老朋友坐在一起。

吃过饭之后，蒋凯南由于临时有事，先离开了。

方梓妍提出让向好陪她四处走走。

向好虽觉得稍有些别扭，但也还是答应了。

毕竟，她来了这么久还没在这附近转过，趁着现在有空，正好可以欣赏一下乡村风光。

一开始，两个人你一句我一句聊些连她们自己都觉得无聊的话题。

后来，方梓妍将话题转到了蒋凯南身上："凯南来到这边之后，好像瘦了不少。但他好像很热衷于现在的这份工作，所以有些话我也不好跟他提。"

向好听罢，问道："你有什么话想跟他说吗？"

"对呀。"方梓妍说道，"我听我爸说他们医院里有个岗位正缺着，非常合适凯南。如果他现在回去正好可以赶上，如果晚了，恐怕那个名额就没了。"

方梓妍说罢，在暗暗观察向好的脸色。

向好知道，方梓妍的爸爸是阳城一院的副院长，而蒋凯南是学医的，在医院找份合适的工作是目前的最佳选择。

但她不太明白，为什么方梓妍会将这个信息透露给她？是无意的行为，还是有意而为之？

向好没有马上表态，打算听听方梓妍接下来会说些什么。

方梓妍暗暗观察了一下向好的表情，但却没有获得任何有效信息。

方梓妍收回视线，继续说道："而且，我已经跟我爸打过招呼，我爸也很看好凯南，我们都希望他能尽快回去。但是……哎，怎么说好呢？他这个人脾气有点儿倔，脸皮儿也薄，总觉得这样好像是在依靠我们家似的。其实，我和我爸都不这么看。我们反而觉得他要是来了，能帮到我爸呢，我爸手下现在就缺他这种得力助手，凯南的才能，也有了用武之地，你说是不是？"

方梓妍看似漫不经心的一番话，可谓传递了诸多信息：一、为了蒋凯南，她跟她爸说了好话，可见她对蒋凯南的情感；二、蒋凯南之所以迟迟不肯答应，只不过是因为脸皮儿太薄，抹不开面子，并非真的不想去；三、她爸也很看好蒋凯南，只要蒋凯南答应，今后前途无量。

向好笑了笑，问道："为什么你不直接跟蒋凯南说呢？"

方梓妍先是一愣，随即迅速地眨了眨眼睛，笑了起来："其实我跟他说过，但他总觉得这样占了我们便宜似的。其实，以后早晚都是一家人，有什么占不占便宜的。"

向好知道，方梓妍之所以这么跟她说，是想要告诉她，她和蒋凯南是要结为夫妻的。

向好也知道，这番话是方梓妍故意跟她说的，至于什么目的，大家都心知肚明。

但向好听了，心里依旧涌上一阵酸楚，毫无征兆地。

她暗暗调整了一下自己的情绪，缓缓开口道："蒋凯南未必真的会这么想，毕竟他对自己的能力还是很有信心的。我相信他无论到任何一家医院，都能得以重用。所以，他现在之所以来梅园村参与扶贫工作，就是因为他对自己的未来没有太多的担忧。"

向好说罢，方梓妍脸上的笑容僵了那么一瞬，虽然那抹尴尬转瞬即逝，但还是被向好准确地捕捉到了。

她不知道方梓妍的尴尬到底来自哪里，但她明白，如果方梓妍和蒋凯南是恋人，而且对他有足够的把握的话，是不会处心积虑地跟她说这些话的。

方梓妍之所以会说，就是因为心里没有底。

第六十章　断了一切后路

但方梓妍终究是方梓妍，家境极其优越，从小就练就了一番察言观色、见招拆招的好本领。

接下来，只见她微微一笑，柔声细语地开口道："我也是这么想的啊，可是你也知道现在竞争有多激烈，真是不亲眼见到不知道啊。就我爸那医院，今年新进的医生有五个，其中三个是博士学历，而且还是海外常青藤名校的。所以，我爸经常跟我说，现在但凡有点儿能力和抱负的年轻人总是自信满满，但却不知道现实的残酷。有机会，就一定要及时抓住。就算对自己再怎么自信，没能抓在自己手里的，始终是没有确切把握的，那份自信也是虚浮的，没有根基的。"

"你爸见多识广，又是过来人，对很多问题分析得都比我们要透彻很多。"向好笑着附和道，"如果你把你这番话传达给蒋凯南，或许能起到效果。"

方梓妍皱了皱眉头，脸上仍旧挂着笑："向好，你是不是觉得我总是在绕弯子啊？"

"没有没有……"向好连忙说道，"我只是不知道你为什么要跟我说这些。"

"蒋凯南来了梅园村扶贫，我们都不太看好。"方梓妍终于说出了心里的真实想法。

向好问："那他来之前，你们没有做好沟通吗？"

方梓妍似乎有些无奈，摇了摇头："他这个人就是这样，一旦是自己认定要去做的，都不跟人家商量的，直接就定了。我也劝过他，但没什么效果。"

方梓妍说到这里，突然顿了顿，过了几秒钟才继续开口："向好，你能帮我劝劝他吗？"

向好倍感诧异！

她缓缓转过头，难以置信地看着方梓妍，问道："我？"

"对啊，就是你啊。"方梓妍仍旧带着笑，"你能帮我劝劝他吗？"

向好只觉得这一切有些无厘头！

她是蒋凯南的前女友，这一点方梓妍是知道的。而方梓妍是蒋凯南的现任女友，虽然不知道二人发展到什么地步，但这个关系是可以基本确定的，要不然当初蒋凯南也不会突然从她的世界消失，更不会和方梓妍一起出国留学。

向好想了想，问出了那个她最想问的问题："梓妍，其实我挺纳闷儿的，你怎么找到我来劝他呢？能说说原因吗？"

"我知道你很意外，为什么我会找你，难道我不介意你们之前的关系吗？"方梓妍笑着问。

向好点了点头。

方梓妍叹了口气："实话跟你说吧，我觉得凯南这个人虽然在学习和工作方面雷厉风行，但在处理情感问题上，却总是优柔寡断。他自从和你分开之后，心里就一直愧疚，觉得你曾经那么爱他，而他却一声不响地不辞而别，总觉得这件事对你造成了很大的伤害……"

向好听到这里，只觉得心里传来一阵锐利的痛。

是的，他确实伤害到她了。

现在光是听着方梓妍的话，都觉得这伤害又被重复加深了一次。

方梓妍的话还在继续："……向好你也知道，愧疚不是爱，也与爱无关，但过重的愧疚感却可以影响一个人对另一个人的爱。"

"我……不太明白。"向好说道。

方梓妍叹了口气，也收住了笑，解释道："我实话说吧，凯南这次来梅园村主要是因为你。"

"因为我？"

"对，因为你，因为对你的愧疚！"方梓妍说道，"他总是想要弥补什么，但他能拿什么弥补呢？他是我的男朋友，将来是要和我结婚的，可现在他因为心里的愧疚，影响了自己的就业和前途，你觉得他这样做对吗？"

听完方梓妍的一番话，向好的第一反应是：言重了！

但，也不无道理！

向好仍旧是淡淡笑了笑，说道："蒋凯南是成年人了，而且他有思想有主见，我觉得他不会做出对自己发展不利的决定的。"

"向好……"

"嗯？"

"你是不是恨我？"方梓妍突然问。

这个问题，来得有些突然，让向好一时间有些措手不及。

说不恨，好像不太对，从某种意义上来说，方梓妍算是自己的情敌。女人对情敌，不可能完全不恨。

可说恨吧？似乎也不太对！向好是个聪明人，她知道这种事一个巴掌拍不响，如果蒋凯南当初对她一心一意，又怎会移情别恋？

向好想了想，回答道："算不上恨，但确实很矛盾。"

方梓妍笑了一下，笑容转瞬即逝："你很坦诚。"

"我一直很坦诚。"向好说道，"比如说刚才我说的那些，也是我的真实看法。我不知道蒋凯南此次来梅园村扶贫的真正目的是什么，但根据我的观察和分析来看，他就是为扶贫而扶贫，没有任何个人情感的成分在里面。当然了，我的观察不够细致，分析也未必全面。所以，我刚才说的，你听听就好。"

"你真的不肯帮我？"方梓妍似乎已经不再想说多的话，只想要一个确切的答案。

向好没回答。

方梓妍继续说道："我知道你肯定会觉得很奇怪，为什么我会找你帮忙？因为现在只有你离他最近。还有……如果他真的放不下对你的愧疚，你就告诉他，当初分开不是他的错，你也表明自己的态度。这样的话，是不是可以两清了？"

这一次，向好才真正看清方梓妍的内心！

她这么兴师动众地找她，也只不过是想通过她将蒋凯南心里最后一丝念想给彻底掐断！

当然，或许不是念想，是愧疚！

方梓妍见向好一直不表态，就小心翼翼地问了一句："向好，你是不是还放不下他？"

向好几乎没做任何思考，便摇了摇头，连她自己都觉得违心。

"那既然这样，你为什么还是不肯帮我？"方梓妍紧接着问，好像生怕向好突然否定了刚才的行为。

"倒也不是绝对不能。"向好回答，"毕竟你们两个我都很熟，我可以帮你问问情况，了解一下他的真实想法。但我知道，他的意志不会因我的劝说而转移的。"

"我知道他不可能全听你的！但是同一件事，有不同的人反复跟他分析这其中的利弊，而且态度和看法都接近，慢慢地，总会影响他的。"方梓妍笑着说道。

向好不置可否地笑了笑。

"不过我还有个请求。"方梓妍又说。

"什么请求？"向好问。

方梓妍稍稍沉思片刻，才语重心长地再次开口："向好，我之所以跟你说这些，是对你信任。如果你跟蒋凯南提这些，可千万别说是我的意思。我没别的意思，我只是担心他会有逆反心理。你知道的，有时候人的关系越是亲密，就越是有种自己的行为被对方控制的感觉。我不希望他有这种感觉，更不希望有任何误会。向好，如果你把这件事办成了，我一定重谢你。"

"重谢不必了，举手之劳。"向好说道。

在方梓妍离开之后，向好问过自己：为什么刚才就突然答应了她呢？是因为无法拒绝吗？问了若干遍之后，答案是否定的。

一直以来，她都放不下蒋凯南。

而正是因为蒋凯南曾经伤害过她，她也害怕这种伤害会重复出现。

所以，断了和他旧情复燃的后路，在她的潜意识里一直存在。

她之所以选择答应方梓妍，则是为堵死这条后路迈出第一步。

第六十一章　未曾消散的执念

向好再次见到蒋凯南，是在一周后。

蒋凯南和张晖在梅园村做危房排查工作，特地到向好家吃饭。

吃过饭之后，向好主动跟蒋凯南提出到周边散散步。

当张晖听到之后，立刻朝着蒋凯南投去意味深长的一瞥，在他耳边低声道："看来，机会来了，好好把握。"

向好都听到了，却假装什么都没发现似的，大方地跟张晖挥挥手："张晖书记辛苦了，下次有空记得再来。"

向好和蒋凯南走到梅园镇西边那条小路上，小路有些窄，两个人勉强能并肩行走。

但路两边的小花小草却很美，虽不像玫瑰牡丹那样夺目，却别有一番韵味。

自从蒋凯南来梅园之后，这是向好第一次主动提出和他散步。

两个人先是有一句没一句地闲聊着，聊了一会儿之后，蒋凯南就问道："今天怎么想着要和我出来轧马路？"

向好没想拐弯抹角，随即便问道："你放着阳城一院那么好的待遇，跑来梅园村扶贫，是怎么想的？"

蒋凯南微微一怔，随即回答道："我记得这个问题在我刚来的时候，你就问过。我当时就回答过你，每个人有每个人的志向。我觉得这个阶段来做扶贫志愿者更有意义，所以就来了，没有别的太复杂的原因。"

向好想了想，这个问题好像当初她确实问过，那个时候她听说蒋凯南来扶贫，第一反应就是他的这个决定似乎和自己有关。

毕竟，两个人曾是恋人，现在又到了同一个地方，这一切绝非巧合。

而当时蒋凯南也确切地告诉过她，这一切和她无关。

向好想了想，又问："凯南，有个问题，我一直很想问你。"

"什么问题？"

向好顿了顿："你和方梓妍是什么关系？"

蒋凯南问："你觉得是什么关系？"

"男女朋友，对吧？"向好问。

蒋凯南突然笑了："向好，一切真的不是你想象的那样。"

"凯南，我们早就分开了，其实你不用在这个问题上过多地考虑我的感受。"向好说道，"方梓妍很好，长得好、家境好、修养好，而且我也能看出来，她很爱你。这么好的女孩子，你应该好好珍惜。"

蒋凯南突然停住了脚步，转过身，一瞬不瞬地看着向好，皱着眉头，像是在审视她。

向好被他盯得心里有些发毛，于是问道："你看什么？"

"看你。"

"我……我有什么好看的？"向好故意别过脸去。

"我在想，你刚才说的那些话，到底是不是真心的。"蒋凯南道。

向好极其仓促地笑了一下，像是在嘲讽什么，随即便说道："我说的话都是真心的，我刚才已经说了，我们已经结束了，在两年前已经结束了，我没必要跟你说谎。"

蒋凯南问道："既然这样，你为什么还要关心我的去留？"

"我……"向好愣了一下，随即便答道，"我不是关心你的去留，我只……"

"方梓妍跟你说了什么？"蒋凯南突然问道。

"也没说什么，我只是觉得你们既然在一起了，就应该珍惜彼此，不要因为一时糊涂错过一段好姻缘。"向好说道。

向好话音未落，蒋凯南就问道："你这些话，都是真心的？"

"当然。"

"你真的那么希望我和方梓妍走到一起？"蒋凯南又问。

"你们不是已经在一起了吗？"向好反问。

"谁告诉你我和她在一起了？"蒋凯南脸上的表情越来越严肃，"方梓妍吗？"

向好瞬间愣住了！

难道，他们真的没在一起？

还是说蒋凯南故意在撒谎？他撒谎的目的又是什么呢？

在向好的印象里，蒋凯南向来都不是爱说谎的人。

"向好，你总是喜欢自欺欺人。"蒋凯南说罢，便迈开了步子，继续朝前走。

向好站在原地愣了一会儿后，竟鬼使神差地迈开了步子跟了上去。

蒋凯南似乎早就意识到她会跟上来一般，就在她的脚步刚刚靠近的时候，蒋凯南突然说了一句："是不是打算继续帮方梓妍说好话？"

向好想了想："我没有想要帮谁，只是想……"

"只是想搞清楚，当初我为什么离开，对不对？"蒋凯南说罢，转头看了她一眼。

向好不由得一怔。

这个问题，她确实一直想弄清楚。虽然说之前她一直告诉自己，不要回头，不要再去关注过去，更不要让过去的一切成为当下的牵绊。

但这么多日日夜夜过去了，她发现，有些执念一直未曾消散。

如果现在她继续摇头否认，连她自己都会瞧不起自己。

"你说说吧，为什么当初你会突然离开。"向好说完这句话，心情突然莫名地紧张起来。

蒋凯南顿了顿："给我一些时间，我会给你答案的。"

此刻，向好只觉得心中五味杂陈，有种被人耍了的感觉。

他为什么离开，难道他自己不知道？给他一些时间，是什么意思？

她很想追问，但话刚到嘴边，内心有个声音却在不断地提醒她：一切都是过去式了，别太较真儿，别太较真儿……

就在向好生闷气的时候，蒋凯南又开口了："上次方梓妍约我们吃饭，我并不知情。"

"不知情？什么意思？"向好不由得有些好奇。

紧接着，蒋凯南便说出了实情："她当时打电话告诉我，是你提出三个人一起吃顿饭，我才过去的。她到底怎么跟你说的，我也不知道。但从你当时的反应来看，好像并不是这样的。"

向好顿时目瞪口呆，她怎么也想不到，只不过一起吃餐饭而已，这中间还藏着不为人知的秘密。

但转念一想，向好又不免好奇，于是问道："这有什么关系吗？就一餐饭而已，和谁提出的有关系吗？"

就在向好话音刚落的时候，蒋凯南突然伸出一只手很自然地搭在她的肩膀上，一字一顿道："如果我知道是她，我不会去的。"

蒋凯南手指修长，手掌温暖而有力，和大学时一样。

那个时候，向好很喜欢蒋凯南的手，她不止一次跟他说："男孩子的手长成这样，不弹钢琴太暴殄天物了，简直是对这双手的不尊重。"

如今，这手落在她的肩膀上，她仍有几丝恍惚，仿佛他们又回到了大学时期，仿佛他们一直在一起，从未分开过。

……

江朵朵参加阳城中小学生油画比赛的最终结果公布了，她获得纪念奖。

江朵朵明显有些失落，问向好："向老师，纪念奖是不是人人都有？"

向好想了想："可能是。"

江朵朵又问："那这么说，就等于没有获奖。"

向好略做思考，觉得在这件事情上不应该有所隐瞒。

江朵朵从一开始学习油画就完全是靠自己摸索，虽然走自学这条路没什么问题，但她年纪太小，完全靠自己的情况下，很难全面系统地去学习。还有她的学习条件一般，能接触到的油画知识非常有限。所以，和那些一开始就接受正规培训的孩子们相比，她始终有所欠缺。

考虑到这些，她说道："朵朵，其实没有获奖很正常。没获奖也并不代表自己画得不好，你想想看，阳城那么多学生参加比赛，而获奖名额是有限的。也就是说，很多从小就跟名师刻苦训练的孩子中，也有像你一样，没有获奖的。而且，我一开始也说了，这是你第一次参加这类型的比赛，重在参与，别太注重得失。"

经过向好这一番劝慰，江朵朵脸上的失落明显散去了几分，她点了点头："嗯。"

"你看，经过这次比赛又学习到不少东西，对不对？"向好说，"而且，我们画了这么久，作品都没有得到专业评委的点评。参赛之后，我们的作品也有了进入专家视线的机会，也得到了他们专业的点评，这就是最大的收获，对不对？"

"对。"江朵朵的声音明显比刚才要响亮许多。

"有收获就好，有了这次参赛经验之后，以后遇到类似的比赛，就可以积极参加了。"

"好。"

第六十二章　举手之劳

向好正在和江朵朵说话，突然听到有人叫她："向老师，你也在这儿呢！"

听这声音有些熟悉，但口音却和往常不太一样。

向好回过头，便见到杨迪站在不远处，正笑着怯生生地看她。

"哟，是杨迪啊？你的普通话好像有进步哦。"向好说话间，已经拉着江朵朵走到了杨迪的身边。

杨迪仍旧那样怯生生地笑着："我学了普通话呀，我们现在上课都要说普通话，要不然就要批评的，说不好，可能都不能评三好学生了。"

杨迪的普通话说得依旧不算标准，但比起之前却好了很多。

"那挺好啊，要学普通话也不难，多开口讲，讲多了就自然会了，而且会越讲越好。"向好说话间，突然又想到了什么，"对了杨迪，后来你爷爷有没有又去找郭神医看病啊？"

杨迪想了想："没有了，听说郭神医出事了，不当神医了……"

向好听罢，不由得有些纳闷儿："出事了是怎么回事？"

杨迪年纪太小，支支吾吾地说不清楚。

向好突然有了不好的预感："不会是医坏了人吧？"

当她说出这句话的时候，自己都被吓了一跳。

万一真的医坏了人，那还真不是一件小事！

正想着怎么才能打听到消息，房磊已经走了过来，伸手拍了拍杨迪的肩膀，没忍住笑："小家伙，没搞懂的事情不要乱说，知道吗？"

小杨迪愣了愣，一副似懂非懂的样子："噢……"

房磊随即便纠正道："郭神医不是出事了，是暂时停止营业。"

"这样啊，到底是怎么回事呢？"向好问道，"正常情况，不会无端端地就让他暂停营业啊。"

"这有什么不好理解的？"房磊看了向好一眼，"我记得当初你就跟我说过，他这种无证医生是不具备营业资格的，怎么现在听到他暂停营业了还这么吃惊？"

向好怔了怔："我只是……没想到这么快。"

"这种事必须得快，要不然很容易出事。再加上郭神医年纪大了，也不适合再继续做这行。"房磊说道，"对了，你刚才问怎么这么快，主要还是村'两委'的工作人员办事效率高。自从上次杨迪爷爷带小杨迪去找郭神医看病之后，蒋凯南就将这个情况跟村'两委'的干部反映了，他们都很重视，很快找到郭神医了解了详细情况，跟他讲了道理。郭神医虽然不年轻了，但也是个明事理的人，他干这行，也是没办法。"

房磊说到这里，叹了口气："郭神医有两个儿子，都在外地工作，很少回来看望他。他一个人在家里，孤零零的，不找点儿事情做闲得慌。后来村'两委'的同志又找到了他的两个儿子，让他们逢年过节常回来看看。现在好了，两个儿子之前忙于工作忽略老父亲的感受，当他们不久前看到老父亲一把鼻涕一把泪地诉说这些年的苦衷和无奈之后，也意识到是错误，意识到是他们疏忽了老父亲的感受，疏于联络和照顾。"

"他的两个儿子在哪里工作？离梅园村很远吗？"向好问。

房磊想了想，回答道："大儿子在上海，确实远了一些。但小儿子就在阳城，回来也就两个钟头的车程。关键是关于郭神医的赡养问题，两兄弟之前没有做好沟通。现在村'两委'将这个事情协调之后，他们也达成了一致意见，不管是赡养问题，还是探望问题，很快就解决了。"

向好听着房磊的话，脑子里竟突然闪现出江奶奶那张苍老的脸孔来，以及她拿着抹布擦柜台的模样。

向好说："像郭神医这种老人，在梅园镇并不少见。因为和子女较少相处，内心孤独，也缺乏安全感。所以，如果子女能多些和他们交流，能很大程度地提高他们的生活质量。"

"对，有时候并不是物质的改善，关键是精神需求。年纪越大，就越需要亲情。"房磊说到这里，有些感慨，"不过向好，自从你来了之后，还真是帮了不小的忙。不管是校外还是校内，你都挺积极的。发现问题就及时反映，及时出手。如果咱们学校的老师，都能像你这样就好了。"

突然被夸了，向好还真有些不好意思："房校长，您都快把我夸上天了。我哪有那么好，只不过是一些举手之劳罢了。"

"举手之劳也能起到大作用。所以啊，可千万不要小看这举手之劳。"

……

自从秦薇欺负江朵朵被发现并且接受惩罚之后，似乎低调了许多。

但低调并不代表就一定会悔改，在江奶奶搬走之后，秦薇竟和那几个女生跑到江朵朵家院子里，朝着屋里扔石子。

有次正好被向好发现，但她还没反应过来，那几个女生就一溜烟地逃走了。

向好本想找那几个女生好好教训教训，但经过反复思考之后，还是决定放弃这个"下下策"。

毕竟，如果她直接出面批评教育，一方面这几个学生不服气，另一方面还可能引起秦莉对她的不满。

她倒不是担心别人为难她，而是为了避免不必要的麻烦，尽量采取更保守的方式。

当然，她还考虑过将这件事告知房磊，但房磊除了出面教训或者发通报批评，似乎也没有其他更好的办法。

向好经过一番思想斗争之后，决定找秦莉谈谈。

毕竟，这件事的"组织者"是秦薇。

就在发现秦薇闹事的第二天早上，向好到了饭堂之后，主动坐在了秦莉身边。

寒暄几句之后，向好便切入正题。当秦莉听到秦薇朝着江朵朵屋里扔小石子的时候，脸上的尴尬之色藏都藏不住，但还是想替秦薇掩饰："她们是不是和江朵朵闹着玩儿呢？"

向好想了想："我看不像。而且还是和上次一起欺负江朵朵的那几个女生。"

向好说罢，秦莉一直拿着勺子往嘴里送白粥，像是在特地用这种方式逃避着什么。

向好见状，又问了一句："秦老师对这件事怎么看？"

秦莉这才放下了勺子，朝着向好看了一眼，问道："向老师有没有看错？我们家秦薇这几天晚上都在家，出都没出去过，怎么可能在江朵朵家门口，还扔石子呢？这不可能！"

向好不由得一愣！

她本以为自己刚才那一番话，对秦莉是有些影响的。却不想，现在却得到了一句"这不可能！"

向好停顿了几秒，重又开口道："秦老师，我亲眼所见的，还能有假吗？"

"我刚才不是说了？向老师可能看错了！"秦莉朝着向好笑了笑，"你刚才不也说了，是晚上对吧？晚上天黑，你看错也很正常。其实我都在想，你是不是觉得秦薇之前犯过错，以后不管遇到什么不好的事，都想往秦薇身上联想？"

向好只觉三观尽毁！

秦莉继续说道："虽然向老师可能是出于爱心善心，但你说一些没有根据的话，对孩子也会造成伤害的，毕竟她还那么小，对吧？"

秦莉见向好目瞪口呆，淡淡笑了笑，然后开始收拾碗筷，站起身走人。

向好看着秦莉离去的背影，久久未能平静。

她实在是想不明白，秦莉是真的觉得她在编造谎言故意栽赃？还是她是在维护秦薇？或者说，是为了维护自己的面子，故意死不认账？

但不管秦莉是出于什么考虑，向好都对她的表现非常失望。

向好用过早餐刚回到办公室，就被房磊给叫了过去。

向好刚一进房磊办公室，房磊就说道："刚才秦老师来过，跟我说了一些事情。"

向好先是一愣，随即脑子里便不由自主地想道：秦莉找房磊，房磊现在又找她，难道是秦莉跟房磊说了与她有关的事？再一次先发制人？

向好坐下之后，房磊便开口了："秦老师刚才跟我反映，说你对秦薇有一些误会，是不是？"

果然，一切正如向好所想象的那样！

"或许不是误会……"

向好话还没说完，房磊就再次开口了："她说你看到秦薇晚上跑去骚扰江朵朵，是真的吗？"

向好如实道："我确实有看到，秦薇和几个女生朝着江朵朵的房间里扔小石头。我当时本想劝阻的，但还没开口说话，她们就溜了。"

"这种事，你怎么不先告诉我？"房磊喝了一口茶，抬起头看着向好，"你先告诉我，我再调查一下，就有了结果。然后该批评的批评，该通报的通报，总会有个处理结果的。你现在自己一个人去找秦老师说，是不是容易引起误会？"

"误会？"向好有些蒙，"我刚才都跟秦老师说得清清楚楚，怎么就引起误会了？"

"向老师，或许你的初衷没问题，但是这种事你直接找秦老师去说，跟你直接批评她没有两样，明白吗？"

房磊这一句话，点醒了向好。

原来，秦莉并不认为她是在和她商量，而是认为她在批评她！

这让向好一时间有些无法接受。

房磊见向好一直没说话，便开始解释道："向老师，你和秦老师都是老师，但她是在编的老师，而你只是个支教老师。不管遇到什么事，你都不能直接找她去说，尤其是这种小孩子闹矛盾的事。不管你出于什么目的，也不管你说得好不好，都会引起她的误会，或者逆反心理，明白吗？"

经过房磊这么一番提示，向好总算想通了。

她无法接受秦莉一心维护秦薇的态度，而秦莉也无法接受她反映问题的方式。

向好想了想，说道："房校长，我只是希望她能帮着劝一劝秦薇，毕竟那是她的亲侄女儿。还有，这件事我没有直接跟您反映，也是为了避免不必要的矛盾。所以，这一次才尝试换一种方式处理。只是没想到，事与愿违。"

第六十三章　无奈和愧疚

房磊皱了皱眉头："不管怎么说，这种事你都不应该亲自出面。这是办事规则，也是对你自身的一种保护。"

"我知道了，房校长。"

就在向好刚准备站起身离开的时候，房磊突然叫住了她："你先等等。"

向好收住了脚步，不知道接下来房磊有何吩咐。

"等等江朵朵。"房磊说道。

"江朵朵？等她做什么？"向好有些丈二和尚摸不着头脑。

她话音未落，就见到江朵朵从外面走了进来，低着头，一副怯生生的样子。

"朵朵……"向好叫了她。

江朵朵抬起头看了她一眼，抿了抿嘴唇，没有搭腔。

向好不由得有些纳闷儿：为什么江朵朵突然来了？而且，她看起来和平时有些不太一样……

就在向好纳闷儿的时候，房磊突然说道："来，朵朵你坐。"

"向老师，你也回来，坐下，好好把事情的经过谈一谈。"房磊说话间，先后倒了两杯茶，分别放在了江朵朵和向好的面前。

向好还没反应过来，房磊就问道："江朵朵，我听说有人朝着你房间里扔石子，这件事是不是真的？"

江朵朵似乎很紧张，下意识地朝着向好看了一眼，抿了抿唇，还是没有说话。

"你别怕，如果真有其事，你就直接说，我们会处理的。"房磊说道。

江朵朵低着头，仍然没敢开口。

向好伸出手，放在了江朵朵的肩膀上，想要给她一些力量："朵朵，你如实汇报就行，别紧张，有什么事，房校长会替你做主的。"

江朵朵摇了摇头，没有说话。

房磊皱起了眉头："江朵朵，这件事是不是真的？如果有人欺负你，你就应该大胆地说出来。"

江朵朵终于抬起头来，再一次将目光投向了向好。

向好没开口，但却给了她鼓励的眼神。

但，江朵朵接下来的表现，仍旧让向好失望和不解。

只见江朵朵摇了摇头，低声对房磊说道："她们没有扔石子……"

向好的心情瞬间低落到了极点："朵朵，你为什么不肯说实话？"

房磊没作声，看了看江朵朵，又看了看向好，眼神中带着几分审视的意味，随即又道："江朵朵，你实话实说。"

"嗯。"江朵朵抿着唇点了一下头，"她们没有扔石子，我说的是实话。"

向好的失望又突然增加了几分，但面对这样的江朵朵，她已无话可说。

房磊叹了一口气，对江朵朵说道："你先回去吧。"

江朵朵走后，向好正准备继续和房磊说点儿什么，房磊就开口对她说道："你也先回去吧。"

向好愣了一下。

她很想将事情讲清楚，比如她所见的那一切确实是真的，比如江朵朵真只是因为害怕才这么说的，或者，当时那些女生朝着她屋子里扔石子的时候，她并不在家……

但，最后她什么都没有再说，而是转过身从房磊的办公室走了出去。

不管她心里有多少纠结和不甘，但此刻的她也很清楚，她说不清！

向好刚走出去不久，便在房磊办公室外墙的拐角处，见到了江朵朵。

江朵朵站在那棵栀子树下，树上开满了白色的栀子花，香气宜人。

风吹着，将江朵朵腮边散落的几丝头发吹了起来，显得她原本小巧的脸蛋更加楚楚可怜，也使得她那双大眼睛愈加炯炯有神……

只是，那眼中的哀伤和无奈，却掩盖了原有的灵动。

向好盯着江朵朵看了一会儿，然后朝着她走了过去。

她还没开口，江朵朵就突然低下了头，小声说道："向老师，对不起……"

向好问道："你为什么要跟我说对不起？"

江朵朵动了动嘴唇，没有说话。

向好想了想，然后给江朵朵找了一个可以下的台阶："没事，那天你不在家，没有发现那一切，也很正常。"

江朵朵这才突然抬起头，看向向好。

那眼神有些复杂，有疑惑，有感激，有出乎意料和难以置信，还夹杂着一些说不清道不明的情绪。

但此刻向好已经不想过多地去琢磨江朵朵眼神中的含义了，她笑了笑，伸手拍了拍江朵朵的肩膀："没事的，我理解你。"

向好走后，江朵朵一直站在那棵栀子树下，看着她的背影，一动也不动。

但那双炯炯有神的大眼睛，却泛起了些许雾气。

……

李晓檬在家里收拾衣柜的时候，突然从椅子上摔了下来，摔到了腿，疼得眼泪直流，好久没能站起来。

李增贤见状，吓坏了，正打算打电话给向好，突然见到蒋凯南从门口经过。

蒋凯南联系了阳城一家医院，为梅园村的老人做白内障义诊。

当他得知李晓檬的情况，二话没说，便跑进了屋子。

当时李晓檬正半跪在地上，眼泪不停地往下流，表情痛苦。

"你怎么样？"蒋凯南俯下身问道，"摔到哪里了？"

李晓檬见是蒋凯南，明显愣了一下，但很快她就抬手抹了一把脸上的泪，指着左腿脚踝处："这里……好像是摔坏了……"

蒋凯南伸出手在她脚踝的关节处捏了捏，像是在看摔伤的情况。

他皱着眉，神色里透着认真和专注劲儿。

说来也神奇，前一秒李晓檬还觉得腿疼难忍，但这一秒，她仿佛瞬间就好了。

她盯着蒋凯南那双狭长的眼睛看得入了神。

那双眼睛真的太好看了，尤其是那深棕色的眸子，像是有星星在不断闪烁。

由于她不能走路，李增贤本想背着她去镇上的。但无奈他腿有毛病，刚把李晓檬背上，人就支撑不住了。

蒋凯南见状，只得对李增贤说道："李校长，让我来吧。"

说罢，他便将李晓檬用双手托了起来。

对，就是传说中的公主抱。

蒋凯南和李增贤只顾着赶路，想着快点儿将李晓檬送去医院。

但李晓檬此刻却希望时间过得慢一些，再慢一些。希望蒋凯南的步子也再慢一些，慢一些……

如果时间在这一刻永久定格，最好。

这一刻，她感觉很幸福。

这种幸福来得很突然，猝不及防，像是初恋的悸动。

这一刻，她甚至觉得之前她爱上宋嘉，只不过是一种错误，是一种假象。

她真正喜欢的，是像蒋凯南这样的男人。

他高大、帅气，有责任心，有正义感，而且还带有一种令她特别着迷的书卷气。

此刻，她甚至感觉，周围树木都开满了花儿，每一朵花儿都美到了极致，每一朵花儿都香气宜人……

蒋凯南将李晓檬放上车后座之后，对李增贤说道："李校长，您也坐后座吧，这样方便照顾小檬。"

虽然是很寻常的一句话，但李晓檬听了心里却突然涌上一阵暖意和甜蜜。

她觉得，蒋凯南真的太细心太懂得照顾女孩子了，什么都考虑到了。

李晓檬心里的甜蜜，李增贤依旧丝毫没有察觉，他对蒋凯南说道："好，真是辛苦你了。"

"不辛苦。"蒋凯南伸了伸胳膊，像是在缓解疲劳，"我现在开车，咱们去到医院估计得十几分钟。"

第六十四章　学习是一生的事

蒋凯南将李晓檬和李增贤送到医院之后，刚刚安顿好他们，便遇到了张晖。

由于梅园村有一个老人心脏病犯了，呼吸困难，张晖送那位老人来诊治。

蒋凯南问了老人的情况，确认已经过了危险期，才放下心来。

张晖问："白内障义诊的事，进行得怎么样了？"

蒋凯南回答道："基本安排好了，梅园村白内障患者一共有十三人，都是六十岁以上的老人。不过，过来做义诊的医生中午没人安排。所以，我中午还是得抽空赶回去一趟。"

"行。"

"这样，刚才我送李校长和李晓檬来了，李晓檬的脚崴了，不知道是单纯的软组织损伤还是骨折，如果是骨折估计得做正骨手术。如果你有空，就先帮忙看看。毕竟李校长年纪大了，腿脚也不太好，跑上跑下的不方便。"

由于有事要办，他将李晓檬"交付"给张晖之后，便离开了。

李晓檬的腿并无大碍，医生给她做了理疗，用了一些跌打损伤的药之后，也好了很多。

大概是由于蒋凯南临走的时候特别交代过，张晖从头至尾都表现得非常细心体贴，让李增贤第一次注意到了张晖，并对他刮目相看。

向好听说李晓檬的脚受了伤，一下班就快速赶回家，在回家的路上特地买了一只白鸽和绿豆，打算给李晓檬炖绿豆白鸽汤，为了炖好这锅汤，她又是百度查资料，又是找食谱，折腾了好半天，才终于把汤给炖出来。

当她把炖好的汤端上餐桌的时候，虽然李增贤一个劲儿地夸她做得好，但她却始终觉得和林越平时炖出来的汤味道不太一样。

正思索着到底哪儿出了问题，李增贤就开口问道："小柠，这个鸽子汤，是你跟你妈学的？"

"也算是。"向好回答道，"她没手把手教过我，我只是每次喝汤看

286

着里面的材料，就想着大概是这么做的。"

"呵呵，还真是无师自通啊。"李增贤笑着说道，"不过，我是能看出这炖汤的活儿，她没有亲手教过你。"

"怎么看出来的？"向好有些好奇。

李增贤沉默了几秒，紧接着缓缓道："你妈妈之前在家里，也经常炖鸽子汤。要先把鸽子弄干净，去一去血水。然后拍一块姜进去，去去腥味儿。炖的时候，先用武火，水开了，听到炖盅在水里发出响声了，再改文火，炖两个钟头出来……盖子一打开，好远都能闻到香味儿。那汤汁儿，澄亮澄亮的，光是看着，都觉得好。"

李增贤说罢，捧着汤碗，许久未动。

向好知道，李增贤又在回忆过去，回忆从前那一家四口的幸福日子。

她很想开口说点儿什么，将李增贤的思绪从回忆中拉回。或者，说点儿能让他开心的话。

但是想了又想，仍然不知道该说些什么。

向好便将目光投到了李晓檬那边，见李晓檬一直低着头。

向好才发现，整个过程李晓檬一言未发。她只是低着头，不停地用勺子拨弄着碗里的汤水，也没见她尝过。

向好不禁纳闷儿：是因为她做得不好，李晓檬没办法接受吗？

想到这里，向好对李晓檬说道："小檬，这汤虽然做得没你好，但也算不错啦。我觉得，和外面大排档的水准有一拼。你尝尝看，然后给我提提意见，我下次也好改进。"

李晓檬依旧低着头，像是陷入了沉思。但仔细一看，又不像是在沉思。她的唇角带着笑意，看上去很甜蜜的样子。

向好不禁有些好奇，于是叫了她的名字："小檬……"

李晓檬这才突然回过神儿来，大概是为了掩饰什么，连忙拿起勺子喝了一口汤。

由于动作太急，呛到喉咙了，她忍不住咳嗽起来。

这一咳嗽，就没完没了的，脸都被呛得通红，眼泪也出来了。

向好见状，连忙伸手去帮她捶背，捶了好一阵子，李晓檬才渐渐恢复平静。

李增贤看着李晓檬，无奈地摇了摇头："哎，看看你这样子，喝个汤都能把自己给呛到……"

如果是以往听李增贤这么说她，李晓檬一准儿会立刻跟他杠起来。

但这一次，李晓檬没作声，甚至唇角还带着笑。

然后，一声不吭地开始喝汤。

一口、两口、三口……动作机械，仿佛根本没有品其中的味道，只是为了喝汤而喝汤。

李晓檬的异样，向好都看在眼里。

但她始终没想到，李晓檬的这些变化，竟会和蒋凯南有着分不开的关系。

几个人吃过饭之后，向好开始忙着收拾碗筷，李增贤也跟着一起打下手。

就在向好洗碗的时候，李增贤突然说道："小柠，你觉得张晖这个小伙子怎么样？"

"谁？"向好还以为自己听错了呢。

"张晖。就梅园村来的那个第一书记。"李增贤重复道。

"挺好啊。"向好说道，"你怎么突然问起他了？"

李增贤没有马上回答，而是继续问道："那个小伙子应该和你们差不多大吧？"

张晖多大年纪，向好也不知道。

但仔细一想，她比蒋凯南小两岁，而张晖又和蒋凯南是高中同学。这样推算起来，张晖应该也是比她大两岁左右。

于是说道："他和蒋凯南应该差不多大。"

"噢……"李增贤点燃了一支烟，然后抽了一口，眯着眼睛说道，"那挺好。"

向好看着李增贤这若有所思的样子，心里愈加好奇，于是又问："爸，你怎么突然关心起张晖了？"

李增贤又沉思了一阵，才缓缓开口道："我觉得啊，小檬如果要找对象，就应该找个像张晖那样的。"

向好不由得一怔，但紧接着，她的脑海里突然闪现出张晖第一次出现在家里的情景。

当时张晖正在和李晓檬看书，那一刻她的脑子里就突然闪过一个念头：他们才是很般配的一对！

但这个想法，一闪就过去了。

后来，她更是忙于各种事，没往这方面考虑。

现在李增贤再次提起，她便开始留心了，于是附和道："他们俩其实还挺般配的。"

李增贤一听，立刻说道："人家张晖是大学生，又是第一书记。小檬……哎，她没上过什么学，后来也没继续深造，张晖能看上她？"

"这你不用担心，看不看得上，相处之后就知道了。"向好说道，"小檬当然有短板，但咱们得看到她的长处，对吧？"

李增贤呵呵笑了两声，问道："她能有什么长处？"

"当然有啊。"向好一边将刚洗好的碗筷往柜子里摆放，一边说道，"小檬人长得漂亮，也足够聪明，这就是长处。既然是长处，就可以发扬光大。如果她现在开始学习，也不算晚。只要她有心，肯努力，再过十年八年，她不比那些名校大学生差。甚至，会比他们更强。"

对于向好的这番话，李增贤虽然表面上嗤之以鼻，但心里却是一百个赞同。

他很久之前就跟向好说过，说李晓檬是没有好好听话，也没好好把握。其实她即便是没有考大学，但后期如果努力，一样可以学习到很多知识，但她没有选择好好读书这条路。

李增贤相信正统教育，却不是只相信正统教育。学习是一生的事，只要肯钻研，最后总会见到成效的。

就在李增贤思索间，向好又开口了："我们都知道毛主席，毛主席就是一个特别爱学习的人。在这方面，他非常值得我们借鉴。毛主席曾经开过书店，因为他觉得这个世界上的好书太多了，他很想当个选家，将那些好的书籍挑选出来，然后供大家学习和阅读。他老人家真的是一生都在读书，从没停止过。在他临终前也一样，当时他已经不能说话了，只能用动作或手势向身边的工作人员提出他的要求。有一次，他敲了三下床板，身边的工作人员一开始弄不明白他到底什么意思。后来他又敲了三下床板，终于有人反应过来——三木，随即便想到了三木武夫，想到三木武夫，便自然而然地想到他写过的书——《三木武夫及其政见》。工作人员将这本书递给了他，他终于如愿以偿。他这一生中读过的最后一本书，就是这本《三木武夫及其政见》。"

向好讲完，才发现李增贤坐在那里一动不动，似乎听得入了神儿。

向好忍不住笑了："爸，你在想什么呢？"

李增贤这才回过神儿来，随即感叹道："小柠啊，如果小檬能有你一半儿就好了。"

"爸，你怎么又说起这个？"向好有些不满，她一向不喜欢李增贤拿李晓檬和她做比较，"本来成长环境就不一样，这有什么好比较的？"

李增贤没回答她的问题，而是问道："小柠，你刚才讲的那个关于毛主席他老人家读书的故事，是哪个老师教的？"

向好仔细想了想才回答道："实在是太久了，我记不清了。可能是听讲座听来的，也可能是看书看来的。反正这都不重要，听过了，记住了，并且对自己有积极的影响，不就行了吗？"

"对。"李增贤重重地点了一下头，"我想说的就是这个！你能出口成章，各种成语典故张嘴就来，这还不是靠你平时自主学习的沉淀和积累？一个人想要进步，读书是门槛最低的方法。可小檬她就是不肯啊，怎么办？我又拿她有什么办法？"

"爸，你怎么……"

"我可没有瞧不起她，我只是突发感慨。"李增贤似乎知道向好想说什么，直接打断了她的话。过了几秒之后，便站了起来，然后从厨房里走了出去。

向好虽然只看着李增贤的背影，却依旧能看出几丝不甘和无奈。

第六十五章　另一种永生

自从听说杨采采出事之后，向好一直记挂着她，很想找个时间去看看她。

于是她再次找到了黄帧，黄帧思索再三之后，便联系了杨采采。

挂了电话之后，向好便问道："黄老师，杨老师怎么样了？"

黄帧放下了电话，皱着眉头说道："比我想象得好。"

"什么意思？"向好不解，"她的腿恢复了？"

黄帧摇了摇头："没有，没有恢复。但她的状态比我想象中的要好。"

黄帧的这句话，直到见到了杨采采的那一刻，向好才真正明白其中的意思。

那天正好是周末，当黄帧和向好出现在杨采采所在的小区的时候，杨采采已经在大门口候着了。

她坐在轮椅上，化着精致的妆，头发还像从前那样高高地盘起，上面插着一根簪子，带着一种古典婉约美。

身上穿着的，依旧是黑色的法式丝绒长裙，虽然款式和十多年前的有些差别，但那份优雅却和当年如出一辙。

在轮椅的后面，是杨采采的爱人。虽然身材微微有些发福，但仍旧能看出五官中的英气。

见到向好和黄帧，杨采采的爱人主动打了招呼，一副很和蔼的样子。

向好见到杨采采，一刹那间，有种又回到学生时代的错觉，她的耳边，甚至能听到杨采采坐在教室里弹钢琴的声音……

"杨老师。"向好走近她，恭恭敬敬地叫了一声。

"这是向好吧？"杨采采的声音依旧细软好听，"咱们有十多年没见了吧？你都成大姑娘了。"

"是啊，有十多年了。"向好说道，"我们最后一次见面，还是我在读小学的时候。"

"哈哈哈……"杨采采突然笑了起来，"你长大成人了，我也快要变老了。"

"没有，杨老师不老，杨老师永远不可能变老的。"向好说道。

是的，在向好的心里，杨采采是她的梦想奠基人，是青春的符号，是永远都不可能变老的。

杨采采一听，又笑了，原本白皙的皮肤上出现了细细的皱纹："每个人都会变老，尤其是女人。过了二十五岁，就担心三十岁的到来。过了三十五岁，就担心四十岁的到来。我今年多大了？四十了……再过几年，就奔五的人了，怎么可能不老呢？"

向好笑了笑，说道："杨老师，我记得您给我们上音乐课的时候曾经说过，人只要心不老，就永远不会老。我今天看到您这状态，就知道您有一颗不老的心。"

向好说这番话，并不是为了逗杨采采开心。

而是她确实是这么想的，人只要永远有一颗上进的心，永远对未来充满希望和期待，就永远不会老。

　　她甚至觉得，就算是死亡，都没那么可怕。死亡，并不代表消失，而是生的另一种存在。

　　接下来，杨采采的爱人推着杨采采在小区花园里转，黄帧和向好也跟着一起，几个不同年龄段且许久不见的人回想了许多往事，聊得很开心。

　　好几次，杨采采都忍不住笑了起来。

　　向好这才发现，杨采采年纪大了一些，又经历了这次不幸，但她却比之前更加开朗乐观了。

　　她身上的那股子清冷疏离不见了，取而代之的是一脸的笑容，显得更加温柔和善、平易近人。

　　……

　　大家一起吃过饭之后，杨采采突然来了兴致，想要弹奏一曲《出埃及记》。

　　《出埃及记》讲述的是以色列领袖摩西为拯救备受奴役之苦的以色列人，从而率领四十万犹太人民奋起反抗埃及法老拉美西斯迫害，千辛万苦出走埃及的经历。《出埃及记》是向好非常喜欢的一首曲子，她最早听的版本是马克西姆演奏的。当时就被马克西姆那张帅气到极致的脸给迷住了。后来才知道，这首曲子并非马克西姆原创，创作者是克罗地亚作曲家 Tonci Huljic。Tonci Huljic 还有一首非常著名的曲子叫《克罗地亚狂想曲》，也是向好非常喜欢的。

　　此刻，向好看着杨采采坐在钢琴前，体态优美，神情专注，白皙修长的手指在黑白琴键间不断地跳跃着……此情此景，构成了一幅完美至极的画面。任谁都看不出，那黑色的裙摆之中，藏着怎样受了重伤的腿。谁也看不出，眼前这个美人的心又遭受过怎样的打击，又以什么样的方式重新鼓起勇气、获取力量，最终站了起来。

　　……

　　杨采采一曲结束，掌声响起。三个人的掌声，无论再怎么整齐都会显得有些落寞。

　　但杨采采依旧很开心，一边用手支撑着凳子站了起来，一边笑着叹了口气，像是完成了许久未圆满的心愿似的："好久没弹琴了，手都生了。"

　　杨采采话音未落，她的爱人就已经快步走了过去，将她搀扶住，生怕她一不小心跌倒。

黄帧也站了起来："我是一点儿也没看出你手生，弹得还是那么好，我都有种在音乐会现场的感觉。"

说罢，又转头看向向好："向好，你觉得是不是？"

"是。"向好点头。

在向好看来，何止是在音乐会现场，简直如同在梦境中一般。

在梦里，她又回到了小时候，窗外阳光和煦，微风轻拂，每个孩子的眼睛都是亮晶晶的，充满了对未来的憧憬和希望。

紧接着，黄帧和杨采采的爱人去一边下棋喝茶，向好和杨采采则在客厅里喝茶。

向好发现，像杨采采这样的美人，即便是沏茶也显得很美。

那修长的手指，像是被精心打磨过的艺术品一般，双手捧着茶壶，向好看着清茶缓缓从茶壶嘴里出来，一时间竟看得入了迷。

直到杨采采双手将茶捧到她面前，她闻到绿茶的清香气，才突然回过神儿来："谢谢杨老师。"

杨采采笑了："这是我从老家带回来的碧螺春，是明前茶，味道很好。"

向好看着透明的杯子里，茶叶经过清水的浸泡，嫩嫩的叶子正在缓缓舒展开来。

乍一看，有点儿像一位身姿婀娜的女子正在翩翩起舞……

向好抿了一口茶之后，便开始和杨采采谈心，谈了许多之前上音乐课时的乐事糗事，杨采采仿佛也回到了十多年前，人都瞬间年轻了不少。

后来，向好感叹道："杨老师，我真想不到，你经历了这么多，还能保持这么好的心态。"

向好话音未落，只见杨采采缓缓收住了笑。

向好见状，连忙解释道："杨老师，您千万别误会，我只是觉得您真的很坚强乐观。而且，您刚才弹钢琴的时候，我完全没看出您曾经受过伤，很美，真的很美。"

向好说着，便拿出了手机，将刚刚杨采采弹琴时她拍的那张照片给她看："您看，是不是和我小学时一样美？"

杨采采看着手机屏幕，久久未说话。

向好说："我拍这张照片，是征求您先生同意的。"

杨采采轻笑了一声："照片不太清晰，就这样看，确实和十年前差不多。"

"等我回去，想画一幅画。"向好说，"就画这幅，可以吗？"

杨采采的脸上这才恢复了笑容："好呀，画好了，发给我看看。"

"好。"向好点头，"我一定好好画。"

杨采采轻轻地叹了口气："其实，我也不是一直这样乐观。当我知道自己永远不能自主站立的时候，真的觉得整个世界都黑了，感觉我的天都塌了。在最严重的时候，我躺在病床上，都有过轻生的念头。怎么说呢，不知道以后该怎么活在这个世界上，感觉自己是别人的拖累。而且，还有种强烈的无意义感。"

杨采采说到这里，神情沮丧，仿佛又回到了那个至暗时刻，向好都有些后悔刚刚提起这个话题，正想找个话题就此打断，杨采采继续说道："后来我先生告诉我，就算是腿受伤了也没关系。只要这双手还是健康的，我就是有价值的。他这一句话，把我给点醒了。他还跟我说，如果我不在这个世界，他也会觉得人生没有意义，没有期待感。他这些年，一直在奋斗，每次取得事业上的新突破，总是在第一时间想要和我分享。如果我不在了，他不知道以后该跟谁分享，估计连奋斗的动力都没有了。我突然又觉得，自己怎么这么傻呢？怎么会钻牛角尖儿呢？"

向好听罢，不免有些感慨。

人生最美好的状态，莫过于越过山丘，仍有人等候。

紧接着，杨采采说出了一番足以令向好铭记一生的话："我那么热爱钢琴，怎么能因为一点挫折就就此颓废呢？我那么爱我的先生，他也那么爱我，我怎么能丢下他不管呢？"

爱，可以让一个生命更为鲜活；梦想，可以给人无限的力量。爱与梦想，是人生中永恒的主题。

第六十六章　黄帧的励志哲学

从杨采采家出来之后，向好和黄帧准备回家。

由于他们的家在同方向，于是便打了一辆车。

在车上，向好一直在思索杨采采的话，她跟黄帧说："黄老师，我觉得杨老师这么出色，和她小时候的家庭教育是分不开的，她的父母应该是很有思想很出色的人吧？"

黄帧笑了笑，过了好久，才说道："这可不一定。"

向好有些诧异，转过头去看黄帧。

黄帧的脸上一直带着笑，说道："家庭只是一个方面，关键看个人。如果我告诉你，她的出身并不算太好，你会怎么看？"

向好愣了好久，才开口问道："出身不太好？是什么意思？"

紧接着，黄帧才说出了关于杨采采身世的事情。

杨采采父母都是地地道道的农民，而且在一次意外中，父母双双去世。那个时候，杨采采只有六岁，刚上小学一年级。她的奶奶年纪很大，看着这个小孙女，不知道如何是好。于是，便将杨采采送到了叔叔杨天航家里。杨天航家在阳城，和爱人沈丹结婚多年都没有孩子。所以，那个时候，杨采采的到来正好弥补了他们膝下无子无女的缺憾，对杨采采也是视如己出。

但有趣的是，在杨采采上初中的时候，沈丹突然怀孕了，经过十月怀胎之后，竟生了一个孩子，也是个女孩儿。后来，叔叔婶婶的心思主要在妹妹身上。

杨采采对自己要求极高，不管是学习，还是自我修炼，她都尽全力而为，不甘落于任何人之后。

后来，这变成了一种习惯，一种让她越来越优秀的习惯！

久而久之，她就成了今天的杨采采，内外兼修，足以令人仰望。

她有姣好的身材，有美丽的容颜，有令人艳羡的事业和爱情。

但谁也没想到的是，在她人生最美好的阶段，上天却跟她开了个巨大的玩笑，让她的身体和心灵都遭受重创。

黄帧讲完这一切，向好只觉得颠覆了她的想象。

一直以来，她都以为杨采采的成长环境很好，家境优越，否则绝不会这么优秀。

现在看来，一切并非如此。

黄帧叹了一口气："当然了，你刚才说她能像今天这样出色，和她的出身有关。我仔细一想，觉得确实和她的出身有关，她那样一个长相漂亮又那么优秀那么要强的女孩子，不管在哪儿，都是引人注目的。即便是后来她失去了一些资源，得不到足够的爱，她也不会因此降低对自己的要求，只会让自己更努力，努力变得更优秀，优秀到让任何人都无法忽视的地步。"

"确实。"向好若有所思。

黄帧接着说道："每一个人，生来就是不同的。有人遇到点儿挫折，就再也站不起来了。但有的人则恰恰相反，不信命也不认命，哪怕是老天挡住了她的路，她也能重新开辟一条新的路。有人经过挫折之后，越来越颓废，觉得人生完蛋了！但有人的遇到困难，重新站起来之后，会越来越自信。我觉得啊，真正的自信，不是一帆风顺的经历成就的，而是一次次经历挫败之后，仍然能站起来，且比之前做得更好。"

向好听着黄帧的话，都忍不住朝着他投去崇拜的眼神儿："黄老师，你真是个励志哲学家。"

"哈哈，别捧！"黄帧笑了，眼角全是绽放的皱纹，"你这一捧啊，就把我捧到天上去了。我这一大把年纪的人了，可不敢成天在天上飘着。"

向好被黄帧的幽默给逗笑了，但笑过了之后，又不由得陷入了沉思。

她觉得，江朵朵的身世，像极了杨采采。都是被父母无奈"遗弃"的孩子，都有极高的艺术天赋，都是被叔叔"收养"。最后，也都是不被爱的存在。

唯一不同的是：杨天航比江建民的经济条件更好，也比江建民更有远见。

但不可否认的是：杨采采之所以能成为杨采采，还是取决于她本身具备的特质：不屈、上进，以及不断完美自身的内在驱动力。

……

向好回到梅园镇的第二天晚上，李增贤突然愁眉不展。

向好忍不住去问李增贤："爸，你怎么了？是不是遇到什么事了？"

李增贤叹了口气，才回答道："我打算去看看宋嘉，你觉得怎么样？"

向好有些诧异，她不明白李增贤为什么突然要去看宋嘉，更不明白他为什么又因这个问题愁眉不展。

但是很快，她便想到了几天前，李增贤特地跟她提过张晖。于是便想到，李增贤很可能是因为想撮合张晖和李晓檬，想去跟宋嘉提分手的事。

向好想了想，说道："爸，如果张晖和小檬以后真能在一起，有些事早一点儿和宋嘉提出来，也未尝不可。只是，得注意方式方法。毕竟，这个事情有些复杂，万一表达不好容易让人误会。再说了，宋嘉又好面子，万一伤了他的自尊心就不好了。"

向好话音刚落，李增贤就立刻沉下了脸："你看看你都想到哪儿去了？小檬和张晖，那是八字还没一撇的事，我能往那方面想吗？"

向好不解："那你……"

"宋嘉要出来了。"李增贤说话间，点燃了一支烟，眉头紧锁，满是惆怅，"他家里条件不好，父亲不在，母亲又有病。而且他进去这件事，当初我们都没跟他母亲说，怕她承受不住。人啊，经历了这种事，不管多倔多犟心里都有创伤，都对以后的生活有影响。如果他出来了，连个看他的人都没有，那心里得有多凉啊？所以，我打算去看看他。"

向好听后，有些意外。

一直以来，她都知道，李增贤不看好宋嘉，更不肯接纳他。

但从目前李增贤的表现来看，他还是在意宋嘉的，在意他的感受和今后的生活。

但，向好终究还是有些不太放心，于是提醒道："爸，既然你都知道这个时候是宋嘉心理最脆弱的时候，可千万别提他和小檬的事哈！"

李增贤抖了抖烟蒂上的烟灰，依旧皱着眉头："什么意思？你直接说。"

向好想了想，问道："你不会赞同他和小檬在一起的对吧？"

"嗯，对。"李增贤声音不高，但语气坚决。

"那既然这样，你这次找宋嘉，除了说你刚才提到的那些，肯定也有其他话想说的，对吧？比如希望他以后不要再找小檬，希望他们保持距离，对吧？"向好问。

李增贤沉默了几秒，抽了一口烟，才缓缓开口道："我是不会主动提的，但是如果他提，我就把话说明白了。"

"哦。"

"我这么大岁数的人了，什么都见识了，什么都能想得到。"李增贤说道，"我知道现在这个时候提不太合适，对宋嘉来说，有些打击。但是我现在不提，以后就没机会提了。如果他真的和小檬把证给领了，我说什么都晚了。他们两个脾气都倔强得很，要不然，我也不至于这么做。"

"我知道。"向好点头。

……

宋嘉从拘留所出来之后，心情很低落，好几天都不想见人。

就连吃饭都随便凑合，叫个简单的外卖就行了。

这天，宋嘉正坐在床上吃快餐——一盒葱花炒米饭。

刚吃到一半，突然听到门口传来敲门声。

听到敲门声，宋嘉不由一怔，随即连忙放下手里的快餐，跑去开门。

一边开门一边想着：肯定是李晓檬来找他了！

然而，门开的那一刻，他才看清，站在门口的不是李晓檬，而是李晓檬的父亲李增贤。

宋嘉愣了好一阵子，才开口问道："李校长，您怎么来了？"

如果是以往宋嘉突然这样提问，李增贤肯定沉着脸回他一句：怎么？我不该来啊？

但是今天，李增贤一反常态，对着宋嘉笑了笑，说道："听说你回来了，我来看看。"

他特地将"你出来了"说成"你回来了"。

仿佛宋嘉此前根本不是被拘留，而是去了一趟外地似的。

宋嘉又愣了几秒，随即拉开门："李校长，您进屋来。有点儿乱……我收拾收拾……"

宋嘉说话间，已经迅速将沙发上的床单给拿了起来，然后扔到了隔壁的床上，又慌忙回过头，对李增贤说道："李校长，您请坐。"

"别这么客气。"李增贤坐了下来，看着电视柜上还剩了半盒的米饭，问道，"这会儿才吃饭啊？"

"对。"宋嘉连忙问道，"李校长，您吃了没？要不，我帮您也叫一份？您想吃啥告诉我，我马上点，特别方便。"

"我吃过了，你别管我。"李增贤说道，"你先吃饭吧，咱们边吃边聊。"

"好。"宋嘉虽然嘴上这么应着，但却始终没有将盒子端起来，而是忙着帮李增贤冲茶，然后恭恭敬敬地端到他面前，"李校长，您喝茶。"

李增贤端起茶放在嘴边吹了吹："宋嘉，你这次回来，小檬知道吗？"

宋嘉摇了摇头："我还没跟她说。"

李增贤笑了笑："没说也好。"

第六十七章　男儿有泪不轻弹

宋嘉有些蒙，一时间猜不中李增贤的心思，只得愣愣地坐在他对面，一言不发。

李增贤将手里的茶杯转了又转，最终放在了面前的玻璃茶几上："我这次来，就是想和你好好商量商量你和小檬的事。你们两个都不小了，在一起也有些年头儿了。你也知道，我之前一直不同意你们在一起，但是你们都很坚决。尤其是小檬，一根筋，认定一个人一件事就要死犟到底。"

李增贤说到这里，无奈地叹了口气。

宋嘉听着，心里有些难受。

其实他和李晓檬的事是怎样的，他很清楚。在这件事的态度上，他一直都比李晓檬更坚决。

这一点，李增贤当然是清楚的。

但为什么现在李增贤会这么说，他也不清楚。

宋嘉想了想，说道："李校长，您有什么话，就直说吧。"

李增贤抬头看了他一眼，宋嘉的目光正迎着他的目光，仿佛已经做好了最后的准备。

见李增贤迟迟未再开口，宋嘉说道："李校长，您不用有心理负担。我知道我不够好，配不上小檬。加上现在出了这样的事，饭店也没了，我还变成一个有前科的人，不管走到哪儿，都可能被人瞧不起。我在拘留所的时候也想过这个问题，我也知道，如果我还算个男人，就不应该让小檬受苦，也不能让她跟着我抬不起头来。"

宋嘉一番话说完，轮到李增贤纳闷儿了：难道宋嘉早就做好了一切打算？

就在李增贤思索间，宋嘉接着说："但是李校长，我是真的喜欢小檬，我想和她好好走完这一生。不管我以前有多差，我都可以改，我可以为了她变得更好，一定让她过上好日子，一定不让你们丢脸，好不好？"

类似的话，宋嘉说过好多次了。也是这样的语气，带着哀求，也带着不甘。

可结果呢？说过了之后，一切都没变，甚至还出现了比之前更糟糕的情况。

以往，李增贤会因为宋嘉这么说，高看他一眼。但是现在，他再听到类似的话，都会从心底深处生出逆反情绪来。

如果说宋嘉这么做，没有一丁点儿打感情牌的成分，恐怕连他自己都不信。

李增贤顿了顿，缓缓开口道："宋嘉，我相信你说的都是真的，我也相信你是有心变得更好的。但是小檬等不起了，知道吗？你什么时候能变好？你什么时候能让她过上好日子？你自己知道吗？"

面对这样的问题，宋嘉不知道该怎么回答。

李增贤笑了笑："你看，你自己也不知道，是吧？不管什么事，只要没实现的，都是虚的，这和咱们有多大的决心一点儿关系都没有！我既然来了，就把话说清楚，要不然一直拖着，也不是个办法。不管是以前还是现在，我都不赞同你和小檬在一起，不但是为了她好，也是为了你好。小檬这个人的性格你也知道，她虽然命比纸薄，但心比天高，脾气又倔强。她和你在一起谈谈恋爱还可以，要是真的结婚在一起过日子，还真是不行。我是过来人，她适合什么样的人，什么样的婚姻，我比你清楚。"

宋嘉坐在李增贤的对面，像个没有心的稻草人似的，一动也不动。

李增贤继续说道："宋嘉，你也知道我离过婚。但是你知道我离婚的原因吗？"

宋嘉摇了摇头："不知道。"

李增贤自嘲似的轻笑了一声，拿起杯子喝了一口茶："就是因为我和小檬他妈性格不合，两个人都要强。我也没什么出息，就想着一辈子待在农村好好教书。但是小檬她妈心气高，一心想调到城里去。开始只是吵吵架，后来就开始冷战，谁也不让着谁，谁也不肯服软，最后就走到尽头了。"

宋嘉的眼睛看向窗外，脸上的神色有些复杂，不知道他心里到底在想些什么。

李增贤还没放弃，继续说道："宋嘉，我都把话说到这份儿上了，你是个聪明孩子，我想该明白的，你也都明白了。还是那句话，小檬脾气倔，指望她指望不上。所以啊，有些事，还是得指望你。"

李增贤说到这里，突然停了下来。

宋嘉这才缓缓转过头，一脸疑惑地看向李增贤："李校长，你希望我怎么做？"

李增贤叹了口气，脸上尽是无奈和惋惜："我刚才也说了，小檬这孩子脾气倔强，如果让她跟你提分手，她指定是说不出口的。所以，还是你来说吧。你只要开口，我相信小檬她碍于面子，也不会纠缠你的。"

李增贤说罢，便低下了头，没有看宋嘉的眼睛。

他自然也不知道此时此刻宋嘉到底是什么样的神情，又是什么样的心情。

他只知道，自从他话音落下的那一刻，周围就死一般安静，安静得落针可闻。

周围的空气，都因为这过度安静而变得尴尬凝重。

不知道过了多久，宋嘉点了点头，低低地"嗯"了一声。

虽然声音很小，但李增贤却听得清楚。

曾经，他无数次地期待宋嘉和李晓檬分开，不管用什么方式都行。

但当他亲耳听到宋嘉答应的时候，心里却很不是滋味儿。

这种感觉，很难用语言来形容。

他只知道，就在宋嘉答应的那一瞬间，他打心眼儿里觉得宋嘉并不坏，他也是个好孩子，只是由于环境因素，他暂时混得不那么体面而已。

李增贤从宋嘉房间走出来的时候，宋嘉一直跟着他，不声不响地下了楼梯，一直送到了大门口，宋嘉才说道："李校长，您慢走。"

李增贤猛地转过头，见宋嘉正笑着对他挥手。

那笑容有些僵硬，有些复杂，似乎还带着一丝心痛和不舍。

李增贤机械地笑了笑，心里很不好受，感觉喉咙处哽住了，缓了好久才开口对宋嘉说道："宋嘉，你回吧！啊，回吧！"

"好，那我不送了。"

"嗯，不送了。"李增贤说罢，就转过头去，朝前走。

宋嘉站在原地，看着李增贤那清瘦的背影，心里五味杂陈。

自从他刚刚答应李增贤的那一刻，心里一下子就轻松了许多。

这种感觉很突然，仿佛忽然间放下了一个压在心头很久的大包袱。

因为，他早就意识到他和李晓檬成不了。尽管他一直很不舍，也一直在争取，但心里也明白，分开是迟早的事。

但他也明白一个道理：既然迟早要分开，那迟分开不如早分开。

但直到李增贤的背影从巷子里消失之后，他的眼泪突然唰地一下下来了，似乎都没有来得及感受到悲伤的到来，眼泪就先出来了一般。

更可怕的是，这眼泪如同决堤的水一般，一发不可收拾。

他抬手抹了一把眼泪，在心里暗暗嘲笑自己：宋嘉，你一个大男人，哭什么哭？男儿有泪不轻弹，难道你不知道吗？

但，无论他跟自己说什么，都无济于事。

他脸上的泪，无论怎么擦，都擦不干！

他已经不记得自己是怎么一步一步走上楼梯间的，也不知道是怎么进的那个出租屋，他像一个空心人，整个身体都轻飘飘的，行尸走肉一般……

进了门，连门都忘了关。

他坐在那个沙发上，愣愣地看着还剩下一半的炒饭发呆，许久许久。

李增贤走出小巷子之后，脑子里突然闪现出宋嘉最后看他时的那个眼神，鼻尖儿竟有些酸酸的。

他笑了笑，在心里问道：怎么突然就难过了？不是早就等这一天了吗？他们本来就不合适，早该分了！

我今天，帮他们办了一件好事！办了一件他们自己都办不到的好事！

第六十八章　青春梦想奠基人

向好最近有点儿忙，毕竟她来了这么久，对学校的教学管理工作都有一定程度的了解，很多事也都可以帮上忙了。正所谓，能力越大，责任越大，向好最近这一个多月算是真正体会到了这句话的意思。

这天晚上刚好有空，她便去找江朵朵画画。

但自从江朵朵上次说谎之后，每次见到向好神情都有些不太自然。

虽然向好感受到了，但她仍然装作什么都没发现，像往常一样和江朵朵聊天、说笑。

久而久之，江朵朵也就不再偷偷观察向好的表情了，以为她已经将那件事给忘了。

这天，当向好拿着画架支起画布时，江朵朵就有些好奇地问道："向老师，今天不用牛皮纸画吗？"

向好摆好凳子在画架前面坐下，说道："今天画一幅特别有意义的画，得用画布，正式点儿。"

江朵朵一听，顿时来了兴致："向老师，特别有意义的画是什么？你到底要画什么啊？"

向好这才拿出手机，找到杨采采弹钢琴的那张照片："你看，这张照片美吗？"

江朵朵盯着屏幕，认认真真地看了好一阵子，然后由衷地赞叹道："美！好像黑衣仙子一样。"

向好笑了："黑衣仙子？朵朵你还真会形容，我也这么觉得。"

"向老师，她是谁呀？"江朵朵问。

向好没有马上回答，而是问道："朵朵，你能看出她的一条腿受伤了吗？"

江朵朵又盯着手机屏幕看了好一阵子，然后摇了摇头："看不出来……"

向好又问："你看不出来，是不是因为有裙摆挡住了腿？"

江朵朵摇了摇头："不是。因为她看起来很健康，很美。"

向好这才点头道："对呀！我也是这么觉得的。朵朵，你还记不记得上次我和黄老师谈到的那个叫杨采采的老师？"

"记得。"江朵朵马上说道，"向老师还说她是你的'青春梦想奠基人'。"

"对。"

"不会就是她吧？"江朵朵指着屏幕问道，眼中透着几分惊喜。

"就是她。"向好问，"和你想象中的一样吗？"

"一样……不，不一样。"江朵朵忙不迭地点着头，"比我想象得还要美。"

"她确实很美，所以我才想要画她。"向好一边说着，一边用手指不断放大那张照片，仔细端详，生怕错过了某一个小细节似的，"她不但长得美，还特别了不起。"

江朵朵大概是因为还记得不久前向好和黄帧谈话的细节，皱着眉头问道："杨采采老师以后还能站起来吗？"

向好愣了一下，随即回答道："我也不知道。但已经不重要了，在我看来，她现在已经站起来了，而且站得笔直。"

"噢……"江朵朵听得不太明白。

向好将杨采采那张照片每一个细节都看过之后，就开始拿起铅笔在画布上比画，一边比画着一边说道："虽然她的腿受了伤，但她还能弹钢琴，还能像之前一样幸福地生活，她仍然还有梦想，而且在不断为了自己的梦想努力……这就是最好的状态了吧？人生没有完美，完整即可。曾经，我以为完美很重要，无论做什么都追求完美。"

后来她才发现，追求完美是一种梦想洁癖，是人生路上的一大障碍，除了会拖慢前进的脚步，没有其他任何意义。完美优于完整，但完整远比完美重要。

江朵朵盯着画布看，留意向好的每一个动作。

在江朵朵的眼里，向好的动作好轻快，手腕也非常灵活，好像特地训练过似的。

她用手带着笔滑动的瞬间，像小鸟在树枝上跳跃，又像是鱼儿在水里游来游去……

她在想，自己什么时候才能像向好这样，画技纯熟，想画什么就画什么，想怎么画就怎么画。

就在江朵朵思索时，向好又开口了："素描是一切绘画的基础，所以素描的功底一定要扎实。你之前画油画基本没画素描，但是接下来，就要好好练习了。你现在只有点、线、面的概念，但素描学到一定程度，就会涉及解剖学、透视学的知识。只有经过系统长期的练习，一幅画才能更完整、更立体、更有画面感，也更有艺术性。"

江朵朵沉默了几秒，突然问道："可是我看有些人画画根本不用素描，直接用毛笔画。"

向好笑了笑："用毛笔画的那是国画，国画和油画是不同的。国画，是中国绘画；而油画，是西方绘画。中国绘画注重写意，而西方绘画注重写实。中国绘画，寥寥数笔，形神兼备。西方绘画，却跟搞建筑似的，先打好根基，然后再慢慢装修。所以说，素描就相当于打根基。还有，'素描是一切绘画的基础'这个观点是一位非常著名的中国画家提出来的，他就是徐悲鸿。"

向好话音未落，江朵朵就立刻说道："我知道徐悲鸿，他特别会画马。"

"对，就是他！徐悲鸿。"向好一边用笔在画布上定好基本比例，一边说道，"大家都比较熟悉他画的奔马，其实他还有许多非常知名的油画作品，比如《愚公移山图》《负伤之狮》《田横五百士》。"

"既然这么多，为什么人家只知道他画的马呢？是不是因为他的马画得最好？"江朵朵问。

向好想了想，回答道："这么理解也行。但准确一点说，他画的马更符合大众的审美需求，受众更广。"

"什么是受众？"

"打个比方吧！两幅不同的画，从专业角度来看，处于同一水准。但如果放到大众中间，让他们去挑选，让他们分出哪个更好，意见就很难统一。有人说 A 更好，也有人说 B 更好，争不出个高低好坏来。那么这个时候，就看 A 和 B 哪个受欢迎程度更高。假设喜欢 A 的人更多，那么就说明 A 的受众更广。"

"噢……"江朵朵似懂非懂地点了点头。

"在所有的绘画中，人物可以算是最难画的了。因为人物有五官，有神态，一不小心就容易画得不到位，一个小细节不到位就可能导致整个人都走了样。"向好一边开始起稿，一边说道，"我们要先定好比例，首先得定出三庭五眼的比例，最上面的是上庭，大概是从发际线到鼻梁起点的位置；中间是中庭，是鼻梁起点到鼻尖的位置；最下面是下庭，是鼻尖到下巴尖的位置。然后就是头身比例，也就是说在这幅画中，头和身体分别所占的比例……"

向好讲得很认真，江朵朵也听得很认真。

但听着听着，江朵朵就忍不住感叹道："好难画哦，我都不知道以后能不能画人物。"

向好转过头，见江朵朵的一双眼睛正一眨不眨地盯着画布上那张刚刚画好轮廓的脸，眸子亮晶晶的，充满向往的感觉。

向好说道："不管做什么事，都是由易到难。你现在看着难，但等你多练几年，练着练着你就会发现，其实都是一步步慢慢打磨出来的。再到后来，你还会发现，无论任何事根本就不存在难和易这个概念。关键是看你愿不愿意去钻研，看你愿意花多少时间和精力去钻研。"

向好说罢，继续开始画。

江朵朵眨了眨眼睛，问："向老师，我什么时候能画人物？"

向好想了想："你想什么时候画，就什么时候画。先可以不用太在意画得好不好，先练习。虽然说画画也有一个循序渐进的过程，但如果基本功到位了，完成一幅复杂的画，比完成一幅简单的画，学习到的东西要多很多。"

"嗯，我不怕困难。"江朵朵说，"我只是没有太多的机会学习。"

"我知道。"向好说道，"我不天天都在这儿吗？你有什么不懂，可以随时来问我。"

向好说罢，江朵朵一直没有搭腔。

向好不禁纳闷儿，转头看向江朵朵，只见她眼中神色有些复杂，不知道到底在想些什么。

向好问："朵朵，你怎么了？"

江朵朵沉默了好几秒，才低声开口问道："向老师，你是不是要走了？"

"我要走了？"向好更加纳闷儿了，"你听谁说我要走了？"

江朵朵咬了咬嘴唇，支支吾吾道："我也不知道……我听说你要走了……你男朋友会带你走的，你男朋友……"

江朵朵正说着话，突然停住了，一双大眼睛直直地盯着院子门口处："向老师，你男朋友来了……"

向好皱起了眉头，带着几分疑惑缓缓转过身。

当她转过头的那一刹那，顿时呆住了！

蒋凯南就站在大门口处，此刻正一瞬不瞬地看着向好。

灯光下，那双眸子深邃又迷人。

恍惚间，还带着几分深情的感觉。

向好站了起来，问道："你……怎么来了？"

"出去办点儿事，路过这里，正好看到你在，就停下来看了一会儿。"蒋凯南说话间，已经迈开步子，"你现在还在画画儿呢？"

"怎么这么问？"向好说话间，将视线落在画布上那刚刚起好轮廓的素描上。

蒋凯南笑了笑，说道："大多数人小时候学艺术，长大后，慢慢步入社会了，就丢掉了。"

"所以，我不是大多数人中的一员。"向好说道。

"这倒也是，你比大多数人意志更坚定！噢？这画的是什么？"蒋凯南皱起眉头，一边看着一边问道，"一个美人？"

"对，我的老师杨采采。"向好说道。

"哦，我记得她。"蒋凯南虽不是和向好上同一小学，但在大学的时候，他却经常听向好提起杨采采，也明白杨采采在向好的心中是一个什么样的存在。

"你最近见到她了？"蒋凯南问。

"嗯，见到了。"向好没有再提杨采采的不幸遭遇，到现在为止，她甚至认为杨采采只是经历了一场"变化"，而非"遭遇"。

她，还是从前的那个她，一直都是。

就在蒋凯南和向好交谈间，她冷不丁地低头，看到江朵朵看蒋凯南时那一脸的警惕。

当时她也没太留意，认为这只不过是自己的错觉。

第六十九章　尘埃里的世界

蒋凯南和向好从江朵朵家里离开的时候，已经是晚上九点多了。

那幅画只开了个头儿，向好将画架连同画布一起搬到了走廊上，叮嘱道："先放这儿，等下次有空再画。"

江朵朵盯着那幅画看了一会儿，说道："向老师，如果下次再画，你还记得先画哪儿后画哪儿吗？"

江朵朵这个问题听起来很简单，但向好明白她话里的意思：在江朵朵看来，画画这种事就应该一气呵成，而不是突然间断，下次再补。

果然，就在向好还没来得及回答的时候，江朵朵又开口了："我的意思是，这样隔开时间画，会不会效果不好？"

向好笑了笑，回答道："当然不会，一幅画画到哪儿，自己心里是有数的。一些不那么复杂的画，一次性完成很正常。但有些画儿本来就很复杂，比如那些带有宗教色彩的偏写实风格的油画，对细节的要求非常高，而且工程量也很大，一天半天就完成是根本不可能的。"

"噢……"

"中国有个叫冷军的画家也是，他画的是超写实油画，比照片还要清晰和立体。他笔下的人物，让人能看到每一根头发，甚至是头发上的光泽；能看到毛衣上浮起的小细纤维，逼真得令人惊讶。像他那种画，也需要花很长很长时间去完成。"向好一边解释，一边收拾好画具箱，"这些，等你以后学得深入一些了，自然会明白的。"

……

在回去的路上，蒋凯南问向好："你还没放弃自己的画家梦呢？"

向好先是一愣，随即笑了笑："这个年纪谈梦想，是不是有些可笑？"

"这有什么可笑的？你没看到现在很多七八十岁的人拿起画笔，开启逐梦之旅吗？"蒋凯南问。

向好想了想："好像也是。人到了那个年纪，大多退休了，孩子也都大了，突然没有了追求，无意义感会比青少年甚至中年更强。所以给自己一个可以追的梦，也算是给自己增加一些继续活下去的动力。"

蒋凯南听完向好的话，没忍住笑了："你现在还是这样，总是去深入剖析每一种行为背后的动机和深意。"

向好皱了皱眉头："难道不应该吗？我就是这种人。我也知道，现在很多人都不愿意做深度思考，只想停留在生活的最表层，体验最浅层次的快乐。但是我没办法做到，我必须深入客观地去看待去分析一些问题，要不然我就浑身难受，怎么办？"

"你这是欠抽的表现。"蒋凯南半开玩笑半认真地说道,"那么我也深入地去分析一下你吧?分析你为什么会是这样的,好不好?"

向好转过头看向蒋凯南。

月光之下,他的轮廓清晰立体,但五官却看得不太真切,唯有那双狭长的眼睛闪着的点点光晕清晰可见。

越是这样,越是有种莫名的熟悉感。

她盯着蒋凯南看了一会儿,反问道:"我是什么样的人,我又为什么是这样,难道我自己还不知道吗?没有人比自己更了解自己,别人看到的终究只是表象,甚至是假象。"

蒋凯南很淡定地摇了摇头:"不一定。人最不了解的往往就是自己,所以,每一个人都应该是自己的旁观者。"

"呵……"向好轻笑了一声,"乍一听,还蛮有道理。"

"所以,愿意听我对你的理解吗?"蒋凯南又问。

"行,你说。"

蒋凯南顿了顿:"这个世界上,像你这种人,其实并不算少。只是,他们还没有条件,像你这样。"

蒋凯南短短几句话,倒是把向好给说蒙了:"什么叫没条件?"

蒋凯南淡淡笑了笑:"一个人时常做深度思考,或者说时常做看似有价值的深度思考,是需要资本的,也是需要前提条件的。首先,他要有做深度思考的能力,需要具备一定的学识、阅历、远见,或者说是透过现象看本质的能力。其次,他需要有足够的时间,如果一个人整天为了一日三餐衣食住行忙得不可开交,他是没办法做深度思考的。最后是他必须具备一定的经济条件,就算不能实现财务自由,也不能太穷,一个太穷的人可能连饭都吃不饱,还谈什么理想、价值和意义?有句话说得好,当一个人吃不饱饭的时候,烦恼只有一个。当一个人吃饱饭的时候,烦恼就有千千万。你的烦恼,总而言之就是这千千万万烦恼中的一种,或者若干种。"

"噢,确实有些道理。"向好立刻附和道,不过也很快抓到了蒋凯南刚刚那番话的问题所在,"但你说的那三点,总结起来也就两点。"

蒋凯南笑了:"果然很聪明,看问题一针见血,向好不愧是向好!我的第三点算是对第二点的具体解释。这样说,行吗?"

"强词夺理!"向好没好气地说道。

"现在，我来帮你剖析剖析。"蒋凯南说话间，特地看了向好一眼。

"嗯。"向好露出一副不情不愿任人宰割的表情。

"你之所以这样，不排除一部分是先天的，天生具备这种深度思考的特质。其次，和你的家庭状况有关，家境不错，衣食无忧。说好听了就是你有追求，说得难听点儿就是吃饱了撑的……"

"噗——"向好没忍住笑，"你才吃饱了撑的！"

蒋凯南也不笑，仍旧保持着一脸一本正经的表情，"当然了，说你吃饱了撑的也不是贬低你，你暂且把这句话看成是中性的就行。毕竟，有人吃饱了无所事事闹得鸡犬不宁，有些人吃饱了之后就会做有价值的深度思考，显然后者更值得提倡嘛！你这么折磨自己，最坏的结果也只不过是不断思考新的问题，不断纠结，不断求解，让自己过得不太快乐。最好的结果就是：最后找到答案，找到出口，找到内心的平衡点，看开了，也释然了，觉得曾经的一切不过是自讨苦吃，只不过是试图透过一粒尘埃去窥探整个世界。"

向好再一次忍不住笑，但笑声更快被蒋凯南给打断了："然后，你具备这样的特质，还和你的成长环境有关。虽然你物质条件一直很好，但你的成长轨迹，都是提前被父母安排好的。对于一个不太有思想的孩子，或者乐于接受他人安排的孩子而言，这是一件好事。而对你这样一个动不动就会开动脑筋去思考各类问题的孩子，绝对是一种灾难。"

这次，向好没有笑，但却打心眼儿里觉得，几年不见蒋凯南，他倒是比从前幽默了不少。

"我刚才分析得对吗？"蒋凯南问，"如果不对，还烦请向小姐批评指正。"

蒋凯南说罢，一双眼睛一眨不眨地看着向好，像是一个做错事求原谅的孩子。

向好再一次被逗笑了，笑得直不起腰。

向好这才发现，她自从来了梅园镇之后，很少像今天这样笑过。

很少像今天这样，发自内心又无所顾忌地笑。

这一笑，积压在心底的那些负面情绪瞬间烟消云散了。

是啊，别试图从一粒尘埃里去窥探整个世界，那仅仅是一粒尘埃。它非但不能帮助你认识世界，还可能会遮挡你的视线。

……

两个人一边说着，一边朝着李增贤家走去，刚走到门口处的时候，向好就见李晓檬端着一个杯子朝着客厅方向走。

大概是听到声音，她猛地回头。

就在她的视线落在蒋凯南身上的那一刻，整个人突然一怔。导致正在上台阶的一只脚突然踩空，整个人瞬间跌倒。

紧接着，便听到啪的一声，杯子碎了。

向好吓了一跳，连忙跑过去将李晓檬扶了起来。

李晓檬站稳之后，向好才发现洒落在地上的红糖姜茶，于是说道："真是可惜了，竟然打了……"

"没事没事，碎碎平安。"蒋凯南连忙附和道，对李晓檬说道，"小檬，你快去收拾一下，这里交给我们。"

蒋凯南说话间，已经到走廊的角落里拿来了扫把和垃圾铲，低头开始打扫地上的玻璃碎片。

向好瞬间怔了怔，如果说曾经的她是一个饭来张口、衣来伸手的大小姐，那么蒋凯南绝对算得上十指不沾阳春水的大少爷。

她和蒋凯南曾经的恋爱过程中，他要么是在球场上奔跑，要么就是在图书馆读书，或者是在校刊杂志社审阅稿件……总之，从未见他干过任何粗重活儿。

所以，这一刻的蒋凯南，倒是刷新了向好对他的一贯认知，同时也颠覆了他在她心目中的形象。

大概是蒋凯南意识到向好一直在看他，他没有抬头，但打趣地问了一句："怎么了？是不是很惊叹为什么我既能文又能武？"

向好还没笑出来，李晓檬就先笑出了声儿，笑得满脸通红。

向好这才跟着笑了起来："我确实没想到你还会扫地，以后要是找不到工作，去家政应聘也能混个温饱。"

"光是混个温饱怎么行？"蒋凯南这才抬起头，目光落在向好的脸上，"怎么也得达到小康水平吧？毕竟，现在全国人民都基本步入小康生活了，我也不能落后。"

蒋凯南话音未落，李晓檬又笑了起来。

此刻，无论是向好，还是蒋凯南，谁也没有留意李晓檬的眼神。

从始至终，她的注意力全都集中在蒋凯南身上，他的一举一动，都牵引着她的目光。

直到向好再次转头看她，才发现她小腿处被姜糖水浸湿了一大片，于是提醒道："小檬，你的衣服湿了，快去换一下吧！"

李晓檬本来脸上带着笑的，听了向好的话却莫名不快，但也没有多作停留，而是直接转身朝着自己房间走去。

刚走到客厅，便见到李增贤正戴着耳机在听书。

李增贤见李晓檬一脸不悦，连忙问道："怎么回事？"

第七十章　冷漠中的温情

李增贤自从宋嘉那里回来之后，就特别留意李晓檬的一举一动。哪怕是李晓檬一个微小的动作，都能引起他的疑心，总觉得他去找宋嘉的事被她发现了。

就像现在，也一样。

李晓檬没理他，直接推开卧室门走了进去，然后关上门。

即便是她的心里正闷着气，关门的声音也很轻，完全不像以往那样通过摔门来发泄负面情绪。

李增贤听到门外有人说话，才站了起来，走出门便见到蒋凯南正在帮着扫地。

他一副不好意思的样子，连忙走过去从蒋凯南手里接过扫把："凯南，这种粗活儿怎么能让你来干呢？哎呀小柠也是的，也不拦着点儿？人家凯南是客人呢。"

蒋凯南笑道："李校长，您别客气。这次打扫，是我的责任。"

"看你这话说的，怎么能是你的责任呢？"李增贤笑道。

蒋凯南解释道："是我这个'不速之客'不请自来，突然一进门，把李晓檬给吓到了，才打碎了杯子。所以，是我的责任没错。"

李增贤听罢哈哈笑了起来："凯南人好，也会说话，我光是听着，都被他给逗乐了。"

蒋凯南并没有多作停留，很快就从李增贤家离开了。

他刚一走，李增贤就拉着向好的手走到了一边，低声问道："看来，你们俩感情又进了一步呀？"

向好只觉得有些好笑："爸，你哪只眼睛看到我和他感情增进了？"

"这还能瞒得住我？人家这么晚送你送到家门口不说，还帮着干家务。如果不是感情好，哪个男孩子愿意做这些？"李增贤问道，"小柠你实话告诉我，你今天一吃完饭就出去，是不是跟他约会去了？"

"哪有？我是去江朵朵家画画，正好遇到他，他就送我回来。"向好红着脸解释，"爸你别误会，我和他就是校友，就是普通朋友。"

"我听说你们之前……"李增贤轻咳了一声，"是男女朋友？"

"你怎么知道？"向好问。

"我就问你是不是？"李增贤继续问。

"我不想回答这个问题。"向好没好气地说道，"不管以前是什么关系，反正目前就是普通朋友，你也别多想。"

"好吧，好吧，我不多想。"李增贤伸手朝着衣兜里掏了几下，像是在找烟，但掏了半天没找着，又将手抽了出来，"我不多想，你自己可多留点儿心，不小的人了。凯南那么优秀，可别轻易错过。"

李增贤走后，向好倒是陷入了沉思。

她在想：自己和蒋凯南的感情是不是真的更进一步了？如果不是，为什么她跟他在一起会莫名开心呢？自从上次蒋凯南暗示他和方梓妍并非男女朋友关系之后，她似乎对他的感觉产生了微妙的变化……

如果不是今晚的交谈，这个变化恐怕连她自己都没发觉。

但这种感觉，却令她心情有些复杂。

如果说她一直眷恋曾经的美好，以及蒋凯南身上那份熟悉感。

那么，曾经的伤痛，却让她不敢轻易靠近，也不敢轻易再次接纳。

矛盾！前所未有的矛盾心情，这一刻正在她的心头缓缓滋长。

而此刻，李晓檬一直站在窗户前，透过窗户的缝隙默默观察着外面的一切。

她是看着蒋凯南离开的，一直盯着他的背影，直到他彻底消失在黑夜之中。

然后，又将目光落在了向好的身上。

这一刻，她是真的妒忌向好。

大家都是同父同母所生，为什么上天给了她那么好的一切？

向好拥有的一切，让李晓檬羡慕得好想立刻变成她！

虽然李晓檬对蒋凯南有心动，但这份心动并没让她失去理智。

她很清楚，自己在很多方面都不如向好，也没想过蒋凯南会看上她。

宋嘉，始终在她的心里。

尽管有许多的不尽如人意，但却从未真正消失过。

只是，她怎么也想不到，李增贤和宋嘉早已将一切变成了定局，更想不到接下来会发生什么。

……

就在第二天中午，向好刚回到家，就听到门外传来了一男一女的交谈声，而且一路上还有说有笑的。

向好顺着声音看去，便见到宋嘉正朝着这边走来。

宋嘉穿着西装，打着领带，看起来特地收拾过一番。

在宋嘉的身边，伴着一个长相漂亮的妙龄女子。

向好觉得那女子有些眼熟，可一时间却又想不出到底在哪儿见过。

直到宋嘉走近，很大方地跟她打了招呼，并且非常主动地介绍了身边的那位姑娘："这是唐雅，我们饭店的前台，你叫她小雅就行。"

她才突然想起，当初她去富兴饭店找吴咏梅时见过她。

唐雅也很热情地跟向好打招呼："向小姐，好久不见，但我一直记得您。我记得当初吴姐因为摔了一碟子鱼，被顾客骂得狗血淋头，还是您上前帮她解的围呢！当时我就觉得，向小姐真的特别好，侠肝义胆，能见义勇为，现在这样的人越来越少见了。"

"谢谢，应该的。"向好说话间，心里在思索着：宋嘉今天来，为什么会带上唐雅？难道只是偶遇，顺便来了？还是有其他的原因？

向好正想开口说点儿什么，李晓檬已经从房间里出来了，看到宋嘉就叫了他的名字。

李增贤就跟在李晓檬的后面，一直低着头，不知道心里在想些什么。

宋嘉应了李晓檬一声，但看她的眼神儿明显发生了变化，没有了以往的温情，甚至带着几分冷漠。

李晓檬似乎完全没有发现，继续跟宋嘉说道："宋嘉，这不是之前在你饭店打工的唐雅吗？她怎么也来了？"

宋嘉还没来得及回答，唐雅就笑着说道："小檬姐，今天宋嘉有重要的话要跟你说。"

"什么话呀？"李晓檬看着宋嘉问道。

宋嘉低声说道："进去说。"

说罢，刚走几步，便见到李增贤，于是笑着打了招呼："李校长，您在家呢？"

"嗯，在呢。"李增贤和宋嘉说话的时候，虽然带着笑脸，但目光明显有些躲闪。

见宋嘉和李晓檬、唐雅并肩朝着客厅里走，李增贤也没回头，而是径直朝着大门口的方向走去。

向好不禁纳闷儿，于是低声问道："爸，您这是要去哪儿呢？"

李增贤掏出一根烟，一边点一边说道："我不去哪儿，就在门口坐会儿。"

向好更纳闷了，但想到他一直不待见宋嘉，于是说道："爸，宋嘉既然到家里来了，你也不能不理他啊。不管他犯过什么错，咱们也不能歧视他啊。"

向好话音未落，李增贤就沉下了脸："谁歧视他了？小柠你总是瞎猜呢？"

"我……"

向好话还没来得及说出口，李增贤就朝着客厅的方向看了一眼："你也进去听听，看看宋嘉到底要跟小檬说什么？"

"噢……"向好带着几分疑惑，走进了客厅。

客厅里，宋嘉和唐雅坐在短沙发上，那张沙发仅能容纳两个人。

所以，乍一看，觉得很别扭。

毕竟，不管李增贤如何期待李晓檬和宋嘉分开，在向好的印象里，李晓檬和宋嘉目前仍然是男女朋友关系。

她不由自主地将目光投向李晓檬，李晓檬就坐在他们的对面，从她的神色里，也能看出她对宋嘉此刻的行为存在疑虑和不满。

向好想了想，便坐到了李晓檬那边。

宋嘉看了向好一眼，便开口说道："既然都来了，那我就把该说的都说了吧。"

宋嘉说话间，李晓檬瞪大眼睛盯着他，仿佛生怕听错一个字。

然而，接下来的一切，足以令李晓檬吃惊。

宋嘉说道："小檬，咱们在一起很多年了。我记得，咱们从上小学的时候就是好朋友，经常一起玩儿。那个时候，同学都开玩笑，说我长大了一定要娶你做老婆。那个时候，我也这么想。我昨天晚上还算了一下，咱们虽然恋爱只有三四年的时间，但在一起做朋友，有十多年了……"

"宋嘉，你到底想说什么？"李晓檬突然怒了。

不知道是她预感到了什么，还是怎么的，突然就朝着宋嘉吼了起来。

她这么冷不丁地突然一吼，向好着实惊了一下。

唐雅愣了一下，随即有些尴尬地笑了笑，朝着宋嘉看了一眼。

宋嘉倒是从容镇定，像是早就意识到了这一切，也做了相应的准备，他很冷静地对李晓檬说道："小檬，你别激动，你听我把话说完，行吗？"

李晓檬虽然没再发怒，但情绪明显不稳定，看向宋嘉的眼神里带着恨意。

宋嘉继续说道："一直以来，我都想跟你结婚。但是后来我想明白了，尤其是在拘留所的那段日子里，我真的想了很多。如果我们结婚了，人家都会因为我戳你脊梁骨。如果我们有了孩子，人家也会因为我犯过错，嘲笑咱们的孩子。小檬，我本来就配不上你。所以，我也不希望你面对不好的一切。"

宋嘉说完之后，一直看着李晓檬，像是等着她给出反应。

第七十一章　难言之隐

李晓檬沉默了好久，终于开口了，连声音都在颤抖："宋嘉，你实话说，你不要怕我骂你，你这是在为你自己找借口吗？啊？"

向好听着李晓檬颤抖的声音，突然感觉整颗心都在疼。

宋嘉抬手摸了一下鼻子，像是在做一个重要的决定。

在大家都沉默的时候，唐雅不止一次不动声色地将目光投到宋嘉脸上，观察他的神色变化，明显有些紧张。

向好不由自主地将目光投向大门门口处，李增贤正坐在凳子上，背对着他们，不停地抽着烟。

向好不知道他们刚刚的对话，李增贤到底听到没有，也不知道他此刻是什么样的表情，什么样的心情。

她只觉得，此刻李增贤的背影带着几分落寞和沉重。

大概过了十多秒，宋嘉再次开口了："小檬，我不是找借口。我刚才说的，都是真的。我不能让你因为我受苦，那样我以后都会一直活在愧疚中。还有……"

宋嘉说到这里，突然停了下来，目光淡淡地扫过向好和李晓檬，然后转过头，落在了身旁的唐雅身上。

接下来，他说出的每一个字都显得很吃力："还有，我和小雅现在已经开始了。小雅一直对我很好，之前我因为你，拒绝了她。现在，我决定和她在一起。"

宋嘉话音一落，房间内一片寂静，静得落针可闻。

向好有些担心，她担心李晓檬会再一次发怒，下意识地伸出手握住了她的手。

但接下来，向好发现，她的担心是多余的。

李晓檬只是轻轻地吐出了几个字："宋嘉，你走吧。"

宋嘉坐着未动，但唇角明显抽搐了一下。

"我们完了。"李晓檬补了一句，声音仍旧很轻，但任谁都能感知那轻柔之中的悲恸。

宋嘉坐了几秒之后，就缓缓站起了身，对唐雅说道："走吧。"

唐雅很快站起了身，眼睛始终没有看李晓檬，拉着宋嘉的手就走出了门口。

两个人走到李增贤身边的时候，宋嘉停了下来，对李增贤说道："李校长，我和小檬分了。"

李增贤没有起身，好久才"嗯"了一声。

"我们走了，您保重身体。"宋嘉又说了一句。

"好，走吧。"李增贤声音低沉，说罢抬手抽了一口烟。

向好从背后的位置看去，只能看到那个落寞的背影，以及缓缓升起又渐渐散去的烟圈儿……

宋嘉走后，李晓檬一直坐在卧室的床头，没有再掉一滴眼泪。

沉默，一直沉默……

向好虽然认同宋嘉刚刚说过的那些话，比如他之所以这么做都是为了李晓檬好，比如他认为自己配不上李晓檬，给她机会去追求更幸福的人生。

但，她对宋嘉此前的好印象，仍然一扫而空。

毕竟，现在宋嘉的身旁又多了个唐雅。不管他们到底是怎样走到一起的，现在突然成为男女朋友都是事实。

所以，在向好看来，这仍然是一种背叛，对情感的背叛！

向好正想进去劝劝李晓檬，被刚刚进来的李增贤给拦住了："你不用多说，让她安静安静。过了这阵子，什么都好了。"

向好正想说点儿什么，抬起头，却看见李增贤的眼圈儿红红的。

她不由得一怔。

她不明白，李增贤到底是因为宋嘉和李晓檬分手而伤心，还是因为别的什么原因。

但是这种情境之下，她开口问，显然也不合适。

整个下午，李增贤一家都被一股低沉压抑的气氛所笼罩。

……

向好回到学校之后，刚走到门口处，突然见几个女生围在操场的一角，她刚刚看了一眼，几个人就突然跑开……

也正是她们仓皇而逃的瞬间引起了向好的注意，于是她不动声色地跟了上去。

等她走到操场一角的时候，那几个女生已经不知去向。

周围，都是草丛和树木。

向好想着，她们可能躲到小树林里去了。

这个念头刚刚冒出来，她又觉得情况不妙：这些孩子没事躲树林里干吗？她们刚刚又为什么一见到她就开始躲藏？

带着几分疑问，向好便开始朝着那片树林走去。

谁知，刚没走几步，便听到脚步声，很轻，像是在特地避开什么。

向好假装没发现，但脚步却放慢了。

待到她分辨出那脚步声到底是从何处传来的时候，便开始不动声色地转身，朝着声音传来的方向走去。

当她走到一片足有一人高的草丛边的时候，终于看到一个孩子的脚，穿着白色的帆布鞋，鞋子上沾满了尘土……

向好停了下来，站定之后，便朝着那草丛里看去。

果然，草丛里藏着四五个孩子。

其中，还有一个孩子是她最熟悉不过的——江朵朵。

江朵朵被其他几个女生拽着手，就蹲在她们几个中间。此刻，她正低着头，不知道有没有发现向好的到来。

向好问道："江朵朵，你怎么在这里？"

向好声音刚刚响起，江朵朵就突然抬起头，一脸错愕地看着她。

其他几个女生则一直低着头，像是担心被认出一样。

向好对江朵朵说道："江朵朵，你出来。"

江朵朵犹豫了一下，想要站起来，但很快就被另一个高个子的女生摁了下去。

向好这才看清，那个一直背对着她的高个子女生是秦薇。

"秦薇，你也出来！"向好声音有些严厉。

秦薇愣了一下，这才突然站了起来，随即沉着脸从草丛里走了出来。

"你们在里面干什么呢？"向好沉着脸问。

秦薇还没来得及回答，江朵朵已经从草丛里走了出来，低着头，手里还拎着一个黑色的塑料袋。塑料袋显然被什么东西刮过，上面划了好几道口子……

秦薇见江朵朵出来，指着江朵朵对向好说道："你问她！"

向好看向江朵朵，问道："江朵朵，是怎么回事？"

江朵朵低着头，咬着下唇，神情胆怯又沮丧。

向好正准备继续问，秦薇再次用手指着江朵朵说道："她偷东西！"

秦薇话音刚落，向好不由得呆住了！

偷东西？

向好认识江朵朵这么久以来，一直觉得她是个乖巧、孝顺又懂事的孩子，怎么可能和这个"偷"字联系到一起？

但奇怪的是，江朵朵只是动了动嘴唇，没有辩解。

向好问："朵朵，你真的偷东西了？"

向好话音未落，草丛里的其他几个女生先后从里面钻了出来，一致指着江朵朵："就是她，她偷了人家东西！"

江朵朵抬头看了向好一眼，神色有些慌张。

"你偷了什么？"向好问。

秦薇指着江朵朵手里的那个袋子说道："就是那个，是衣服！"

向好二话没说，直接从江朵朵手里将那个黑色的袋子夺了过来，打开一看，里面是一条黄色的连衣裙。

"你怎么会偷衣服呢？"向好有些难以置信。

向好话音未落，秦薇就说道："她没有漂亮衣服穿，所以就偷衣服咯！要不是被我发现抓住，估计现在大家都不知道呢！"

江朵朵的脸红到了耳根，一直不断地摇着头，但嘴里却始终没说出一个字。

看到江朵朵摇头，秦薇就指着她问道："你偷了东西，还想撒谎？"

江朵朵仍然在摇着头，仿佛心里压着什么难言之隐一般。

第七十二章　百口难辩

"朵朵，到底是怎么回事？你告诉我，好不好？"直到现在，向好仍然不敢相信江朵朵会偷东西，"你说实话，老师帮你做主……"

"哟，这么多人在这儿？干什么呢？"秦莉不知道什么时候已经来到了操场上，皱着眉头问，一副看笑话的表情。

向好没有搭话，而是继续跟江朵朵说道："朵朵，到底怎么回事你倒是说句话啊，你一言不发，我怎么了解情况？"

"她偷了东西，还有什么好说的？"大概是由于秦莉来了，秦薇的声音比方才又提高了一个八度。

向好还没来得及说话，秦莉已经走到了秦薇身边："秦薇，你可别乱说话，朵朵这么乖，怎么可能偷东西呢？"

"她就是偷了东西，偷了人家的裙子！"秦薇说话间指了指身边的其他几个女生，"她们都看到了，不信你问！"

秦莉看了看那几个女生："是真的吗？这裙子真的是江朵朵偷的？"

"是，就是她偷的！"几个女生几乎异口同声。

"哎呀！"秦莉转头看向向好，"向老师，你看看这……这可怎么办啊？还有，这裙子是谁的啊？万一人家失主闹起来，闹到咱们学校，咱们学校的名声就不好了呀！"

向好倒还真没有想到这一步。

但经过秦莉这么一提醒，她还真觉得事情不像她想象的那么简单。

但此刻，她看着面红耳赤的江朵朵，只觉得这一切太残酷了！

她到底是有口难辩？还是真的偷了东西？这对向好而言，仍旧是一个谜。

她将裙子重又装进袋子，拉着江朵朵的手说道："朵朵，不管这衣服是不是你偷的，咱们现在都去失主家道个歉。道了歉，咱们再慢慢解决其他问题。"

谁知，向好还没走两步远，就突然被秦莉给叫住了："向老师，这样不太合适吧？"

向好转过身，问道："那秦老师您觉得怎么做才合适呢？"

秦莉笑了笑："我觉得，这件事就咱们几个擅自处理不好。得跟房校长汇报汇报，毕竟你说孩子偷东西这件事吧，也不是个小事情。向老师，你觉得呢？"

向好想了想："我觉得事情既然已经这样了，道歉要趁早。道了歉，人家原谅了，这件事就这样过去了。"

"那可不行！"秦莉马上接话，"这种事还是得咱们学校有个说法儿！你刚才说道了歉就没事了，那只是最好的结果。万一咱们道了歉人家不依不饶呢？对吧？咱们怎么收场？如果等到那个时候咱们才跟领导汇报，就很被动了。向老师，你说是不是？"

虽然向好心里一直认为自己的想法是正确的，但面对这样的秦莉，她也有些无奈。

如果继续在这里跟她辩解，除了浪费时间，几乎没别的成效。

如果现在擅自去跟人家失主道歉，秦莉又有一大堆道理要讲。

她真心觉得，秦莉出现得实在太不是时候了，像是踩着点儿过来似的。

向好想了想，对秦莉说道："好，我去跟房校长请示一下。"

向好是这么想的，跟房磊请示，房磊肯定会赞同她带着江朵朵去道歉的，然后这件事就这么结束了。

但她只猜对了前面，却没猜对后面。

房磊确实在第一时间就让向好去跟失主道歉了，失主是学校附近的居民，年龄在二十多岁，名叫冯晓华。听了事情的经过之后，冯晓华也没多追问，就说以后别再发生类似的事情就行了。

向好跟冯晓华说，以后如果再遇到类似的情况，让她第一时间告诉自己，并给冯晓华留下了自己的手机号码，方便今后沟通。

向好觉得一切很顺利，在回来的路上，她问江朵朵："朵朵，衣服真的是你偷的？"

江朵朵咬着唇，不说话，但眼泪却掉了下来。

向好又问："到底是怎么回事，你倒是说句话啊，要不然老师想要帮你，都没办法！"

江朵朵沉默了好久，才低声问了一句："向老师，你相信我吗？"

向好愣了一下，随即回答道："我当然相信你。"

江朵朵仍旧低着头："东西是我偷的……"

江朵朵说出这句话的时候，向好只觉得一切颠覆了她的想象。

就在她沉下脸想要质问江朵朵的时候，江朵朵又补充了一句："但是，我是被逼的……"

向好又是一愣，但刚刚跌入谷底的心开始慢慢恢复常态："谁逼你的？"

江朵朵抿了抿唇，没有说话。

"是秦薇，对不对？"向好问。

江朵朵沉默了几秒，说道："向老师，如果我告诉你，你能别告诉别人吗？"

向好没有马上答应，而是继续问道："是不是秦薇？如果是你就告诉我，你不用担心什么，也不用害怕谁。这种事，你越是怕，别人就越是敢欺负你，知道吗？现在我在这里可以帮到你，如果有一天我走了，你怎么办？"

向好话音刚落，江朵朵就突然抬起头来，一瞬不瞬地盯着她，小心翼翼地问道："向老师，你真的要走吗？"

向好瞬间怔住了！

"你什么时候走？"江朵朵又问。

她什么时候走？她自己也不知道。

但她知道，她不可能永远在这里。

向好想了想："朵朵，我不会很快走的……"

"可是你总得走啊。"江朵朵眼中的泪又流了下来，"你男朋友都来了，他肯定会想办法把你接走的。"

江朵朵说话间，向好在她的眼睛里看到了警惕，还有一丝类似敌意的东西。

江朵朵的这种眼神，她在前几天也见过。

就是前几天她在江朵朵家画画，蒋凯南突然出现的那晚。

当时，向好发现了江朵朵眼中的异样情绪，但却以为仅仅是自己瞬间的错觉。

这一刻，她确定了。

江朵朵对蒋凯南确实有一种警惕，其原因是她觉得蒋凯南会将向好带离梅园镇。

向好想了想，然后点了点头："是的，我总有一天会走的。所以，越是这样，有些事越是要解决彻底。要不然，你以后还会受欺负。"

"如果你走了，人家报复我怎么办？"江朵朵几乎是脱口而出。

向好怎么也没想到，"报复"两个字会从一个十二三岁的孩子口中说出来。

但仔细一想，却又觉得并不是不可能。

秦薇和那几个女孩子做事一向出格，如果现在惩罚她们，导致她们怀恨在心，今后对江朵朵实施报复也并非不可能。

可有什么办法既能解决问题，又能防止对方报复呢？

向好想了好一阵子，答案是：没有！

这就好比，没有任何一种选择是完美的一样！

不管怎么选，怎么做，都是有利有弊。最好的办法就是，选择利大于弊的那个方法。

"朵朵，如果对方有错，你不敢揭发，不但害了自己，也会害了对方的。如果犯了错的人不断被纵容，她们就觉得自己没错。久而久之，对她们也很不利。而且，她们还会去伤害更多的人。你愿意看到这个结果吗？"向好问。

"不愿意。"江朵朵几乎想都没有想，就直接摇头。

"那就是了，就算从责任心出发，我们也不应该纵容对方，你觉得是不是？"向好又问。

江朵朵再次点头："嗯。"

第七十三章　等待时机

向好和江朵朵回到梅园小学之后，首先到了房磊办公室。

向好刚打算敲门，突然见秦莉从里面出来。

秦莉见到向好，微微一怔，随即便说道："哟，好巧。"

没等向好搭腔，她就踩着高跟鞋走了。

向好带着江朵朵进门之后，先向房磊问了好，然后就跟他说明了实际情况。

向好刚说完，房磊就将目光落在江朵朵脸上："江朵朵，确实是秦薇指使你去干这件事的？"

江朵朵犹豫了片刻，目光投向向好。

向好有些担心，她担心江朵朵突然又因为害怕什么，不敢说实话。

就在向好准备提醒江朵朵的时候，江朵朵点了点头："是的，是她指使的。"

"你有证据吗？"房磊又问。

江朵朵有些慌了神儿，她也找不出什么证据来。

向好见江朵朵的脸憋得通红，便对房磊说道："房校长，很难找到证人，是秦薇指使的，她自己不可能做证人。而其他几个女生，也是和秦薇玩得好的，也肯定不会做证人。"

向好说罢，房磊沉思了片刻："这种事啊，是很难扯清的！"

房磊的这句话，向好只听明白了字面的意思，却没明白里面的深意。

"房校长，其实我们调查，肯定能调查得出的。"向好说道，"秦薇她们已经不是第一次欺负朵朵了，如果这次不解决，还有下次。朵朵在梅园镇没什么亲戚朋友，能依靠的只有咱们学校。如果学校不帮忙解决，她以后还能怎么办？"

房磊叹了口气，然后摇了摇头："向好啊，有些事看似简单，但也不能总是凭着自己的想象和一厢情愿去处理。"

向好不解，在她看来，她并不是凭着想象和一厢情愿来做这件事的，她完全是出于正义感和责任心。

就在向好正准备解释的时候，房磊再一次开口道："向老师，我知道你很想快点儿解决这个问题，但有些事是急不来的。你肯定会想，现在把那几个孩子都叫过来，问一问不就行了？肯定不行啊，人家不承认，咱们就很被动了，对吧？咱们不管做什么决定，哪怕是处理一件小事，都必须有依有据。没有依据，哪怕你心里早就知道事情的来龙去脉，那也只能当作是自己的推测或者猜想。"

不得不说，房磊的这一番话，倒是把向好给点醒了。

房磊似乎觉察到了向好的内心变化，又补充道："过一阵子吧，等时机成熟了，该处理的，总会处理的。"

向好虽不知"时机成熟"是什么意思，也不明白又要等到什么时候，但她也只得点头答应。

……

在向好看来，这件事暂时没有处理，算是饶过了秦薇和那几个闹事的女生，算是她们幸运。

却没想到，事情恰恰朝着相反的方向发展。

不到两天时间，"江朵朵偷东西"这件事已经在校园里传开。

向好听到这些传言的时候，第一时间想要去找江朵朵，想安慰她，让她坚强些，过段时间，这件事就会处理。等处理结果出来，一切都真相大白了。

但，当她跑到江朵朵所在的班级教室的时候，却找不到江朵朵。

于是，她找到了周小敏。

周小敏已经知道事情的基本情况，她也很无奈，对向好说道："现在出了这样的事，江朵朵肯定会受一些打击的。这个年纪的孩子心思大多敏感脆弱，我也很想帮她，但实在是想不出什么办法来。"

向好问："朵朵是什么时候没来上学的？"

"今天上午。"周小敏说道，"我有想过去她家里找找她，跟她谈谈心的，但是每天的课程安排得这么紧，我一时半会儿也走不开。"

向好想了想，说道："周老师，这件事你能不能先在班级里说一下，告诉大家别传谣言，告诉他们江朵朵没有偷东西？"

周小敏想了想，说道："我也有这么想过，但向老师你也是个很聪明的人，相信你也知道，有时候你越是去解释，就越是能引起大家的揣测。加上现在江朵朵又突然不来上课了，大家都会觉得她心虚。"

　　周小敏说的第一点，向好是想得到的：有时候，人们面对谣言并非不具备分辨真伪的能力，而是他们不愿意去分辨真伪，只愿意看到更劲爆更具娱乐价值的信息，拿来消遣罢了。而且，他们不会考虑，这场"娱乐"会带给他人多少伤害，他们只在意自己在"娱乐"中获取多少乐趣。

　　但周小敏说的第二点，向好此前却从未想过。

　　她想了想，对周小敏说道："江朵朵只是没办法面对流言蜚语的攻击，这不是心虚。"

　　"我也知道这不是心虚，但大家未必会这么想。她越不来上课，就越是有人去想她的去向，去说更多对她不利的话。最后越描越黑，想挽回都不容易。所以向老师，如果你有机会看到她，一定要跟她讲清楚。"周小敏说到这里轻叹了一口气，"还有啊，江朵朵最近学习成绩下滑了不少，也不知道到底因为什么……"

　　周小敏说到这里，突然停了下来。

　　向好问："周老师，她的成绩是从什么时候开始下滑的？"

　　周小敏想了想，皱着眉头说道："具体什么时候？好像是……从梁宇飞走了之后那段时间，她的阶段性测试成绩就明显比之前差了很多。"

　　周小敏说到这里，眉头皱得更深了："向老师，有个问题我一直不知道该不该说。"

　　"什么问题？"向好问出这句话的同时，感觉自己竟有些像江朵朵的家长。

　　周小敏低声问道："江朵朵是不是真的早恋了？"

　　向好心里不由得"咯噔"一下。

　　这个问题，她也早就想过。而且，也能从她的行为中找出一些蛛丝马迹。

　　但这件事，她还是不想告诉周小敏。

　　向好顿了顿，回答道："我也不知道，周老师为什么会这么问？"

　　周小敏回答道："我觉得吧，自从梁宇飞走后，江朵朵上课就容易走神儿，不知道到底在想些什么，我就往这方面联想了。当然了，也许只是我胡思乱想吧，朵朵这么乖，应该不至于早恋的。"

　　向好明白，早恋和乖不乖没有任何关系。

　　但既然周小敏提起来了，向好就顺便做了解释："之前梁宇飞在的时候，确实一直在帮朵朵补习功课。可能是现在梁宇飞走了，没有人给她做课外辅导，导致她成绩下滑。没事的，等我见到江朵朵，一定跟她讲清楚，让她上课认真听讲，不能落后。"

"好。"

第七十四章　懵懂少女vs热血少年

向好很快就找到了房磊，跟他汇报了情况，并且请了假，去找江朵朵。

这件事，似乎早就在房磊的预料之中，他叮嘱了向好几句，便同意了她的请求。

向好刚从房磊办公室出来，就遇到了郭静。

郭静一见到向好，连忙走了过来，低声问道："向老师，最近是不是闹出什么事了？"

向好心想，郭静说的大概是关于"江朵朵偷东西"的事，但还是问道："郭姐，你听到什么消息了吗？"

郭静的眼睛四处看了看，又把声音压低了一些："我听说你和秦莉闹矛盾了，闹得很僵，是不是真的？"

向好突然一怔！

她怎么也没想到，现在竟然会出现这样的言论。

"到底是不是真的？"郭静似乎有些等不及了，"向老师，我跟你说哈，你可千万不要随便招惹秦莉，她是有后台的！你要是惹毛了她，以后对你发展不利。"

"噢，这样啊。"向好早就听说秦莉是有后台的，但她也懒得打听到底是什么后台。她只知道，任何时候，按照规则办事，都不会错。

"当然啦，你不会连这个都不知道吧？"郭静瞪大了眼睛，伸手拉住了向好的手，"你啊，年纪小，就算再怎么聪明，也还是个黄毛丫头，对一些人情世故没我们懂得多。反正有些人啊，你当避还是得避一避，免得人家给你穿小鞋，知道不？"

"嗯，谢谢郭姐。"向好说道，"如果没什么事，我先走了。"

她刚没走几步，郭静就叫住了她："哎呀，向好你等等。"

"还有事吗？"向好转过头笑着问道。

郭静伸手朝着那个包装精美的袋子掏了掏，最后掏出了几颗糖："你看看，这一次我做的糖怎么样？还是玫瑰和杏仁儿的，但口感比之前好，你尝尝。"

向好笑了，伸手接过糖："郭姐，你真好。每次见到你都能有糖吃，我真巴不得天天都能见到你。"

"哟，瞧你这小丫头嘴巴甜的！"郭静又朝着向好手里多塞了几颗糖，紧接着说出了几句富有生活哲理的话，"人生苦，心里可得甜！嘴里甜了，心里也就甜了。别想那么多，多遭罪呀！这世界上每天都有那么多糟心事，要是什么都管，管得了那么多吗？咱们都是普通人，活在这世上，快乐、健康、幸福就足够了。人啊，要是有了这三样，心里清清静静的，比做神仙都强！"

向好手里攥着郭静给的那几颗糖，不由得有些好奇：郭静平时咋咋呼呼的，但现在看来，却跟什么都懂似的。她竟然能看出向好这个人善感善思，外加爱管闲事！

但向好也只是简单地说了句"谢谢"就走开了。

……

向好在往江朵朵家赶的路上，想了很多：她应该怎么劝江朵朵？这个年龄段的孩子，如果看不到公正公平，对她的心理会造成什么样的影响？对她今后的人生又会造成什么样的影响？她如果不肯返校，应该怎么解决？如果她返校了，流言蜚语仍然在蔓延，她又应该怎么面对？

向好觉得自己脑子乱糟糟的，她也第一次感觉到了前所未有的无助。

当然，还有心疼，对江朵朵的心疼。因为她对江朵朵太了解也太熟悉了，她的每一次心理变化，她都能看得清清楚楚，感同身受。

但令向好怎么也想不到的是，她在往江朵朵家赶的路上，竟撞到了梁宇飞。

梁宇飞正和江朵朵一起走在离她家不远处的那条小路上，江朵朵低着头，看起来情绪低落。而梁宇飞也一样，一直沉着脸，以往的阳光气息全然不见。

向好愣了一下，随即便叫出了江朵朵的名字。

江朵朵听到有人喊她，猛地回过头。

"江朵朵，你要去哪里？"向好说话间，就快步朝着他们那边走去。

江朵朵和梁宇飞就站在原地未动，像是不知道该作何反应，又像是在等着向好的到来。

向好走到他们面前，问道："梁宇飞，你怎么突然回来了？现在不是应该在阳城实验一小上课吗？"

向好自己都感觉自己的语气不大好，这也是她第一次对梁宇飞如此不客气。

细细想来，这跟刚刚周小敏提到"江朵朵早恋"有着密不可分的关系。

梁宇飞也不怯，直言不讳道："向老师，我是回来看朵朵的……"

"为什么要回来看她？"向好问，"我上次不是跟你说了，让你们少联系？"

梁宇飞竟有些理直气壮："我听说朵朵被学校冤枉了，她被当成是小偷，我就回来看看，看看到底发生了什么事！"

在向好的印象里，梁宇飞一直都是谦谦有礼的，成绩好又听话，从不会顶撞师长。

但是今天，他的表现却一反常态。

虽然他刚刚的表现还算不得是"顶撞"，但明显带着几丝愤怒和不满。

向好想了想，问道："那你说说，你打算怎么办？"

"我要去学校找房校长！"梁宇飞脱口而出，"我要跟他讲讲道理！"

向好觉得有些可笑，但还是问道："你打算怎么跟他讲道理？"

梁宇飞想了想，说出了自己的想法。

其实，梁宇飞所说的，和向好最初想的是一样的。

向好有些无奈，说道："梁宇飞，你想到的我都能想得到；你想不到的，我也能想得到。你不要低估别人，也不要高估自己，明白吗？"

梁宇飞动了动嘴唇，没有说话。

向好又说："你要相信，我一直都在帮朵朵。以后，我也会帮她的。现在她确实被戴上了不好的帽子，但迟早会摘掉的，明白吗？"

其实，江朵朵头上的这顶帽子，能不能摘掉，什么时候能摘掉，仍然是个未知数，向好是不敢打包票的！

但此刻面对这样一个懵懂少女，以及这样一个热血少年，她只能这么说。

她第一次发现，她的某些思维方式，开始和房磊有些接近了。

这到底是好是坏，她自己也不知道。但，她只能这么做。

梁宇飞听完向好的话，愣了愣，紧接着便安静了下来。

向好这才将目光投向江朵朵，江朵朵一直低着头，沉着脸，那种神情单用"委屈"来形容是远远不够的！应该说是，委屈到绝望！

"朵朵，我刚跟你班主任谈过了，她让你尽快回去上课。"向好没有讲道理，而是用命令的口吻。

江朵朵抬头看了她一眼，又垂下了眼帘，依旧是一副生无可恋的样子。

但令向好再也想不到的是，江朵朵竟说出了一句："我不想上学了。"

声音很轻，却带着几分决绝，像是早就做好了这个打算似的。

向好几乎不相信自己的耳朵，她皱着眉头问道："你说什么？"

"我不想上学了。"江朵朵重复了一遍。

梁宇飞朝着江朵朵看了一眼，很平静，但却叹了口气。

向好第一次从这个阳光男孩的脸上，看到了惆怅。

向好对江朵朵说道："江朵朵，你知不知道你现在不上学意味着什么？"

江朵朵咬了咬唇，没有回答。

向好明白，江朵朵是因为背上了"小偷"的骂名，在学校里抬不起头来。

这种心态，导致她不想再回到那个环境之中。

但是目前，她只明白现在辍学不好，但却不一定明白究竟不好到什么程度。

向好迅速地在脑子里组织了一下语言，然后缓缓开口道："朵朵，如果你现在不上学，以后连小学毕业证都没有。这就等同于，你是个文盲。你知道文盲对于一个人，尤其是对于一个女孩子，意味着什么吗？"

江朵朵终于抬起头，错愕地看着向好，眼中满是无奈和无助。

很显然，她不想和"文盲"联系到一起。

向好继续说道："如果你不想当文盲，就不要想着辍学。今天下午，你老老实实回学校。"

江朵朵没有马上答应，但从她的情绪来看，内心有了些波动。

"这样吧，咱们去镇上吃点儿东西。"向好说道，"毕竟梁宇飞这么远回来的，不能一直在这儿站着啊。"

向好话音未落，梁宇飞突然说道："向老师，我可以和你谈谈吗？"

向好顿了顿："行。"

紧接着，向好等着梁宇飞开口。

但梁宇飞却迟迟没有开口，而是朝着江朵朵那边看了看。

江朵朵倒也识趣，意识到梁宇飞不希望她听，于是说道："我先去镇上的包子铺等你们？"

向好说道："不去包子铺了，咱们去新开的那家菜馆吧？"

江朵朵愣了一下，才应道："好。"

江朵朵走后，梁宇飞就开口了："向老师，我知道你现在在想什么。"

向好有些意外，问道："我在想什么？"

"你肯定是在想我和江朵朵在谈恋爱。"梁宇飞语气笃定，仿佛早就看到向好心里去了。

向好笑了笑："你怎么知道？"

梁宇飞没有回答。

向好心想着他接下来可能会为自己辩解，告诉她，他们并不是谈恋爱，他们只是普通的朋友关系。

第七十五章　木棉的爱情

但接下来的一切，出乎向好的意料，梁宇飞承认了，光明正大地承认了。

他对向好说道："向老师，我是真的喜欢江朵朵。之前我还不知道，我以为我们只是朋友关系。但是这一次，我一听说江朵朵受了委屈，我的心里真的比她还难受。所以我确定，我是真的在意她的感受，也是真的喜欢她。"

向好听到这里，很想教训梁宇飞一番！

但却又不知道该从哪儿开始，她明白，有些情愫一旦生起，很难通过外力去阻拦。非但如此，有时候还会起到反作用。

"梁宇飞，你想表达什么？"向好盯着他，问道。

梁宇飞也不怯，继续仰着头说道："我说我确实喜欢江朵朵，但并没想要去跟她表白。我会把这份喜欢放在心里，不让她知道。但我会一直帮助她，然后我们俩考同一所大学。到那个时候，我再跟他表白。"

梁宇飞说罢这番话，向好明显愣了愣。

与此同时，她发现自己一直以来都小看眼前这个少年了。

他比她想象中要成熟很多，也要懂事很多。他有责任心，也懂得进退。

脸上的忧郁神色一扫而空。曾经的阳光气息，瞬间又回来了。

"梁宇飞，你真的这么想的？"向好问。

"嗯。"梁宇飞点了一下头，"向老师，我刚才跟您说的话，您千万不要对任何人说，包括朵朵，我担心她学习受到影响。"

"嗯，我知道。"向好一边思索着一边想道，"梁宇飞，你知道为什么学校禁止学生谈恋爱吗？"

"因为怕影响学习成绩吗？"梁宇飞问。

向好回答："这只是一方面，还担心闹出其他的事。虽然我觉得你刚才说的那些有些道理，但也不能让有些东西不断滋长，当断则断为好。你选择不告诉朵朵是对的，但你也要做好自己的功课，不能让这件事对你的学习产生影响。"

"我知道。"梁宇飞似乎没想到向好如此开明，继续说道，"就算会对我产生影响，也是好的影响。我只会因为朵朵，让自己变得更好。不会因为她，影响了我的学习成绩的。"

向好再一次被惊到了，看着梁宇飞，早已想好的话久久未能说出口。

梁宇飞以为向好还不放心，于是又补充道："向老师，您放心，您说的我都懂，我会做好的。"

"好。"向好点头，面对如此懂事又有思想的梁宇飞，向好一时间觉得自己有些词穷，"好啊……那就好。"

梁宇飞似乎心情突然变得好起来了，又跟向好说道："向老师，这次我回来是因为朵朵电话里跟我说了她被冤枉的事，电话里她都哭出来了。我不放心她，担心她做傻事才赶回来的。"

向好顿了顿，问道："你妈妈知道吗？"

梁宇飞摇了摇头："不知道。"

"你怎么没告诉她？"向好有些慌了，刚刚还觉得梁宇飞挺懂事，这会儿突然觉得一个孩子主意太大也不是好事，"如果她担心怎么办？"

梁宇飞似乎早就想到了处理办法，他对向好说道："没事的，我今天放学之前赶回去就行。一会儿我吃完中午饭就走，不耽误。"

"你……"向好一时语塞，"梁宇飞，你这样做很不好。你还是个孩子，以后擅自离家这种事不可以再有。不管因为什么事，都必须请示家长，或者你的班主任！"

"嗯。"梁宇飞重重地点了一下头，"我知道了。"

……

江朵朵经过向好和梁宇飞的劝导，终于同意回去上学了。

在江朵朵回校之前，向好特地叮嘱她，不管别人说什么，她都不要解释，也不要做任何争辩，更不要让那些事影响自己的心情。只要她能做到这三点，过一段时间，别人都会感觉继续散布谣言很无聊。慢慢地，一切都会自然而然地散去。

向好还告诉她：现在最关心她的向老师和她最好的朋友梁宇飞，都坚定不移地相信她。别人怎么说，已经不重要了。

江朵朵回到学校之后，按照向好说的一切去做。

刚开始的时候，她面对流言蜚语，或者别人的故意挑衅，心里还有些难过。

但是慢慢地，她就开始习惯和接受。

与此同时她还发现，别人之所以会拿这件事来说，最终目的就是让她参与其中。她不肯参与其中，一切很快就过去了。

但是，在向好的心里，这件事并没有过去。

她一直在想着如何找到"证据"，证明江朵朵的清白，让她以后不再受欺负！

就在江朵朵情绪稳定之后，向好再次去她家画画。

向好正在画杨采采的裙摆的时候，江朵朵突然问了一句："向老师，什么是爱情？"

向好突然一愣，随即便停了下来，转过头去看江朵朵。

江朵朵正仰着头看着她，眼睛里有疑惑，也有憧憬。

向好沉思了几秒，便问道："朵朵，你怎么突然问起这个？"

"我就是想知道。"江朵朵睁大眼睛，那眼睛里有藏也藏不住的憧憬。

每个女孩子都向往美好的爱情，这是很正常的事。

但她该如何跟江朵朵解释清楚呢？

她想了好一阵子，便从手机里找到了一首诗，是舒婷的《致橡树》。

然后对江朵朵说道："我一直很喜欢一首诗歌，我认为这首诗歌表达了一个女性应该具备的优秀品格，和正确的价值观、爱情观。我现在读给你听吧。"

江朵朵一脸好奇地探过头，看着手机屏幕，然后听向好一字一句地读诗。

我如果爱你——
绝不像攀援的凌霄花，
借你的高枝炫耀自己；
我如果爱你——
绝不学痴情的鸟儿，
为绿荫重复单调的歌曲；
也不止像泉源，
常年送来清凉的慰藉；
也不止像险峰，
增加你的高度，衬托你的威仪。
甚至日光，
甚至春雨。
不，这些都还不够！
我必须是你近旁的一株木棉，
作为树的形象和你站在一起。
根，紧握在地下；
叶，相触在云里……

江朵朵听得似懂非懂，但眼中的憧憬明显更强烈了。

向好心想，江朵朵之所以问这个问题，大概是想弄清楚她和梁宇飞之间算不上爱情，她又应该用什么样的态度去对待这种懵懂的情感。

想到这些，向好便解释道："这首诗，表达了作者对爱情的看法。橡树代表男性，威武雄壮不屈不挠；木棉代表女性，温婉柔美却也独立坚强。如果一个女性，爱上一个男性，就不应该去攀附他的高枝来抬高自己，也不应企图在他的庇护下生长，而是应该有自己的思想和独立生活的能力。任何时候，都能够与他并肩而立，琴瑟和鸣。"

第七十六章　热切的憧憬

这段时间，李晓檬情绪很低落，一个人在房间里，经常以泪洗面。

李增贤以为她很快就会好，结果一周时间过去了，她还是没能好起来。

李增贤跟向好说道："小檬这孩子就是太倔强，认死理儿。"

向好由此想到了当初她和蒋凯南分开，伤心程度较李晓檬而言，有过之而无不及。

而且，这伤心持续的程度，可能远远超过李晓檬。

想到这些，向好便对李增贤说道："爸，小檬和宋嘉这么多年的恋人关系，哪能说分了就分了？他们是有感情的，而且感情很深，分开了，难过也很正常。这不是小檬倔强，是她重感情。"

李增贤抽了一口烟，眉头紧锁，低声道："小柠，你有空也劝劝小檬。她一直这样下去，怕是对身体有影响。"

向好这才明白：李增贤刚刚之所以那么埋怨李小檬，并不是因为真的生气，而是担心李晓檬的健康。

"好，我有空开导开导她。"向好很快便应道。

李增贤又抽了一口烟："你跟她说说，她现在年纪还小，不用太着急结婚。先慢慢提升自己，等她把自己修炼好了，不愁好对象。"

"遵命！"

……

向好紧接着便进了李晓檬的房间，李晓檬当时正坐在窗户前，眼睛盯着窗外的那棵香樟树出神儿。

向好轻轻关上门，然后又轻声叫了她的名字。

见李晓檬回过头，向好才将刚刚切好的苹果放在了她的面前："小檬，吃点儿水果吧？"

李晓檬问道："你找我有事？"

声音不轻不重，语气不冷不热，但却明显透着对向好的不满。

不过，李晓檬对向好的态度一向不太好，向好也早就习惯了，她很自然地在李晓檬身边坐下，问道："小檬，你最近是不是心情不太好？"

李晓檬没好气地笑了笑："所以呢？你来看笑话了？"

"怎么会呢？"向好也不恼怒，"你是我亲妹妹，我无论如何都希望你好，怎么可能看笑话？"

李晓檬轻笑了一声："你们都瞧不上宋嘉，现在我们分了，而且还是他提出来的，不正合你们的心意吗？"

向好也淡淡地笑了笑："其实我们没有瞧不上宋嘉，我们只是觉得你值得拥有更好的结婚对象。还有，我今天来没别的意思，只是希望你能快点儿从失恋中走出来，别让自己太受伤，对身体不好……"

向好话还没说完，李晓檬就打断了她："谁说我失恋了？"

由于李晓檬的情绪过于激动，向好整个身子都突然一震。

李晓檬紧接着说道："就算是分手，也得是我提出来！凭什么是他？他算什么？"

向好愣了愣，一时间不知道该怎么接话。

李晓檬说罢，冷笑了一声："所以，宋嘉不会有好果子吃！"

"小檬，你不会……"

"我当然不会怎样，我会好好的！"李晓檬突然笑了起来，但那笑有多不自然，她自己也知道，"总有一天，我会用我的幸福亮瞎他的眼睛！"

虽然李晓檬的话说得有些狠了，但思路并没太大毛病。

至少说明，她并未因此而消沉，对未来仍然有憧憬。

向好劝了一会儿李晓檬，便走出去了。

本以为这一切会就此结束，却不想第二天一大早，向好刚起床，李增贤就慌里慌张地问道："小柠，你看到小檬没有？"

向好不由得愣了愣，与此同时朝着李晓檬的房间看了看，果然不见她人，于是问道："她会不会去镇上买东西了？"

"家里哪有什么东西需要她买的？"李增贤皱着眉头，仍旧是一副慌里慌张的样子。

为了安抚李增贤的情绪，向好又说道："那也可能是她去外面散散心，你先别着急，也许过一阵子她就回来了。"

向好话虽这么说，但一颗心始终悬着。

毕竟，这段时间李晓檬的情绪一直不稳定，万一她闹出什么事就麻烦了。

李增贤想了想，对向好说道："没事，你先收拾收拾去学校，我一会儿给她打个电话问问情况，应该不会有大问题。"

向好想了想，说道："应该不会有大问题的，那件事过去已经有一阵子了。"

"嗯，到时候我也找找宋嘉，小檬很可能去找宋嘉了。我一会儿打个电话看看到底是怎么个情况。"李增贤说罢，又催促向好，"你先去上班，我能解决。"

……

李增贤猜得没错，李晓檬确实是去找宋嘉了。

她到的时候，正好是中午时分。

虽然和宋嘉分手了，但她手里还有宋嘉那间出租屋的钥匙。

她去之前没有给宋嘉打电话，直接上楼，然后开锁进门。

推开门的瞬间，她就看到宋嘉正和唐雅在灶台前忙活着，宋嘉在切小红辣椒，唐雅正在煎鱼。

由于抽油烟机的声音有些吵，他们完全没有发现李晓檬开门进来了。

此时，唐雅正在跟宋嘉说："你再切点儿姜丝，要不然这鱼腥味儿太重了。"

宋嘉说道："鱼哪儿有不腥的？我就喜欢有点儿腥味儿的鱼。"

唐雅没好气地说道："你呀，就是重口味儿！行了，就依你！"

说罢，脸上带着甜蜜的笑，眼中带着热切的憧憬。

"以后结婚了，就什么都依你的！"宋嘉随即便接了话茬，"不能让你婚前婚后都得逞……"

李晓檬听着宋嘉和唐雅一唱一和，像是在打情骂俏似的。

她心底的醋坛子彻底被打翻了！

尽管宋嘉已经跟她提了分手，但没想到亲眼看到他和别的女孩子打情骂俏，她的腿还是控制不住地发抖！

宋嘉转头间，突然看到站在门口处一脸怒意的李晓檬，整个人都惊呆了！

唐雅仍旧在炒菜，背对着他们，根本不知道此刻发生了什么，她还在跟宋嘉说话："……我可不希望以后咱们有了孩子，孩子的口味也随你，让人没办法接受……"

唐雅见宋嘉好久不应声，也转过头来。

当她见到宋嘉和李晓檬正大眼儿瞪着小眼儿互相看着，瞬间明白了。

她立刻关了火和抽油烟机，给了李晓檬一个要多尴尬就有多尴尬的笑脸："小檬姐，你……也来了？"

"谁是你姐？"李晓檬的怒气很重。

唐雅愣了一下，但很快又笑了起来："小檬姐，你来了怎么也不提前说一声儿呢？我也好提前准备几个菜啊！"

"不用了，我看见你们，就吃不下！"李晓檬说出的每一个字都跟枪子似的。

唐雅顿时有些尴尬，但此刻她还不敢发火。

毕竟，她和宋嘉才刚刚走到一起，关系并不算特别稳定，而李晓檬却是宋嘉多年的女友，虽然宋嘉已经明确提出了分手，但在李晓檬面前，唐雅还是不敢造次。

倒不是真的尊重李晓檬，而是担心宋嘉一旦对自己有了坏印象，会影响到他们的感情。

唐雅一脸尴尬地站在那里，一副手足无措的样子。

宋嘉见状，摊了摊手，问道："小檬，我们已经分开了，对吧？"

"是啊，分了！"李晓檬突然笑了一下，"你放心，我没想和你和好。"

宋嘉说道："那好啊，既然这样，各过各的日子就行了，谁也别再纠缠。"

李晓檬愣了愣，随即又是一声冷笑："纠缠？宋嘉，你不会真以为我是要纠缠你吧？"

"那你要做什么？"宋嘉问。

李晓檬突然走到了厨房的灶台边，将锅里还在滋滋作响的鱼连鱼带锅一起掀到了地上。

随着那啪的一声响，只有几平方米大的厨房地面瞬间变得一片狼藉。

"李晓檬，你疯了！"宋嘉愣了一下之后，终于忍不住吼了起来。

唐雅则很安静地站在那里，默默地看着眼前的一切。

李晓檬笑着对宋嘉说："我没疯！如果我真疯了，怎么可能还能认出你这个陈世美负心汉呢？如果我疯了，我还能拿着你的钥匙开你的门吗？宋嘉，别以为我舍不得你，也别以为我忘不了你，对我来说，你没有那么大的魅力！我今天来，只是想让你记住，是你宋嘉负了我李晓檬！"

李晓檬这番话说罢，刚才还一脸怒意的宋嘉，突然变得安静起来。

李晓檬继续说道："我也想告诉你，我李晓檬不是那么好欺负的！分手可以，但我不能便宜了你们这对贱人！"

李晓檬话音未落，就朝着唐雅冲了过去，在唐雅还没反应过来的时候，那突如其来的一巴掌已经重重地落在了她的脸上！

唐雅被打蒙了，指着李晓檬说道："李晓檬，你这是要干什么？你到底想干什么？"

"你说我想干什么？我就是想让你尝尝，抢人男朋友到底是什么滋味儿！"李晓檬说罢，再一次抬起手想要给唐雅一巴掌。

就在她的手刚刚扬起的时候，被宋嘉给抓住了："李晓檬，你在这里撒什么野！"

"我撒野了吗？"李晓檬转过头看着宋嘉，脸上带着笑，可眼中却渗出了泪……

泪眼迷蒙中，她看着宋嘉那张俊朗帅气的脸，突然有种错觉：他还是她的宋嘉，他们还在一起，他们只是突然闹了矛盾，宋嘉也只是一时糊涂才和唐雅走到一起的。他们没有分手，他还是她的……

虽然，她这段时间也有被其他男孩子吸引过，比如蒋凯南。但那只是瞬间的，是短暂的。

这和她对宋嘉的爱，是不一样的。

此刻，她会心痛，真真实实的心痛是骗不了人的！

她爱他，一直都是。

……

第七十七章　幼稚的撒野

大概是看到李晓檬的眼泪，宋嘉的心突然软了，他动了动嘴唇，想要说什么，但却始终没有说出来。

李晓檬流着泪说道："宋嘉，你这个王八蛋，你怎么可以这样对我？"

她的声音在颤抖，无法掩饰地颤抖。

"我不想这样对你的。"宋嘉突然脱口而出，说出的话像是没有经过大脑一般。

"是吗？那你想怎样对我？"李晓檬又问，眼泪哗哗往下流，"等你们结婚了，生孩子了，再告诉我吗？宋嘉，我没想和你和好，真的！我只想要个答案，你和唐雅这个狐狸精到底什么时候好上的？你们到底瞒了我多长时间？"

宋嘉看着眼泪不断往下淌的李晓檬，终于忍不住说出了实情："李晓檬，你真想听实话吗？"

李晓檬没作声，眼泪仍旧流不停。

宋嘉一字一顿道："李晓檬你要搞清楚，不是我要和你分开的。我是被逼的，被你爸逼的！他逼着我和你分开，他怕我耽误了你，怕你跟着我受苦，知道吗？"

李晓檬简直不敢相信自己的耳朵，她用力地摇着头："不可能，宋嘉，这不可能！你骗我！你想用这种方法让我离开，我没猜错吧？"

"我说的都是真的！不信你可以回去问你爸，别在这儿给我撒野！我答应你爸要和你分开的，我答应的事就一定会做到！还有，我和唐雅要结婚了，下个月就结……"

"这不可能！"李晓檬几乎是吼出来的。

她话音未落，便听到背后传来一个熟悉的声音："有什么不可能的？"

李晓檬一怔，随即便转过头。

李增贤不知道什么时候已经站在了门口，逆着光的他，显得又瘦又高，头快要顶着门框了。

李增贤大概是看到李晓檬的眼泪，很快就移开了目光，抬起腿走进了屋。

站定之后，他对宋嘉说道："宋嘉，你放开小檬，我跟她说。"

宋嘉没说话，但手却很快松开了。

李晓檬站在原地，问李增贤："他说的是真的吗？"

李增贤点点头，没作声。

"你为什么要这么做？"李晓檬刚刚止住的眼泪再一次流了下来。

李增贤顿了顿，回答道："为什么这么做，刚才宋嘉不都跟你说了？"

李晓檬正想要发火，就被李增贤给拉了过来："走，跟我回去。"

……

在回去的路上，李晓檬看着车窗外的树木不断地在视线中后退，她还没有看清那一棵棵树木的模样，就已经过去了。

她感觉，这好像她和宋嘉这么多年的经历，她还没来得及好好品味爱情的甜蜜，一切就结束了。猝不及防，来不及准备。

但，此刻她的心情却比前几天要好受一些了。

当她知道这一切并不是宋嘉主动提出来的，她心里的不甘和醋意莫名地减轻了不少。

其实在宋嘉进拘留所的这段时间，她也想了很多。她有认真地思考过，她和宋嘉是否真的合适？有认真地思考过，将来他们结婚了会过上什么样的日子？他们将怎么教育自己的孩子……

不管想到哪一点，似乎都很艰难，难以真的美好。

她明白，爱情和婚姻终究还是两码事。

她有认真地思索过向好和李增贤曾经的那些劝解，虽然当时她会和他们对抗，但她心里也明白：他们说的句句都在理。而且，他们说的，她都曾经想过，曾经纠结过。

但尽管如此，她对李增贤的怨恨并未因此而消除。

在李晓檬看来，她的人生应该由她自己来做主！不管是工作还是生活，都应该由她自己来选择。就算和宋嘉分手，也应该是她和宋嘉商量之后，共同做出这个决定。而不应该是李增贤出面，强行将他们分开。

……

就在李增贤和李晓檬从阳城往回赶的时候，向好给李增贤打了电话，问了李晓檬的情况。

李增贤考虑到李晓檬就坐在身边，并没多说什么。

挂了电话之后，将一切通过短信简明扼要地告诉了向好。

向好正在给李增贤回短信的时候，突然见到一辆车在梅园小学大门外停下，紧接着三个人先后从车里走了下来，其中一个还扛着摄像机。

当一个梳着马尾的年轻女孩子开始拍照的时候，向好连忙从台阶上迅速跑了下去，问道："您好，请问你们这是……"

那位年轻女孩子连忙自我介绍道："您好，我们是阳城电视台的，请问这是梅园小学吗？"

"对，这是梅园小学。"向好问，"请问你们来找哪位？"

"请问江朵朵是这里的学生吗？"那位年轻女孩子说话间，已经向向好递出了自己的名片，"噢，忘了介绍，我是阳城电视台的记者于斯曼。"

向好接过名片看了看，与此同时脑海里不断在想：市级电视台突然来了这么多人，来找江朵朵，难道是出什么事了？

她迅速地搜索了一遍记忆，确认最近江朵朵没有闹出什么事，才问道："于小姐您好，请问您找江朵朵有事吗？"

于斯曼笑着说道："我们是通过一幅油画认识江朵朵的。"

向好更加纳闷儿了，江朵朵前不久确实参加了油画比赛，但她并未获奖，只是得了纪念奖而已。一个纪念奖获得者，也不至于被大肆报道啊！

就在向好思索间，于斯曼又开口了："我个人很喜欢那幅画，很古朴的感觉。后来，我把那幅画给相关部门的领导看了，他也很喜欢。只是……感觉梅园小学的硬件设施有待改进，所以今天就安排我们几个人来实地看一看，然后跟相关部门汇报，争取将梅园小学的硬件设施改造纳入到扶贫项目中。"

向好一听，悬着的那颗心终于落地了。

与此同时，心中不禁暗暗欣喜：想不到，江朵朵灵光乍现所画的一幅画，竟然引起了关注。

向好很快便带着这些记者到了房磊的办公室，跟房磊介绍完事情的来龙去脉之后，房磊很是激动，表示这是一件大好事。今后的工作，他和梅园小学的师生都会积极配合。

当天下午，于斯曼和她的同事便对学校情况进行了了解和拍摄。

在离开之前，留下了房磊的电话号码，做好随时沟通的准备。

当天下午，江朵朵就主动找到了向好，问道："电视台来咱们学校，真是因为我那幅画儿吗？"

"对啊，这还能有假吗？"向好心情很不错。

江朵朵没再说话，而是一副若有所思的样子。

向好说道："有时候就是这样，你通过努力可能没有达到自己的目标，但却有一些意外收获。当然了，这次的意外收获比较大，算是一个惊喜。这是连我都没有想到的，总之是件好事，应该高兴！"

江朵朵仍旧没有说话，皱着眉头，不知道到底在想些什么。

向好问："朵朵，你怎么了？"

江朵朵停顿了几秒才说道："现在，他们好像也不说我了……"

江朵朵说到这里，突然停了下来。

向好问："他们不说你什么了？他们是谁？"

江朵朵回答道："就是那些同学，现在不叫我小偷了。"

江朵朵说罢，抿了抿唇。过了一会儿，眼泪突然掉了下来。

向好这才明白，江朵朵因为这次意外"立功"，改变了大家对她的看法。或者说是，淡化了那些负面的记忆。

不管如何，别人不敢随意欺负她了。

人的底气，最后都是自己给的。哪怕是一个小孩子，也是如此。

向好想了想，说道："看吧，又一个意外收获。总之，这是件好事……"

向好话还没说完，便听到不远处有人叫她名字："向老师，是向老师吗？"

向好转过头，朝着声音传来的方向看去，便见到一个穿着黄色连衣裙的女孩子站在不远处，阳光透过斑驳的树叶映在她的身上，那黄色的连衣裙看起来格外亮眼。

向好一时间想不起眼前这姑娘是谁，但却觉得她身上的连衣裙有些熟悉。

正思索着，那姑娘已经走到了她的身边，主动自我介绍道："是向老师吧？我是冯晓华，就上次丢了裙子你又送来的那个……"

"噢，我想起来了。"向好连忙问好，"您好您好。"

"你好。"冯晓华紧接着说道，"向老师，是这样的。之前我的衣服不是丢了嘛，最近我发现我的化妆品什么的，也经常丢。有孩子从我的窗户里拿的……"

向好一听,不由得一怔。

与此同时,目光下意识地投向了江朵朵。

大概是因为有"前科",江朵朵听到类似的问题都很敏感,脸唰地一下红到了耳根。

向好很快将目光投向了冯晓华:"冯小姐,你看到了吗?"

冯晓华立刻点头:"我看到了,我当时还抓到那个孩子了。结果孩子跑得快,硬是从我手里跑掉了。"

"这样啊?"向好悬着的一颗心突然放了下来,她心想,这孩子肯定不是江朵朵。如果是,冯晓华肯定会在第一时间就指认她的。

"你有看清那孩子的脸吗?确实是我们梅园小学的孩子?"向好又问。

第七十八章　得理不饶人

冯晓华说道:"我确定是,那孩子我之前见过。她已经不是第一次了,皮肤比较黑,个头儿高,很瘦,大眼睛,尖脸儿……"

冯晓华一下子说出了好多特征,但具备这些特征的孩子梅园小学一抓一大把,向好也不知道到底是谁。

"还有其他特征吗?"向好问。

冯晓华想了想,突然想到了什么:"对了,她的右手上有一道疤,是烫伤的那种疤!这个我记得清楚,当初我抓到她的手,她猛地一挣脱,我看到那道疤了……"

冯晓华话还没说完,江朵朵就立刻说道:"是李岩!"

"谁?"向好问。

"李岩!五年级一班的李岩!"江朵朵补充道,"李岩手上有一道疤。"

"噢……"向好理了理思绪,又问道,"李岩是不是平时经常和秦薇一起玩儿的那个女生。"

"是的,她叫秦薇大姐,秦薇叫她小弟。"江朵朵回答。

向好想了想,便对冯晓华说道:"这样吧冯小姐,这件事我会跟房校长汇报的。到时候如果……"

"房校长就在那儿。"冯晓华突然朝着房磊办公室指了一下。

向好转头一看，果然，房磊就站在办公室门口。此刻正眯着眼睛朝着这边看，像是在揣测她们几个在谈些什么。

冯晓华说："我也是在这里读的小学，我和房校长熟。"

说罢，人已经跑到房磊办公室门口了。

经过冯晓华一番诉说，房磊便将那个叫李岩的女生给叫到了办公室，因为有"人证"，李岩对自己的"罪行"供认不讳。但她一口咬定，是秦薇指使她干的。

但凡一牵扯到秦薇，事情就变得复杂了起来。

当天下午，秦薇的奶奶就来学校了，一口咬定这件事不可能是秦薇干的，一把鼻涕一把泪地说秦薇平时在家是个乖孩子，怎么都不可能干这种事。

秦薇的奶奶七十多了，房磊见她哭得如此伤心，没办法，只得哄着她，让她先回去。

秦老太太还不肯走，问道："房校长，我走了，你能保证不再找我们薇薇的碴儿不？"

向好怎么也没想到，房磊一个校长，现在竟然变成"找碴儿"的主儿了！

房磊无奈，如果他答应以后不再找秦薇，很不公平，也难以找出真相；如果他说还得找，那秦老太太又赖在这儿不走。

向好见房磊左右为难，于是小声对江朵朵说道："你去把秦老师叫来。"

江朵朵一听，立刻跑了出去。

不到三分钟，秦莉就来了，看到眼前的一切，很快就明白了，小声走到了秦老太太身边，用讨好的语气低声说道："妈，你不能在这里，快跟我出去……"

"我跟你出去？我为什么要跟你出去？"秦老太太瞪了秦莉一眼，"你看看人家都把薇薇给欺负成啥样儿了？什么坏事都说是她干的！你这个姑姑到底怎么当的？一点儿都不护着她？只顾着你自己啊？我生你这个女儿有什么用啊？当初还不如把你扔池塘喂鱼算了！"

秦老太太的一番话，让向好瞬间傻了眼！

她怎么也想不到，这如此苛刻和不讲道理的话，会是从这个看起来慈眉善目的老太太口里说出来的。

但更令向好吃惊的，还是秦莉！

平时秦莉很泼辣，得理不饶人。但现在在秦老太太面前，她像个做错事的孩子，任由秦太太随便骂："你在这里当老师都护不住一个秦薇，还让我一个老太婆这么远跑过来。你说你对得起谁？啊？你对得起谁？"

秦老太太说罢，巴掌已经落在了秦莉的胳膊上。

房磊见势头不对，连忙上前去拉着秦老太太劝道："秦奶奶，这是学校，是秦老师的工作单位，你怎么能这样闹呢？"

"我打我自己女儿还不行啊？"秦老太太振振有词，"我管教管教她，我还有错了我？"

说罢，又一巴掌落在了秦莉的身上。

向好见状，连忙对秦莉说道："秦老师，您先躲一躲吧。"

秦莉这才转身朝着外面走去，秦老太太果然追着她出去了，走到门口处还转头对房磊说了一句："房校长，你可不能光听一面之词。这秦薇是我看着长大的，她是个好孩子，不可能做出那样的事来……"

秦老太太和秦莉走后，房磊有些无奈地摇了摇头。

向好感叹道："还真没想到，这么小的一件事，竟然把秦薇的奶奶给引来了。这么说，应该是秦薇中午回去说了什么。"

"有可能。"房磊说道，"护犊子都护到学校来了，如果个个都像她这样，咱们这教学工作都没办法开展了。"

房磊说罢，无奈地叹了口气。

向好站了起来，说道："我倒是没想到，她还能对秦老师动手。"

"这个咱们还真管不着。"房磊喝了一口茶，"那是她女儿，不管她怎么打，都是教育自己家孩子。咱们是外人，不好插手。"

向好想了想，觉得也对，于是又说："这梅园镇，像秦老太太这样的母亲应该不多吧？"

房磊顿了顿，说道："像她这样直接动手的不多，但重男轻女的本质却是一样的。"

向好没明白，问道："这和重男轻女有什么关系？"

房磊笑了笑，回答道："怎么会没关系？秦老太太为什么打秦老师？还不是因为秦薇？秦薇是谁的孩子？秦莉哥哥的啊！秦莉的哥哥不就是秦老太太的儿子吗？说白了，秦老太太之所以这样，就是为了维护自己家的后代。"

"可女儿不也是她的后代吗？"向好不解。

房磊呵呵笑了一声，解释道："女儿确实也是后代，但是在这个地方的人看来，女儿嫁了人就是别人家的人了，生的孩子也是随别人家的姓，那就是外人。"

向好虽然早就听说过重男轻女的各种奇葩事，但今天听房磊这么一解释，还是被这种神逻辑给逗笑了，她半开玩笑半认真地问道："那如果女儿嫁给同姓的呢？这不就没改姓吗？"

房磊愣了一下，随即就笑了起来："那也不行！血脉改了，这里的人，尤其是老人的观念里，儿子的血脉才够正宗！还有，你也不要为秦老师担心，她这个人在外面凶悍，但在自己娘家还是很孝顺的。说孝顺不太合适，应该说是'愚孝'。因为这里的女孩子，从小到大就受重男轻女思想的熏陶，女儿就是要为娘家做贡献的，是要为家里的男丁做贡献的。所以有些观念，在一些女儿的心里，是根深蒂固的。秦老师虽然是老师，也难逃此劫。"

"好吧，我服了。"向好说罢，又将话题回归了正题上，"房校长，现在失主都找到学校来了，这件事总得有个处理结果吧？"

房磊想了想，点头道："我会先做好失主的情绪安抚，至于处理结果，会有的。"

第七十九章　意外收获

向好之所以想要一个处理结果，仍旧是希望还江朵朵清白。

这件事在她心里压了太久了，一天不解决，她的心就一天不安宁。

向好走到一年级教室门口的时候，突然遇到秦莉。

本来，她对秦莉还是有几分同情的。毕竟，刚刚亲眼见她被打了。

于是，向好主动跟秦莉问好："秦老师，今天的事，您别往心里去。秦老太太年纪大了，思维观念和我们不一样……"

向好话还没说完，秦莉就立刻说道："那是我妈，她就算再怎么着也是我妈！我们家的事，什么时候轮到你这个外人插嘴了？"

向好瞬间愣住了。

她没想到，自己本是一番好意，换来的却是秦莉的冷嘲热讽。

但接下来，她才发现，秦莉的冷嘲热讽来自何处。

秦莉走到了向好身边，挑了挑唇角，说道："向老师，我知道我不像你，从小就被父母捧在掌心儿里。但我也无所谓，我的父母也有他们的好，我的成长环境也一样，我自己觉得好，那就是最好的。所以，你不要在我面前秀你的优越感。"

没错，秦莉误以为向好是在秀优越感。

但她不知道，向好是在为重男轻女的思想观念愤愤不平。

不过，既然秦莉执迷不悟，她也不想再去纠正了，笑了笑，说道："秦老师您误会了，我并不是您所想的那样。"

就在向好迈开步子想要离开的时候，又被秦莉给叫住了："向老师，有件事咱们还是得说说清楚。"

向好停住了脚步，转过身来："什么事？"

秦莉轻咳了一声，说道："李岩偷东西，不是秦薇指使的。"

秦莉说罢，一双眼睛一眨不眨地盯着向好。

向好笑了笑："这个……可是李岩是这么说的，我们该信任谁呢？"

"总之这件事就不是秦薇干的，和她无关！"秦莉又恢复了以往的强悍，以至于让向好都无法将此时的秦莉和刚刚被秦老太太追着打的秦莉联系到一起。

秦莉的话还在继续："我也知道李岩说是秦薇干的，但是这么大的孩子不都这样吗？自己干了坏事不敢承认，往别人身上推！像李岩这种行为，就应该严厉惩治。这么小就干这种事，还推到无辜的人身上。现在这么小就不学好，长大之后可怎么办？那不得害人害己害社会啊？"

秦莉的"歪理邪说"又开始了！

如果是以往，向好会跟秦莉讲讲道理，试图说服她。

但是现在，她不想再说什么。

正如房磊所说，有些观念是根深蒂固的，难以改变。换而言之，有些习惯也是根深蒂固的，一样很难改变。比如，秦莉这强词夺理不尊重事实的习惯。

不过，所有的一切并不会像秦莉所希望的那样发展。

就在两天后，学校终于出了通报，对秦薇和李岩进行了通报批评。与此同时，也提到了江朵朵，虽然对江朵朵"替人顶罪"的不当行为同样进行了批评，但也算是变相还了她清白。

通报出来的那一天，向好又去找江朵朵画画。

向好本以为江朵朵会特别提到这次出通报的事，却不想她竟一直没提。

向好去了大半个钟头，她都在专心致志地临摹，心无旁骛。

最后，倒是向好忍不住了，于是问道："朵朵，你对这次通报什么看法儿？"

江朵朵愣了愣："什么通报？"

向好转头看向江朵朵，见她正在用画笔专心致志地描着人物眼睛中的那点点光晕。每一笔，都精细到极致。

向好本来以为江朵朵故意这么问的，现在看来，她是真的没有在意这件事。

但，向好还是说道："对秦薇处理的通报。"

"噢……"江朵朵这才停下了手里的笔，继而坐直了身体，"向老师，如果你不提我都忘了，我看过就忘了。"

向好不禁有些好奇："朵朵，我记得你之前一直很介意这件事的，为什么现在突然不在意了？这里面有什么奥秘？我还真的很想知道。"

江朵朵想了想，皱着眉头说道："我也不知道，好像从上次阳城电视台的记者来了之后，说我是小偷的人就少了。那些之前嘲笑我的同学，也开始和我一起玩儿了。所以，我现在已经不那么在意了。"

江朵朵一番话说完，向好也总算明白了。

当一个人在一个环境中被排挤，哪怕是一丁点儿的风吹草动都足以让她警惕。而当她被接受之后，曾经看似过不去的坎儿，也只不过是轻轻一抬腿一迈脚的事。

就在向好思索间，江朵朵突然问道："向老师，我听说人家要给咱们学校重新建一个运动场，是不是真的？"

这个消息，向好也听说了。

阳城市相关部门了解到梅园小学的操场比较简陋，决定建一个塑胶运动场。

向好回答道："是的，是塑胶运动场。到时候，就不用担心上体育课的时候摔倒摔伤什么的。总之是一件大好事，开不开心？"

"当然开心啊！"江朵朵笑了起来，"大家都说这是我的功劳，其实我知道，这不是我的功劳。只不过是我的运气好，沾了点儿光。"

向好说道："你有功劳，这是没错的。但主要还是政策好，要不然，你就算画十幅画，也换不来一个现代化运动场啊。"

向好之所以这么说，是担心江朵朵会因为这个"功劳"而骄傲自满，把握不好分寸，引起他人不满。

向好话音未落，江朵朵就立刻说道："向老师，这些我都懂。"

向好笑了："那好，继续画画吧！"

……

向好了解到阳城有一个关于资助贫困生完成学业的政策，经过一番了解后，她发现江朵朵各项条件都符合。于是，她帮江朵朵办理了助学金申领手续。不到一个月的时间，这项申请就顺利通过了。

江朵朵成了梅园小学第一个获得该项助学金的学生。

江朵朵拿到了贫困生助学金，这对她而言，是一个特大好消息，她再也不需要为文具费、学杂费而看叔叔的脸色了。

就在当天，江朵朵的婶婶黄家英提了一大袋子水果送到了向好家。

当时李增贤也在，一见黄家英煞有介事地赶来，连忙问道："黄家英，你提了这么多东西来，是有什么喜事儿吗？"

黄家英笑了："当然有喜事儿，而且还是大喜事儿！"

李增贤有些纳闷，于是问道："是什么大喜事儿啊？"

黄家英说道："李校长，您还不知道吧？朵朵得到助学金了，以后我们就不用再为她的事儿发愁了。"

李增贤愣了一会儿，才明白过来，于是问道："朵朵得到助学金了？什么时候的事？"

"就最近啊。"黄家英说道，"还多亏了您的好女儿向好呢，如果不是她牵头儿，这件事哪能有这么快？"

"这样啊。"李增贤话还没说完，便见向好从外面回来，手里还拿着一大叠的文件。

等向好走近，他便问道："小柠，江朵朵的助学金申请批下来了？"

"对。"向好刚想问李增贤是怎么知道的，但一看身旁的黄家英就什么都明白了，于是笑着对黄家英说道，"黄大姐，之前都是您和江大哥照顾朵朵，也真是辛苦了。"

"不辛苦，应该的。"黄家英说罢，将手里的果篮双手送到向好手里，"这个是我和建民谢你的，是你帮助了朵朵。不管怎么说，朵朵还是我们江家的人，你现在这么做，等于给我们减轻了负担。"

"这个……"向好有些犹豫，"就不要这么客气了吧？"

"这有什么客气的？"黄家英说道，"这些水果都是我刚从自己家果园摘下来的，新鲜着呢。"

向好看着果篮里水灵灵的草莓，红着半边脸的水蜜桃，还有蓝莓和雪梨……一时间还真感觉有些蹊跷，于是问道："黄大姐，这些水果全都是您家果园的？"

"对呀。"黄家英点头道。

"这么多？那您家果园得有多大啊？"向好问。

"不小呢。"黄家英说起自己家的果园就忍不住笑了起来，"之前梅园村弄了个生态采摘，我们搭上了顺风车。现在好了，一到节假日，好多城里来的游客都过来采摘水果。我们现在的经济条件，也比之前好多了。"

"这么好？"向好这才从黄家英手里接过果篮，"那我可得尝尝。"

"尝尝，一定得尝尝！"黄家英笑得眼睛眯成一条线，"向老师，等你有时间，可以去我家果园摘果子，有得吃有得玩，很不错的。"

"好，一定。"向好应道。

在黄家英走后，向好开始洗水果，洗了一半，留了一半。

她跟李增贤说道："黄大姐今天看起来心情不错。不过我觉得，他们家经济条件不错，为什么之前总是将江朵朵看成一个大负担似的呢？"

李增贤一边抽着烟一边说道："朵朵花钱不多，衣服少买，文具没几个钱……关键是，养育朵朵不是他们的责任。毕竟，朵朵的妈妈还在世呢。所以这推来推去的，大家心里都弄得不舒服。现在也好了，朵朵的开支有了着落，以后大家也不会都躲着她了。"

李增贤一番话说罢，向好突然想到了什么。

之前，无论是吴咏梅还是江建民一家确实都有刻意躲着朵朵的意思，一旦朵朵有点儿什么事，他们都特别紧张，生怕一不小心给自己招来麻烦。

之前她只觉得吴咏梅和江建民太不关心朵朵了，现在她才明白，这里面是有原因的。

向好洗好了水果，将剩下的那一半又装进了篮子里，对李增贤说道："这些，我送到朵朵那里去。"

"行，快去快回。"李增贤说道，"最近小檬的情绪好一些了，你有空和她多聊聊。"

"好。"

当向好提着水果送到江朵朵家的时候，却发现她家也有一篮子水果，和自己的那篮子一模一样。

向好问道："朵朵，这水果是……"

"我婶婶送来的。"江朵朵说道，"刚送来的，可好吃了。"

话音未落，便瞥见向好提着一个和她一模一样的果篮子，不由得皱起了眉头："向老师，你也有？"

"对，也是你婶婶送的。"向好回答。

"怪不得呢，我刚才就见她提着两个篮子，原来是送给你的啊！"江朵朵说话间没忍住笑了起来，"我婶婶人其实挺好的，之前就是生活压力太大。现在我有了助学金，她心情也比之前好了，这几天路过我家的时候，还经常来坐一会儿。前几天还给我送来了她包的饺子呢，可好吃了。"

向好虽然没再说什么，但却打心眼儿里为江朵朵感到高兴。

第八十章　不信谣　不传谣

向好回到家之后，便见到原来的木沙发上多了一张垫子。

说是垫子，不如说是一件艺术品——上面是一对红色的锦鲤，锦鲤的眼睛很是灵动，像是下一秒就要眨起来似的。周围的水草和白色莲花也和锦鲤相得益彰。

向好正在看着，李增贤便走了进来，向好问："爸，这是你新买的坐垫？这么漂亮，审美不错啊！"

向好话音未落，李增贤就突然笑了一声："这怎么会是我买的？我从来不弄这小玩意儿。"

向好皱了皱眉："那这是……"

"小檬之前闲着没事的时候绣的，她喜欢搞这些东西。"

李增贤话音未落，向好就立刻将那幅绣品给拿了起来，用手仔细摸了摸，才发现那确实是一针一线绣出来的。

她忍不住惊叹："还真是手工绣的，我还以为是……"

向好说到这里，突然停了下来。

李增贤笑着问："你还以为是什么？以为是画上去的？"

"不，不像是画的……"向好摇头说道。

她也不知道该怎么形容，只觉得太美好了。尤其是将这美好和刺绣联系到一起，就更难能可贵了。

"我只是想不到，小檬竟有这样的才艺。"向好说话间，目光始终没有离开那刺绣，她的手指在"鱼鳞"上不断摩挲着，只觉得每一片都闪着光。

"嗨，这算什么才艺？"李增贤被逗笑了，"以前不管是梅园镇，还是梅园村，会刺绣的可不在少数。但是后来，那批人老的老了，走的走了，现在会的人不多了。"

"那小檬怎么就会呢？"向好问。

李增贤解释道："你奶奶懂刺绣，她年轻的时候，是方圆几十里绣得最好的。我之前工作忙起来的时候小檬就跟着奶奶，奶奶闲着没事，就教她绣着玩儿，也只当是个兴趣。"

"原来是这样。"向好现在已经记不起奶奶的模样了，最后一次见奶奶的时候，她还很小。

如今二十多年过去了，她对奶奶的印象已经模糊得不能再模糊。

李增贤并没有察觉到向好的情绪变化，继续说道："……你奶奶那个时候绣得可真好，我还记得她绣的江山图，那一座座的高山一看上去就巍峨雄壮，那一棵棵的柏树，一朵朵的祥云……哎呀，我都不会形容了，那么一看啊，就跟真的似的。后来我就给那幅绣品取名，就叫'江山如此多娇'，哈哈哈……"

李增贤的笑声，将向好的思绪从回忆中拉了回来，她附和着说道："这名字取得好！爸，你们经常说小檬什么都不会，我发现她会得挺多的。而且，这种才艺，还真不是一般人具备的。"

"但是现在会这些有什么用？"李增贤说道，"我小的时候，看到你奶奶和那些婶子阿姨们一起绣鞋垫，我就觉得她们的手可真巧。但后来发现啊，手再巧有什么用？也不就是绣个鞋垫或者给衣服上绣个饰品？也派不上什么用场！现在啊还不如从前，现在都有机器刺绣了，那机器多快啊，一会儿一幅一会儿一幅的，绣得跟真的似的，可比手工的强多了。"

对于李增贤的话，向好不敢苟同，但也没有顶撞。

在向好的心里，刺绣是艺术品，越是纯手工的越是珍贵。

自从她看了这幅锦鲤图，李晓檬在向好的心里都成了艺术家了。

她甚至很希望李晓檬能将这手艺发扬光大，只是该采用什么方法发扬光大，她也不知道！

……

自从阳城电视台的记者到梅园镇了解情况之后，上级领导特别关心梅园小学的情况。

一个月之后，不但开始为梅园小学建塑胶运动场，还为梅园小学的师生换了新的课桌座椅、办公设备等。

就连大门处那带着沧桑感的台阶，都焕然一新。

就在梅园小学的师生都沉浸在这突如其来的幸福中的时候，秦莉却怎么也开心不起来，终日愁眉不展，有时候还一个人躲在办公室里偷偷流眼泪。

哪怕是见人说话，都不像从前那样大声了，更是没了从前的那份泼辣和跋扈。

就在向好正纳闷儿的时候，郭静突然找到了她。

郭静和从前一样，给向好送了她新做的牛轧糖，然后就开始道谢："向老师，我们梅园小学的孩子能有今天，真是多亏了你。"

"怎么能说多亏了我呢？那是国家政策好，所以咱们才能跟着享福呢。"向好说罢，剥开一个牛轧糖放入嘴里，那淡淡的奶香味和浓浓的玫瑰香味瞬间在唇齿间开始蔓延，她细细品了品才再次开口，"静姐，你的手艺真是越来越好了。"

郭静像是没有听到向好的夸赞似的，接着刚才的话说道："怎么不是多亏了你呢？如果不是你，江朵朵的画能画这么好？如果不是你，江朵朵哪儿会去参加阳城的油画比赛？如果江朵朵不参加比赛，她的画儿就算再好，别人也看不到啊，怎么可能会引起上级领导的关注？你说是不？所以啊，这还就是因为你。向好儿啊，你也别谦虚，我们心里，都知道。有些老师，哪怕嘴上不说，心里也清楚得很。"

向好笑了笑，说道："静姐，如果不是国家政策好，我再怎么鼓励江朵朵参加油画比赛，她就算画得再好，我们也得不到今天的一切。所以说，不是我，我当初也只是突发奇想。归根结底，还是现在国家对教育工作越来越重视了。尤其是乡村孩子的教育，更是要抓得好。乡村要脱贫致富，最终要靠的是什么？是科学文化知识，是先进的思维模式，是不甘落后的劲头。乡村脱贫，教育是关键。抓好了教育，最终这些孩子们才能有出息，才能更好地回报社会，回报自己的家乡。"

向好一番话说完，郭静愣了好半天。

向好见状，连忙说道："不好意思静姐，我一不小心说多了……"

"不不不……"郭静连忙摇头道，"我只是没想到，你一个小丫头能讲出这样的大道理来。"

"这算什么大道理，不就是基本常识吗？"向好问。

"不是，不是每一个人都能像你这样讲道理，而且还讲得这么好的。"郭静叹了口气，"尤其是女孩子，都是想着今天穿个什么衣服，明天化个什么妆，然后再给自己找个什么样的男朋友，怎么样才能嫁得更好……"

"也不是每个女孩子都这样的。"向好纠正道，"现在社会开放了，女性的受教育程度、经济能力、社会地位都比之前提高了不少，所以现在很多女性，已经比之前进步了很多很多。"

"但是在这里还是不行啊，尤其是这农村的姑娘，没几个有思想的，讲不出什么道理来。"郭静说罢，叹了口气。

向好想了想，说道："光会讲道理有什么用？还不是得把具体的事做好？把事情做好了，才是关键。"

向好话音未落，郭静好像突然想到了什么似的，压低了声音问道："向好儿，你听说过秦莉的事没？"

向好联想到秦莉最近的变化，便皱起了眉头："没听过，秦老师怎么了？"

"你是不是也发现她最近和以前不一样了？"郭静又问。

向好点了点头："确实有点儿不太一样……"

"哪止一点点？"郭静说话间，身体朝着向好身边靠了靠，"我跟你说哈，秦莉她老公出事了！"

向好愣了一下，随即问道："什么事？"

"你还真没听说呀？哎呀，你还真是两耳不闻窗外事啊。"郭静一边剥着糖纸，一边说道，"秦莉之前在咱们学校不是一直都挺跋扈的嘛，谁都不敢得罪，有些时候，就连房校长都得躲着她，还不是因为她老公在阳城有点儿背景？现在好了，听说她老公被调离原岗位了……"

"干得好好儿的，怎么会调离原岗位？"向好皱起了眉头。

"谁知道呢？"郭静的声音又低了几分，用手捂着嘴巴说道，"我听说是挪用公款……哎呀！我看啊，也是活该！那可是劳动人民的血汗钱，怎么能进他的口袋呢？反正啊，这么一来，以后秦莉再也不敢随便欺负人了！还有秦薇也是，这么小的孩子整天不学好，家里还一大窝子人护着她！明知道错，死都不承认，就算是批评了，下次还会再犯！上梁不正下梁歪，这话真没错。我倒觉得现在秦莉老公被弄下去了也是好事，至少不会再祸害下一代了，你说是不？"

向好听罢，沉默了几秒，然后说道："静姐，这种事咱听听就算了，可不能乱传。毕竟，都是传言，也不知道真假……"

向好话还没说完，本来背靠着沙发靠背的郭静就突然坐直了身体，用难以置信的目光看向向好："哎呀，我说向好，你不会真这么想吧？现在学校都传遍了，我跟你说，这种事，无风不起浪。秦莉她老公的坏话，谁敢乱说？要是没点儿真凭实据，谁敢乱传呀？你说是不是？"

向好向来不喜欢传谣言，也不喜欢议论是非。

她见郭静如此执着，只得劝道："静姐，别人传是别人的事，在一切还没有真正确定之前，咱们别信也别传就是了。"

"我这不是看不惯秦莉作威作福嘛！"郭静突然笑了起来，"以后她没有了靠山，在咱们学校再也不会横着走了，倒也算是清静。"

向好笑了笑，没接话茬儿，直接转移了话题："静姐，你去过梅园村的生态水果采摘点没？"

郭静愣了一下："没呢，怎么了？"

"听说建得很不错，我都想去体验一下了。"向好说道，"等咱们有空，一起去吧？"

"行啊。"郭静抬手揉了揉眼睛，"我最近太忙了，哪儿都没顾上去。最近天气好，组织学生一起去也挺好。我听说梅园的水果采摘点是村'两委'给弄的，是不是真的？"

"是真的。"向好说道，"咱们如果去了，也算是为梅园村脱贫致富做贡献了。"

"那可不。"郭静显然对水果采摘的话题不是很感兴趣，随即便站了起来，"好吧，我也回去准备准备上课了。"

"好，静姐您慢走。"

第八十一章 民间艺术

当天晚上，向好刚准备回家，江朵朵就追了过来："向老师，向老师……"

向好转过头，见江朵朵手里拿着一朵栀子花儿，在夕阳的余晖中朝着她跑来。

一边跑还不断地回头和其他同学挥手再见。

阳光中，她笑得眉眼弯弯，头上的马尾辫被风吹起，仿佛每一丝每一缕都带着欢乐。

刹那间，向好觉得江朵朵就像一个快乐的小精灵。

她很少见到这样的江朵朵，看得都快入神了。

"向老师，你在看什么呢？"江朵朵已经跑到她的面前，把手里的栀子花递给她，"我刚才在路边摘的，可香了。"

向好从江朵朵手里将栀子花接了过来，闻了闻："嗯，确实很香。"

"向老师，咱们去摘果子吧？"江朵朵突然问。

向好愣了一下，随即笑了："我今天中午还在和郭老师说摘果子的事呢，你现在就来找我摘果子了。"

"这叫心有灵犀！"江朵朵笑得很开心。

"我和郭老师说，等有空了，找个好天气，带同学们一起去水果采摘点摘果子的。"

"那正好啊！"江朵朵跳了起来，"咱俩先去踩点儿呗，到时候咱们可以带着大家一起去。"

水果采摘点并不算太远，加上有江朵朵领路，抄了近道，二十分钟就到了。

"你看，那边就是草莓，咱们先去摘草莓吧？"江朵朵朝着东边指了指。

向好顺着江朵朵手指的方向看去，果然见到了一个草莓园。草莓园比她想象中的略小一些，但却比她想象中的更美。

尤其是在夕阳下，一株株的草莓苗绿油油的，被理成一行一行的，光是看着，整整齐齐的，都觉得赏心悦目。

……

向好刚打算进草莓园，突然听到有人在叫她名字："向好？"

向好愣了一下，转过头，便见到蒋凯南站在不远处，在他的身边还站着张晖和一个老爷爷。

老爷爷看起来六十多岁，虽然头发白了将近一半儿，但精神和气色却都很好。

向好很快就走了过去，打了招呼之后，然后问道："凯南，你们这是要去哪儿？"

"准备去梅园民宿。"蒋凯南说道，"我们打算在民宿建一个民间艺术中心。"

向好一听，忍不住笑了："一个小村庄还能建民间艺术中心？"

"这有什么不行的？别人规模大，咱们规模小而已。"蒋凯南紧接着开始介绍身边那位白发老爷爷，"张师傅，技艺高超的民间雕刻大师，我和张晖书记特地将他请来坐镇，光是他的身份，都能引来不少游客。"

"哪里哪里？瞧你们把我给夸的！都快夸上天了！"一直沉默的张师傅终于开口了，"是你们把梅园的民宿建设得好，才把游客给引来的。我这个老不中用的，也只是来凑凑热闹。"

张晖一听，立刻说道："张师傅您可别谦虚，能把您给请来，我们可真是赚到了。要不然，我们也不会跑那么远特地去找您。"

几个人寒暄了一阵，大家有说有笑，心情很不错。

蒋凯南突然话锋一转，说道："对了，黄帧老师也加入了，他打算利用业余时间去民宿的艺术中心现场作画。还有，我们还打算加入一些其他的项目，只是暂时还没想到具体做什么……"

蒋凯南说到这里，向好突然灵机一动。

她突然想到了李晓檬，刚想说出口，又担心没和李晓檬商量就擅自做主不太好。所以，刚到嘴边的话，又突然给咽了下去。

蒋凯南、张晖、张师傅三个人走后，向好才和江朵朵一起进入草莓园。

由于天色已晚，两个人几乎就是走了个过场，就"收工"了。

从果园出来之后，向好便带着朵朵去看江奶奶。在临走之前，江建民特地跟向好说道："向老师，我之前确实没有照顾好朵朵，是我不对。我是有些私心的，总觉得她妈妈还在，完全可以抚养她。还有就是，我自己家有两个孩子，日常开销也很大，所以我担心加上朵朵负担更大。现在好了，政策好了，我们家的果园又丰收了，现在一个月的收入能比得上过去好几个月，我也不担心什么了。"

向好听罢江建民这一番话，也终于理解了他曾经的无奈，于是说道："江大哥，其实您之前能帮朵朵出生活费和学杂费，我已经觉得很不容易了。"

江建民有些不好意思地低了一下头，随即又抬了起来："向老师，这样吧，这段时间你跟朵朵好好聊一聊，如果她愿意和我们一起住，就劝她过来。我们家房子也宽敞，我别的不担心，就担心她一个女孩子一个人孤零零地住在那个小屋子里不安全。"

向好略做思考，觉得也有道理，于是点头道："好，我一定会跟朵朵说的，让她也好好考虑考虑。"

"好，谢谢向老师。"

秦莉爱人出事了，已成定局。

情况最糟糕的那段时间，秦莉请假了，说是身体出了问题。

向好特地找到了房磊，想要了解情况。

她刚一开口，房磊就说道："这件事是真的，只是没想到这么严重。"

向好并没有问秦莉老公具体发生了什么事，又严重到什么地步，只是对房磊说道，"那秦老师最近压力应该很大吧？"

房磊愣了愣。

毕竟，在他的印象里，向好一直不太喜欢秦莉。

于是问道："这不很正常吗？"

向好在房磊办公桌前坐了下来，缓缓开口道："我不知道秦老师的爱人到底发生了什么事，但这件事和秦老师无关。这个时候她应该也很脆弱，我觉得大家不应该在这个时候……"

向好说到这里，突然停了下来。

房磊问道："不应该在这个时候干吗呢？落井下石？"

向好摇了摇头："说是落井下石也不合适，但不可否认的是，大家确实对秦老师有很多不满。而且关于她爱人的事，现在也都在议论，有些话传着传着就变了味儿。秦老师现在正是敏感期，如果传到她耳朵里，肯定也不好受。"

"那应该怎么办？"房磊皱了皱眉头，"这种事，咱们也不好发通报，只能是由他们去了。过段时间，就过去了。"

向好想了想："房校长，要不这样吧？学校给老师们先开个会，告诉他们别再对这件事进行议论。然后各班班主任再跟班里的同学叮嘱一下，别信谣别传谣。和学生提这件事的时候，不用特别提秦老师和她爱人，就当是开展文明言行教育就好了，多少能起到点儿作用的。"

房磊听了之后，思索了几秒，随即点了点头："这个文明言行教育确实很有必要，如果你不提，我之前还真没想到。"

向好没作声。

房磊看了看向好，说道："看来，还是向老师觉悟高，什么事都能考虑得周到。"

"谢谢房校长夸奖。"

"还不单是这个，我觉得更难得的是你对秦老师的态度。"房磊抬手拿起杯子抿了口茶，继续说道，"秦老师平时脾气不好，性格暴躁，而且得理不饶人。学校不少老师都不喜欢她，这次她爱人出事了，你还能帮着她说话，我挺意外的。"

向好立刻说道："这很正常，秦老师脾气虽然不好，但工作上并没犯过任何错误。虽然她对学生是严苛了些，但整体上还算是认真负责的。所以，我觉得她在学校里的一切不应该受到她爱人的影响。"

房磊一边听，一边点着头。

向好继续说道："我听说秦老师还有个儿子在阳城实验一小读书，如果这个时候秦老师也受到了影响，那么她儿子的学习成绩肯定也会受到影响。我觉得作为一名老师，虽然只是一名支教老师，也应该考虑全面一些。"

第八十二章　客观对待每一个人

秦莉最近一直没回学校，房磊问起来，她说是在照顾秦老太太，秦老太太受不了打击，病倒了。

郭静有空又来找向好聊天，聊着聊着话题就聊到了秦莉身上。

郭静感叹道："当初秦莉老公好着的时候，他们家的那些亲戚可没少沾他们的好处，现在他老公一出事，那些亲戚连门都不登了。现在秦老太太病了，听说都没人去看。唉，还真够可怜的！"

说者无意，听者有心。

当天下午，向好就找到了房磊，提议去秦老太太家探望一下她老人家。

对于向好的这个提议，起初房磊是难以理解的。

毕竟，无论是秦莉，还是秦老太太，平时的表现都不太好。加上秦莉现在久久没回来上班，也是不负责任的表现。

对于房磊的看法，向好不敢苟同。

紧接着，她开始帮着分析这里面可能存在的问题。

她对房磊说道："房校长，我倒不这么觉得。秦老师平日里虽然跋扈，但她也是一个很爱面子的人。而且，她无论是在梅园小学，还是在梅园镇，条件都是比其他人要优越很多的。现在突然出了这样的事，对她的打击肯定是很大的。所以，她迟迟不肯回学校，也是可以理解的。"

房磊皱着眉头想了想，然后问道："你的意思是……秦老师是不好意思回来？"

向好点了点头："我觉得多少会有这方面的成分，平时越是在各方面都感觉自我良好的人，遇到挫折之后就越是担心别人会笑话她。"

房磊听罢，没有马上表态。

向好继续说道："我听说秦老太太病倒了，她生病的这段时间，亲戚们也都不去看她了。所以，咱们得去看一看她，虽然她来过学校闹过事，但人心都是肉长的，在最难熬的时候，总需要别人的关心和认可，您觉得呢？"

房磊沉默了一阵子，然后点了点头："行，今天晚上下班吧，咱们一起过去。"

"好。"

……

当天傍晚，当房磊和向好带着礼品赶到秦莉家的时候，无论是秦莉还是秦老太太都很意外。

两个人瞪大眼睛看着房磊和向好，一时间不知道该说些什么。

房磊对她们的这般反应也不显得意外，主动解释道："秦奶奶，听说您老人家病了，我就和向老师一起来看看您，好些了吗？"

房磊和向好在来的路上已经商量好了，这次来探望秦老太太对秦莉爱人出事绝口不提，一来免得她们触景伤情，二来担心秦莉和秦老太太往心里去了，毕竟这对她们而言不是件好事。

秦老太太听到房磊这么说，脸上的表情才开始慢慢缓和："房校长，你还这么客气干啥呢？来，坐。还有小向老师，你也坐。"

"好，谢谢秦奶奶。"向好坐下之后，开始不动声色地观察秦莉的表情。

秦莉此刻正忙着倒茶，但始终一副心神不宁的样子，倒茶的过程中，眼神儿经常放空，差点儿烫到手。

当她把茶水端到向好和房磊面前的时候，声音也有些沙哑，但却比平时轻柔了许多："房校长，向老师，你们喝茶。"

"谢谢。"向好和房磊先后应道。

秦莉回到她原有的位子坐下之后，向好才发现她的眼睛略有些肿，眼底有些红血丝。

显然，她这段时间没少流眼泪。

仔细想来，这也是很正常的事。毕竟她的爱人相当于家里的顶梁柱，现在顶梁柱失去了支撑力，所有的负担就都落在秦莉身上了。这种压力和心痛，即便不是亲身体会，也能理解。

接下来，房磊和秦老太太拉家常，主要询问了她身体的问题。

秦老太太身体倒也没有大碍，只是受到了一些打击，睡眠不好，导致精神不佳，经常头昏脑涨的。

秦老太太一直催促着秦莉回学校上课，但秦莉一直没表态。

向好趁机说道："秦老师，你不在的这段时间，学生都挺想你的。昨天小杨迪还在问我，秦老师去哪儿了，怎么这么久都没回来……"

向好话还没说完，秦莉就看了向好一眼，眼睛里明显带着疑惑。

是的，她分不清向好说的是真的，还是假的。

向好说的，当然是真的，杨迪确实这么问了。

只是，杨迪是不是真的想念秦莉，她也不能确定。

但她知道，秦莉一直请假，这无论对秦莉本人，还是对她所带的班级，都不是一件好事。

房磊也附和道："对，秦老师。我们今天来，一方面是为了探望秦奶奶，另一方面就是想请你回去。你虽然带的是一年级新生，但越是孩子小，越是要盯紧点儿。现在是代课老师在帮忙，我总觉得还是你尽快回去比较合适，毕竟嘛，你对他们更了解，工作经验也更丰富。所以，你不能一直缺席啊。"

秦莉这才点了点头："好，我明天就回去。"

在回去的路上，向好才从房磊口中了解到：当初秦莉是有机会调到阳城工作的，但为了照顾秦老太太，她一直留在了梅园镇。

哪怕是当初秦莉的儿子去阳城上学，她经过再三思考，也仍然选择留在梅园镇，留在梅园小学。

秦老太太不管表面上对她如何凶，心里到底还是疼惜这个女儿的。也劝过秦莉离开，但秦莉还是没有走。

向好曾认为秦莉是愚孝，但经过房磊一解释，她才明白：秦莉是秦老太太最小的女儿，在生秦莉的时候，秦老太太已经四十多了，身体素质大不如前，在生产的过程中难产，险些丢了性命。

所以，秦老太太这份拿命换来的"生育之恩"，秦莉一直铭记在心，并且打算用这一生去偿还。

如果说之前向好对秦莉有过诸多不满，那么听了她的这些经历之后，她瞬间对秦莉肃然起敬。

羊有跪乳之恩，鸦有反哺之义。生而为人，也当如此。

……

自从听说梅园村的民宿建了艺术中心，而且还在想着引进其他项目，向好就一直想找李晓檬谈谈在梅园民宿做刺绣的事情。

周末午后，阳光和煦，向好见李晓檬正坐在门口的那棵香樟树下愣神儿，便走了过去，在她身旁坐下，然后轻声问道："小檬，我听说你还会刺绣呢？"

李晓檬愣了一下，随即缓缓转过头来，皱着眉头看着向好，不知道心里在想些什么，但脸上明显带着几分不悦。

向好连忙解释道："我看到客厅的沙发上有你绣的锦鲤，绣得那么好，我还以为是花了大价钱买来的呢。"

李晓檬脸上的不悦这才得以缓和，但说出的话仍旧没有半分温柔，生硬得很："闲着没事，随便绣的。"

"随便绣就能绣得这么好，如果认真绣那岂不是不得了？"向好打趣道。

李晓檬顿了顿，问道："是爸跟你说的？"

"对。"向好说罢，又解释道，"不过也是我问了他，他才告诉我的。"

李晓檬抬起唇角笑了一下，笑容中带着几分嘲讽的意味："他之前也不喜欢我刺绣，觉得这个东西没有用。"

向好听罢，立刻说道："之前没用，是因为没找到合适的平台和渠道。但现在就不一样了，如果找到合适的平台，才华是可以施展的。"

向好说罢，看向李晓檬。

李晓檬脸上没有任何表情，看不出任何内心的波澜。

向好说道："小檬，我听说梅园村建了民宿，你知道吗？"

"听说过。"李晓檬的声音淡淡的。

向好又说："现在民宿里建立了艺术中心，邀请到木雕大师亲自坐镇，现场制作木雕。我听蒋凯南说，他们还打算引进一些其他的项目。所以我就在想，刺绣也是传统民间手工艺，如果你去那里做刺绣，再将绣品卖出去，这不也挺好吗？"

向好一番话说完，李晓檬的神色明显出现了变化。

但向好却不知道，李晓檬之所以会发生变化，并不是因为刺绣，而是因为"蒋凯南"。

"这是什么时候的事？"李晓檬问道。

向好想了想："那个艺术中心到底是什么时候成立的，我也不太清楚。但是我前几天见到那个木雕师傅了，精神矍铄，一副仙风道骨的样子，确实像个艺术家。"

向好说罢，笑了笑。

李晓檬顿了顿，说道："我有时间过去看一看。"

李晓檬如此快就答应了下来，反倒让向好感到意外了。

她本就做好打算要深入做李晓檬的思想工作的，却不想她这么快就被说服了。

这样也好，免得她要亲自去找蒋凯南开口提这件事，反倒少了一份麻烦。

向好蹊跷之余，心情大好："好呀，你自己去也好，反正也不远。毛遂自荐一下，我觉得你很有机会。"

紧接着，李晓檬就开始翻箱倒柜地去找她之前的那些刺绣作品，翻出来一大堆，然后又开始挑挑拣拣，几番下来，终于找到了自己最满意的那几幅。

洗干净之后，便开始晾晒。

第八十三章　施展才华的途径

李增贤看着李晓檬折腾刺绣，心里又开始有些不满了。他始终认为，这些"老东西"过时了，是浪费时间又没有用的。

但是，自从李增贤一厢情愿地让宋嘉和李晓檬分开之后，他对李晓檬一直心存愧疚。所以，现在他就算遇到看不过去的情况，也不再像之前那样劈头盖脸地找李晓檬来骂一通了。

当天晚上，李增贤找到了向好，对她说道："小柠，你能不能找一些书给小檬看看？最好是励志的，能激发她的斗志和上进心的？"

向好立刻点头道："好呀！"

这个问题，向好本就想过。

但应了李增贤之后，看到李增贤愁眉苦脸的样子，向好又觉得不太对劲儿，于是问道："爸，你怎么突然想到这个？"

李增贤叹了口气："还能因为什么？还不是因为李晓檬整天无所事事净折腾些没用的东西？"

李增贤话音未落，向好就突然想到了什么，连忙问道："爸，你是不是想说小檬的刺绣？"

李增贤沉默了几秒，才低声"嗯"了一声，随即又接着说："她之前就是因为折腾刺绣耽误很多事，现在她又开始搞这些。这么大的人了，整天不学好，不知道上进，也不知道脑子里整天在想些什么。"

李增贤说罢，向好就问道："爸，你知道梅园民宿要建艺术中心了吗？"

李增贤愣了一下："你怎么问起这个？"

向好随即说了她的想法，然后又补充道："我觉得如果小檬真有心，可以去试试。我从不觉得小檬没有追求，她其实很有追求，她有施展自己才华的想法，只是没有找到施展的途径……"

向好话还没说完，就被李增贤给打断了："哎呀，这算个什么才华呀？都是些不上道的东西！"

向好笑了："爸，你怎么会觉得刺绣就是不上道的东西呢？这难道不是我们老祖宗留下的传统工艺吗？这些年，刺绣其实挺热的，在日本，举办过'刺绣大赏'，引得很多人观赏。还有，一些国际时尚品牌，也出现过刺绣作品。对于这样一个走上国际舞台的东西，你为什么会觉得不上道不入流呢？"

向好一番话说罢，李增贤无力反驳，但心里始终不敢苟同："就算走得再高再远，那是人家的事。李晓檬能有这本事啊？绣几年能绣到国际舞台了？那不是天方夜谭吗？"

其实，向好现在也不清楚李晓檬如果坚持刺绣能坚持多久，她又能走多远。

她也知道，有些东西是遥不可及，或者概率极低的。

就算是技艺真的达到某一水平线，还有一个概率的问题。那么小的概率，好运未必会在李晓檬身上降临。

但她也了解李晓檬的秉性，如果不给她找点儿事做，她指不定什么时候又生出什么事端来。

向好想了想，才说道："我当然知道有些事不可能。但小檬总有试一试的机会吧？如果你连机会都不给她，不是直接把路给堵死了吗？再说了，我觉得村'两委'的一些想法挺好的，我们就算是给予支持，也应该让小檬去试一试，让她暂时有个精神寄托也好，你觉得呢？"

李增贤没有马上回答，点燃了一支烟，吞云吐雾好一阵子才说道："让她试试吧。"

……

第二天，李晓檬就拿着她的刺绣作品到了梅园民宿的艺术中心，当时只有张晖在。

李晓檬问张晖："张晖书记，蒋凯南不在吗？"

张晖转过头，见李晓檬站在一幅国画前面，穿着一身黑色的长裙，简单的剪裁，将身材的曲线勾勒得恰到好处。一头长发随意地披散着，将原本清秀的五官映衬得愈加娇俏……

好一个美人儿，张晖竟看呆了。

直到李晓檬再次开口："张晖书记，蒋凯南今天不在吗？"

张晖这才回过神儿来，神色明显有些不自然："小檬，你是……来找凯南吗？他……好像刚才还在呢，这会儿跑哪儿去了？我去帮你找找？"

张晖说罢，就开始东张西望的，像是在找人。但每次目光不经意地落到李晓檬那张脸上的时候，都忍不住多停留几秒。

李晓檬也开始四处看，想要找寻蒋凯南的身影，但看了一大圈子，仍旧没见到人影儿。

李晓檬站定之后，问道："张晖书记，你有蒋凯南的电话吗？"

张晖愣了一下，随即就笑了起来："看我迷糊的？竟然忘了打电话……"

张晖说话间，便开始拿出手机翻找通讯录。

才翻了几下，他又突然抬起头："噢对了小檬，你找凯南干什么？"

李晓檬低头看了看手里拎着的那个袋子，没有作声。

张晖又问："是不是向好让你来的？她让你来给凯南送东西？"

张晖说罢，视线落在李晓檬手里的那个袋子上。

李晓檬这才说道："不是，我想让他看看我的作品？"

"你的作品？"张晖瞬间皱起了眉头，"你的什么作品？"

李晓檬沉默了几秒，才低声道："我的刺绣作品。"

很显然，她对自己的作品还不那么自信。

张晖一听，有些好奇："你为什么要让凯南看你的刺绣作品？"

没等李晓檬回答，张晖又突然想起了什么："噢对了，让我猜猜哈——你是不是想来做项目竞聘？"

李晓檬一愣："这还得竞聘呢？"

张晖笑了："原则上是这样，但如果你的项目和作品特别优秀，我们可以破格录用。"

经过张晖这么一说，李晓檬就更加不自信了，她提着袋子的手，一动未动。

张晖似乎觉察到了什么，于是说道："没事的小檬，凯南不在，我也可以帮着看。对于这些项目，我也是非常熟悉的。"

李晓檬这才犹豫着将她的刺绣作品给拿了出来，然后小心翼翼地将那一幅幅刺绣在桌子上摊开……

在这个过程中，张晖看得极其认真。

或者说，是看得入了迷。

自从李晓檬摊开第一幅作品的时候，他已经入了迷。

他没想到，李晓檬竟然还会刺绣，而且绣得这么好。

李晓檬见张晖一直不表态，而且表情严肃，有些不好意思地说道："张晖书记，这些也是我随便绣的，绣得不太好。而且……"

她话还没说完，张晖就说道："你绣得很好。"

张晖依旧表情严肃，就连语气都透着一股子严肃劲儿。

张晖的一系列表现，都让李晓檬以为他只是不想打击她故意而为之，于是红着脸说道："如果真的不好，你可以直说，不用怕我伤心难过。反正我也只是试试看，好久没有绣了。"

张晖没再说什么，对李晓檬说道："这样吧，你的作品先留下。到时候，我会和凯南，还有其他几位同志一起商量商量，看看……"

张晖话还没说完，门口就传来了熟悉的声音："我怎么听到有人在说我坏话呢？"

话音未落，李晓檬的心顿了一下，跟突然跳漏了一拍似的，随即立刻回过头。

李晓檬回过头的瞬间，目光正好和蒋凯南撞上。

此刻，蒋凯南正逆光而立，无论是他高大颀长的身材，还是那完美的轮廓和五官，都显得比平时更加富有男性魅力。

当蒋凯南认出是李晓檬的时候，不禁地皱了皱眉头："小檬，你怎么在这里？"

李晓檬有些紧张，慌忙收回视线，就在她刚准备开口的时候，张晖就将她此次的来意向蒋凯南介绍了一遍。

当蒋凯南看到那些刺绣作品的时候，也不由得惊叹："还真是想不到啊，小檬竟然有这样的才艺？！"

李晓檬心里一阵欣喜，正想谦虚一下，蒋凯南又补充了一句："不愧是向好的妹妹！向好也是个才女，但她擅长的领域和你不同，她擅长舞文弄墨吟诗作赋。"

李晓檬一听，刚到嘴边的话又咽了下去。

在她看来，在舞文弄墨吟诗作赋面前，刺绣是不值一提的，显得有些低端了！

但无论是张晖和蒋凯南，谁都没有觉察到李晓檬此刻的心情变化，仍然在讨论着李晓檬的刺绣作品。

虽然一言一语间都是赞美之意，但李晓檬听着却仍然很不是滋味儿。

她站了一会儿，就对张晖说道："张晖书记，我还有点儿事得先回去了。要不，这些东西就先放在这儿，你们先看看，如果合适就通知我吧。"

"行，那你先留下你的电话吧！"张晖随即找来笔和纸交给李晓檬。

李晓檬很快便写下了自己的联络方式，写完还不忘签下"李晓檬"的大名。

张晖接过来一看，才发现李晓檬的字写得也极其好，虽是用签字笔写的，但却有钢笔小楷的感觉，一笔一画跟临摹字帖似的。

"小檬，你练过字？"张晖问话的时候，目光仍旧没离开过那白纸上的一笔一画。

李晓檬没明白他话里的意思，有些蒙："啊？"

"你的字写得太好了！"张晖这才抬起头看她，"你是不是特地练过字呢？"

李晓檬这才明白，点了点头："小时候练过。"

她小时候确实练过字，而且练得极其辛苦。

那个时候，李增贤特别重视写字，整天逼着她坐在小桌子前面练字。

但无论她写成什么样，都换不来李增贤的一句肯定和赞美，永远都在挑她的毛病。

李晓檬走后，张晖忍不住感叹："还真看不出来哈，李晓檬竟然还挺有才华的。"

蒋凯南点着头附和："确实，你看看她这荷花绣得，就跟真的一样。现在这个年龄段的人，会刺绣的不多了。"

第八十四章　硕果累累

李晓檬在回去的路上，心情有些低落。

她越想刚才蒋凯南的话，越觉得他话里有话，是在拿她和向好做比较，而且她还输了。

但，李晓檬这个人有个很大的特点，就是不服输！

所以，这些负面情绪并没有影响她对蒋凯南的欣赏，反而让她有了想要更多接近他的想法。

她现在想的，是今后该如何更多地接近蒋凯南。

但想来想去，唯一的方法就是能够真正走进梅园民宿的艺术中心。

所以，李晓檬回去之后，开始干的第一件事就是将已经放下许久的刺绣重又拾了起来。

当向好见到李晓檬一心一意地开始描图，有些好奇，于是问道："小檬，你在干什么呢？画画儿吗？"

李晓檬没有抬头，回答道："刺绣。"

向好怔了怔："刺绣不是用针线的吗？"

李晓檬抬了抬唇角，却没笑，声音依旧不冷不热的："刺绣可不是直接用针线，得先描图，我用的是水溶纸图案转印法。"

向好走近李晓檬，又问："什么是水溶纸图案转印法？"

李晓檬回答道："这个说起来有些复杂。"

然后，就没了下文，她显然不想对向好做详细说明。

向好站定，看了一会儿，见李晓檬描出了梅花的形状来，还挺逼真和生动的……

由于李晓檬一直没再理她，她看了一小会儿就默默走开了。

李晓檬看着向好失望而去，心中竟生出浅浅的得意来。

她开始觉得，自己也有擅长的领域，而向好在这个领域也一样是个小白。所以，她并没有不如向好。别人之所以都认为她不如向好，那只不过是世俗的眼光，是闲言碎语。

……

自从黄帧到梅园小学之后，梅园小学的美术课质量就大大提升。

黄帧鼓励一些画得好的学生去参加阳城市的比赛。

起初，那些孩子也和江朵朵一样，对自己不太自信。

但经过黄帧的劝说，还是有人跃跃欲试，但最终参赛的人屈指可数。

当黄帧跟向好说起这个情况的时候，向好突然灵光一现："黄老师，为什么不在我们自己学校办一场美术作品比赛呢？"

黄帧皱了皱眉头："自己学校？"

"对啊，之前在实验一小的时候，不是经常有各种校内比赛吗？"向好说道，"演讲比赛啦，歌唱比赛啦，美术比赛啦……总之在我的印象中，这些比赛隔一段时间就有一个新的出来，从没间断过。"

黄帧想了想："确实是。说来也奇怪，我怎么到了梅园小学之后，就突然变得糊涂了呢？连这个都没想到。"

向好明白，黄帧之所以"没有想到"，是因为他深知梅园小学的素质教育落实得不太到位，所以习惯性不朝这方面想。

意识到这一点，向好补充道："梅园小学前期举办的普通话比赛也挺好，比赛之后，大家讲普通话的意识确实提升了。之前很多不会讲的，现在讲得比之前好了；之前不好意思开口的，现在也敢于开口了。有时候，一次活动，比我们口口声声不厌其烦地去讲，效果要好很多。"

"嗯。"黄帧点头道，"我找个时间去跟房校长汇报一下，看看他怎么看，争取得到他的支持。"

"放心吧，房校长一定会支持的。"

正如向好所说，房磊确实非常支持。

或者说，关于举办绘画大赛，他早就有这方面的打算。

在梅园小学的运动场竣工之后，房磊便组织全校师生在运动场召开动员大会，鼓励教职工和广大学生参与到这次绘画比赛中来，画出自己心中最美的那一幅画。

大概由于是校内的比赛，大家都很积极，仿佛曾经的那些顾虑和压力突然一扫而光。

有人画梅园小学新建的运动场，有人画教室里崭新的桌椅，还有人画同学们戴着红领巾向国旗敬礼的画面……

总之，每个人都在努力画出自己心中那幅最美的图画。

……

江朵朵画的《硕果累累》获得油画组第一名。

《硕果累累》是江朵朵跟着婶婶去果园采摘果实时突然想到的，她看着树上红红的果子，以及婶婶一脸的喜悦，心里也充满了幸福感。

她觉得，这一切，就是最美好的画面，是她记忆中从未有过的美好。

这些美好，从此在她的脑海中定格。

回到家之后，她便将这幅画给画了出来。

比赛过后，江朵朵捧着奖状，对向好说道："向老师，油画组就我一个人，第一名是我，最后一名也是我。"

向好忍不住笑了："没办法，咱们学校只有你一个人画油画，本身就具有独特性啊。是件好事，应该高兴。"

向好话音未落，黄帧已经走了过来，问江朵朵："江朵朵，你刚才说什么来着？第一名是你，最后一名也是你？"

"对呀，就我一个人画油画嘛。"江朵朵说道。

黄帧摇了摇头："不对，你这样表达不对！第一名就是第一名，何来最后一名？虽然参赛者只有你一个，但你这幅《硕果累累》画得确实很不错。你之前的那幅《脚下的路》我也看了，两幅画儿比较起来，还是现在这幅好，进步很大。而且你现在也就十三岁不到，一般孩子开始学油画都是八九岁的年纪，到了十二三岁也就基本是在这个水平。但前提是，人家是跟着专业老师学的，你是自己学的。所以，结合诸多条件来看，你还是非常出色的。"

江朵朵抿唇点了点头，能看出她心情很不错。

黄帧突然问道："对了江朵朵，你那幅《脚下的路》，上面那个正在上台阶的人，是谁呀？"

江朵朵抬头看着黄帧，笑而不答。

向好也有些好奇，随即便从手机里翻出了那幅画儿。

画中，台阶古朴中带着几分沧桑感，清晨的阳光也处理得很到位，就连阳光中七彩的光晕都有画出来。只是那个背影有些模糊……

向好看了又看，皱着眉头问道："朵朵，你这画的是谁啊？"

江朵朵仍旧没回答，一直看着黄帧，脸上带着看似腼腆的笑。

黄帧愣了几秒，似乎突然想到了什么，他指着自己问道："难道……是我？"

黄帧话音未落，向好就没忍住笑了出来："黄老师，这怎么可能是你？你怎么可能这么瘦，腰杆儿也没这么直吧？还有，这画儿上的人看起来还很年轻啊……"

"也是。"黄帧一边看一边又问道，"我看着也不太像啊，可江朵朵一直盯着我看，还以为真是我呢。"

"就是你啊。"江朵朵终于开口了，"就是黄老师。"

"可这人比我年轻很多啊。"黄帧皱起了眉头。

江朵朵解释道："那天早上我突然看到黄老师在上台阶，感觉他很年轻，不像这个年纪的人。后来我就想，黄老师年轻的时候是什么样子的呢？所以，我就根据自己的想象画了你年轻时的样子。因为是想象的，所以我才画得比较模糊。"

"那这么说，你是以我为原型，然后根据自己的想象把我年轻化，再画出来？"黄帧问。

"是的，就是这样。"

黄帧突然叹了一口气，很是惬意，随即便打趣道，"还是江朵朵懂得老师的心，你不知道我多想回到年轻的时候，我自己都没想过把自己给画年轻了，倒是被你给想到了。江朵朵，还是你聪明，轻而易举让时光倒流，还让我重返青春。"

黄帧的幽默，将向好和江朵朵都逗笑了。

尤其是江朵朵，之前因为经历了一些事，导致她的情绪一度低落。

而现在，"好事"接二连三地发生，她整个人瞬间都鲜活明朗起来。

更重要的是，她找到了久违的自信。这一点，很重要。

第八十五章　她在丛中笑

向好在学校里马不停蹄地忙活着，李晓檬也在家里马不停蹄地忙活着。

李晓檬将最新的刺绣作品完成之后，再一次到了梅园民宿。

当她将新的作品在蒋凯南和张晖面前铺开的时候，两个人都呆住了。

这幅作品比之前的要大一些，乍一看，像一幅古色古香的画，精致又不失大气之美。

这一次，李晓檬绣的是一株梅花。

在梅花的旁边有一首诗——《咏梅》。

风雨送春归，飞雪迎春到。已是悬崖百丈冰，犹有花枝俏。俏也不争春，只把春来报。待到山花烂漫时，她在丛中笑。

张晖盯着那幅画看了好久，才忍不住问道："小檬，这些字也是你写的？"

"嗯。"李晓檬点头，"应该说是我描出来的。"

"描和写有什么不同吗？"张晖又问。

李晓檬虽然觉得"描"和"写"确实有些不同，但她却不知道该怎么描述才更准确。

她想了想，说道："描，可以修改，但写，必须一气呵成。"

她话音未落，张晖就说道："说得好！其实我也喜欢写字，尤其喜欢写毛笔字，我也练过，到时候咱们切磋一下吧？"

李晓檬听罢，目光下意识地朝着蒋凯南投去。

蒋凯南的目光一直落在张晖的脸上，带着几分饶有兴致的感觉。

李晓檬想了想，点头道："好呀，我也很久没写过毛笔字了，都不知道写出来会是什么样子。"

张晖一听，便笑了起来："描都能描得这么好，写的话，就更好了！"

李晓檬有些不好意思地笑了笑："等我有空，就试试看吧。"

蒋凯南见张晖和李晓檬聊得正投机，于是谎称自己感冒先回去休息。

李晓檬一听蒋凯南感冒了，整个人都不好了，连忙问道："严重吗？这种天气最容易感冒了，你可得小心点儿，是不是被子不够厚？"

李晓檬就这样脱口而出，都来不及思考。

她说完这番话，感觉到自己失态了，心跳快得厉害，极力想要去掩饰什么，但最终却什么都没有做。

在她的印象中，她很少这样关心别人。

哪怕是在和宋嘉热恋的时候，她也没有这样关心过他。

李晓檬正想为自己找个借口，蒋凯南就说道："没事，我是易感体质，都习惯了，很快就好。"

李晓檬正想问点儿什么，蒋凯南已经从房间里走了出去。

张晖仍然没有发现李晓檬神色中的不对劲儿，或者说，他压根儿没往那方面想。

在张晖的心里，蒋凯南和向好是一对儿，永远都不可能拆开的一对儿！

他甚至用半开玩笑半认真的态度对李晓檬说道："小檬，今晚你回去可记得给向好说，让她炖好了鸡汤，给蒋凯南送来。"

李晓檬愣了一下，随即"嗯"了一声。

接下来，张晖便开始和李晓檬讨论书法相关问题，张晖由于曾经跟名师学习过，讲得头头是道，李晓檬起初听得并不太认真，但随着张晖讲得逐步深入，她竟听得入了迷。

她第一次发现，书法还有这么多的讲究和门道，她虽也练过书法，但从始至终，主要体现在这个"练"字上，对于其他的，少有接触。

李晓檬直到太阳落山，才从梅园民宿离开。

走到镇子上的时候，才突然想到张晖开的那句玩笑："今晚你回去可记得给向好说，让她炖好了鸡汤，给蒋凯南送来。"

想到这句玩笑话之后，她在镇子上站了好久，才朝着菜市场的方向走去，然后在犹豫之下买了一只鸡。

回到家之后，便开始忙着炖鸡汤。

在向好还没回来之前，她便将炖好的鸡汤用保温杯装好，打算等向好回来之后，让她送去。

却不想，她等了好久，向好也没回来。

本想给向好打个电话的，但想了想，最终还是放弃了。

向好回来这么久，她从未主动给向好打过电话，也没主动请求她办过什么事。哪怕日日生活在同一屋檐下，但她始终和向好亲近不起来。中间那层无形的屏障，从未消失过。

眼看着就快到八点了，她只得提着保温杯朝着梅园村村"两委"办公室的方向走去。

从第一次见到蒋凯南之后，她就打听过，蒋凯南就住在离村"两委"办公室不远的那栋房子里。

这一路上，李晓檬的心情是有些复杂的。

蒋凯南会如何看待她来送鸡汤这件事？

如果蒋凯南问，为什么是她，她该怎么回答？

今天之后，她该如何面对蒋凯南？

……

一路思索着，很快就到了。

她站在门前，站了大概有半分钟，才抬手敲了敲门。

但敲了好久，都没人开门。

她将耳朵贴着门听了一阵，依稀能听到里面的流水声，像是有人在洗澡……

她不禁有些脸红，站了一会儿，就转过身，打算回家。

就在她刚没走几步的时候，门后突然传来开门的声音。

听到那"吱嘎"一声响，李晓檬心头骤然一紧，随即便收住了脚步。

当她转过头的时候，蒋凯南正在看着她。

蒋凯南刚刚洗过澡，额前的头发还滴着水，水一道道地顺着他帅气的脸庞往下淌着。在夜色之下，他俊美得如同一件艺术品。

当他看清是李晓檬的时候，随即皱起了眉头，一脸的疑惑之色："李晓檬？"

"啊，我……"

"怎么是你？"蒋凯南的眉头皱得更深了，"我刚才看你背影，还以为是向好呢！"

李晓檬一时间有些手足无措。

她这才想到她和向好是孪生姐妹，长相和体形本就有九分相像。

当蒋凯南的目光落在李晓檬的那个保温杯上的时候，似乎突然明白了："小檬，是向好让你给我送的鸡汤吧？"

李晓檬听罢，瞬间愣住。

此刻，她很想摇头，告诉蒋凯南，这鸡汤和向好无关，是她李晓檬亲手熬的，又亲自送过来的……

但，看着蒋凯南眼中的欣喜之色，她还是点了点头："嗯，是的。"

蒋凯南突然笑了，笑起来的时候，唇边的两条弧线极其好看，他快步走到了李晓檬面前，从她手里接过鸡汤："我上次还听林阿姨说向好现在会做饭会炖汤了，还以为她随便说说呢，原来是真的！"

李晓檬听罢，心里有些酸酸的。

蒋凯南口中的"林阿姨"她自然知道是谁，那是她们的妈妈。但，如果说成是向好的妈妈就更为合适一些。毕竟这么多年，李晓檬没在林越身边待过几天。

所以，林越算是向好的家长。

蒋凯南都见过家长了，看来他们二人的关系一定不浅！若不是发展到谈婚论嫁的地步，也不需要见家长啊！

蒋凯南看着李晓檬站着没动，又说道："你回去之后跟向好说声谢谢……"

他话刚说到一半儿，又突然改口了："算了，还是我说吧，我晚点儿给她打个电话。"

蒋凯南话音刚落，李晓檬就连忙说道："不用了，你不用道谢了。"

蒋凯南明显愣了一下："为什么？"

"嗯……"李晓檬再次有了想要说出实情的想法，但这个想法只在她的脑海中一闪而过，"她说不用道谢，就这样。"

蒋凯南听罢，停顿了几秒，像是突然想到了什么，随即便笑了："好吧，她这个人就是脾气倔，有时候心口不一。"

"噢……"李晓檬有些机械地应着。

"你吃过饭没？"蒋凯问了一句，终于问了一句和李晓檬相关的问题。哪怕只是最寻常不过的表面问候，但李晓檬的心情总算是开始缓和了一些。

"嗯，吃了。"

"那我就不留你了，毕竟我一个大男人，不方便。"蒋凯南说罢，眼睛朝着房间里看了一眼，"还有，我的房间乱糟糟的，还真不好意思请你参观。"

"噢，我知道了。"李晓檬说罢，就转过了身。

蒋凯南说了一句"慢走"之后，就转身朝着房间走去。

当李晓檬再次转身的时候，他人已经进了房间。

蒋凯南在那张小圆桌前坐下之后，就迫不及待地打开了保温杯的盖子。

盖子打开的那一刻，鸡汤的香味就扑鼻而来，还带着几分久违的熟悉感——那是家的味道。

是的，这鸡汤的味道，有点儿像他妈妈炖出来的，香而不腻。就连上面飘着的几朵小葱花儿，都透着几分新鲜劲儿，看着就有食欲。

此刻，蒋凯南是满足的，也是幸福的。

李晓檬在回去的路上，是有些失落的。尤其是刚刚从蒋凯南那里离开的时候，一颗心几乎跌至谷底。

但走到半路的时候，她的脑子里竟突然闪现出蒋凯南那一脸的笑。

是的，刚刚蒋凯南有对着她笑。

这是她第一次如此近距离地看他笑，而且是对着自己笑。

想到这里，一种前所未有的甜蜜毫无征兆地从心底涌了上来。

她甚至觉得，蒋凯南的那抹笑中，带着别样的含义，难以言说，不可捉摸，却又有着极致的美好。

第八十六章　宣纸上的豪迈与柔美

自从秦莉爱人出事之后，她在学校里就低调多了。

之前，秦莉不但脾气不好，还喜欢故意找碴儿挑刺儿，或者秀自己的优越感。

现在一切都变了，从前那几个整天黏在她身边的人也开始慢慢地疏远她了。

就连秦薇都听从了自己妈妈的教诲，和秦莉这个亲姑姑少有往来了。

学校能像从前那样对待她的，一个是房磊，另一个就是向好。

大概也正是因为大家对她的疏远，让她感到了压力，她开始在工作方面下功夫。

从前秦莉迟到早退都是家常便饭，现在她上班总会比其他老师来得更早一些，下班也比其他老师更晚一些。学校有什么任务，她都及时完成；有新的计划安排，她也积极响应。

这样持续了一段时间，导致一些老师对她的偏见也开始慢慢地减少了。

……

突然有人给向好送花儿了，是九十九朵白玫瑰。

花儿很新鲜，每一朵都含苞待放，无论怎么看都不像是小镇子上能买得到的。

而且，没有落款。

送花儿的人送来就走了，问什么都不肯说。

向好不由得纳闷：到底是谁送来的？

她的脑子搜索了可能送花的所有人，仍旧没有答案。

会是谁呢？难道……

正思索着，手机信息提示音响了。

打开一看，是蒋凯南发来的，就简简单单的四个字：生日快乐！

向好不由得一怔：今天是她的生日吗？

翻开日历一看，果然，十二月七日——她的生日。

就在她正想回复"谢谢"的时候，突然想到了什么，于是便将信息改成了:"花儿是你送的?"

信息刚发出去,就收到了蒋凯南的回信:"怎么样?喜欢吗?"

向好看着手机上的这一行小字,愣了好久。

花儿,她很喜欢。但送花儿的人,她还喜欢吗?还值得她喜欢吗?

思索良久,没有答案。

但奇怪的是,当她知道花儿是蒋凯南送的那一刻,心里的疑问消除的同时,还多了一丝莫名的悸动。

这种感觉,很微妙。

……

李晓檬最近时常往梅园民宿的艺术中心跑,李增贤有些纳闷儿,有次就神不知鬼不觉地跟了过去。

当他发现李晓檬到艺术中心之后,是在跟张晖练毛笔字的时候,心中窃喜。

当天晚上,他就跑去问向好:"小柠,你知道小檬最近在忙什么吗?"

向好想了想,问道:"忙什么?刺绣吗?"

李增贤摇了摇头:"不是,你再猜猜。"

向好又想了想,随即摇了摇头道:"……猜不到。"

"书法!"李增贤说罢,笑了起来,眼角的皱纹都绽放开来,看起来心情很不错。

向好愣了好久才再次开口:"爸,小檬会书法?"

李增贤一听,笑了:"也说不上会不会的,都是她小时候逼着她写的。这都多长时间没练了?我想想……都有十来年没练了吧?现在好了,遇到张晖又开始练上了。所以我说啊,这人跟什么人,就会变成什么人。所谓'近墨者黑,近朱者赤',说的就是这个意思。"

向好仍然没办法将李晓檬和"书法"二字联系在一起,于是问道:"爸,我能看看小檬的书法吗?"

李增贤想了想:"哎呀,我这会儿还真找不到。都这么多年没练了,之前写的也早就丢了。反正也写得不咋地,看不看都无所谓了……"

李增贤说罢,又突然想到了什么:"不对,我手机里好像有一幅,是她小时候写的。"

李增贤说到这里,开始翻找自己的手机。

而向好，则站在李增贤的身边好生等候着，生怕错过了什么。

李增贤找了好一阵子，才眼睛一亮："哎呀，还真找到了，就这个，就这个。是王羲之的《兰亭序》，我给你读读！永和九年，岁在癸丑，暮春之初，会于会稽山阴之兰亭，修禊事也……"

当向好看到那幅字的时候，顿时惊呆了。

是用再普通不过的宣纸写的，由于时间有些久了，加上保管不善，宣纸有些旧，甚至有些脏。

但这并不影响那字的美感。

李晓檬的字怎么形容好呢？既不失男子的豪迈，又兼有女性的柔美。

向好不禁有些纳闷儿，为什么李晓檬的字写得这么好，李增贤却从未提起过？每次说到李晓檬，李增贤都会恨铁不成钢地说她一无是处。可她并不是一无是处，她除了擅长刺绣，字也写得这么好，她是有过人之处的。

但细细一想，向好又突然明白了：当一个人将自己的才艺放下太久，连她自己或许都会忘了，自己还有才艺！

李增贤见向好半天不说话，于是问道："怎么样？感觉怎么样？"

向好的目光仍未从那幅字上收回，很认真地点了点头："非常非常好，我真想不出这幅字是一个女孩子写的。"

"嗨，那个时候我就整天监督她练字，小檬能写成这样儿，少不了我的功劳。"李增贤脸上一直带着笑，眼睛里都闪着光，"那个时候我就跟她说，虽然是女孩子，但写字也不能太柔，太小家子气，咱们就对着大书法家的字来练，但也不能太刻意。这样啊，练着练着就有了自己的风格了……"

李增贤正说着，便见到李晓檬从外面回来，唇角带着微微的笑意。

……

经过梅园村村"两委"的审核之后，李晓檬的刺绣作品通过了，梅园民宿的小型绣坊正式设立。

无论是李增贤，还是向好，听到这个消息，都特别开心。尤其是李晓檬，更是高兴得好几个晚上都没能合眼。

她觉得，自己多年的手艺终于派上用场了，这一切，既惊喜，又意外。

与此同时，她也开始明白一个道理：曾经的努力，都不会白费！

由于李晓檬整天待在民宿，和张晖的交流就越来越多，张晖对李晓檬也越来越欣赏。

张晖发现，李晓檬不但人长得漂亮，也挺有思想，而且她身上有股子不服输的韧劲儿，认定一个目标，就会不断努力钻研，不断向着目标迈进。

但张晖的欣赏，李晓檬从未放在心上。

她一直留意的，仍然是蒋凯南。

有好几次，张晖不在，李晓檬在练字的时候，会故意找蒋凯南"请教"。

蒋凯南对书法也懂一些，也能和李晓檬谈一谈。

随着交流的增多，李晓檬发现蒋凯南很温暖，很阳光，哪怕随口说的一句话，都能让她开心好一阵子。如果蒋凯南对她不经意地笑一下，她会觉得整个世界都豁然开朗，周围阳光弥漫……

这像是一种瘾，让她整天都想更多地接近蒋凯南。

但这些，蒋凯南完全没有发觉。

在蒋凯南的心里：张晖和李晓檬早就是一对儿了。而他还是孤家寡人，等着那个心上人回头，遥遥无期。

但他却不知道，也正是这种看似漫不经心的接触，却让李晓檬在这段单相思的恋情中越陷越深。

她越是陷得深，就越是对向好不满，越是对蒋凯南时时牵挂着向好这种行为不满。

……

由于前不久"向好"给蒋凯南送了鸡汤，蒋凯南一直心存感激。

他特地订购了向好最爱吃的水果，在一个周末送到了向好家，但向好仍刻意和蒋凯南保持距离。

蒋凯南虽有困惑，但也并未强求。

接下来的这段时间，向好没有蒋凯南的任何消息，也没见过他。

仿佛蒋凯南这个人，突然人间蒸发了似的。

很奇怪，她竟开始有些想要见到他。

或者，只是在某条路上偶遇也好。

在特别想他的时候，她甚至想过去找他。

但，却始终迈不开步子。

她很希望他们就此结束，真正结束。

可心里却又害怕结束，害怕再也没有任何交集。

矛盾，前所未有的矛盾再次将她包围。

她很想找个出口，就此逃开。

但，出口在哪儿？她也不知道。

……

第八十七章　被隐藏的秘密

林越和向卫华再一次来梅园镇了，当向好回到家看到他们两个正坐在客厅里喝茶的时候，再一次惊呆了。

她跑进客厅，问道："爸、妈，你们怎么每次来都不提前说一声儿啊？"

林越和向卫华还没来得及说话，李晓檬就端着切好的水果进来，笑着应道："他们没跟你说，但和咱爸说了。反正跟谁说都不一样吗？我们都欢迎啊。"

向好看着李晓檬，不由得有些纳闷儿：李晓檬什么时候变得如此礼貌大方了？而且连坏脾气和小性子都没有了！

难道是因为最近去梅园民宿艺术中心工作，开始有些变化了？

但仔细一想，却又觉得不是。

毕竟，最近这段时间李晓檬对她和李增贤的态度和以往并没任何不同，都是沉着脸爱答不理的。

就在向好思索间，李晓檬已经将果盘放在了茶几上，一边帮向卫华和林越倒茶，一边笑着说道："爸、妈，你们这么远回来，也挺累的，先吃点儿水果，再喝点儿茶。"

李晓檬的这番表现，无论是林越和向卫华，还是李增贤都格外开心，他们在为李晓檬的转变而开心。

"好好好……"向卫华笑得爽朗，"我发现小檬越来越大方端庄了。"

本来前面这半句说得好好的，大家都挺开心的，但向卫华偏偏还带上了后面半句："还别说，这两个孩子在一起，还真是能互相影响，小檬说话办事的范儿越来越像向好了。"

向卫华话音未落，向好就下意识地看了李晓檬一眼，生怕李晓檬多想。

林越也不动声色地拽了拽向卫华的衣袖，向卫华立刻会意，连忙又加上了一句："向好也跟小檬学到了不少，之前啥家务都不会，现在里里外外一把好手儿啊！"

李增贤仍旧满脸带笑，附和道："我的两个女儿，越来越出息了！"

向好虽然也跟着大家笑两声儿，但注意力一直落在李晓檬的脸上。

令她意外的是，她从始至终都没有在李晓檬脸上见到半分不悦。李晓檬一直微微笑着倒茶，端茶，说话柔声细语。

虽然李晓檬的转变有些突然，但向好依旧打心眼儿里为她这种转变而欣慰。

……

向好倒没有带林越和向卫华走太远，只是走到了平时上班的那条小路上。

而向卫华也并无心看周围的风景，此次来只是希望向好能快点儿回去。

其原因是向卫华公司的财务总监离职了，希望向好能回去顶上。

虽然这件事有些意外，但向好想了想，仍然觉得不妥，于是说道："爸，您的公司一向经营得很好，找一个合适的财务总监，应该很容易。"

向卫华叹了口气："找到精通业务的人选是不难，我随便一个招聘广告打出去，一天收到的应聘简历都不下百份。但是向好，找个知根知底能让我信得过的人不容易啊！这么关键的岗位，我还是得找自己信任的人。我想来想去，我最信任的人就是你了！"

向好看着向卫华那一脸期待的目光，没忍住笑了："爸，这天上突然给我掉了这么大一个馅儿饼，我还真接不住了！"

"你……你看看你这孩子，怎么总觉得我是在跟你开玩笑呢？"向卫华收住了笑，突然一脸严肃，"向好，我培养你这么久，现在让你回来帮帮我，你就这么多借口？我培养你二十多年了，用你一回，还就见死不救啊？"

向好倒不是"见死不救"，而是她发现向卫华是想借着财务总监离职的机会，让向好回家。

几个人商量好一阵子都没商量出一个结果来，向卫华突然话锋一转，把话题转到了蒋凯南的身上，并问她是不是又和蒋凯南走到一起了。

听到蒋凯南的名字，向好心头不由一震。

这段时间，她似乎在不断屏蔽关于蒋凯南的一切。

没想到，向卫华今天竟突然提起他来。

而且，她曾经和蒋凯南恋爱这件事，从未对向卫华提起过，向卫华也从未见过蒋凯南。

向好没有回答向卫华的问题，而是问道："爸，你是怎么认识蒋凯南的？"

向卫华马上说道："你不要问我怎么认识的，你就告诉我，你们是不是又走到一起了？"

向好停顿了几秒，随即摇了摇头："没有。"

她话音未落，向卫华又问道："那是打算继续在一起？"

向好又摇了摇头："目前我没有这样的想法……"

"那今后会有这样的想法？"向卫华一副打破砂锅问到底的劲头。

在向好的印象里，向卫华不是这样的人。向卫华一向睿智又博学，无论遇到任何事都能沉得住气。可今天，他怎么就因为一个蒋凯南突然变了个人似的呢？

这让向好百思不得其解！

就在向好刚想问问原因的时候，向卫华再次开口了："我不同意你和蒋凯南在一起。"

向好越发觉得蹊跷，于是问道："爸，到底是为什么呢？"

向卫华沉默了几秒，然后回答道："没有为什么！"

向好尽管有一肚子的困惑，还是打住了！

向卫华的脾气她了解，他不想说的，问多了也是白问。

接下来，满腹疑惑的向好若无其事地介绍着周边的一切，满怀心事的向卫华心不在焉地听着。

就这样一边走一边说一边看，一个钟头很快就过去了。

在回去的路上，向好偷偷地问林越："妈，我爸今天到底怎么了？是不是发生了什么事？"

林越见向卫华一个人已经走得老远了，才道出了实情：原来，向卫华在和林越确定恋爱关系之前，和蒋凯南的母亲杜娟在一起过。可后来由于性格不合，又分开了。但蒋凯南的母亲一直误以为是林越的出现，才导致她和向卫华分开的……

当林越说到这里的时候，向好简直有点儿不敢相信自己的耳朵。

她一脸错愕地看着林越，像是在听一个狗血故事。

林越继续说道："现在的问题是，不管是杜娟，还是你爸，都对过去心有芥蒂，不希望你和蒋凯南走到一起。蒋凯南妈妈还因为这件事特地给你爸打了电话，让你爸这边做好工作！"

向好听到这里，总算明白了事情的原委，也明白向卫华这么生气的原因了。

向卫华虽然平时看起来总是无所谓的态度，事实上很要面子。

所以，向卫华的心情有多复杂，向好不用问都能体会得到。

林越接着说道："杜娟和你爸脾气差不多，他们俩一个比一个要强。当初之所以分开，和彼此的性格没办法相融有关。现在这么多年都过去了，当年的那个心结还没能解开……"

向好听着听着，突然想到了什么！

她迅速地理了理思绪，突然问道："那这么说，蒋凯南的妈妈此前并不知道我和他的关系？"

林越一听，也突然一怔。

向好继续说道："我和凯南分手，会不会是……"

接下来的半句话，她没有说出来。

"你们分手，确实和她有关。"林越补充道。

向好只觉得她的脑子很乱，她看着林越，问道："妈，这件事你什么时候知道的？"

向好此言一出，刚刚还一直喋喋不休的林越突然沉默了，一副心事重重的样子。

向好突然想到了林越在她和蒋凯南刚刚分开的时候，连原因都没问，就开始劝她就此放手。

其实当初向好就觉得有些蹊跷，却也并未多想。

但现在，她不得不多想。

她缓缓转过头来，一瞬不瞬地看着林越："妈，你是不是早就知道？"

林越停顿了几秒，才点了一下头。

"那你为什么不告诉我？"向好问话的同时，脑子里突然闪现前几天她跟蒋凯南说断联的时候，他脸上复杂又不舍的神色，心头涌上一阵酸楚。

"我……"林越想了想，"这根本不重要啊，你们是晚辈，在一起和我们长辈没关系。"

"可我们分开和你们有关系！"向好问话间，眼角开始有泪光闪现，"我说的没错吧？"

"这……"

"行了，我知道了。"向好说罢，就一个人独自跑开了，任林越怎么喊也不回头。

林越见向好跑了，追不上，只得求助于向卫华。

向卫华问："她这是生我气了？"

林越摇了摇头，将事情的原委告诉了向卫华。

向卫华一听，无奈地叹了口气："当初就不应该瞒着她！他们刚分开的时候直接告诉她就好了，也免得现在又闹这么一出。"

"可如果当初告诉她，他们就不可能分开了！"林越说罢，也是一脸的无奈。

"算了。"向卫华说道，"向好儿的脾气我知道，她不会做出什么出格的事来的。她现在，估计是想一个人静静，随她去吧。"

当林越和向卫华回到李增贤那里的时候，李增贤见向好没一起回来，有些疑惑地问道："向好儿呢？怎么没见她一起回来？"

林越早就想好了借口，淡淡笑着回答道："她想出去走走。"

"出去走走？"李增贤向来了解向好的心思，向好从没有吃饭时间一个人"出去走走"的习惯，

他怎么也没想到，向好是因为感情的事和林越闹了不愉快。

第八十八章　松鹤同春图

吃饭的时候，李增贤一直想着还没回来的向好，特地给她留了饭菜。

席间，向卫华和林越很少提向好，而是和李晓檬说话，夸她的饭菜做得好。

这是李晓檬第一次见林越和向卫华这样真心实意地夸自己，心里自然高兴。

紧接着，李晓檬便说起了刺绣，并说了她在梅园民宿艺术中心开了小绣坊的事情。

林越一听，有些吃惊："小檬，你还懂刺绣？"

向卫华更是用难以置信的神色看着她，显然没想到李晓檬颇具才艺还深藏不露。

李晓檬笑着说道："也不算很懂，就是小时候跟奶奶学着绣，学多了，就会了。"

林越这才想起，自己曾经的婆婆是个刺绣高手。

当时她也觉得那是"老掉牙的""不中用的"东西，没想到，现在竟然能派上用场。

向卫华说道："刺绣是民间特色手工艺，现在要传承传统文化，所以，懂一些刺绣，是件好事。"

紧接着，向卫华和林越一直在夸着李晓檬，仿佛李晓檬已经不再是从前那个一无是处的人，瞬间开始发光发热。

饭后，向卫华提出要看看李晓檬的刺绣作品。

当李晓檬将最新的作品《松鹤同春图》在大家面前展开的时候，向卫华好半天没说出话来。

这是一幅挂幅，挂幅上的仙鹤活灵活现，甚至能看到它眼中的光；迎客松苍翠欲滴，仿佛能闻到独特的松香味儿。仙鹤和迎客松相互映衬，相得益彰。

"如果你不说，我还真看不出这是刺绣。"向卫华一边看着，一边伸手去抚摸，"我刚听说小檬会刺绣，以为就是随随便便绣个花草什么的，没想到她竟然绣得这么好！这还真是出乎我的意料，出乎意料！"

如果是以前，李晓檬见林越和向卫华这么欣赏她，心里多少会有点儿小骄傲的。

但是最近，她听了太多的赞美，心中并未起太大波澜，笑着说道："还有很大的进步空间。"

向卫华说道："小檬，你还记得我入户花园挂的那幅油画吗？"

李晓檬当然记得，那幅油画是向好画的。第一次进向卫华家的门，就看到那幅画，她还盯着看了好久。

"记得，我记得是一幅金山图。"李晓檬说道。

"对，是向好儿画的。"提起向好，向卫华神色里总是带着别样的骄傲，"她画的油画我挂在入户花园里，但是我家里的屏风，还差一幅。之前一直想着让向好再画一幅挂上的，现在看了小檬的刺绣，我就想着……能不能让小檬给绣一幅啊？"

向卫华说罢，将目光投向林越。

林越笑了笑，看着李晓檬问道："小檬，就这幅《松鹤同春图》吧？怎么样？"

李晓檬一时有些为难："这个……是打算挂在绣坊正墙的。"

本以为接下来大家会有些尴尬的，没想到向卫华一听便哈哈笑了起来："好呀，你看看你看看，现在小檬的作品很抢手啊，得提前预定。要是出手晚了，还真就抢不到了。"

林越笑而不语。

李晓檬说道："要不这样吧，我到时候重新给你们绣一幅。我一定好好绣，不管是面料还是绣线，我都用最好的……"

李晓檬话还没说完，向卫华就突然问道："小檬，真丝面料能绣吗？"

"能啊。"李晓檬回答得爽快，"等你想好了告诉我，我随时候命。"

向卫华正准备说点儿什么，一扭头却发现李增贤不知道什么时候消失了。

几个人在家里找了好一阵子，都没见到李增贤，不禁有些纳闷儿。

还是李晓檬最了解他，笑了笑说道："我爸应该是去找向好了。"

……

此刻，向好已经赶到了蒋凯南的住处。

这是向好第一次到这里，她看着那间简陋的小房子，抬手敲了敲门。

但，敲了半天，也不见有人应答，更听不见一丝声响。

就在她打算离开的时候，却见到张晖突然来了，和一个陌生男人抬着一张电脑桌。

向好问："张晖书记，凯南去哪儿了？"

张晖这才发现向好站在门口处，连忙将手里的电脑桌放下，抬手抹了一把额头的汗，说道："原来是向好啊，还真是第一次见你来找凯南。凯南他今天不在，回家了。"

"回家了？"向好问道，"什么时候走的？"

张晖想了想："就几天前吧，我也记不太清。"

向好没有说话，但她隐隐感觉蒋凯南此次离开和她有关。

她想了想，又问："你知道凯南什么时候回来吗？"

张晖摇了摇头："这个……我也不太清楚。"

"那他走的时候，说了是什么事没？"向好紧接着又问。

张晖仍然摇了摇头："就说是有事，他走得急，我也没来得及问到底是什么事。但我看他心情不太好……"

张晖说到这里，突然停了下来。

听到张晖说蒋凯南心情不太好，向好的心情也开始变得不那么好了。

转头间，她透过窗户瞥见蒋凯南房内书桌上的那张照片。

那张照片太熟悉了，是他们第一次在咖啡厅约会时拍的，那时的她还是短发，像个假小子，却笑得一脸灿烂。而蒋凯南，头发略长，皮肤很白，眼尾眉梢都带着独有的少年气……

越是熟悉的东西，越是能瞬间将人的心给刺痛。

这张照片向好也有一张，但自从和蒋凯南分开之后，她就直接剪碎丢掉了。

向好是个情绪稳定的人，从不做任何过激的事。

若不是当初她刚刚分手，遭遇到沉重打击，是断然不会做出这样的举动来的。

现在想起来，她都觉得自己当时的行为有些不可思议……

在回去的路上，向好心情有些糟糕。

走到半路的时候，突然碰到了李增贤。

李增贤先叫出了她的名字："小柠，你大中午的也不在家吃饭，出来干什么呢？"

向好愣了一下，问道："爸，你这是出来找我了？"

李增贤点了点头，问道："我看你没回来，就出来看看。"

说罢，又朝着向好身边走了几步，说道："小柠，有件事我想跟你说一说。"

"哦……"向好开始慢慢朝前走，小声问道，"爸，什么事？"

李增贤顿了顿，语重心长地说道："如果你爸和你妈让你回去阳城，你就回去吧。你来这梅园镇也快一年了，是该回去了。我刚才也跟你爸妈说了，我现在身体开始好起来了，不需要照顾了……"

向好一听，立刻问道："爸，是不是我妈跟你说什么了？"

李增贤连忙摇了摇头："没有，是我想到的。还有啊，你来了这么久，他们肯定也想你回去，这个我能想得到。就算他们不说，我也应该想得到，应该帮他们劝劝你。"

李增贤说罢，向好反倒松了一口气。

李增贤以为向好和林越闹矛盾，是因为她不肯回阳城。完全没想到这里面还另有隐情。

而向好并不想这么快将其中的缘由告诉李增贤，停顿了几秒才说道："我知道了，我会和他们好好商量商量的。"

李增贤看了向好一眼，眼神略显复杂："你来了这么长时间，帮了家里不少。尤其是小檬，这段时间改变了不少。虽然说她这个人脾气有点怪怪的，表面上总是和家里人对着干，但是心里什么都知道，她做的不好的地方，也在自己调整。"

"我知道。"向好说道，"小檬最近变化很大，把我都吓了一跳。不过我仔细想想，她也不是最近才变化的，而是她在某些方面本来就有很好的基础，现在突然有机会让她施展才华，所以，她看起来比之前积极。事实上，她一直都是要求进步的，只是之前没找到途径。"

……

在蒋凯南回城的这段时间里，向好一直在打听他的情况。

但眼看着小半个月过去了，蒋凯南还没回来，向好就有些心焦。

尤其是在她给蒋凯南打了几个电话一直没人接听之后，她就更加着急了。与此同时，各种不太乐观的想法开始在她的心头滋生。

就在这时，向好突然接到一个陌生的电话。

电话接通后，对方经过自我介绍，她才突然想起，来电者是梁宇飞的班主任杨敬，上次向好去阳城实验一小的时候见过她。二人当初见面的时候互相交换了电话，只是一直没联系。

杨敬跟向好说，梁宇飞和江朵朵交往过密，担心他们有早恋倾向。

虽然梁宇飞早就跟向好承诺过，他不会和江朵朵早恋，但经过杨敬这么一反映，向好还是有些担心。

第八十九章　被误解的孩子

向好回到梅园小学一打听，江朵朵果然不在。

那一刻，向好心里是有些生气的。

毕竟，关于早恋的问题，无论是梁宇飞，还是江朵朵，向好都已经讲过很多次，并且明确说明不允许他们恋爱。

可就现在的情况来看，似乎根本没有起到任何效果。

向好只希望尽快找到他们，或者找到梁宇飞的妈妈好好聊一聊，起到监督作用。

向好回到阳城之后，很快就通过梁宇飞的妈妈找到了梁宇飞。

梁宇飞果然和江朵朵在一起，但他却不承认自己是在和江朵朵谈恋爱。

此次江朵朵来找梁宇飞，只不过是给他送水果，水果是从梅园的水果采摘点摘的。

梁宇飞妈妈这才突然想起梁宇飞确实拿回来一些水果，当时也没多问。

可向好却半信半疑，毕竟她亲眼见过江朵朵和梁宇飞有过相对亲密的举止，她觉得他们利用送水果做幌子来约会，也是很有可能的。

但没有证据之前，向好如果严厉批评，不但起不到作用，还可能适得其反。

所以，在带着江朵朵离开之后，向好首先批评了她，告诉她擅自离开是不对的。

江朵朵见向好神色严肃，便解释道："向老师，我这次离开是跟周老师请了假的。"

向好愣了愣，随即又问："那你为什么没告诉我？"

江朵朵抿了抿唇，没有说话。

江朵朵越是支支吾吾的，向好就越是怀疑，但也只能好生劝道："朵朵，我并不是想批评你，而是这样的事情一而再再而三地发生，我也真的很头疼。你现在还小，我不希望你因为一时走错路被耽误了。"

江朵朵听罢，似乎有些委屈，好半天才低声说道："我没有告诉你，只是不希望什么都依靠你。"

江朵朵的话，让向好有些难以理解。

她顿了顿，才问道："朵朵，你告诉我，什么叫不希望什么都依靠我？"

江朵朵这才道出了其中的缘由："因为我之前是一个人，什么都只能依靠你，你像是我的家长一样。但是，我以后不想总是给你添麻烦了……"

江朵朵说到这里，突然低下了头，神情略显沮丧。

向好不由纳闷儿："朵朵，你怎么突然会这么想？怎么会觉得给我添麻烦了呢？"

江朵朵犹豫了一阵，才继续说道："向老师，其实我知道的，你经常找我画画，并不是因为你自己想画，你只是想多陪陪我。还有，无论我出任何事，你都会站出来帮助我。我遭人误会的时候，我被人欺负的时候，你都是这样。还有，我奶奶搬走之后，你也担心我一个人过不好，你还去找过我二叔，找过我妈妈，希望他们能帮帮我，照顾我……向老师，你对我的好，我都懂……"

江朵朵说到这里，眼睛竟然湿润了。

向好看着江朵朵，一时间竟不知道该说些什么。

平心而论，江朵朵说的都是实情。

向好对她确实有一些怜惜之情，但她做的那些，并非有意而为之，一切的一切，似乎都是自然而然发生的，连她也说不清其中的具体缘由。

江朵朵继续说道："……但是我知道，向老师不可能一直陪着我，也不可能一直像现在这样照顾我，我也不想拖累你。你会有你的生活，你不可能一直留在梅园镇的，你以后会结婚的，也会有自己的小孩，对不对？"

没等向好回答，江朵朵又开口了，像是自问自答："等你离开了梅园镇，我还是从前的那个江朵朵，我一个人。但是向老师，我一个人是可以生活得很好的，你放心吧。而且，如果你真走了，我也不会真的一个人生活，我还有奶奶，有叔叔，有婶婶……他们都会帮助我的。"

江朵朵说罢，抬起头一瞬不瞬地看着向好。

就在抬头的瞬间，那滴在眼眶中噙了好久的泪终于没忍住滑落了下来。

向好转过头，假装什么都没看见："朵朵，我知道你会生活得很好的。而且，你现在慢慢长大了，有照顾自己的能力。"

当向好说罢，转过头时，江朵朵脸上的泪痕已经消失不见。

向好继续说道："但是，我只是不希望你早恋，你还太小了。很多道理我都跟你讲过，如果一再重复也没有意义。我相信该懂的，你都会懂。"

江朵朵愣了愣，动了动嘴唇，像是想说什么。

向好正想继续教育她几句，江朵朵却又突然开了口："向老师，为什么总是不相信我？"

这下，该轮到向好愣住了。

她确实怀疑江朵朵早恋，种种迹象也能表明她确实早恋了。

但，没有真凭实据。或者说，在她的心里，她并不能确定江朵朵真的早恋了。

如果一直将早恋的帽子扣在江朵朵头上，对她也是一种伤害。

但如果一味地选择相信，对她又是另一种伤害。

到底该用什么样的态度去面对江朵朵，向好一时间也拿不定主意。

就在向好想着如何杜绝一些事情发生时，江朵朵突然从书包里掏出三个笔记本，淡绿色封皮，看上去有些旧。

当江朵朵将那几个笔记本放到向好手上的时候，向好突然不由得怔了怔。

笔记本上写的是梁宇飞的名字！

"这是他送给我的笔记，数学笔记。"江朵朵解释道，"我数学成绩不太好，我也很苦恼。数学老师也跟我说了，如果我一直这样，将来是考不上好的中学的。所以，我才找到梁宇飞，希望他能帮帮我。他就把他的数学笔记本给了我，他的笔记做得很好，也很详细，相信对我是有帮助的。"

江朵朵的这番言辞，向好也不知道该不该相信。

但，她眼中的真诚，却让向好对她深信不疑。

向好翻开笔记本看了看，上面密密麻麻，字很小，但每一个字都写得工工整整。

可以说，这是向好看过的最好的笔记。

因此，她也不得不感叹梁宇飞的用心和学习能力。

向好翻了几页之后，将笔记本还给了江朵朵："那就好，希望对你有帮助。"

第九十章　月半弯的回忆

安顿好江朵朵之后，向好突然接到了蒋凯南的电话。

当向好看到手机屏幕上那个熟悉的名字的时候，不由得愣了愣。

毕竟，在此前她给蒋凯南多次打电话，他都没有接。

今天突然打来，是因为发生了什么事吗？

电话接通之后，向好轻轻地"喂"了一声。

电话那边停顿了数秒："你给我打电话？"

声音低沉、温柔、磁性，还带有几分淡淡的倦意……

以至于让向好觉得，此刻的蒋凯南，和印象中永远青春活力、动力满满的蒋凯南有些不同。

"嗯。"向好说道，"我听说你回阳城了，是吗？"

电话那头又停顿了几秒，才回答道："嗯，回来十多天了。"

以往，蒋凯南给向好打电话，每一句话后面，都会带着一个问号。

但是现在，却突然没有了。

向好本来有好多疑问的，但此刻却突然问不出口了。

但，这个电话，她不想就此挂断，也不能就此挂断。

她定了定神，继续问道："怎么突然回来了？"

或许，对于向好突如其来的主动关心，蒋凯南是有些意外的。接下来，电话里长达数秒的沉默，足以证明了这一点。

向好补充道："我只是有些好奇，你怎么……怎么突然就离开梅园村了？"

在接下来长达十几秒的沉默里，向好只觉得自己的一颗心跳得厉害，连呼吸都停止了。

她到底在担心什么，自己也说不清。

终于，蒋凯南开口了："我回来照顾我妈妈，她生病了。"

向好只觉得压着心上的那块石头终于落地了，但这种轻松感只持续了几秒。

紧接着，她便想到了林越跟她说过的话：蒋凯南的妈妈不希望他们在一起……

但是，他们就应该就此错过吗？

她曾经非常认真地想过，如果她和蒋凯南之间不存在第三者，如果他们仍然相爱，外力是不可能真正将他们分开的。

直到今天，她仍然这么认为。

想到这些，向好终于鼓起了勇气，问道："凯南，我能去看看你妈妈吗？"

很显然，蒋凯南没有想到向好会突然提出这么个要求。

过了一会儿，他才说道："当然可以。"

就在向好正准备说点儿什么的时候，蒋凯南又问了一句："如果你去见她，以什么身份呢？"

什么身份？

这个问题，向好也没想过。

前女友？呵呵，既然都是前任了，为什么现在要见？

就在向好纠结时，蒋凯南又问了一句："你现在有空吗？"

"嗯，有。"

"你在哪儿？"

"我就在阳城。"

"在阳城？"蒋凯南仍然有些意外，但是很快他便说道，"告诉我地址，我去找你。"

"好。"

重逢这么久以来，这是两个人第一次如此干脆果断的对话。

放下电话之后，江朵朵突然问道："向老师，刚才给你打电话的是你男朋友吗？"

向好这才想起江朵朵一直都在她的身边，此时江朵朵正一瞬不瞬地看着自己，一脸好奇。

向好想了想："他是我的前男友。"

这是向好第一次正面回应她和蒋凯南的关系。

江朵朵问："向老师，什么是前男友？"

向好顿了顿，回答道："前男友，就是之前的男友。"

"那现在呢？"江朵朵又问。

向好停顿了几秒，笑了笑："现在……我也不知道。"

江朵朵看着向好欲说还休的样子，突然感觉，大人的世界好复杂："向老师，你怎么会不知道呢？你喜欢他，他也喜欢你，不就可以了吗？"

再简单不过的一句话，再简单不过的逻辑，却让向好听罢怔了好一阵子。

是啊，两个人互相喜欢不就行了吗？为什么到她这里，就突然变得复杂了呢？

因为没有忘记曾经的种种，她无法彻底将对方放下。

因为无法彻底放下，所以不敢轻易接受！

可现在情况完全变了，她确实应该重新考虑了，勇敢坦诚地去面对。

当向好想到这些，便低下头，对江朵朵说道："朵朵，你说得对。两个人互相喜欢，就应该努力克服困难，在一起。"

"嗯。"江朵朵像大人一样点了点头，"你们一定会在一起的。"

……

半个钟头之后，蒋凯南和向好在一间咖啡馆见面。

咖啡馆的一角有一个书架，江朵朵很识趣地去看书了。

蒋凯南和向好在咖啡馆的一张小圆桌上，面对面地坐着，目光相撞的那一刻，两个人突然都避开了，显得有些不太自在。

"我好久没来这里了。"蒋凯南先开了口，随即转过头四处看了看，目光落在咖啡馆左侧的那一幅油画上。

向好这才想起，这间咖啡馆是她和蒋凯南第一次约会的地方——月半弯。

其实，这些年，向好不止一次来过这间咖啡厅。

但奇怪的是，她竟没有一次想起蒋凯南，仿佛早已将那段记忆忘却，好像早已不记得他们二人的"美好初吻"就是在这里发生的……

此刻，她朝着蒋凯南目光所至处看去，便见到那幅巨大的油画，足有一面墙那么大。画上是几匹正在暮光之中奔跑的马，整个画面呈淡黄色。画面和光影的柔和感，恰到好处地衬托出马匹的自由和奔放……

"这么多年了，这幅画一直都没有变。"蒋凯南突然说道，像是在回忆。

向好顿了顿："其实没变也挺好。"

她刚开了个头儿，蒋凯南就将目光投向她，像是在等着她说下文。

向好继续说道："现在很多咖啡馆装修得过于奢华，反倒少了这份温馨和古朴的感觉。我当初喜欢这里，就是因为这里的装修很有格调。"

向好说罢，蒋凯南眼中的那份期待渐渐淡了下去，他点了点头："哦。"

向好像是突然想起了什么，皱了皱眉头问道："凯南，你妈妈怎么样了？"

蒋凯南微微一怔，随即抬起唇角淡淡笑了笑："好一些了。"

"她是怎么回事？"向好仍旧皱着眉头，"方便说说吗？"

蒋凯南抬眸看了向好一眼，又很快移开视线，回答得有些含糊不清："……也没什么大问题。"

"我能去看看她吗？"

蒋凯南没有抬头，停顿了几秒，低声说道："向好，有一件事，我一直没跟你说。"

蒋凯南说到这里，突然停了下来。

向好等了好久，见一直没有下文，心里也明白他想说什么了，于是说道："我知道了。"

她声音很轻，但蒋凯南听罢，突然抬起了低下去很久的头，看向她时，一脸诧异的表情。

许久，他才开口问道："你都听说什么了？"

向好顿了顿，回答道："我听说，你妈妈曾和我继父相恋过。后来，他们因性格不合分开了。在我妈妈和我继父在一起之后，你妈妈对他们有所误会。"

蒋凯南听罢，一直没说话。

向好又问了一句："是这样吗？"

蒋凯南轻轻笑了笑，笑得有些尴尬："我听到的版本，并不是这样。"

"那你听到的版本是怎样的？"向好问。

蒋凯南没有马上回答，拿起勺子在咖啡杯里来回搅拌着，像是在思索着。

"如果你不想说，可以不用说。"向好想了想，说道。

蒋凯南突然停下了手里的动作，再一次抬起头来："没什么不可以说的。但是，我想问你一个问题。"

"什么问题？"

"我们还能回到从前吗？"蒋凯南问。

向好不由得怔住了。

他们还能回到从前吗？时过境迁，彼此都变了很多，就算回到从前的关系，也不再是从前的两个人了吧？

向好很诚恳地摇了摇头："我不知道。"

"什么叫不知道？"蒋凯南一直看着她的脸，"你有想过吗？想过再做我的女朋友没有？"

向好思索了几秒，轻轻地点了一下头："嗯。"

蒋凯南愣了几秒之后，突然笑了。

灯光下，他的笑容如同多年之前那样灿烂，那样充满少年气。

紧接着，他说道："既然这样，你就不用再问另一个版本是什么了。我想和你在一起，就现在。"

说过之后，他又突然摇了摇头，重新表达："我想和你在一起，很想很想，一直都想。"

此刻，向好只觉得鼻尖儿突然一酸，突然好想泪流。

但面对蒋凯南，面对咖啡厅里那么多的人，她只得将眼泪又忍了回去。

她笑了笑，很突然地。

她想继续说点儿什么，但却一句话也说不出来。

蒋凯南似乎看出了什么，撇了撇嘴，笑了一下："很感动吗？"

向好听罢，像是自己藏了很久的秘密突然被揭穿了似的，刚刚的感动突然消失无形，没好气地说道："你有做什么令我感动的事吗？"

蒋凯南又笑了笑："虽然现在没有，但以后会有很多。"

"呵……"向好仍是没好气地笑了笑，但那份"感动"突然间又回来了。

"期待吗？"蒋凯南问。

向好定了定神，收住了笑，淡淡道："看你表现。"

不管她表现得多么风轻云淡，但心里却根本无法真的平静。那颗心，依旧像受了惊的小鹿似的，怦怦跳个不停。

仿佛一瞬间，又回到了多年以前。

多年前，他还是一个青春少年，那时的他也是像现在这样注视着她，跟她说："向好，我喜欢你，做我女朋友好吗？"

很直白的表白，突如其来的，没有给她一丝考虑的机会。

她还没来得及回答，少年炙热的唇已经覆盖了上来，吻她。

虽然那吻僵硬又生涩，但却温暖和感动了她的整个青春。那段时光，她因他的相伴而变得鲜活生动。

"在想什么呢？"蒋凯南的声音，将向好的思绪从回忆中拉回。

向好回过神来的时候，才意识到自己的脸有些发烫。

是的，她脸红了，也像当年一样。

就连她慌慌张张忙不迭地摇头的样子，都像极了当年："没……没想什么啊。"

谁知，她话音未落，蒋凯南就突然说道："你在想什么，我大概能猜到。其实……"

向好的心跳得更加厉害，这种感觉很微妙，像是在害怕什么，又像是在期待着什么。

蒋凯南紧接着说道："其实，我也想到了曾经。嗯，就我们第一次来这里的时候。"

此刻，向好看着眼前这个熟悉得不能再熟悉的人，那些原本模糊的记忆瞬间清晰起来。

蒋凯南看着傻傻的向好，笑了笑，一脸宠溺。

随即，他便伸手抚了抚向好的头发，就像他们热恋时那样："我觉得，你一直会属于我，一直都是。不管我们分开多久，也不管我们是因为什么原因分开的，我都会把你找回来。"

向好听罢，那忍了许久的眼泪，毫无征兆地从眼眶中滑落……

一份爱跨越千山万水，兜兜转转竟又回到了原点。

那么轻而易举，又那么艰难曲折。

……

第九十一章　自信的心无须盔甲的庇护

自从李晓檬入驻梅园艺术中心之后，每天的作息时间规律了不少，这让李增贤感到意外的同时也非常欣喜。

这么多年来，李晓檬的叛逆，一直是他的心头之患，无论他如何管教，都不见好转。甚至，还有愈演愈烈之势。

他怎么也想不到，当他放手不管了，一切竟开始朝着好的方向转变。

而李晓檬的自我感觉也比之前好多了，之前她像一只刺猬，不管跟谁说话，都带着刺似的，仿佛永远无法心平气和。而当她的才华得以施展，整个人平和了许多。

目前，除了没有找到可以相爱的人，其他的一切似乎都很如意。

这天，她下班回家，刚刚走到水果采摘点的时候，突然看到一个熟悉的身影。

当她看清那个人是宋嘉的时候，连忙转身打算绕道走。

虽然二人已经划清界限，但由于曾经那样热恋过，再次见面依旧很难真的平静。

然而，就在她刚刚转身的瞬间，宋嘉突然叫了她的名字："小檬！"

李晓檬假装没有听见，继续大步朝前走。

只是，身高一米六多的她怎么能快得过一米八多的宋嘉？

宋嘉三步并作两步便跑到了李晓檬身边："小檬，你干吗非要躲着我？"

李晓檬没辙，只得停了下来："我怎么躲着你了？"

说话间，抬起眼帘看向宋嘉。

宋嘉没变，还如从前那样帅气。

只是，这种帅气已经没办法吸引李晓檬了。

她甚至觉得，曾经宋嘉身上的那些光环，都是她一厢情愿极不理智地加上去的。

就连她曾经看重的"颜值"在此时此刻都变得极其普通寻常了……

她也没办法解释这种改变到底来自哪里，但她知道，她不可能再爱宋嘉了，更不可能像往日那样忽略他的所有缺点，放大他仅有的某个优点。

"你这不是在躲着我吗？"宋嘉沉着脸，但视线一直没有离开李晓檬的脸。

李晓檬似乎不太想再解释什么："你觉得我躲着你，那我就躲着吧！"

宋嘉愣了愣，但也没有生气，而是问道："我听说你去梅园艺术中心工作了，是真的吗？"

李晓檬沉默了几秒，点了点头："嗯，是真的。"

宋嘉顿了顿，抬手抹了一把自己的头发："噢，那恭喜你哦，找到这么好的工作。"

"谢谢。"李晓檬的语气淡淡的。

宋嘉似乎想继续找话题，但一时半会儿却找不到合适的。

就在宋嘉不知道该说些什么的时候，李晓檬突然说道："如果没别的事，那我先回去了。"

就在她刚刚迈开步子的时候，宋嘉突然再次叫住了她："小檬……"

李晓檬回头，礼貌性地笑了笑："还有事吗？"

宋嘉盯着李晓檬看了一会儿，随即摇了摇头："没事，没事……"

当他意识到李晓檬又要转身的时候，他又连忙补了一句："我只是想告诉你，小檬，你比之前好多了……"

突然被夸了，李晓檬有些不太好意思，但仍旧是礼貌性地笑了笑："噢，是吗？谢谢啊。"

宋嘉接着说道："你比之前温柔很多，脾气也好了很多。"

李晓檬微微怔了怔。

确实，她也感觉自己的脾气似乎好了很多，她自己也弄不清到底从什么时候开始好起来的，但是真的好了，无论对谁，都很少发火了。仿佛曾经的那个刺猬，身上的刺都一根根地掉了，连内心都变得柔软起来。

李晓檬意识到自己的改变，却找不到这改变的根源在哪里。

她或许还不知道，真正的自信，向来都是温柔而有力量的。当一颗心无所畏惧，便不再需要坚硬的盔甲。

如何才能更自信？让自己的才能更大程度地服务于社会大众，让自身价值和社会价值紧密相融，才会真正摆脱自卑，更加自信。

现在，与其说李晓檬比之前更自信了，不如说她找到了自己存在的价值所在。

……

向好本打算去见蒋凯南妈妈的，毕竟，她和蒋凯南从相恋到分开，分开后又再度相遇、相恋，已跨越多年。

在这么多年里，她从未见过蒋凯南生命中最重要的那个女人。

所以，在他们复合之后，理应见一面的。

但当她向蒋凯南提出这个要求的时候，却被蒋凯南拒绝了。

起初，她有些无法接受，总觉得蒋凯南是刻意在隐瞒着什么。

经过蒋凯南一番解释，她才明白其中的缘由。

蒋凯南之所以这么做，只是不希望向好为了某些事烦恼。正是因为有上一辈的"误会"和"恩怨"在，导致蒋凯南的妈妈杜娟一时半会儿还不能完全接受向好。

蒋凯南担心向好受委屈，决定自己先说服母亲之后，再带向好去见她。

到那时，她的身份不再是女朋友，而是准儿媳。

蒋凯南的做法，让向好多少有些感动。

也正是因为这样，她想要见到杜娟的心越来越迫切了。

……

向好回到梅园小学之后，便开始了新的工作计划。

一直以来，她都意识到一个问题，不管是教学还是管理，如果一直按照"头痛医头脚痛医脚"的方法，是不可能从根本上改变教学质量的。

所以，她打算制定《梅园小学中长期发展规划》，从教育理念、教育规划、办学目标等几大方面入手，将梅园小学的教育管理思路重新梳理和优化。

她的这个想法，得到了房磊的支持。

所以，这段时间向好经常性加班，每天晚上都是七八点钟才从学校离开。

尽管如此，她也并不觉得累，而是觉得充实快乐。

一方面因为自己和蒋凯南前嫌尽释，终于破镜重圆；另一方面则是因为自己的工作越来越顺心了，无论是和同事关系，还是和领导的沟通，都比之前好了很多，以至于让她越来越留恋梅园镇了。

然而，天有不测风云，就在向好感觉一切渐入佳境的时候，上天给了她当头一棒，让她好一阵子都没能缓过劲儿来。

那天向好刚下班打算走，刚走走几步，便闻到烟味儿。

她觉得有些蹊跷，就四处搜寻，找了半天才发现烟味儿是从厨房的位置传来的。

当时向好就感觉情况不妙，迅速地朝着厨房的方向跑去。

当她刚刚跑到厨房附近的时候，便听到里面传来"咔咔"的烧火的声音。

向好跑到厨房大门的位置，却发现门是紧锁着的，她用力地拍了拍，大声喊道："有人吗？"

里面无人应答，但火燃烧的声音更加清晰了。

向好一边想着怎么才能进去，一边开始拨打 119。

报警之后，便给房磊打了电话，汇报了大致情况。

她刚刚挂断了电话，便见到厨房后门开着。

这个后门平时很少有人留意，除了厨房的工作人员运送大米蔬菜时会用，其他人基本不从后门出入。

向好从窗户里看到里面的火势越来越旺，她顾不上多想，直接冲了进去。

当她进去之后，一股子浓烟便朝着她冲了过来，她被呛得直咳嗽，眼睛也被熏得直流眼泪……

透过浓浓的烟雾，她看到几张桌子被烧着了，旁边的凳子也被大火吞噬。

这样的情况，向好第一次遇到，如果说不害怕是不可能的。

她也是活生生的一条命，她面对这样的大火也害怕。

此刻，她只想快点儿逃离。

就在她想要尽快跑出去的时候，突然听到有人带着哭腔喊她："向老师……向老师救我……"

向好不由得一惊：竟然有人在里面？

向好瞬间收住了脚步，屏住呼吸，竖着耳朵听，好久才分辨出那哭声是从厨房左边的方向传来的："向老师……我在这里……"

向好顺着声音传来的方向找了好久，才透过烟雾看到一个七八岁孩子躺在地上，身体被一张桌子压住了，动弹不得……

向好跑过去之后，用了好大的力气才将桌子给掀了起来。

当她将那个躺在地上的小朋友从地上拉了起来，才发现有些面熟，但一时间却叫不上名字。

"你没事吧？"向好一边问一边拉着那孩子打算冲出去。

谁知，那孩子却哭着说道："我的腿……我的腿动不了了……"

向好这才发现，她蓝色的校服裤管上有血渍，想来大概是刚刚被砸伤了。

虽然那孩子并不算太高，但向好花了好大的力气才将她从地上抱了起来。

就在她刚刚迈开步子的时候，突然听到背后又传来了一个声音："向老师……向老师，还有我……"

当向好转头的时候，还没看清对方的脸，就有火苗突然蹿了过来，来不及多想，只得抱着孩子朝着外面跑去。

她刚刚跑出食堂后门，消防官兵已经赶到。

向好立刻对他们说道："里面还有个孩子，得先救人……"

消防官兵立刻冲进了食堂。

被向好救出的孩子名叫胡娜娜，是梅园小学二年级的学生。由于在厨房被桌子砸到了腿，被救出之后就立刻被送到了医院。

经过检查，并无大碍。

在确认胡娜娜身体无大碍之后，房磊问了不少问题，比如她怎么会出现在学校食堂，食堂到底是因为什么着火，等等。

但不管房磊问什么，胡娜娜都是只哭不答。

胡娜娜的家长见状，有些生气，当着房磊和向好的面大骂胡娜娜，胡娜娜哭得更凶了，仍旧不说一个字。

向好只得将胡娜娜的爸妈给劝住了，希望等情况缓和之后再了解情况。

第九十二章　天有不测风云

向好再次回到学校时，大火已经被消防官兵扑灭。

食堂的桌椅都被烧得七零八碎，所以这几天食堂不可能正常开饭，需要维修。

而且她也了解到，另一个她来不及施救的孩子已经被消防官兵救出，目前没有任何安全问题。

就在向好刚刚松了一口气的时候，郭静突然问道："向好，你知道另外一个孩子是谁吗？"

向好问："是谁？"

郭静笑着问道："你猜猜。"

向好摇了摇头："猜不到。"

郭静顿了顿，说道："是秦薇。"

向好不由得一愣："怪不得当时觉得声音有些熟悉，没想到还真是她……"

"所以呀！"郭静笑了两下，没有继续说下去。

向好倒是有些好奇了，于是问道："静姐，所以什么呀？"

郭静转过头来，一瞬不瞬地看着向好，问道："你真不觉得这中间会有什么问题？"

向好想了想，仍旧没想到什么，于是问："会有什么问题？"

郭静无奈地叹了口气："你呀你，聪明起来比谁都聪明，糊涂起来也比谁都糊涂！"

向好仍旧是一头雾水。

她知道秦薇是秦莉的侄女，也知道秦薇被家人过度呵护，更知道此次她没来得及救秦薇……

但她想不到，这将会引发什么样的误会。

郭静看着有些傻傻的向好，忍不住笑了："算了算了，你还真是个小丫头啊！"

"静姐，你有什么话就直说嘛！"向好说道，"我知道静姐是个心直口快的人，现在怎么突然跟变了个人似的？是不是有什么大事瞒着我？"

郭静这才收住了笑："倒也不是大事。只是啊，你当时没救秦薇，她觉得你是故意不救的……"

郭静话音未落，向好就立刻说道："这怎么可能？我怎么会故意不救？我当时确实来不及啊！"

"我当然知道你是来不及。"郭静一脸的无可奈何，"但是她不这样想啊，你能怎么办？再加上你之前和她有过节，她这样想也正常。"

"不，我和她从没有过节。"向好说道，"她是学生，我是老师，就算她之前确实做错过事，我怎么能和她一个孩子一般见识？这不是……"

向好话还没说完，郭静突然站了起来，脸色也变了，朝着门口的方向恭恭敬敬地叫了一句："房校长，您来了？"

向好回过头，这才发现房磊站在门口，沉着脸，看上去有心事的样子。

向好正准备问好，房磊就开口了："向好，你来我办公室一趟。"

没等向好反应过来，房磊已经转过身，朝着校长办公室走去。

向好有些蒙。

郭静见状，连忙伸手推了推她："向老师，房校长让你去他办公室一趟，你还愣着干什么？"

向好"嗯"了一声，然后便迈开步子朝着房磊办公室走去。

向好进了房磊办公室之后，还没来得及坐下，房磊就开口了："上次，你救火有功，我代表咱们学校感谢你。如果不是你，咱们的食堂估计是保不住了。"

向好先道了谢之后，才缓缓落座。

坐下之后，她在想：房磊此次煞有介事地叫她来，就是为了道谢吗？总觉得不太可能。

事实上，确实不太可能。

紧接着，房磊便再次开口了："不过，现在咱们学校有一些流言蜚语，你听说了吧？"

向好本想将郭静刚刚说的话重复一遍的，但认真思索几秒之后，还是觉得不妥，于是摇了摇头："没听说。到底有什么流言蜚语，我也挺想知道的，还请房校长指教。"

房磊顿了顿，接着说道："我听说，当时你救出胡娜娜的同时，秦薇也对你发出了救助信号，但是你……"

房磊说到这里，突然停了下来，眼睛一瞬不瞬地看着向好，像是在思索，又像是在试探和等待着什么。

向好笑了笑：果然是因为这件事，只是没想到，竟然惊动了房磊。

她不动声色地调整了一下情绪，随即便说道："房校长，这件事我本不想解释的。但您突然问起，想必您也是真的特别关心，所以我觉得自己有必要解释一下。或者说，我应该说出实情。"

"嗯。"房磊点了一下头，示意向好继续说下去。

向好继续说道："当时我救出胡娜娜的时候，正好有火苗朝着我们扑过来，我根本没办法顾及其他。而且，当时胡娜娜腿坏了，我光抱着她已经够呛了……"

向好解释完之后，却发现自己的解释有些苍白。因为她分明看到房磊的眼睛里写满了疑惑。在这个时候，"疑惑"是可以和"不信任"画等号的。

房磊停顿了几秒，突然轻咳了一声，才缓缓开口道："这只是个小事情，我也只是随口一提。"

向好没说话，但心里不免疑惑：既然他觉得是小事情，为何如此煞有介事地提起呢？

但紧接着，她才明白，这些小事情只是引子，接下来的，才是重点。

房磊说道："向老师，你来这里表现一直很不错，我对你也很欣赏。但是有些事，既然发生了，就不应该隐瞒。"

向好听罢，一脸疑惑："房校长，请问我们学校发生了什么事呢？"

房磊顿了顿："食堂突然起了这么大的火，还不算大事吗？"

向好更加纳闷儿了，怔了好几秒才说道："确实起了大火，但现在不是已经扑灭了吗？"

"确实扑灭了。"房磊突然叹了口气，"但是起火的原因，总得查吧？就算咱们学校不查，其他部门也得查，出了这么大的事，总得有个交代。不过还好，这次没有人受伤，如果有人员伤亡，那问题可不是这么简单了。"

房磊的话，向好只注意了前半段。当然，重点也在前半段。

向好想了想，问道："房校长，那天厨房起火，里面只有胡娜娜和秦薇。会不会是她们不小心纵火的，还有啊，那个时候已经很晚了，为什么她们会在厨房呢？"

当向好提出疑问之后，房磊突然沉默了，一双眼睛仍旧盯着她的脸，满眼审视。

对于房磊的表现，向好不可能不好奇，但也只能静静等着他继续往下说。

房磊抿了一口茶之后，润了润嗓子，才说道："向老师觉得是她们不小心纵的火，可她们却一口咬定是你纵火……"

房磊后面的话，向好听不清了。

她只觉得脑子瞬间都乱了！

她怎么也没想到，她竟然成了纵火的那个人。

"房校长，我怎么可能纵火？"向好心情低落到极点，无奈到极点，但脸上却带着笑，这笑到底来自哪里，连她自己都无法解释，她难以置信地看着房磊，"房校长，我刚才没听错吧？"

房磊迅速垂下眼帘，又瞬间抬了起来，一字一顿道："你没听错，她们确实说是你，要不……我把那两个孩子叫来？"

向好仍旧觉得这一切很无厘头，但仍旧点了点头："好，您叫她们过来。"

很快，房磊便将秦薇和胡娜娜二人叫进了办公室。

秦薇进门的时候，看了向好一眼后，视线迅速闪开。

而胡娜娜则一直低着头，眼圈儿红红的，像是刚哭过。

两个孩子一前一后走到房磊办公桌前站着，一个仰着头，一个低着头，看上去有些不太和谐。

房磊紧接着开始问话："你们之前说那天晚上看到向老师把厨房给点燃了，能具体一些吗？"

向好听着房磊的话，觉得有些滑稽。

什么叫她把厨房给点燃了？她没事怎么会点燃厨房呢？

光是听着，都有种小孩子过家家的滑稽感。

但转念一想，既然要求证，还有别的办法吗？更何况，房磊又不是专业侦探。

而且这里是乡镇，没有任何闭路监控设施，他又有什么办法呢？

就在向好思索间，秦薇已经开口了："是的，我看见了。"

向好转头看向秦薇，秦薇的视线却落在胡娜娜脸上，还问了一句："胡娜娜，你也看到了，是吧？"

胡娜娜没有马上回答，有些警惕地看了看向好，又看了看房磊。

房磊见状，说道："胡娜娜，你到底看到了什么？"

胡娜娜张了张嘴，突然"哇——"的一声哭了起来。

现场气氛，尴尬得不能再尴尬。

向好见状，问道："胡娜娜，你哭什么呢？你有什么话直接说就行了。"

经过向好这么一说，胡娜娜突然止住了哭，但还是止不住地抽噎着。

房磊问道："胡娜娜，你也看到是向老师把火给点燃的？"

胡娜娜沉默了几秒，点了点头。

就在胡娜娜点头的时候，向好只觉得自己的三观碎了一地。

她怎么都想不明白，为什么她救了胡娜娜，而胡娜娜非但不感激，还反咬她一口？

而且，她只是个七八岁的孩子！

"胡娜娜，你是在什么时候看到我点燃厨房的？"向好问，"你说说看，我到底是怎么把火给点燃的？"

向好的话，不太客气，语气也有些生硬。

胡娜娜似乎被向好给吓到了，再次低下了头，不再说话，但也没有因此而改口，否认是向好纵火。

就在向好正准备继续说点儿什么的时候，秦薇又开口了："我也不知道向老师为什么点火，我们开始在厨房里玩儿得好好的，什么事都没有，她一来，厨房就着火了，不是她又是谁？"

对于秦薇的这番说辞，向好无言以对。与此同时，心中竟略感欣慰。

毕竟，秦薇这些话并没有精心编造的痕迹，听起来更像是她个人的想象或推理。

而且，这些也都不足以证明这火就是她点燃的。

房磊皱了皱眉头，问道："秦薇，你之前和胡娜娜都说是亲眼看到是向老师点的火，现在怎么又……你们到底是不是在说谎？"

很显然，房磊也看出了其中的破绽。或者说，前后不一致的言论也引起了房磊的好奇。

秦薇突然一愣，随即又开始改口："但是我看到向老师拿了火机，然后就着火了。"

房磊仍旧皱着眉头，又问胡娜娜："胡娜娜，你看到向老师拿打火机了吗？"

胡娜娜愣了一下，随即点了头。

就一下，点过之后迅速低下了头。

房磊随即说道："好了，你们回去吧！"

第九十三章　被信任的感觉

秦薇和胡娜娜走后，向好的心情很低落，但却仍然相信这一切迟早会水落石出，真相大白。

向好看着这两个孩子离去的背影，顿时有些哭笑不得。

房磊叹了口气，对向好说道："我也相信你不会这样做，我相信你的人品。"

向好的那颗心还没来得及恢复平静，房磊又说出了后半句："就算真的是你，我也相信你不是故意的！"

向好看着房磊，一时间不知道该说些什么！

他还是不相信她，这令向好难以置信。

可现在她要怎么做才能让房磊相信她呢？她也不知道。

她沉默了几秒以后，缓缓站起了身："房校长，我来这么久，做过什么出格的事没有？我有做过什么错事是不敢担当不敢承认的？"

房磊摇了摇头："没有。"

"如果这件事是我做的，我决不会推卸责任。"向好自己都觉得自己的辩解苍白无力，但她还是想说下去，"但是，真的不是我，我当时发现厨房着火，也只是想要灭火，想要救出孩子，什么都来不及想。我怎么也想不到，会是这样一个结果。"

房磊看着向好，没说话。

他越是这样，向好心里就越是难过，越是失望，就连她说话的方式都不再像过去的自己："房校长，我现在最在意的并不是有没有被误会，怎样才能查明真相！我更在意的，是为什么这些孩子会说谎，而她们是否知道自己这样有错，以后会不会改。不管出了什么事，要一个看似合理的结果并不难，难的是看清真相，难的是问心无愧。"

向好声音不高，语气也很平稳，在她说出这番话的同时，心头压了很久的无奈似乎突然释放了不少。

房磊显然没想到向好会突然说出这番话来，他愣了好一阵子，才突然站了起来，仍旧是一脸无奈的表情："向好，你是不是误会什么了？我并没有想得到一个潦草又不尊重事实的结果。我是相信你的，只是现在我也没有办法，我……"

房磊话还没说完，向好就说道："房校长，您能这样相信我，我很欣慰。不过，这也说明你很有眼光，我值得你信任。"

向好说罢，房磊又是一愣。

就在房磊还没回过神时，向好已经迈开步子走出了他的办公室。

向好走后，房磊立在办公桌前，眉头紧皱，久久未落座。

向好也一样，刚刚在房磊办公室的时候，坚强得不得了，仿佛手握正义，并坚信正义可以战胜一切！

然而，等她从房磊办公室出来之后，她的心头像是压了一块吸满了水的海绵，透不过气来。

待她回到自己办公室以后，更是闷得慌，感觉连呼吸都透不过气来。

当她打开电脑，正准备投入工作状态，鼻尖儿突然一酸，还没来得及反应，眼泪已经下来了。

她趴在桌面上，想要缓解情绪。

然而，眼泪却怎么也止不住。

一时间，压抑、委屈、无助……瞬间袭遍心里的每一个角落。

她急需释放这些负面情绪。

她不再控制，趴在桌子上痛哭，像个委屈到了极点的孩子！

这一哭，怎么也止不住。

等她擦干眼泪，已经是十几分钟之后了。

抬起来，眼圈儿和脸颊都是红红的。

她开始问自己，到底在伤心什么？

是因为自己被误会被冤枉感到委屈？还是因为看不到公平和正义？

想了很久，也没得出答案。

……

向好近期心情低落，但被冤枉这件事她没有告诉任何人，包括蒋凯南和李增贤，她也只字未提。

她有个特点，一旦受到委屈，只会默默承受，不让自己的负面情绪打扰到别人。

她和往常一样，白天默默工作，晚上有空就去找江朵朵画画。

这天，她再次去到江朵朵家，给杨采采那幅画修修又改改，生怕有一丝一毫的不完美。

江朵朵在一旁看着看着，突然就问了一句："向老师，你最近怎么不说话呀？"

向好突然一愣，连手里的画笔也突然停住了。

她转过头，看着江朵朵，问道："我最近很少说话吗？"

"嗯。"江朵朵点了点头，目光一直落在向好那张脸上，仿佛在观察着什么，"而且，你还很少笑……"

向好听罢，有些无所适从地抬手摸了一下自己的脸。

虽然她看不到自己此刻的表情，但依旧能感觉她的表情有些僵。

有些事，虽然从不提起，但却并没有得以解决。一天没有解决，就一天积压在自己的心头，无法真正开心起来。

就在向好正想说点儿什么的时候，江朵朵又开口了："向老师，我相信你。"

向好愣了愣，问道："朵朵，你相信我什么？"

　　江朵朵抿了抿唇，看着向好的眼睛，回答道："我相信学校厨房失火不是因为你。"

　　江朵朵说罢，向好淡淡笑了笑，问道："你怎么知道不是我？"

　　江朵朵想也没想，就回答道："因为我相信你。"

　　很简单的一句话，但向好听了还是很感动。

　　她突然想起，当初江朵朵被误会成小偷时，她也是这么跟江朵朵说的：我相信你。

　　现在，江朵朵已经清白了，那么她呢？

　　"朵朵，你能相信我，我很开心。"向好说罢，伸手拍了拍江朵朵的肩膀，"这件事不重要，很快就会过去的。如果你不提起，我都忘了。"

　　江朵朵愣了一下，半信半疑地问道："真的吗？"

　　"嗯。"向好点了一下头，"我真的快忘了。"

　　向好说罢，继续开始画画，一边画一边给江朵朵讲解，江朵朵听得明显比刚才要认真投入得多。

　　……

　　向好回到学校刚走到办公室门口的时候，便见到周小敏站在那儿，手里还端着一个盘子。

　　向好走近，才发现周小敏捧着的盘子里装满了草莓，每一个都个头儿大、饱满、色泽红润，光是看着都觉得很满足。

　　见到向好，周小敏就朝她走近了几步，将果盘朝着她面前端了端："这个，给你的。"

　　"谢谢。"向好接过果盘，"又是在水果采摘点采来的？"

　　"不，是我自己家种的。"周小敏笑了笑，唇角的两个小梨涡儿显得特别可爱。

　　"自己家种的？"向好问，"你家有自己独立的果园？"

　　周小敏摇了摇头："没有啦，是我自己在家里院子周边种的。就跟种花儿似的，没结果的时候就观赏，结了果实就摘果子，好看又好吃。"

　　周小敏说罢，自己先笑了起来，一副没心没肺的样子。

　　向好也跟着笑了笑，说了声"谢谢"就开始开办公室的门。

　　向好进了办公室，周小敏也紧跟着进去了。

　　向好刚坐下，周小敏就说道："向老师，你的事情我知道了，我对你的遭遇深表同情。"

向好微微怔了怔，周小敏说的是什么，她很清楚。

只是没想到，现在这个阶段，学校的老师都疏远她了，周小敏却还会来找她，令她意外的同时，也颇感温暖。

向好笑了笑："你不用同情我，我倒没有那么脆弱，根本没放心上。"

话虽这么说，但周小敏毕竟是个成年人，不像江朵朵那样，轻易就会相信她。

无论向好如何风轻云淡，如何轻描淡写，周小敏都能非常准确地捕捉到她眼中的无奈和失落。

周小敏的情绪变化，向好也看在眼里，她笑了笑，继续说道："这件事刚出来的时候，我确实有些难过。随着时间的推移，那些不快都慢慢淡了。周老师，您放心吧，我没事的。"

向好说罢，周小敏顿了顿，才缓缓开口道："向老师，其实这件事我也有责任……"

周小敏的话只说了一半，但向好听罢，还是不由得一顿："周老师，那件事你怎么会有责任呢？"

周小敏停顿了几秒，才回答道："是这样的，那天我有看到秦薇和胡娜娜进去食堂，手里还捧着几个红薯，当时我就问她们去干吗，她们说是去烤红薯吃。我听了以为她们是找厨房食堂阿姨帮忙烤呢，也没往心里去……我后来才知道，那天食堂张阿姨有事提前回去了，她们两个小孩子找不到人帮忙，估计是自己动手了。"

向好听到这里，眉头不禁皱了起来："周老师，你是什么时候知道那天食堂张阿姨提前回去了的？"

周小敏想了想，回答道："我是后来知道厨房失火了，也知道你受到了牵连，才想起这件事。也正是因为这件事，我去找到了张阿姨问了情况，才知道她那天提前走了。"

向好听罢，只觉得压着胸口的那块石头终于落了地。

但转念一想，却又觉得不太妥："可是周老师，这也不能证明火就是那两个孩子放的啊？"

周小敏说道："其实我心里是基本可以肯定的，有些事，真的不是一定要看到真凭实据的。只是说，我们有没有办法让那两个孩子承认罢了。如果不能两个都承认，其中一个也行。"

周小敏的话，向好听得有些糊涂，她愣了好久，才问道："周老师，咱们是老师，这种事可不能严加逼供吧？"

周小敏一听，笑了："难道一定要严加逼供吗？循循善诱不行吗？"

向好依旧愣在那里，不明白周小敏话里的意思，也不知道她到底想表达什么。

周小敏继续说道："正是因为我心里确定了她们的行为导致厨房失火，才想到要去循循善诱。她们现在还小，遇到这种事担心、逃避、推卸责任，都很正常，但却并不代表这样做就是理所当然的。这个道理，她们应该明白。"

向好一边听着，一边点了点头，但一句话也没说。

第九十四章　真相大白

周小敏叹了口气，站了起来："向老师，我今天之所以来找你，就是因为这件事一直压在我的心里，我不说出来，总觉得心里不舒服。"

向好本以为周小敏只是说说就算了，却没想到，当天下午胡娜娜就来找她了。

她还没来得及开口，胡娜娜就哭着承认错误了："向老师，是我不对，可我只是害怕……"

向好看着胡娜娜哭得话都说不清楚，于是说道："胡娜娜，你先坐下，有什么事，咱们慢慢说。"

胡娜娜过了好久才止住了眼泪，但仍旧在不停地抽噎着。

向好见她坐下后一直没再说话，于是又问："胡娜娜，你刚才说什么，我没听清楚，能再说一遍吗？"

胡娜娜好不容易才止住哽咽："向老师，上次是我和秦薇把学校食堂给弄得失火了……"

经过胡娜娜一番倾诉，向好才明白：那天胡娜娜和秦薇放学后不想马上回家，只想找个地方看课外书。但学校并没有图书馆，教室到点儿也关门了。所以，她们两个便想到了厨房还有个后门可以进。于是，就进了厨房。

本来这一切并没太大问题，问题是她们玩着玩着肚子有些饿了，就开始找吃的。找来找去只找到一些生红薯，于是就突发奇想开始在柴房烤红薯。两个孩子都还太小，眼看着火着了，竟放下红薯安然地跑去厨房看书了。当她们发现厨房着火之后，就开始慌张了，可又因为心虚不敢呼救，只得用厨房里的水打算将火浇灭。

可她们只是两个未成年的孩子，怎么可能轻而易举地将火给浇灭？

眼看着火势越来越猛，她们想逃出去。可又慌又累的孩子，在慌乱之中竟将厨房里的大圆桌绊倒，都被压在了桌子下面。直到向好进屋，她们才哭着向向好发出求救信号……

胡娜娜起初是想要承认错误的，但却害怕，担心学校会因此通报她。而且拿打火机将火点着的那个人是她，她就更加害怕了。就在胡娜娜犹豫不决的时候，秦薇告诉胡娜娜，让她将责任推到向好头上，两个人统一口径说看见向好点火了……

向好听罢，唏嘘不已。

曾经她就想过，秦薇当初一口咬定她是纵火者，她还能理解。毕竟，向好曾经和秦莉关系不好，而且还将秦薇欺负江朵朵的事情给弄大了，导致她受到了处罚。她很可能会对那些事心有芥蒂，因此趁机报复。

可胡娜娜为什么也会一口咬定她是纵火者，她一直百思不得其解。

如今，这个谜底终于解开了，可她却并没有因此而轻松半分，心情反而更加沉重了。

她很早就懂得人性的复杂性，但怎么也没想到，一个未成年的孩子，心思也会如此复杂。

就在向好正准备继续说点儿什么的时候，房磊人已经进了她的办公室。

在房磊的后面，还跟着周小敏。

向好刚站起来，打算向房磊问好，房磊已经开口了："向老师，厨房失火的事，确实和你无关。当初，是我太鲁莽，急着想要结果，让你受了委屈。事情的经过，我已经听周老师说了。还有胡娜娜，也跟我认了错。所以，我现在也特地过来跟你认个错，郑重地跟你说一声对不起。"

房磊话音刚落，向好连忙说道："没关系，现在不是真相大白了吗？"

房磊本来还担心向好会因为这件事受到负面情绪的影响，但此刻看着她脸上风轻云淡的笑，担忧渐渐消散了。

但他却不知道，向好曾经为了这件事哭红了眼。

只是，她从小到大，从不将自己的负面情绪对外宣泄，而是选择一个人默默承担，永远以笑脸示人，永远阳光满面。

房磊刚刚坐下，向好突然想到了什么，于是皱了皱眉头，问道："房校长，那秦薇呢？她承认错误没？"

向好倒不是对秦薇有什么偏见，而是觉得她做错了事就应该承认错误。

虽然火是胡娜娜点燃的，但后来的一系列"策划"都是由她来完成的。

房磊顿了顿，沉着脸回答道："秦薇这孩子太不像话，如果不严肃处理，以后她可真是不得了，咱们学校都管不了了。"

"我倒不太在意是不是应该严肃处理，而是觉得她应该有个态度。"向好说道，"现在胡娜娜都已经认错了，她也应该认个错。"

"对呀。"周小敏附和道，"但是我听说秦薇这几天请假了……"

周小敏话还没说完，门口处就传来了秦莉的声音："是的，秦薇是请假了。"

说罢，径直走到了向好的身边，一脸歉疚："向老师，真对不起，这件事连累你太多了。秦薇有错，这个责任是没办法逃避的。所以我现在来，主要是想替秦薇认个错，对不起了向老师，真的太对不起了……"

秦莉的愧疚不是伪装的，她的态度比以往任何时候都要真诚。

但向好听了，却始终没有办法原谅。

她走到秦莉面前，淡淡笑着开口："秦老师，犯错的人是秦薇，为什么是你来替她道歉？"

秦莉愣了一下。

毕竟，在她看来，她已经将自己身段放低，才做出对向好道歉的行为。

她没想到，自己已经放低，向好竟还不接受。

但如今的秦莉，已经不是当初的秦莉，也早已没了当初的嚣张跋扈。

此刻，她仍然带着笑脸，对向好说道："向老师，秦薇这几天心情低落得很，她也知道自己犯了错，但这孩子性子倔，就是不肯说出来。其实，我们都知道，她心里很内疚，她知道自己错了。"

向好正想开口，房磊就发话了："秦老师，这种事她不亲自认错道歉，我们怎么知道她知不知错呢？就算是要一个态度，她也得站出来道歉啊！"

秦莉有些无所适从地看了看向好，又看了看房磊，继续说道："可这孩子性子倔得很……"

她话还没说完，就被房磊给打断了："这和性子倔有什么关系？性子倔难道就能不认错不道歉？这是什么逻辑？"

秦莉终于无话可说，她沉默了好一阵子，才低声说道："好，我回去好好做做她的思想工作。"

"必须认错！"房磊沉着脸，"必须亲自当面给向老师道歉！"

……

当天晚上放学的时候，消失了好几天的秦薇终于出现在了梅园小学。

但，却是在秦奶奶的陪同下来到学校的。

秦奶奶年纪大了，上台阶都累得气喘吁吁。

房磊本想批评秦薇的，可看着秦奶奶气喘吁吁的样子，他刚到嘴边的话又咽了回去。

秦奶奶一见向好，就连忙赔着笑脸说道："向老师，真是对不起啊，我们家薇薇又闯祸了！你大人有大德，千万不要跟她一般见识。薇薇还太小，不懂事，容易鲁莽。她也晓得错了，今天我从家里走之前，她还跟我说来着，她说以后保证再也不犯了。"

向好没有作声。

印象中，"保证再也不犯了"这种话，秦薇已经不是第一次说了。

但是每次说过，仍然还会犯。今天犯一种错误，明天又犯另一种错误，大大小小，从不间断。

向好想了想，说道："秦奶奶，您年纪这么大，而且这么远过来，我看着都觉得心疼。"

秦奶奶依旧赔着笑脸："都是应该的，都是应该的。只要我们家薇薇好好儿的，我这把老骨头，做什么都是值得的。"

秦奶奶虽然态度很好，可向好听着她的话，心里还是特别难受。

无论是秦莉，还是秦奶奶，这一次的态度都好到了极致。

但事到如今，她们仍在想方设法为秦薇开脱，想要通过自己的努力让秦薇获得原谅或宽恕。

房磊显然也对秦奶奶的做法不太满意，但面对这样一个老年人，他不知道该说些什么，只能站在原地，沉着脸，一言不发。

向好想了想，接着秦奶奶刚才的那番话说道："秦奶奶，如果秦薇真的能变好，您今天做的一切，才真的是值得的。"

秦奶奶听罢，明显一怔，眼睛看了看向好，苍老的嘴唇也跟着动了几下，但却没能说出一个字来。

向好继续说道："秦奶奶，你亲自来学校道歉，我很感动。因为您为了自己的孙女，不惜劳累。但我也很心痛，因为您都这么大年纪了，还在为了晚辈不断牺牲和付出。我说一些不太成熟的个人看法吧，虽然你们都很疼爱秦薇，但我觉得这种'疼爱'太过了些，而且方式不太对，如果改变一下，对她的成长和学习会更有利。秦奶奶，您是不是也希望秦薇能变得更好呢？"

秦奶奶听罢，又怔了怔。转头看了看秦薇，仍是一脸疼爱和怜惜。

而秦薇却始终低着头，不停地摆弄着一朵不知从哪儿摘来的小花儿，咬着下唇，能看出她此刻不太开心，但却看不出丝毫的愧疚。

向好见状，只得又补充道："秦奶奶，我也知道秦薇现在就挺好的，但一个人就算再好，都有进步的空间，您说是不？"

秦奶奶这才点了点头："是啊，人都要向前看向前走，要进步啊。"

"那就是啊。"向好说道，"如果一个孩子做错了事，知错就改，懂得认错，就是一种进步，对不？"

秦奶奶听罢，犹豫着点了点头。

第九十五章　理想中的世外桃源

房磊的目光，从始至终都落在秦薇身上，见时机差不多了，他才开口道："秦薇，你知道自己错在哪儿了吗？"

秦薇虽然没有抬头，但脸明显红了，一直用牙齿咬着下唇，只是不肯说话，更没有想要认错的意思。

向好本不想继续劝说什么的，但见秦薇这样，还是没忍住，于是问道："秦薇，当初厨房失火，你也有责任，对吧？"

秦薇一听，突然抬起头来，一瞬不瞬地盯着向好："不是我点的火，是胡娜娜！"

向好笑了笑，秦薇的反应本就在她的预料之中。

秦薇说罢，秦奶奶的目光迅速从房磊和向好脸上扫了扫，一脸警惕，生怕是要追究秦薇的责任。

向好顿了顿，继续对秦薇说道："秦薇，我们现在并不是想要追究责任，而是希望你们都有一个正确的态度。你们还小，难免犯错，而且我们也知道,这次犯错你们也并不是故意的,只是不小心。现在胡娜娜态度很好,已经将事情的前因后果都告诉我们了,而且也非常诚恳地认了错。秦薇,你是不是也应该认个错呢?"

秦薇愣了愣,本能地将目光投向秦奶奶。

但她并没有在秦奶奶的脸上捕捉到任何有效信息,又低下了头,咬了咬唇,低声嘀咕着:"我已经被学校通报批评好多次了,人家每次见我都笑话我。如果这一次又批评我,他们还会笑我的……"

秦薇说到这里,停了下来,脸突然红了,像是随时要哭出来一样。

秦奶奶见状,连忙伸出手握住了她的手,生怕她受到了什么委屈似的。

向好朝着房磊那边看了看,房磊低头看着秦薇,问道:"秦薇,如果这一次不通报你,你会不会承认错误?"

秦薇听罢,再一次抬起头来,难以置信地看向房磊,仿佛担心自己听错了一般。

房磊为了给秦薇一颗定心丸,继续说道:"这一次我们不通报了,但前提是你得先承认错误。"

秦薇这才犹豫着点了点头:"嗯,是我……"

紧接着,秦薇将那件事的前因后果又讲了一遍,整体上基本和胡娜娜讲的一致。

只是,谁都能看出,秦薇的心理压力比胡娜娜更大,一方面缘于她是惯犯,另一方面则是因为她策划了后面的事情。

未成年的孩子,如果说骨子里能有多坏,是不太可能的。她们之所以会在犯错之后不断逃避,想办法推脱责任,归根结底还是害怕受到惩罚。可这种事,如果现在不纠正不引导,以后会发展成什么样,这谁也说不准。

所以,在秦薇和秦奶奶离开之后,向好和房磊探讨了今后如何处理这类事件,希望能在减少孩子心理压力的前提下,给予他们正确的引导。

考虑到胡娜娜和秦薇是为了找清静的地方看课外书才跑到厨房的,向好顺便跟房磊提出了自己的一些想法:"房校长,我们是不是应该考虑在学校设立一个图书馆?"

房磊皱了皱眉头:"这个问题我之前也想过,之所以没有实施,是因为这些孩子放学之后并没有留在学校看书的习惯,而是早早地回家,要么是做作业,要么是帮着家里干家务。总之,乡镇的学校和城市里的学校还是有些区别的。"

其实，直到现在，房磊的一些观念一直没有改变。可在向好看来，并非如此，城里的学校和乡村学校确实有很大不同，但一些问题的本质却是一样的。

她想了想，说道："房校长，您看，胡娜娜和秦薇这次之所以会闹出这样的事，就是为了找个地方好好看书。我相信，有这种需求的孩子绝不止她们两个人。如果我们有了图书馆，能够引导他们多读书，把他们的兴趣建立起来，对今后的学习和成长肯定有很大帮助的。"

房磊听罢，淡淡笑了笑："我倒不是反对建立图书馆，我是担心万一图书馆建成了，人力物力财力都花了，最后并没有起到很大的影响。而且啊，农村的孩子就是要好好学习，学习基本知识，争取考上好的大学，别的东西……并不太重要。"

房磊的意思，向好是明白的，但却始终无法完全赞同，她在脑海里迅速地组织了一下语言，才再次开口道："房校长，我来了这么久，最大的感受是乡村的孩子视野太窄了，很难接触到外面的世界，感受不到世界之大，也感受不到世界之好，他们相当于一直生存在一个落后闭塞的环境里。虽然他们经常听说学习如何重要，却不一定知道学习究竟重要在哪里。他们都还太小，对一些事物一知半解，并不能完全理解和体会。我觉得，书本会让他们接触到更大更广阔的世界。"

"听起来是有些道理。"房磊只是附和了一句，仍未表态。

"其实我的想法很简单……"向好说话间，目光缓缓移到窗外，"只是希望他们能看到希望，有动力，让他们想要去见识更广阔的世界，追求更好的生活。如果他们一直生活在这个环境里，有些东西永远无法接触到，就安于现状。对于一个乡村的孩子，如果安于现状，那么以后就很难会有发展。"

向好说罢，房磊陷入了沉思。

向好等了一会儿，才问道："房校长，您对这个问题怎么看待？其实，我一直很想听听您的想法。毕竟，我一个人所能想到的是很有限的。"

房磊的思绪这才从深思中拉回，他抬头看了看向好，缓缓开口道："有时候我就在想啊，这些孩子读了书，到底是为了什么？都说农村的孩子读书不是为了离开家乡，而是为了更好地建设家乡，为自己的家乡服务。但是，从这里走出去的孩子，没有几个还会回来。接触到更为广阔的世界，也被那个更为广阔的世界吸引了。自己的家乡呢？还是从前那样，找不到优秀的常驻人才。"

房磊说罢，无奈地叹了口气。

向好听了这番话之后，总觉得耳熟。

她想了好一阵子，才突然想起，类似这样的话，李增贤也曾对她说过，就在她来梅园镇的第一天。

向好沉默了一阵子，才问道："房校长，您是担心这些孩子离开了梅园镇，就再也不回来了？"

房磊笑着摇了摇头："那自然不是，我希望他们都能有出息。但出于私心，我也不希望他们有出息了全都走了，一个也没留下。"

向好再次将目光投向窗外，看到不远处郁郁葱葱的果园，看到那倾泻而下的瀑布，以及三三两两的游人，她说道："房校长您放心，之前这里的孩子有了出息就不回家乡了，可能是因为梅园还比较落后。但是现在梅园已经发展起来了，空气好，风景好，有很多的发展和就业机会，这就是最大的吸引力。更何况，这里还是他们的家乡，他们怎么会不回来呢？而且，再过十年，这些孩子才真正能大学毕业，那个时候梅园又会发展成什么样子，我们谁也无法估量。或者，就会像世外桃源一样。"

房磊听罢，微微有些错愕。

但几秒钟过后，他便开始连连点头，低声附和道："确实是这样，确实是这样。"

过了一会儿之后，房磊又郑重地补充了一句："图书馆的事情，我会考虑的。"

第九十六章　爱，回到原点

向好的提议得到了房磊的应允，她这才从他的办公室离开。

下班的时候，刚出学校门，便接到了蒋凯南的电话："向好，中午一起吃个饭吧？"

向好突然一愣："凯南，你不是在阳城照顾你妈妈吗？"

"她已经好了。"

"噢。"向好突然想到了什么，"那我是不是可以抽空去阳城看看她？"

"可以。"蒋凯南回答得很爽快。

向好没想到蒋凯南会这么快答应，心想着他是不是已经做好杜娟的思想工作了，于是问道："什么时候合适？"

"现在。"

"现在？"向好有些犹豫，"我暂时还没准备好，而且现在我还不方便去阳城。"

她话音未落，蒋凯南就立刻说道："就现在，她来了。"

向好心头突然一震，瞬间说不出话来。

杜鹃来了？她突然感觉自己还没准备好！

"怎么了？突然不说话了？"蒋凯南低低地笑了一声，"不要告诉我你突然不想见了。"

不想见了？好像确实有点儿……

但，她现在根本没有反悔的余地，她迅速地看了看自己今天的着装，非常普通的牛仔裙，白衬衫，再加一双普通得不能再普通的白色帆布鞋。

这样的装束，见男友的妈妈会不会不够隆重，有些失礼？

还有，她今天早上走得太急，连个隔离霜都没来得及擦，素面朝天的，这会不会不够礼貌？

向好正胡思乱想着，蒋凯南已经从台阶上走了过来。

他今天的穿着也很随意，白色棉质 T 恤，蓝色牛仔裤，白色运动鞋……

好巧，就跟事先和她商量好了似的！

但向好并没有过多地打量蒋凯南，视线完全被站在他身旁的那位中年女士吸引了。

她穿着一身蓝色的缎面旗袍，旗袍胸口处的白色玉兰花瓣舒展，仿佛老远都能闻见香味儿……

而她的长相和仪态，正如这白玉兰一般，雅致又端庄。

不用问也知道，她就是蒋凯南的妈妈杜娟。

如果说向好此刻没有一丝丝的担忧是不可能的，毕竟上一辈有那么多的矛盾和误会。虽然这么多年已经过去了，但有些东西并不会随着时间的推移真正淡去。

蒋凯南对她们彼此做了介绍，向好正准备迎上去打个招呼，杜娟就先开了口："向小姐，我们突然冒昧地跑来找你，没吓到你吧？"

说话间，微微带着笑意，但却看不出太多的高兴。

向好连忙笑着应答："没事的伯母，您今天能来，我很欢迎。"

她话音未落，只见杜娟脸上的笑意竟散去了大半儿，她也不知道自己到底说错了什么。

"其实，我比你母亲还要小半年的。"杜娟突然说道。

向好愣了一下，才明白她话里的意思，她不高兴了，很可能是因为她刚才叫的那声"伯母"令她不高兴了，于是连忙改口道："不好意思阿姨，我之前不知道……"

向好话还没说完，蒋凯南立刻说道："没事的，你怎么叫她都行。"

蒋凯南说罢，又补充了一句："要不你就叫她娟姐吧，我平时也这么叫。"

向好突然一愣，虽然她并不想这样称呼杜娟，但也明显察觉到刚刚蒋凯南说出"娟姐"两个字的时候，她脸上的笑意再次浮现。

向好定了定神，轻轻地叫了一声："娟姐。"

向好思想开明前卫，并不觉得称呼是一个大问题，只要彼此能接受，怎么叫都行。

她也明白，杜娟之所以如此介意这个称呼，并不一定是因为她吹毛求疵，而是曾经的芥蒂她还没能完全放下。

所以，此刻向好有些担心会因为这个问题，影响到和杜娟的相处。

……

蒋凯南带着向好和杜娟去了那家农家乐吃饭，由于风景不错，杜娟的心情看起来也很不错。

席间，蒋凯南和向好不停地聊着过去的事，杜娟偶尔插上几句，气氛倒也算是和谐。

向好见时机差不多了，于是便对杜娟说出了她一直想说的那些话："娟姐，我爸妈和您之间似乎有一些误会，这些误会之前我一无所知。我真正了解这些事，是在上个月。我能和凯南再次和好，也跟我突然了解了那些过往有关。还有……娟姐，我不希望那些旧事影响到我们之间的关系，或者我和凯南之间的感情。"

向好说话间，杜娟听得很认真。

在这个过程中，她一直在留意杜娟的情绪变化，毕竟还没进门的儿媳，总会在意未来婆婆的看法的。

杜娟朝着蒋凯南看了一眼，随即轻轻笑了笑，对向好说道："向小姐，你很坦诚，我也很喜欢你的直白和坦诚。我的性子和你一样，遇到任何事都不喜欢拐弯抹角，当初也正是因为我的这个性格，才和你继父分开。那个时候，我确实想不通，总觉得我和他的感情被人给插了一脚……"

"不，不是的。"向好立刻说道，"我反复找我妈妈求证过，她是在您和我继父分开之后，才在一起的。只是说，这中间隔的时间不是太长，所以才让您误会了。"

杜娟微微怔了怔，随即又笑了："其实我现在也不在意他们到底什么时候在一起的，虽然说我之前真的介意过。"

向好总觉得杜娟还是没能放下："可是……"

她话还没说出口，杜娟就突然抬了抬手，示意她停下。

向好只得停下。

杜娟继续说道："今天我既然来了，咱们也见面了，而且你和凯南的关系也定了，有些话我还是应该说清楚。其实，我现在真的不介意那些事了，我是真的想通了。就算你妈妈当初真的是在我和你继父没有分开的时候在一起的，我也不会介意了。有句话说得好，能被分开的伴侣都不是好伴侣。我和向卫华是恋爱过，但这中间一直矛盾重重，只看哪天爆发。一旦爆发，我们的结局只有一个，就是分道扬镳。有时候我甚至会想，我应该感谢你的母亲林越，如果不是她，我可能真和向卫华走到一起了。但以我和他的性格，如果生活在一起，那必定是一场灾难。所以，是你母亲的出现，避免了这场灾难的发生。所以，我应该感谢她。"

向好听罢，正准备说点儿什么，杜娟又开口了："我知道，你一直担心我误会你的母亲林越了。我不会误会的，我知道他们是在我和向卫华分开后在一起的。只是那个时候，我心里的结没打开。后来我的事业有了起色，回头看看发现自己曾经放不下的，根本不是什么惊天动地的大事，只是自己心里没有迈过那道坎儿而已。"

吃过饭之后，杜娟先回去了。

向好和蒋凯南在瀑布旁小憩，蒋凯南这才开口说话："向好，我知道你在担心什么。其实有些事，你不用担心。我早就跟你说过，如果我不做好我妈妈的思想工作，就不会让你们见面。我爱你，所以决不会让你处于两难的境地，更不会让你有任何的尴尬难堪。"

向好顿了顿："凯南，我刚才是不是有些话说得不太好？"

蒋凯南摇了摇头，随即伸出手拉住了向好的手："不，你说得很好。但你越是说得好，我就越是感受到你心里的担忧。其实，那些担忧大可不必。我之前就跟你说过，你是我深爱的人，也是我选择伴随我走过这一生的人，我会对你负责，这个负责会体现在方方面面。比如，你和我妈妈的关系。由于我们两家人关系特殊，我会更加多地去关注这一点，决不会让你因此受半点儿委屈。"

向好听着蒋凯南的话，虽然没说什么，但心里却是感激的。

蒋凯南继续说道："我妈妈这个人，人挺好，就是脾气有点儿怪，这个我知道。自从我爸走了之后，我妈一直没有再婚。倒不是她找不到男人结婚，而是她太挑剔，太追求完美，最后挑挑拣拣，总也挑不到合适的。有时候我就想，她之所以后来这么挑剔，一方面是因为她有了孩子，担心我受委屈。更重要的一点还是因为，我爸才是她心里的第一，无论遇到谁，她都会将我爸作为标准，总觉得别人不如我爸。所以，她一直一个人。"

向好听到这里，不由得有些感慨。

但凡一个女人真的爱上了一个人，那么她今后就很难再爱上"第二人"。哪怕，她所爱的那个人已经不存在了，可对她的影响却是终身存在的。

正如她当初爱上蒋凯南，哪怕是分开，哪怕是心存芥蒂，哪怕是她不断被别的男生所追求，但她从始至终都没能忘记蒋凯南，他一直都在她的心里，仿佛在心灵深处最柔软的某个角落里定居了一般。

不过后来，她发现了一个规律：在同一阶层内，但凡多次被分手的人，身上大多都有诸多毛病；但凡被念念不忘甚至穷追猛打的，大多是具备一些优秀特质的。我们想方设法逃避的，从来都不是某个人，而是那些无法忍受的毛病。而我们难忘不舍的，也不是某个人，而是对方具备的那些优秀特质。

向好爱蒋凯南，这是毋庸置疑的。但归根结底，她所爱的还是蒋凯南所具备的好的特质。而这些好的特质，让她无可救药地爱上他这个人，爱他的一切优点、缺点，以及特点。

第九十七章　妒火中烧

此刻，向好和蒋凯南正在瀑布下互吐心声，而不远处却有一双眼睛正看着他们，神情沮丧。

此人便是李晓檬！

这些日子以来，蒋凯南的那张脸一直印在她的脑海里，虽然她很少去找他，但思念之情却因未能见面而越来越浓烈。

她特地打听过蒋凯南的消息，也知道他是回阳城了，心里只想着等他回来，她再找机会和他接近。

却不想，这段日子，她对他朝思暮想，而第一次见到他却是他和别人在一起，如此亲密，又如此默契，仿佛无论发生任何事都不可能分开的一对。

此刻，她看着瀑布下那一对熟悉得不能再熟悉的背影，心情复杂到了极点。这种情绪复杂到连她自己都说不清、道不明。但有一种情绪是特别突出的，就是妒忌，无以复加的妒忌，像是一团火，瞬间将她燃烧，让她的理智顷刻间化成了灰烬。

她忍不住想：自己到底比向好差在哪儿？为什么她得到了她梦寐以求的一切？而自己却只守着一个空空如也的梦？

就因为向好的成长环境比自己好吗？可这怪得了自己吗？她何尝不想当初被林越带走的那一个孩子是她？如果是那样，现在向好所得的一切，会不会都是她李晓檬的？

她自然也知道成长环境的重要性，觉得她今天的一切都是因成长环境所致。为了弥补这一缺憾，她做了诸多努力。是的，就在遇到蒋凯南之后，她做了诸多努力。

曾经对任何人任何事都不屑一顾的她，开始和张晖搞好关系，希望通过张晖多一些接触蒋凯南的机会。她甚至开始讨好林越和向卫华，不为别的，而是希望将自己的身世重新"嫁接"。如果有了林越和向卫华这样的父母，没人会低看她。

可是如今看来，她做了这么多的努力，依旧于事无补，她依旧得不

426

到她心中所爱。

那个被她深度爱慕的人的手，依旧握别人的手，如此亲昵，如此紧密。

但，即便心情低落到极点，她还有一点儿残存的理智，这点儿少得可怜的理智迫使她安静而又悲伤地站在原地，一动也不动，像是一座悲伤的雕塑。

……

向好回到家之后，看到李晓檬正在院子里的那棵香樟树下看书，她垂着眼帘，像是根本没有察觉到向好回来了。

向好主动和李晓檬打了招呼，随即又问："小檬，你这看的是什么书啊？"

李小檬仍旧没有转头看她，而是将手里的书倒着盖在一旁的凳子上，像是有很重的负面情绪急需发泄。

向好并没将关注点放在李晓檬的情绪上，而是特地看了看那本书——《人间失格》。

虽然她没有看过这本书，但却曾经听说过。

这是日本作家太宰治的代表作，虽然很出名，但如果不了解作家所处的时代背景的话，是很难真正理解的。她并不会武断地将这本书全盘否定，但书中传达的"丧文化"，将内心的颓废、无助、绝望描绘得淋漓尽致……

不知怎的，向好突然感觉，李晓檬刚刚之所以有那么强烈的负面情绪，很可能和正在读的《人间失格》有关。

于是便好生劝道："小檬，虽然这本书不错，但看了之后难免会情绪低落，要不你尝试读一些乐观积极的书？"

她话音未落，李晓檬突然抬起头看着她，一脸莫名其妙的表情。

向好感觉有些不太对劲儿，于是又说："小檬，我没别的意思，我只是……"

"你只是想否定我，对吧？"李晓檬说话间突然站了起来，唇角带着讽刺的笑，"我不看书，不对！看书也不对，找理由说我选择错了！那你想要我怎么样？难道让我按照你的意愿活在这个世界上吗？"

"小檬，我不是这个意思。"向好倒不是想要为自己辩护，而是不希望被李晓檬一再误解，"你现在情绪这么不好，难道你真以为和你看的这本书没关系吗？"

李晓檬愣了愣，紧接着又笑了，唇角依旧充满讽刺："我情绪怎么不好了？像你这样一脸假笑才算情绪好吗？"

向好怔住了，一句话也说不出来。

她怎么也没想到，自己强忍着不发火，担心伤害到他人努力克制自己的脾气，在李晓檬看来竟会是"一脸假笑"。

就在向好正想说点儿什么的时候，李晓檬又开口了，语气平静："我记得你之前说过，你和蒋凯南不是男女朋友关系。"

向好又是一愣！

毕竟，她没有想到李晓檬竟会突然问起这个，这个问题貌似和刚刚的一切毫无关联。

但她还是点了点头："是，我之前是说过。"

她话音未落，李晓檬又轻轻地嗤笑了一声："既然不是男女朋友关系，怎么整天都腻在一起呢？"

向好怔怔地看着李晓檬，一脸诧异！

她不知道李晓檬到底为什么会说出这样的话来，更不知道她又是怎么知道她和蒋凯南在一起的。虽然说这都是很正常的事，可从李晓檬的嘴里说出来却像是一件极不光彩的事。

向好调整了一下自己的情绪，说道："小檬，我和凯南确实在一起了，但是我这么大了，恋爱也很正常吧？"

很显然，她对李晓檬的心思丝毫不知。

但在李晓檬看来却并非如此，她觉得向好只不过是在装傻："你的表演功底真的很不错，怪不得大家都那么喜欢你！生父生母把你当作掌上明珠，继父也恨不得把你捧到天上去！说到底，还不是因为会装，装成他们喜欢的样子？"

向好在李晓檬面前，一贯保持着高度的耐心和好脾气，无论她做什么，说什么，向好都会告诉自己：这是自己的亲妹妹，自己占有了良好的资源，而妹妹却一直过得不如意。她会因此而愧疚，总是想方设法地去迁就她，补偿她。

但今天，她确实有些忍不住了，于是跟李晓檬说话语气也不太好："小檬，你怎么可以这样说话？还有，我怎么表现，我和谁在一起，那也都是我的事，你就这么看不惯吗？"

"你不也看不惯我吗？"李晓檬反唇相讥。

向好又是一愣！

确实，她刚才"善意的提醒"也算是妨碍了李晓檬，只是她觉得那样是对的，所以就说出来了。

而李晓檬现在这样嘲讽她，或许是出于报复心理，二人的"出发点"虽然不同，表现形式却没有二样。

"好吧。"向好无奈地叹了口气，"那我以后不说了……"

她话还没说完，李增贤就突然问了一句："怎么回事？怎么突然就吵起来了？"

向好猛地回头，见李增贤就站在大门口处，沉着脸，一瞬不瞬地看着李晓檬。

向好一时间有些慌，她不确定李增贤在大门口处站了多久，又听到了些什么，正想打个圆场，李增贤就突然问道："小檬，你怎么又挑事呢？"

在李增贤看来，他只不过是按照惯性随口一问。

但对李晓檬而言，他刚刚那句话就是导火索！

"你怎么就知道是我挑事？"李晓檬强压着心里的怒火，但声音已经开始控制不住地发抖，"你什么都不了解，也没问，就直接把罪名扣我头上了？"

说罢，她瞪大眼睛看着李增贤，仿佛受到了莫大的侮辱一般。

李晓檬的反应让李增贤有些意外，他一时间有些手足无措，但仍然继续说道："每次不都是你挑事吗？小柠她不喜欢没事找事！"

"那是因为她会装！"李晓檬的怒意终于爆发，"如果不是她装得好，你们会这么喜欢她？"

"小檬，你怎么能这么说话呢？"李增贤的脸拉得老长，"她是你姐，你怎么能这样说她？"

"她确实是我姐，但她从没把我当成妹妹看待！"李晓檬说着说着，眼泪就下来了，"如果她把我当妹妹看，当初就不可能见死不救！"

李晓檬话音未落，李增贤和向好都瞬间愣住了！

见死不救……这到底是什么意思？

向好皱着眉头，朝着李晓檬走近了几步："小檬，什么见死不救？我怎么听不太明白？"

"你当然听不明白！"李晓檬带着泪冷笑了一声，"就算你听明白了又能怎样？不还是一样装得跟什么都不知道一样？"

李晓檬说罢，向好更加诧异了。

李增贤也一样，眉头紧锁，看了看向好，又看了看李晓檬："小檬，你这是干什么呢？都是一家人，有什么话不能摊开了讲？非得掖着藏着的，还冷嘲热讽的？你这不是故意让人难受吗？"

紧接着，李晓檬终于将压在心底很久的往事给说了出来。

原来，在很久之前那个风雨交加的上午，江朵朵突然失踪，向好撑着伞去找她。好不容易在一个泥坑里将江朵朵给救了出来，却不想在不远处李晓檬也掉进了一条水沟里。在暴雨中，她哑着嗓子向向好发出求救信号，但向好却并没有听见……

当李晓檬说罢这些，像是突然舒了一口气，又像是突然泄愤了一般。

向好怎么也没想到，类似的误会不久前刚刚在梅园小学发生过，现在又落在了她和李晓檬之间。只是，她和李晓檬之间的误会发生更早，时间也更为持久，误会也更深。

这一切，从李晓檬眼中燃烧的怒意可窥一斑。

向好有种百口莫辩的感觉，但她还是定了定神，让自己恢复平静："小檬，那一次我真的没有看到你，也没听到你的声音。我记得那天雨很大，我也是浑身湿透，又冷又怕的。如果我真的看到你，我说什么都会救你的。还有，你也知道，这样的误会不久前也发生过，秦薇也觉得是我故意不救她，但事实上呢？"

向好本想通过这个比方来消除李晓檬心里的误会，却不想她突然说了一句让向好三观尽毁的话："你到底是不是故意不救秦薇，我怎么知道？说不定你就是故意的！"

李晓檬话音未落，李增贤就一个巴掌挥了过来！

随着那啪地一声响，李晓檬瞬间蒙了！

就在向好正准备上前拦住李增贤的时候，李晓檬已经突然转过身，朝着外面跑去。

"你给我回来！"李增贤朝着她喊了一声，声音里满是愤怒。

李晓檬正在气头儿上，哪里听得进去？

向好想要追，却被李增贤给拉住了："让她去，最好永远别回来。"

此刻，向好即便是只看着李晓檬的背影，也能看出她心中的怒意。

在这个点儿上，就算她冲上去找回她，能将她心中的怒意消除吗？自然不能，甚至还可能适得其反。

向好劝了李增贤一会儿，就自己回房间了。

她的心情，低落到了极点。

第九十八章　墨兰和白兰鸽

刚回到房间，便接到了林越的电话。

向好的第一反应是，李晓檬将刚刚争吵的事情告诉她了。

却不想林越问出的第一句就是："听说你和蒋凯南的妈妈见面了？"

向好愣了一下，然后点头："嗯，你怎么知道？"

林越叹了口气："她刚刚来过了。"

"来过了？"向好不禁诧异，"她来过……哪里？"

"当然是咱们家！"光听声音，就能判断出林越此刻的心情有些复杂，"她今天突然来了，把我和你爸都给吓了一跳。这些年，你爸一直躲着她，生怕她心里有怨气。后来我才知道，她是真的放下了。"

"那她今天去咱们家做什么？"向好仍然有些担心。

"她主要是来说服你爸，你也知道，你爸这个人虽然平时嘻嘻哈哈的，但遇到正经事他就有些顽固不化。当初你和蒋凯南分开，也是因为杜娟考虑到以后很难面对你爸，才棒打鸳鸯的。你爸之所以不赞同你和蒋凯南在一起，也是不愿意在杜娟面前低头。"

向好听罢，沉默了好久。

"总之啊，现在这件事就这么了了，你和凯南也不用担心什么了。"

"'就这么了了'是什么意思？"向好开始打破砂锅问到底，生怕一不小心出现什么闪失。

"还能怎么了了？"林越突然笑出了声儿。

"妈，你别卖关子行不行？"向好有些急了。

林越这才忍住了笑："瞧把你给吓的！棒打鸳鸯这种事，总不能再来第二次吧？反正这件事，我是早就放下了，我一直很支持你和蒋凯南在一起。现在你爸和杜娟也都想通了，毕竟，他们都五十多岁的人了，该看开的就应该早点儿看开，成全孩子的幸福。"

向好这才舒了一口气。

林越感叹道："现在这件事办妥了，我也不用担心了。不过这次杜娟亲自上门来说服你爸，我还真是挺意外的。我知道她这个人样样都想优于别人，一直心高气傲的，从来不肯低头。她这次来，那态度好得让我意外。尤其是你爸，觉得她就跟换了个人似的。"

向好听罢，笑了笑，轻描淡写道："你之前不是说过，人年纪一大，什么想不通的事都能想通，什么放不下的事也都能放下，开始懂得原谅他人，也开始懂得接纳自己的不足。凯南的妈妈也一样啊，在生意场上摸爬滚打这么多年，也开始慢慢改变，这都很正常。"

向好话虽这么说，可心里却明白，这次杜娟的态度能有如此大的转变，和蒋凯南的努力劝说是分不开的。自从她决定和蒋凯南复合的那一天开始，蒋凯南就不断努力说服杜娟。杜娟的性子向来带着一股子倔强气，能将她说服的，只能是蒋凯南。

……

李晓檬自从走后，就再也没有回来过。

连续一个多月的时间，向好都心神不宁，她给李晓檬打了无数电话，都处于关机状态。

但李增贤却表现得异常平静，向好觉得纳闷儿，于是问李增贤："爸，小檬都出去这么久了，你怎么也不着急？"

李增贤风轻云淡地笑了笑："她都这么大人了，出去了肯定会照顾好自己的，你不用担心。"

向好仍觉得纳闷儿："你和她联系过没？"

"不用联系，反正她也不是第一次离家出走了。"李增贤依旧是不急不躁，"等她在外面待够了，自然就回来了。"

向好觉得李增贤态度反常，但却又什么都问不出来，她除了干着急也没办法将李晓檬给找出来。

就在向好焦灼不安的时候，李晓檬竟然回来了！

而且，还有梅园第一书记张晖陪在她的身边。

向好本担心李晓檬在这期间会不会闹出什么事来，现在一看到张晖，她突然就安下了心。

只要和张晖在一起，她就不担心李晓檬会走歪了！

而且，令向好意外的是：李晓檬脸上的怒意和戾气已经消失不见，取而代之的是浅浅的但却很甜蜜的笑……

就在向好略略诧异间，突然瞥见了张晖脸上的那抹笑，和李晓檬的笑容高度相似。

向好的第一反应是：他们恋爱了！

是的，他们真的恋爱了！

经过一番交谈，向好才知道，当初李晓檬负气离家出走之后，一时间不知道该去哪儿，就只得去了梅园艺术创作中心。

张晖得知她和家里闹了矛盾，便极力劝解，想让她尽快回家。

然而李晓檬性子倔强，并没有听从张晖的劝解。张晖无奈，只得帮她安排了住处。

李晓檬住下之后，对张晖的安排表示感谢，但却也再三叮嘱他不可以将这件事告诉自己的家人。

张晖表面答应了，但却私下给李增贤打了电话帮李晓檬报了平安，并让他假装不知道。

李增贤虽然担心自己的女儿在外"不方便"，但由于他一直看好张晖，心里倒也希望李晓檬能和张晖多相处……

在这段时间，李晓檬什么都没干，只顾着读书写字，字写得越来越好。

一个二十出头的女孩子，写出的小楷苍劲有力，气势恢宏，如果不特地介绍，没人知道这么好的字是出自一个弱女子之手。

张晖这段时间在工作之余，经常去找李晓檬，开始是他教李晓檬书法，李晓檬写完，他还能帮着指点指点。

但是现在，李晓檬写的字可比他写的好多了，他没办法指点了，于是在李晓檬面前他从"老师"变成了"徒弟"。关系变了，情感也变了，变得越来越默契浓烈了。

李晓檬和张晖走到一起之后才发现，这才是爱情该有的样子！

与此同时，她对蒋凯南的执念也开始渐渐淡去，最后变得无影无踪。她认真地回想了一下，自己为什么会突然喜欢上蒋凯南呢？除了蒋凯南本身具备的优秀特质，还有一个非常大的原因，那就是：她听说蒋凯南是向好的男朋友！

在李晓檬的潜意识里，总觉得向好占有了一切好的资源，也抢占了那份本可能属于她的幸福。所以，看到向好种种的好，她心里会莫名泛酸，甚至会想要抢过来！

而现在，当她注意力转移之后，才发现，这世界上优秀的男人可不止蒋凯南一个，身边就有一个现成的，对她嘘寒问暖，呵护备至，她又为何非要去做那些吃力不讨好的事呢？

有时候，人的心结就是在某一瞬间突然解开的；有些执念，也是在某一瞬间突然放下的……

而张晖呢？如果说张晖开始有留意到李晓檬，仅仅是因为她的样貌，那么现在，李晓檬吸引他的，则是谈吐和智慧，以及她不断改变不断向着更好的方向发展的决心。

第二天，李晓檬就和张晖去阳城见了林越和向卫华。

得知李晓檬和张晖走到了一起，林越和向卫华都非常欣慰。在他们看来，这算是李晓檬最好的情感归宿。

而李晓檬也给向卫华和林越带去了一份"厚礼"，这便是她花了很长时间绣出的真丝花鸟图。

淡金色的真丝面料上绣着极为精巧的墨兰和白兰鸽，那白兰鸽的翅膀伸展到极致，像是随时都能从这墨兰之间飞起来一般……

向卫华一边看一边感叹道："想不到啊想不到，小檬能把这花鸟图绣得跟真的似的。水平这么高，如果再练上几年，那还得了？"

张晖一听，朝着李晓檬看了一眼，李晓檬正抿着唇微微笑，一脸幸福和满足。

张晖问道："这已经很好了，如果继续练，还能练成什么样？"

向卫华哈哈笑了起来："不管做什么，坚持下去，就永远都有进步空间。"

紧接着，向卫华把那幅真丝花鸟图挂在了客厅屏风处。

林越虽然从始至终都没有说一句话，但眼中的欣慰无以复加。

更有趣的是，这一次，李晓檬到向卫华和林越家里的时候，不再像之前那样拘谨。

她也不再刻意去留意向卫华和林越的眼神，去费尽心思琢磨他们所说每一句话背后的深意。

而是很自然、很大方地去面对每一件事，没有一丝丝格格不入的感觉。

李晓檬的转变，向卫华都看在眼里。

在林越做饭期间，他偷偷跟林越说道："你看，小檬现在多好，比之前好多了。"

"那可不？"林越打趣道，"也不看看她是谁生的女儿，能不好吗？"

向卫华一听，立刻接下来话："你的女儿，也是我的女儿，咱们现在俩女儿！"

......

第九十九章　喜事连连

就在李晓檬和张晖去阳城期间，向好竟意外帮江朵朵办了一件好事。

江朵朵长期一个人居住在那条小巷子里，身边没有一个亲人朋友，不方便，也不安全。

向好听说有一户住在江建民旁边的人家打算迁移到梅园镇周边，在镇上做一些小生意，无意间和那户人家的主人攀谈了起来。

本来就是闲聊的，聊着聊着她突然想到江朵朵的房子，就这样领着对方去看了。

房子虽然很小，但地理位置很好，而且出行方便，他很快就提出用自己的房子和江朵朵的房子进行交换。向好很快联系到了江建民，江建民略做思考之后，很快就答应了下来。

事情就这么定下来了，江朵朵搬到新家之后，心情很不错。

毕竟，离自己的亲人近了，而且在非必要的时候又不会打扰到他们，这对她来说，是一件莫大的好事。

除了江朵朵遇到了好事，梅园小学也是喜事连连。

房磊经过反复思考之后，终于同意在学校设立图书馆，丰富书籍储藏，并对每一本书进行严格审阅，确保适合教职工和孩子们阅读。

在国内一家教育基金会的帮助下，梅园小学有了3D打印机、智能机器人、天文望远镜等高科技设备。这使得梅园小学的孩子们，即便是身处深山之中，也能感受到世界之大、世界之美，让他们对未来有了更多的憧憬，大大激发了他们学习的兴趣和热情。

......

秦莉自从爱人出事之后，整个人都变了，她的努力也是有目共睹的。她最终因教学能力突出，工作作风良好，获得了"年度优秀教师"的称号。

当时，所有的人都很意外，但仔细想了想秦莉这一年多的表现，也都心服口服。

这件事情，说来还蛮有趣的。

当初向好在提出优化《梅园小学教职工月度考核方案》的时候，秦莉是第一个提出反对意见的，并说出了若干条理由。如今，她却成了这个考核方案的受益者。

秦莉在发表获奖感言时，感慨良多，于是同时也顺带检讨了之前在工作中的不足之处，这让很多老师也开始反省自己的不足。

秦莉最后说道："曾经，我爱人是我们家的顶梁柱，我什么都依靠他。现在，我是家里的顶梁柱，我应该将自己的爱和关注都给我的家人，让他们感到安全和温暖。也正是我的人生中发生了一些意外，让我成长了。一个女人，在将近四十岁的年纪才慢慢开始长大，听起来有些可笑。但可笑归可笑，总比我永远都停留在原地，永远都不知道进取要好得多！在这里，我要特别感谢两个人，一个是房校长，另一个是支教老师向好。在我心情最低落，没勇气见人的时候，是他们两个找到了我，给了我重新站起来的勇气和力量。"

秦莉说到这里，眼眶竟有些泛泪："尤其是向老师，当初我也跟许多教师职工一样，觉得她是支教老师，是'外来者'也是'后来者'，总觉得她不可信、不可靠。我也曾经因为一些事情和她闹过矛盾，有过争执，但后来我觉得，她真的和我最初想象的不一样。不但不一样，而且恰恰相反，她虽然是支教老师，但并不是来梅园镇镀金的，她在校工作期间，想了许多帮助我们梅园小学进步的好点子、好方法。可以说，因为她，我们梅园小学的工作提升了一大步。而且，她一直在帮助我们梅园镇的留守孩子江朵朵，从这件事中，我看到的是责任和爱心……"

秦莉说到这里，台下响起了热烈的掌声。

掌声中，房磊缓缓站起了身，笑着打趣道："哎呀，今天秦老师的发言很精彩。但有一个问题：她把我想说的话都说了，我接下来该说点儿什么？"

房磊话音未落，周围就有人起哄："房校长什么都不用说了，给我们唱首歌吧！"

"讲个段子！"

"实在不行，来段儿脱口秀也行！"

七嘴八舌之中，现场气氛达到了高潮。

今天，是梅园小学这么久以来最快乐的一天，每一个人的脸上都洋溢着会心的笑。

在一片喧闹之中，江朵朵跟向好说道："向老师，我之前一直害怕你离开这里，现在也不害怕了。"

"为什么？"向好问。

江朵朵抿唇笑了笑："我长大了呗！还有，现在很多老师都开始帮助我。尤其是周老师，她家就在我新家附近，晚上她经常去我家串门儿，她也想画油画。"

"周老师也会画画儿？"向好问。

江朵朵摇了摇头："她不会，但想学。"

"跟谁学呢？"

"我呀！"江朵朵说到这里，没忍住笑了，说话跟个小大人儿似的，"我画得虽然一般，但可以带她入门儿，然后跟她一起学习。她学得很快的，一看就知道该怎么调色，怎么上色……"

向好听到这里，虽然觉得有些不可思议，但仔细一想，又似乎明白了什么。

不管周小敏是真心想学画画儿，还是想要照顾江朵朵，只要这件事有了好的开端，都是一件好事！

想到这里，向好下意识地朝着周小敏那边看去。

此刻，周小敏正和另一位青年老师李洋坐在一起，两个人正在轻声交谈着什么，看起来很亲密的样子。

向好这才想起，李洋一直在追求周小敏，而周小敏此前并没表态。

但从现如今的情况来看，周小敏的态度有所转变。这对李洋来说，是一件特大喜事。对周小敏而言，或许也是一个好的开始。

……

活动结束之后，已经是晚上八点多了，向好刚走下台阶，突然听到有人叫她名字。

她转过头，便看到黄帧在她身后，扶着扶手小心翼翼地往下走。

向好见状，连忙转过身去打算扶着黄帧下台阶。

她刚伸出手，黄帧便说道："向好，我有一样东西给你。"

向好诧异，问道："是什么东西？"

黄帧没有回答，从兜里掏出一张蓝色的帖子递给了向好："杨采采的个人音乐会，这个周日晚上七点在阳城图书馆艺术中心举行，你也一起去吧！"

当向好听到"杨采采"的名字的时候，就仿佛看到了一个正在发光的影子。

再一看那张邀请函上杨采采正在弹钢琴的侧影，只觉得眼前顿时一亮。

这个出现在她少女时代的音乐老师，哪怕不在她身边，也很少见面，却一直在她的心里，影响着她。

黄帧见向好半天不说话，皱了皱眉头问道："怎么？你这个大忙人抽不出时间啊？"

"当然不是。"向好立刻说道，"我一定会去，而且我还要带多几个人一起去！"

"好。"

第一百章　生命中的爱之梦

周日晚上，阳城图书馆艺术中心。

向好、蒋凯南、黄帧和江朵朵四个人一起到了演出大厅。

黄帧很识趣地和江朵朵坐在一起，而且和向好离得有些远。

向好刚刚坐下不久，突然听到有个熟悉的声音在叫她："向老师！"

声音充满惊喜，带着少年特有的清脆。

向好转过头，便见到那张帅气的脸庞，是梁宇飞。

向好不由得愣住了，她的第一反应是：梁宇飞是江朵朵叫来的。

正打算问点儿什么，突然在梁宇飞的身后看到一张有些熟悉的脸，对方穿着一袭白裙，马尾束得高高的，此刻正冲着她笑。

向好想了好久，才突然想起她是梁宇飞的班主任杨敬。

向好和杨敬打了招呼之后，便说道："杨老师，真的好巧，没想到竟然在这儿见到你。"

杨敬笑了笑，说道："我出现在这里很正常啊，这是我自己家人的音乐会。"

杨敬话音未落，向好就不免有些诧异，于是问道："你的家人？请问是……哪位？"

杨敬朝着台上指了指："喏——就在那里。"

向好转过头，朝着台上看去。

香槟色的幕布已缓缓拉开，海蓝色的环形舞台渐渐展现在大家的视线之中。

舞台中央是一架白色的钢琴，杨采采端坐于钢琴前，依旧是一袭黑色丝绒长裙，头顶依旧盘着高高的发髻。就这样远远看去，灯光之下，就连那张脸和神态，依旧保持着年轻时的样子……

只是，此刻她站上了更大的舞台，她成了一名专业的钢琴演奏家。

这不是梦，是真实的。

她不是残疾人，她比之前更健全！有健全的人格、健全的思维，还有清晰和坚定的目标。

她终于将自己的梦想实现了。

这一路走来，她经历了多少风浪，流了多少眼泪，都已经不再重要。

她虽然经历过苦难，也曾经不顾一切披荆斩棘，却也有让荆棘化作甘露的本事。

正是那些苦难，让她邂逅了一个更好的自己——一个理想中的自己！

"有没有觉得我和她长得有点儿像？"杨敬的声音再次在向好的耳边响起。

向好这才转头看向杨敬。

像，确实像！

她第一次见到杨敬的时候是在阳城实验一小，当时就感觉她的眉眼似曾相识，但却没想起到底在哪儿见到过。

"杨老师，请问您和杨采采老师是什么关系？"向好问话间，目光一直落在杨敬那双和杨采采高度相似的眼睛上。

杨敬的那双眼睛明亮、有神，仿佛时刻都闪着光，和杨采采的眼眸如出一辙。

"我是她的堂妹。"杨敬发现向好在观察她，但也并没有觉得不自在，淡然回答道，"我爸爸虽然是杨采采的叔叔，但实际上，相当于她的养父……"

"噢，我知道。"向好点了点头，"关于杨采采的身世，我此前有听说过。"

向好话音未落，台上的钢琴曲已经开始了，是李斯特的《爱之梦》。

旋律，再熟悉不过了；演奏者，也是再熟悉不过了；就连那修长白皙的手指在琴键上跳跃的样子，都是再熟悉不过的……

可向好，偏偏听出了别样的感觉。

她甚至感觉，同样的旋律，却没有任何一次比这一次更让她感动。

听着听着，她的脑海中竟闪现出曾经和蒋凯南一起的时光。

那每一个瞬间，都清晰无比，却又转瞬即逝。

当曲子弹奏到后半部分的时候，她的脑子里竟又闪现出无数画面。

这些画面，是从未在生活中出现过的，但仍然异常清晰。

她仿佛在那海蓝色光影里，看到了她和他穿过熙熙攘攘的人群，感受微风拂面的惬意和温柔。

她看到她和他一起静静站在窗前，一起看海面上的日出，一起看黄昏的晚霞。

看不知名的鸟儿穿过晚霞时飞舞的姿态。

看暮色之中，他年轻或苍老的样子。

她和他一起听雨点敲打玻璃的声音，看那雨滴碎裂之后蜿蜒而下的曲线……

她还看到，在某个清晨，她和他一起路过某个早点摊，看一对老夫妇忙碌中的笑颜，以及那热气腾腾中的期待和希望。

她看到，某个午后，她为他炖了一盅汤。

他们一起看灶台上燃起的炉火，看青色火苗中的安静、恣意，或张扬。

她看到，在某个傍晚，她依偎在他的身旁，一脸幸福和满足的笑脸。

……

一曲完毕，她的思绪才缓缓收回，转头间，便看到蒋凯南的脸。

很显然，他也听得入了迷，眼中满是憧憬。

当音乐会结束之后，他们走出演出大厅，向好感叹道："杨采采真了不起，我感觉她像是一个奇迹。"

蒋凯南笑了笑："她只是想通过自己的努力，将看似不切实际的一切变成切合实际的。"

向好问道："什么是不切实际的？什么又是切合实际的？好像并没有确切的定义。"

"那不是更好吗？可以自己给一个定义。"蒋凯南说罢，停住了脚步，转头看着向好，"就好像，你总是不断追问人生的意义。其实，意义也是自己定义的。"

"我一直在想，什么样的生活才是有意义的，从事什么样的工作才是有意义的。现在我突然觉得，我想了这么多，除了给自己徒增烦恼，陷入虚无，并没有其他收获。"向好说到这里，竟有些沮丧，但沮丧转瞬即逝，她接着说道，"所以啊，不要总是去追问事物的意义，将该做的事做好，就是当下最大的意义。"

蒋凯南仲出手握住了向好的手，没有说话。

其实，他很想告诉她：我们活着的目的或许并不是探索生命的意义，而是享受当下，憧憬未来，脚踏实地、不慌不忙地朝前走。这样一路向前走，就能不断地邂逅更多的美好和幸福。意义，不就存在于那些幸福点滴中吗？

向好见蒋凯南许久没作声，转过头看他，她想告诉他，刚刚在听杨采采弹奏《爱之梦》时她的那些憧憬和感动。可动了动唇，还是没能说出来。

转头的间隙，她突然看到江朵朵和梁宇飞被黄帧拉在手里，一只手拉着一个。两个十几岁的孩子蹦蹦跳跳的，仿佛每一个细胞都充满活力。

她感叹道："青春真好。有年轻美貌的面容、健美的体魄，有对未来无限的憧憬。青春之所以美好，是因为心中有很多憧憬。"

蒋凯南想了想，纠正道："不，是因为心中有美好的憧憬，青春才一直都在。"

晚风吹来，伴着白玉兰清幽的香气，向好突然有些感动，感动得好想流泪。

她感觉，她心中缺了许久的缺口，终于在这一刻被填满。

爱，可以让一个生命更为鲜活；梦想，可以给人无限力量。

我们都是将爱藏在心中，努力向着光奔跑的孩子。

我们都会在奔跑中找回激情，在坚持中邂逅好运。

我们的每一天，都将青春洋溢。

我们的每一天，都将动力满满。

我们的每一天，都将充满希望。

我们的每一天，都将意义非凡。

（The End）